현대 중국의 문화현상과 문학이슈

이 역서는 2009년 정부(교육과학기술부)의 재원으로 한국연구재단의 지원을
받아 연구되었음(KRF-2009-362-B00011).

국민대학교 중국인문사회연구소
지식계보 시리즈 3

현대 중국의 ————
문화현상과
문학이슈

우슈밍吳秀明 지음　박영순·황정혜 옮김

學古房

서문(한국어판 서문을 대신하며)

　문학은 문화 중에서 개성이 있고 매력적인 분야 중의 하나이다. 문학은 문화를 떠날 수 없고 사사건건 어디서나 문화의 제약과 영향을 받는다. 문화의 여러 가지 문제 예컨대 최근 일이십 년 사이 나타난 신보수주의와 신급진주의, 유·불·선, 모더니즘, 포스트모더니즘, 정치문화, 상업문화, 경제문화, 지역문화 등을 포함하여 도처에서 문화는 문학의 골수 깊숙이 까지 침투해 있다. 소재 선정과 주제, 격식, 서술, 취미, 스타일 심지어 언어표현에 이르기까지 크게 문화의 영향을 받고 있다. 이렇듯 모든 문학은 어쩔 수 없이 특정 '문화 분위기'에 싸여 일정정도 문화적 함의를 내포하고 있으므로, 자연이 문화적 신분과 입장을 갖게 된다. 한편, 문학은 문화규범의 영향을 크게 받는 동시에 문학 특유의 감성과 영감, 주관적 정서로 가득 찬 이미지 형태로 문화를 재창조, 재구성하기도 한다. 그래서 본래의 문화를 보다 더 복잡하고 풍부하며 의미 있게 보여준다. 또한 문학은 문화에 기반하고 있지만 문화를 초월하며 심지어 반문화적이라고 할 수 있다. 특히 엘리트들이 창작한 선봉(아방가르드)문학과 실험문학이 더욱 그러하다.

　이러한 의미에서 문화비판의 방식으로 문학을 해독하는 데는 한계가 있다. 이는 종종 의식적이건 무의식적이건 문학을 단순화하고 평면화한다. 특히 문학의 깊은 곳에 내재하고 있는 미묘한 점이나 사람의 마음에 충격을 주는 부분에 대해 문학평론은 역부족일 때가 많다. 이 책에서는 이러한 부족한 부분을 가능한 한 피하여 문학 문제에 대한 문화적 해석과 진정한 문화적 문제를 동일시하지 않고, 동질적이지만 다른 구조를 갖고 있다는 점에 주목할 것이다.

여기에서 말하는 문학이란 통상적으로 교과서적인 의미를 지닌 그런 문학을 가리키는 것이 아니다. 우리에게 정전(經典)화된 문학과 현재 진행 중인 '핫熱'하게 우리 앞에 펼쳐지고 있는 문학을 말한다. 소위 '핫'이란 두 가지 측면의 의미가 있다. 첫째, 사회와 사람들의 주목을 받고 관심의 초점이 된 것을 말한다. 일종의 인위적으로 띄운 것이나 띄워진 것으로, 정치와 경제, 문화 등 비문화 요소의 영향이 작용한 것이다. 하지만 이는 시대의 민감한 신경을 자극하여 사람들의 깊은 흥미를 유발 해 일시에 큰 반향을 불러일으켜 '베스트셀러'가 되고 '인기 프로그램'이 되고 '핫이슈'가 된다. 둘째, 문학에서 '핫이슈'는 '면面'이 아니고 단지 한 '점點'이다. 이는 한 가지 현상이나 사건일 수 있고 한 가지 경향, 심지어 한 편의 글일 수도 있다. 하지만 '큰 반향'은 주로 그 현상과 사건 자체에 국한되며 그 문학 전체가 '핫'한 것은 아니다. 어떤 문학이 '핫이슈'가 되었다는 것은 거기에는 필연적이고 보편적인 의미가 담겨있으며, 전체 문학의 일종의 굴절 반사로서 문학·문화의 발전 방향과 추세를 반영한다. 하지만 그런 의미를 지니지 않은 것들도 있다. 따라서 우리는 이런 모든 현상에 대해 실제 상황에 따라 객관적인 평가와 분석을 해야 한다. 간단하게 보거나 칼로 자르듯이 일률적으로 판단해서는 안 될 것이다.

문학의 구성과 발전은 매우 풍부하면서도 복잡하다. '면'의 전체적인 강한 추진도 필요하고 '점'의 꽃과 같은 각양각색의 아름다움과 다양한 색채도 필요하다. 영원한 가치가 있는 문학의 고전도 필요하고 고전은 아니지만 사회 문화의 '표본'적 의미가 있는 작품도 필요하다. 이 글에서 말하는 '핫이슈'의 문학은 대체적으로 후자에 속하며 어떤 것들은 심지어 비문학적, 비심미적 특징도 있어 정전성에 대한 추구에 의미를 두지 않는다. 하지만 이 모든 것은 우리가 간과할 이유가 되지 않는다. 어쨌든 풍부하고 복잡한 문학의 본연의 모습을 나타내며, 우리에게 문학사의 정리를 거치지 않은 '날 것 또는 준 날 것'과 같은 것을 제공해주기 때문이다. 이는 문학과 문화, 그리고 문학사와 문학평론을 연결하는 매개로서 현재 문학이 갈수록 일반화되고 다원화되는 새로운 특징을 반영한다.

문학 연구는 하나의 시스템으로서 이에 대한 각종 연구도 자체적으로 기능적 가치가 있다. 문학 정전과 문학사에 대한 연구가 주로 문학의 기본적인 규범과 핵심 가치에 입각했다고 한다면, 이런 '핫이슈'의 문학연구는 이러한 규범과 가치를 보다 풍부하게 보충, 확충한 것으로 일부 불규칙적인 변화와 불확실성이 있다. 하지만 우리 주변에서 발생한 일들이기 때문에 우리의 현실 및 생존과 밀접한 관계가 있다. 따라서 자연적으로 특별한 친밀감이 있다.

이는 문학 현상이 개괄적인 요약을 다른 문학사에 비해 훨씬 더 풍부하고 복잡함을 구체적이고 세부적으로 인지하게 한다. 만약 우리가 정전성과 학술성을 이유로 이를 단순하게 거부하고, 질책한다면 현명하지 않을 뿐만 아니라 일종의 직무 과실인 것이다. 이는 문학 연구의 자살을 초래할 수밖에 없으며 우리의 연구에서 현실을 파악하고 현실에 관심을 갖는 능력을 상실했음을 말해준다. 우리가 경계할 부분이다.

이 책은 구성 내용은 다음과 같다. 이 책은 상하 두 편, 총 16장으로 구성되었다. 구체적인 방법은 현재 대표적인 10여 개의 문학 또는 문화의 핫이슈들을 선정한 것이다. '단절' 사건, 문학대사의 재배치, 신개념 창작,

국학열과 위단于丹 현상,『사가빈沙家濱』과 홍색 정전의 개편,『영혼의 산靈山』과 노벨상,『상하이보배上海寶貝』와 비주류 문학, '김·왕金·王 논쟁', '이여二余 논쟁', '한·백韓·白 논쟁',『국화國畵』와 관료소설,『늑대토템』과 생태문학, 마오쩌둥 문화열, '과장 문학', '이화시梨花詩'와 현대 한시 등이다. 이러한 개별적인 사례를 가지고 한 '점'을 통해 전체 '면'을 바라보고 현재 및 최근 중국 문단에 나타난 문학사조와 동태, 추세를 정리해 본다. 이를 통해 독자들에게 현재 중국 문학의 발전 과정에서 나타나고 있는 변화무쌍하고 활기 넘치며 무질서한 실상을 보여줄 것이다. 이러한 기초위에서 그들의 독립적인 사고력과 문제 분석능력을 높이고 적극적인 자세로 현재 문학과 문화 건설 사업에 참여토록 하는 것이 본 취지이다.

20세기 90년대 이래 중국 현대 문학은 '정치 주도'에서 '경제 주도'로 체제 전환 후 문화 시장과 서양의 포스트모더니즘 및 이후의 민족주의, 국학열 등의 다양한 영향을 받아 갈수록 다원적이고 다변적인 추세를 보이고 있다. 이들은 상호 배치되면서도 조화롭게 어우러지는 각종 문학들이 기묘하게 공존하면서 지극히 '중국적인 특색'의 문화 경관을 보여주고 있다. 전통 교과서에서는 체제상의 제약으로 빠르고 좋은 반응을 나타내지 못한다. 저자가 이 책을 쓴 취지는 상대적으로 유연한 방식으로 이를 보충하기 위함이다. 독자들이 이를 문학사와 잘 결합하기를 바란다. 그렇게 해야 이 책의 장점을 충분히 발휘할 수 있고 현재 중국 문학과 문화에 대해 보다 현실적으로 해독할 수 있을 것이다.

2015년 1월
우슈밍

목 차

서문(한국어판 서문을 대신하며) • iv

상 편

제1장 문학생태와 담론환경의 현실 • 3
　제1절 문학전형의 통시적 변천과 단계적 특징 • 3
　제2절 '경제중심' 시대의 문학위상 정립과 대응전략 • 11
　제3절 일원과 다원이 공존하는 총체적 국면 • 17

제2장 '단절' 현상과 신생대 작가의 등장 • 25
　제1절 세기말 문단의 '단절' 사건 • 25
　제2절 '단절' 소동 • 29
　제3절 '단절' 작가의 문학 표현 • 41
　제4절 '단절'로부터 생겨난 사유 • 69

제3장 문학대사의 재배치와 통속문학의 재구성 • 77
　제1절 문학대사 시대의 종말과 문학대사에 대한 갈망 • 77
　제2절 마오둔茅盾과 진융金庸 • 87
　제3절 아속문학의 변천과 재구성 • 107

제4장 신개념 글쓰기와 '80후' 창작 • 119
　제1절 '시험식 글쓰기'에서 '삼신三新창작'으로 • 119

　　제2절 대중 매체와 '80후' 작가의 출현 • 129

　　제3절 '80후' 창작의 주요 특징 • 138

　　제4절 『열 명의 소년 작가 비판서十少年作家批判書』• 157

제5장 『백가강단百家講壇』과 '국학열'에 대한 회고 • 165

　　제1절 『백가강단』과 학술 대중화 • 165

　　제2절 '국학열'에 대한 반성 및 『백가강단』의 문제점 • 173

제6장 『사가빈沙家濱』과 '홍색경전'의 각색 • 187

　　제1절 호극滬劇 『노탕화종蘆蕩火種』에서 경극 『사가빈』까지 • 187

　　제2절 계급담론환경과 소비주의가 각색에 미친 상이한 영향 • 191

제7장 『영혼의 산靈山』과 노벨상 콤플렉스 • 201

　　제1절 중국인의 노벨상 콤플렉스 • 201

　　제2절 중국이 노벨상을 받지 못한 이유 • 206

　　제3절 『영혼의 산』: 중국식 풍격과 세계의 반향 • 214

제8장 『상하이보배上海寶貝』와 '비주류' 문학 • 235

　　제1절 '70후'의 등장과 '비주류' 문학탄생 • 235

　　제2절 『상하이보배』와 '비주류' 애정소설 • 242

　　제3절 '주변부 창작'과 도시 여성의 잿빛 생활 • 255

하 편

제9장 진융金庸, 왕쉮王朔의 통속문학창작과 '김 · 왕지쟁金 · 王之爭' • 271

　　제1절 왕쉮는 왜 진융에게 '도전'하였는가 • 271

　　제2절 '김 · 왕지쟁'의 문화적 함의 • 284

제10장 '이여지쟁二余之爭'과 문화산문에 대한 평가 • 291

　　제1절 '이여지쟁'과 당대 문단의 의의 • 291

　　제2절 문화산문의 역사적 유래와 현실적 동인 • 301

　　제3절 문화산문의 '언어 전향과 문제점 • 306

제11장 '한 · 백지쟁韓 · 白之爭'과 문단의 '관행' • 315

　　제1절 '한 · 백지쟁韓 · 白之爭' • 315

　　제2절 문단, 문학 서클 그리고 관행 • 324

　　제3절 체제 안 창작, 체제 밖 창작 • 328

제12장 『국화國畵』와 관료소설 • 335

　　제1절 관료소설과 관료 문화 • 335

　　제2절 화려함 뒤의 은유, 그리고 지식인의 직업의식 • 342

　　제3절 관료소설의 현황과 문제점 • 351

제13장 『늑대토템』과 생태문학 • 357

　　제1절 문학의 반성과 생태문학의 발전 • 357

제2절 『늑대토템』의 주체 형상과 이성에 대한 탐문 • 361
제3절 생태문학의 영역 정립과 시의詩意적 표현 • 367

제14장 '마오쩌둥毛澤東 문화열' • 377
　제1절 기록문학의 통시적 발전과 '마오쩌둥 문화열'의 특징 • 377
　제2절 역사적 한계와 세 갈래로의 확장 • 386

제15장 '과장' 문학의 유행 • 393
　제1절 '과장' 문학의 발전과 문체의 연원 • 393
　제2절 '과장' 문학의 서사 전략 • 401
　제3절 '과장' 문학의 초경험적 창작 • 408

제16장 '이화시梨花詩'와 현대 한시 • 415
　제1절 현대 한시가 처한 곤경 • 415
　제2절 '이화시'와 그에 대한 평가 • 419

후기 • 427

상 편

제1장

문학생태와 담론환경의 현실

　문화현상과 문학이슈에 대한 탐구를 시작하기 전에, 이러한 문제들이 대두하는 시대적 배경에 대해 소개할 필요가 있을 듯하다. 그 배경은 1990년대 이래 최근까지의 20년을 중심으로 하는 것이며 좀 더 소급하면 1980년대 중·후반까지도 포괄할 것이다. 1980년대 중·후반 이후, 특히 1990년대에 들어선 이후 중국 당대문학은 여러 가지 요소들이 작용하는 가운데 점점 더 명확하게 변이하는 특징을 드러내고 있으며, '총체적 주변화'와 '부분적 이슈화'라는 추세 역시 분명해지고 있다. '전형'은 근래 20년간 중국문단의 문화생태가 되었을 뿐만 아니라 문학이슈를 제조하고 촉진하는 거시적 배경이 되었다.

제1절 문학전형의 통시적 변천과 단계적 특징

　전형은 서구의 발전사회학과 현대화 이론 용어이다. 사회학자들은 이 말을 생물학의 '생물진화론'에서 전용해왔다. '생물진화론'이란 생물학에서 한 종이 다른 종으로 변해 감을 설명하는 이론이다. 여기에서 말하는 전형은 주로 역사 과정에서의 전환과 질적 변화를 강조한 말로, 일반적으로 정치중심에서 경제중심으로, 농업문명에서 공업문명으로, 전통문화에서 현대문화로의 전환과 질적 변화를 말한다. 서구 학자들의 말에 따르면, 전형은 주로 'post-', 즉 역사 발전 과정 속에서 발생하는 '위대한 과도過渡'를 일컫는다. 또한 철학적으로 보자면, 역사 발전 과정의 점진적 중단이라 할 수 있다. 즉 실천 주체(사람)가 자각적으로 역사의 발전을 촉진하는 일종의 창조적 활동과 발전 법칙에 따라 본래부터 존재하는 평형에 대해 질적 파괴를 진행하는 일종의 이성 전환에 대한 자각을 실천하는 것이다. 따라서 '전형'과 '전환'은 서로 다르다.

　당연히 이러한 각계의 정의는 전형의 사회학적 함의에 착안하여 자신만의 특정한 담론환경을 염두에 두고 있다고 할 수 있다. 사실상 서로 다른 담론환경은 전형에 대해 서로 다른 견해를 제시할 수밖에 없다. 예를 들어 포스트모던에서의 전형은 부분·단절·우연과 비연속성의 역사, 그리고 주류 역사에 의해 유기된 대량의 역사적 정보를 일컫는다. 포스트모던의 주장에 의하면, 과거로부터 미래에 이르는 연속성은 이미 붕괴되었으므로 역사는 단지 파편으로만 존재하고 우리는 그 파편들을 짜깁기할 따름이라고 한다. 즉 우연과 기회 포착에는 어떠한 규칙도 없다. 포스트모던은 역사와 현실을 완전히 분리하는 관점으로서 동감을 얻기 어려운 점도 있지만, 그것이 오늘날 우리가 처해 있는 이 위대한 변혁의 장을 좀 더 객관적·전면적으로 고찰하는 데 적어도 인식론 상에서 계도의 의의를 가지고 있다. 그것은 비주류 역사를 더욱 중시하고 우연성의 역사에 주의를 기울여야 함을 일깨워준다.

　문학은 사람의 학문이다. 중심이 사람이다. 사람에 대해 쓰는 학문이다. 따라서 사람을 떠나서는 전형을 논할 수 없다. 그렇다면 사람 혹은 사람의 학문이라는 관점에서, 1980, 90년대 이래 문학 전형은 어떠한 양상을 띠고 있는가? 인간의 해방과 현대성이야말로 사상관념뿐만 아니라 구체적인 창작방법에서도 가장 중요하고 근본적인 변화 요소이다. 이것은 정치적 관점이 아닌 현대성의 진행 과정 속에서 중국문학을 고찰해야함을 의미한다. 이러한 점에서 1980, 90년대와 1980, 90년대 문학은 중국문학의 현대화 과정에서 하나의 특정한 시대이며 문학임이 틀림없다. 정치적 관점에서 근래 20년간의 문학을 연구할 수도 있지만, 예를 들어 반봉건·반관료·반현대미신·반서구문화식민지 등은 의심할 여지 없이 문학의 현대성을 구성하는 중요한 내용이다. 그러나 문학의 현대성 그 자체는 이보다 더욱 광범위하고 풍부해야 한다. 그것은 실제로 언어·형식·표현기법에서부터 작품의 사상·미학 등에 이르기까지 전통문학과 완전히 다른 전면적이고도 깊은 변화를 포괄하고 있으며 그 파급효과 또한 넓은 범위에까지 미친다. 이러한 이해는 전형 시기 문학사조에 대한 다양한 시각의 전면적 고찰에 도움이 될 뿐만 아니라, 세기가 교차하는 1980, 90년대 문학이 현대성의 진행 과정 속에서 특수한 의의를 가지고 있음을 깨닫게 해준다.

그러나 같은 전형이라고 해도 근래 20년간의 문학은 시기와 환경의 차이에 따라 두 단계로 구분될 수 있다. 첫 번째 단계는 1985년 이전으로 전형의 발족기이며, 두 번째 단계는 1985년 이후로 전형의 가속기이다. 전형의 발족 단계에서 문학은 5·4 신문학운동 전통을 계승하고 인간의 해방을 중시했으며, 인간과 인문을 위한 현대성으로의 관념 전환과 여론에 대응하는 임무를 잘 수행해냈다. 류신우劉心武의『담임班主任』, 루옌저우魯彦周의『톈윈산전기天雲山傳記』, 왕멍王蒙의『나비蝴蝶』, 다이허우잉戴厚英의『사람아, 사람아人阿, 人』, 짱쯔룽藏子龍의『차오광장 승진기喬廣長上任記』, 장제張潔의『침묵하는 날개沈默的翅膀』등 '상흔傷痕문학'·'반사反思문학'·'개혁문학'은 시대 흐름에 부응하여 탐색을 계속했다. 또한 인성

人性·인도人道와 이화異化 문제에 이르기까지 각종 주제를 다루었다. 이에 상응하여 이론비평 부문에서는 몽롱시를 둘러싸고 셰몐謝冕, 쑨사오전孫紹振, 쉬징야徐敬亞 등이 세 번에 걸쳐 큰 논쟁을 일으켰다. 이러한 탐색과 토론은 비록 반복적으로 엄중한 비판을 받기도 했지만, 문학이 날로 현대화하는 추세를 반영할 뿐만 아니라 인간과 인문의 해방 및 현대성의 진행을 적극적으로 촉진한다는 나름의 의의를 가지고 있었다. 이러한 이유로 비로소 '문학적 리얼리즘 정신과 다양한 창작 기법'이 존재하게 되었고, 『창업사創業史』 논쟁 등 '건국 이래 농촌문제 소설을 재인식'하기 위한 토론과 신시기 문학의 인도주의·예술전형·비평표준·성격조합 등의 문제에 대한 토론이 일기 시작했다.

그러나 1980년대 중기부터 특히 1990년대 이후로 상황에 변화가 생기기 시작했다. 시장경제의 확립, 상품 요소의 개입은 문학에 새로운 의의를 불러오는 동시에 전형의 가속화를 추동했다. 이러한 의미에서 1985년은 매우 중요한 해라고 볼 수 있다. 왜냐하면 "1985년은 중국 당대문학의 또 다른 전형의 원년이자, 신시기 문학의 새로운 기점"이기 때문이다.[1] 이 해에 "기적은 끊임없이 출현하고", "민족주체정신과 생명 역량은 예술 부문에서 다시 한 번 용솟음쳤다."[2]라는 말이 나왔다. 당시 문학에 나타난 새로운 특성과 수많은 변화는 오늘날 문학이 추구하는 풍부한 생명력의 정신적 기원이며, 여러 가지 문학적 요소가 여기에서 발원했다. 특히 문학이론 방면은 예를 들어 '삼론(계통론·통제론·정보론)'을 기초로 하는 새로운 방법론 외에 문학의 주체와 본체, 리얼리즘과 모더니즘, 문학과

---

1) 자오쥔셴趙俊賢 주편, 『중국당대문학발전종사中國當代文學發展綜史』, 문화예술출판사, 1994년, 737쪽.
2) 송야오량宋耀良, 『십년문학주조十年文學主潮』, 상하이문예출판사, 1988년, 246쪽.

문화, 관념의 창조, 20세기 문학 문제 등, 전에 없던 성황을 누리며 중요하고 광범위한 영향력을 형성했다. 문학창작 방면 또한 생기가 충만하여 주목할 만한 성취를 이루었다. 그중 가장 두드러진 것은 동시에 나타나 현재에까지 영향력을 행사하고 있는 '심근(尋根: 뿌리 찾기)문학'과 '선봉(先鋒: 아방가르드)문학'이다. 대표작으로는 왕안이王安憶의 『포씨촌小鮑莊』, 한사오궁韓少功의 『아빠아빠아빠爸爸爸』, 류쒀라劉索拉의 『너에게 다른 선택은 없다你別無選擇』, 천춘陳村의 『소년소녀, 모두 일곱少男少女, 一共七個』 등이 있다. 이 작품들이 본보기로 삼은 문화자원, 예술적 기호는 서로 현저하게 달랐지만 모두 서구 모더니즘적 가치관과 예술관의 영향을 받았음은 명확했다. 또한 정확히 이때부터 적지 않은 작가 특히 선봉작가는 냉정한 시선으로 인간의 본질적 역량에 대해 질문하기 시작했다. 그들은 더 이상 인간을 단순한 이상·이성의 정신적 수용체로 보지 않고, 인간의 원시적·비이성적 측면에 주목했다. 예를 들어 『너에게 다른 선택은 없다』, 『소년소녀, 모두 일곱』에서의 대학생과 고등학생은 술주정을 부리고 수업에 빠지고 소동을 피우고 괴성을 지르고 히스테리를 부리는 등 매우 심하게 전통적 이성 원칙에 맞서는 모습을 보여주고 있다. 이것은 인간의 자아한계에 대한 작가의 선명한 인식을 반영하는 동시에 일종의 세기말적 비탄 및 퇴폐적 정서이다. 그 결과 문학에 인간의 해방과 현대성이라는 명제가 등장하였다. 이는 점차 사상해방운동으로부터 유리되어 뜻밖에도 중국 고대전통사상, 서구 현대문화와 어떤 의미에서는 심층적으로 조우하는 현상도 생겨났다.

1980년대 중·후반기 문학 전형의 가속화가 주로 서구 현대파의 추동에서 비롯되었다면, 1990년대 전형의 신속한 발전은 의심할 여지 없이 시장경제의 '마력'에 의해 촉진되었다. 경제가 인간의 해방과 현대성에 결정적으로 작용한다는 것은 말할 필요조차 없는 사실이다. 다만 그 결정적 작용이 획일적인 '정치결정론'을 파괴하고 작가의 주체독립성을 강화하는 동시에, 왕왕 그들을 '이화異化'시키는 도구가 될 수도 있다는 점을 지적하고자 한다. 그러나 역사와 발전이라는 관점에서 그것은 분명 하나의 진보이다. 또한 인류가 현대성을 향해 나아가는 것은 문학이 현대성을 향해 나아가는 것을 포괄하는 하나의 필연적 테두리이다. 왜냐하면 문학은 시장경제에 몸을 담그자마자 시장경제 가치관의 영향을 받지 않을 수 없기 때문이다. 시장경제 가치관의 본질은 바로 적자생존이다. 따라서 이것은 문학의 경쟁과 예술의 민주화에 유리하며, 동시에 그 적자생존으로 인해 독자들은 풍부하고 다양한 선택의 기회와 가능성을 제공받을 수 있게 되었다. 더 이상 독자들은 과거 계획경제생산모델에서 친절한 가르침을 받던 소극적 수용자가 아니다. 이러한 상황 하에서 인간의 해방과 현대성 명제가 상호 의기투합했음은 의심할 여지가 없다.

그럼에도 불구하고 시장경제 하에서 문학이 찬란하게 빛난다고 말하는 것에 과장이 들어있는 이유는 정통문학 혹은 순문학이 찬란하게 빛난다고 말하는 것은 역시 시기상조이기 때문이다. 문학은 경제와 다르며 정신은 물질과 다르다. 실리를 중시하는 시장경제원칙이 부추기고 유도하는 대로 근래 중국 문학에 정신의 쇠락과 물화物化의 경향이 심각하게 나타나고 있음은 명확한 사실이다. 따라서 인간의 해방과 현대성은 새로운 도전을 제기한다. 즉 문학이 스스로의 독립성을 보존하고 인문의 품격을 포기하지 않으며, 스스로의 이성적 위상 및 미래에 대한 궁극적 관심과 애정을 방치하지 않도록 각성해야 한다는 것이다. 당대 작가는 행운이라 할 수 있는 태평성세와 같은 '경제중심' 시대에 문학으로써 경제건설과 물질문명 발전을 촉진한다는 피할 수 없는 역사적 사명을 띠게 되었다. 어쨌든 시장경제를 건설하는 동시에 물질을 초월하고, 실리의 추구 위에 정신을 건설한다는 것은 보통 사람을 포함한 전 민족구성원이 달성해야 하는 당대 중국의 공통 목표이다. 바로 이러한 이유로 인해 근래 문학사조에 존재하는 물질을 중시하고 정신을 경시하는 현상에 대해 우려하는 한편, 다른 한편으론 근래에 나타난 인문정신·리얼리즘 정신에 대한 토론으로부터 충심으로 위로를 받는 것이다.

　우려스런 면을 먼저 보자면, 유감스럽게도 1990년대에 진입한 이후 당대 문학은 확실히 '주변화'의 발전 경향을 보여주고 있다. 순문학은 쇠퇴했고 1980년대에 화려하고 인기 있던 창작군은 위축되었으며, 저명한 문학잡지는 정간되거나 출판 방향을 대폭 전환·수정했다. 독자군은 유실되고 문학의 공간은 점차 축소되었다. 이와 동시에 문화시장의 트렌드와 일치하는 대중 통속문학은 순문학이 쇠퇴하는 틈을 타 도리어 일약 가장 중요한 문화생산방식으로 거듭날 수 있었다. 이러한 잡지·서적·영화와 TV작품은 오락성을 가장 중요한 요소로 보는 한편 경제·법정·생활·레저 등 많은 분야를 포괄했다. 이는 놀랍게도 문화시장에서 '강산의 절반을 차지하는' 형국을 조성하며 문화소비 및 정신적 양분 섭취의 주요한 경로가 되었다. 더욱이 WTO 가입 이후 이와 관련된 경제·법정 분야의 서적은 판매를 시작하지도 않았는데 먼저 주목을 끌어 예약 수량만 해도 왕왕 만 부를 훌쩍 넘겼다. 유행에 따른 생활·레저 분야의 읽을거리 역시 비싼 가격에도 불구하고 광범위한 도시 청년소비자층을 확보할 수 있었다. 특히 연해발달지구에서 『신주간新週刊』·『격조格調』·『품위品位』·『시대흐름時尚』·『단려端麗』 등 새로운 트렌드에 따른 간행물들은 반드시 읽어야 할 것으로, 위엄을 갖춘 응접실용 필수품이 되었다. 이 외에도 전자문화, 특히 TV·영화에서 인터넷 요소(예를 들어 플래시 작품)에 이르기까지 모두가 대중 매체를 활용하여 보급되었고, 문자부호를 운반 매개체로 삼는 문학과 독자 쟁탈전을 벌였으며, 햇빛 찬란한 오후처럼 전에 없던 중심적 지위를 향유하게 되었다. 전국에 있는 수억대의 TV는 매년 만여 편의 드라마를 방영했고, 그 속도와 양 및 감각기관에 대한 엄청난 자극은 사람들의 오락 방식을 최고로 변화시켰다. 점점 더 많은 사람들이 업무 외 시간을 시각화 활동에 소비하고자 하며, 고생스런 일과를 마치고 또다시 신경을 집중해야 하는 독서를 통해 형상의 표현으로부터 의의를 깨닫는 그런 복잡한 과정을 경험하고자 하지 않는다. 이러한 현상은 역사극 열풍, 충야오瓊瑤극 열풍, 코미디극 열풍, 아이돌 극 열풍, 신년맞이 극 열풍 등으로 계속 이어졌고, 극본문학 열풍, 연예계스타 자서전 등의 열풍을 불러일으켰다. 그런데 이는 확실히 우려스러운 사태였다.

문학의 생존환경은 날로 척박해지고 순문학 역시 되돌릴 수 없을 만큼 중심적 지위를 상실한 지금, 문학계의 대다수는 오히려 냉정하다는 사실을 알아야 한다. 다들 '우려'하지만 예전처럼 당황하지는 않는다. 최근 몇 년 동안, 여러 학자들은 글쓰기로 돌아가 그것의 필연성·중요성을 강조하고, 글로벌화·경제화·정보화 시대의 문학 생존환경에 대해 이성적으로 분석하기 시작했다. 2001년 말 상하이대학에서 개최된 '글로벌화 시대 중국현대문학연구' 국제학술대회에서 연구자들은 "새로운 시대환경이 문학의 훼멸이 아닌, 문학전파·학문연구의 폐쇄성 및 독점적 상황을 돌파함에 따라, 비학문적 그늘은 사라지고 진정한 객관적·과학적 태도가 수립될 수 있었다. 이로써 중국 당대문학은 더욱 개방적인 '글로벌 일체화'의 궤도에 들어서고, 중국문화예술과 세계선진문화의 시공간적 격차는 더욱 좁혀질 것"이라는 의견을 제시했다. 이러한 관점을 통해 전형 시기에 작가가 자아에 대해 명확한 인식을 갖기 시작하는 한편, 전체 문학 관념 및

사유 역시 한 차례 구조조정을 겪고 있음을 깨닫게 된다. 미래에 문학의
발전과 전형은 아마도 이러한 부단한 조정의 과정을 거쳐야 할 것이다.

제2절 '경제중심' 시대의 문학위상 정립과 대응전략

사실 엄격하게 말하자면, 문학이 '정치중심'에서 '경제중심'으로 옮겨가
던 그날부터 수많은 작가 혹은 학자는 동서고금이 종횡으로 교차하는
그래프 위에 생성되는 중국 당대문학을 글로벌화라는 범주에서 바라보기
시작했다. 또한 이에 대해 위상을 정립하고 대응 전략을 마련하여 조정을
진행했다. 이러한 조정은 비록 초보적이고 적지 않은 실수가 있었다고
하더라도 효과 역시 상당한 것이었다. 즉 문학으로 하여금 본래의 단일하
고 완강함으로부터 현재의 다원적이고 유연함에 이르게 했을 뿐만 아니
라, 현재와 미래에 있어 문학의 더 큰 조정을 위한 기초를 다지는 환경을
조성했다. 이러한 이유로 문학이 전형의 각 단계를 밟는 것에 대한 대략적
인 논의를 거친 후에 이와 관련한 전문적 분석이 요구된다고 할 수 있다.

그렇다면 '경제중심' 시대에 문학은 시대와 사회발전의 요구에 부응하
기 위하여 어떠한 조정을 거쳐 어떠한 성과를 거두어야 하는가? 귀납해
보자면, 주로 아래의 몇 가지 방향을 고려해 볼 수 있다.

(1) 문학과 경제의 초학문적 융합이 진행된다. 점차적으로 문학과 경제
의 대립 및 문학이 경제를 두려워하는 심리상태가 해소되어 경제에 대해
이성적인 인정을 하게 된다. 잡지간행물은 문학 및 경제 관련 글을 게재하
며, 경제 글로벌화라는 담론환경 하에 문학이 직면한 기회와 도전에 대해
탐구한다. 작가는 보편적으로 상품화 의식을 강화하며, 일부 문인은 사업
에 뛰어들어 신유상新儒商이 된다. 또한 문인은 본래의 경제 구조를 상업

으로부터 변화시켜 경제의 문화적 함의를 고양시킨다. 역으로 문학(문인)은 경제의 지지 하에 종래의 간단·협소하고 단순한 정치적 시각을 바꾸고, 문화의 개입을 중간 고리로 삼아 일종의 새로운 '경제—문화—문학'의 형태를 구성한다. 비록 '저항'적 입장에서 경제는 여전히 배척되지만, '순수'를 견지하는 것은 사실 폐쇄적일 수밖에 없는 창작 태도이다. 문학이 경제에 대해 스스로를 개방하는 것을 '투항'이라고 보는 견해 역시 소수에 불과하다. 대다수 독자들은 보편적으로 문학이 '시장' – '문화시장'에 들어섰음을 인정하고 있다. 특히 작가들 역시 '경제'를 억압하고 '문학'을 찬양하던 과거의 사상을 바꾸어 심미 규율뿐만 아니라 상품화 원칙에 의거해 창작 및 예술의 민주화·대중화를 추진한다. 고상한 사람과 속인이 함께 감상하고 경제기능 및 사회기능을 통합하는 것이야말로 앞으로의 이상적인 창작 목표라 할 수 있다. 과거와 같이 정치만을 말하고 시장을 말하지 않는 방식은 더 이상 존재할 수 없게 되었다.

(2) 동서 문화를 뛰어넘는 문화교류가 진행된다. 문학은 과거 오랜 기간의 폐쇄와 단절로부터 벗어나 글로벌적 대교류·대충돌·대융합 속에 서로의 시공간적 격차를 좁히고자 힘을 쏟기 시작했다. 이미 중국에서는 다수의 외국문학 명저와 이론이 번역·출판된 바 있다. 니체, 카프카, 프로이트, 베르그송에서 하이데거, 제임슨, 푸코, 보르헤스에 이르기까지, 다시 포스트계몽, 포스트아방가르드, 포스트구조주의(해체주의)에서 포스트유토피아, 포스트인도주의, 포스트고전주의에 이르기까지, 각양각색의 유파가 소개되지 않은 것이 없고 전파의 속도 역시 매우 빨라 혀를 내두를 지경이다. 서방의 '신'사조는 나오는 즉시 중국으로 유입되었다. 규모의 크기, 모방·차용 및 연구의 적극성 등 모두가 전에 없는 활기를 띠었다. 동서 작가와 학자는 직접 대화할 기회가 더욱 많아지고 화제를

공유했다. 매년 개최되는 각종 학술대회는 범위가 중앙 및 지방, 정부기관
에서 각종 대학과 연구소에까지 미쳐 수를 셀 수 없을 지경이다. 예를
들어 정신분석학, 실존주의, 포스트모더니즘, 신역사주의, 페미니즘 등
명사에 대해 작가들은 서당 개 삼 년이면 풍월을 읊는 수준이 되어버렸고,
모두가 이에 상응하는 텍스트를 창작하고자 시도했다. 특히 젊은 작가들
중에 이와 같은 경우가 많았다. 마위안馬原, 위화余華, 쑤퉁蘇童, 베이춘北村
등 십여 명이 비교적 초기의 대표작가라 할 수 있다. 이들은 서구의 모더
니즘·포스트모더니즘을 제대로 인식하고 심도 있게 이해했을 뿐만 아니
라 텍스트 내에서 몸소 실천하고 관철했다. 그 후에 원래 리얼리즘 기법으
로 창작하던 왕안이, 스톄성史鐵生, 주쑤진朱蘇進 등도 작품 속에서 각종
서구 유파의 창작 기법과 전략을 차용했다. 특히 근래 몇 년간 문단에서
활약하고 있는 '신생대' 작가, 예를 들어 한둥韓東, 주원朱文, 리루이李銳,
추화둥邱華東, 아라이阿來와 같은 신인은 더욱 전형적이라 할 수 있다. 이들
청년작가군은 각종 창작이론을 경이로울 만큼 숙련된 기술로 운용하는
동시에, 전위적이고 심오한 이론에 대해 무엇보다 특별한 애정을 가지고
있다. 그 이유는 새로운 사회·문화적 환경 하에 지구상 누구라도 자기가
인정하는 창작 방식을 자유롭게 선택할 수 있으며, 동시에 소비문화의
신속한 만연과 권위적 언어의 심각한 실어증으로 인해, 신세대 문학청년
은 단지 아방가르드 문화 속에서만 자아를 표현하는 데에 적합한 이론적
근거를 찾을 수 있었기 때문이다. 여기에서 새로운 환경 하에 중국문학이
세계로 나아가는 자각성이 강화되었음을 알 수 있다. 세계문학의 흐름을
타고, 또한 그중에 없어서는 안 될 구성원이 되는 것은 이미 신세대 작가
들이 간절히 원하는 바이다.

(3) 위에서 말한 두 가지 조정에 상응하여 작가 자신의 지식구조 역시

조정·보완되었다. 1980년대 중반 새로운 방법론에 관한 토론 및 문화열의 등장은 작가 자신만의 인문 지식에 대해 혁명적인 충격으로 다가왔다. 1990년대 컴퓨터가 보급되고 나노기술·클론기술·생태학 등이 출현함에 따라 작가는 더할 나위 없이 광활하고 순식간에 변화하는 참신한 공간에 자리하게 되었다. 컴퓨터, 인터넷 등 하이 테크놀로지의 응용은 문학으로 하여금 문자부호의 단순한 창작 경로로서의 한계를 수정하고 입체적이고 생동감 있게 변화하도록 했다. 인터넷과 정보의 신속한 전파로 인해 새로운 문체가 생겨나고 문학은 진정으로 대중화되었으며, 창조 주체와 수용 주체 모두 최대한의 발전을 기대할 수 있게 되었다. 즉 작가가 되고 싶은 사람들의 꿈이 이루어졌다. 신문물로부터 오는 도전과 신비한 매력은 작가로 하여금 자신의 지식구조를 조정해야 하는 절박함을 인식하도록 하는 한편 심각한 위기감마저 조성했다. 또한 학계에서는 전통문화자원의 개발을 매우 중요시하며, 고금의 소통과 동서의 융합을 시도했다. 특히 1990년대에 현·당대문학학과가 명·청시기와 전통문화로 관심을 옮겨가고 '국학열'이 흥기함에 따라, 고대문학에 대한 수양을 강화하고 민족문화 수양이 부족했던 본래의 상황을 개선해야 한다는 공통된 인식이 문단에 널리 퍼졌다. 수많은 작가가 심층적 문학사, 특히 성립관계·과정에 대한 정리와 해석 작업에 착수했다. 이들은 중국현대문학의 근원적 문화담론 환경·생산과정 및 그것과 고대 문화전통과의 연결 관계 등을 자각적으로 정리했다. 또한 민족정신, 지역문화, 전통심미의식으로부터 더 나아가 문체에 이르기까지 양분을 섭취하고 이를 지식체계에 주입하는 가운데 현대성의 중요한 자원이 되도록 했다.

⑷ 가장 중요한 사실은 이러한 시대의 발전 및 조정을 겪으며 문학계에 실력 있는 중·청년 작가군이 형성되었다는 것이다. 사상 개방의 신시대

에 성장한 이들은 노년 작가와 비교했을 때 여전히 한계가 있지만, 신선한 지식체계의 소유자로서 통속적이지 않은 예술적 성취를 뽐내며 비교적 높은 수준에서 창작을 시작할 수 있었다. 다만 조급하고 강렬한 명리의식을 극복하고, 심리상태를 잘 조정하여 창작을 준비한다면 문단에 크게 이바지할 수 있을 것이다. 또한 이러한 상황을 통해 지난 세기 초 유럽풍 혹은 국학 전통에 흠뻑 젖어 성장했던 일군의 작가들을 떠올리게 된다. 이들은 서구로부터 끊임없이 유입되는 이질적 문화의 영향 하에 안목을 넓히고 영혼을 풍부하게 하며 일종의 개방·확장·다원·입체적 문학관을 수립했다. 동시에 전통문화의 축적과 체화를 창작의 근본으로 삼았음은 물론이다. 비록 사회의 구체적인 형태 및 세부적인 사항은 서로 다를 테지만, 두 세대 모두 외래로부터 유입되는 대량의 정보에 직면하여 전통과 현대의 타협을 겪어야 했고, 마찬가지로 현대화된 중국을 신세기를 향해 끌고 나가야 할 책임을 어깨에 지고 있었다. 이들은 글로벌화·민족화의 기치 아래 인간과 사회, 인간과 자연, 인간과 인간, 인간과 자아의 다중 관계를 표현하고, 당시의 생존환경에 존재하는 개인과 전체 역사를 관통하는 인생의 의미를 서술했다. 매우 창의적인 신세대 작가의 작품으로부터, 환경이 어떻게 변하더라도 인간은 여전히 정신을 필요로 하고 문학은 영원히 소실될 수 없으며 반드시 그 자리를 지키고 있다는 사실을 확인할 수 있다. 상술한 일련의 조정 및 변화는 문학이 주동적으로 새로운 생활에 접근해간다는 것에 대한 명확한 증거이다.

　물론 경제 글로벌화와 정보 일체화가 문학에 부정적인 영향을 초래했다는 것 역시 명백한 사실이다. 이 가운데 특히 서구 국가가 경제와 과학기술의 발달을 앞세워 중국을 포함한 제3세계 국가를 대상으로 문화시장 판로를 확장하고, 이로 인해 사실상 불평등한 문화교류가 생겨났다는 점

에 주목해야 한다. 호라이즌사가 최근 베이징·상하이·광저우·샤먼·
충칭 등 5대 도시에서 실시한 조사에 따르면, 중국 영화를 선호하는 관중
은 전체 조사 대상 중 9.45%에 불과한 반면 구미·홍콩·타이완 등 '블록
버스터' 영화를 선호하는 관중은 전체 조사 대상의 90.55%를 차지했다.
'블록버스터'는 하이 테크놀로지라는 수단을 통해 시청각적 호기심을 자
극하고 관중의 일상에 강렬한 충격을 가하며, 예술 효과 및 시장 성과라는
측면 모두에서 뚜렷한 우위를 차지하고 있다. 이에 따라, 블록버스터에
충만한 이질적인 사상과 행동 양식은 개개 욕망의 배설·표현방식에 이르
기까지 중국의 거대 관중들에게 알게 모르게 영향을 미치고 있다. 물론
경제·정보일체화가 문학에 미친 가장 두드러진 부정적 영향은 역시 문학
의 물질화·상품화·전형화와 이에 따른 전반적인 수준 하락이라 할 수 있
다. 많은 학자들이 이를 최근 문단의 실상과 결합하여 분석하고 있으므로
여기에서 다시 언급하지는 않겠다. 다만 경제에 대한 비이성적 반대를
여기저기에서 불러일으킬 수도 없고, 도덕적 분노로써 역사에 대한 평가
를 대체할 수도 없으며, 문학 내부의 여러 문제를 모두 경제 탓으로 미루
어버릴 수도 없음을 지적하고자 한다. 이러한 상황 하에 인문정신 토론이
등장했다. 대표적인 인물로 장청즈張承志와 장웨이張煒를 들 수 있다. 이들
은 물질주의를 추구하면 정신은 보편적으로 쇠락하게 되며, 체제가 조성
한 경제·이익 구조의 모순으로부터 정신적 품격을 상실한 세속 세계와
반인도주의적 악마 세계가 생겨난다고 인식했다. 따라서 "잃어버린 정신
의 고향을 되찾자"고 외치고, "가난한 자가 아름다운 자이다"라고 믿었으
며, 더 큰 고난에 처할수록 인성은 더욱 질박·순결·건강해진다고 주장했
다. 가장 고통스럽고 가난한 곳에 가장 진정성 있고 고집스런 이상주의에
의 추구가 존재하며 만약 그렇지 못하다면 바로 이 고상하고 순결한 세계

의 밖으로 내쳐져 심지어 적으로 간주될 수 있다고 했다. 그러나 이것은 매우 편파적인 견해였다.

사실 경제와 문학은 생각만큼 결연한 대립적 관계는 아니다. 서로 격려하고 촉진하는 측면도 있다. 즉, 경제력을 따지지 않을 때에 작가의 인격적 독립을 위해 기본적인 물질적 보장을 제공해줄 수 있으며, 또한 인간 본성에 대한 깊은 이해를 드러내기 위해 훌륭한 묘사의 계기를 제공해줄 수 있다. 발자크는 바로 이러한 이유로 인성에 대한 금전의 소외를 쓰면서 대작가의 대열에 올랐다. 안타까운 사실은 작가들이 시장경제 하에서 인성이 변해가고 여기에서 야기되는 모순의 고통을 아직 완전히 파악하지 못했다는 점이다. 인성이 경제와 금전에 의해 소외당하는 것을 써야만 하는데도, 여전히 적지 않은 인지관념은 경제 문제에 대한 도덕적 분노라는 일반적인 측면에 머물러 있다. 이러한 상황은 정체기를 겪고 나서야 극복되리라 본다.

제3절 일원과 다원이 공존하는 총체적 국면

비록 전형 시기 문단이 혼란스럽고 복잡하며 역설적인 상황들로 가득 차 있다고는 해도, 크게 보자면 '일원과 다원이 공존하는 총체적 국면'이라는 말로써 개괄하여도 무방할 듯하다.

여기에서의 '일원'이란 현 중국의 사회주의 정통 가치를 대표하는 말로서 이데올로기적인 면에서 '중심적' 지위에 있는 문학 – 주류이데올로기 문학 혹은 기조 문학 – 을 일컫는다. 이러한 문학의 구체적인 역할과 작용은 첫째, 문화규범을 확립하여 긍정적인 지도를 하며 둘째, 사회주의 이데올로기의 권위·엄숙성·순결성을 수호하고 요란한 다성악 합창 가운데 솔

로의 지위를 유지하게 한다는 것이다. 구체적인 의의는 1994년 장쩌민江
澤民이 전국사상공작회의에서 천명한 '4개의 제창' - 애국주의 · 집단주의 ·
사회주의의 발양에 유리한 사상과 정신 일체를 힘껏 제창하고, 개혁개방
과 현대화 건설에 유리한 사상과 정신 일체를 힘껏 창도하고, 민족단결 · 사
회진보 · 인민행복에 유리한 사상과 정신 일체를 힘껏 창도하고, 성실한
노동으로써 아름다운 생활을 쟁취하는 데 유리한 사상과 정신 일체를
힘껏 창도한다 - 과 문련(문학예술계연합회) · 작협(중국작가협회) 등 관
방 혹은 준 관방의 조직기구(중국 작협과 각 성 및 행정 급별 작협, 즉
성 · 부 · 청 · 국 작협)를 통해 문학잡지 · 문학비평(부문 책임자의 비개인적 ·
비순문학적 발언을 포함)과 문학상 · 과제수주 등 문학 활동을 유도하는
보장 시스템을 실시해야 한다는 언급에 표현되어 있다.

   문화자원이라는 측면에서 주류이데올로기 문학은 주로 다음과 같은
몇 가지로 나누어 볼 수 있다. 첫째, 고리키를 대표로 하는 소련 혁명문학
이다. 이것은 사람을 교육하고 사람을 고무하는 문학의 교육 작용을 강조
하며, 사회생활과 사회투쟁 중에 문학의 '실천적' 의의를 돌출시킴으로써
자신의 가치를 실현하고 조직에 대한 조정을 진행한다. 둘째, 옌안의 '홍
색경전'으로 자오수리趙樹理, 딩링丁玲, 저우리보周立波 등의 작품이 그 예
이다. 이들은 고양된 혁명낙관주의와 낭만주의를 기조로 사회혁명의 주
체인 공 · 농 · 병을 가치실현의 대상으로 삼는다. 거짓이 없고 공정함이 충
만한 정서와 통속적이고 이해하기 쉬운 형식을 이용하고, 문학의 정치 · 공
리적 목표를 시적으로 표현하며 광범위한 민중에게 '정신의 양분'을 제공
한다. 셋째, 역사와 현실 속에 끊임없이 등장한 위인 · 영웅을 시의적절하
게 채택하여 형상화한 작품이다. 『저우언라이周恩來』, 『쿵판썬孔繁森』, 『
장밍치張鳴岐』, 『레이펑이 떠나간 세월離開雷鋒的日子』 등 영화와 TV 작품

이 여기에 속한다. 이들은 사회의 잠재적 집단기억에 대한 주류이데올로기 문학에 대한 일종의 새로운 계발이자 유의미한 이해라 할 수 있다.

　위에서 언급한 것들 중 전자의 둘은 역사적 전통이고, 후자의 하나는 근래에 새로이 나타났다. 이들을 종합하면 최근 주류이데올로기 문학창작의 주요한 모델이자 참조의 기준이 된다. 이러한 문화자원은 확실히 빈약하다고 말하기는 어렵지만, 문학—정치—체화의 색채가 농후했으므로 '정치중심'에서 '경제중심'으로 전환하는 과정 가운데 돌연히 병폐와 부적합성을 드러내었다. 따라서 주류이데올로기 문학은 예술법칙과 시장규율에 따라 문학과 정치의 관계를 어떻게 잘 처리할 것인가라는 회피할 수 없는 문제에 봉착했다. 최근 주류이데올로기 문학이 매우 쇠락하였다. 이처럼 엘리트문학·대중문학 등 기타 형태의 문학과 비교해도 더욱 곤란하고 가혹한 환경에 처하게 되었음은 모두 여기에서 원인을 찾을 수 있다.

　1970, 80년대는 '문혁'의 그늘에서 벗어난 지 오래지 않았을 때라 문학 역시 비교적 단순했고, 따라서 주류이데올로기는 문단에서 절대적 강세를 차지했을 뿐만 아니라 '사상해방'의 기치 하에 광범위한 작가군과 함께 통일전선을 형성할 수 있었다. 후에 대규모의 발란반정 운동이 끝나자 통일전선 내부의 모순이 드러나기 시작했다. 이에 주류이데올로기 문학과 기타 문학은 희극적으로 분화하고 서로 스며들며 더욱 긴장하고 화해하는 교차 발전의 특수한 경관을 연출하게 되었다. 1981년의 '반자산계급자유화'와 1986년의 '오염제거'는 이러한 사실을 충분히 증명하는 예로서, 정부최고정책결정권자(예를 들어, 덩샤오핑鄧小平, 후야오방胡耀邦)는 문단의 상황에 매우 놀라 사태를 간섭·조절하는 한편 긴장을 조성했다. 그러나 1990년대에 시장경제가 출현함에 따라 경제는 정치를 대신하여 사회의 중심이 되었고, 정치선언으로서의 역할을 해왔던 주류이데올로기

문학은 점차 불리한 위치에 설 수밖에 없었다. 자신의 직능을 철저하게 유지하기 위하여, 또한 자신의 생존·발전이라는 필요에 의해 주류이데올로기 문학은 규범적 방식으로써 대중문학을 흡수하고 비판하는 동시에, '기조 문학을 발양하고, 다양화를 제창하자'는 문화 전략을 제시했다. 그리고 이를 통해 스스로가 처한 문화적 열세의 곤경을 어느 정도 개선할 수 있었다.

그러나 이것은 '어느 정도'에 불과하므로 과장된 수식어로 평가할 수는 없다. 그 이유를 살펴보면, 주류이데올로기 문학 자체의 한계 및 문학과 정치·사상과 예술의 관계 위에 존재하는 문제 이외에도 여전히 기타 문학이 만들어낸 '다양화'에 대한 탐색과 밀접하게 관련되어 있다. 예를 들어 엘리트 문학이 상대적으로 독립적인 지식인의 입장에서 이질성과 전위성에 대해 탐색한 것은, 다시 말해 권력서사와 주류 언어에 대한 모종의 반역성의 표현이자 기존의 문체 규범과 표현양식에 대한 변이성의 표출이라 할 수 있다. 그리고 이는 당대문학의 변혁에 확실히 중대한 추동작용을 발휘했다. 좀 더 앞선 세대인 류쉬라, 천춘 및 그 이후 세대인 마위안, 거페이格非, 위화, 쑤퉁, 쑨간루孫甘露, 베이춘 등과 같이 개성적 자아를 극도로 발양하고 '의의의 세계'를 희롱하는 작가들이 없었더라면, 또한 만약 1980년대 중반의 류쉬라, 가오싱젠高行健, 모옌莫言 및 1990년대의 위화, 쑤퉁, 거페이 등과 같이 반역과 변이로 충만한 작가들의 대담한 탐색이 없었더라면, 현재 문단은 어떻게 되었을까? 마찬가지로 만약 무협소설, 로맨스문학, 탐정문학, 사회문학, 유형문학(초기에 주로 홍콩·타이완 혹은 해외로부터 유입되었고 이후에 관련 간행물을 발행하는 등 점차 성과를 보이기 시작했다. 이를 기반으로 후에 작가와 작품을 배출했다) 등과 같이 현대 문화산업의 성질을 지닌 문학, 즉 수용자의 오락·소비·

배설 등 정신적 요구를 중시하는 소비문학이 탄생하지 않았더라면, 더욱
이 중국 문단에서 신속히 확산되지 않았더라면, 문학과 대중 간의 관계는
어떠한 상황에 처하게 되었을까? 문학의 일원과 다원은 일종의 객관적
존재로서 중국적 담론환경에서는 더욱 심각한 필연성을 지닌다. 적극적
으로 말하자면, 이것은 문학의 경쟁에 유리하며, 문단은 '하나'와 '많음'의
사이에서 일종의 긴장감을 형성하며 풍부한 활약을 펼치게 된다.

과거 문학과 정치가 고도로 일체화된 시대에는 자연히 일원과 다원
간의 이러한 모순 관계는 생겨날 수 없었다. 당시에 문학은 일원적이고
단순했으므로, 주류이데올로기의 중심부로부터 약간이라도 유리되면 일
률적으로 이단으로 간주되었다. 이것은 실제로 '하나'로 '많음'을 삼고,
'하나'로 '많음'을 감당하는 것이다. 정치 일체화의 울타리로부터 벗어난
오늘날, 서로 다투기도 하고 돕기도 하는 각종 문학 주장과 관념이 존재하
는 가운데 문학은 비로소 다방면에서 스스로를 드러내고 여러 가지 가능
성을 실현할 수 있게 되었다. 이로써 풍부하고도 다양한 문학창작의 배경
이 형성되었으며, 바로 이러한 점에서 '다양화'는 아무리 높게 평가되어도
지나치지 않다고 할 수 있다. '다양화'는 곧 문학이 전통에서 현대로 변이
해 나아가는 하나의 중요한 전제조건이자 이 책이 말하는 '문학 이슈'의
잠재적 기초를 형성한다.

문학의 다양화는 작가의 개성이라는 기초 위에 세워진다. 예술적 개성
과 영원히 멈추지 않는 작가의 탐색이 없다면, 전체 문단의 다양한 활약은
기대할 수 없다. 바로 이로부터 근래 20년간 문학에 출현한 다양화 현상
에 대해 희비쌍곡선이 형성되었다. '희'는 다양한 탐색은 분명 문학이
크게 발전하고 생기와 활력이 풍부하다는 표시이므로 작가 상호 간에
비교 · 경쟁의 욕망을 강렬하게 자극하고, 문학은 일종의 난반사亂反射의

동태를 나타내고, 각종 관념이 저마다의 아름다움을 뽐내고, 우수한 작품들이 새로이 기이한 모습을 드러내고, 각계의 신진 작가가 끊임없이 등장하고, 문학의 변화·발전이 가속화됨을 의미한다. '비'는 새롭게 변화하는 것을 과도하게 추구한 나머지 문학의 발전은 필연적으로 서둘러 추진될 수밖에 없고, 이로 인해 작품의 전형성은 결핍되고, 각 단계의 발전은 자족성이 결여되고, 예술 관념과 기법은 상응하는 안정성을 상실했음을 의미한다. 과정이 곧 전부인 것처럼 모방과 중복이 너무 많고, 나타났다 사라지며 진정으로 남게 되는 것은 너무 적었다. 작가들은 너무 많이 변하기 때문에 '낙후될지도 모른다는 공포'의 이상심리를 의도치 않게 갖게 되고, 더욱이 이러한 경박한 심리상태로 인해 시류를 좇는 사유관념을 배양하며, 마음을 안정시키지 못한 채 창작을 진행하므로 더욱 완벽한 예술을 더 이상 추구할 수 없게 되었다.

양이楊義 선생은 1986년에 이러한 종류의 다양한 탐색으로 인해 "작가는 불안한 문학적 명성과 예술적 운명에 직면하고, 잦은 빈도의 약진과 큰 폭의 부침 속에서 자아를 완전히 자각하고 장악할 수 없게 되었다. 작가들은 오늘 고품질의 작품을 창작했을지라도 내일 걱정스러운 위기에 처할 수도 있었다. 또한 창작의 기쁨, 탈바꿈의 고통, 탐색의 미혹은 예고 없이 작가의 마음 깊숙한 곳에 풀기 어려운 매듭을 지어버렸다"[3]라고 예리하게 지적했다. 이러한 상황은 1990년대 이후 더욱 심각해졌고, 특히 일련의 '신新' 혹은 '후後'로 명명된 문학에서 더욱 두드러졌다. 신속하고 풍부한, 놀랄만한 문단의 영향력은 실천적 성취를 뛰어 넘었고, 따라서 확실히 대작 혹은 대가의 품격은 결핍되고 광활한 기세의 걸작 역시 보기 힘들어

---

3) 양이楊義, 「최근 소설의 품격과 발전 전경 − 당대 소설가와의 한 차례 주제넘은 대화當今小說的風度與發展前景−與當代小說家一次冒昧的對話」, 『文學評論』, 1986년 제5기.

졌다. '다양성'은 단계와 경계의 문제이다. 만약 일반적으로 찬미되는 '떠들썩함', '다원 병존'의 단계에 그친다면 이는 불충분하다. 중요한 것은 사회와 문학 발전의 실제에 근거해 합목적, 논리적으로 '다양성'과 '원대한 취지(헤겔의 말)'에의 추구가 결합되어야 한다는 사실이다. 왜냐하면 우리가 말하는 문학의 다양성은 결코 '많음'을 목적으로 삼는 것이 아니며, 정신적 창작의 자유와 관용의 대중 공간을 만들기 위하여 문학 변혁의 동력과 가능성을 찾고, 일종의 새로운 '역사건설'에 도달하는 것을 목적으로 삼기 때문이다. 그렇지 않으면 문학의 다양성은 총체적으로 평범하고 얄팍한 것을 겨루는 데 불과하며, 많기는 하나 품질이 떨어지고 깊이는 얕아지는 그러한 결과를 초래할 것이다. 우리는 바로 이 점을 경계해야 한다.

우슈밍 吳秀明

제2장

'단절' 현상과 신생대 작가의 등장

제1절 세기말 문단의 '단절' 사건

1998년 10월, 『베이징문학北京文學』은 전문에 걸쳐 주원朱文의 「단절: 1부의 질문지와 56부의 회답지斷裂: 一份問卷和五十六份答卷」, 한둥韓東의 「비망: '단절' 행위에 관한 회답備忘: 有關'斷裂'行爲的回答」을 게재했다. 이는 '단절' 사건이 되었고 고요하고 나태한 1998년의 중국 문단에 일대 적지 않은 소동을 촉발했다.

이 '단절'은 주원이 작성한 「단절: 1부의 질문지」 조사에서 비롯되었다. 주원의 말에 따르면, 5월 12일 1차 질문지를 발송하기 시작하여 누계 73부의 질문지를 발송했으며, 7월 13일까지 모두 55부가 회수되었다. 발송된 질문지에 이 조사의 마감 일자를 밝히지 않았고, 질문지 발송 후에 전화를 걸어 독촉하지도 않았다. 자발적인 참여를 주로 하고, 초래되는 각종 반응, 참여·불참여와 우려하며 결정하지 않는 것 모두가 이번 작업의 일부분이었다. 5월 1일 처음으로 이 작업에 대한 생각이 싹트고, 90일이 지난 7월 29일 최후의 텍스트가 완성되었다. "이 작업과 질문지 조사에 참여한 사람은 모두 1960년대 이후에 출생한 청년작가들이었다." 한둥을 포함하여 우천쥔吳辰駿, 루양魯羊, 추천楚塵, 린바이林白, 거훙빙葛紅兵, 구첸顧前,

싱거荊歌, 장신잉張新穎, 가오위안바오郜元寶 등이 그들이었다. 질문지는
'한 명의 작가가 다른 작가들을 향해 질문하는' 방식으로 구성되었고,
다음과 같은 총 13개의 질문이 주어졌다.

1. 당신은 중국당대작가 중 누가 당신에게 등한시할 수 없는 영향력을
   행사하였다고 혹은 행사하고 있다고 생각하는가? 일련의 1950, 60,
   70, 80년대 문단의 작가 중 누가 당신의 창작에 일종의 근본적인
   지도를 하였는가?
2. 당신은 중국당대문학비평이 당신의 창작에 중대한 의의를 지닌다
   고 생각하는가? 당대문학평론가는 당신의 창작을 지도할 권리 혹은
   충분한 재능을 가지고 있다고 생각하는가?
3. 대학, 대학원에서의 현·당대문학 연구는 당신에게 어떠한 영향을
   주는가? 당신은 진정한 창작 현상과 비교해 이러한 연구가 성립할
   수 있다고 생각하는가?
4. 당신은 한학자가 자신의 작품에 대해 진행한 평가를 중시하는가?
   그들의 관점은 중요하다고 생각하는가?
5. 당신은 천인커陳寅恪, 구준顧准, 하이쯔海子, 왕샤오보王小波 등이 우리
   가 반드시 숭배해야 하는 새로운 스타라고 생각하는가? 그들의 책은
   당신의 창작에 영향력을 행사하는가?
6. 당신은 하이데거, 롤랑 바르트, 푸코, 프랑크푸르트학파 …… 등의
   책을 읽어본 적이 있는가? 이러한 권위 있는 사상 혹은 이론이 당신
   의 창작에 영향을 주는가? 이것들이 현재 발전 중인 중국문학에
   필요하다고 생각하는가?
7. 당신은 루쉰魯迅을 자기 창작의 본보기로 생각하는가? 당신은 루쉰

의 사상적 권위가 당대중국문학에 대해 지도적 의의가 있다고 생각하는가?

8. 당신은 기독교·이슬람교·불교 등 종교 교의를 최고 원칙으로 하여 창작의 규범으로 삼을 수 있다고 생각하는가?

9. 당신은 중국작가협회와 같은 조직과 기구가 당신의 창작에 절실한 도움을 준다고 생각하는가? 당신은 그들을 어떻게 평가하는가?

10. 당신은『독서讀書』,『수확收穫』등 잡지가 대표하는 기호와 표방하는 입장을 어떻게 평가하는가?

11. 『소설월보小說月報』,『소설선간小說選刊』등 문학 간행물에 대하여, 당신은 그들이 진실하게 최근 중국문학의 상황과 발전 과정을 체현하고 있다고 생각하는가?

12. 마오둔茅盾 문학상, 루쉰 문학상에 대하여 당신은 그 권위를 인정하는가?

13. 당신은 온몸에 녹색 옷을 입은 사람을 한 마리의 채소벌레 같다고 생각하는가?

문제는 상당히 예리했다. 즉 "현존 문학 질서의 각 방면 및 관련 상징부호를 겨냥하는"[1] 한편, 강력한 지도적 성격과 경향성을 띠고 있었다. 따라서 대다수 회답자의 답안은 부정적일 수밖에 없었다. 예를 들어 69%의 작가가 중국당대작가 중에 등한시할 수 없는 영향력을 행사한 혹은 행사하고 있는 작가는 없으며, 100%의 작가는 1950년대에서 1980년대까지 활약한 문단의 작가 중 자신의 창작에 일종의 근본적인 지도를 한

---

1) 주원朱文,「단절: 1부의 질문지와 56부의 회답지斷裂: 一份問卷和五十六份答卷」,『北京文學』, 1998년 제10기.

작가는 없다고 대답하였다. 98.2%의 작가가 중국당대문학비평이 자신의 창작에 대하여 중대한 의의를 가지고 있지 않으며, 100%의 작가는 당대 문학평론가는 자신의 창작을 지도할 권리 및 충분한 재능을 가지고 있지 않다고 언급하였다. 94.6%의 작가가 대학, 대학원의 현·당대문학 연구가 자신에게 어떠한 영향력도 행사하고 있지 않으며, 92.8%의 작가는 진정한 창작 현상과 비교해 볼 때 이러한 연구는 성립할 수 없다고 보았다. 81%의 작가는 한학자의 관점은 중요하지도 중시하지도 않는다고 대답했다. 100%의 작가가 천인커 등을 새로운 스타로 삼아서는 안 되며 이들에 대한 신격화 운동에 반대하고, 91%의 작가는 천인커 등의 책은 자신의 창작에 영향력을 행사하지 않는다고 답하였다. 91%의 작가가 하이데거 등 권위 있는 사상 혹은 이론이 자신의 창작에 대하여 영향력을 행사하지 않으며, 92.8%의 작가는 이러한 권위 있는 사상 혹은 이론은 중국문학에 필요치 않다고 말하였다. 98.2%의 작가는 루쉰을 자기 창작의 본보기로 생각하지 않으며, 91%의 작가는 루쉰이 당대 중국문학에 대하여 지도적 의의를 가지고 있지 않다고 대답하였다. 100%의 작가가 기독교·이슬람교 등 종교 교의를 최고 원칙으로 하여 창작의 규범으로 삼아서는 안 된다고 답하였다. 92.8%의 작가가 작협의 도움을 받아본 적이 없다고 대답하였고, 96.4%의 작가는 작협에 대하여 완전히 부정적인 태도를 지니고 있음을 알 수 있었다. 56%의 작가는『독서』에 대해 부정적·비판적이고, 52%의 작가는『수확』에 대해 부정적·비판적이며, 91%의 작가는『소설월보』,『소설선간』에 대해 완전히 부정적인 태도를 지니고 있음을 보여 주었다. 94.6%의 작가는 마오둔 문학상, 루쉰 문학상의 권위를 인정하지 않았다. 이상의 통계를 통해 이 일군의 작가들이 대체로 서로 비슷한 기본 입장을 가지고 있음을 알 수 있었다.

주원의 이름으로 구상하고 발표된 득의양양한 5만여 자의 '단절 질문 지'로부터 한둥의「비망: '단절' 행위에 관한 회답」에 이르기까지, 마침내 이것은 더 나아가 '단절' 총서의 출판(비록 일찍이 신문잡지·출판가에 정식으로 발표 혹은 출판되었지만)으로까지 이어졌다. 이후에 나타난 각 종 반응은 자세히 음미해 볼 가치가 충분하였다. 어떤 이는 흥분과 충격 을, 어떤 이는 기쁨을 느꼈고, 또 다른 어떤 이는 '단절'자와 같은 하늘 아래 있을 수 없다고 할 정도로 노기로 충만했으며, 물론 어떤 이는 침묵 으로써 이 상당한 분량의 질문지에 반응하였다. '단절' 질문지는 일시에 파문을 일으켜 문단의 이슈가 되었고, 심지어 오늘날에 이르기까지 여전 히 나타났다 숨었다 하며 영향력을 발휘하고 있다.

제2절 '단절' 소동

'단절'이란 도대체 무엇인가? '당대 지식인의 독립 선언'인가 아니면 '홍 보'인가, '세대교체'를 위한 것인가 혹은 '노선투쟁'인가, 심지어 '아버지를 죽이는' 행위인가? '단절' 행위를 꾸미고 여기에 참여한 자들은 이를 조롱 거리로 삼으려 했는가 아니면 문학에 대한 엄숙한 이해와 사명으로 볼 것인가? 오늘날까지 이에 대한 정설은 없으며, 적지 않은 생각거리를 숙 제로 남겨 주었다는 것만이 의심할 여지 없는 사실이다.

'단절' 질문지 조사 활동은 이미 한바탕 지나갔지만, 하나의 문화 사건 으로서는 여전히 끝나지 않고 있다. 많은 사람들이 이에 대해 욕하거나 야유와 조롱을 퍼붓고 혹은 의분으로 가득 차 있으며 무심하거나 고개를 끄덕이며 찬성한다. 이것은 당대 중국의 일대 문화 사건으로서 문학권 안팎의 열렬한 관심을 끌었고, 본래 침묵하고 방관하던 평론가들조차 분분히 '붓을 내던지고 종군'하였다. 문단은 즉각 평소와는 달리 소란스러워졌고, 여기저기에서 심지어 오늘에까지 이어지는 대토론이 생겨나게 되었다. 문단 각계의 말을 종합하면, 논쟁의 초점은 주로 아래의 세 가지 방면에 집중되어 있다.

1. 권력을 성토함

'단절' 사건 후에 일부 평론가들은 한둥 · 주원 등이 담론패권을 장악하고 1960, 70년대 심지어 더욱 앞선 세대의 작가들을 대체하기 위한 의도를 갖고 있지 않았나 의심하였다. 즉, 이들이 일부러 문단의 적막을 깨고 기세등등하게 행동함으로써 주류 담론권력을 쟁취하고자 한다는 것이다. 개인이나 조직뿐만 아니라 담론패권의 장악 역시 지위 혹은 신분의 상징이 될 수 있으므로, 그 중요성은 더 이상 말할 필요조차 없다. 그러나 진정으로 일종의 담론권력을 건설하고 더욱이 담론권력을 장악하려면 반드시 언설자의 권위 및 언설 내용의 신빙성이 요구되는 바이다. 이러한 점에서 한둥 · 주원 등의 문단 내에서의 처지란 여기에 그다지 부합하지 않았다. 1980년대의 문학은 당시에 이미 합리적으로 확장하고 있었으며, 일군의 작가들은 각자 자기의 영역을 확보하고 있었으므로 한둥 · 주원은 더욱 압박감과 소외를 느꼈을 수 있었다. 마치 피에르 부르디외가 이단적 담론과 정통적 권위 간의 관계에 대해 "통상적 질서와의 결렬을 공개 선언함으로써, 이단적 담론은 반드시 일종의 새로운 상식을 생산해낸다. 또한 하나의 완전한 집단이 이전부터 가지고 있었던 말로는 전달할 수 없지만 체득할 수는 있는 어떤 것 혹은 억압에 봉착한 실천과 체험적 사례와 함께 공개 표명과 집단적 승인을 통해, 이러한 상식에 합법성을 부여하고자 한다"[2]라고 말한 바와 같다.

당시의 문단을 살펴보면, 전통 담론이 견고하게 주도적 위치를 차지하고 있는 동시에 새로운 창작 집단은 점점 힘차게 솟아나며 이미 일정한 규모의 성과를 보여주고 있었다. 따라서 신·구 두 개의 힘이 서로 밀고 당기며 담론권력을 쟁탈하고자 하는 현상이 불가피하게 나타나게 되었다. 그러나 전통적 권위는 매우 견고해서 부술 수 없었고, 새로운 한 세대를 구성하게 된 한둥·주원은 전통과 경쟁하기 위해 고도로 계획된 수단을 채택할 수밖에 없었다. 천샤오밍陳曉明은 이에 대해 "이들은 문학사의 고독한 군락이다. 이들의 상징가치는 정의내릴 방법이 없고 또 누구도 정의내릴 수 없다. 이들은 스스로 자신들이 만든 상징시스템을 정의하였다. 이로 인해 필연적으로 이단적 형식으로 등장하고, 불법적인 난입자의 신분으로 새로운 합법성을 취득하고자 하였다", "이것은 예전 프랑스 파리의 보헤미안 예술가들이 이단적 자세와 상류사회와의 대립을 통하여 스스로의 예술을 위한 예술 관념을 고취하고, 신속하게 자신들만의 상징자본을 건설한 것과 같다. 혹은 미국의 '잃어버린 세대'가 귀환한 방랑자의 역할을 맡은 것과도 흡사하다고 할 수 있다"[3]라고 평가하였다. 당시 여전히 모호한 입장을 취하던 문단에서 한둥·주원 등이 이처럼 격앙된 행위를 통해 자신들의 태도를 떠벌린 것이, 담론권력을 쟁취하기 위해서든 아니든 간에, 적어도 전통 담론의 권위와 주도적 지위에 대해 어느 정도의 움직임과 위협을 가져왔음은 사실이다.

소위 '권리론' 혹은 '이익론'에 대하여, 한둥은 "그들은 우리의 동기를 추궁한다. 그런데 그들은 늘 사람이 어떤 일을 하는 유일한 동기는 바로

---

2) 천샤오밍陳曉明, 「이질적인 것들의 비명 - 단절과 새로운 부호의 질서異類的尖叫 - 斷裂與新的符號秩序」, 『大家』, 1999년 제5기.
3) 위의 논문.

이익이라고 이해하므로, 우리 역시 다르지 않을 것이라고 간주한다. 그러나 당연히 믿을 수 없겠지만, 우리가 문학을 위하여 어쩌고저쩌고 하는 것은 사건의 결과가 어느 정도 증명해주고 있다고 본다. 사건의 결과는 우리가 진일보하여 자립하기 시작하였다는 것이다. 우리가 추구하는 바는 사실 권리를 얻는 것이 아닌 권리를 버리는 것이다. 왜냐하면 권리는 문학의 간섭을 매우 두려워하기 때문이다"라고 반박하였다. 또한 각종 질문에 대하여, 한둥은 "우선 '단절' 행위가 해결하고자 한 것은 이익의 문제가 아니라 이상의 문제이다. 이익이라는 측면에서 보자면 우리의 행위는 확실히 황당무계하다"[4]라며 설득력 있게 '단절' 행위의 목저을 표명하였다. 한둥 등은 주류 담론권력에 대하여 흥미가 없을 뿐만 아니라 앞으로도 영원히 관심 갖지 않을 것이라며 주도적으로 성명을 발표하였다. 이들은 조용히 책상 앞에 앉아 창작하는 것으로써 이 소란스러운 사건을 처리하였다. 그리고 이를 통해 몇 가지 부분을 확실하게 정리하는 한편, 같은 시공간 하에 서로 다른 창작이 있으며, 이러한 구분은 자아의 필요로부터 생겨나는 것임을 알리고자 하였다.

   '산 하나에 두 마리 호랑이가 용납되지 않는' 것처럼, 문학의 신·구 교체는 필연적일 수밖에 없다. 따라서 일부는 결국 배척·봉쇄되고 심지어 애써 소홀하게 다루어져야 한다. 당연히 담론권력은 일원적이지 않다. 따라서 실력으로 자신의 지위를 확립하는 것이야말로 가장 근본적으로 추구되어야 하는 바이다. 한둥·주원 등에 대해서도 진정한 창작 역량을 갖출 때에 비로소 담론 주도권을 획득하고 자아의 요구를 실현할 수 있는 가장 힘 있는 무기를 지니게 된다고 말할 수 있다.

---

   4)   한둥韓東, 「비망: '단절' 행위에 관한 회답備忘: 有關斷裂行爲的回答」, 『北京文學』, 1998년 제10기.

2. 체제에 대한 반항

일부 평론가들은 한둥·주원 등이 질문지 조사를 통해 현존하는 문학 질서에 반대하고 자신들의 질서를 건설하고자 한 것은 '역성혁명'과도 같은 큰 사건이라고 평가하였다. 즉, 그들이 던진 질문은 당시 문화체제의 문제를 직접적으로 겨냥하고 있다는 것이다.

예를 들어 현대문학의 상징인 루쉰은 1990년대 문단에서 여전히 정전 (經典)으로서의 지위를 누리고 있었다. 이렇듯 전통 체제 내의 창작은 오히려 현존하는 문학 질서를 유지하고자 시도, 노력하였다. 대다수 연배 있는 작가가 이미 자신의 영역에서 주인 노릇을 하고 있었고 따라서 세력 범위에 대해 사실상 분배가 완료되었다는 느낌을 지우기 힘들었다. 한둥· 주원 등은 이러한 상황을 달갑지 않게 여기는 한편 체제 내의 속물스러움과 부패에 눈뜨게 되었다. 이들은 스스로를 위하여 체제에 대항하고 반역하는 태도를 설정하고 이로써 존재를 드러내며 현존하는 문학 질서와 용속한 창작에 격렬한 비판을 가했다. 한둥은 "당신은 중국 당대작가 중 누가 당신에게 등한시할 수 없는 영향력을 행사하였다고 혹은 행사하고 있다고 생각하는가?'라는 질문에, "당대 중국어 작가 중 어느 누구도 나의 창작에 등한시할 수 없는 영향력을 행사하지 않았다. 1950, 60, 70, 80년 대에 등단한 작가는 어느 누구도 나의 창작과 계승 관계를 가지고 있지 않다. 나는 그들의 책을 전혀 보지 않는다"[5]라고 결연하게 회답하였다. 이러한 태도는 물론 평론가들에게 비난과 책망의 구실을 제공하였다.

그래서 쟁론의 초점은 불가피하게 당시의 문화체제 문제에 집중되었고, 이것은 주원이 질문지의 설명 부분에서 지적한 바와 같았다. 주원은

---

5) 주원, 앞의 논문.

"우리의 문제는 현존하는 문학 질서의 각 방면과 유관한 상징부호를 정조준한다"[6]라고 말하였다. 한둥 역시 "우리의 목적은 동일한 시간 속에 서로 다른 공간을 구획하는 것이지 결코 하나의 창작으로 다른 하나의 창작을 대체하는 것이 아니다. 우리는 세상이 흉흉하다는 것을 잘 알고 있다. 그래서 이러한 분에 넘치는 욕심은 품어본 적조차 없다. 우리가 명확히 하고자 하는 바는 현존하는 문학 질서의 바깥에 완전히 다른 성질의 또 다른 창작이 존재한다는 사실이다. 이것은 질서에 영합, 적응하지 않고 질서 내에서 발전을 모색하는 것을 목적으로 삼지 않으며, 단지 영원한 이상주의와도 같은 강인함을 보여줄 따름이다"라는 입장을 밝혔다. 또한 그는 이 두 가지 창작의 상이함은 현대문학 질서와의 관계로부터 비롯된 것이며, "그 하나는 질서와 교류하면서 자신을 변화시키는 적응력을 가지고 있다. 따라서 종국에는 자신의 역량으로써 스스로가 처한 질서를 강화하고 질서 역시 그것이 추구하는 바에 대해 긍정적으로 작용하게끔 한다". 그리고 "다른 하나는 우리가 표명한 창작이다. 이것은 현존하는 문학 질서와 창작환경에 대해 태생적으로 불신임과 경계의 입장을 취하고, 진실·예술·창조가 개인의 이익과 길이 빛날 업적보다 훨씬 더 시급하고 중요한 문제라고 인식한다"[7]라고 하였다. 그에 따르면 하나는 용속한 독성의 창작이며, 다른 하나는 열정적 이상과 자신의 필요성이 있는 진정한 창작이라는 것이다.

확실히 이것은 당시 문학의 주류와 비주류의 문제에까지 연결되었다. 그러한 '용속한 독성의 창작'은 문단의 주류적 지위를 차지하였고, 한둥·주원 등이 인식한 '열정적 이상과 자신의 필요성이 있는 진정한 창작'은

---

6) 위의 논문.
7) 한둥, 앞의 논문.

주변의 외딴 곳에 배치되었다. 주변부는 비주류의 특징 중 하나로 문학 작품 속에 자각적 혹은 비자각적으로 체현되는 일종의 주류와의 소원함 혹은 배치됨을 일컫는다. 주변 담론은 총체적 문학계의 입장에서 보면 매우 미약한 지위를 차지하는 데 불과하지만, 그러나 종종 주변부로 인하여 문학은 그 본연의 모습으로 되돌아가거나 자신의 진정한 사명을 떠올리게 된다. 그렇다면 문학의 진정한 생명이란 무엇인가? 이것은 영원히 풀 수 없는 숙제이다. 문학은 줄곧 감당할 수 없는 무거운 책임을 짊어졌으며, 문이재도文以載道의 사명으로 인해 일종의 도구가 되거나 점점 더 좁은 막다른 골목으로 내몰렸다. 신시기 이래 문학의 주체성은 거의 처음부터 다시 획득되었으나, 문학 질서는 여전히 일종의 유형무형의 이익으로써 가련한 작가들을 몰아치고 유혹하였다. 작가들 역시 질서로 향하는 굴복으로써 이익을 쟁취하고, "많은 사람들은 자아가 마쳐지는 상황에서 점차 자기의 영혼을 내다 팔게 되었다."[8]

주류와 주변부의 강렬한 대치 속에서 한둥·주원 등은 용감하게 일어나 극단적인 방법으로 현존하는 문학체제에 대해 혁명적인 도전과 전복을 감행하였다. 이들은 "부패한 문학 질서는 확실히 우리 세대(동일한 시간)에서도 (이전과 마찬가지로) 그 계승자를 찾아낼 것이다. 그러나 우리는 절대로 이 질서의 계승자·자손이 되어서는 안 되며, 우리가 계승해야 하는 것은 오히려 혁명·창조와 예술적 전통이다. 우리가 주장하는 창작에서의 실천과 비교 관계에 있는 것은 초기의 진실했던 왕샤오보, 무명의 후콴胡寬, 위샤오웨이于小韋, 불행한 스즈食旨 그리고 천재 마위안馬原이지, 왕멍王蒙, 류신우劉心武, 자핑야오賈平凹, 한샤오궁韓小功, 장웨이張

---

8) 위의 논문.

煒, 모옌莫言, 왕쉬王朔, 류전윈劉震雲, 위화余華, 수팅舒婷과 소위 상흔문학·심근문학·선봉문학이 아니다"라는 입장을 표명하였다. 또한 이러한 대치 가운데 과감하고 결연하게 명확한 선을 그으며, "우리는 반드시 현존하는 문학 질서로부터 단절되어야 한다. 질문지에 있던 첫 번째 질문은 건국 이래 앞서거니 뒤서거니 출현한 몇 대에 걸친 작가에까지 소급된다. 그러나 우리의 부정은 단지 그들만을 겨냥한 것이 아니다. 그들이 현존하는 문학 질서의 일환이 될 때 비로소 그들은 우리에게 중시를 받을 수 있다. 이런 의미에서 우리는 그들을 반대한다. 우리의 행위는 현존하는 문학 질서의 각 방면과 상징성 부호를 겨냥한 것이다. 우리는 동년배 작가에 대해서도 선을 긋고자 하며, 심지어 동일 시대 내에 선을 긋는 것은 더욱 중요하다고 생각한다"9)라고 주장하였다. 한둥·주원 등은 이러한 문학에 대한 견고한 방어 태도로 인하여 문단의 뭇 공격대상이 되었다.

문학체제의 일종의 상징적 존재로서 작협은 이번 조사에서 집중적인 포화의 대상이 되었다. "당신은 중국작가협회와 같은 조직과 기구가 당신의 창작에 절실한 도움을 준다고 생각하는가? 당신은 그들을 어떻게 평가하는가?"라는 질문에 대해 주원은, 중국 작협은 사무실 책상 앞에서 회의나 열고 필기나 하는 한 구의 썩은 시체라고 본다고 회답하였다. 중국 작협 회원이던 한둥은 "각급 작가협회는 정통적 권력기구이며, 그것은 정부를 대표하여 작가를 관리한다. 당연히 그것은 단지 관리형식의 일종 - 비교적 불명확하고 예의 바른 형식의 일종에 불과하다"10)라며 상대적으로 조심스럽게 견해를 표명하였다. 작가협회 회원을 겨냥한 비교적 민감한 질문과 한둥·주원 등이 중국작가협회 조직과 기구의 도움을 부정하

---

9) 위의 논문.
10) 주원, 앞의 논문.

는 것을 두고 의문이 제기되었다. 한둥은 이에 대해 "자신의 청렴결백함을 밝히기 위해 작가협회에서 퇴출하지는 않는다. 아마도 어느 날 내가 작협에서 퇴출한다고 선포할 수도 있지만, 그것은 나 개인의 필요에 따른 것이 아니라 이를 통해 어떤 원칙적인 입장을 밝히고자 하기 때문일 것이다. 명의상 작협 회원인지 아닌지 여부는 나에게 중요하지 않고, 작협에 대해 내리는 평가에도 영향을 미치지 않는다"[11]라고 하였다. 이러한 측면에서 한둥·주원 등은 사실 체제 밖으로 배척당한 적이 없으며, 오히려 어느 정도 체제의 수익자라고도 볼 수 있다.

한둥 등은 현존 문학체제에 도전하고 '또 다른 창작'을 제창함으로써 현존 문학체제와 대립하였다. 그러나 이들은 "우리는 문학의 이상과 문학 실천의 과정 속에 진실·창조·자유·예술이 차지하는 절대적 지위를 재천명하기 위해 행동하였다. 그리고 그것은 질서 본연의 존재와 개인의 이익 및 공명보다 훨씬 더 중요하며, 심지어 일부 구체적 작품이 갖는 역사적 지위보다 훨씬 더 중요하다고 할 수 있다. 예전부터 있던 질서이든 새로 세워진 질서이든 간에 그것이 자신을 보호하기 위해 문학의 이상을 왜곡하는 것에 대해 우리는 반대한다"[12]라고 반박하였다. 어쩌면 한둥·주원 등에게 있어 혁명 혹은 논쟁은 단지 그들의 문학 이상을 실천하는 일종의 특수한 경로였을지도 모를 일이다.

3. 정전(經典)의 전복

누군가 한둥·주원 등의 이처럼 고조된 행동은 전통문학정전에 대한 일종의 전복과 부정이라고 질의한 적이 있었다.

---

11) 한둥, 앞의 논문.
12) 위의 논문.

1970년대 이래 포스트모더니즘 조류가 전 지구를 제패하자 비평계는 전통문화에 대해 의심의 눈초리를 던지기 시작하였고, 그 결과 문학정전에 대한 토론은 비평계의 중심 담론 중 하나가 되었다. 문학정전 문제는 예나 지금이나 끊임없이 이어지는 중요한 문학 이슈이다. '정전'이라는 말은 동서양을 막론하고 줄곧 신중히 사용되었다. 일반적으로 문학정전은 시간의 검증을 견디고, 또한 가치와 미학 상 어느 정도의 보편성을 가지는 문학 텍스트를 가리킨다. 또한 시간의 검증과 역사적 세척을 거쳤는지의 여부가 한 텍스트를 정전이라 부를 수 있는지 여부를 가늠하는 척도가 된다.

하나의 구체적인 정전 텍스트에는 전체적으로 은폐되거나, 노출되거나, 깊거나, 얕거나 등등 작가가 처한 시대의 낙인이 찍힌다. 정전은 언제나 한 시대의 특수한 심리와 정서를 포함하고, 시대의 맥박과 울림이 된다. 황차오성黃喬生은 「루쉰의 정전성을 논함論魯迅的經典性」이라는 글에서 "한 작가의 정전성을 보여주는 요소 중 하나는, 그가 한 세대의 대변인이자 집대성자라는 사실이다. 한 시대의 현저한 특징은 그의 작품에 모두 드러나 있다"[13]라고 지적하였다. 중국에서도 정전은 역사적 변천을 겪으며 교체되었다. 5·4 이전의 문학정전은 전통정전으로, 5·4 이후의 루魯·궈郭·마오茅·바巴·라오老·차오曹로 대표되는 정전은 현대정전으로 불린다. 한둥·주원 등의 세대는 현대정전과 공시적인 존재이다. 정치이데올로기의 침투와 영향으로 인해, 정전은 오랜 기간 일종의 '공명共名'적 심미문화의 분위기 속에서 수용되고, 주류이데올로기 이념을 거쳐 정치관념적으로 해독되고 해석되었다. 결과적으로 후대인은 점차 소위 정전문학을 의

---

13) 황차오성黃喬生, 「루쉰의 정전성을 논함論魯迅的經典性」, 『魯迅研究月刊』, 2004년 제12기.

심하였다. 거홍빙葛紅兵은 20세기 중국문학을 위한 '추도사悼辭'에서 "20세기 중국문학은 우리에게 어떠한 유산을 남겨주었는가? 이 20세기라는 시간 속에서, 우리는 흠잡을 데 없는 작가를 발견할 수 있는가? 일종의 비범한 인격을 찾을 수 있는가? 누가 우리를 마음속 깊은 곳으로부터 경탄하게 하는가? 누가 우리 정신의 지도자가 될 수 있는가?"라고 물었다. 그는 주저하지 않고 "문제는 현재의 중국작가이다. 자유가 도래함에 따라 드디어 사실을 말할 수 있고 바른 일을 할 수 있는 시대가 되었으나 누구 할 것 없이 이를 깨닫지 못하고, 더욱 세속적으로 변모하였다. 상품경제의 대 조류 속에서 이들은 누구보다도 먼저 사업을 시작하고 누구보다도 영악하게 금전상의 득실을 따진다. 작가는 가난하다. 몇 년 전이었다면 이들의 호소는 특별하게 느껴졌을 것이다. 그러나 그들은 정말로 노동자·농민에 비해 더 가난한가? 아니다. 그들은 단지 횡재를 해 부자가 된 사람들에 비해 가난할 따름이다. 그러나 그들은 여전히 가난하다고 부르짖는다"14)라고 쓴 바 있다. 이렇듯 그가 정전을 부정하는 자세는 확실히 '단절' 작가와 약속이나 한 듯 견해가 일치하고 있다.

　20세기 중국문학의 발전 과정에서 루쉰은 현대문학의 상징이자 피할 수 없는 대상으로서, 확고한 정전적 지위를 차지하며 일종의 관념·본보기가 되었다. 그러나 '80후' 혹은 '신생대' 작가는 기왕에 '신격화'되었던 루쉰을 분분히 의심하고 부정하며 전복하고자 하였다. 한둥은 "루쉰은 케케묵었다. 그의 권위가 사상문화계의 정상에 있음은 자명한 사실이다. 그러나 여호와 사람들에 대해서조차 이러쿵저러쿵 말들이 많은데 루쉰에 대해서는 오히려 의견이 불충분하다. 이로 인해 그의 반동성 역시 명확하

---

14)　거홍빙葛紅兵, 「20세기 중국문학을 위한 추도사爲二十世紀中國文學寫一份悼辭」, 『芙蓉』, 1996년 제6기.

게 밝혀지지 않았으며, 오늘날의 창작에 대해 말하자면 루쉰은 아무런 교육적 의의도 가지고 있지 않다"라고 말하였다. 주원은 더욱 간명하게 "루쉰을 좀 쉬게 내버려두자"[15]라고 하였다. 정전문화의 전복과 당시 포스트모더니즘 사조 등의 유입 및 발전은 직접적으로 관련되어 있다. 1990년대 이래 문학은 중심과 주변이라는 이원적 대립을 타파하였다. '문학대사의 재배치', '문학사 다시 쓰기' 등 일련의 문화 사건의 전개는 이미 정론화된 문학사에 충격을 가하였고, 이로써 문학에는 다양한 가능성이 출현할 수 있었다. 점차 정전에 대한 신앙과 숭배는 사라져버리고 이러한 담론환경에서 전통문화정전은 전에 없던 충격과 도전을 받게 되었다. 지난날 인류에게 정신적 기반과 영혼에의 귀의를 제공하던 정전은 와해되기 시작하였다. 니체가 말한 바대로, 신은 죽었고 이것은 온갖 신의 카니발의 시대가 다가왔음을 의미한다. 문학정전의 시대를 위한 장송곡이 울려 펴졌다.

이렇듯 문학이 균형을 잃으며 곤경에 처한 가운데 최근 현실에 대한 불만을 더해, '단절' 작가들은 극단적인 자세로 전통의 거대한 그늘에서 벗어나고자 하였다. 즉, 전통적 문학 관념과 가치는 부단히 해체되고 전복되었다. 시대의 요구에 부응하여 소위 '욕망창작'·'신체서사' 문학이 생겨나고, 정전으로 대표되었던 문화모델과 역사기억은 다른 종류의 담론 시스템에 의해 새로이 해석되었다. 일찍이 매우 엄숙했던 사건 역시 조롱과 유희의 방식으로 해소되었다. 이러한 소비주의 담론환경 하에 한둥·주원 등 '단절' 작가들의 '선언' 혹은 문학창작은 정전을 전복하거나 재창작하는 데 작용하고, 이에 따라 전통정전문화의 해체 역시 더 이상 논의할

---

15) 주원, 앞의 논문.

필요조차 없는 사실이 되었다.

제3절 '단절' 작가의 문학 표현

'단절' 사건은 신생대 작가의 비교적 전형적인 문학운동이 되었다. 그중 개성화의 대표로서 한둥·주원 등의 창작, 즉 신생대 작가 자신의 문학 주장에 대한 힘찬 실천은 이들의 독특한 문학이념과 정신을 충분히 잘 표출하고 있음을 볼 수 있다.

'단절'은 일차적으로 문학 표현이라고 할 수 있으나, 어떠한 태도의 표현도 반드시 건실한 작품이 있어 기반이 되어야만 문학으로 하여금 문학이 되도록 하는 것이다. '단절' 사건은 이미 끝났지만 문학의 발전을 위해 길고도 긴, 위기와 고달픔으로 가득한 길을 닦아놓았다. 누구와의 '단절' 인가? 진정한 '단절'은 과연 있는가? 무엇이 '단절'이고 무엇이 '단절'이 아닌가? 이 모든 것들은 심각하게 고민해 볼 만한 문제들이다. '단절' 논쟁은 문학창작의 실천에 호소할 때에 비로소 가치와 의의를 충분히 체현할 수 있게 된다. 때문에 장차 구체적인 텍스트의 입장에서 한둥·주원이 두 명의 대표적인 '단절' 작가를 분석할 예정이다. 즉 '단절' 작가들의 '단절' 전과 '단절' 후의 문학창작을 통하여, '단절'의 구호 아래 '단' 혹은 '부단'이 복잡하게 얽혀 있는 문학창작을 심도 있게 독해하도록 한다. 또한 소위 정전창작과 비교하면서, 이론과 창작실천 상에 생겨난 상호 간의 대립을 고찰하는 한편 '단절' 작가군의 독특한 정신과 예술 원칙을 해부한다. 이 외에도 한둥·주원은 본래 시인 겸 소설가였으나, '단절' 작가 혹은 '신생대' 작가라는 이름하에 소설가로서의 한둥과 주원만이 강조되었을 뿐 시인으로서의 모습은 파묻혀버렸다. 이것은 일견 불공정한 것처

럼 보이지만, 이 장은 이들의 소설가로서의 신분만을 참고하여 양자의
소설 창작을 독해와 비교의 대상으로 삼기로 한다.

대표적 '단절' 작가인 한둥·주원은 '자유 작가'로서의 신분을 자처하며,
선명하고 자각적인 '체제 밖' 생존의식과 창작의식을 구비하고 있었다.
한편으로는 1990년대 '개체화'라는 시대적 분위기 하에 한둥·주원은 자
유의 사상, 생존과 창작의 공간을 제공받고, 전통적 정전서사는 '위기'에
봉착하였다. 다른 한편으로는 1990년대의 문단에는 1980년대를 아우르
는 문화 논리와 질서가 여전히 존재하고 있었다. 정확히 이것은 신·구가
뒤섞여 출현하며 겹겹이 쌓여가는, 즉 새로운 관념이 옛 관념 위를 떠다니
고, 옛 관념을 그림자처럼 따라다니며 한데 뒤엉키는 모습을 연출하였다.
이로 인해 여전히 꽤나 등급을 매기는 문단 내에서 한둥·주원 등은 일종의
피압박과 배척의 위협을 느꼈다. 이러한 상황은 그들로 하여금 주변부적
신분을 자처하는 것으로써 현존하는 체제구조에 반항하고, 이를 자기 존
재의 방식으로 삼도록 하였다. 한둥은 소설 『뿌리 내리다扎根』로 2003년
도 중국어문학미디어대상 소설가부문상을 수상한 바 있다. 이때 그는 수
상 소감에서 "여러 해에 걸쳐 나는 줄곧 곤궁한 상태에 처해 있었다. 이
'곤궁'은 기분 상의 억압, 체제의 배척과 인위적인 소외·단절 그리고 비교
할 수 없는 생활의 빈곤을 포함하는 것이다"라고 말하였다. 또한 「'단절'
행위에 관한 회답」에서 한둥은 자신들의 동기에 대해 "우리의 목적은
동일한 시간 속에 서로 다른 공간을 구획하는 것이지 결코 하나의 창작으
로 다른 하나의 창작을 대체하는 것이 아니다. 우리는 세상이 흉흉하다는
것을 잘 알고 있다. 그래서 이러한 분에 넘치는 욕심은 품어본 적조차
없다. 우리가 명확히 하고자 하는 바는 현존하는 문학 질서의 바깥에 완전
히 다른 성질의 또 다른 창작이 존재한다는 사실이다. 이것은 질서에 영

합, 적응하지 않고 질서 내에서 발전을 모색하는 것을 목적으로 삼지 않으며, 단지 영원한 이상주의와도 같은 강인함을 보여줄 따름이다"16)라고 하였다. 환경과 체제가 이중으로 작용하는 가운데, 한둥·주원 등은 체제 밖 생존과 창작을 견고하게 선택하였고, 개체의 체험 및 백성을 대변하는 '재도載道' 방식의 바깥에서 문학이 새로운 가능성을 구현할 수 있는지의 여부에 관심을 두었다.

정서화情緒化의 논쟁 혹은 항쟁은 아무런 의미가 없으며, 단지 표층에 흐르는 오독을 수반할 뿐이다. 오로지 '단절' 작가의 구체적인 텍스트를 심도 있게 해석할 때에 매우 복잡한 창작 표상을 통찰하고 비교적 공평·타당한 평가를 내릴 수 있을 것이다. '단절' 작가들은 대량의 텍스트(두 질의 『단절총서斷裂叢書』를 포함하여)를 통해 스스로를 표현하고, 우리는 여유롭게 이를 인식하고 검증하였다. 그들의 창작실천은 자아의 '단절' 주장에 대한 증명이자 '또 다른 창작'의 가능성을 충분히 구현한 것이었다.

1. '체제 밖'의 개인 저작

한둥·주원 등을 대표로 한 작가들은 '단절'의 기치를 높이 들고, 자각적으로 선명한 '체제 밖' 생존의식을 실천하였다. 여기에서 '체제 밖'이란 일종의 문학부호로서, 그 뜻은 결코 폐쇄적이지 않다. 이를테면, 문학작품의 주제사상, 창작풍격, 기교, 내용 등 측면에서 자각 혹은 비자각적으로 체현되는 일종의 주류이데올로기와 거리두기 혹은 상충됨이자, 현존 문학 질서에 대한 반항 혹은 '거역'을 일컫는다. 또한 그 자신은 일종의 견고한 개체화 선택이나 주류 담론 밖에서의 자각적 노력을 대표하며, 스스로

---

16) 한둥, 앞의 논문.

의 역량을 표현해냈다. 작가들은 자신만의 문학을 찾고, 자유를 초월하는 개체의 자각의식을 발굴해내며 특히 개성화를 구비한 일종의 서사 방식을 체현하였다.

한둥은 본인의 생활에서 소설 창작소재를 채택하고 자신만의 '개체세계'에 속하는 경험을 표현하였다. 그는 일찍이 "나는 소설 창작이 작가의 생활에 의존한다는 데 동의한다. 작가의 소설 창작소재는 작가의 생활에 근거를 두고 있다. 태어나서 여덟 살이 될 때까지 나는 난징南京에서 자랐으며, 여덟 살부터 열일곱 살 때까지는 부모의 하방으로 인해 생산부대·소년대대·공사·현·성 등에서 지냈다. 대학을 나와 일을 시작한 이후에는 몇몇 도시에서 생활하였다. 그러나 단지 이런 식으로 생활과 창작의 관계를 바라본다면, 이것은 아무런 의미가 없다. 관건은 생활의 이해에 있다. 심지어 생활, 이 말에 대한 이해에 있다"[17]라고 말한 바 있다. 한둥은 고집스럽게 바로 그 당시 자신의 '작은 세계'에 관심을 두었고, 창작자의 신분으로서 뿐만 아니라 작품 속의 인물형상의 투영으로서 창작 내에서 자유롭게 활약하였다. '현존 질서의 바깥'에 존재하는 작가로서 그가 추구한 바는 심각하고 대단한 것이 아니었다. 한둥은 "나는 단순하고 민감한 사람, 진실을 경청하고자 하는 사람, 독특함과 신기함을 체득하고자 하는 사람을 위해, 그리고 비루한 처지에 처해 있는 영혼과 사람에 관심을 갖기 위해 소설을 창작한다. 그러한 자기를 잘 포장하고, 겉만 번지르르하거나 혹은 오만불손한 사람은 나의 소설을 읽을 수 없거나 읽을 필요가 없다"[18]라고 하였다. 이렇듯 고집스러우나 오만하지 않은 태도로 인해 한

---

17) 린저우林舟, 「깨어버린 문학에의 꿈 ─ 한둥 인터뷰淸醒的文學夢 ─ 韓東訪談錄」, 『花城』, 1995년 제6기.
18) 위의 논문.

둥은 창작을 통해 더욱 완강하게 자아 정신세계의 무게와 자유를 추구할
수 있었다.

　한 개체에 대해서도 이와 같을 뿐 아니라, 강렬한 정치적 의미를 갖는
역사 서사에 대해서도 한둥은 민족·국가의 시선으로 거센 파도의 비장
감 혹은 숭고함을 표현하고자 하지 않았다. 그는 역사 속 한 개체의 생존
환경 혹은 방식에 관심을 기울이고 이로써 일상화된 인성을 묘사하고
표현하였다. 한둥의 장편 처녀작 『뿌리 내리다』는 이러한 방식의 전형이
라 할 수 있다. 이 소설은 라오타오老陶 일가가 정치운동에 의해 싼위三余
로 하방당한 후의 생활과 잇따라 벌어지는 여러 가지 일들을 서술하고
있다. 비록 도시에서의 생활과는 분명히 다르지만, 라오타오 일가는 살아
가기 위해 애를 썼다. 라오타오는 학식을 발휘해 대대의 생산성 확대에
도움을 주고, 그의 처 쑤췬蘇群은 스스로 공부하여 소위 맨발의 의사가
되며, 아버지 타오원장陶文江은 소소하게 이웃들에게 은혜를 베풀고, 아들
인 샤오타오小陶는 농촌생활의 기술을 탐구하고 학습하였으며, 어머니
타오펑陶馮 씨는 집안일을 도맡아 하는 등 일가는 살아가기 위해 '노력'하
였다. 그리고 이들의 최종적인 지향점은 바로 이 '싼위'라는 농촌 지역에
서 '뿌리 내리고' 더욱 잘 생존하는 것이었다. 라오타오는 생활 속으로
깊숙이 들어가, 싼위에서 오랜 세월을 견디고 마침내 '뿌리 내리기' 위해
한평생 준비하였다. 비록 어쩔 수 없이 '뿌리 내리기'를 선택하게 된 그
자신의 심리상태는 상당히 모순되고 복잡했지만, 이들 일가의 싼위에서
의 생활은 기본적으로 평탄했고 실제로 정치운동의 강렬한 충격에 대면
한 적도 없었다. 전체 이야기의 서사 중, 난징—싼위 대대—훙쩌현성洪澤縣
城식품공사—난징이라는 한 차례 순환의 경험은 라오타오 일가의 생활환
경이 어떻게 변해 가는지를 반영하고 있다. 이 변천 가운데 한둥은 뿌리

내리기, 하방, 삼결합三結合, 오일육五一六, 부농, 지청知靑, 학습반, 맨발의 의사, 교육을 잘 받은 자녀 등 일찍이 소실되어 생소하게 된 단어들을 한데 엮어, 깔끔하고 절제된 순수한 언어로 그 배후의 역사를 담담하고 냉정하게 서술하였다. 아마도 이 작품에서 가장 긍정적인 요소는 이러한 개체화의 방식을 통해 라오타오와 각종 '뿌리 내리는' 자의 생활에 대해 예리한 관찰력으로 예술적 관조를 진행했다는 사실일 것이다. 창작을 시 작하게 된 계기와 희망 사항에 대한 질문을 받았을 때 한둥은 솔직하게 말하기를 "『뿌리 내리다』를 쓴 것은 나의 소년 시절 경험에 대한 일종의 감정적 격동이자 바람이다. 나는 여덟 살 때 부모를 따라 쑤베이蘇北 농촌 으로 하방되었고, 열일곱 살에 대학에 입학하면서 그곳을 떠났다. 그 시절 은 나의 개인적 경험이자 진실한 생활의 한 부분이다. 나는 하방 생활에 대해 쓰고자 했을 뿐 무엇을 드러내고자 한 것은 아니다"19)라고 하였다.

『뿌리 내리다』가 묘사하는 생활현상에 사실 독특한 점은 없다. 예컨대 라오타오와 같은 지식인이 농촌으로 하방되는 것, 그리고 자오닝성趙寧生· 샤샤오제夏小潔와 같은 일군의 지식청년들이 생활 속으로 들어가는 것은 '문혁'이 끝난 후 중국소설 속에 적지 않게 등장하는 소재이며, 유사한 '문혁' 제재의 소설 역시 꼬리에 꼬리를 물고 출현하였다. 일반적으로 "'문혁' 제재의 소설은 두 가지의 두드러진 특징을 가지고 있는데, 하나는 '문혁'을 죄악시하며 비난으로 가득 찬 고발장을 쓰는 것이고, 다른 하나 는 '문혁'의 역사와 '문혁'의 생활을 황당무계하게 악당으로 희화하여 쓰는 것"이다. 그러나 한둥은 오히려 객관적이고 냉정한 방관자의 태도로써 '문혁'의 역사와 생활을 마주하며, "나는 현재 '문혁' 제재의 소설은 대개가

---

19) 리룬샤李潤霞, 「뿌리 내리다」: 자신에게 다가가 진실을 쓰고자 함 ― 한둥 인터뷰 「扎 根」: 向自己靠近, 力圖寫得眞實 ― 韓東訪談」, 『中文自學指導』, 2003년 제5기.

부호화되었다고 본다. '문혁'을 기세등등한 투쟁의 역사로서 묘사한다면 이것은 매우 이상화·축제화시킨 태도이고, '문혁'을 온통 고난으로 가득 찼다고 묘사한다면 이때에는 약간의 기쁨조차 없었다는 말이 된다. 사실 '문혁'은 홍위병 식의 광기나 과도한 흥분도 아니며, 약간의 즐거움조차 없는 억압도 아니다. 물론 '문혁' 시대를 지금보다 낫다고 말할 필요는 없지만, 고난을 점차 잊어버리게 된다는 말 역시 거짓이다"20)라고 비판하였다. 한둥이 '문혁'이라는 역사시대를 선택하여 서사의 배경으로 삼은 것은, 소설을 빌려 역사를 환원하고 비판하고자 함인가? 혹은 역사에 간절히 하소연하고 역사를 방관하고자 함인가? 그는 이에 대해 "'문혁'은 한 단락의 특수한 인생경험일 뿐이다. 나는 객관적으로 소년 시절의 경험을 쓰고자 했다. 『뿌리 내리다』는 이를 소재로 창작되었지만 나의 목적은 '문혁'을 쓰는 것이 아니며, '문혁'은 단지 서사의 배경, 이야기의 배경일 뿐이다. 소설은 근본적으로 서사이며, 하나의 이야기 혹은 사건을 서술하는 것이다. 따라서 나의 소설을 냉정하고 이성적이며 객관적인 서늘한 정서로 서술한 단순한 현상의 기록 같다고들 평가하는데, 일리가 있다고 생각한다. 나는 세계와의 일종의 '거리감'을 추구하며, 이것이야말로 내가 세계를 관찰하는 방식이다"21)라고 답하였다.

한둥은 '문혁'이라는 사회적 '재난'의 도움 없이 새로운 방법을 이용하여 심도 있는 '문화 되돌아보기文化反思'를 추진하였다. 또한 격렬하고 비장한 규탄과 폭로, 무거운 억압의 역사, 문화적 의의에도 기대지 않았다. 그는 단지 평소처럼 '문혁' 시대 사람들의 생존 상황을 냉정하게 서술하였고, 이를 통해 '문혁' 제재의 작품 가운데 완전히 새로운 분위기를 띨 수 있었

---

20) 위의 논문.
21) 위의 논문.

다. 한둥은 ‘문혁’이라는 특수한 역사적 문제를 기세등등한 시대적·정치
적 의의에서 정면으로 다루지 않고, 인물을 형상화하는 가운데 우연을
가장하듯 언뜻언뜻 표출하였다. 오히려 그는 ‘문혁’이라는 서술의 시대적
배경 하에 풍부하고 소박한 농촌 생활을 과장되게 묘사하는 한편 이를
소설의 주된 색조로 삼았다. 따라서 이 소설은 라오타오 일가의 생활의
변천, 고생스런 경험, 지식청년 자오닝성 등의 인생변고 등으로 읽혀질
수 있다. 여기에는 어떠한 정치적 혹은 역사적 함의도 내포되어 있지 않으
며, 다만 인생에서 대응해야 하는 각종 선택이 표현되고 있을 뿐이다.
이렇듯 역사에 대한 한둥의 독특한 사고방식은 “량샤오성梁曉生 등의 ‘후
회 없는 청춘’ ‘류’의 복사판(『오늘 밤 폭풍우가 쏟아지고今夜有暴風雨』)도
아니고, 왕멍 등 작가의 거대한 역사적 비극의 ‘복잡한’ 관계에 대한 반성
혹은 탐색(『포례布禮』)도 아니며, 왕샤오보가 역사를 일단의 개인화된
성애의 경험으로 복사한 것(『황금시대黃金時代』, 『혁명시기의 애정革命時
期的愛情』)은 더더욱 아니다.”22) 한둥은 잊어버리기 힘든 이 시대의 역사
를 개체화의 사고와 표현으로 환원하였고, 이로써 역사에 진입하는 또
다른 가능성을 제공하였다. 『뿌리 내리다』에는 “라오타오의 메모에는 개
인적 감정은 조금도 없고, 정서적 발산도 없으며 냉정한 사고 역시 없었
다. 결론적으로, 조금의 ‘주관’적 색채조차 찾아볼 수 없었다. 라오타오
일가는 싼위에서의 생활에 대해 어떠한 흔적도 남기지 않았다. 따라서
이 메모를 들추어 본다고 해도 내가 직전에 썼던 『뿌리 내리다』에는 아무
런 도움이 되지 않는다. 그러나 한 가지 장점이라면, 나는 라오타오 일가
가 말하지 않는 곳에서 마음껏 활약할 수 있었다. 만약 라오타오가 개인적

---

22) 판화樊華, 「‘단절’ 운동과 한둥의 소설 창작을 논함論‘斷裂’運動和韓東的小說創作」, 쑤저
우대학석사학위논문.

소식과 자기 일가의 생활을 메모에 기록했다면, 『뿌리 내리다』는 완전히 군더더기가 되었을 것이다. 라오타오는 이를 소재로 하여 대작을 쓸 계획이 없었다"[23]라는 구절이 나온다. 이 간단한 말로써 한둥 개인의 담론 태도를 파악할 수 있다. 그는 개인의 경험과 상상으로 집단이데올로기를 대체하였고, 창작은 작가의 개인적 자아가 쏟아내는 말과 정신적 표현의 공간, 그리고 개인적 정신행위가 되었다.

개인화는 한둥 소설의 중요한 특징이다. 또 한 명의 대표적 '단절' 작가인 주원 역시 마찬가지다. 주원은 '대변인'이라는 사회적 역할을 버리고 개체 자신의 서사상태로 회귀하며, 개인 생존에 대한 개입과 표현을 보여주고 있다. 주원의 『식지食指』, 『나는 달러가 좋아我愛美元』 등의 소설에는 시인·작가 등과 진실하게 생활하는 사람들이 자주 등장한다. 이들은 소설의 서사 주체가 되고, 이로써 서술자와 작가의 역할은 한데 뒤섞이게 된다. 그는 개인화의 창작 태도를 통하여 생존의 체득을 표현하는 한편 자기 소설 속의 풍부한 세계와 가치를 드러내었다. 여기에 바로 주원과 한둥의 깊이와 의의가 있는 것이다.

2. 일상생활의 이야기

천쓰허陳思和는 "1990년대 젊은 작가의 소설 창작은 정부 권력에 더 이상 참여하고자 하지 않으며 ─ 주류이데올로기에 대한 비판과 조소를 포함한다. 또한 자신의 작품이 반영하고 있는 정신세계에 대해 심층적인 상징화를 피하고, 직접적으로 생활 그 자체에 천착하여 표면적으로는 태평성세인 사회 일상생활의 참모습을 표출하고자 한다"[24]라고 말한 바

---

23)　한둥, 『뿌리 내리다』, 인민문학출판사, 2003년, 242쪽.
24)　천쓰허陳思和, 왕광둥王光東, 쑹밍웨이宋明煒, 「주원: 낮은 자세의 정신 비상朱文: 低姿態

있다. 확실히 주류문화와 대조적으로 한둥과 주원 등 작가의 작품 속에는 대중의 인생을 묘사하고 사회현실을 폭로하는 내용이 없고, 주류작가의 엄숙한 창작에의 사명의식 역시 표현되지 않으며, '문이재도'의 사회적 효과도 추구되지 않고 있다. 이것은 기본적으로 개인의 내면세계를 지향하며 생활의 진실을 보여주고, 일상생활의 가능성과 감성을 말한다. 이들은 전형적 환경 속의 전형적 장면을 채택하지 않고, 현실세계의 분분한 변화에 대한 분석 역시 중요시하지 않는다. 단지 보통 사람으로서 생활의 본질을 '원시적으로 표현'하고 이데올로기 투쟁과는 거리가 먼 자아의 세속적 인생을 이야기할 뿐이다. 이들의 작품은 일상생활에 대한 진정하고 실감나는 원시적 기록이다. 또한 일상생활 속 하나의 개체로서의 독특한 사상을 작품 곳곳에서 체현함으로써 자연스럽고 남다른 심미적 체험을 가능하게 하였다.

한둥은 "소설은 이야기일 뿐만 아니라 더 나아가 이야기를 말하는 것이다. 이야기를 듣는 것과 이야기를 말하는 것을 구분하자면, 이야기를 말하는 것에 관심을 두어야 소설은 일종의 예술로서 탄생하게 된다"라고 하였다. 여기에서 일상이 말하는 '서사'를 떠올리게 된다. 서사학의 '서사'란 매우 복잡한 개념이다. 라캉에 따르면 "두 개의 필수적인 요소 - 이야기와 이야기 서술자 - 를 갖춘 서사문학 작품을 가리키는 말이다."25) 이야기와 이야기 서술자는 텍스트가 강조하고자 하는 부분이다. 이러한 창작 태도로부터 한둥의 수많은 소설은 생동감 넘치는 줄거리가 없고 선명한 인물 형상도 없으며, 평탄한 서술을 바탕으로 한 냉담한 어조로 평범한 도시, 마찬가지로 평범한 일상생활에 대해 표현하였다. 한

的精神飛翔」, 『文藝爭鳴』, 2000년 제2기.
25) 라캉, 『서사학 입문』, 윈난인민출판사, 1994년, 158쪽.

둥은『뿌리 내리다』에서 "특수한 시대에 살고 있는 사람들의 일상생활을 소박하게 써냈다."[26] 그리고 '문혁' 시대의 일부 민간생활의 장면을 자연스럽게 표출하였다.

전통적 서사 구조에 따르면, 전통소설은 대개 발단·전개·절정·결말의 기승전결 방식을 사용하여 이야기를 서술한다. 특히 신시기의 수많은 '문혁' 소설이 말하고자 하는 일종의 신생활에 대한 은유는 소설의 앞부분에서 주인공은 온갖 어려움을 겪다가 어쨌거나 마침내 구름이 걷히고 밝은 달을 보게 된다는 식으로 결말지어진다. 소설의 각 부분은 층층이 긴밀하게 고리로 연결되어 있어, 한 발짝 한 발짝 서로 압박하며 일종의 풍부한 서사 장력을 은폐한다. 그러나 한둥의『뿌리 내리다』는 이러한 전통적 서사 방식을 타파하고, "전체적으로 시종일관된 이야기가 없으며, 비교적 규모가 작은 이야기를 연결하기만 할 뿐이다. 이러한 연결은 서술자인 '나'의 기억에 완전히 근거하여 임의적인 중단과 연속, 축소와 보충을 진행하므로 줄거리의 논리성과 총체성은 결여될 수밖에 없다."[27] 소설은 '하방', '정원', '타오타오', '초등학교', '동물', '농기계 공장', '자오닝성', '결벽', '오일육', '부농', '뿌리 내리다', '작가' 등 결코 필연적으로 연결된 것이 아닌 몇 편의 작은 이야기를 임의로 재통합하여 한편의 완전한 소설이 되게 하였고, 서술자의 기억의 파편은 이야기를 전개하는 주요한 동력이 되었다. 이것은 바로 소설에서 말하고자 하는 라오타오 일가의 생활의 흐름 및 현상에 상응한다. 싼위로 하방된 라오타오는 기본적으로 평온하게 생활하였고, 거기에는 이렇다 할 파란도 없으며 실제로 정치운동의

---

26) 리룬샤, 앞의 논문.
27) 푸옌샤傅艷霞, 「하나의 뿌리 없는 이야기를 말하다 ― 한둥의『뿌리 내리다』를 평하며 講一介無根的故事 ― 評韓東的『扎根』」, 『文藝與爭鳴』, 2004년 제2기.

강렬한 충격에도 대면하지 않았다. 작가는 「정원園子」 편에서 지극히 평
온한 어조로 라오타오 일가의 싼위에서의 소위 '먹고살 만한' 생활을 묘사
하며 "라오타오의 집은 기초를 높이 쌓은 데다 건물도 높고 커서, 마을의
낮고 작은 초가집과는 비교가 안 될 정도였다. 그 옆의 외양간은 새 건물
의 우뚝 솟은 그림자에 기가 눌려 거의 땅 밑으로 꺼질 듯 무너져갔다.
라오타오는 정원에다 나무를 심고, 채소를 가꾸고, 가축을 길렀다. 정원은
날이 갈수록 울창해지고, 닭이 날아다니고 개가 뛰는 윤기 자르르한 경관
을 연출하였다"[28]라고 하였다. 게다가 생활수준에 대해서는 "라오타오
일가에게 있어 먹는 것은 더 이상 문제가 되지 않았다. 그들은 심지어
난징에 있을 때보다 더 많이 먹고, 더 신선하게 먹고, 더 다양하게 먹었
다"[29]라고 서술하였다. 한편, '농기계 공장' 편에서 쑤췬은 공사선전대로
뽑혀 왕지汪集농기계 공장에 투입된다. 이것은 본래 매우 엄숙한 정치활동
이지만 한둥은 오히려 서사의 궤도를 전환하여 시선을 샤오타오에게 집
중시키고, 이 운동을 "장張 공장장, 추이崔 서기와 같은 실권자들과 친분을
맺을 수 있는"[30] 중요한 기회로 삼아버린다. 그리고 샤오타오로 하여금
함께 단련하도록 조치하였다. 여기에서 한둥은 '문혁' 서사의 긴장감과
엄숙성을 완전히 해체하고, '문혁'이라는 이 특수한 시대의 비교적 진실한
민간의 일상생활을 드러내었다. 이렇듯 임의적이고 단순한 서사 구조를
통해 평온하고 안정적인 일상생활의 진면목을 드러내는 한편 소위 '생활
속에서 오고 생활 속으로 간다'는 미학적 효과를 얻게 되었다. 이것은
완전히 새로운 독서 체험이었다.

---

28) 한둥, 『뿌리 내리다』, 42·43쪽.
29) 위의 책, 41쪽.
30) 위의 책, 130쪽.

일상생활에 대한 서사에 있어 주원과 한둥의 소설 창작은 모종의 유사성을 지닌다. 주원 역시 소설에서 거대한 역사주제를 다루지 않으며, 책임·이상·신념 등 시대적 명제에 대한 생동감 있는 서사 및 계몽적 입장의 창작 태도 또한 취하지 않았다. 이러한 의미에서 작가로서의 주원은 더욱 순수하다. 주원의 소설은 대개 등장인물의 형상이 선명하지 않으며, 오히려 평범한 일상생활 가운데 비천한 '샤오딩小丁'과 같은 소인물들로 가득 차 있다. 그들은 이름이 뭐든지, 생활에서 추구하는 바가 무엇이든지 간에 모두가 생활의 실패자·떠돌이이다. 이것은 주원 소설의 독특한 코드이다. 그는 이에 대해 "이러한 인물은 내가 신뢰하는 일군의 인물이다. 예를 들어 나는 수많은 샤오딩을 썼고, 샤오딩은 그림자처럼 나와는 떼려야 뗄 수 없는 인물이다. 따라서 내가 왜 이러한 인물에 대해 흥미가 있는지를 말할 것이 아니라, 이러한 인물은 나와 관련되어 있다고 말해야 한다. 다른 유형의 인물은 모종의 공명을 더욱 불러일으킬 수 있거나, 혹은 눈초리를 받을 수 있을 것이다. 그러나 불친절하다고 생각될 수도 있지만 나와는 상관없는 일이다."[31] 주원은 '샤오딩'들을 통해 진실과 평온함을 느꼈다. 그리고 이것은 아마도 주원이 겪은 일상생활의 체험일 터이다!

주원의 소설은 날마다의 일상생활을 공연하는 익살극을 방불케 한다. 이에 대해 천샤오밍은 "그의 소설은 생활의 찌꺼기와 함께 노래하고 춤추며, 시종 생기에 가득 차 있다. 어느 누구도 주원만큼 비틀어진 생활에 대하여 격정에 충만하거나 꾸준히 관찰하지 않았다", "그는 시의詩意라고는 없는 현대의 일상생활을 완전히 파악하고 제멋대로 자극하였다. 또한 어떠한 무료한 생활의 측면이라도 늘 자세히 살펴보고 뒤죽박죽으로 처

---

31) 장쥔張鈞, 『소설의 입장 - 신생대 작가 인터뷰小說的立場 - 新生代作家訪談錄』, 광시사범대학출판사, 2001년, 6쪽.

리하여, 영문을 알 수 없도록 하고 곧 미묘한 운치가 넘쳐나도록 하였다"[32]라고 말하였다. 그의 소설에서는 형형색색의 사람들에게 형형색색의 이야기가 생겨난다. 어느 평범한 저녁, 아래층 구멍가게에 들르는 사람들에게 일어나는 어수선한 일들을 묘사한 생활간주곡(『저녁 햇살 아래 백이십 명의 사람들傍晚光線下的一百二十個人物』), 중형 버스 안에서 기사·매표원과 승객 간에 '5마오毛'를 더 받았는지 아닌지에 대해 끊임없는 벌어지는 실랑이(『5마오의 여정五毛錢的旅程』), 샤오딩이 단추를 사는 과정(『작은 양가죽 단추小羊皮纽扣』)과 딩룽건丁龍根 일가의 대변보는 상황(『딩룬건의 오른손丁龍根的右手』) 등등 이 모든 것은 보통 사람들의 일상생활에서의 체험에 관한 이야기이다. 주원은 "『다창大廠까지 도대체 얼마나 걸리는지 到大廠到底有多遠』는 진실한 생활의 경험과 관련되어 있다. 당시 우리는 다창에서 생활하며 일했는데, 때때로 시내에 나가 친구도 만나고 혹은 다른 볼일도 보곤 했다. 그래서 끊임없이 시내와 다창 사이를 왔다 갔다 했다. 나는 이러한 나 자신과 관련된 체험과 정서를 바탕으로 이 소설을 쓸 수 있었다"[33]라고 하였다. 당시의 생활은 실제로 주원의 소설 속에 모두 묘사되고 있다. 주원은 또한 "창작은 내가 반드시 마주해야 하는 가장 중요한 문제도 아니며 나 자신도 아니다. 내가 반드시 우선적으로 성실하게 대면해야 하는 것은 영원히 나의 생활이다. …… 나는 단지 자신을 일깨우고, 개인적 욕망을 적극적으로 컨트롤하고, 내면의 선명도를 유지하고 싶을 뿐이다. 평범한 생활은 진정한 작가를 파멸시킬 수 없다. 나는 바로 나 자신을 경계해야 한다"[34]라고 하였다. 이렇듯 '블랙 유머'식 서사

---

32) 천샤오밍, 앞의 논문.
33) 장쥔, 앞의 책, 6쪽.
34) 주원, 「토막片斷」, 『作家』, 1995년 제2기.

로부터 주원은 평범한 생활의 가능성과 풍부함을 최대한 발굴해냈다.

한둥·주원 등의 소설과 1990년대 신생대 소설을 총체적으로 살펴보면, 대부분의 소설이 '반은 생활에, 반은 소설에' 걸쳐 있음을 알 수 있다. 즉 소설이 생활이고 생활이 소설인 것이다. 주원은 일찍이 진실한 창작은 작가의 생활과 혼연일체가 되어 서로 얽히고설키며 감응하고, 최종적으로는 피차를 구분하지 않게 된다고 말한 바 있다. 이러한 '자서전' 성향의 창작 방식으로 인해 전통적 서사 태도는 전복되고 문학은 더욱 생활과 현실에 대한 표현을 중시하게 되었다. 또한 소설가 개인의 생활 경험을 발굴하여 이를 통해 완전히 새로운 심미 관점을 제시하였다.

3. 성애 모티프

성애 묘사는 한둥과 주원 소설의 주요한 모티프 중 하나이며, 그들의 정신세계를 이해하기 위한 주요한 통로이기도 하다. 성애의 대담한 노출은 한둥과 주원 작품의 중요한 특색으로서, 이로 인해 그들은 문단에서 많은 비난과 논쟁의 대상이 되었다. 한둥과 주원은 사람의 자연적 천성인 성을 소설 서사의 기본 태도와 출발점으로 삼았는데, 미학적으로 말하자면 이것은 전통적 독서 관념 및 습관에 대한 극대의 도전이라고 할 수 있다. 심지어 오랜 동안 문학작품의 무성無性의 사랑에 대한 추종은 그러한 '순결한 사랑'을 문학의 숭고한 도덕 정신의 본보기로 삼게 하였다. 한둥·주원 등 '단절' 작가들은 공공연히 성을 묘사했고, 이로써 장기적으로 형성된 전통정전 소설 관념 혹은 가치 관념에 대해 최대한 반역하고 저항하였다. 이러한 측면에서 '단절' 세대가 창도한 '단절'의 의미는 아마도 바로 여기에서부터 체현되었다고도 말할 수 있다.

1990년대 이래 신생대 작가들이 분분히 등장함에 따라, '신체'는 이미

이 시대 작가들이 작품에서 표현하는 주요한 제재가 되었고 그 중요성과 복잡성은 날로 눈에 띄게 두드러졌다. 중국 전통문화에서 '신체'는 꼭꼭 감추고 말하지 않는 단어였으며, 이러한 분위기는 송 명리학의 '하늘의 이치를 따르고 인간의 욕망을 없앤다存天理, 滅人慾'는 말처럼 경전 어록 속에서 최고조에 달했다. 이렇듯 개체의 신체 존재를 무시하는 소위 도덕 은 사실 셰유순謝有順이 『신체수사학身體修辭學』에서 지적한 바대로 "일종 의 관리하기 편한 사회이데올로기로서 모든 개성을 지닌 신체에 대한 묘사를 진공 상태로 만들고 각 개인을 추상적 사상과 정신 속에 살도록 ……" 하는 것이었다. 때문에 1980년대 개혁개방 이래의 신문학에서 상 흔·반사·개혁·심근 등 일련의 문학은 모두 문혁을 규탄하고 '뿌리'를 탐색 할 뿐 인간의 진정한 가치와 의의를 체현할 방법을 알지 못했다. 소위 중국의 일관된 주류문화의 정경에서 '신체' 혹은 진정한 의의의 인간은 정치·도덕에 예속되지 못하고 허무한 문화적 고난의 여정에 함몰되었던 것이다. 1990년대 이래 시대담론환경과 개체 문화의 출현으로 인해 문학 은 생활과 인간으로 회귀하였고, 인간의 신체욕망에 대한 관조는 새로운 정신과 가치로서 사람들에게 제기되었다. 또한 원시생활의 느낌과 개체 의 진실한 생명체험에 대한 표현은 문화 표현의 출발점이 되었다. 이러한 정신혁명은 중국 전통문화에서 윤리형 문화가 차지하던 주도적 위치를 해체하고 전복하였다.

신생대 소설가 중 많은 이가 인간의 신체욕망을 소설 서사의 시작점으 로 삼고, 욕망을 확산하고 서술하는 가운데 현대 사회생활 속 인간의 생활 상태와 가치 관념을 표출하였다. '단절' 질문지 조사에 참여한 댜오더우刁 斗는 일찍이 "인간은 욕망의 집합체이며 그중 정욕이 근본이라 할 수 있다. 나는 정욕에 대한 탐구를 좋아하고, 그것을 나의 소설 속에서 일종의 통합적 역량으로 삼는다. …… 나는 거리낌 없이 말할 수 있다. 정욕은 나의 소설에서 하나의 주춧돌이며 이것은 나의 생명에서 하나의 주춧돌인 것과 마찬가지다"라고 지적하였다. 한둥·주원 이 두 명의 '단절' 작가 역시 작품 속에서 이렇게 통쾌한 표현을 한 적이 있다.

한둥의 애정 혹은 성교 모티프에 대한 반복 글쓰기는 중편소설『장애障礙』,『교차로 뛰어다니며交叉跑動』,『나의 플라톤我的柏拉圖』과 장편소설『나와 너我和你』에 꽤 많이 등장한다. 그러나 애정은 한둥의 애정 서사에서 하나의 공허한 코드에 불과하며, 평범하고 심지어 웃기기까지 하다는 것을 발견할 수 있다. 그들은 잠시잠깐의 육체적 욕망의 교환에만 신경 쓸 뿐 낭만적 사랑을 활활 불태우지 않는다. 작가는 소설『장애』에서 애정과 성욕은 대체로 이것이 없어지면 저것이 자라나는 관계이지, 정비례 관계는 아니라는 결론을 도출해내었다. 장편소설『나와 너』에서 한둥은 "통상의 애정소설은 빙빙 돌려 이야기하므로 다 읽은 후에 대단한 연애를 시작해야 할 것 같은 생각이 든다. 연애의 끝이 비록 비참하더라도 무엇을 두려워하겠는가. 이러한 생각 역시 가치 있다고 할 수 있다.『나와 너』가 말하고자 하는 바는 그런 생각이 들게 하지 않을 뿐만 아니라, 짜릿해서 도취되는 것들이 아닌 웃기고 익살스런 의미 없는 것들이다. 그것은 '사랑, 이내 상처받을' 호언장담이 아니라, '사랑, 아무런 결실도 없이 치욕을 자처'하는 '세상을 향한 경고의 말'이다"[35]라고 말하였다. 애정의 살뜰함과 편안함, 따뜻함이 넘쳐흐르는 오묘함은 더 이상 존재하지 않고, 성은 뻔뻔스럽게 등장하기 시작하였다. 물론 한둥은 음미하고 집적거리는 태도로 성애를 쓰거나 혹은 내심의 성적 고민을 발산하지

---

35) 한둥,「『나와 너』에 대한 광저우『신식시보』 등옌의 13개 질문에 회답한다就『我和你』回答廣州『信息時報』董彦的13個問題」.

않았다. 또한 순수한 의미에서 성욕을 과장하거나 혹은 성행위를 전시하
지도 않았다. 그는 매우 엄숙하고도 냉정하며 자제하는 태도로 인간의
이 합리적인 욕구를 정면으로 바라보았다. 『장애』에서 그랬던 것처럼
한둥은 직접적인 성 묘사를 비교적 많이 한다. 그러나 이러한 방종에 가까
운 성은 단지 일종의 본능만을 느끼고, 사랑을 표현하는 언어가 아닌 도리
어 사랑이 성의 부속품이 되도록 한다. 『나와 너』는 작가 쉬천徐晨과 먀오
먀오苗苗가 서로 알게 되고 서로 사랑하는 것으로부터 서로 미워하고 서로
헤어지기까지의 일련의 애정 경험을 다룬 이야기이다. '나'는 줄곧 먀오먀
오의 성적 욕구를 충족시켜 줄 수 없어서 이를 마음에 걸려 한다. 그러나
한둥은 어떠한 과장도 없이 '나'와 먀오먀오의 성을 묘사한다. 또한 성은
일상의 진실이므로 심리상태의 변화 과정과 우여곡절을 묘사하는 데 좀
더 집중한다. 성으로부터 인간의 공포와 근심이 조장되고, 인간 내면의
혼란과 저항이 조성된다. 예를 들어『교차로 뛰어다니며』에 나오는 리훙
빙李紅兵과 마오제毛潔의 성애 과정에 대한 서술처럼 말이다. 리훙빙은 과
거의 황음무도한 생활과 고별하고 진정한 애정을 찾고자 하며 마오제
역시 리훙빙의 품에서 지난날 예기치 못한 일로 사랑이 떠나간 사실을
잊어버리고자 한다. 이 과정에서 광란의 육욕은 이들의 어긋난 심리를
하나로 연결한다. 그들은 그 속에 빠져 들어 희망은 각자의 목적지에 도달
하게 된다. 그러나 이러한 다시는 순결하지 않을 광란의 사랑은 의심할
여지 없이 일종의 자기기만적 방식일 뿐이다. "그녀는 주위안朱原을 그리
워하는 것처럼 고통스럽게 그를 그리워할 수 없었다. 그 공간은 이미 주위
안에 의해 영원히 점령당했다."36) 그래서 철저하게 타락하기 전에 리훙

---

36) 한둥,『나의 플라톤 ― 한둥소설집我的柏拉圖 ― 韓東小說集』, 산시사범대학출판사, 2000
      년, 112쪽.

빙은 이별을 선택했다. 한둥의 성애 묘사는 일군의 신 리얼리즘 작가들처럼 범속하지도 않았고, '신체서사'를 표방하며 육체의 환락을 묘사하는 데 몰두한 여류작가들과도 달랐다. 이러한 측면에서 한둥은 성애 묘사에 있어 더욱 보수적이고 이성적이었으며, 개체의 생명 존재에 대한 탐구의식을 가지고 있었다고 볼 수 있다. 한둥 자신은 일찍이 "오늘날 성은 일종의 심리상태이다. 따라서 심리 층차를 벗어나 성을 말한다면 결국 아무런 실질적인 내용이 없는 것이나 다름없다"[37]라고 말한 바 있다. 한둥 개인의 생명경험이 개입됨으로써 "사랑과 성의 분리 심지어 대항은 소설의 기본 발생 기제가 되었다. 그것은 통상적으로 성으로써 이야기 서술의 시동을 걸고, 사랑은 마침내 떠나가며 영원히 결여되는 요원한 배경을 형성한다. 이것은 한둥의 '성애' 이야기에서 하나의 중심 동기라 할 수 있다."[38]

한둥의 성 묘사는 이처럼 냉정하고 절제되고 함축적이며, 더욱이 거의 감정을 드러내지 않는 묘사로 인해 일종의 의심과 조소마저 느껴진다. 『교차로 뛰어다니며』에서 리훙빙은 술에 취해 격앙된 어조로 주위안을 힐책하여 "인간이 이렇게도 비열하다니. 만약 네가 그 놈을 무시했더라면 상황은 달라졌을 거야. 그런데 그 놈이 워낙 널 매력적이라고 치켜세워주니 원. 누군가를 무시하면 그 사람을 구박하고 우위에 서서 주도권을 휘두르게 돼있어. 그 놈은 너하고 설령 헤어진다고 해도 속으론 차라리 잘됐다고 생각할 테고. 잘해봐야 양심의 가책이나 아쉬움 정도나 느끼겠지"[39]라고 말한다. 성은 인간의 일종의 독특한 생명체험과 합리적 욕구이

---

37) 린저우, 앞의 논문.
38) 린저우, 「절망 속의 기대 - 한둥 소설의 성애서사를 논함在絶望中期待 - 論韓東小說的性愛敍事」, 『當代作家評論』, 2000년 제6기.

다. 따라서 지나치게 비판할 이유가 없다. 그러나 성은 다른 한편으로
이러한 합리적 욕구를 훌쩍 뛰어넘어 인간의 완전함을 파괴하고 주체성
을 뒤덮어버리며, 주체적 인간으로 하여금 스스로를 기만하는 경지에 이
르도록 한다. 이에 대해 니콜라이 베르댜예프는 "성은 인간의 현실생활
속에서 이미 객체화·외면화되고 인간의 총체적 생존을 분열시켰다. 성
은 강대한 무의식의 추동을 거쳐 인간을 객체화의 세계로 내몰고 외재적
이면서도 비내재적인 결정론과 필연성의 통치 하에 위치하도록 하였다.
또한 인간은 자기의 본성으로부터 멀어져, 어쩔 수 없는 객체로의 전환을
선택하게 되었다. 성의 비밀 전부가 바로 여기에 있다. 즉, 성은 인간의
객체성을 더욱 강화시켜 주는 항목이 되었다. ……"[40]라고 언급하였다.
한둥은 개체적 존재로서의 인간의 성, 그리고 덧없이 사라질 듯 나타난
사랑으로부터 인간 세계의 도덕·종교·역사·문화 등 각종 요소를 제거
하였다. 그리고 주체로서의 현대인의 충돌과 몸부림을 심도 있게 발굴하
였다. "바로 이 때문에 한둥의 성애소설은 비평가들이 말한 소위 '욕망
서사'와 다르며 일종의 자아에 대한 정신 검열"이라고 볼 수 있는 것이다.
   또 한 명의 '단절'자인 주원 역시 비슷한 속성의 글쓰기를 통해 한둥과
뜻을 같이했다. 그는 강렬한 반역의 욕망을 품고 활동하였다. 주원은 소설
에서 성을 적나라한 현실로 바꾸고 현대 생활의 금지 구역을 모두 다루었
다. 또한 눈앞에서 펼쳐지고 있는 생활의 비속함을 무정하게 노출시켰다.
그의 붓끝이 닿는 곳은 모두 '일반화'의 과장된 묘사를 거쳐야 했다. 주원
은 "다시는 숨기지 않고 성이라는 긴 창을 휘두를 것이다. 성은 우리를

---

39) 한둥, 『나의 플라톤 ― 한둥 소설집』, 110쪽.
40) [러시아]니콜라이 베르댜예프, 『인간의 노역과 자유 ― 인격주의철학의 이해人的奴役與
     自由 ― 人格主義哲學的體認』, 구이저우인민출판사, 1994년, 205쪽.

색정의 은폐된 곳으로 이끄는 것은 아니다. 우리의 생활은 성에 의해 대명천지로 내몰리고 조금도 사정을 봐주지 않는 성의 검열을 받게 된다"[41] 라고 하였다. 대표작 『나는 달러가 좋아』에서 주원이 직설적으로 말한 바와 같이, 작가는 발전·이상·추구·민주·자유 등등을 독자들에게 제공해야 하며 이것들은 "모두 성 안에 있다!"[42]고 해도 좋았다.

주원은 황당하면서도 진실한 평탄하면서도 적당히 무거운 이야기를 주로 다루었다. 특히 열띤 논쟁을 야기한 작품 『나는 달러가 좋아』에서 그러하였다. 소설의 제목부터가 노골적인데, 이것은 주원의 일관된 풍격이었다. 소설은 주로 '나'와 '아버지'가 동생을 찾는 과정에서 발생한 사건, 즉 아버지를 모시고 온갖 여인을 찾아다니며 심지어 자신의 정부에게 아버지와 자라고 권하는 등의 일을 묘사하고 있다. 나와 아버지는 성과 여인에 대해 토론하고, 나는 아버지를 도와 성적 문제를 해결하고자 시도한다. 물론 마지막에는 실패하게 되지만 말이다. 여기에서 중국 전통의 엄숙한 부자관계는 주원이 시도한 성이라는 수단을 통해 완전히 해체되어버린다. 윤리·도덕적으로 일관되게 현실과 동떨어져 권위와 권리를 표상하던 부친 형상은 주원에 의해 무정하게 전복되었고, '나'와 '아버지'는 욕망을 가진 평등한 남자가 되어 소위 존비·장유의 관계는 내팽개쳐졌다. 이와 같이 주원의 개성에 가득 찬 서사로 인해 모두가 어리둥절해졌고, 당연히 주원은 기존 도덕의 수호자들로부터 오해 받고 욕설을 들어야 했다.

주원의 소설 가운데 어느 곳에나 등장하는 성은 서술의 원동력이자 소설 전개의 중요한 지점이다. 주원은 성을 일상생활 속의 주요한 내용으

---

41) 천샤오밍, 앞의 논문.
42) 주원, 『나는 달러가 좋아我愛美元』, 작가출판사, 1995년, 404쪽.

로 삼고, 그것 위에 부가된 심리 혹은 사회적 의의, 신비감 혹은 복잡성을 제거하며 인간으로서의 일종의 본능을 적나라하게 표출하였다. 이러한 성에 대한 표현 속에서 사랑의 그림자는 거의 발견되지 않는다. 즉, 누군가 지적한 바대로 '사랑 없는 성'과 같다. 소설『동생의 연주弟弟的演奏』에서 주원은 사춘기에 처한 대학생들의 이야기를 통쾌하게 묘사하였다. 성은 이들 생활의 중심이다. 이들은 저마다 성에 관한 요상한 별명을 하나씩 가지고 있는데, 강간범·색정광·왕재수 등이 바로 그것이다. 이들의 유일한 공통점은 여자에 대해 이상한 흥미가 있다는 사실이며, 모든 행위의 목적은 성 동반자를 찾기 위함일 뿐이었다. 주원은 중국 청년 중 한 세대를 이처럼 추하고 장점이라고는 하나 없는 차마 생각하기조차 싫은 모습으로 묘사하였다.

어떤 이는 주원의 이러한 창작 태도를 '본질창작'이라고 일컫는다. 주원은 금욕화의 전통과 권위 담론의 장기적 은폐를 걷어내고 뻔뻔스럽게 이것들을 논하며 해체한다. 주원의 소설은 이렇듯 어디에나 파고들어 이상과 신념을 청산하고 수많은 인성의 깊은 내막을 진실하게 표출한다. 한둥은 주원의 소설집『허리 숙여 풀을 먹는다彎腰吃草』의 서언에서 "주원의 방식은 부단히 자기 자신에게로 회귀해야 하는 것이다. 그는 일관되고도 세밀하게 자신의 창작동기와 문학열정이 진실하고 순수한지의 여부를 고찰하고 추궁하였다. 이는 자신을 완성하기 위해서라기보다는 자신을 하나의 통로·교량으로 삼아 천상지하에 유유히 흐르고 있는 '정신의 물결'이 이곳을 지나 마침내 상처가 자신에게 도달하게 하기 위함이었다. 이러한 창작은 확실히 헌신적이다. 그러나 헌신적이라고 해서 비장하지는 않다. 그는 여전히 성실하고 유쾌하다"라고 썼다.

한둥·주원 등 소설가는 신체·욕망의 범람에 대한 묘사를 통하여 현대

와 전통이라는 두 개의 가치 관념이 서로 대항하고 충돌하는 상황을 그려
냈다. 이로써 이들의 작품 속에서 전통문학의 신성한 애정은 무너져버렸
다. 이들의 작품은 성애를 기점으로 삼고 있으나, 결코 마음을 동하게
하고 자극적인 의미에서의 '색정에 부합하는' 것은 아니었다. 이들은 욕망
과 생활 간의 무형의 긴장감을 촉진함으로써 힘차게 생명 존재의 의의를
드러내었다. 아마도 이처럼 독자적이고 개성적인 서술방식으로 인해, 소
위 '고상한 선비'를 자처하는 심사위원은 도덕의 충만을 위한 비판과 책망
의 구실을 찾아내고자 했을 것이다. 그들의 글이 도덕적으로 그럴듯하기
는 하다. 그러나 우리는 개체화의 기반 위에서 창작하고 문학의 입장에서
성애서사를 바라보며, 다시는 전통도덕의 담론 기제에 굴종하지 않고 신
선함과 독특함을 잃지 말아야 한다. 그리고 이러한 방식으로 현실을 마주
하고 생활을 표현해야 한다.

4. 주변부의 '유랑자'

　한둥 · 주원은 '단절자'로서 주목을 끌며 문단의 최전방에 서 있었고,
1990년대 문단에서 논쟁의 초점이 되었다. 그러나 이들을 새로이 이름을
떨친 한 세대의 대표라고 보기에는 확실히 튼튼한 정신적 자원 및 심각한
현실 생활에의 의탁이 결여되어 있다. 따라서 이들은 현대문학의 구속으
로부터 완전히 벗어나지 못할 뿐 아니라 반항의 강대한 역량으로 응집할
수도 없었다. 이것은 또한 이들의 인생 경험과 밀접하게 관련되어 있다.
사회전환기에 이들은 전통 가치 관념의 조정과 전복에 직면하여 아름다
운 이상, 현실의 생활 등 일체가 모두 변화하고, 확실한 것은 없다는 사실
을 알게 되었다. 이렇듯 무엇을 좇아야 할지 모르는 무력감, 실망, 고통으
로 인해 이들은 현실의 일체에 대하여 의심의 낙인을 찍었다. 이들은 본능

적으로 주류문화 및 현존하는 문학 질서와 규범에 반대하고, 현실문화의 무거운 부담으로부터 도망치고자 했다. 이들은 주류 문학과 동떨어진 일개 '주변인'의 자세로 생활 가운데에 등장하고, 이를 창작에 녹여내며 일종의 주변부 의식을 자각적으로 표현하였다. 또한 독특한 자신만의 방식으로 스스로의 정신과 창작세계를 인식하고 이해하는 한편, 시대 및 사회와 일상생활을 탐구하였다. 실재하는 일상생활을 음미하는 가운데 이들은 시대와 사회 주변부의 '유랑자遊走者'가 되었다.

왕간王干은 일찍이 한둥, 주원, 루양, 장민張旻 등을 '유랑하는 세대'라고 칭한 바 있다. 왜냐하면 이들의 소설에는 항상 '유랑자' 형상이 등장하기 때문이다. 예를 들어 한둥의 『서안이야기西安故事』, 루양의 『1993년의 후반一九九三年的後半夜』, 주원의 『식지』 등은 모두 약속이나 한 듯 고향을 상실한 정신유랑자의 유랑 과정과 각지를 유랑하는 수많은 주변인의 형상을 묘사하고 있다. 그들은 대부분 음울하고 비루하며 현실 생활에서 의지할 곳 없는, 사방이 고난에 둘러싸인 상황에 처해 있다. 허무와 절망감에 휩싸여 시대부적응 병에라도 걸린 것 마냥 이들 모두는 훼멸감을 안고 '유랑'의 길을 나선다. 이들이 처한 지난한 생존의 상황으로부터 한둥과 주원 등 작가는 주변부 '유랑자'의 진실한 형상을 드러내었다. 사실상 '유랑'은 이미 '단절'의 진정한 표현 방식이 되었고, '유랑자'의 형상을 독특하게 빚어냄으로써 이들은 당대문학사에 없어서는 안 될 지위를 확정할 수 있었다.

한둥은 일찍이 자신의 소설 창작에 대해 "지금까지 나는 열두 편의 중편을 썼다. 구체적으로 말하자면, 몇 편의 무료한 도시청년, 두 편의 비열한 남자와 한 편의 무고한 여인 - 한 편의 명예와 장래를 상실한 사람, 한 편의 결혼 실패자, 한 편의 정신승리를 쟁취한 독신남에 관한 이야기를 썼다. 나의 인물은 모두가 비루한 신분의, 막다른 골목에 몰려 정신적인 고통에 처해 있는 사람들이다"라고 간단하게 개괄하였다. 이에 대해 청년평론가 가오위안바오郜元寶는 장쑤江蘇의 몇몇 작가에 대해 논하면서 "쑤퉁·주원·한둥 등과 마찬가지로, 이들은 하나의 공통점 혹은 일맥상통하는 점을 갖고 있는 듯하다. 바로 이들은 모두 비천한 것, 즉 잔머리·잔재주·좀스러움 심지어 부끄러움을 모르는, 요컨대 매우 저속한 것을 잘 발견해낸다는 사실이다"라고 정확히 지적하였다. 이것은 자신의 문화적 신분과 처지를 명확하게 인식하고 심도 있게 체험하는 것으로부터 비롯되었다. 한둥의 작품에는 항상 일군의 '유랑자'가 등장한다. 그들은 사회와 유리되어 온종일 건들거리고 생활을 조롱한다. 일례로 『삼인행三人行』의 둥핑東平, 류쑹劉松, 샤오샤小夏 등 세 명의 시인이 푸쯔夫子 사원의 빽빽한 사람들 속에서 장난감 총을 꺼내어 사방으로 쏘아대는 것과 같은, 빈둥거리며 목적이 없는 유랑과 잡담을 들 수 있다. 그들은 사상도 추구하는 바도 없으며 그렇다고 해서 대단한 '놈팡이'도 아니다. 복잡한 군중 속에 매몰되어 무엇을 찾는 것도 아니고, 단지 유랑을 자기를 증명하는 일종의 방식으로 삼을 뿐이다. 이렇듯 연극 같은 생활 속에서, 한둥은 현실 속에서 인간이 진실한 환경에 대해 형언할 수 없는 권태를 느끼며 무거운 사상적 부담을 짊어지고, 무의미할 뿐인 '유랑'에 나서게 됨을 진실하게 재현하였다. 이것은 사상의 유랑이며 영혼의 유랑이다. 한둥은 소설 속 개체의 도움을 받아 생활의 본질적 진실을 표출하였고, 현실에서 보통의 인간이 생존하는 상황과 인간관계에 대해 투시하였다.

한둥의 소설에서 이러한 '유랑자'는 종종 작가·시인·프리랜서와 장사에 종사하게 된 문화인으로 설정된다. 그들은 일정 정도의 문화와 정신을 추구하고 있으며 또한 사회질서의 바깥으로 일정 정도 유리되어 있다.

물론 그들은 왕쉬의 세상을 우습게 아는 그러한 '건달痞子식' 영웅과는 다르다. 그들은 비록 세상을 우습게 보는 것 같지만, 얼마만큼의 용기가 있어 구 문화적 요소를 버리고 진부함을 거절하는 등 독립·자유·각성·개성으로 가득 찬 진정한 현대적 개체임에 틀림없다. 우리는 그들을 통해 한둥 소설의 풍부한 세계와 진정한 의의를 통찰할 수 있다. 그리고 이렇듯 풍부한 가치와 의의로 인해 한둥은 당대문학사상 독특한 위치를 차지할 수 있었다.

이와 마찬가지로 주원의 작품 속에도 여러 인물이 등장한다. 대부분의 작가들이 그 시대의 가장 생기 있고 매력적인 생활을 묘사할 때에, 주원은 오히려 평범한 일상생활 속의 평범한 소인물들에게 눈을 돌렸다. 예를 들어 『저녁 햇살 아래 백이십 명의 사람들傍晚光線下的一百二十個人物』, 『5마오의 여정五毛錢的旅程』, 『다창까지 도대체 얼마나 걸리는지』 등 소설을 통해 주원은 평범한 일상생활을 드러내고자 하였다. 『저녁 햇살 아래 백이십 명의 사람들』의 작품 속 배경은 이름 없는 작은 구멍가게이다. 작가는 몸 전체가 하나의 카메라인 것처럼 저녁 무렵 이 무대를 오고 가는 수많은 사람들의 동작과 말을 기록하였다. 샤오딩은 이 작은 구멍가게에 '저녁'이라는 이름을 지어주었다. 가게 주인 리중더李忠德는 웨이장순魏長順과 잡담을 나누고, 손님 두 명은 주인아주머니와 마작을 하기로 약속하고, 둥베이東北 청년들은 가게에 와서 사이다를 마시고, 리중더는 개 때문에 처우仇 씨 영감과 말다툼을 벌이고, 주인집 딸 샤오쥐안小娟은 건달 두 명을 데리고 와서 밥을 먹는 등, …… 소설은 일곱 개의 장면, 즉 일곱 개의 서로 다른 이야기로 구성된다. 그리고 각 장은 생활 속의 작은 간주곡을 공연하며, 결코 특별하지 않은 하나의 저녁을 구성한다. 이 인물들은 특정한 신분이 없으며 특별히 준비한 바도 없고 단지 한 무리의

가장 평범한 존재에 불과하다. 더욱이 하루하루는 그들의 평범하고 자질
구레한 생활 속에서 매일 흘러가고, 아마도 비슷한 사건 비슷한 사람이
다른 하나의 저녁에 겹쳐 보일지도 모를 일이다.

　그것은 가장 진실한 생존의 상태이다. 주원의 소설에서 허허롭게 살아
가는 모호한 인물들은 신분을 확정하기 힘들고, 샤오딩·천칭陳靑·왕칭
王晴 등의 이름을 코드로 하여 출몰한다. 그들은 이름이나 개인 자체로
모두 무의미하고 현대의 생활에 기생하며 생존의 위기와 압박감을 느끼
지만, 난관에 봉착한 생존환경을 어느 정도 초탈하고 독자적으로 이를
대면하고자 한다. 그러나 사실 진실한 역량은 가지고 있지 않다. 예를
들어 장편소설『무엇이 쓰레기이고 무엇이 사랑인가什麼是垃圾什麼愛』의
주인공은 주원의 소설에 반복적으로 나타나는 또 한 명의 '샤오딩'이고,
『나는 달러가 좋아』의 '나'는 생활을 조롱하고 마음껏 즐기는 한 명의
작가이다. 또한『파리 한 마리를 먹다吃一隻蒼蠅』의 '나'는 무소신·무추구
의 멍청하고 순진하며, 관운이 형통한 대학 동창의 존재를 부각시켜주는
존재로 등장한다.『허리 숙여 풀을 먹는다』,『귀마개를 쓴 야자戴耳塞的亞
加』,『시작해도 되겠습니까可以開始了嗎』 등의 소설도 모두 이와 같다. 이
것은 주원만의 독특한 표현 방식이다. 그는 이에 대해 "현실 생활에서
나는 정서적으로 이러한 인물들에게 더욱 친밀감을 느낀다. 나는 그들과
매우 사이좋게 지낸다. 이러한 이유로 그들은 항상 내 작품 속에 등장하
며, 나는 그들이 어떠한 색채를 띠는지 탐구해 본 적조차 없다. 나는 사람
은 이 별로 유배되었기 때문에 비속함은 자연스런 자질이며 운명적인
것이라 생각한다"[43]라고 언급하였다. 샤오딩처럼 하릴없이 빈둥거리며

---

43) 린저우, 「기대 중의 기대 - 주원 인터뷰在期待之中期待 - 朱文訪談錄」, 『화성』, 1996년
　　제4기.

도처를 유랑하는 평범한 주변인 형상뿐만 아니라, 샤오딩 이외의 기타 코드 혹은 인물 모두가 주원의 소설 속에서 그러하다. 그들은 일견 세상을 우습게 아는 태도를 취하지만, 사실 환경의 압박 하에 더욱더 공허하고 무기력하며 고민에 빠져 있는 것이다.

주변부적 '유랑자'는 하나의 특수한 현상으로서 한둥과 주원 등 '단절' 작가의 작품 속에 출현한다. 그들은 위다푸郁達夫의 '잉여인' 형상과도 닮아 있어, 서로 흡사한 고민·미망·방황 그리고 아무런 결과도 없는 퇴폐와 손쓸 수 없는 공허함을 그림자처럼 대동한다. 한편, 위다푸와의 차이점 역시 존재한다. 그들에게는 '잉여인'이 사회와 인생에 대해 가졌던 열정·갈망과 연민이 결여되어 있고, 단지 성애·욕망에 기댄 위로만이 있을 뿐이다. 또한 그들은 19세기 러시아 소설 속의 '쓸모없는 자'의 형상과도 달라, 무기력한데다가 아무런 성과조차 내지 못한다. 한둥과 주원은 당대 인물 갤러리에 '유랑자' 형상이라는 독특한 공헌을 창출해냈다. 한둥의 소설 『교차로 뛰어다니며』, 『삼인행』 및 주원의 소설 『조나라의 한단에 가다去趙國的邯鄲』, 『나는 달러가 좋아』, 『무엇이 쓰레기이고 무엇이 사랑인가』 등의 곳곳에 그들의 그림자가 드리워져 있다. 한둥과 주원은 주변인에게 집중하면서 창조적인 창작을 진행하는 한편, 주변적 '유랑자'의 생존 상태를 서술하는 가운데 강렬한 동질감을 체현하고 이러한 사람들의 목소리를 발산하였다. 사실 바로 이것이야말로 그동안 작가에 의해 주목받지 못했던 대중의 진실한 생활 상태이다. 그런데 때마침 한둥과 주원에 의해 여실히 발굴되었던 것이다. 이들은 사람들의 생활에 더해진 무거운 의미의 하중을 해소하였으며, 그것을 자유자재의 상태로 되돌려놓았다. 그들은 복잡하고 심지어 균형을 상실한 것의 내면으로부터 아름다움의 요소를 찾아내고 또 다른 화해의 국면을 조성하고자 했다. 이로써 문학은 일상생활을 향해 진일보하며 새로운 의의의 공간을 전개할 수 있었다.

"현대철학과 인류학에 따르면, 인간의 일생 혹은 인류 생활의 전부는 어느 것을 막론하고 모두가 부유하는 구름과도 같은 탐색의 과정에 자리하고 있으며, 시작도 끝도 없는 귀결점을 찾지만 또한 어디로 귀결해야 할지 알지 못한다고 한다."[44] 이렇듯 부유하는 '유랑자'라는 전형적 형상은 한둥과 주원을 다른 작가들과 구분 짓는 또 다른 가치와 깊이라 할 수 있다. 그들은 영원히 길 위에 있고, 영원히 체제의 바깥에 존재한다. 바로 샤오딩처럼 한둥과 주원도 그러하다.

제4절 '단절'로부터 생겨난 사유

'단절' 질문지 사건은 이미 막을 내렸지만, 이와 함께 여러 가지 문제가 폭로되었다.

첫 번째는, '단절' 질문지가 충분히 과학적 · 합리적으로 구성되지 않았다는 사실이다. 주원은 모두 13개의 문제를 구상하고 단독으로 이에 대해 발언하였다. 그런데 "당신은 중국 당대 작가 중 누가 당신에게 등한시할 수 없는 영향력을 행사하였다고 혹은 행사하고 있다고 생각하는가? 일련의 1950, 60, 70, 80년대 문단의 작가 중 누가 당신의 창작에 일종의 근본적인 지도를 하였는가?", "당신은 중국 당대 문학비평이 당신의 창작에 중대한 의의를 지닌다고 생각하는가? 당대 문학평론가는 당신의 창작을 지도할 권리 혹은 충분한 재능을 가지고 있다고 생각하는가?" 등과 같은 문제에 대해 답변자는 단지 '그렇다' 혹은 '아니다'라고 대답할 수

---

44) 류리리劉俐俐, 『은폐된 역사의 물결 ─ 최근 문학창작과 비평의 역사관 문제 고찰隱秘的 歷史河流 ─ 當前文學創作與批評的歷史觀問題考察』, 톈진인민출판사, 2002년, 100쪽.

있을 뿐이었다. 즉, 질문은 일종의 강렬한 '예측성'과 '지도성'을 가지고 있었고, 회답에 참여한 사람들은 사고를 발휘할 여지를 빼앗겨버린 채 진실성과 과학성이 결여된 답을 내놓을 수밖에 없었다. 주원은 일찍이 작업 수기에서 "나의 생각은 참여하고 싶으면 참여하고 참여하기 싫으면 절대로 억지로 참여시키지 않겠다는 것이었다"[45]라고 말한 바 있다. 그러나 질문의 구성 측면에서 보면 모든 질문은 조화를 이루며 한편이 되었고, 답신자의 측면에서 보면 그들은 모두가 자기편을 위해 깃발을 흔들고 소리를 지르며 기를 세워주는 것을 방불케 하는, 약간의 고의적인 태도마저 엿볼 수 있었다.

두 번째는 '단절'과 '단절자'의 맹목성이다. 주원은 일찍이 질문지의 설명 부분에서 "우리의 문제는 현존하는 문학 질서의 각 방면과 유관한 상징 부호를 정조준한다"[46]라고 지적하였다. 여기에서 그들이 말하는 '단절'의 목표는 현존하는 문학 질서가 분열되어 부단히 혁명하고 새로워져야 한다는 것이다. 그렇다면 현존하는 문학 질서란 무엇인가? 이것은 정의하기 어려운 동태적 개념으로 넓은 범위를 포괄하고 있어 명확하게 구획하기 힘들다. 어떤 의미에서는 자신이 종사하고 있는 일과 신분이 현존하는 문학 질서를 구성하는 일부분이 된다. 이렇듯 복잡한 교차 관계 속에서 서로 마구 뒤얽혀 있는데, 그들이 어떻게 반항 혹은 '단절'하겠다는 것인가? 한둥은 일찍이 "실제로 이 행위가 구분하고자 하는 것은 하나의 공간 개념이었다. 같은 공간 내에 두 종류의 물과 불처럼 병존할 수 없는 창작이 존재하고 있다"[47]라고 말하였다. 여기에서 '공간'이란 매우 모호한 개

---

45) 주원, 「단절: 1부의 질문지와 56부의 회답지」.
46) 위의 논문.
47) 한둥, 「비망: '단절' 행위에 관한 회답」.

념이다. 왜냐하면 한둥·주원 등이 존재하는 공간은 도대체 어떠한지에 대한 명확한 정의가 없었기 때문이다. 이로 인해 '단절' 작가들이 누구와 '단절'하는지, 어떻게 '단절'하는지 등에 대한 문제는 어느 정도 맹목적이고 혼란스러운 성격을 띠게 되었다.

　세 번째는, '단절' 담론과 태도가 지나치게 과격하였고, 일종의 심각함과 이성이 결여되었다는 사실이다. '단절' 행위를 탐구하는 목적에 대해 한둥은 "우리의 행위는 문학의 이상과 목표를 재천명하기 위함이다. 진실·창조·자유·예술이 문학의 실천 과정에서 절대적 지위에 있음을 재천명하며, 그 중요성은 질서 본연의 존재와 개인의 이익 및 공명보다 훨씬 더 크다"[48]라고 설득력 있게 말하였다. 한둥 등은 이 행위의 목표는 결코 질서를 다시 건설하자는 것이 아니고, 문학의 이상과 목표를 재천명하자는 데 있다고 다시 한 번 강조하였다. 문학이 사회·정치적 수단이 된 오늘날, 문학 본연으로 돌아가 진정한 본질을 추구하자는 이들의 주장은 확실히 대단한 진보적 의의를 지니는 것이었다. 그러나 이상과 목표를 실현하는 과정에서, 이들은 꽤나 부정적이고 공격적인 태도를 보여주었다. 리샤오산李小山은 1950년대에서 1980년대까지 활약한 작가들은 '키 작고 왜소하며, 정치가의 치마폭에 숨어 지내는 저능아들'이라고 생각하였다. 대학과 대학원 안의 현·당대문학연구에 대해서 류리간劉立杆은 놀랍게도 "호텔의 파리는 자기가 변소의 파리보다 우월하다고 여기지만, 파리가 나에게 미치는 영향은 다 똑같다"라고 말하기까지 했다. 주원은 "중국작협은 사무실 책상 앞에 앉아 회의나 열고 필기나 하는 부패한 시체와도 같다", "『독서讀書』는 정부가 특별히 개발한, 지식인에게 주어진 집단 수

48) 위의 논문.

음의 작은 공간이다. 『수확收穫』의 저속함은 전형적이어서 한 번만 보아
도 다 알 수 있다"라고 평가하였다. 마오둔 문학상, 루쉰 문학상에 대해
우천쥔은 "이 두 개의 상은 비교 분석으로 장식된 똥구덩이이다"라고 직
설적으로 표현하였다. 사상 권위자로서의 루쉰에 대해 이들 '단절' 작가들
은 더 이상 루쉰을 사상 권위자 혹은 창작의 본보기로 받들고 싶지 않다고
하면서도, 상대적으로 비교적 신중한 평가를 내리고 있다. 예를 들어 이번
질문지의 발기자인 주원은 "루쉰을 좀 쉽게 내버려두자"라는 모호한 발언
을 하고 있다. 결국 이처럼 '화약 냄새' 가득한 담론은 당시의 문학체제,
질서, 권위, 이성, 자리매김 등의 요소를 모두 하나의 부정적인 권역으로
내몰아버렸다. 여기에는 물론 일시에 분출해버리는 거침없는 통쾌함도
있었지만, 그러나 "동시에 이러한 거침없음으로 인해 문화의 척박함과
빈혈 상태는 숨김없이 폭로되었다. 이들의 안하무인격 공격과 용기는 본
래 협소한 문화와 정신의 시야에서 제멋대로 배양된 것들이었다."[49]

　일부 평론가들은 이처럼 고조된 태도가 너무 격렬하고 자아도취적이라
며 비난했다. 이에 대해 한둥은 "우리는 확실히 '과격'하다. 그러나 우리가
편파적인 실수를 저지르고, 공정함과 정확함을 훼손하고, 비이성적이고
맹목적이라는 비난을 이것으로 설명할 수는 없다. 과격함은 제멋대로
생겨난 결과가 결코 아니며 그것 역시 행위의 일부분이다. 우리의 목적은
모종의 영역을 명확히 하고, 그것을 더욱더 선명하게 드러내는 데 있다.
우리는 인식을 말살하고 교란하는 것과 약삭빠른 처세술에 반대 한다",
"'과격함'은 결코 '교왕과정矯枉過正'(구부러진 것을 바로 잡으려다가 정도

---

49)　리완우李萬武, 「문학 개인주의 문화정서를 논함 -「단절: 1부의 질문지와 56부의 회답지」
　　를 읽고論文學個人主義情緒-「斷裂: 一份問卷和五十六份答卷」讀後」, 『文藝理論與批評』,
　　1999년 제6기.

를 지나치다)이 아니며, 우리는 단지 명확한 영역 구분을 위해 인간의
마음을 직접적으로 겨냥했을 뿐이다. 그것은 예리하고 힘에 넘치는 일종
의 언어로서 어리석은 사람을 일깨우며, 우리의 분노·솔직함과 젊음의
정서를 적절하게 표현해준다. 이러한 저속한 환경 가운데 '과격함' 말고
어떠한 태도를 취해야 하는지 여전히 알 수 없다"[50]라고 언급하였다. 한
둥 등이 당대의 저속한 문화 환경 탓에 과격함이 생겨났다고 지적한 용기
와 식견은 물론 대견하다. 그러나 이러한 모반은 강렬한 정서적 충동에
충만해 있고, 확실히 문학과 문화를 대면하는 신중함과 이성이 부족했다.

　네 번째는, '단절' 무리의 '자아보호'에 관한 문제이다. 한둥·주원 등에
게 있어 가장 중요한 존재는 개체이다. 따라서 수많은 공공성을 포괄하는
조직·단체는 마치 아무런 의미 없는 형식상의 포장처럼 간주되었으며,
이것은 대학, 대학원에서의 연구와 작협 모두에 해당된다. 이렇듯 개인정
신문화의 선택이라는 전제 하에, 윤리도덕, 이성과 양심, 책임의무, 법규
수호 등은 거들떠 볼 필요조차 없는 가치가 되어버렸고 단지 자아로서의
개체만이 남게 되었다. 중국 당대 작가 중 자신들의 창작에 영향력과 지도
력을 발휘한 사람이 있는가라는 질문에 대해 주원이 두 번, 한둥·주주朱朱
가 각각 한 번씩 답으로 제시된 데에서도 볼 수 있듯이, 영향력 있는 인물
로 신생대 작가들이 거론되었다. 진실이 어떠한지는 차치하더라도, 이로
부터 이 행위가 일종의 '지방보호'식 축제 같다는 느낌을 받게 되는 것
또한 사실이다. "이것은 기본적으로 '가정 가라오케'의 한 장면, 즉 가족
구성원이 서로서로 격려하며 브라보를 외치는 상황과 흡사하다. 어쩔 수
없다. 신생대 작가의 독서 이슈는 바로 그들 자신이며, 이것이야말로 문

---

50) 한둥, 앞의 논문.

학·문화에 대한 그들의 시야 범주이다. 그들은 스스로에게 최대한의 열정을 쏟아 부었다"[51]라고 리완우李萬武는 말하였다. 이러한 전형적인 '문화 허무주의'는 한둥·주원 등 청년작가에 의해 선택된 독특한 입장이라고 할 수 있다!

물론 작가에게 있어 '자아보호'는 텍스트를 증거로 삼아야 한다. 텍스트야말로 최고의 진실이며 가장 힘 있는 무기이다. 질문지에 이어 1999년 3월, 한둥은 '단절총서' 제1집(추천楚塵의 『유한한 교제有限的交往』, 우천쥔吳晨駿의 『명나라 서생明朝書生』, 구첸顧前의 『의기소침萎靡不振』, 허이賀奕의 『거짓된 생활僞生活』, 진하이수金海曙의 『깊은 근심深度焦慮』, 하이리훙海力洪의 『알약의 정신藥片的精神』을 수록)을 펴냈다. 이어 2000년 10월에는 추천이 '단절총서' 제2집(한둥의 『나의 플라톤』, 주원의 『인민에게 도대체 사우나가 필요한지 아닌지人民到底需不需要桑拿』, 장민張旻의 『애정과 타락愛情與墮落』, 루양魯羊의 『베이징에서의 질주在北京奔跑』를 수록)을 펴냈다. 당연히 작품이 어떠한지에 대한 통일된 비평기준이 없고, 여러 사람의 구미 역시 다 맞출 수 없었다. 대체로 천둥소리는 크나 비는 조금밖에 내리지 않은 그러한 느낌이었다.

한둥·주원 등이 발기한 '단절' 질문지 사건은 과연 감정의 산물인가, 아니면 일종의 시장 파열인가, 그것도 아니라면 또 다른 원인에서 비롯된 것인가. 이에 대해서는 여전히 더욱 탐구하고 검증해야 할 필요가 있다. 어떤 의미에서 그들의 조롱, 과격한 심리는 이 사건의 발생 원인을 짐작하게 하고, 사건을 다시 고찰해보아야 한다는 의견을 도출시켰다. 그러나 현존하는 문학 질서에 용감하게 도전하고 당시 문학계와 비평계에 적지

---

51) 리완우, 앞의 논문.

않은 '소동'과 '경각'을 불러일으켰다는, 그러한 가치와 의의는 확실히 지울 수 없다.

'단절'은 하나의 현상으로서 20세기 중국문학사상 크고 작은 흔적과 자취를 남겼다. '단절'은 사건으로서는 이미 끝났지만, 그것이 제기한 문제는 오늘날에 이르기까지 잠재적으로나마 명시적으로 혹은 형태를 바꾸며 계속해서 존재하고 있다. '단절' 사건은 얼핏 보기에는 한 차례의 문화 사건이지만 자세히 살펴보면 그 배후에 필연성이 존재하고 있음을 알 수 있다. '단절' 후 문화현상과 문학사조는 다원, 복잡한 단절과 부不단절이 교차하는 현상을 드러내었고, 21세기 초 그리고 신세기 지식인의 복잡한 정신문화상태를 반영하였다. '단절'은 하나의 문학 표현이라고 말할 수 있으나, 어떠한 형태의 표현도 결국 두터운 작품군에 의해 지탱될 때에 비로소 문학은 문학이 되는 것이다. '단절'을 표지로 하여 문학이 새로운 방향과 태세로 향하게 된 것은, '단절'세대의 문학적 실천과 '단절' 후에 출현한 일련의 신생대 작품을 포괄하여, 한둥·주원 등의 용기 있는 '단절' 행위가 야기한 일종의 문학적 성과라 할 수 있다.

왕팡 王芳

제3장

문학대사의 재배치와 통속문학의 재구성

제1절 문학대사 시대의 종말과 문학대사에 대한 갈망

『현대한어사전』에서 '대사人師'에 대한 해석은 "학문 혹은 예술에 매우 깊은 조예가 있어서 다른 사람들로부터 존경 받는 사람"이라고 하였다. 이로부터 대사가 되려면 두 가지 조건을 충족시켜야 함을 알 수 있다. 첫째, 주관적으로 조예가 있어야 하고 둘째, 객관적으로 사람들로부터 존경받아야 한다는 것이다.

대사는 대개 정전 작가를 뜻하며 정전은 통상적으로 후대인에 의해 '추인'된다. 따라서 대사는 어쨌거나 과거·과거완료 시제이며, 그것은 후대인이 행하는 전대 문인에 대한 일종의 평가이다. 이러한 의미에서 대사는 단지 일종의 개체적 존재일 뿐만 아니라, 사회적 의의를 갖춘 존재이다. 사람들이 대사를 회상하고 추종하는 것은 일종의 상징적 정신행위이며, 대사에 대한 정의와 회고를 통해 당대문학·문화의 세속화·천박화에 대해 저항하기 위함이다. 이러한 과정 속에서 대사가 창조하고 대표하는 사상과 가치는 충분히 승인되고 널리 천명되며, 인류문명사와 문학사의 주춧돌이자 최고봉이 된다. 다른 의미에서, 대사는 부단히 신격화·신성화되므로 부지불식간에 당시의 문학과 문화에 대해 은폐와 부정을 조성할

뿐만 아니라, 사람들은 대사가 지상至上의 담론권을 확립하였다고 반복적
으로 말하는 동시에 점차 자아의 담론권을 상실하게 된다. 결과적으로
대사는 과거의 형식으로서 당대의 어느 곳에나 존재하는 넘어설 수 없는
최고봉이 되었고, 또한 현재의 형식으로서는 당대에 엄중히 부재하게 되
었다.

　우리는 당연히 시간의 힘과 시간이 역사의 먼지와 때를 말끔히 씻어내
은폐되었던 진상을 드러낼 수 있음을 믿는다. 그러나 동시에 시간이 문학
의 현장감과 신선함을 부식하고 떨어뜨리며, 심지어 문학의 의의를 왜곡
할 수 있음을 인식하고 경계한다. 대사에 대한 이해도 이와 같다. 역사에
의한 추인追認은 한 개인의 본원적 가치와 공헌을 명확하게 바라보게 하지
만, 또한 그렇다고 해서 당대인 자신의 평가를 포기해서도 안 된다. 왜냐
하면 우리가 처한 시대에 대한 후대인의 '고고학'적 해석은 절대로 우리가
직접 겪은 '경험'보다 믿을 만하지 않으며, 우리가 처한 시대의 문학과
문화에 대한 후대인의 이해 역시 절대로 직접 겪은 사람보다 더 정확할
수는 없기 때문이다. 후대인에 의해 대사라고 정의된 작가는, 그가 살았던
시대에 이미 뭇사람과는 다른 특출 난 점이 있다고 언급되는 사람들이었
다. 고리키, 솔제니친, 선충원沈從文, 장아이링張愛玲 등을 예로 들 수 있는
데 그들의 문학적 가치는 그들이 생활하던 시대에 이미 인정되었고, 단지
어떠한 특정한 시대에 곡해되고 은폐되었을 뿐이다.[1] 이 예는 거꾸로
대사에 대한 평가는 당연히 이데올로기와 관련되어 있으나 근본으로 돌
아가면 결국 작품 고유의 사상성과 예술성에 의해 진행되고, 대사가 시공
을 초월하여 서로 다른 시대의 독자들과 대화할 수 있는 이유 역시 그들

---

　1)　우이친吳義勤,「당대인은 '정전'을 명명할 수 있는가當代人能否命名'經典'」,『長江文藝』,
　　　2003년 제10기.

사상의 개방성과 영원한 예술적 가치에 있다는 점을 설명해준다.

대사를 평가함에 있어 하나의 상대적인 표준이 있다면, 대사의 지위는 일단 확정된 후에는 다시는 바뀔 수 없는 것인가? 그렇지 않을 것이다. 우선 각 시대마다 심지어 각 개인마다 무엇이 문학인가에 대한 이해가 다 다르고, 이에 따라 대사를 평가하고 결정하는 기준 역시 모호하게 달라진다. 다음으로 한 시대의 문학과 문화는 이데올로기의 영향으로부터 완전히 벗어날 수 없으며, 때때로 이데올로기는 문학의 실상을 은폐해버리므로 우리는 이것을 걸러내고 씻어내야 한다. 그리고 바로 이 때문에 사람들의 주목을 끌게 된 '대사의 서열 재배치重排大師' 현상이 나타나게 되었다.

주지하다시피 상당히 긴 시간 동안, 즉 1950년대 왕야오王瑤의『중국신문학사고中國新文學史稿』에서 1980년대 탕타오唐弢의『중국현대문학사中國現代文學史』에 이르기까지, 중국현대문학 연구자들은 현대문학을 서술하고 평가할 때에 누구나 할 것 없이 루쉰魯迅, 궈모뤄郭沫若, 마오둔茅盾, 바진巴金, 라오서老舍, 차오위曹禺를 대사급의 작가로 보았다. 이러한 견해는 수십 년간 지속되어 현대문학계의 일종의 숨은 규칙이 되었다. 1994년에 베이징사범대학의 왕이촨王一川 교수가 펴낸『20세기중국문학대사문고二十世紀中國文學大師文庫』가 나오고 나서야 비로소 이에 대한 최초의 강력한 도전이 제기되었다. 그는 이 문고의 '소설'편에서 20세기 문학대사의 순위를 매기며, 대사 명단의 선발에서부터 중대한 조정에 착수하는 등 기존 질서를 부단히 타파하고자 했다. 20세기 문학대사를 배열할 때에 그는 원래의 루, 궈, 마오, 바, 라오, 차오의 6명을 루쉰, 선충원, 바진, 진융金庸, 라오서, 위다푸郁達夫, 왕멍王蒙, 장아이링, 자핑야오賈平凹의 9명으로 조정하였다. 여기에서 진융은 마오둔을 대신하여 위풍당당하게 4위

를 차지하며 대사의 대열에 진입하였다. 위에서 말한 '서열 재배치 사건'
은 즉각 문단에 큰 파란을 불러일으켰고, 지지하는 입장과 함께 비난의
목소리 역시 매우 컸다. '대사의 서열 재배치' 공과는 차치하더라도 이
사건의 출현은 적어도 다음과 같은 몇 가지 문제를 반영하고 있다.

  우선은 문학사유의 개방이다. 청년학자들은 이미 과거의 사유 방식으
로부터 해방되어 자기의 눈으로 문제를 대하고 문제를 제기하기 시작하
였다. 이들은 정치이데올로기의 정형화된 패턴을 버리고 새로운 '심미기
준'으로써 20세기 중국문학을 처음부터 다시 고찰하였다. 그 결과가 납득
할 만했는지의 여부와 관계없이, 이러한 대담한 행동을 통해 예술과 진리
를 추구하는 이들이 완전히 새로운 시각과 방식으로 중국문학을 음미하
였음을 알 수 있다. 다음으로, 중국문화의 일종의 국면 전환이다. 특히
진용은 과거의 엄숙문학에서 벗어나 현대 대중문화의 걸출함을 대표하며
등장하였고, 이렇게 중국 통속문화가 재건되었음은 더 말할 필요조차 없
는 사실이다. 마지막으로, 문학대사 명단의 조정은 역으로 현대 대사 시대
의 종말과 문학대사에 대한 갈망 및 호소를 증명하는 것이었다. 현대문학
은 30년이라는 짧은 기간 동안 지속되었으나 현대문학작가들은 대사 자
리의 삼분의 이를 차지하였다. 반면 당대문학은 오늘날까지 60년을 발전
하여 왔으나 단지 세 명만이 10위권 안에 들었을 뿐이며, 심지어 이에
대한 논쟁마저 분분한 상황이다. 이로부터 당대 문단의 대사가 부족하고
당대문학대사에 대한 갈망을 엿볼 수 있다.

  왕이촨이 재배열한 대사의 순서를 인정할지 말지에 대한 논의 말고도,
그가 중국문학을 관찰한 시각과 방식이 매우 독특하다는 사실을 인정해
야 한다. 우선 문학대사를 구분 짓는 것은 역사화의 과정일 뿐만 아니라
당대화의 과정이므로, 반드시 당대만의 대사를 당당하게 확립해야 한다.

"문학 정전화는 시시각각 진행되고 있으며, 그것은 당대인의 적극적인 참여와 실천을 요구한다."[2] 일부 작품의 정전화는 당대의 인정, 당대의 평가와 분리될 수 없으며, 이러한 과정을 거쳐 한 작가는 필연적으로 자신의 불후의 작품으로써 문학사에 찬란한 한 페이지를 장식하고 새로운 세대의 대사로 자라나게 된다. 옛것을 중시하고 요즘 것을 경시할 필요는 없다. 오늘날 어떤 작가가 너무 과도하게 인정·평가받는다는 생각이 들지라도, 만약 이러한 인정·평가가 없었더라면 과거의 상투적인 패턴, 진부한 규칙과 관습으로부터 벗어나지 못했을 것이라는 사실을 우리는 떠올려야 한다. 다음으로 중국문학은 하나의 총체이다. 따라서 시간적으로 현·당대에 대한 차별이 없어야 하며, 공간적으로도 반드시 대륙과 홍콩·타이완의 경계를 무너뜨려야 한다. 바로 이러한 점에서, 왕이촨이 진용에 대해 대사급이라 평가한 것을 부인할 수는 있지만 그의 이러한 사유 맥락마저 부인할 수는 없다. 다시 말하여, 진융은 한 명의 홍콩작가· 통속문학가이자 한 명의 중국작가·문학가이다. 그리고 이것이 바로 왕이촨이 표명하고자 한 '대중화문학관大中華文學觀'의 함의이다.

사실 왕이촨을 기초로 하여 좀 더 나아가 20세기 중국대사를 정의하는 사유 범위는 '문학'에서 '문화'로 확대되고, 시간적으로는 만청晚淸에까지 거슬러가며, 공간적으로는 해외화문華文문학에까지 이르게 되었다. 이 과정에서 본래 사람들에게 주목받지 않았던 사실들이 점차 사람들의 시선 속에 들어오는 현상이 발생하였다. 예를 들어, 구훙밍辜鴻銘은 국학에 대한 공헌과 소설 같은 인생으로 인해 흥미진진한 이야깃거리가 되었고, 왕궈웨이王國維의 학술적 조예는 다시 한 번 "크고도 높은 누각처럼 수천

---

2) 우이친, 앞의 논문.

년 구학문의 성루에서 찬란한 광채를 발휘"(궈모뤄의 말)한다고 평가되었다. 또한 1990년대 이래 천인커陳寅恪가 다시 언급된다는 사실은 한편으로는 국학의 소생을, 다른 한편으로는 국학에 대한 학계의 높은 기대치를 증명해준다. …… 이들을 논의할 때에 예외 없이 '대사'라는 글자가 쓰이고 있는데, 이것은 실제로 사람들의 문학과 문화 관념이 개방과 겸용을 향해 나아가고, 예술적·정신적 평가원칙 또한 다원화를 향해 나아가기 시작했음을 의미한다. 이러한 변화는 깊이 탐색해보아야 할 가치가 있다.

 엄격하게 말해서 '대사의 재배치'라는 명제는, 어떻게 '재배열' 할 것인가와 왜 '재배열'해야 하는가라는 두 가지 의미를 내포하고 있다. 이것은 전에 이미 서열을 매긴 적이 있으나, 지금은 전前 세대가 정해 놓은 것에 만족하지 않으므로 다시 서열을 매긴다는 점을 표명한다. 따라서 '서열 재배치'의 원인은 매우 많고 또한 복잡할 수 있다. 예를 들어 문학적·시대적·이데올로기적 요소 등등 모두가 문학을 대하는 태도에 일종의 변화를 야기할 수 있다. 누가 다시 대사의 서열에 들어서는가, 누가 다시 대사의 서열에서 제외되는가는 이러한 요인의 영향 및 제약과 불가분의 관계에 놓여 있다. 어떤 의미에서 '대사의 서열 재배치'는 실제로 20세기 문학사에 대한 일종의 다시 쓰기이며, 20세기 문학사를 다시 쓰는 문제는 때마침 지속적으로 관심을 끌어 온 문학 이슈였다. 천쓰허陳思和는 "문학사 연구는 본래 상호 '복제'할 수 없다. 왜냐하면 각 연구자의 구체적 작품에 대한 감상이 서로 다르기 때문이다. 자신의 진정한 독서 체험으로부터 출발해야만, 자각했는지의 여부와 상관없이 필연적으로 문학사를 '다시 쓸' 수 있게 된다."3), "독서할 때마다의 감상이 다르므로 우리의 작품에

---

3) 천쓰허陳思和·왕샤오밍王曉明, 「진행자의 말主持人的話」, 『上海文論』, 1988년 제4기.

대한 평가 역시 실제로는 매번 모두 '다시 평가'하는 것이다. 이러한 의미
에서 말하자면 사실상 작품을 '다시' 평가하는 문제는 존재하지 않는다.
왜냐하면 본래 '다시 평가'할 수밖에 없기 때문이다"[4]라고 말한 바 있다.
그러나 1949년 이후 존재해 온 이백여 편의 중국현대문학사 저작을 들추
어보면, 이렇게나 많은 저작들이 실제로는 단 몇 편의 통용 저작을 복사한
것에 불과하다는 사실을 발견할 수 있다. 즉, 이들 간에 중요한 작가·작품·
문학사조와 유파에 대한 평가는 놀랄 만큼 유사하며, 근본적으로 '서로
다른 느낌'을 갖고 있지 않다. 게다가 이러한 문학사 서술은 통상적으로
소련 모델에 따라 "혁명리얼리즘과 사회주의리얼리즘을 미학 표준으로
삼는다. 그리고 이에 의거해 좌익문학과 1950, 60년대 사회주의문학을
일종의 홍색경전 계열로 구분하고, '5·4' 신문학운동 및 5·4 신문화운동과
연결하여 하나의 통일된 서사로 구성해낸다. 그러나 '구문학'과 신문학
가운데에서도 자유주의 문학은 이질적인 것으로 간주되며 문학정전 구역
의 바깥으로 내몰려버렸다."[5] 문학과 문학사가 자아 주체성을 상실하고
정치적 도구로 몰락한 이때에 '문학사 다시 쓰기'가 시대의 흐름에 조응하
며 출현하였다.

'문학사 다시 쓰기'는 하나의 구호로서, 1988년 『상하이문론上海文論』
이 개설한 한 전문 코너에서 정식으로 제기되었다. 이 코너는 1988년
제4기에서 1989년 제6기까지, 중국현대문학사의 작가·작품 및 문학사조
현상을 재평가하는 글을 게재하고, '문학사 다시 쓰기'에 대한 관심 및

---

4) 천쓰허·왕샤오밍, 「진행자의 말」, 『상하이문론』, 1988년 제5기.
5) 사오웨이邵薇, 「문학사의 서사와 변화하는 문학정전 ― 20세기 80년대의 '문학사 다시
쓰기' 문제에 대한 약간의 고찰文學史的書寫與流動的文學經典 ― 20世紀80年代'重寫文學史'
問題的若干思考」, 『學習與探索』, 2006년 제1기.

열렬한 연구와 토론을 이끌어냈다. 이로써 순식간에 논쟁이 형성되었다. 비록 '문학사 다시 쓰기'가 정식으로 제기되고 그 조류가 형성되기 시작한 것은 1988년이지만, 왕샤오밍王曉明은 1985년 베이징 완서우사萬壽寺에서 개최되었던 중국현대문학혁신좌담회와 천핑위안陳平原, 첸리췬錢理群, 황쯔핑黃子平 등이 좌담회에서 제기한 '이십세기 중국문학'에 관한 구상을 '문학사 다시 쓰기'의 서막으로 보았다. '문학사 다시 쓰기'는 20세기 중국 문학사에 굵직한 한 획을 그었다. 그런데 이것은 우연히 발생한 사건이 아니며, 심각한 정치·학술적 배경을 배후에 두고 있었다. 『상하이문론』의 편집인 마오스안毛時安은 '문학사 다시 쓰기' 코너를 마치면서, "'문학사 다시 쓰기' 코너는 편집부의 심혈을 기울인 구상과 실천의 결과도, 누구 한 사람의 영감과 기지의 산물도 아니다. 이 코너는 제11회 중국공산당전국대표대회 이후 당의 발란반정·개혁개방의 일련의 방침과 정책이 나오자 자연스레 뒤따라 나오게 된 것이다"[6]라고 하였다.

이러한 정치적 사상해방·발란반정(撥亂反正: 어지러운 세상을 바로잡아 정상을 회복하다)은 학술계의 긴장을 풀고, 활기찬 사상 활동을 유발하였다. 그 결과 학술계는 과거 거칠게 규정되었던 다수의 작가·작품을 재심사하고, 본래 언급되지 않았던 수많은 문학사조·유파에 대해서도 재평가하기 시작하였다. 이것은 '문학사 다시 쓰기'를 위한 풍부한 가능성을 제공하였다. '문학사 다시 쓰기'의 학술적 연원을 거슬러 올라가면, 가장 중요한 추진체로서 샤즈칭夏志淸의 『중국현대소설사中國現代小說史』를 마주하게 된다. 샤즈칭은 선충원, 장아이링, 첸종수錢種書를 재발견하고 추종함으로써, 본래 대륙에서 통용되던 문학사와는 다른 문학과 역사학의

---

6) 마오스안毛時安,「문학사에 대한 인식을 부단히 심화한다不斷深化對文學史的認識」,『상하이문론上海文論』, 1989년 제6기.

면모를 드러내었다. 이를 통해 대륙의 문학사 저작은 일종의 각성을 하게
되고, 학자들 역시 중국현대문학사에서의 공백을 발굴하고 채워나갔다.
드디어 20세기 중국문학은 정치이데올로기 이외의 또 다른 모습을 표출
하기 시작하였다. 이러한 정치·문화적 전제는 천쓰허·왕샤오밍 등이 문학
사 되돌아보기와 다시 평가하기를 진행하는 전제를 구성하였다. 천쓰허
는 "우리는 오랜 기간 문학사 연구를 지배하던 일종의 널리 퍼져 있던
관점, 즉 단지 용속한 사회학과 편협한 정치표준의 잣대로써 일체의 문학
현상을 가늠할 뿐만 아니라 이것으로써 예술심미가치의 역사적 가치관을
대체 혹은 배척하는 관점을 반성해야 한다. 이러한 역사저작관은 1950년
대 후기의 극좌적 정치·학술 분위기 속에서 점차 고조되더니 마침내 최고
조에 이르렀고, 결국에는 부정적인 방향으로 나아갔다"[7]라고 말했다.
그러나 '문학사 다시 쓰기' 과정에서 작가·작품을 새롭게 평가한 것은
"단지 이전과는 다르게 판단했다는 점보다는 이전과는 다른 태도로 판단
했다는 데 더욱 중요한 의의가 있다고 볼 수 있다." 여기에서 소위 '다른
태도'란 "분석이 부족하고, 간단하고 거칠게 단정내리는 논증의 태도를
바꾸어"[8] 문학심미의 표준으로써 문학사 연구에 있어 다원화의 가능성
을 고찰하고, 당대문학의 발전을 촉진함을 일컫는다.
　'문학사 다시 쓰기' 코너는 일 년 반이라는 짧지 않은 시간 동안 문단의
주목을 끌었다. 그러나 당시에는 '다시 쓰기'에 관한 문학사 저작이 단
한 편도 출판되지 않았고, 단지 중국 현·당대문학 작가·작품을 재평가
하는 일련의 글만이 발표되었다. 그러나 이것만으로도 충분히 재평가를
진행하는 일종의 심미원칙과 기준을 짐작할 수 있었다. 이 코너는 '자오수

---

7) 천쓰허·왕샤오밍, 앞의 논문.
8) 위의 논문.

리趙樹理 방향과 류칭柳靑의 『창업사創業史』에 대한 재평가로부터 시작하여 이들 창작의 한계를 분석하고, 정치표준으로써 작가·작품의 예술성을 평가하는 전통을 힘써 고치며, 새로운 심미 평가의 기준을 건설하고자 하였다. 또한 실제로 이것은 과거 반제·반봉건 노선의 중국신문학 정전작품을 심미와 예술의 이름으로 우선적으로 '다시 쓰기' 시작했음을 의미한다. 이렇듯 '다시 쓰기'는 일종의 20세기 주류문화 및 이데올로기를 통솔하는 혁명문화에 대한 전복을 목표로 삼았다. 따라서 혁명역사 제재의 한계, 좌익문학의 과실, 사회해부소설에 대한 되돌아보기는 자연스레 관심의 초점이 되었다. 그런데 작가·작품을 재평가하는 이러한 기준은 정말로 '순문학적'이고 '심미적'이라 할 수 있는가? '문학사 다시 쓰기'는 정치적 잣대에 반발하는 것을 돌파구로 삼았으므로 1990년에 이르러 정치비판을 받게 되자 결국 잠잠해질 수밖에 없었다. 그러나 1990년대 이후 '문학사 다시 쓰기'를 포함한 문학사 되돌아보기 움직임은 다시 한 번 힘차게 용솟음쳤다. 일정 기간 동안의 토론과 반성을 통해 1980년대의 문학사 '다시 쓰기'가 결코 당초 표방하였던 예술원칙과 심미기준에 따르지 않았다는 사실을 알게 되었기 때문이었다.

리양李揚과 홍쯔청洪子誠은 「당대문학사 저작 및 관련 문제에 대한 통신當代文學史寫作與相關問題的通信」이라는 글에서 "1980년대 이래 건립된 '문학사' 질서는 '순문학'을 부각시키는 시대에 필연적으로 '비문학非文學'적 문학을 배척해야만 했다. 이러한 학술 질서를 통해 '문혁문학文革文學'에서 '십칠년문학十七年文學'에 이르기까지 모두가 실제로 점차 '문학'의 바깥으로 밀려나게 되었다. …… 우리는 이것이 진짜 '다원'의 문학사인지 아닌지 말하기 어렵다"9)라고 지적하였다. 이 말은 '문학사 다시 쓰기'가 '심미'라는 기치 하에 사용하였던 기준이 여전히 정치적 평가 기준이었고, 문학과 정치의 거리두기를 통해 작품의 예술 가치를 평가하였음을 명확히 설명해주고 있다. "'자유주의 작가'는 '정치와 거리를 두었기' 때문에 높은 평가를 받을 수 있었고, 좌익작가의 '예술적 가치'는 정치로 인해 간과되었다. '자유주의 문학'은 점차 문학사의 '중심'과 '주류'가 되었다. 반면 좌익문학은 부단히 폄하와 배척을 당하는 동시에 현대문학사의 바깥으로 추방당했다."10) 이러한 되돌아보기를 통해 문학과 문학사에 대한 재평가가 예술원칙의 문제에까지 파급되며, 더욱 중요한 정신원칙의 문제가 여전히 남아 있다는 사실을 알게 되었다. 그리고 이 과정에서 나타난 진짜 '예술 지상'의 원칙을 추구하였는지 아니면 여전히 상투적 이데올로기에서 벗어나지 못하였는지에 대한 의문은, 완전히 새로운 문학성의 측면에서 작가·작품을 재평가하였는지 아니면 단지 정치표준의 겉모습만 바꾼 것인지에 대한 의문으로 연장되었다.

제2절 마오둔茅盾과 진융金庸

'문학사 다시 쓰기'를 통해 사고가 개방되고, 이에 따라 선충원, 장아이링, 첸종수 등 본래 문학사 밖으로 배척당했던 비좌익작가들 역시 문학사의 권역으로 편입되었다. 그럼에도 불구하고, 1994년 왕이촨이 펴낸 『20세기중국문학대사문고』는 여전히 매우 놀라운 결과물이었다. 사실 사람들에게 생소한 것은 대사 '서열'의 재배열이 아니었다. 시대의 심미 풍조

---

9) 리양李揚, 「당대문학사 저작과 관련 문제에 관한 통신當代文學史寫作與相關問題的通信」, 『文學評論』, 2002년 제3기.
10) 쾅신녠曠新年, 「'문학사 다시 쓰기'의 종결과 중국현대문학 연구의 전환重寫文學史'的終結與中國現代文學研究轉形」, 『南方文壇』, 2003년 제1기.

와 흐름을 수용한 변화에 따라 작가·작품에 대한 평가에도 역시 상응하는 변화가 발생할 수 있다. 게다가 작품에 대한 부단한 체험을 통하여, 수용자는 작품의 함의를 다시 독해·해석하고, 이로부터 얻어진 심미적 체험과 깨달음 역시 부단히 조정되며, 그래서 작품에 대해 내려진 가치판단은 더욱 변화하게 된다. 마치 누구나 '문학사 다시 쓰기'라는 이 명제를 수용한 것처럼, 대사 '서열'의 재배열 역시 당연하게 느껴졌다. 사람들이 놀란 것은 단지 왕이촨이 재배열한 대사가 철저히 기존의 대사에 대한 인정을 전복하였기 때문이었다.

이 총서 전질의 겉표지에는 "겹겹이 자욱한 안개가 문학의 진실한 면목을 가리고 있다. 세기말에 순문학의 잣대로 다시금 백 년의 형세를 통찰하고자 한다. 역사의 진상을 살피고, 뭇사람들의 의견을 물리치며 대사를 재론하고 대사 서열을 재배치하였다. 이로써 21세기 중국문학을 위한 하나의 순결한 모범을 제공하고자 한다"라는 몇 줄의 문장이 눈에 잘 띄게끔 인쇄되어 있다. 또한 산문 편에서는 량스추梁實秋의 지위가 크게 격상되어 루쉰에 버금가는 지도자의 지위에 앉게 되었다. 시가 편에서는 무단穆旦을 첫 번째로 내세웠고, 베이다오北島를 두 번째로 삼았다. 그러나 이렇게나 '놀라운 선정'도 별일 아닌 것처럼 여겨졌는데, 그 이유는 소설 편의 '이경반도離經叛道'(상궤를 벗어나 도리를 어기다)에 의해 대세를 빼앗겼기 때문이다. 그중에서도 마오둔을 밀어내고 진융이 제4위로 앉게 된 것을 둘러싸고 가장 큰 논쟁이 벌어졌다.

총서의 전체 목차에서 편집자는, "작품의 심미적 가치와 문학적 영향, 즉 독자에게 어떠한 심미적 체험·향유와 승화를 제공하였는지를"[11] 기

---

11) 왕이촨王一川 주편, 『20세기중국문학대사문고·소설권二十世紀中國文學大師文庫·小說卷』, 하이난출판사, 1994년, 3쪽.

준으로 대사를 평가했다고 밝혔다. 구체적으로 말하면, 대사급의 텍스트
는 적어도 '언어 상 독특한 창작', '텍스트 상 탁월한 공헌', '표현 상 걸출한
성취', '형이상학적 의미 상 독특한 건설'이라는 네 가지 자질을 반드시
구비해야 한다는 것이다. 또한 『20세기중국문학대사문고』는 '텍스트를
잣대로 작가의 순위를 매겼다'는 사실을 재차 강조하였다. 따라서 마오둔
이 '소설권'에서 제외된 이유에 대해 "마오둔은 문학이론 · 비평 · 창작과 지
도 등 몇 개 방면에서는 거대한 영향력을 행사하였다. 이에 만약 총체적으
로 '문학대사'를 배열한다면, 그는 확실히 필적할 만한 상대로 두 번째
정도의 위치에 걸맞을 수 있다. 그러나 여기에서는 '소설대사'의 측면에만
착안하였다. 소설가로서 마오둔은 『무지개虹』 등 가작을 발표하였지만,
전체적으로 종종 주제가 선행되어 이념이 형상보다 강조되고, 그 결과
소설의 맛이 불충분하였다. 그래서 우리의 대사 선정 기준을 고려하고,
비슷한 유형의 소설가와 비교한다면, '소설대사'로서의 지위를 확정하기
어렵다고 할 수 있다"[12]라고 해명하였다. 그럼에도 불구하고, 마오둔이
밀려나게 된 사실은 여전히 의구심을 자아낸다. 어쨌거나 그는 문예이론 ·
비평 · 번역 등의 방면에서 신문화의 건설과 전파에 대해 등한시할 수 없는
성취를 이루었을 뿐만 아니라, 문학창작 방면에서도 거대한 영향력을 행
사하였기 때문이다. 마오둔은 1928년 초 문단에 등장한 이래 대혁명의
큰 물결을 묘사한 대작 『식蝕』 삼부작으로 광범위한 주목을 끌었고, 이후
에는 『무지개』 · 『자야子夜』 등을 발표하여 '사회분석소설'의 창작 모델을
개척하였으며, 수많은 작가와 작품이 그를 본받고 모방하였다. 그렇다면
문학사상 마오둔의 숭고한 지위와 왕이촨이 그를 '대사'에서 몰아낸 것

---

12) 위의 책.

사이의 거리는 어떻게 해석해야하는가?

우선 마오둔의 창작여정을 고찰할 필요가 있다. 마오둔의 창작은 처녀작『식』삼부작으로부터 시작되었다고 해도 무방하다. 이 작품은 일군의 소부르주아 지식인이 대혁명의 큰 물결 속에서 겪는 환멸, 동요, 궐기 추구라는 굽이진 과정을 묘사함으로써 대혁명 실패 후 작가의 방황과 고민의 심정을 반영하고 있다. 마오둔은 1928년에 등단했는데, 이때에 문단의 중대한 사건 중 하나가 바로 '혁명문학' 논쟁이다. 이러한 배경 하에 창조사·태양사 등 좌익비평가들은『식』삼부작이 소부르주아의 주저하고 환멸하는 심리와 혁명에 실망하고 비관하는 모습을 묘사하였다고 맹비난하였다. 예를 들어 첸싱춘錢杏邨은 "마오둔의 작품이 비록 신흥문학이 일어나던 시점에 혁명시대를 배경으로 창작되었다고 해도, 그의 의식은 신흥계급의 의식이 아니었다. 그가 말한 것은 대개 침몰하는 혁명 소부르주아가 보여준 혁명에 대한 환멸과 동요이다. 이에 그는 완전히 한 명의 소부르주아 작가이다"[13]라고 명확하게 지적하였다. 더욱이 "작가의 의식이 무산계급적이지 않으며", "창작의 입장 역시 무산계급적이지 않다"고 재차 강조하였다. 문학사가들도『식』에 대해 "주요한 사상 경향을 말하자면 결점과 과오가 매우 명확하다. 당시 혁명의 실패 이후 당은 전 인민을 이끌고 혁명투쟁을 회복하는 길에 나섰고, 대다수 소부르주아계급 지식인들 또한 방황, 고민하는 가운데 중국과 자신의 진정한 출로를 탐색하였다.『식』은 명백히 이들에게 적극적이고 유익한 영향을 미칠 수 없었다"[14]라고 비평하였다. 그런데 이러한 비난과 비평은 이후에 문

---

13) 첸싱춘錢杏邨,「마오둔과 현실茅盾與現實」,『茅盾硏究資料』(中), 중국사회과학출판사, 1983년, 101쪽.
14) 류서우쑹劉綬松,「마오둔의『식』과『무지개』를 논함論茅盾的『蝕』和『虹』」,『茅盾硏究資

학사에서 마오둔에게 내려진 평가와 모종의 불일치를 형성한다. 문학사
상 마오둔은 일반적으로, 작품 내에서 정치적 경향을 명백하게 드러내고
생활을 반영하는 정체성을 추구하며, 더욱이 문학 관념적으로도 문학의
경향성을 중시하고 '문학의 사회화'를 주장하는 등 역사 대변인의 자세로
서 창작에 임하는, 명확한 정치공리성을 지닌 작가라고 평가된다. 이러한
결론과 그의 초기 창작이 직면하였던 좌익작가로부터의 소위 '사상경향
착오'에 대한 비판은 그야말로 하늘과 땅 차이이다. 따라서『식』이후
마오둔의 창작에 도대체 어떠한 변화가 생겨났는지에 대해 살펴볼 필요
가 있다.

마오둔의『식』삼부작은 출판과 동시에 창조사와 태양사 등 급진좌파
에 의해 비난받았다. 이에 대한 답으로서 그는 1928년에「구링에서 도쿄
까지從牯嶺到東京」를 발표하였다. 이 논문에서 "마오둔은 소설 속 인물이
겪는 애정방면에서의 기쁨과 좌절을 통해 혁명의 복잡한 여러 가지 측면
을 모두 반영하였다고 지적하였다. 그리고 작가는 이러한 현실을 여실히
반영해야 할 책임이 있다고 인식하였다. 그는 특히 혁명문학이 반드시
지켜야 할 세 가지 특색을 다음과 같이 제시하였다. 첫째, 혁명문학은
반드시 그 미학 준칙을 고수해야 하며 선전문학으로 전락해서는 안 된다.
둘째, 혁명문학이 묘사하는 바는 반드시 주요 독자군 - 즉 소부르주아
- 이 관심을 갖는 주제여야 한다. 혁명문학의 목적은 본래 이러한 독자층
을 계발하고, 구습을 버리도록 유도하며, 이들을 마르크스주의화하는 데
있다. 셋째, 혁명문학은 결코 '서구공식주의 · 신사실주의 · 슬로건 문학' 등
에서 나온 선전적 색채를 띤 수사를 운용해서는 안 된다"[15]라고 한 것이

料』(中), 163쪽.
15) 왕더웨이王德威,『현대중국소설십강現代中國小說十講』, 푸단대학출판사, 2003년, 62쪽.

다. 이 글이 발표되자마자 첸싱춘, 푸즈녠伏志年 등은 마오둔을 격렬히
비난했지만, 어떤 학자들은 오히려 "사실 마오둔은 '삼부작'을 쓸 때 이미
사상적으로 현저히 좌경화되어 있었고, 좌파가 그를 공격한 것은 일종의
'통일전선전략'의 운용에 지나지 않았다. 이들은 연후에 마오둔의 작품을
이용하여 독자들을 '통일전선에 합류'시켰다. 중국 공산당은 결국 승리하
였는데, 『자야』를 읽으면 더욱 확실하게 마오둔의 사상적 '추이'를 볼
수 있다. 정쉐자鄭學稼 선생의 말처럼, 『자야』는 한 편의 정치소설이자
이미 정한 노선을 소설화한 소설이다. 그것은 '자야'를 이용한 암시라고
해도 과언이 아니다. 어둠은 장차 과거가 되고 태양은 곧 뜰 것이다. 그
효과는 중공의 전단과 표어 만장을 능가하였다. 왜냐하면 마오둔은 이
고조된 '슬로건'화의 소설에서 당시 중국 공산당의 욕망을 위해, 쓰고
싶은 것을 쓰고 욕하고 싶은 것을 욕했기 때문이다! ……『자야』는 한
편의 '정치소설'일 뿐만 아니라 공산당의 선전과 통일전선전략을 위한
가장 표준적이고 힘에 넘치는 한 편의 '정치소설'이다"16)라고 비평하였
다. 왕더웨이王德威 역시 마오둔의 창작을 분석하면서 "첸싱춘과 마오둔의
설전은 표면적으로는 분분하였으나 실제로는 한 가지 문제를 지향하고
있었다. 즉 소설이 혁명의 도구가 될 때 드러나게 되는 애매모호한 본질에
관한 문제이다. …… 마오둔과 적들의 입장 차는 오십보백보에 불과하였
다"17)라고 말하였다. 혁명 및 혁명문학의 형세가 발전, 변화함에 따라
궈모뤄가 제창한 혁명작가는 '망가진 나팔을 마음대로 불지 말고, 축음기
가 되어야 한다'라는 문예 기제는 즉시 혁명의 호루라기가 되어 군중의

---

16) 리무李牧, 「마오둔의 「자야」에 관하여關於'茅盾的『子夜』」, 『마오둔연구자료』(中), 중국
    사회과학출판사, 1983년, 283 · 286쪽.
17) 왕더웨이, 앞의 책, 65쪽.

목소리를 반영하였다. "아마 루쉰·마오둔 등은 이러한 인식의 기반 하에 혁명문학의 한껏 고조된 수위를 조절하고, 주선율과 화답하기로 결정했을 터이다. 1930년 3월 2일 중국좌익작가연맹이 성립될 때, 루쉰·마오둔과 그들의 적수는 모두 여기에 참가하였고 연합전선의 큰 깃발 아래 통일하였다."[18] 그런데 이것은 "마오둔이 『자야』를 쓸 때 이미 비교적 체계적인 과학적 문예이론의 지도가 있었기 때문에 가능하였다. 그는 문예란 반드시 '사회현상의 정확하고 전도유망한 반영'이어야 한다고 강조하였다. 여기에서 소위 '전도유망'함이란 '미래의 길을 지시'하고 '생활을 창조'하는 도끼가 되어야 함을 일컫는다."[19] 따라서 『식』에는 "근본적인 결점이 있었고", "마오둔은 『자야』에서 이를 완전히 수정하였다. 『자야』라는 이 새로운 장편소설에서, 삼부작 중의 그러한 건강하지 않은 비관정서를 대신하여 출현한 것은 일종의 명랑한 혁명낙관정신이었다."[20] 이로써 마침내 문학사상 익숙한 마오둔의 모습이 등장하게 되었다.

둘째, 반드시 마오둔 소설 창작의 특징을 재인식해야 한다. 독자들이 마오둔 소설에는 이념이 과중하여 정체되는 결점이 존재한다고 지적할 때에도, 여전히 비평계는 마오둔이 개척한 '사회분석소설'에 대해 비교적 높은 평가를 내리며 그는 "현대소설과 현대사회가 함께 전진하는 전경화 全景化된 역사시와 같은 품격을 창조하였다"[21]라고 인식하였다. 1980년 대 말과 1990년대 초에 이르러 '문화 현대화' 관념과 '문학사 다시 쓰기'

---

18) 왕더웨이, 앞의 책, 69쪽.
19) 러다이윈樂黛雲, 「『식』과 『자야』의 비교분석『蝕』和『子夜』的比較分析」, 『마오둔연구자료』(中), 중국사회과학출판사, 1983년, 193쪽.
20) 왕지셴王積賢 등, 「마오둔의 『자야』茅盾的『子夜』」, 『마오둔연구자료』(中), 중국사회과학출판사, 1983년, 229쪽.
21) 주더파朱德發 주편, 『중국현대문학사실용교정中國現代文學史實用教程』, 제로서사, 1999년, 259쪽.

조류가 발흥함에 따라 문학연구의 비평기준과 이러한 연구를 이끄는 사상은 정치적인 측면으로부터 미학적인 측면으로 전이하였다. 이로 인해 마오둔과 '리얼리즘'을 대표하는 문학은 전에 없던 충격을 받게 되었다. 많은 학자들이 마오둔 문학의 성취와 가치에 대해 비평하고 질문을 던졌다. "그들은 예리한 필봉으로 마오둔 창작의 개성 · 심미적 특성과 심리도식에 대해 깊이 있는 탐색을 하였다. 또한 마오둔의 심미가치관 속에 문학과 정치, 심미와 공리, 정감과 이지의 대립 및 불균형이 존재하는지의 여부, 존재한다면 그 정도는 어떠한지, 어떻게 이를 대하고 평가해야 하는지에 대해 심도 있는 연구를 진행하였다. 이렇듯 소란스러운 가운데, 반여 세기 동안 마오둔에게 주어졌던 정전적 지위는 최대의 의혹에 직면하게 되었다."[22] 연구자들은 마오둔 창작에 존재하는 주제선행先行, 예술적 개성에 대한 이념의 속박 등을 결점으로 지적하였다. 그런데 사실상 이러한 비평은 『자야』가 세상에 이름을 떨친 이래 줄곧 존재해 온 것으로, 문학사상 숭고한 마오둔의 지위를 전복하기에는 부족한 감이 없지 않았다. 진정한 각성은 천쓰허陳思和의 『자야』 독해로부터 시작되었다. 그는 거꾸로 마오둔을 '리얼리즘' 창작을 대표하는 관례로 귀납하며, "마오둔 소설은 세부 묘사에서 자연주의의 영향을 받았다. 그러나 창작의 총체적 경향은 오히려 낭만주의이다"[23]라고 주장하였다. 그는 『자야』 초판본 속표지의 제첨題簽 아래에 반복적으로 덧붙여 쓴 영문 제목 『The Twilight: A Romance of China in 1930』(석양: 1930년대 중국의 낭만

---

22) 원루민溫儒敏 · 자오주모趙祖謨 주편, 『중국현당대문학전문주제연구中國現當代文學專題研究』, 베이징대학출판사, 2002년, 47쪽.
23) 천쓰허, 『중국현당대문학명작15강中國現當代文學名篇十五講』, 베이징대학출판사, 2003년, 323쪽.

사)으로부터 시작하여『자야』의 환경묘사, 인물조형, 주인공 우쑨푸吳蓀
甫의 인간적 매력 등에 이르기까지 작품 내용을 상세히 분석하였다. 또한
『자야』를 구성하는 두 가지 주요한 요소는 '낭만과 퇴폐'이며, 그중 가장
중요한 예술 풍격은 바로 기존에 제거당하고 은폐되었던 '퇴폐적 경향'이
라고 예리하게 지적하였다. 그는 한걸음 더 나아가 해파(海派: 상하이파)
문학의 또 다른 전통은 좌익 입장이라고 해석하고, 그래서 "『자야』의 진
정한 가치는 바로 마오둔이 그만의 특색을 지닌 일종의 이상·낭만·퇴폐로
서 당시 상하이의 환경과 문화적 특징을 묘사하고, 이를 통해 한 편의
좌익 해파문학의 대표작이 되었다는 데 있다"24)라고 말하였다. 이와 같
이 본다면, 리어우판李歐梵이 왜 그의『상하이모던 - 새로운 중국 도시
문화의 만개 1930~1945上海摩登 - 一種新都市文化在中國 1930-1945』에서
첫머리를 마오둔의『자야』로부터 시작했는지 어렵지 않게 이해할 수 있
다. 리어우판은 "사실상 소설의 앞 두 장에서 마오둔은 승승장구하는 현대
성이 가져온 물질의 상징을 거침없이 상술하였다. 자동차(1930년식 시
트로엥 3대), 전등, 선풍기, 무선녹음기, 양옥, 소파, 권총(브라우니 한
자루), 시가, 하이힐, 미용실, 하이알라이관, …… 이러한 편안한 현대
설비와 상품은 결코 일개 작가의 상상이 아니며, 반대로 이것들은 마오둔
이 소설에서 묘사하고 이해하고자 시도하였던 신세계였다. 간단히 말해
서, 그들은 중국의 현대화 과정을 상징하였다. ……"25)라고 말한 바 있
다. 이것과 천쓰허의 독해는 약속이나 한 듯 완전히 일치한다. "1930년대
중국좌익문학이 제기한 현대성에 대한 질의는 해파문화의 공간 내에서나
가능한 것이었고, ……『자야』에서 마오둔이 상하이를 묘사한 것은 '현

---

24) 위의 책, 340쪽.
25) 리어우판李歐梵,『상하이모던上海摩登』, 베이징대학교출판사, 2001년, 5쪽.

대성 질의'와 '번영과 타락의 동체성'이라는 두 가지 특색에 대한 체현이었다."[26]

천쓰허 등은 마오둔의 창작이 비록 대체로 정치이념을 우선시하고, 더 나아가 계급성분의 수단을 통하여 인물과 생활을 형상화하며, 심지어 마오둔 자신이 『자야』를 어떻게 쓰게 되었는지에 대해 당시 중국의 사회 성질문제에 답하기 위해 이 소설을 썼다고 밝혔음에도 불구하고, 그 자신의 예술가적 기질로 인해 오히려 종종 작품 내의 개념적 요소들을 타파하고 "망설임 없이 자기의 내면 충동과 욕망을 모두 표현하였다. 그리고 이러한 표현은 소설의 주요한 한 부분이 되었다"[27]라고 독해하였다. 따라서 마오둔의 창작에서 겉으로 보기에 사회정치 주제에 대한 묘사는 실제로는 정치적 구실을 빌려 소부르주아에 대해 쓴 것이고, 겉으로 보기에 소부르주아에 대한 비판은 실제로는 억누를 수 없이 들통나버리는 그들에 대한 애정과 흠모이다. 이러한 이해를 바탕으로 앞선 시기 학자들의 마오둔에 대한 평가를 살펴보면 첸싱춘 등이 무산계급적 정치 입장에서, 마오둔의 『식』, 『들장미野薔薇』 등을 비판하였을 뿐만 아니라 마오둔 창작에서의 무엇보다도 가장 큰 특징(훗날 가장 크게 은폐되고 왜곡되었던 지점)을 다음과 같이 적확하게 지적했다는 사실을 알게 된다. 즉, 그가 소부르주아의 생활 특히 남녀 간의 연애심리에 대해서는 매우 잘 묘사하였으나 "혁명에 대해서는 환멸과 동요로 파악하였다"[28]는 것이다. 이러한 점은 우쑨푸 - '20세기 기계공업시대의 영웅기사 혹은 왕자' - 의 형상화와 린페이야오林佩瑤, 판보范博 등 일군의 퇴폐적 색채를 띤 소부르주아

---

26) 천쓰허, 앞의 책, 338쪽.
27) 위의 책, 340쪽.
28) 첸싱춘, 앞의 논문.

에 대한 정확한 묘사를 통해 선명하게 체현되었다. 마오둔은 초기의 장편 논문 「구링에서 도쿄까지」에서 '무산계급문예'는 "슬로건문학의 구속을 벗어날 수 없다"라고 비난하고, 또한 이후의 작품은 반드시 '소부르주아 계급적인 작품'이어야 한다고 용감하게 지적하였다. 이것은 의심할 여지 없이 작가 자신의 소부르주아계급 정신에 대한 표현이기도 하다. 이러한 관점으로 인해 마오둔은 좌익비평가들로부터 엄중한 비판을 받게 되고 결국 나중에 자신의 문예사상 관념을 전환하였다. 그러나 비록 무산계급 의 문예이론으로 창작에 임하였다고는 해도, 자기 본연의 소부르주아계 급적 기질과 잠재의식 속의 소부르주아계급에 대한 이해와 동정은 여전 히 그의 창작에 있어 주제이념과 실제묘사의 불일치 및 위배를 피할 수 없는 원인으로 작용하였다. 이것이야말로 마오둔의 소설 창작에 있어 가 장 큰 특색(혹은 다른 각도에서 보자면 병폐)이 존재하는 지점이다.

　이러한 측면에서 왕이찬이 마오둔의 '대사' 지위를 부정한 사건을 완전 히 불가사의하다고만은 할 수 없다. 만약 마오둔이 기존의 정치사상, 마르 크스주의 계급방법을 이용하여 생활을 묘사하고 분석할 뿐만 아니라, 작 품 내에 주제내용이 불일치 및 위배되는 병폐마저 존재한다면 당연히 그는 더 이상 '소설대사'라 불릴 수 없을 것이다. 그러나 만약 마오둔 소설 의 내용을 자세하게 분석한다면, 그에게 생활의 세세한 부분을 흡수하는 대단한 능력과 마치 진짜처럼 장면을 묘사하는 기교가 있다는 사실을 부득불 인정하게 된다. 더욱이 그는 매우 완벽하게 인물성격을 형상화하 여, 즉 인물의 계급성과 인물 개인의 특수한 성격을 하나로 융합하여 그 인물에 개념화 · 슬로건화를 벗어난 입체감을 부여하였다. 이러한 점에서 그는 또한 예술적 재능을 갖춘 우수한 작가임이 틀림없다. 이렇듯 마오둔 에 대한 평가는 반드시 단일한 측면에서 벗어나, 그의 창작에는 이념화 · 개념화의 사유 모델이 있을 뿐만 아니라 세부묘사에 대한 거대한 재능이 드러나 있다는 사실을 공정하게 대면해야 한다.

그러나 왕이촨의 '대사의 서열 재배치'가 야기한 거대한 논쟁은 단지 마오둔을 밀어냈기 때문에 발생한 것이 결코 아니었다. 사실 마오둔이 밀려나든, 선충원이 두 번째를 차지하든, 왕멍·자핑야오가 구강九强에 들든 말든 모두 중요하지 않았다. 오히려 이에 대해 평론가들은 간단하게 언급하고 지나갔다. 모든 초점은 진융의 '승진'에 집중되었다. 마오둔의 축출에 비해 상대적으로 더 많은 쟁론을 불러일으킨 것은 진융이 일개 통속작가로서 대사의 대열에 들어갈 수 있는지 없는지, 속문학은 대아지 당大雅之堂에 오를 수 있는지 없는지에 관한 문제였다. 진융의 현대 신무협 소설의 출현은 "그 자체로 중국무협소설이 문화 경계를 참신하게 확장하고, 또한 총체적으로 전에 없던 경지에까지 상승하며, 현대 중국소설 종류의 다양화와 발전을 추동하였다는 것을 표지한다."[29] 이에 반대하는 사람들은 진융의 무협소설은 단지 일종의 문화 패스트푸드이며, 그것은 "우리 사회의 고차원적 정신 건설을 위한 역량을 갖고 있지 않다"[30]라고 인식하였다. 1999년 11월 1일 왕쉬王朔는 『중국청년보中國靑年報』에 「내가 보는 진융我看金庸」이라는 글을 발표하였다. 그는 여기에서 진융의 무협소설은 '사대속四大俗'의 하나이며, "언어에서 구상까지 기본적으로 구백화소설의 진부한 틀을 벗어나지 못했다"라고 포격을 퍼부었다. 진융은 얼마 지나지 않아 「『문회보』 기자의 질문에 답한다 - 뜻밖의 명예와 뜻밖의 비방答『文滙報』記者問 - 不虞之譽和求全之毁」이라는 글을 발표하면서 이에

---

29) 왕이촨 주편, 앞의 책, 6쪽.
30) 거훙빙葛紅兵·정이광鄭一光·류촨어劉川鄂, 「진융: 치켜세워진 '대사金庸:被拔高的'大師」, 『南方論壇』, 1999년 제5기.

반박하였다. 이로써 진융 작품과 왕쉬의 평론을 둘러싼 논쟁은 일시에 뜨거워졌다. 어떤 사람은 왕쉬의 비평이 비록 매몰차다고는 해도 이치에 닿지 않는 것은 아니라고 하였고, 또 어떤 사람은 왕쉬가 근본적으로 무협을 이해하지 못하고, 진융 소설을 부분적으로는 긍정하나 전체적으로 부정하는 결론을 낸 것은 불공정하다고 하였다. 이들은 진융의 무협은 언어 문자에서 내재 구조, 문화 함의에 이르기까지 모두가 보기 드문 성취를 이루었다고 인식하고 높이 평가하였다. 그런데 진융이 대사에 뽑힐 자격이 있는지 없는지, 진융과 왕쉬 중 누구의 지위가 더 높은지 낮은지에 대한 쟁론이 끊임없이 벌어지고 있는 와중에, 더욱 경악할 만한 일이 벌어졌다. 본래 대아지당에 오를 수 없다고 여겨지던, 학부모들로서는 그저 피하고만 싶던 무협소설이 뜻밖에도 중학교 교과서에 실리게 된 것이다. 처음에는 인민교육출판사의 2004년도 판『어문독본語文讀本』제4권(전일제보통고급중학(필수)全日制普通高級中學(必修))에 진융의 『천룡팔부天龍八部』와 왕두루王度盧의『와호장룡臥虎藏龍』이 발췌되어 실렸고, 다음으로 2007년 9월 베이징 9구현區縣의 고등학교에서 사용할 새 교과서의 독서 리스트에 진융의『설산비고雪山飛高』등이 등장하였다. 이와 동시에 루쉰의『아Q정전阿Q正傳』,『류허전 군을 기념하며記念劉和珍君』등은 삭제되었다. 이 사건으로 인해 도처에서 열띤 토론이 벌어졌다.

솔직하게 말하자면, '대사의 재배치'가 야기한 논쟁은 의외에 가까웠다. 본래 왕이촨이 펴낸『20세기중국문학대사문고』는 문학작품의 선집일 뿐 문학사 저작은 아니다. 그것은 비록 편집자의 문학 관념과 문학비평기준을 반영한다고는 해도 완전하고 충분한 학문성은 결여되었다. 다시 말해 단 한 사람의 '순위 차트'로서 비평가의 일종의 주체성을 체현할 뿐이었다. 일찍이 '문학사 다시 쓰기'의 시기에 비평의 주체성 문제에 대한 의견이 제시된 바 있다. 즉 문학비평 속에 비평가의 주체성을 주입하고, 심미적 측면에서 문학작품을 분석하며, 이로써 각자의 학술적 개성을 발휘하자는 주장이었다. 당연히 문학사 저작에는 그 자신만의 특수성이 있어야 하지만, 이렇듯 비평의 주체성이 발휘되어야 하는 동시에 역사평가의 객관성 역시 고려되어야 한다. 왕푸런王富仁은 "한 사람 더 나아가 한 시대의 감상은 모두가 대개 협소하다고 볼 수 있다. …… 그러나 문학역사의 서술은 매우 큰 관용성을 필요로 하며, 역사학자 한 명의 개인적 기호에 따라 역사를 서술하는 것은 용납되지 않는다"31)라고 하였다. 이 때문에 만약 문학사를 쓰려면, 그것은 필연적으로 개성이 선명한 비평기준을 수립해야하는 동시에 역사가의 냉정과 객관을 체현해야 한다. 그러나 이러한 냉정과 객관은 작품 선집 성격의 저작에 대해 말하면, 모두 그러한 것도 아니고 심지어 그럴 필요도 없다. 따라서 왕이촨이『20세기중국문학대사문고』에서 자신의 독서체험, 문학경험에 따라 마음속의 문학대사를 평가한 것에 대해 심하게 비난할 수 없다. 사람마다 독서경험, 심리수용은 모두가 다르다. 따라서 동일 작가, 동일 작품에 대한 평가 역시 다르다. 예를 들어『홍루몽紅樓夢』이 정전으로 받들어지나 결코 모두가 사랑하지는 않는 것처럼, 어떤 사람은 마오둔을 문학대사로 인정하나 어떤 사람은 그의 문학적 성취가 그다지 대단하지 않다고 생각한다. 또한 진융의 무협소설에 대해서도 어떤 사람은 언급할 가치도 없다고 여기지만, 어떤 사람은 오히려 많은 문화적 가치를 내포하고 있다고 생각한다. 다시 말해 인자仁者는 인仁을 보고 지자智者는 지智를 보는 것과 같이 각각 다르다. 서로 다른 관점은 본디 매우 정상적인 것이다. 이러한 각도에서 보면,

---

31) 왕푸런王富仁,「문학사 다시 쓰기'에 관한 몇 가지 감상關於'重寫文學史'的幾點感想」,『上海文論』, 1989년 제6기.

왕이촨이 진융을 네 번째 대사의 자리에 앉힌 것은 정말 별 대수로운 일도 아니었다. 단지 편집자의 독서경험·독서취향을 체현한 데 불과하였다. 그러나 이 일은 문단에 큰 파문을 일으켜 비평의 주체성 문제에까지 파급되었을 뿐만 아니라, 왕이촨 등이 총서의 선집 과정에서 표출한 문학 관념과 문단에 원래부터 존재하고 있던 문학관념 간에 의견이 서로 어긋나버리는 더욱 깊은 문제를 야기하였다.

'진융은 교과서에 실릴 수 있는지', '진융은 루쉰을 대신할 수 있는지'에 대해 논쟁하는 것이 아니다. 오로지 이미 발생한 사실 - 진융은 먼저 대사로 뽑히고, 이어서 작품이 교과서에 수록되었다 - 만을 본다면 진융과 무협소설로 대표되는 통속문학의 지위는 근래에 대폭 상승하여 이미 논쟁의 여지조차 없게 되었다. 이를 둘러싸고 전개되는 논쟁은 결국 서로 다른 문학관념(아속문학관)의 충돌에서 비롯되었다. 비록 '대사의 서열을 재배치'한 역사가 '문학사 다시 쓰기' 논쟁에까지 소급될 수 있을지라도, 1980, 90년대의 교차지점에 발생한 '문학사 다시 쓰기' 논쟁은 본질적으로 아雅문화의 리모델링에 관한 것이었다. 따라서 정치사상이 문화예술보다 중요시되는 비평의 기준을 리모델링했다고 해도, 그것이 리모델링한 문학사는 여전히 지식인 엘리트 문화의 산물이었다. 예를 들어 천쓰허의 『중국당대문학사교정』은 비록 민간의 가치관으로써 당대문학을 고찰하였지만, 지식인의 계몽적 입장에 서서 민간문화형태의 의의를 발견하고 그것을 계몽사상의 체계 안으로 포괄하였다. 그래서 설령 문학의 정신적 자원으로서의 민간 부문이 지식인에 대해 생성한 당대적 의의가 논의되었을지라도, 이 문학사는 여전히 한 치의 에누리도 없는 아雅문학사이다. 왕이촨이 '대사의 서열을 재배치'한 것은 '문학사 다시 쓰기'에 대한 계승 - 20세기문학은 다시 평가받을 수 있고 또 그래야만 하는 - 이자,

'문학사 다시 쓰기'에 대한 초월 - 주요한 것은 문학관념의 변혁인 - 이다. 이로부터 '외날개'의 문학사 - '순純'·'속俗'의 양대 문학 시스템에서 아문학·순문학만이 홀로 출중한 - 에서 속문학을 문학사에 편입시키는 것에까지 이르게 된, 즉 아속문학을 전면적으로 바라보는 일종의 문학정체관이 구현되었다. 비록 일찍부터 중국 현·당대문학사에는 아속문학의 불균형이 존재한다고 지적되어 왔지만, 청말·민초의 원앙호접파鴛鴦胡蝶派로부터 1920년대의 '장헌수이張恨水 열풍'까지, 다시 1940년대의 '장아이링張愛玲 열풍'으로부터 또다시 1980년대의 '충야오瓊瑤 열풍', '진융 열풍'까지, 통속문학은 줄곧 가장 광범위한 독자군을 확보해온 것이 사실이다. 그러나 정통문학사 서술 속에서 통속문학에 대한 객관적이고 공정한 관심과 평가는 찾아보기 어려웠다. 일부 학자들은 문학사를 서술하면서 아속문학을 하나의 용광로에 녹여 담으려고 애썼으나, 역시 기본적으로 아문화의 발전, 변화를 위주로 해왔다. 통속문학은 전체 책의 마지막 장 혹은 전체 장의 마지막 절로서, 쓰는 김에 언급되는 식이었지 결코 아속문학에 대한 관심은 균형이 맞추어지지 않았다. 이러한 상황에서 왕이촨이 진융을 '대사'로 승급시킨 것은 일종의 텍스트로부터 출발하여 통속문학의 지위를 상승시키는 유효한 경로라고 간주할 수 있다. 이로써 통속문학에 대해 반드시 가져야 할 중시와 관심이 자라나기 시작하였다. 따라서 '진융 사건'이 반영하는 것은 무협소설의 가치문제일 뿐만 아니라, 전체 통속문학의 평가에 대한 문제에까지 파급된다.

중국문학전통에서 '아'·'속'의 구분은 줄곧 중시되어 왔고, 통속문학은 늘 용속하고 심지어 저속한 문학이라고 이해되었다. 사실상 통속문학의 가장 큰 특징은 오락성에 있으며 이것 또한 문학의 기능 중 하나이다. 그러나 5·4 신문학이 혁명의 이름으로 문학의 정통을 수립한 이래 문학은 더욱 '비수'와 '투창'이 되어 정치선전·사상교화의 역할을 담당하였다. 오락성은 비판과 억제를 받았고, 고로 오락성을 특징으로 하는 통속문학 역시 정통문학사로부터 배척되었다. 다른 한편으로 이것은 현대 이전 통속문학 자신의 품격과도 관계가 있다. 5·4 신문학이 출현하기 전에 통속문학은 독자에서 작가까지 대부분의 문학 자원을 점유하였음에도 불구하고, 사회·로맨스소설이든 무협·탐정소설이든 간에 풍격은 그리 높지 않았다. 대개가 기본적으로 문학의 취미 혹은 상품성을 중시하고, 심심풀이·오락을 주요한 기능으로 삼은 반면, 문학성의 건설은 등한시하였다. 이러한 배경 하에 저속한 풍격의 작품이 대량 출현하고, 무협소설 역시 이 가운데에 서 있었다. 무협소설은 유구한 역사를 가지고 있지만, 청대 위쿤玉昆의 『삼협오의三俠五義』로부터 현대 '북파오대가北派五人家'(궁바이이위宮白羽, 왕두루王度盧, 리서우민李壽民, 정정인鄭證因, 주전무朱貞木)에 이르기까지 작품의 층차는 형이하학적인 싸움과 의협에 국한되어 있으며, 문화적 품격이 역시 그리 높지 않았다. 진융에 이르러서야 비로소 무협소설 속 속문화와 아문화가 결합하여, "'5·4'운동 이래 형성된 인간 해방과 현대성의 시대정신을 기반으로 전통과 민간의 풍부한 양분을 충분히 섭취하고, 엘리트 문화의 인문정신을 통해 무협소설 정신이 내포한 세 가지 기본 받침목, 즉 협객 숭배, 격투기술 숭배, 협객정신의 이상적 인물 숭배에 대한 전면적이고도 창의적인 설명이 가능해졌다. 또한 그는 비현대적이며 진부하고 낙후된 문화사상을 혁명적으로 개조하여, 무협정신의 수준을 인성의 보편적 의의라는 고도에까지 끌어올렸다."[32] 이것은 아래의

---

32) 우슈밍吳秀明·천쩌강陳擇剛, 「문학현대성의 진행과 진융 소설의 정신 수립 ─ 무협소설의 '진융 이후 문제'를 함께 논함文學現代性進程與金庸小說的精神構建 ─ 兼談武俠小說的 '後金庸'問題」, 『杭州大學學報』, 1997년 제4기.

몇 가지 방면으로부터 파악될 수 있다.

우선, 진융의 소설은 중국 전통문화를 토대로 삼았다. 유·묵·불·도·법의 다원적 존재와 융합은 진용 소설 내에서 풍부하고 알차고 중후한 문화정신을 성취하였다. 『사조영웅전射雕英雄傳』의 궈징郭靖은 유·묵 두 사상의 정신을 동시에 받아들이고, 『녹정기鹿鼎記』의 캉시康熙의 묘사는 유·법 두 사상의 융합을 체현하였고, 『소오강호笑傲江湖』에서 링후충令狐沖의 일반적인 예의에 얽매이지 않으며 소요하는 자유로움은 도가 문화의 요체를 깊숙이 받아들인 결과였다. '나라와 백성을 위하는 의협심을 가진 큰 인물'의 '인仁'과 '의義'는 시종일관 진융 소설의 도덕가치 관념을 관통하고 있으며, 그는 구소설의 무원칙적인 강호의협심을 민족정의의 고도에까지 끌어올렸다. 그래서 진융의 인물은 강호 복수살인의 편집증에서 벗어나 대의·정의를 위해 목숨을 바치는 살신성인의 그러한 호탕하고도 뛰어난 인품의 소유자이다. 독자들이 이에 신복하는 것은 인지상정일 터이다.

두 번째, 진융의 소설은 전통문화에 대해 무턱대고 찬양하지 않았으며, 자신만의 독자적인 사고와 견해를 갖고 있었다. 진융은 현대정신으로써 전통문화를 밝게 비추고자 애썼으며, 소설의 오락성 속에서 심각한 사상성을 전달해냈다. 그는 궈징·링후충 등에게서 찾아 볼 수 있는 충효대의를 칭송하는 동시에, 황룽黃蓉·양궈楊過 등을 통해 유가의 남녀를 속박하는 예교, 삼강오륜예교만을 중시한 나머지 인성의 가치를 경시하는 진부한 사상을 조롱하였다. 또한 진융 소설의 배경이 모두 고대이기는 하나, 그는 옛것을 현재에 비교하고 옛것을 현재의 귀감으로 삼으며, 즉 옛 사람의 이야기를 통해 자신의 현실감각을 드러내며 세상사에 대한 독립적 사고와 진지한 탁견을 이야기하였다. 예를 들어, 『천룡팔부』와 『녹정기』에 나타난 유가문화에서의 협소한 민족주의에 대한 사색과 비판 그리고 인격평등을 강구하는 인문정신은 모두 저자의 현대성을 체현하고, 중국역사에 대한 독립적 사고를 표현한 바이다.

세 번째, 진융의 소설은 문화의 내막에 대한 정밀한 탐구 이외에, 심각한 비극의식과 오묘한 철학적 함의 역시 풍부하다. 예를 들어,『천룡팔부』의 차오펑喬峰은 몸부림치듯 발악하지만 운명의 밧줄은 점점 더 그를 꽉 조여 온다. 이것은 바로 운명의 비극이다. 무룽푸慕容復의 황제 몽에 대한 강박은 성격의 비극이고,『연성결連城訣』에는 인성의 비극이『소오강호』의 링후충에게는 인생의 비극이 반영되었다.

이 외에도 작가는 이러한 비극적 인물의 인생에 대한 영리한 이해, 생명에 대한 감회, 세계에 대한 사고를 표현하였고, 이로써 그의 소설은 일종의 철학미를 발산할 수 있었다. 연달아 나타나는 뛰어난 묘사, 풍부하고 화려한 언어, 심금을 울리는 서스펜스, 환상적이고 기이하고 뛰어난 상상력은 진융의 소설 곳곳에서 발견되며 독자에게 극대의 쾌감을 가져다주었다.

물론 진융의 소설이 흠잡을 데 없이 완벽한 것은 결코 아니다. 예를 들어 왕쉬가 지적하고 진융 자신도 인정하였듯이 소설의 줄거리는 우연의 일치가 너무 많고 구조가 어수선하고 묘사 혹은 전개 스타일은 상투적이며 인물성격은 앞뒤로 너무 통일되어 변화 혹은 발전이 부족한 결점을 가지고 있다. 또한 많은 사람들로부터 비난받는 남권중심주의의 체현으로 인해 전통윤리도덕 관념에서의 여성의 종속된 지위 등과 같은 폐단을 파괴하지 못했고, 무협소설 텍스트 자체로서 고유문화 및 전통에 대한 과도한 미화와 연민 등 역시 피해가지 못했다.

그러나 이렇게 부족함을 지적한다고 해서 근래 20년 동안 진융 소설이 베스트셀러로서 폭발적인 인기를 누렸다는 사실을 부인할 수는 없다. 이러한 현상은 소설 본연의 높은 철학적 함의, 문화가치, 예술적 매력 등의 내적인 원인 말고도, 중국 대륙 전체의 문화 환경의 변화라는 소홀히 할 수 없는 외재적 요인에 의해 발생하였다.

서구 인류학자의 구분에 따르면, 문화는 대전통과 소전통으로 나뉜다. 대 전통은 상부사회 지식인의 엘리트 문화이며 국가이데올로기를 대표한다. 소전통은 민간에 유행하는 통속문화이며 민간의 윤리도덕신앙과 심미문화 관념을 포괄한다. 엘리트 문학으로 대표되는 5·4 신문학은 의심할 여지 없이 문화의 대전통이며, 무협소설이 속해 있는 통속문학은 소전통이다. 신시기 이전에는 사회 환경, 인위적인 지도 등의 주·객관적 요소로 인해 문학의 소전통은 늘 주변부 상태에 놓여 있었으나, 근래에는 도시경제의 발전, 시민계층의 발달 등으로 인해 통속문학의 발흥을 위한 기초와 무대가 제공되었다. 1990년대 이래 대중문화가 이미 문학의 주류가 되었는지 아닌지에 대해 학자들의 의견은 분분했다. 그러나 진융이 점차 사람들의 관심을 끌게 되었다는 것은 "대중의 취향이 문학사에 반영되고 주류로 상승하기 시작한다는 하나의 표지"[33]임이 틀림없다. 또한 통속문화의 발전 과정에서 홍콩·타이완 문화가 대륙에 미친 영향을 가볍게 보아서는 안 된다. 심지어 1980, 90년대 이래 홍콩·타이완 문화가 대륙으로 쏟아져 들어온 것은 신시기 대륙통속문학의 생성과 발전에 직접적인 영향을 미쳤다. 때문에 진융이 일개 홍콩 작가로서 대륙의 독자에 의해 수용되고 매우 높은 지위를 획득했다는 사실은 더욱 큰 상징적인 의미를 갖는다고 볼 수 있다. "정치체제상 대륙이 홍콩을 수복했다고 말하지만, 문화적으

---

33) 거훙빙·정이광·류촨어, 앞의 논문.

로 진융이 대륙에 등장한 것은 상반된 방향을 의미하고 있다. 상업형 문화
는 체제형 문화의 방향으로 침투해 일종의 전통과 더욱 긴밀하게 결합하
고(진융 소설의 시사詩詞처럼), 동시에 상업과의 결합이 더욱 긴밀한 여가
형 심미문화는 홍콩섬에서 중원으로 북상하며 대륙의 문화를 점차 접수
하였다."34) 이러한 가운데 진융의 비교우위는 그가 소 전통·속문화에
기반을 두고 가장 광범위한 시민독자계층을 확보함과 동시에 대 전통·아
문화로부터 문화자본을 흡수하여 "상업시대 다층적 독자들의 수용 심리
에 교묘하게 순응하는 한편, 영화·TV 등 대중 매체의 강력한 영향력에
기대어 놀랄만한 수용 효과를 거두어내었다는 점에 있었다. 이 외에도
그는 '아속공상雅俗共賞'의 여세를 몰아 대전통·아문화를 향한 강하고도
힘 있는 침투를 시작하였고 상당 정도의 인정도 받았다. 즉, 금세기말
대·소 문화전통이 상호 융합하는 추세 하에 진융 현상은 사실상 모종의
본보기적 의의를 지녔다고 말할 수 있다."35) 여기에서 말하는 소위 '본보
기적 의의'는 문학사상 진융의 지위의 제고야말로 아속문화를 재건하자
는 근래 문학·문화 관념의 추세와 성과를 가장 선명하게 반영하고 있음을
일컫는다.

제3절 아속문학의 변천과 재구성

20세기 중국문학대사의 재조정은 문학평가 기준이 변화한 데에도 기
인했지만, 더욱 심층적 차원에서는 중국문화의 국면 전환에 대한 반영이

---

34) 위의 논문.
35) 천훙陳洪·쑨용성孫勇生,「세기를 돌아보다: 진융 작품 정전화 및 기타에 관하여世紀回
    首: 關於金庸作品經典化及其他」,『南開學報』, 1999년 제6기.

었다.

중국문학의 발전 과정을 고찰하면, 끊어질 듯 말 듯 속에서 아로 흘러들어가는 변천이 내재되어 있음을 발견할 수 있다. 어떠한 중국문학사, 시가·산문은 물론이고 소설·희극이라도 모두 속에서 아로 흘러들어가는 변천의 과정을 겪었다. 즉 중국문학은 민간예술에서 문인예술로 향해가는 것이다.『시경詩經』의 작품 중에 많은 수는 민가·민요인데 문인의 채집·정리·개편·승격 등을 거쳐 아문학이 되었고, 나아가 후세에 의해 중국문학의 원류로 받아들여졌다. 속에서 아로 편입되는 승격은 마찬가지로 악부사곡樂府詞曲·화본소설話本小說의 변천 과정에서도 나타났다. 비록 속문학이 아문학의 발전을 위해 양분을 제공한 아문학의 '대아지당에 오르지 못한 어머니'일지라도, 일단 아문학이 정통으로 자리 잡으면 곧 속문학을 멸시하며 '통속문학'이라 불렀다. 이는 문학사 속에서 양자에 대한 대우가 매우 다르다는 사실에서도 찾아 볼 수 있다.『서유기西遊記』,『수호전水滸傳』등과 같이 본래 속문학으로 분류되어야 할 작품들이 정전적 성취로 인해 아로 승격되고 문학사에 진입하게 되거나,『요재지이聊齋志異』처럼 여전히 속문학으로 분류되나 성취가 매우 뛰어나 무시할 수 없으므로 문학사에 진입하게 된 경우가 그 예이다. 그러나 속문학 영역에서 뛰어난 공헌과 성취를 이룩한 기타 많은 작품들은 문학사에서 결코 아문학 작가의 발끝에도 미칠 수 없었고, 생략되고 언급되지 않았다.

비록 아문학이 오랜 기간 속문학을 경시해왔으나, 이러한 태도는 20세기 이후에 보다 더 본래보다도 더 심각해졌다. 최근에 유통되고 있는 중국현대문학사를 살펴보면, 이들은 더욱 명확하게 중국현대아문학사 혹은 순문학사라고 자칭한다. 이러한 문학사는 주로 순문학의 발전과 변천에 대해 논술하고 있을 뿐, 통속문학에 대해서는 회피하고 언급하지 않거나 혹은 구색 맞춤용으로 장절의 가장 마지막에 덧붙여, 반드시 있어야 할 지위에 대해서는 아무런 해석과 설명도 하지 않고 있다. 사실상 통속문학은 20세기 중국현대문학의 발전에 지대한 업적을 남겼다. 5·4문학혁명이 일으킨 '백화문 운동'과 이로 인해 얻어진 문학적 성취, 그리고 루쉰의 『광인일기狂人日記』에 주어진 '현대적 기법을 이용한 최초의 백화단편소설'이라는 남다른 명예로 인해, 현대백화문 창작은 『신청년新靑年』으로부터 시작되었다는 오해가 별다른 의심 없이 나왔다. 그러나 실제로는 통속문학 대가인 바오톈샤오包天笑가 1917년에 창간한 『소설화보』가 중국 최초로 '전체적으로 백화문을 쓴' 문학정기간행물이다. 여기에서 그는 '소설은 백화를 정통으로 삼아야 한다고 강력히 주장하고, 심지어 '단편소설'이라는 이 말조차 당시 신문학 급진파가 코웃음 치던 원앙호접파로부터 처음 생겨났다. 따라서 5·4문학운동이 없었더라도 중국문학은 그럼에도 불구하고 백화문의 방향으로 발전하고 단지 인물의 심층 심리를 반영하는 새로운 사유 모델 정도만이 출현하지 않았을 수 있다고 예측해 볼 만하다. 여기에 바로 문제의 관건이 있다. 문화 사조의 발전 추이로 볼 때, 송·원대 이래 20세기 초까지 통속문학은 줄곧 문학의 주류였고 사회의 변화에 따라 점차 갱생, 변이하면서 스스로를 조정해갔다. 반면 5·4 신문학은 급진적 색채로 충만한 일종의 신생 역량으로서 베이징대, 『신청년』 잡지에서나 반항의 목소리를 내었을 뿐, 한동안 근본적으로 문단의 주목을 받지 못했다. 천쓰허 교수는 이 두 개의 문학 역량을 나누어 20세기 초 중국문학의 '정상상태normal'와 '선봉Avant-garde'이라고 칭한 바 있다. 그렇다면 5·4와 같은 이러한 '선봉문학'은 어떻게 변화, 발전하여 후세의 문학주류가 되었는가?

　아마도 우선 아속문학의 개념과 아속문학을 평가하는 기준을 구분해야 할 필요가 있을 것 같다. 통속문학연구 전문가 판보췬范伯群 선생의 연구에 따르면, '통속'으로써 번창하게 된 문학이라는 거목은 두뇌노동과 신체노동의 분업을 거친 후에 아문학과 속문학의 두 갈래로 나뉘게 된다. 속문학은 발전과 변천을 거쳐 오늘에 이르기까지 4대 계통을 형성하였는데, 바로 통속문학, 민간문학, 설창문학 및 현대 대중 매체에서 대중통속문예에 속한 부문이 그것이다.36) 여기에서 토론하게 될 속문학은 이 중 대중통속문학 계통을 가리킨다. 이것은 역사적으로 장편 장회체소설로부터 현대 장·중·단편소설 등의 서로 다른 형식으로 발전했으나, 기본적 특징은 변하지 않았다. 즉, 언어는 쉽고 유창해야 하며, 심미적 취향은 보통 시민독자의 요구에 부합해야 하고, 가치체계상 전통도덕규범을 준수해야 한다. 또한 전통소설의 형식을 계승하고, 오락성·기호성에 치중해야 한다. 이와 상대적으로 아문학은 대중의 이해와 수용 능력을 기준으로 삼지 않았으며, 정신적 추구를 중시하고 작가 개인의 인류정신에 대한 심층적 탐색과 예술적 창조성을 추구하였다. 사실상 이러한 개념은 상대적인 정의에 불과하므로 아속문학 사이에 정확한 경계선을 긋기란 매우 힘들다. 어떻게 아속문학을 구분하는지에 대해 고금은 서로 다른 기준을 적용하였다. 어떤 학자에 따르면 "중국고대 아속문학은 작가의 신분을 기준으로 구분하였고, 중국현대 아속문학은 문화를 기준으로 변별하였다."37) 고대에 무릇 문인이 창작한 문학은 아문학으로, 시정의 소리는 속문학으로 분류되었다. 그런데 이 기준은 현대에 이르러 의의를 상실하

---

36) 판보췬范伯群, 「속문학의 함의와 아속문학의 구분俗文學的内涵及雅俗文學之分界」, 『江蘇大學學報』, 2002년 제2기.
37) 탕저성湯哲聲, 「20세기 중국문학의 아속 구분과 아속 합류20世紀中國文學的雅俗之辨與雅俗合流」, 『學術月刊』, 2006년 제3기.

였다. 왜냐하면 바오톈샤오·장헌수이 등은 비록 문인이지만 이들의 작품
은 오히려 속문학으로 귀속되었고, 자오수리와 같은 '문탄文攤 작가'의
작품은 아문학으로 분류되었기 때문이다. 이에 따라 20세기 문학을 비판
하기 위한 일종의 새로운 문화준칙이 만들어졌다. 왜 이러한 변화가 생겨
났는가? 새로운 문화준칙이란 무엇인가? 본래 20세기 이전의 전통문화
는 사회의 변화에 따라 자기의 나아갈 방향을 조정할 수 있는 일종의
갱생능력을 가지고 있었다. 예를 들어 고대문학은 시가의 흥성에서 소설
의 번영까지 심도 있게 사회생활의 변천을 반영하였다. 그러나 19세기
말 20세기 초에 이르러 제국주의의 출현, 동서 문화의 충돌, 민족의 위기
등 외부 힘의 충격으로 인해 전통문화는 자신의 본능을 상실하였고, 서구
선진문화와 비교하여 상대적으로 쇠락한 침체 양상을 드러내게 되었다.
그리고 동서 문화가 충돌하는 이러한 시대에 생산된 강렬하고도 혁명적
인 5·4 신문학운동은 전통과의 단절을 강조하고 대량의 서구문화 및 사상
을 주입하며 사회의 선진적 역량으로 등장하였다. 이것은 서구 현대화의
길을 중국 현대화의 이상적 모델로 간주하고, 중국이 그 이상적 형태에
따라 발전·변천할 수 있기를 희망했다. 이러한 이상은 전반서화全盤西化라
는 편파성에도 불구하고 적어도 일부 지식인들로 하여금 시대 변화의
최전방에서 절박하게 해결되어야 할 사회문제를 제기하고, 나아가 사회
발전의 방향을 제시하도록 지시하였다. 5·4 신문화운동이 제창한 혁명사
상은 사회 변혁의 과정에서 점차 성공적으로 체현되고, 5·4가 일으킨 신
문학 역시 점차 한 무리의 구호에서 사회의 정통사상으로, 즉 극단적인
'아방가르드문학'에서 '주류문학'으로 변신해갔다.

   이것은 단순히 아속문학 상호 간의 권력 이양에 그치는 것이 아니며,
이러한 문학태도의 변화로 인해 문학 평가의 기준에까지도 매우 큰 변화

가 야기되었다. 5·4 신문학은 외국문학의 영향 하에 발전하였고, 문학전통의 확립은 외국문학모델 및 체계와 떼려야 뗄 수 없는 밀접한 관계를 맺고 있다. 그래서 5·4 이후에 신문학을 논할 때에는 모두가 외국문학사의 분류 개념을 채택하였다. 예를 들어, 문학 장르 혹은 문학사조는 신문학을 현실주의, 낭만주의, 모더니즘 등으로 구분하였다. 이러한 주의는 일종의 새로운 문학비평기준이 되었고, 또한 이러한 기준을 이용하여 기타 시대의 문학까지도 평가하게 되었다. 만청에서부터 20세기 문학 전체에 이르기까지, 무릇 5·4 신문학사상에 부합하는 것은 모두 존중되고 치켜세워졌다. 시계詩界 혁명, 소설계 혁명 등 5·4 신문학의 특징과 무관한 문학은 의미 없는 것으로 간주되어 등한시되었는데, 통속문학 역시 그러한 사례 중의 하나이다. 그러나 만약 고대소설의 분류에 따른다면 통속문학에는 사회·로맨스·무협·탐정 등 있어야 할 것은 다 있는, 생활의 각개 영역을 다 포괄하는 소위 분류의 완벽성이 갖추어져 있음을 알게 된다. 앞서 말한 바와 같이 근대에 이르기까지 통속소설의 발전은 이미 수많은 현대성 요소와 가능성을 내포하고 있었다. 왕더웨이는 심지어 협사俠邪·공안公案·견책譴責·과학 환상 등 '만청소설'은 "이미 20세기 중국 '정통' 현대문학의 네 가지 방향, 즉 욕망·정의·가치·지식범주에 대한 비판적 사고와 이를 어떻게 서술하는가에 대한 사색을 예고하였다"[38]라고 지적한 바 있다. 그러나 이러한 현대성 요소는 오히려 5·4 문학이 발생, 발전함에 따라 억압받게 되었다. 신구문학의 구분을 잠시 미루어두고 5·4의 기준이 아닌 것으로써 문학의 발전을 가늠한다면, 실제로 이러한 '피억압의 현대성'은 결코 소실되지 않았고, 그것은 여전히 자신만의 방식으로 '정상상태

---

38) 왕더웨이, 『중국을 상상하는 방법 ─ 역사·소설·서사想像中國的方法 ─ 歷史·小說·敍事』, 삼련서점, 1998년, 16쪽.

normal'의 발전을 지속하였음을 발견할 수 있다. 그 예로 5·4 이후에 등장한 원앙호접파·신감각파와 장아이링·선충원 등의 소설을 들 수 있다. 심지어 신중국 수립 후 이데올로기의 엄격한 통제 하에서도 이러한 문학요소는 우여곡절을 겪으며 자신을 표출하였다. 『임해설원林海雪原』, 『철도유격대鐵道遊擊隊』 등 전쟁소설이 내포하고 있는 무협적 요소, 그리고 양판희(樣板戲: 혁명모범극)에 내재되어 있는 '민간의 음성적 구조'는 통속문학의 존재를 보여주는 확실한 예이다.

이러한 시각을 통해 20세기 중국문학의 일종의 발전 방향을, 즉 고대문학이 속에서 아로 흘러들어간 것과 달리 이제 아속문학은 점차 합류하여 함께 나아가고 이로써 스스로를 재건해야 함을 알게 되었다.

20세기 초 신문학은 서구에 대한 학습을 통하여 전통문학과는 다른 여러 특징들, 심지어 전통문학에는 없는 많은 장점들을 표출할 수 있었다. 그 예로 사회생활에 대한 심층적 해부, 심리묘사의 도입, 서사방식의 다변화, 서사기교의 다양화 등을 들 수 있다. 이러한 장점은 도입되자마자 곧 통속문학 작가의 관심을 끌었고, 이로써 신문학을 학습하고 본보기로 삼는 바탕 위에 속문학이 아문학으로 향하는 추세가 시작되었다. 즉, 전통소설의 사건 중심의 서사로부터 신문학의 사람 중심의 서사로, 전통소설의 플롯 모델로부터 신소설의 정서 모델로, 그리고 터무니없이 지어내는 것으로부터 관찰을 중시하는 것으로 통속문학의 창작 패턴은 변화해갔다. 특히 장헌수이가 그 전형적인 예이다. 그는 1920년대에 창작한 장편소설 『춘명외사春明外史』에서 플롯 속에 수많은 정서를 녹여내고 인물의 내재적 사상이 변화해가는 과정을 묘사하였다. 이것은 통속문학이 더이상 플롯이 아닌 인물 중심의 서사를 시작하였고, 이로써 전통소설과 비교했을 때 하나의 거대한 진보를 이루게 되었다는 사실을 증명하고

있다. 그가 1930년대에 창작한『제소인연啼笑因緣』역시 사회의 압박과
인간의 운명을 통속문학 속으로 끌어들임으로써 통속문학과 아문학 간의
거리를 좁혀갔다. 이와 동시에 아문학 역시 속문학을 본보기로 삼았다.
신소설 작가는 비록 통속문학이 과도하게 플롯을 중시한다고 비판했으
나, 창작에 임할 때에는 속문학의 플롯 패턴에 대해 어느 정도 호의를
표시하였다. 예를 들어 루쉰의 창작은 비록 왕푸런이 "중국 반봉건사상혁
명의 요구와 루쉰 자신의 사회이데올로기 상태에 대한 관심은 루쉰 소설
의 이야기 플롯을 약화시켰다"39)라고 평가했지만, 총체적으로 보면 여전
히 비교적 명확한 플롯 패턴을 구사하고 있었다. 예를 들어『아Q정전』,
『축복祝福』,『약藥』과『고사신편故事新編』등은 모두 비교적 완전한 플롯
구조를 가지고 있다. 또한 라오서老舍의 작품에는 강렬한 세속성과 선명한
시민문화의 정취가 나타나 있다. 1930, 40년대에 이르러 통속문학적 요
소가 아문학 속으로 융합해 들어가는 정황은 더욱 명확해졌다. 예를 들어
우밍스無名氏, 장아이링 등의 작품에서는 아속문학의 경계가 이미 상당히
모호해졌다. 그들은 하나의 통속적 이야기 속에 참신하고도 심각한 주제
를 녹여내고, 세속에 대한 표현과 세심한 관찰을 통해 정신과 인성에 대한
스스로의 심오한 탐구를 나타내었다. 1940년대 전 국민이 힘을 모은 항전
기에 아속문학은 더 이상 서로 배척하지 않고 더욱이 서로 같은 편이라는
생각을 바탕으로 피차의 장점을 객관적으로 분석하고, 상호 간에 본보기
로 삼으며 융합하고자 하였다. 건국 후 이데올로기의 통제로 인해 아속문
학의 발전은 공히 제약을 받았고, 따라서 지식인 창작은 점차 지하로 숨어
들어가고 통속문학 창작은 더욱 소리 없이 자취를 감추게 되었다. 그러나

---

39) 왕푸런,『중국반봉건사상혁명에 대한 거울 ─ '외침' '방황' 총론中國半封建思想革命的一
面鏡子 ─ '吶喊'彷徨'綜論』, 베이징사범대학출판사, 1986년, 381쪽.

여러 편의 '홍색경전'에서 오히려 민간성이라는 문학요소가 발견되는데, 어떤 이는 이를 두고 '민간의 음성적 구조'라 일컬었다. 예를 들어『사가빈沙家濱』의 '일녀삼남一女三男' 유형,『홍등기紅燈記』의 '마도투법魔道鬪法' 구조 등이 그것이다.[40] 이것은 통속문학이 구비하고 있는 강한 생명력에 대한 일종의 근거이다.

시야를 더욱 넓힌다면, 대륙에서 중단된 문학전통이 홍콩·타이완에서는 계속적으로 발전하였음을 발견할 수 있다. 예를 들어 충야오·진융 등의 문학창작을 꼽을 수 있다. 특히 진융은 자신의 신문학적 토대 위에서 통속문학을 완전히 새롭게 관찰하였고, 통속문학의 풍격을 대폭 끌어올렸다. 베이징 대학교 옌자옌嚴家炎 교수는 일찍이 "실제로 진융은 엘리트 문화로써 통속문학을 개조하고 성공을 거머쥐었다"[41], "만약 '5·4' 문학혁명이 소설을 심심풀이라는 무시 받는 지위에서 문학의 전당에까지 격상시켰다면, 진융의 예술적 실천은 근대무협소설을 최초로 문학의 전당에 진입 가능하도록 하였다"[42]라고 지적하였다. 그들의 성공은 아속문학의 합류라는 뒤집어질 수 없는 문학창작의 발전방향을 표지하였다.

이러한 합류는 1980년대에 대륙문학이 소생한 후 더욱 명확히 확인되었다. 확실히 1980년대 중반에 속문화의 아화雅化 과정이 있었다. 예를 들어 '심근문학'은 일부 지식인이 엘리트적 시각으로 중국 전통문화를 조명하며 현대 중국의 문화 영혼을 중건하고자 한 시도이고, 그 과정에서 대량의 민속민간정서와 전통적 심미정취가 표현되었다. 그러나 이러한

---

40) 천쓰허, 「민간의 부침: 항전에서 '문혁'까지 문학사의 하나의 해석民間的浮沈: 從抗戰到 '文革'文學史的一個解釋」, 『천쓰허자선집陳思和自選集』, 광시사범대학출판사, 1997년, 200~225쪽.
41) 해녕시 진융학술연구회 주관 『金庸硏究』 창간호, 16쪽.
42) 위의 책, 11쪽.

세속적 성분은 오히려 사회성은 옅어지고 문화성은 강조되며 아화되었다. 1980년대 후반에 신사실 소설의 흥기는 시민대중문화를 다시 한 번 부각시키고, 이것의 이야기, 취향, 세속을 중시하는 그러한 특징은 중생을 구제하는 식이던 아문학의 고귀한 태도를 타파하였다. 그리고 상업문명의 지지 하에 처음으로 대중문화의 흥기가 출현할 수 있었다.[43] 1990년대에 시민문화를 기초로 한 문학의 주된 추세는 더욱 아속문화의 조화를 표출하였다. 링리凌力의 '휘황찬란한 백년百年輝煌'계열, 얼웨허二月河의 '낙하落霞'계열, 탕하오밍唐浩明의 『증국번曾國藩』 등의 계열의 장편역사소설은 대문화 혹은 대인문의 시각을 채택하고, 전통문화와 협조하고 융합하면서 인성의 가치를 표현하였다. 왕쉬王朔의 '건달문학'은 시민계층을 빌려 세속적 생활의 농후한 정취를 전달하였다. 왕안이王安憶의 『장한가長恨歌』, 자핑야오賈平凹의 『폐도廢都』, 모옌莫言의 『단향형檀香刑』, 천중스陳忠實의 『백록원白鹿原』 등의 소설은 중국 전통문화에 대한 긍정을 기반으로 소위 인생전기人生傳奇를 구성하였다. 이 외에도 대량의 신흥관료소설이 존재하는데, 모두가 중국 특유의 문화 환경과 인문적 분위기를 바탕으로 인성을 파헤치고 비판하였다. 이러한 작품 속에서 작가들은 아속 양방면의 요구에 주의를 기울이며 문학성을 추구하고 예술성을 개척하였다. 또한 작품의 정신적 함의와 사상적 용량을 중시할 뿐만 아니라 통속적인 이야기와 전기적 인물을 등장시켜 작품의 가독성을 증진시켰다. 이렇듯 통속적 독서 취향과 엄숙한 문학 이념은 서로 결합하여, 근래 문학창작의 이중적 가치추구를 체현하였다.

이러한 결과물은 상업화 · 글로벌화가 나날이 격화되고 있는 당대 사회

---

43) 우슈량吳秀亮, 「아속의 사이를 배회하다: 소설에서 문화까지徘徊於雅俗之間: 由小說到文化」, 『南京社會科學』, 2006년 제12기.

에 아문학이 이미 의식적으로 통속문학을 향해 경도하기 시작했음을 표지한다. 통속문화의 가치는 다시 널리 천명되고 통속문학의 함의 역시 확대되었다. 과거 아문학과 속문학에 대한 구분은 이미 오늘날의 문학 현황에 적용하기 어려워져 아속문화의 재구성은 더 이상 논쟁할 필요조차 없게 되었다. 시장경제의 자극 하에 '신체서사' 등 상업 정취가 더욱 농후한 문학 현상이 출현하였고, 이것은 새로운 세대의 작가가 시장기제 하에 문학창작을 재배치하였음을 의미한다. 문학의 기능이라는 측면에서 단지 대중에 대한 계몽뿐만 아니라 오락성 역시 중시되기 시작하였다. 다시 출렁거리는 장아이링 열풍, 진융 열풍 및 수많은 통속소설가에 대한 문학사상의 위치 재정립, 그리고 통속문학에 대한 현·당대문학에서의 지위 재규정은 모두 예전의 아속문학 평가 체계가 효력을 상실하였음을 말하고 있다. 아雅라고 해서 반드시 문학성취가 높은 것을 의미하는 것은 아니며, 마찬가지로 속俗이라고 해서 품격이 떨어짐을 의미하지도 않는다. 이러한 의미에서 왕이촨이 '대사의 서열을 재배치'한 것을 돌이켜본다면, 어쩌면 이렇게 말할 수 있을 것 같다. 즉, 마오둔의 '밀려남'은 현재의 문화취향에 의해 아문학 창작 속의 과도한 정치이념이 제거됨을 의미하고, 진융이 '뽑힌' 것은 속문학 가치에 대한 새로운 인정을 의미한다고 말이다. 20세기 중국문학대사의 재조정은 곧 아속문화 재구성의 집중적 체현이다.

  문화와 문학의 발전 현황은 아속문학의 상호 융합과 상호 작용이 중국문학의 발전 방향임을 더욱 확실하게 표명한다. 따라서 최근 몇 년 동안 문단은 창작에서 이론까지 모든 분야에 걸쳐 아속문화의 가치에 대해 재규정하기 시작하였다. 아속문화의 재구성은 중국문학의 구조 조정에 대해 평범하지 않은 의의를 지닌다. 우선 그것은 장차 중국문학 연구의 시각을 바꾸어 과거에 단지 아문학만을 중시하던 '반토막'의 문학사를 전면적으로 보충하고, 아속문학 두 갈래의 단서로써 중국문학의 발전을 하나의 유기적 총체로 통합할 것이다. 다음으로 통속문학의 중시를 통해 5·4 이래 아문학 평가 체계의 경직성과 불충분함을 개선할 것이다. 아속의 융합은 장차 중국 전통문화와 5·4 이래의 신문화가 서로 어우러지고 견제하는 가운데 일체성을 획득하게끔 하고, 중국의 형편에 적합하지 않은 것을 배제하며, 전통 윤리도덕 규범을 존중하면서도 인성 가치의 요구 역시 존중하는 일종의 완전히 새로운 문학 형태를 형성할 것이다. 또한 통속문학의 생산기제, 전파기제, 수용기제는 아문학의 발전에 대해 일정한 현실적 의의를 지니고 있다. 이에 어떻게 아속문화 각자의 장점을 발양시킬 것인가 각자의 단점을 보충할 것인가는 아속문학의 구성 요소를 더욱 하나로 융합시켜 장차 중국현대문학을 재주조하고 중화민족문학의 영예를 재창조하는 관건이 된다. 그래서 이 중대한 명제에 대한 연구는 이미 사람들의 눈길을 끈 데 이어 진일보한 심화와 탐색이 여전히 요구되는 바이다.

둥쉐 董雪

제4장

신개념 글쓰기와 '80후' 창작

제1절 '시험식 글쓰기'에서 '삼신三新창작'으로

2000년 작가출판사는 한한韓寒의 장편소설『삼중문三重門』을 출판하고, 청춘 반역의 기치를 높이 들었다. 한한은 당시 겨우 18세로 1999년 제1회 신개념작문대회에서 일등상을 받은 바 있다. 2002년 5월, 17세의 춘수春樹는『베이징인형北京娃娃』을 발표하였다. 이것은 스스로 '반자전체' 소설이라 칭하기도 하고 혹은 '중국 최초의 청춘잔혹소설'이라고 칭송되었다. 특히 책 속에 묘사된 소녀의 방탕하고 이상한 생활에 대해 적지 않은 논쟁을 유발하였다. 2003년 초에 출판된 궈징밍郭敬明의『환성幻城』은 매우 뛰어난 작품으로, 나온 즉시 베스트셀러가 되었고 도서판매순위 1위를 차지하는 등 일시에 이름을 떨쳤다. 같은 시기 문학잡지『부용芙蓉』은 1월호부터 정식으로 「우리, 80년대에 출생하다我們, 80年代出生」라는 전문 코너를 개설하였고 춘수, 장팡저우蔣方舟, 리사사李傻傻 등은 앞 다투어 이 저명한 문학잡지를 통해 등단하였다. 또한 이 해 봄, 1982년에 출생한 문학청년 궁사오빙恭少兵은 텐야사구天涯社區www.tianya.cn에 「종결: 80후에 관하여終結:關於80後」라는 글을 발표하여 네티즌들의 이목을 끌었다. 7월 11일 텐야사구는 문학 특집 「80년대에 태어나다生於八十」를 개설하고, 정식으로 80년대에 출생한 창작자를 위한 공간을 제공하였다. 이로 써 '80후' 창작이라는 개념은 점차 '청춘창작', '소년창작' 등을 대체하고, 하나의 시장 및 문학 브랜드로서 고치를 빠져 나온 한 마리의 나비와 같이 여러 매체로부터 채택되었다.

2004년이 되자 일군의 '80후' 작가들은 우후죽순처럼 두각을 드러내며, 천지를 뒤덮을 기세로 문단을 향해 질주하였다. 동시에 각 신문과 잡지, 웹사이트의 '80후' 작가에 대한 관심과 평가는 널리 회자되고 위세가 드높아 장관을 이루었다. 대중 매체들은 2004년 중국문단은 '80후' 작가의 것이라고 평가하였다. 2004년 2월 2일, 『베이징인형』을 쓴 베이징의 소녀 작가 춘수가 미국『타임』지 아시아판의 표지에 실렸고, 이로써 최초로 미국 『타임』지 표지에 나온 중국작가가 되었다. 이와 함께 또 다른 한 명, 즉 1980년대에 출생한 작가 한한이 중국 '80후' 작가의 대표 주자라고 소개되었다. 2004년 3월 9일『남방도시보南方都市報』는「80후 문학: 미성년, 여전히 감추어야 하나80後文學: 未成年, 還是被遮蔽?』라는 제목의 보도를 통해 '80후' 작가를 '우상파'와 '실력파'로 구분하고, 이 두 파의 예를 정확하게 분별하여 제시하였다. 한한, 춘수, 궈징밍, 장웨란張悅然, 쑨루이孫叡 등은 '우상파'에 속하고 리사사, 후젠胡堅, 샤오판小飯, 장자웨이張佳瑋, 장펑蔣峰 등은 '실력파'에 속한다고 선을 그었다. 2004년 5월, 1980년대 저명한 아방가르드 작가인 마위안馬原이 선집한『중금속 – 80후 실력파 작가 다섯 명의 우수작 선집重金屬 – 80後實力派五虎將精品集』이 동방출판사에서 출판되었다. 그는 서문에서 '다섯 명의 작가'로 리사사, 장자웨이, 후젠, 샤오판, 장펑 등을 들고, 한걸음 더 나아가 '실력파'와 '우상파'를 명확하게 구분하였다. 2004년 허루이河叡, 류이한劉一寒이 펴낸『청춘은 다가오고, 세월은 멀어지고 – 80후 다섯 명의 재녀 문선靑春已近, 年華遠走 – 80後五才女

文選』이 중국문련출판사에서 출판되었는데, 다섯 명의 재녀란 장웨란, 옌거顏歌, 구샹顧湘, 바이쉐白雪, 화상메이얼畵上眉兒을 일컫는다. 2004년 8월 상하이 작협은 '80후 청년문학창작토론회80年代後靑年文學創作討論會'를 개최하였다. 이 회의에서 장평, 샤오판, 타오레이陶磊와 많은 '80후' 작가는 단체로 평론계와 문단을 향해 한한, 궈징밍 등 앞선 시기에 인기를 끌었던 '80후' 작가와는 명확히 구분됨을 표명하는 한편, '80후' 개념에 대한 반대 의견을 제기하였다. 2004년 7월 19일, 『우리, 우리들 - 80후의 성대한 파티 我們, 我們 - 80後的盛宴』(상하)의 출판기념회가 베이징도서빌딩에서 열렸다. 이 책은 75명의 총 90만 자에 달하는 글을 수록하였는데, 비교적 활발하게 활동한 '80후' 저작을 거의 망라하였다고 해도 과언이 아니다. 문학평론가들은 이 책의 정식 출판을 두고 '80후 작가의 등단 선언'이라고 명확하게 지적하였다. 또한 7월에는 『문학보文學報』와 『상해문학』에 캠퍼스소설평론 전문 코너가 개설되고, 이로써 학계가 이미 캠퍼스소설에 대한 연구를 중시하기 시작했음을 알 수 있었다. 2004년 8월에서 10월까지 『화성花城』, 『소설계小說界』, 『상해문학上海文學』, 『청년문학靑年文學』 등 잘 알려진 문학잡지에 집중적으로 '80후' 작가의 작품이 실렸다. 2004년 11월, 중국희극출판사가 출판한 『십소년작가비평서十少年作家批評書』는 한한, 궈징밍, 장웨란, 리사사, 춘수, 샤오판 등 10명의 '80후' 작가에 대하여 집중적인 포화를 퍼부었다. 이 책에는 22편의 비평문이 실렸는데, 이 글을 쓴 작가 역시 모두 '80후'와 동년배였다. 2004년 11월 22일, 중국사회과학원이 주관하고 베이징어언대학문학원이 개최한 '80후에 다가가다走近80後' 학술토론회에서 학술계는 최초로 '80후' 창작 현상에 대해 정식으로 직접 마주하고 응답하였다.

2004년도 문단은 대량의 '80후' 작가에 의해 들쑤셔지고 의견이 분분하여 여간 떠들썩한 것이 아니었다. 이어서 2005년에도 청춘도서시장의 열기는 하늘을 찌를 듯했는데, 그 중심에는 빛나는 별처럼 만인이 주목하는 '80후' 작가가 있었다. 우선 춘풍문예출판사는 궈징밍이 펴낸 『섬島』 시리즈 총서와 그의 장편 『1995-2005 아직 하지가 오지 않았다1995-2005夏至未至』를 출판하였다. 작가출판사는 1월과 8월에 '옥녀玉女작가' 장웨란의 장편 『수선은 이미 잉어를 타고 갔다水仙已乘鯉魚去』와 '청춘잔혹소설'의 총수라 할 만한 춘수의 신작 『두 갈래 운명2條命』을 각각 출판하였다. 호남문예출판사는 연초에 4개 시리즈 18종의 청춘작품을 펴내었고, 접력사接力社와 『맹아萌芽』 잡지사는 『맹아 서적 시리즈』를 출판하기로 약정을 맺었으며, 중경출판사는 4권짜리 '청춘 시리즈' 총서 등을 출판하였다. 이처럼 매체가 제멋대로 부풀리고, 출판사가 떼로 달려들며 시장 이윤을 앞 다투어 쟁취하는 상황에서, 많든 적든 간에 청춘문학의 가짜 번영과 거품 현상이 생겨난다는 것은 부인할 수 없는 사실이다. 그러나 신세기에 들어서면서 '80후' 작가는 마치 도서시장에서 개선가를 부르며 행진하는 것처럼 매우 두드러진 성과를 드러내었다.

만약 '80후' 문학에 대해 논하려한다면, '80후'와 관련된 명명은 피해갈 수 없는 주제이다. 소위 '80후'는 간단하게 말해서 1980년대에 출생한 일군의 창작을 시도하는 문학애호자이며, 이들은 중국 당대문학에서 가장 젊은 역량을 대표하고 있다. 어떤 이는 '80후' 자체는 단지 연대와 연령의 요소만을 강조할 뿐 작가 개성의 존재, 개성의 특징과 작품의 독특함은 이러한 소위 만민에 대한 교화로 인하여 항상 은폐되고 가위질을 당했다고 주장하였다. 이에 대해 왕샤오위王曉漁는 「2004: '80후 작가'의 삼중문2004:'80後作家'的三重門」 이라는 글에 '명명의 폭력命名暴力'이라는 소제목을 덧붙이고 조목조목 상세히 분석·논술하였다. 그는 "문학사에서 시간을 이용해 작가 혹은 작품을 명명하는 경우가 적지 않다. 그러한 시간은 종종 상징적 의의를 가지고 있다. 예를 들어 '십칠년문학'은 특히 1949년에서 1966년까지의 상당히 흡사한 문학적 상황을 가리킨다. '80후' 작가는 '70후' 작가를 답습하였고, 이러한 앵무새 같은 명명은 당시 문학에 극도로 상상력이 결핍되어 있음을 암시한다. 더욱 중요한 사실은 그것의 배경이 여전히 일종의 명명의 폭력을 은폐하고 있다는 것이다. 표면적으로 보면 '80후'는 1980년대 전체를 가리키는 것 같지만, 사실 그것은 단지 1980년대 전기만을 가리키고 있다. 2004년 인터넷에는 거의 백명에 달하는 소위 '80후' 작가의 명단이 올라 왔는데, 그중에서 1985년 이후에 출생한 자는 손에 꼽을 수 있을 정도로 적었다. '70후' 작가는 2000년을 전후로 하여 대거 수면 위로 부상하고, 당시 20세에서 30세 사이였던 이들은 이때에 처음으로 빛을 볼 수 있었다. 그러나 '80후' 작가는 당시 겨우 14세에서 24세 사이로, 원래는 당연히 암울한 학창 시절을 겪었을 시기였다. 그런데 오히려 앞장서 노래를 부르거나 그렇지 않다면 잊혀져버리는 진퇴양난의 상황에 빠져들었다. 만약 '70후' 작가가 1970년대 말에 출생한 창작자를 은폐하였다면, '80후' 작가에 대한 명명의 폭력은 1980년대 전기에 출생한, 먼저 등장하기를 원하지 않았던 창작자들을 '모살'하였을 뿐만 아니라, 거의 모든 1980년대 중후기에 태어난 창작자들까지도 '모살'하였다. 이러한 명명의 폭력은 침묵하는 작가를 은폐할 뿐만 아니라 '80후' 작가 내부에 존재하는 상호 간의 차이를 등한시한다. 예를 들어 후젠과 장웨란은 완전히 다른 두 종류의 문학풍격을 표현하는데, 어떻게 동일한 문학명명의 기치 아래로 귀납시킬 수 있겠는가? …… 만약 더욱 심도 있게 분석하고자 한다면 반드시 '80후' 작가라는 이 전체를 포괄하는 정체성 개념을 파괴해야 한다"[1]라고 하였다.

이렇게 말할 수 있다. 이러한 분석은 여전히 비교적 실사구시적이고 전면적이고 적당하여, 연대에 따른 구분은 시간 신화의 위험성을 조장하고 인위적인 대립·단절과 은폐라는 불리한 측면을 형성하기 쉽다는 것을 밝혔다고 말이다. 동시에 '80후'라는 명명은 거의 모든 '80후' 작가로부터 비난받았다. 누가 이 명명에 책임을 질 것인가를 둘러싼 문제가 막 제기되자 '실력파'와 '우상파'는 팽팽하게 맞섰는데, 예를 들어 샤오판은 한한, 궈징밍 등이 쓴 것은 문학이라 볼 수 없으며 단지 일련의 저렴한 소비품에 불과하다고 비난하였다. 이렇듯 우상화된 창작자는 '80후' 창작에서 창의성이 뛰어난 부분을 은폐하며, 참된 모습을 모호하게 하였다. 후에 두 파의 대립은 점점 더 심해지고 리사사는 나아가 '80후' 개념을 폐기하자고 단호하게 주장하였다.

'80후'라는 명명은 처음 만들어질 때부터 온갖 공격·질의·매도와 비판을 받았다. 따라서 이것은 허점투성이이며 제대로 된 구석이라고는 하나도 없는 것처럼 보이지만, 다른 한편으로는 오히려 매우 순조롭고 기세등등하게 각종 매체에 빈번히 등장하였다. '80후'의 명명에 관한 각종 논쟁은 '60년대 작가군', '70년대인'의 명명이 출현했을 때 이들이 겪었던 유사한 형태의 비난과 배척을 떠올리게 한다. "70년대 생에 속하는 작가들에게서 당연히 서로 근접한 어떠한 특징을 찾을 수 있지만, 그렇다고 해서 이것이 작가 한 명 한 명의 개별성에 대한 등한시를 의미하지는 않는다. 지칭의 편리함은 치밀함의 방치를 대가로 삼았다."[2] "'70년대인'

---

1) 왕샤오위王曉漁, 「2004: '80후 작가'의 삼중문2004:'80後作家'的三重門」, 『中華讀書報』, 2004년 12월 9일.
2) 리징쩌李敬澤·스잔쥔施戰軍·쭝런파宗仁發, 「'70년대인'에 관한 대화關於'七十年代人'的對話」, 『南方文壇』, 1998년 제6기.

은 매체에 늘 등장하는 일군의 이름과 같지 않고, 같은 연대에 출생한
여류작가와도 같지 않으며, 모모·모모와는 더욱 같지 않다. 따라서 부분
으로 전체를 개괄해서는 안 된다.", "'70년대인'에 대한 거친 지목은 또한
창작의 다종다양한 가능성을 은폐하였고, 그중 하나를 끄집어내어 사람
의 마음을 선동하고 유혹하는 '시대적 트렌드', 혹은 모종의 '시대정신'과
비슷한 것이 되게끔 포장하였다."[3] '80후'의 명명방식은 확실히 '70년대
인'의 그것과 일맥상통하였다. '70년대인'이라는 명명에 대해 비평가들이
내리는 해석·해명·보충은 도리어 '80후'의 호칭으로 하여금 등장하자마
자 그들이 답습한 연대 기준 명명방식의 불합리성을 선명하게 인식하도
록 하였다. 그러나 한편으로는 합리적 일면을 드러낼 가능성 또한 더욱
많아졌다고 볼 수 있다. 적어도 현재까지 이것은 오히려 간결하고 비교적
적합한, 상업사회의 간단·신속한 원칙에도 부합하며 또한 반드시 있어야
하는 개괄과 전파의 기능도 담당하는 하나의 호칭이라고 말할 수 있다
(2004년 말에『신주간新週刊』이 국내 수십 개의 매체를 연합하여 실시한
'올해의 신조어' 선정에서 '80후'는 돌연 후보 명단에서 1위를 차지하였
다). 이 명칭으로써 '80후' 작가 개체의 탁월성을 말살, 은폐하려는 것이
아니며, 다만 이 연대에 태어난 사람은 서로 비슷한 생활환경·경험내용·
체험방식·지식계보 등을 갖고 있음을 강조하고자 할 따름이다. 이러한
각 방면 소소한 것들은 그들의 사상과 사유 속으로 침투하여 적든 많든
혹은 직접적이든 간접적이든 간에 그들 창작과 작품의 면모에 영향을
끼쳤다. 이 명명의 의의는 적어도 '80후'가 일종의 문학현상으로서 역사
책에 실리게 된 데 있다고 할 수 있다. 이렇듯 더 나은 선택이 없는 상황에

---

3) 리징쩌·스잔쥔·쭝런파, 「은폐된 '70년대인'被遮蔽的'七十年代人'」,『남방문단』, 2004년
제4기.

서 '80후' 명칭은 우선 되는대로 쓰이게 되었다.

통계에 따르면, '80후' 가운데 현재 창작 부문에서 두각을 나타내는 자는 약 백십 여 명이고, 전업으로 창작에 종사하는 자는 약 천여 명이다. 이들을 위해 개설된 전문 웹사이트 '애플트리중문원창망苹果樹中文原創網 www.pingguoshu.com'에는 약 이만 명에 달하는 작가가 전속으로 활동하고 있다. 이렇듯 이들은 이미 하나의 거대한 창작 군단이 되었다. 도서판매순위 리스트에 오르는 것은 언제나 이들의 신서이고 도서 판매량의 기적을 창조하는 것도 언제나 이들이며(궈징밍의 판매량은 이미 300만 부를 초과하였고, 한한 역시 누적 200만 부 이상을 기록하고 있다), 전체 도서시장 점유율에서 중국 현·당대작가작품과 각각 절반씩을 차지하며 우열을 가릴 수 없는 상대 역시 이들이다. 그러나 매체 앞에서 만인으로부터 주목 받는 빛나는 존재임에도, 또한 도서시장에서 기세등등하게 개선가를 불렀음에도, 상대적으로 학술계의 반응은 지나칠 만큼 고요하고 냉담했다. '80후' 청년작가에 주목한 평론가 바이예白燁 선생에 따르면 그들은 시장에는 이미 진입했으나 문단에는 여전히 진입하지 못했다. 비평가 우쥔吳俊은 『'80후'의 도전, 혹은 비평의 황혼80後的挑戰, 或批評的遲暮』에서 "현재 '80후'에 대한 문학비평은 기껏해야 아직 묘사 단계에 있을 뿐이다", "문학비평은 약간 정체된 정도가 아니라 이미 늙고 케케묵은 것이 되었다"4)라고 주장하였다.

학술계의 '80후'에 대한 고요와 냉담은 소위 비평의 황혼 혹은 케케묵은 표현도 아니고, 비평가들의 주관적 정서에 따른 홀대 또한 아니다. 그들 대다수는 확실히 일종의 냉정하고 관망하는 자세를 취하고 있었다. 즉,

---

4) 우쥔吳俊, 「'80후'의 도전, 혹은 비평의 황혼80後的挑戰, 或批評的遲暮」, 『남방문단』, 2004년 제5기.

"소리 있는 문자는 물론 일종의 비평이자 일종의 참가이지만, 한 마디도
하지 않는 것 다시 말해 침묵 역시 자리를 비우는 것이 아닌 일종의 참가
이자 발언이다. 단지 그것이 대표하고 전달하는 것은 또 다른 입장, 또
다른 판단일 뿐이다"5)라는 것이다. '80후' 창작은 대개 청춘문학, 성장과
정의 희로애락, 눈부신 청춘이 가져다 준 반역과 고통, 애달픔과 감동으
로부터 탈태하여 생명에 대한 가장 직접적이고 선명한 체득과 감상을
담고 있다. 이러한 뼈에 각인된 생명체험은 자연히 손쉽게 취할 수 있는
창작의 자원이 되었다. 이렇게 본다면, '80후' 작품이 비추어낸 청춘문학
의 그림자는 인정과 도리가 적절할 뿐만 아니라 크게 비난받을 바도 아니
다. 그러나 청춘문학에는 명확한 결점과 부족함이 있었다. "작품 자체가
예술적으로 유치, 졸렬하다는 매우 큰 폐단을 가지고 있으며, 이것은 잔
머리를 쓴 비유, 아름답고 화려한 문체가 채울 수 있는 부분이 아니다.
그중에서도 가장 두드러진 문제는 제재 선택의 폭이 매우 좁다는 것이다.
예를 들어 작품 대부분이 선택한 캠퍼스 제재는 비록 동년배의 독자들에
게 익숙하고 편안하게 다가왔지만, 이야기 줄거리가 상호 유사하고 중복
된 관계로 어느덧 진부한 제재로 변하여 결과적으로 독자들의 독서 감흥
을 감소시켰다. 다음으로 작품에서 반영한 생활체험이 매우 얄팍하다는
점이다. 이로 인해 어떤 작품이 눈물 나게 감동적이라고 해도 이에 대한
음미를 이끌어내지 못하고, 인생과 형이상학적 문제에 대한 심각한 반성
역시 말할 수 없으며, 결국 작품이 초월적 가치를 가지게 될 가능성은
희박해진다. 이상의 두 가지 문제는 동시에 작가의 경험부족, 지식 축적
의 불충분함에 따른 결과이며, 매우 자연스럽게 작가의 사회와 인생에

---

5) 우이친吳義勤, 「의심과 힐난 속의 전진在懷疑與詰難中前行」, 『山東文學』, 2003년 제6기.

대한 사고 및 관찰능력에 영향을 미쳤다. 세 번째 문제는 창작기교의 용속함이다. 한한, 궈징밍의 작품에서 비록 구체적 어휘와 문장은 확실히 남보다 뛰어날지라도, 전체적으로 개괄한다면 작품에서의 언어는 여전히 정련과 정돈이 결여되어 있고, 따라서 이들의 조합은 묵계적으로 하나의 총체가 될 수 없었다. 또한 소설구조 및 이야기의 흐름을 조절하는데 있어 오류 및 부조화가 존재하고 격조는 하나로 통일되지 못했다. 『환성幻城』이 바로 그런 예이다.”6) 다시 말해, 이러한 작품은 독창적 가치라는 주체성이 결여되어 있다. “비평대상은 확실한 주체성이 있어야 하며, 이러한 주체성은 그것이 갖추어야 할 비평의 가치를 가리킨다.”, “비평가는 스스로 흥미를 느끼고 가치 있다고 생각하는 텍스트를 비평할 뿐이지, 결코 문단의 모든 작품을 ‘비평’할 ‘책임’은 없다.”7) 그러나 동시에 작품의 제재 및 내용을 주요한 표지로 삼아야지, 이를 귀납하여 만들어진 ‘청춘문학’이라는 명명을 기준으로 한 편의 청춘 색채를 띤 작품의 심미가치 및 예술가치 고하를 직접적으로 가늠할 수는 없다는 사실을 알아야 한다. 예를 들어, 쑤퉁蘇童의 ‘참죽나무거리 시리즈香椿樹街系列’는 청춘의 생명체험에 대해 썼지만 청춘의 미망과 허황됨, 청춘의 피비린내와 잔혹함 등 진짜 청춘 제재를 포괄하고 있다. 즉, 독특하고 풍부한 함의와 인성에 대한 심각한 관조로 인하여 이 작품은 비평가들이 끊임없이 언급하는 분석의 대상이 되는 한편, 청춘 제재 역시 형이상학적인 탐색과 철학적 깨달음을 지향할 수 있다는 사실을 보여주었다. 만약 ‘80후’ 작가와 작품에 여전히 주체성이 결여되어 있다고 말한다면, 비평가는 할 말이 없거나 혹은 말할 거리가 없는 난처함을 모면하기 위해 침묵을 지키는 것이나

---

6) 차오잉曹鉴, 「‘80후’창작과 신세기문학80後’創作與新世紀文學」, 『文藝爭鳴』, 2005년 제2기.
7) 우이친, 앞의 논문.

다름없다. 바꾸어 말하면, 전체 '80후' 문학현상에 대해 보고서도 못 본 척하는 비평가들은 이치에 맞지 않는 엄중한 실책을 범하고 있다고 생각된다. 따라서 '80후' 창작의 특색은 새로운 각도에서, 즉 널리 포괄하는 더욱 큰 문화비평의 시각에서 전면적으로 투시되고 상세하게 논술되어야 한다.

제2절 대중 매체와 '80후' 작가의 출현

"진정한 역사의 대상은 근본적으로 하나의 객체가 아니고 자신과 타자의 통일이자 일종의 관계이다. 이러한 관계에는 역사적 진실과 역사 이해의 진실이 동시에 존재한다. 일종의 정당한 해석학은 반드시 자신을 이해하는 가운데 역사의 유효성을 드러낸다."[8] '80후' 작가의 창작과 성취 과정에서 세계에 대한 독특한 감각과 표현 방식은 모두 이러한 '관계', 즉 그들의 성장배경과 밀접하게 관련되어 있다.

"나의 부모는 나 하나만 낳으셨다. 그래서 우리는 떠들썩하게 태어나자마자 태양이 되었다."[9] 1970년대 말 중국은 산아제한정책을 실시하였고, 한 자녀 낳기 운동이 일어나면서 외둥이들이 태어나기 시작했다. 대부분의 이 세대 도시 어린이(부유한 농촌 지역 어린이를 포함하여)는 가정의 중심이 되었고, 사랑과 배려를 받으며 '시중 받고 풍족한', '원하면 뭐든 주는' 환경에서 성인으로 성장하였다. '80후' 세대는 중국사회가 전통에서 현대로 전환하기 시작하던 1980년대에 출생하였고, 국가가 전면

---

8) 한스 게오르크 가다머, 『진리와 방법』. 왕후이王暉, 「복잡성을 탐색하다探索複雜性」, 『절망에 반항하다反抗絶望』 원판 서론, 허베이교육출판사, 2000에 재인용.
9) 저우제루周潔茹, 「날다飛」, 『花城』, 1998년 제3기.

적으로 시장경제시스템을 건설하던 1990년대에 성장하였으며, 중국이 WTO에 가입한 21세기에 성숙하였다. 그들이 성장한 시대는 세계가 글로벌화·정보화를 향하여 대폭 매진하던 시대이자 중국경제와 과학기술이 신속하게 발전한 시대이며, 사회사상관념이 가장 개방되고 가치 관념이 급속히 변화하던 시대였다. 이러한 가운데 사람들의 일상생활과 밀접한 관계가 있는 대중매체 산업은 비약적으로 발전하였다. 왜냐하면 발달한 대중 매체 시스템은 한 국가가 현대화를 실현하기 위한 필요조건이었기 때문이다.

"현대 대중매체는 직업화된 미디어 조직이 기계화·전자화된 수단을 이용하여 불특정 다수인을 향해 정보를 전송하는 행위 혹은 과정을 말한다."[10] 미디어는 방송언론학의 핵심 개념 중 하나이며 동시에 문학의 중요한 구성 요소이다. 대중매체는 다수의 군중을 향해 정보를 전송하는 각종 현대 미디어 형식의 총칭이며, 일반적으로 신문·잡지·서적·영화·TV·방송과 인터넷 등을 포괄한다. 1990년대 이래 하이 테크놀로지의 지지 하에 미디어 시스템이 빠른 속도로 발전하고, 동시에 경제활동의 시장화, 정치생활의 민주화, 사회공간의 도시화, 국민교육의 보급화 정도가 향상됨에 따라 중국은 점차 대중매체의 시대로 진입하게 되었다. 대중매체는 문화상품이 교환되고 중개되는 공간으로서 그리고 그 자체가 일종의 상품생산과 교환의 자원으로서 존재하며, 시장경쟁과 산업화 진행이 가속화되는 가운데 몸집을 부풀리며 문화시장의 형성을 서둘러 촉진하였다. 문화시장은 전체 사회의 문화생활과 문화정신에 혁명적 변화를

---

10) 천린陳霖, 『문학공간의 분열과 전환 ― 대중 매체와 20세기 90년대 중국대륙문학文學空間的裂變與轉型 ― 大衆傳播與20世紀90年代中國大陸文學』, 안후이대학출판사, 2004년, 1쪽.

이끌어냈고, 그 결과 대중문화의 발전이 가장 두드러진 모습으로 출현하게 되었다.

　대중문화는 일종의 역사적 문화형태로서 서구사회에서 생겨나 1930년대 후반 구미 선진국에서 흥성하였다. 이것은 주로 당대 대공업생산과 밀접하게 관련되어 있으며, 즉 공업 방식으로써 문화소비상품을 대량생산하고 복제하는 문화형식을 가리킨다. 또한 "대중 매체를 수단으로, 도시화를 사회적 조건으로, 상업화를 운영방식으로, 세속화를 가치척도로 삼는다."[11] 개혁개방과 함께 대중문화는 중국인의 생활 속으로 침투하였고, 1990년대에 가장 주목할 만한 문화현상이 되었다. 대중문화의 중요한 영향은 우선 문화의 생산방식과 존재방식에 근본적인 변화를 가져왔다는 점이다. 대중문화는 양대 글로벌적 역사 조류 – 시장화와 정보화 – 와 서로 연결되며 생산되었다. 이에 따라 시장화는 사회를 바꾸는 동시에 새로운 문화소비관념을 창조하고, 대중매체는 인쇄시대에 문학을 가장 높은 등급의 예술로 보던 원칙을 전복할 수 있었다. 대중문화는 새로운 형식의 기업형 예술 생산 모델을 창조하고, 문화생활화·오락화·소비화되며, 고유의 쾌락 및 교환 논리를 통해 문화형태 및 운용방식을 힘차게 바꾸어나갔다. 또 하나의 중요한 영향은 인간의 존재방식과 생활방식에도 근본적인 변화를 가져왔다는 점이다. 고효율·고속의 노동 리듬으로 인하여 사람들은 여가 시간을 더욱 즐겁게 유쾌하게 부담 없이 누리고, 소비를 통해 트렌드를 체험하고 생활을 즐기고자 하였다. 결론적으로 이 두 가지 방면의 영향은 공통적으로 일종의 새로운 문화양식, 즉 문화공업으로부터 형성되고 지탱된 소비형 문화와 소비주의로의 흐름을 상징하고

---

11)　위의 책, 18쪽.

있다.

소위 문화소비주의는 문화 창조에의 상업적 추구가 정신적 추구보다 우위에 서거나 심지어 대신하고, 문화상품의 오락 기능이 심미적 가치와 정신문화적 가치를 압도하고 심지어 배척하는 것을 가리킨다. 상품권력 담론은 고상한 문화의 요새를 허물고 통속문화와 공모하며, 대중매체를 통하여 매우 쉽게 당대문화의 신경에 침투하고, 일상생활을 시장수요와 대중문화의 모델로 삼아 당대 사회문화의 보편적 원칙으로 설정한다. 그래서 소비는 문화가 되고 소비문화는 문화소비가 된다. "경제·정치와 문화 활동, 이 세 가지 영역이 서로 다른 층차로 분리됨에 따라 현대 중국의 문화발전은 소위 '상대주의의 시대', 즉 문화의 다원발전 시대로 진입하였다. 각종 문화형태에 대한 '온갖 말' 가운데 주류문화가 떠벌리는 숭고한 엘리트 문화의 질서는 이미 예전의 사람을 감동시키던 그러한 역량을 상실하였다. 그리고 일종의 일상이데올로기가 시민사회·시민계층의 지지를 획득하자, 현세주의 관념·소비의식은 세속사회의 가치표준이 되었다."[12] 당연히 소비문화의 직접적인 목표는 소비이지만, 최후의 결과는 결코 소비가치만 있는 것과는 다르다는 사실을 알아야 한다. 따라서 소비문화에 대해 전면적으로 부정할 수 없을 뿐만 아니라 반드시 그 속의 복잡성에 대해 충분히 고려해야 한다.

대중매체와 '80후'의 관계를 말할 때에 인터넷을 언급하지 않을 수 없다. 인터넷은 이들에게 자유로운 창작과 발표의 공간이다. 인터넷 매체는 1994년 국제 인터넷이 중국 대륙에 소개되면서 시작되었고, 최근까지도 중국 인터넷 사업은 매우 빠른 속도로 발전하고 있다. 중국 인터넷정보센

---

12) 푸서우샹傅守祥, 「세속화된 문화: 중국대중문화발전의 소비적 추세世俗化的文學:中國大衆文化發展的消費性取向」, 『理論與創作』, 2005년 제3기.

터(CNNIC)가 베이징에서 발표한 '제14차 중국인터넷발전상황통계보고'에 따르면, 2004년 6월까지 중국의 인터넷 사용자 수는 모두 8,700만 명이며 이는 작년 동기에 비해 27.9%가 성장한 수치이다. 또한 인터넷용 컴퓨터는 3,630만 대에 달하고, CT(중국 국경 내를 일컫는 말)에 등록된 도메인·웹사이트 수는 각각 38만 개와 62.7만 개이다. 중국 인터넷 이용자의 연령은 30세 이하의 네티즌이 전체의 70%에 달하고, 24세 이하는 네티즌 수 전체의 53%를 차지하고 있음을 알 수 있다. 다시 말해, 1980년대에 출생한 네티즌이 전체 네티즌 수의 반 이상이라는 것이다.

인터넷은 하이 테크놀로지이자 매체이다. 그것은 20세기 전통 매체와 매체 형식에 엄준한 도전장을 내밀었다. 한 방향에서 양방향으로, 전달에서 피드백으로, 이처럼 인터넷은 점차 구 미디어의 특징을 수정해나갔고, 과거 엘리트가 장악하던 미디어 권력으로부터 벗어나 대중을 향해 전이해가기 시작하였다. 이러한 배경 하에 전달하는 자와 수용하는 대중이 확실히 구분되던 상황은 이미 점차 모호해졌다. 동시에 과거 매체에만 존재하던 정보 선택권자는 인터넷 사용자의 가입으로 인하여, 정보의 발표 여부에 대해 더 이상 절대적인 결정권을 휘두르지 못하게 되었다. 인터넷은 사람들의 생산·생활·일·학습 등 각개 방면으로 점차 영향력을 확장해갔다. 한편, 인터넷이 문학에 미친 영향은 매우 심각하다. 인터넷 문학은 디지털화 시대에 일종의 문화현상으로서 이미 선택의 여지 없이 현대 소비문화 가운데 큰 흐름의 일부가 되었다. 창작은 일종의 마음 내키는 대로 쓰는 일상생활이자 창작의 언어 역시 기존의 규범에 따를 필요가 없고, 창작자는 자아를 충분히 허구화할 수 있을 뿐만 아니라 심지어 일종의 새로운 자아를 인정하고 정립할 수 있게 되었다. '80후' 세대의 외둥이들은 고독한 생존환경으로 인해 교류하고 이야기하길 더욱 갈망하였고,

인터넷 문학이 허용한 평등·자유와 허구화의 공간은 그들에게 있어 하고 싶은 말을 마음대로 할 수 있는 하나의 이상적인 장소로 다가왔다. 예를 들어 '애플트리중문원창망', '80후 논단80後論壇', '신공민논단新公民論壇'과 같은 '80후'만의 인터넷 웹사이트와 논단은 신속하게 대량의 '80후' 창작자를 끌어 모았을 뿐 아니라, 더욱 광범위한 수의 '80후' 문학 독자를 불러들였다. 이들은 최선을 다해 인터넷과 친밀해지고자 노력하였고 창작하는 가운데 이름을 얻는 작가 또한 출현하였다.

장빙江冰은 「80후 문학의 문화배경을 논하다論80後文學的文化背景」[13]에서 인터넷이 '80후' 문학에 대해 조성한 긍정·부정 두 가지 방향의 영향을 논술하였다. 즉, 인터넷에 의한 추동은 두 가지 방면에서 나타났는데, 하나는 '벽이 없는 상태로의 진입'이고 다른 하나는 '쌍방향식 공유'이다. 우선, 전자는 제로zero편집, 제로기술, 제로체제, 제로자본, 제로형식이라는 다섯 개의 함의를 포괄하고 있다. 이에 따라 문학 영역에 진입하고자 하는 사람은 어떠한 누구라도 전통적 과정을 거칠 필요 없이 작품을 발표할 수 있게 되었고, 문학의 전파 역시 대성당 식에서 재래시장 식으로의 근본적 전환이 일어났다. 후자는 전파를 일대백의 방식에서 백대백의 방식으로 변화 발전시키고, 빠른 속도의 직독직해, 피드백, 창작은 일군의 사람들 속에서 재빨리 추진됨을 의미한다. 이 두 가지 영향으로 인해 '80후' 문학을 위한 자유로운 표현 공간이 출현하였고, 텍스트의 경계, 도덕적 규범, 관념의 한계 역시 느슨해졌다. 한한, 춘수, 궈징밍은 물론이고 리사사, 장평 등 누구나 할 것 없이 처음에는 인터넷 상에서 인기를 끌고, 폭발적으로 이름을 날리며 각종 월계관을 쓰게 된 후에야, 순리에 따라

---

13) 장빙江冰, 「80후 문학의 문화배경을 논하다論80後文學的文化背景」, 『文藝評論』, 2005년 제1기.

종이 미디어로 방향을 전환하고 점차 주류 미디어와 문화시장으로 진입
하였다. 인터넷이 '80후' 문학에 가져온 부정적 영향은 문학에서 가장
중요한 알맹이와 같은 것들이 희석, 등한시 되거나 심지어 포기되었고,
문학작품은 빠른 속도로 창작됨과 동시에 '일회성으로 소비'되어 버리는
이른바 무중력 상태가 출현하였다는 것이다.

'80후'는 글로벌화 · 정보화 시대에 성장하였다. 그리고 인터넷은 이들
의 관념 · 사상과 표현방식을 수정하고 전에 없는 개방과 광활한 문학의
무대를 제공하였다. 여기에서 지적해야 할 사실은 대중매체가 인터넷으
로 인해 '80후' 작가에 대해 관심을 갖게 되었지만, 거꾸로 이러한 상황은
오히려 이들의 문단 진입을 방해하였다는 점이다. 인터넷에 발표된 제멋
대로 쓴 글들은 창작의 임의성 · 여가성과 오락성 정도를 심화시켰고, 따라
서 창작은 언제나 식은 죽 먹기 식의 모방과 콜라주에 불과할 뿐, 다시는
엄숙하고 진지한 것이 되어 현실에 대응하지 않았다. 결과적으로 문단과
비평계는 이러한 작품에 대해 진지하게 대응할 필요성을 느끼지 못했다.
동시에 인터넷 상의 작품은 수량이 매우 많지만 물고기와 용이 한데 섞여
있는 것처럼 좋은 것과 나쁜 것이 뒤섞여 있었으므로, 문단이 걸러내고
감별하는 어려움을 어느 정도 가중시켰다. 문단도 결국 자기의 벽, 자기의
기준, 자기의 심사기제가 있을 터이므로, 아무런 원칙도 없이 덥석덥석
수용할 수는 없는 노릇이었다. 이렇듯 자신의 입장을 굳건히 지키는 것이
바로 문단이 기타 미디어 영역과 구별되는 독특한 가치의 지점이다.

대중매체가 '80후' 창작을 위한 기초를 세우기 위해 기존 문학영역의
포위망을 돌파하였다는 사실은 누구나 다 알고 있다. 그런데 이들이 이름
을 날리게 된 것은 상하이『맹아』가 개최한 '신개념작문新槪念作文' 대회와
도 밀접한 관련이 있다. 이 문학 대회는 '80후'의 등장을 위해 좋은 기회를

제공하였다. 1990년대 중반, 문학잡지는 원래의 재정 지원 체제에서 점차 '독립채산, 책임경영'의 경제 주체로 바뀌게 되었다. 이로 인해 1956년 창간된 『맹아』 문학잡지는 전에 없던 어려움에 처해, 일 년 발행부수가 단지 1만여 부에 불과한 지경에 이르렀다. 『맹아』는 곤경에서 벗어나기 위해 면밀히 계획을 세우고, 마침내 1998년 12월 '신개념작문' 대회를 시작하였다. 이 대회는 '새로운 사유, 새로운 표현, 진실한 체험', '시험 위주의 중국 교육에 도전'한다고 제창하는 것 외에 "전통적 의의의 보통어문 교육 즉 중고등학교와 유관 교육주관부서가 아닌 대학과 직접 연합하였다. 심지어 직접 혹은 간접적으로 대학의 중문과와 협조하여 학생 모집 활동을 진행하였다."14) 그래서 발족 초기부터 많은 사람들로부터 주목을 받았다. 또한 후에 '신개념' 수상 작가인 한한이 일시에 큰 인기를 끌게 되자 덩달아 명성을 떨치게 되었다. 2005년까지 이미 성공적으로 8회에 걸쳐 대회가 개최되었고, 보도에 따르면 『맹아』의 판매량은 원래의 1만 부에서 50만 부로 급등할 수 있었다. 또한 『신개념작품선新槪念作品選』은 새로운 형태의 '작문 지침서'로서 수백만 권이 팔려나갔다.

   '신개념' 작문대회는 많은 수의 '80후' 작가에게 두각을 나타낼 수 있는 계기를 제공하였고, 또한 그들을 신속하게 시장으로 밀어내는 하나의 도약대가 되었다. 이 모두 의심의 여지가 없다. 그러나 이 대회를 통해 비록 잠재력 있는 문학인재가 발굴되었다고 해도, 대학입시·진학과 결탁하였으므로 시작부터 농후한 실용적 색채 역시 띠고 있었다. 매우 빨리, "이러한 대회기제는 공장의 생산조립라인처럼 전국의 수많은 소년 창작자들을 한데로 끌어 모으고, 그들의 작품을 대회 심사위원회의 비평가 및 작가의

14) 장닝張檸, 「청춘소설과 그 시장배경青春小說及其市場背景」, 『남방문단』, 2004년 제6기.

시야 속으로 몰아넣었다. 그리고 그중의 천리마로 하여금 백락伯樂이 귀히 여기는 기회를 얻도록 하였다. 동시에 우수한 소년 창작자는 『맹아』 잡지와 웹사이트 등 가능한 한 큰 범위 내에서 공감을 얻고 격려 받을 기회를 획득할 수 있었다. 이 와중에 출판업자는 이익을 추구하며 문학 스타를 만들어내는 이 무형의 큰 조직이 점점 더 기지개를 펴는 상황을 조장하였다. 이러한 운용으로 인해 확실히 모종의 '번영과 성황'이 촉진되나, '생산품'이 막 나왔을 때에 대량의 비문학적 불순물 역시 포함될 수 있다는 것 또한 사실이다. 정면으로 다가오는 금전적 명예, 문학작품 본연에 대한 매우 과장된 찬양, 작가에 대한 속마음을 알 수 없는 추종 …… 등으로부터, 작가들은 자기와 자기 작품이 존재하는 이유에 대해서조차 모호하게 느끼기 시작했다."[15] 대회는 부지불식간에 문학의 정상궤도에서 벗어나 미디어와 출판업자가 이윤을 추구하기 위해 힘껏 스타 만들기 운동을 진행하는 대상이 되어버렸다.

최근에 『맹아』 잡지사는 『맹아』를 하나의 체계적인 문화산업으로 변신시키는 절차를 밟고 있다. 잡지사는 자체 웹사이트를 개설하였는데, 최근 가입한 사용자는 42만 명을 넘어서며 이미 매우 큰 상업적 가치를 지니게 되었다. 그들은 자신의 자원을 이용하여 맹아실험중학을 우수하게 운영하고 있으며, 이미 어느 정도의 규모를 구비하였다. 저장문예출판사와 합작하여 2002년에는 『맹아청춘총서萌芽靑春叢書』를 2003년에는 『맹아소설족萌芽小說族』을 발행하였다. 2004년 초, 『맹아』는 도서기획과 편집을 주 업무로 하는 맹아도서신문발행유한공사를 건립하고 동시에 출판사와의 합작을 꾀하였다. 2005년에는 지에리接力출판사와 합

---

15) 차오잉曹瑩, 「'80후' 창작과 신세기문학'80後'創作與新世紀文學」, 『文藝爭鳴』, 2005년 제2기.

작하여 '맹아 서적 시리즈'를 출판하였다. '신개념작문'에서 '맹아 서적 시리즈'까지, 『맹아』는 점차적으로 하나의 완전한 문화산업 체인을 형성 하였다. 산업화의 상품화·조직화·사회화 특징은 일련의 문학 제품으로 하여금 공장의 생산조립라인이 제작하고 판매하는 방식, 다시 말해 대회 —수상—출판—명성의 라인을 본보기로 삼도록 하였다. 그리고 『맹아』는 이미 성공적으로 작가를 배양하고 작가를 발견하고 작품을 발표하는 것 에서부터 작품을 경영하고 작가를 보급하고 상호 교류하는 것에 이르기 까지 완전한 한 라인의 운용 체계를 건립하였다. 문학에 대한 기획에서 문학을 생산하는 출판 미디어까지, 대중 매체는 부단히 뉴스를 만들고 문학생산을 촉진한다. 동시에 작가들은 새로운 문화자본과 경제적 이익 을 얻게 된다.

제3절 '80후' 창작의 주요 특징

'80후' 작가 창작의 특징은 스타화, 고생산성화, 트렌드화로 개괄해도 무방하다.

1. 스타화

현재는 스타 배출의 시대이자 뭇 별들이 반짝반짝 빛나는 시대이다. 가장 먼저 스타의 외투를 걸친 자는 빛나는 섬광 아래 화려한 비단 옷을 입고 우아하고도 감동적인 자태를 보여주는 가수와 무비스타들이다. 이 들의 뒤를 좇는 열광적이고도 충실한 오빠부대로 인해 스타들의 몸값은 걸핏하면 수백만 위안 심지어 천만 위안을 상회한다. 그리고 '스타'의 명성은 사회 각개 영역에 침투하기 시작하였다. 예를 들어 운동선수들은 스포츠 스타로서 각종 대회에 참가하여 국가의 영예를 드높이는 것 외에, 여가 시간에는 자기의 지명도와 호소력을 바탕으로 광고주를 대신해 술·젤리·코카콜라 등을 선전한다. 문인 학자들 역시 스타학자가 되어 학문을 연구하고 수고로운 저서를 펴내는 것 외에 TV 프로그램·인터뷰의 진행자 혹은 초대 손님이 되고 저자 사인회에 참가하며 신문의 톱 면에 등장한다.

스타의 출현은 현대 대중 매체의 조종과 운영에 기원하며 현대 테크놀로지와 상업주의가 결합한 산물이다. 이렇듯 대중매체가 날로 발달하고 신문정보가 극도로 팽창하는 사회에서 매일 수천수만의 정보가 만들어지고 미디어는 스타들과의 연합과 지지를 무시할 수 없게 되었다. 사회가 부유하고 안정될수록 사람들의 관념 또한 더욱 개방되어 민주와 관용을 추구하게 된다. 이에 더욱 많은 사람이 스타가 될 수 있는 더욱 많은 기회를 얻는다. 예를 들어 최근 성행하는 각양각색의 '오디션'은 더욱 많은 다재다능한 대중들에게 스타가 되고자 하는 꿈을 실현할 수 있는 기회와 무대를 제공해주었다. 이러한 시대적 배경 하에 우리의 작가, 우리의 '80후'는 스타로 포장되어 뭇 별들이 반짝반짝 빛나는 무대에서 한 자리를 차지하였다. 이는 당연하고도 잘된 일이기도 하다.

누구나 스타가 될 가능성이 있으나 누구나 스타가 되는 것은 아니다. 더욱이 문학에 종사하는 – 일찍이 숭고하고 신성한 후광에 흠뻑 젖었던 상아탑 속의 직업적인 – 작가들에 대해 말하자면, 그들은 아름다운 명성을 오래도록 전하는 문단의 거장이 될 수는 있어도 경솔하게 '문학스타'라고 불리는 경우는 거의 없었다. 아마도 이때의 '스타'는 결코 시끌벅적한 '스타'라는 말이 담아낼 수 있는 그러한 뜻이 아닐 것이다. 예를 들어 바진巴金은 '스타'라고 여겨지지는 않지만 진심에서 우러나오는 탄복과 공경으로 존경받으며 문단의 별로 일컬어지고, 이 세기 노인의 거대한 성취와 공헌은 감히 더럽혀질 수 없는 것이 되었다. 당대의 아방가르드 작가 역시 스타가 될 수 없다. 왜냐하면 그들의 작품은 고독한 집착, 아방가르드적 개척으로 인하여 난해하고 너무 고상해진 나머지, 필연적으로 제대로 이해할 수 없거나 혹은 이해할 수 있는 사람을 찾아 볼 수 없게 되었기 때문이다. 장웨이張煒, 장청즈張承志 등 낭만주의 작가 역시 스타가 될 수 없다. 그들의 이상은 너무 요원하고 고귀하며 속세를 떠나 있기 때문이다. 즉, 그러한 번쩍번쩍 빛나는 찬란한 '황금목장金牧場', 그러한 '광야로 나아가는' 광기는 온종일 먹고 살기 위해 동분서주하는 대중들에게 너무 엄숙하고 진지하며 허황되고 막연한 것이다. 스타로 불릴 수 있는 작가들은 예를 들어 웨이후이衛慧, 몐몐棉棉, 주단九丹 같은 자들이다. 그녀들은 작품의 대담함, 전위성, 놀랄만한 독특함으로 무대에 오르자마자 운명적으로 문단의 논쟁을 불러일으키는 스타가 되었다. 독특하고도 예외적인 생활 방식, 마약을 흡입하고 타락해버린 참혹한 청춘, 섬세하고도 담백한 '성애서사' 등은 사람들의 천성적인 호기심과 엿보기 욕망을 극대로 만족시켰다. 운 좋게도 '80후' 작가 역시 스타가 될 수 있는 전에 없던 사회적 비교우위를 차지하였다. "스타는 문화소비의 초점이자, 문화경제 부가가치 창출의 지점이다", "전면적으로 시장경제에 진입하자, …… 문학생산 역시 스타를 만들어내는 플랫폼이 되었다. 이것은 근래 문학생산 기제의 특수성에 기인한다. 이데올로기로 인하여 도서출판권은 여전히 국가에 의해 장악되지만, 시장경제의 전면적 개방은 중국적 특색을 지닌 '출판업자'의 등장을 추동하였다. 그리고 이들은 효과적으로 빨리 문학을 부가가치의 요소로 전환시키기 위해 대담하게 스타를 만드는 생산방식을 사용하였다."16) 물론 예전부터 문단에는 스타와 같이 사람들의 주목을 끄는 문인재자들이 적지 않았다. '80후' 스타 작가가 이들과 다른 점은 모종의 유효한 미디어기제에 더욱더 의지해 대량으로 생산한다는 것이다. "출판업자는 잠재적 능력을 갖춘 젊은이들 중에 스타 유망주를 발견하고, 이들을 교육하고 포장하며 시장에 내 놓는, 소위 한 마리의 용을 만들어내는 방식의 운용모델을 구성하였다. 그리고 한한은 이러한 문학생산의 선두 소년 작가들 중 한 명이었다."[17]

2000년 작가출판사는 당시 18세였던 한한의 첫 장편소설『삼중문』을 출판하였다. 무대 화장을 마친 한 청춘의 숨결로 충만한 문학 스타가 이로부터 등장하였다. 지금도 한한은 여전히 말쑥하고 날렵하지만,『이렇게 이리 저리 떠도는就這麼漂來漂去』에는 훨씬 더 늠름하고 씩씩한 카레이서 모습의 사진이 실려 있다. 지난 몇 년간 날카로운 대립 양상의 '한·백지쟁韓·白之爭'이 있었고, 오래지 않아 애인과 함께 베이징에 집을 산 것이 인터넷 상에서 큰 화제가 되는 등 한한의 인기 지수는 떨어질 줄을 모른다.『남방도시보南方都市報』는 일찍이 '80후' 작가를 '우상파'와 '실력파'로 나눈 바 있다. "우상파는 확실히 스타화라는 방법으로 성공을 거머쥐었고, 스타처럼 행동하는 것을 성공의 발판으로 삼았다. 예를 들어 또 다른 우상파 소년 작가인 궈징밍의 이미지는 숭배자들의 눈길을 끌기에 충분했다. 노랗게 염색하고 고르지 않은 길이로 자른 머리에 반쯤 가린 눈은 자세히 보지 않으면 알아채기 쉽지 않지만 뜻밖에도 파란색이며(콘택트렌즈 덕분이긴 하지만), 이마에는 한 줄로 된 하늘색의 얇은 머리띠를 가로로 두르고 매듭을 어깨까지 길게 늘어뜨렸다. 처음 궈징밍을 보면 만화 캐릭터와 매우 비슷하다는 생각이 들게 된다."[18] 일찍이 「1995-2005 아직

---

16) 허사오쥔賀紹俊,「대중문화 영향 하의 당대문학현상大衆文化影響下的當代文學現象」,『文藝硏究』, 2005년 제3기.
17) 위의 논문.

하지가 오지 않았다1995-2005 夏至未至」의 광고와 함께 배포된 대형 포
스터에서 궈징밍은 아름다운 푸른 하늘과 푸른 나무를 배경으로 깨끗하
고 순결한 흰옷을 입고 포즈를 취하였는데, 그 모습과 감각이 앨범 혹은
신작으로 인기를 끈 가수나 영화배우에 조금도 뒤처지지 않았다. 또한
장웨란의 소설화보집『너는 나의 상처를 검열하러 왔는가是你來檢閱我的憂
傷了嗎』는 스타 사진과 흡사한 여러 장의 화려한 사진을 싣고, '침화沈和'와
'효염囂艶'이라는 이름으로 장절을 구분하였다. 여기에서 작가는 딱 보기
좋게 메이크업을 하고, 유행하는 산뜻한 옷을 입고, 심혈을 기울여 디자인
한 각종 이미지를 연출하였다. 당시 '상하이의 보배'라고 불리던 웨이후이
도 자신의 실루엣으로 책 표지를 디자인하는 등, '80후' 작가는 창의적으로
작품집과 화보집을 하나로 통합하였다. 물론 이러한 사진들은 웨이후이
의 대담함이나 폭로에는 못 미쳤지만, 규칙을 준수하는 가운데 나름대로
화통하고 대범하였다. 사실 이것은 매우 쉽게 이해할 수 있는 상황이다.
왜냐하면 '청춘미녀'는 '상하이의 보배'와는 분명히 다른 스타의 길을 걷고
있었기 때문이다. 상업과 순문학 사이에서 동요하는 '실력파' 역시 미디어
에 의해 또 다른 종류의 스타 – '문화영웅'적 스타 – 로 만들어졌다. 그런데
소위 순문학적 입장을 꿋꿋이 고수하는 스타 작가들 역시 미디어의 스타
만들기 조작과 부풀리기에 대해 사양하거나 비판하지 않았다. '우상파',
'실력파', '금동옥녀', '인기순위표'와 같은 말들의 쓰임새로부터 홍콩 · 타
이완 연예계의 스타 띄우기와 비슷한 분위기를 이미 감지할 수 있게 되었
다.

　영리한 출판업자들이 '80후' 작가를 선택하여 스타로 키워낸 것은 확실

---

18)　위의 논문.

히 탁월한 안목의 소산이었다. 이렇듯 널리 광고·선전하는 책략은 거대한 성공을 거두었을 뿐만 아니라 막대한 이윤이라는 보답을 가져다주었다. '80후' 작가 자신은 스타가 되기에 적합한 천혜의 비교우위를 지니고 있었다. 우선, 연령과 기질 측면에서 이들은 아름답고 재능 넘치는 소년·청춘 시기에 새로운 시대적 가치, 문화선택의 다원성에 노출됨으로써 정신 기질 상의 능력을 더욱 잘 발휘하고, 자신을 과시하고 개성을 발양하고 천진난만한 모습을 갖추게 되었다. 이러한 요소 모두는 상업가가 스타를 성공적으로 빚어내는 데 있어 우수한 토대로 작용하였다. 다음으로 '80후' 작가는 대부분 학생이거나 막 사회에 발을 디딘 처지로 운명의 기구함이나 세상의 풍파를 크게 겪은 적이 없고, 청춘의 깨달음을 그들 인생에서 가장 중요한 경험의 한 부분으로 간주하였다. 따라서 작품 제재는 대부분 청춘의 정감과 꿈틀거림, 청춘의 미망과 곤혹, 청춘의 방황과 고통에 관한 것이며, 텍스트 풍격 역시 대개 편집偏執적이고 반역적인 색채를 띠고 있었다. 이러한 점은 일부 청소년의 '독서기대'를 어느 정도 만족시키고, 동시에 영리한 미디어와 출판업자들로 하여금 조작 가능한 판매 포인트를 매우 쉽게 찾아낼 수 있도록 하였다. 마지막으로, 스타를 좇는 것은 인간의 신성숭배가 현대사회에 반영된 결과이며 '아이돌 숭배'는 청년 비주류문화의 현저한 특징 중 하나이다. 독서를 통하여 청소년과 '80후' 작가 간에는 공명과 교류가 생성되었는데, 작품 속에서 고독하고 비통한 토로, 세상을 조소하는 반역적인 발산을 체현함으로써 이러한 청소년독자들은 일정 정도 심리적인 투사, 소통 및 위안을 얻을 수 있었다. 청소년이 이미 문화소비의 주도적 역량이 된 지금, '80후' 신세대가 자신들만의 스타 작가를 조성하는 것은 소년·청춘기의 '우상숭배' 심리와 딱 맞아떨어지는 현상이다. 그래서 각 문화집단은 상업적 이익을 위하여 대중 매체를 충분히 이용한 활동·포장·기획을 진행하고, 부단히 계획적으로 스타를 만들고 출시하며 이들을 문화우상으로 띄우고자 한다. 그리고 일단 스타가 되면 무한한 화려함, 영예와 부를 거머쥘 수 있으므로 시장경제담론 하에 문학생산의 효율과 이윤추구 원칙은 강조될 수밖에 없다. 독자들 사이에서 평판이 높아짐에 따라 몸값과 상업적 이윤으로 치환되는 자본 역시 증가하게 되므로 자연히 문학생산의 스타화는 신속한 방식으로 최대의 이윤을 획득하는 일종의 유효한 수단이 되었다. 따라서 미디어와 출판사의 포장 이외에 작가 자신의 '스타 노선'에 대한 수락 역시 중요한 요소라 말할 수 있다. "대중매체 시대의 시장가치는 텍스트 자체의 가치를 대체한다. 그리고 텍스트의 시장가치는 작가의 이미지와 말이 제공하는 일종의 쾌감에 의해 결정된다. 이러한 논리에 따르면 어떠한 작품의 가치라도 반드시 소비를 통할 때만이 실현될 수 있고, 따라서 성공하고자 하는 작가는 반드시 자신의 작품을 내다 팔아야 한다. 즉 이러한 성공은 미디어의 접근성 및 활용을 통해 획득된 문화자본의 수량으로부터 결정된다. 이제 작가들은 어떻게 미디어에 대해 영향력을 확대할까라는 문제에 가장 관심을 둔다. 그런데 그 목적은 사회관계의 확대 재생산이지 문화가치의 재생산은 결코 아니다."19) 공모 관계인 바에야 대중매체가 최대한의 열정으로 애써 스타를 만듦으로써 '80후' 작가의 시장 잠재력을 개척하고 그 지명도를 시장 호소력으로 전환하지 않을 이유가 없다.

'스타화' 책략은 한 측면으로는 문학소비의 성공적 실현을 촉진하고, 작품의 생산과 새로운 소비를 자극한다. 그리고 이를 통해 스타작가와 출판업자의 재원은 날이 갈수록 불어나게 된다. 다른 측면으로는, 이러한

19) [프랑스] 레지스 드브레, 『교사·작가·명사敎師·作家·名流』. 저우셴周憲, 『험난한 사고岐嶇的思路』, 후베이교육출판사, 2000년, 89쪽에서 재인용.

문학 기초를 아직 다지지 못한 '80후' 작가에 대해 스타화는 역시 무시할 수 없는 소극적 영향을 끼쳤다. "문학 본연으로부터 보자면, 스타화가 문학을 부단히 침식하였다는 사실은 곧 문학정신의 함의가 날로 희박해지고 있음을 반영한 것이다. 문학의 의의가 점차 축소되는 지금, 새로운 자원으로서 오히려 작가의 이미지를 계발해야 할 필요성이 제기된다." "스타 숭배는 문화산업의 상품성과 물질성에 침투하였고, 작가는 일단 스타로 포장되기 시작하면 내용을 다 비워버린 순수물화의 이미지로 바뀌게 된다. 시장에서 가장 교환가치가 큰 것은 가장 영향력 있는 스타이다. 그리고 이들은 실제로 가장 완벽한 상품이라고 할 수 있다."[20] 이미 이름을 떨친 '80후' 작가들의 부귀영화는 무수한 청소년들의 흠모와 숭배를 불러일으켰고, 그들은 당연히 자기도 책을 펴내어 일거에 이름을 떨치겠다는 야망을 품게 되었다. 그래서 상식 밖의 '차이샤오페이蔡小飛 사건'이 발생하였다. 글 쓰는 것을 좋아하지만 빨리 유명해지고 싶었던 고등학생 차이샤오페이는 한 편의 우스운 코미디극에 스스로 출연하고, 이를 스스로 감독·편집하여 인터넷에 올린 후 명성을 떨치고자 하였다. 물론 결국에는 모든 것이 까발려졌지만 이 사건의 배후에 숨어 있는, 이름을 알리기 위해 온갖 머리를 다 쥐어짜내는, 심지어 수단과 방법을 가리지 않는 방식과 가치추구는 확실히 되돌아보고 반성해야 할 문제이다.

2. 고생산성화

오늘날 미디어는 우리의 생활 속 어디에나 침투하여 모든 것을 조종하고 무수한 기적을 만들어낸다. 이러한 때에 작가의 높은 생산성은 또

---

20) 허사오쥔, 앞의 논문.

하나의 놀랄만한 기적에 불과하다. 1998년 상반기에, 하이난海男은 『탄언 坦言』, 『가면을 쓴 사람帶着面孔的人』, 『우리는 모두 진흙으로 만들어졌다我 們都是泥作的』, 『나비는 어떻게 표본이 되었나蝴蝶是怎樣變成標本的』 등 네 편 의 장편소설을 발표하였다. 한편, 판쥔潘軍도 2000년 한 해 동안 19권의 책을 출판하였다. 독일의 문예비평가 홀스트는 "하이 테크놀로지 수단으 로 지지된 문화형태는 일종의 '안티 심미 혹은 포스트 심미 문화'이자 일종의 '시각과 청각 문화' 즉 일종의 소비문화이다. 그것은 숭고함을 해 체하고 의의를 해체하고 정신을 해체하며, 전통문화(특히 엄숙문학과 고 아한 예술)의 심미 규범을 파괴한다. 이로써 문화는 일종의 교화의 도구 및 심미 형식에서 점차 대중오락과 소비 방식으로 변화하고, 문화상품 역시 점점 '소비품'으로 탈바꿈하게 된다. 그리고 일체의 문화행위와 문화 경험의 전통을 상품화의 거센 물결 속으로 밀어 넣어버린다"21)라고 말한 바 있다. 상품이 된 문학작품은 마치 공장의 조립라인에서 생산되듯 끊임 없이 제조된다. "전면적으로 시장경제를 향해 나아가는 중국 당대 사회는 반드시 그리고 급속히 중국 전통문학의 생태환경과 가치에 변화를 가져 다 줄 것이다. 직설적으로 말하자면, 문학작품의 상품 속성은 장차 전에 없던 과도한 과장과 강조를 겪게 될 것이다. 또한 대부분의 문학생산력은 점차 정치의 영향으로부터 벗어나 경제 궤도에 편입되어 활동하며, 이데 올로기적 색채는 엷어지고 상업적 분위기는 장차 더욱 농후해질 것이다. 이것은 누가 좋아하고 싫어하는 혹은 간절히 원하고 아니고의 문제가 아니라 시대의 조류이다."22)

---

21) 푸서우상, 앞의 논문.
22) 주샹첸朱向前, 「1993: 시장으로 편입된 이후 문학의 변천 - '왕쉬 현상'으로부터 말한다 1993: 卷入市場以後的文學流變—從'王朔現象'說開去」, 『當代文學硏究資料與信息』, 1993년 제

다시 말해, '80후' 세대는 태어날 때부터 시장경제 및 소비이데올로기와 의기투합하였다. 그들의 성장과 전체 중국사회의 현대화 과정은 서로 발맞추어 나갔고, 그들은 어려서부터 현대물질문명의 풍성한 성과를 유기적으로 누렸다. 그들에게 있어 소비란 이미 생존의 요구일 뿐만 아니라 동시에 일종의 생활방식이자 정신적 요구이다. 그들은 매우 자연스럽게 트렌드를 추구하고 생활을 즐기며, 망설임 없이 부에 대한 갈망을 말하고 심지어 전체 사회가 점차 경제적 부를 가치 판단의 잣대로 삼는 당시 부유하고 우아한 상류층의 '성공한 인물'을 인생의 모델로 간주하였다. 동시에 이 세대는 어려서부터 시험과 경쟁의 분위기 속에서 생활하였다. 이들이 지식을 판단하는 기준은 '쓸모가 있는지 없는지'이고, 이들이 전공을 선택하는 최초의 기준 역시 '좋은 직장을 구할 수 있는지 없는지'이다. 즉, 이 세대에 있어 실용주의와 공리주의는 점차 이상주의를 대체하였다. 또한 경쟁은 일종의 습관이고, 시장 의식은 이미 그들의 자각적 의식이 되었다. 따라서 '80후' 작가는 막 활동을 시작하였을 때에도 문학과 시장을 대립적인 것이라 보지 않았다. 왜냐하면 여기에서 자아가치를 실현하는 한편 물질적 부를 획득하고, 그들이 오래전부터 동경해 마지않던 '성공한 인물'의 생활 속으로 들어갈 수 있는 가능성을 보았기 때문이다. 대중 소비문화의 추동 하에 문학의 상품 속성이 매우 크게 체현된 바에야, 작품이 이미 거대한 이윤 기호가 되어버린 바에야, 기왕이면 이윤의 최대화를 실현해야 한다. 그렇다면 반드시 생산의 고효율성화를 보증해야 할 필요가 있다. '80후' 작가 대다수가 이 점을 이루어냈다. 예를 들어 장웨란은 2003년 6월『해바라기는 1890년에 없어졌다葵花走失在1890』에서 2005년 1

2기.

월『수선은 이미 잉어를 타고 갔다』를 발표하기까지 일 년 반의 시간 동안 모두 다섯 편의 책(『너는 나의 상처를 검열하러 왔는가』,『붉은 신紅鞋』,『완전한 사랑+愛』 등)을 출판하였다. 이는 총 85만 자에 달하며, 심지어 기간지에 발표한 몇 편의 작품은 포함하지 않은 숫자이다. 이 외에도 쑤더蘇德는 일찍이 장편소설『레일위의 사랑鋼軌上的愛情』에 대해, 구상에서 초고의 완성까지 겨우 10여 일밖에 걸리지 않았다고 말한 바 있다. 그리고 궈징밍은 자신의 창작 속도를 바깥에 공표하지 않겠다고 선언했다. 왜냐하면 속도가 상식 밖으로 빨라서 대다수 사람들이 어차피 믿지 않을 것이기 때문이라고 했다. 이상은 고속 창작의 가장 전형적인 세 가지 예이며, 기타 '80후' 작가도 모두 상대에게 약한 모습을 보이지 않으려고 잠시도 쉬지 않고 힘껏 전진하였다. 수많은 중·노년 작가들은 '80후' 창작의 고생산성화·고효율성화에 대해 경탄을 금치 못하고, 그들보다 못함을 스스로 한탄하였다. 한 해에 수만 자에 불과한 이들의 창작 속도는 의심할 여지 없이 꾸물거리고 답보하여 앞으로 나아가지 못한다고 여겨졌다. 만약 '80후' 이전 세대 작가들에게 있어 고생산화 창작은 단지 개별 현상일 뿐이라고 말한다면, '80후' 작가들에게 있어 고생산화는 보편적으로 추구되는 현상이었다. '80후'의 인터넷 문학창작, 그리고 도서 시장에 자주 등장하는 그들의 신서로부터 이러한 사실을 개괄적으로나마 짐작할 수 있다.

고생산화 창작에 대해 '80후' 작가들은 자각적으로 추구하기도 했지만, 어쩔 수 없이 굴복한 측면도 어느 정도 있다. 시장에 의해 조절되는 문학 창작은 내재하는 창작관념과 창작태도의 궤도를 전통의 '문학화'로부터 '시장화'로 수정하였다. 또한 정신상품의 생산자라는 특수한 지위와 신분 역시 이미 소멸되어, 그들은 전체 사회의 생산—소비라는 큰 시스템 속의 일원에 불과한 존재가 되어버렸다. '80후' 작가 자신의 시장에 대한 입장은 개방적인 태도로 '창작 자체의 시장화'를 포용하고, 더 이상 문학성·예술성을 지고의 가치 원칙으로 삼지 않으며, 위에서 내려다보는 것 같은 일종의 우월감이 없다는 것을 기본 바탕으로 두고 있다. 그들에게 있어 창작은 단지 보통의 일이다(절대 엄숙한 일생의 이상理想이 아니다). 따라서 자아를 드러내고 정감을 적절히 배출하며 심지어 '적막을 희석시키는' 것을 더욱 중시하며, 글자 하나하나가 주옥같기를 추구하지 않고 일단 문자로 옮겨야 한다고 생각했다. 한편 어쩔 수 없이 굴복한 것은 소비주의 시대에 문학의 심미성은 점차 소비성에 예속되고 많은 작품은 모두 일회성 소비품이 되며, 이러한 소비문화적인 문학창작은 운명적으로 신속하게 잊힐 수밖에 없기 때문이다. 소비문화는 '주의력 경제'를 모델로 하여 상업적으로 조작된다. 즉, 망각에 대한 우려를 극복하고 묻히지 않기 위하여 부단히 신작을 출시하고 '공개 표명'을 추구함으로써 독자들의 주의를 끈다. 만약 그렇지 못해 독자에 의해 망각된다면, 그것은 곧 시장과 이익에 의해 망각되는 것을 의미한다. 물론 '80후'의 전반부 세대 역시 망각에 대한 두려움에 맞닥뜨렸지만, 그들은 이미 권위적인 기구 혹은 문학비평이 부여한, '시장 자본'으로 언제든지 전환할 수 있는 '상징 자본'을 가지고 있었다. 그래서 '80후'의 후반부 세대는 단기간 내에 시장을 점령하고 최대한 많은 독자를 끌어들이기 위해, 반드시 시장의 쟁점을 만들어내었다. 이렇듯 신속한 세대교체의 공간에서 '80후' 작가들 역시 촌각을 다투며 쫓고 쫓기게 되었다.

고생산성 자체가 나쁜 것은 아니다. 문제의 핵심은 품질에 있다. 헤밍웨이는 일찍이 "수많은 방법으로 작가는 파멸되는데 그 첫 번째가 돈을 쫓는 것이다. …… 이것으로 인해 작가들은 좋은 글을 쓰지 못하게 되었다. 그것은 일부러 나쁘게 쓰는 것이 아니라 너무 빨리 쓰기 때문이다"[23)] 라고 말한 바 있다. 헤밍웨이의 말이 다 맞다 할 수는 없지만, 고생산성의 작가들에게 각성을 촉구하고 문제를 제기했다는 점은 확실하다. 그러하다. 문학창작은 어디까지나 높은 창의성이 요구되는 활동이므로, 창작의 길에서 부단히 진보 · 향상하고자 한다면 인성의 풍부함과 인간 생존의 다양한 환경을 깊이 있게 탐구하고 체득해야 할 필요가 있다. 또한 오랜 기간의 사고와 반복적인 퇴고가 있어야 한다. 질과 양을 보증하는 고효율성의 창작을 하는 것도 물론 좋지만, 사실상 두 가지 다 잘한다는 것은 매우 어려운 일이다. 만약 무턱대고 고생산성만을 추구한다면, 창작에서 자아의 중복 · 모방과 규합이라는 폐단을 피할 수 없고, 마침내 작품의 품질은 날로 저하되고 작가의 창작력 역시 고갈되는 그러한 때가 도래할 것이다.

3. 트렌드화

작가 모옌은 장웨란의 소설 『앵두나무 저 멀리櫻桃之遠』의 서문에서 "이야기의 틀에서는 서구예술영화, 홍콩 및 타이완의 로맨스소설, 세계명작동화 등의 영향을 읽어낼 수 있다. 소설의 이미지와 장면에서는 일본 애니메이션의 청순한 탈 속세와 단순함, 서구 유화의 농염한 색채와 고즈넉한 빛, 유행하는 옷과 같이 새로운 흐름의 소박하고 자유로운 품위, 발레의 우아한 조형과 괴기스러운 고딕식 첨탑 등을 찾아 볼 수 있다. 소설의 언어에서는 유행가의 친밀함과 선정성, 시가의 예술적 정취와 명료함, 정전고전영화 속 대화의 유구한 함의와 광활한 심령의 공간이 표현

---

23) 선샤옌申霞艶, 「소비 시대의 근심消費時代的焦慮」, 『文藝爭鳴』, 2005년 제1기.

되어 있다"라고 평가하였다. 모옌은 확실히 비범한 예민함과 통찰력을 갖추었다고 할 수 있다. 왜냐하면 이 소란스럽고 떠들썩한 시대에 '80후' 작가가 흡수한 독특하고 번잡하고 잡다한 창작 자원을 정확하고도 빈틈 없이 지적해냈기 때문이다. 여기에는 예술영화, 로맨스소설, 명작동화, 일본 애니메이션, 유행복장 등 각양각색의 트렌드 코드가 포함되어 있음은 물론이다.

트렌드는 "주로 시장경제 건설과 물질생산 영역의 상품화로부터 영향을 받아 형성된 대중생활과 대중문화의 상업화 풍조를 가리킨다. 이것은 나아가 문학영역에까지 영향을 미치며, 문학과 같은 정신적 생산 활동에 일종의 유사 상업화 경향이 나타나도록 한다."[24] 앞서 언급하였던 '80후' 작가가 광고 선전과 마케팅 전략에서 보여주었던 스타화 경향은 일종의 트렌드화에 대한 표현이다. 이 외에도 '80후' 작품의 트렌드화는 아래의 몇 가지 방면에서 나타난다.

첫째, 작품은 일종의 특수한 상품으로 생산된 트렌드에 대한 포장이다. "장웨란의 책 다섯 권을 함께 놓고 본다면 트렌드를 좇았다는 인상을 매우 강하게 받게 된다. 심지어 2004년에 나온 네 권의 책은 세 군데의 출판사 – '춘풍문예春風文藝', '상하이역문上海譯文', '작가作家' – 에서 출판되었지만, 약속이나 한 듯 똑같이 검은색 바탕에 붉은 색이 덧칠해진 색감을 택하여 겉표지를 구성하였다. 여기에 실린 한껏 메이크업을 한 작가의 사진, 본문 중의 삽화와 화보, 도서장정과 판형 등은 모두 현대 트렌드의 색채를 강렬하게 띠고 있다. 『붉은 신』, 『너는 나의 상처를 검열하러 왔는가』와 같은 소설은 책 속에 최신 트렌드풍의 삽화를 더욱 많이 수록하고 있다. 상하이

---

24) 위커쉰於可訓, 「트렌드: 문학의 양날의 검時尙:文學的雙刃劍」, 『文藝報』, 2003년 1월 21일.

역문출판사는 세심하게 포장을 기획하고, 마치 과시하듯이 선포하면서 '이 책은 장웨란의 최신 소설화보집이다. …… 우수하고 독특하며, 최근 가장 유행하는 가장 고귀한 글쓰기 형태이다. 책에 실린 여러 장의 화려하고 정교한 사진을 통해 시를 해석하는 것과 같은 아름답고도 절묘한 경지를 감상할 수 있다. 또한 마치 사람이 글 같고 글이 사람 같아 서로가 서로를 더욱 잘 드러내준다'고 하였다"(『너는 나의 상처를 검열하러 왔는가』의 속표지에서). 마찬가지로 한한, 궈징밍, 춘수의 작품에도 사진작가가 찍은 여러 장의 비슷한 종류의 사진이 실려 있다. 이렇듯 많은 '80후' 작품은 공통적으로 텍스트 속에 삽화와 사진을 수록하였다. 『환성』에는 몽환적이며 긴 머리를 휘날리는 일본 애니메이션의 캐릭터화가 삽입되었고, 쑤더의 『레일 위의 사랑』에는 각 장이 시작될 때마다 작품 속에서 언급한 장소와 관련된 사진이 한 장씩 실렸다. 또한 『장안난長安亂』의 매 페이지는 글은 삼분의 이를 채운 데 불과하고, 나머지 삼분의 일은 옛 정취가 물씬한 흑백의 산수풍경화 혹은 세속화로 채워졌다.

두 번째, 작품 스토리의 구성 상 희곡과 같이 배치되는 줄거리 역시 트렌드화의 요소이다. 장웨란의 『수선은 이미 잉어를 타고 갔다』를 예로 들면, 작품은 징璟을 주인공으로 하여 그녀가 겪은 모질고도 사연 많은 성장 경험을 서술하고 있다. 잘못된 우연, 비극적인 엇갈림은 잇따라 닥친다. 징의 어머니 만縵은 춤을 몹시 사랑하는 배우이다. 그녀는 원치 않는 임신으로 징을 낳고, 후에 사업이 몰락하자 온갖 원망을 딸에게 쏟아 붓는다. 그래서 징이 어렸을 때부터 모녀는 멀찍이 떨어져서 함께 길을 가는, 심지어 때때로 서로 원수처럼 여기는 사이가 되었다. 줄거리는 전형적인 '원수 같은 어머니―아버지(새아버지)에 대한 애정'의 형식을 따르고 있으며, 그 속에는 신데렐라 모델 역시 존재한다. 또한 등장인물 가운데 한때 유행했던 작품 속의, 어디에선가 본 듯한 인물의 그림자가 드리워지지 않은 자가 없다. 만은 눈부시게 아름답고 요염하나 딸에게만큼은 냉담하고 각박했다. 루이陸逸는 기품 있고 속세를 초월했으며, 온화하고 자상하며 자식을 끔찍이도 사랑하였다. 샤오줘小卓는 허약하고 병치레가 많지만 마음은 선량하고 흠이 없으며, 이 외에 사랑에 미친 총웨이叢薇, 다른 사람의 원고를 비열하게 훔치는 부잣집 아가씨 먀오이妙儀, 남을 교묘히 속이려고 했으나 이내 뉘우치게 된 샤오옌小顔 등이 있다. 이러한 줄거리와 등장인물의 성격으로부터 어린 시절 우리와 함께 자라난 충야오瓊瑤 아주머니를 금세 떠올릴 수 있다. 쑤더의『레일 위의 사랑』은 마치 한국 드라마『가을동화』의 번역판과도 같다. 메이眉와 위佻는 친남매가 아니지만 남매로 자라나고 두 사람 사이의 감정은 사회로부터 배척된다. 그러나 이들은 자신들의 감정을 완전히 포기할 수 없었다. 여기에 저우첸周乾의 위에 대한 동성애적 감정, 즉 위에 대한 애증의 교차가 덧붙여진다. 소설은 총체적으로 트렌드에 민감한 느낌을 준다. 그리고 리사사의『홍x』와 샤오판의『개미螞蟻』역시 청춘반역, 감정의 갈등, 피비린내 나는 폭력 등의 내용으로 구성되어 있다.

  세 번째, 작품에 묘사된 세부적 내용 가운데 대중생활, 대중문화트렌드로부터의 영향을 어렵지 않게 찾아 볼 수 있다. 반역적인 청춘 색조, 자아가 고취된 개성 원칙 및 조롱·해학·풍자의 유희적 심리는 최근 문학작품 사이에서 일종의 트렌드이다. 동시에 '80후' 작품 속에는 소비숭상, 심심풀이, 트렌드와 전위적 생활에 대한 세부묘사, 문화항목, 인물의 활동 등 장면이 대량으로 삽입되어 있다. 예를 들어 춘수의 오색찬란한 술집, 디스코텍, 로큰롤 음악과 펑크 정신, 궈징밍의 각양각색의 음악CD와 등장인물의 '화이트칼라에 준하는' 생활, 장웨란 텍스트 속의 침울한 분위기,

생활파 정서 및 옷·음식에 대한 상세한 묘사가 체현해내는 얼마간의 '페티시즘' 등이 그것이다. 여기에는 각양각색의 주마등 식 장면, 산산조 각 난 인물, 파노라마식 이미지가 존재한다.

네 번째, 독서의 트렌드화 경향이다. 주다거朱大可는 위추위余秋雨의『문화고려文化苦旅』가 트렌드화된 사실에 대해 논하면서, "어떤 기생의 손주머니에 세 가지 물건이 있다면, 그것은 바로 립스틱·콘돔 그리고『문화고려』이다"라고 하였다. 비록 냉철함을 잃어버렸지만 이 말은 한 마디로 정곡을 찌르고 있었다. 당시 '80후' 작가가 출판업자와 미디어에 의해 스타로 변신하자, 일부 청소년 독자들은 이들의 충실한 팬을 자처하였다. 청소년들은 새롭고 신기한 것을 좇는 특징이 있으며, 놀림 받으며 낙오될까 트렌드에 뒤처질까 두려워한다. 모종의 문화상품, 베스트셀러 서적과 간행물, 트렌드 잡지는 일찍이 유행의 일부분이 되었다. '80후' 작품의 엄청난 판매량은 이러한 작품을 읽는 것이 이미 청소년들 사이에서 일종의 문화트렌드가 되었다는 사실을 말해주고 있다. 극소수의 청소년만이『삼중문』과『환성』을 알지 못하며, 쑨루이孫睿의『어린 시절草樣年華』, 옌거顏歌의『관하關河』등 작품은 인터넷 상에서 매우 높은 클릭수를 자랑한다. 당연히 '80후' 작품에 대한 독서가 일종의 트렌드 행위로 변해가는 과정에서 대중 매체는 무시할 수 없는 거대한 작용을 하였다. 현대는 동서고금, 천태만상, 수를 셀 수조차 없는 문학명저, 인물전기, 과학 등의 읽을거리가 제공되는 시대이다. 특히 문학에 대해 말하자면 최근 몇 년간 무슨 '기녀문학'(주단九月의『까마귀烏鴉』), 미녀작가, 미남작가, 청춘잔혹문학 등 선택의 자유가 주어졌지만, 한편 선택의 어려움과 의혹 역시 조성되었다. 이러한 때에 "강력한 현대 대중매체 시스템과 미디어 도구를 배후조종하는 문화 상인들은 사람들의 시청각을 이끌며, 선택의 불안함을 명백한 욕망의 대상으로 삼았다. 미국의 문화학자 프레드릭 제임슨은 현대 사회는 '타인에 의해 인도되는' 사회이며, 실질은 '총체성整一性'이라고 인식하였다. 즉, 개체는 독립적인 판단 기준과 가치 시스템을 가질 필요가 없고 단지 '타인'을 따르기만 하면 된다는 것이다. 이것은 주로 대중매체의 안내를 지칭한다고 보아도 좋다. 서구의 프랑크푸르트학파 역시 우리는 '미디어에 의해 조종되는' 시대에 살고 있으며, 그 과정에서 부지불식간에 자아의 진실한 세계를 상실한다고 보았다."[25] 대중매체는 일종의 은밀한, 강제적인 지배적 힘을 갖추고 있다. 그것은 알게 모르게 개인의 선택의 자유를 빼앗으며, 문화소비자의 수요를 통제하고 규범화한다. 온 천지를 뒤덮은 광고 · 선전과 조작 역시 은연중에 청소년의 독서 선택을 인도하고 규정한다. 일종의 새로운 독서 트렌드를 배양하고 통솔하는 것, 그것이야말로 출판업자가 경쟁에서 승리하는 비법이다. 그래서 그들은 있는 힘을 다해 트렌드를 만들어낸다.

   '80후' 작품이 트렌드를 좇는 현상에 대하여 양날의 검과 같은 관점으로 분석할 필요가 있다. 대중 소비문화의 신속한 융기와 확장으로 인하여 '80후' 문학은 이미 문학의 상업화 경향을 거의 정점에 다다르도록 하였다. 문화생산품이라는 이 특수한 생산품을 적절하게 포장하여 판매와 유통에 유리하게 하는 것은 크게 비난할 바가 못 된다. 또한 상품경제사회의 발전 가운데 거스를 수 없는 흐름이기도 하다. 그러나 최대의 이윤만을 추구한다면, 명성에 부합하지 않는 포장, 화려하고 현란한 겉모습 속에 감추어져 있는 알맹이 없는 내용과 정신적 · 예술적으로 위축된 창백한 모습, 과장된 부풀리기 등으로 인하여, 독자 특히 청소년 독자들은 매우

---

25) 황후이린黃會林 주편, 『당대중국대중문화연구當代中國大衆文化硏究』, 베이징사범대학 출판사, 2000년, 326쪽.

쉽게 꼬드김에 넘어가 그릇된 선택과 독서의 궤도로 들어서게 된다. 또한 '80후' 작품 내용의 트렌드화를 통해 독자들은 사회 · 문화발전의 발걸음에 바싹 뒤따르고, 대중의 일상생활의 원상태를 진실하게 감지하며, 전위적 · 아방가르드적 트렌드의 맥을 짚을 수 있다. 반면 트렌드에 따른 생활을 과도하게 섬세하고 과장되게 묘사한다든지 기타 사소한 이유로 인해, 서사는 수다스럽고 장황하기만 할 뿐 정신의 건설이라는 역할을 간과해버릴 수도 있다. 전위를 선호하고 트렌드를 추종하는 그들의 태도는 곧 인격구조의 불안정과 미성숙이 야기한 정신적 초조함에 대한 폭로나 다름없다. 결국 이렇게 시대의 흐름에 영합하고 다원적 가치를 추구하지만 정신적 자질이 부족한 창작은 점차 세속을 좇는 욕망화 · 평면화의 글쓰기를 향해 나아가게 된다. 트렌드의 코드란, '어떤 문화의 가공의 참여이며, 이것은 상품 비주류문화를 초래하는 문화적응의 미학'이다. 그것의 부정적인 영향은 우선 세속에 영합한다는 것은 '일종의 독특한 가치결핍'이자, '미美와는 결코 아무런 상관이 없는', '소비사회의 공업복제, 평민화가 야기한 대중문화'의 산물이라는 점이다. 또한 다른 각도에서 보면, 그것은 일종의 창작 정신을 상실한 '모방미학'으로서 서로 다른 사상을 동일한 관념 모델로 간주한다. 따라서 세속에 영합하는 예술품은 일개 신분과 지위의 어거지식 코드가 될 수 있을 뿐이다.[26] 만약 과도하게 맹목적으로 세속에 영합한다면, 문화생산품의 품위는 떨어지고 품질은 낮아지며, 최후에는 세속적으로도 도태될 수밖에 없을 것이다.

---

26) [프랑스] 장 보드리야르, 류청푸劉成富 · 취안즈강全志鋼 역, 『소비사회消費社會』, 난징대학출판사, 2000년, 112~116쪽.

제4절 『열 명의 소년 작가 비판서十少年作家批判書』

'80후' 문학현상에 관심을 가진다면 '80후' 작가의 작품에도 관심을 두지 않을 수 없다. 그러나 지금까지 어떠한 작품에 대한 텍스트 비평은 찾아보기 힘들며 각 문학잡지에 산발적으로 발표된 비평문 역시 문화현상에 대한 해석과 텍스트 비평이 결합된 것 정도에 불과하다. 2004년 말 중국희극출판사가 펴낸 『열 명의 소년 작가 비판서』는 최근 명성이 자자하고 왕성한 활동을 하는 열 명의 '80후' 작가에 대한 비평문 22편을 수록하고 있다. "우리의 비평이 하고자 하는 바는 비난이 아니고 지적도 아니며, 또한 헐뜯거나 낯간지럽게 치켜세우는 것은 더욱 아니다(비평은 모습만 바꾼 치켜세움이 되어서는 안 된다). 우리가 원하는 바는 청춘을 위한 명분을 바로잡고, 모두가 이성적으로 이 창작의 성대한 파티를 바라보는 것이다."[27] 어쨌거나 이 문집을 통해 '80후' 작가·작품에 대한 비평의 공백은 어느 정도 메워질 수 있었다. 그러나 여기에는 많은 결점과 폐단 또한 존재하는 것이 사실이다.

얼마 동안 몇몇 평론가들은 반드시 '80후'의 비평가가 있어야 한다고 호소하였고, 때마침 소위 '80후'라 자처하던 비평가들이 전후좌우를 살핀 후 조금의 지체도 없이 새롭게 등장하였다. 이 책은 확실히 '80후'가 '80후'를 평가하는 문집이다. 여기에 글을 발표한 비평가들은 모두 글을 사랑하고 발표한 적이 있는, 심지어 어떤 이는 이미 소설·산문집 등을 출판한 경험이 있는 문학청년이었다. 따라서 그들의 글에는 꽤 훌륭한 문장력 및 대량의 독서 경험, 그리고 해박한 지식이 드러나 있다. 그러나 문학창

---

27) 황하오黃浩·마정馬政 주편, 『열 명의 소년 작가 비판서十少年作家批判書』, 중국희극출판사, 2004년 11월, 225쪽.

작과 문학비평은 본질적으로 분명히 다르며, 그래서 창작기법 상 한데 섞어 이야기할 수 없다. 이 문집을 다 읽고 난 후의 전체적인 감상은 여러 방면에 재능이 넘쳐나는 '80후' 작가가 뛰어난 글재주를 이용하고 방증을 넓게 인용하며 진실한 독후감을 썼다는 것이다. 비평문을 쓸 때에는 어디까지나 창작의 경우처럼 정감이 임의대로 토로되고 발산되어서는 안 된다. 그것은 학술성과 학문적 이치를 갖추어야 한다. 관점은 선명하고 제재는 충실하며 논증은 이치와 근거를 구비하고 힘과 절도가 있어야 한다. 그래서 글을 다 읽은 후에는 민첩한 사유, 분명한 논리, 예리한 언어로 인해 일종의 통쾌한 느낌이 들어야 하는데, '80후' 비평가에게는 비평가라면 반드시 갖추어야 할 일종의 냉정한 객관성과 이성의 명확함이 결핍되어 있었다. 이 외에도『열 명의 소년 작가 비판서』는『열 명의 작가 비판서十作家批判書』의 풍격을 어느 정도 답습하면서도, 아랑곳하지 않고 제멋대로인 표현이 적지 않았고 심지어 너무 지나쳐 모자란 것만 못할 지경이었다. 예를 들어 후젠胡堅을 '왕샤오보王小波 문하의 주구'라고 칭한다든지, 리사사의 시를 개소리보다 못하다고 하고,『홍紅x』중 삼분의 일에 달하는 단락은 모두 머릿수만 채우는 개똥에 불과하다고 하고, '80후 실력파' 작가의 살갗을 후벼 파 샤오판小販을 깨닫게 하자든지 혹은 궈징밍을 '문학왕국 안의 작은 태감'이라고 부르는 것 등이다. '80후' 작가의 유머러스하거나 혹은 치밀하거나, 세심하거나 혹은 유창한 문장을 긍정적으로 평가하는 것 외에 작품의 기타 방면에 대해서는 인정사정없이 전면적으로 부정하였다. 단어의 사용은 날카롭고 각박하며 심지어 극단적인 감이 없지 않았고, 결국 이러한 정서화의 비평 방식으로 인해 엄숙하고 진솔한 주류 비평계로부터 비난받고 거절당했다. 전형적인 '혹평' 풍격을 통해 사람들은 일종의 뻔뻔스러운 유희적 심리 상태를 느끼게 되고,

따라서 비록 이들이 비평에 대한 자신의 경건한 태도를 재차 표명한다고 해도 엉겁결에 노출된 대중에 영합하여 호감을 사고자 하는 태도와 자아 조작에 대한 의심을 피해가기란 어려웠다. "대중 매체가 요구하는 통속적이고 생동감 있는 언어방식에 순응함으로써 문학비평은 쾌감을 생산하고 쾌감을 목적으로 삼는 방향으로 인도되었다. 이로 인해 문학비평은 비평 대상에 접근하고, 소통하며 의미를 생산해내는 그러한 경로가 되지 못하고, 또 하나의 즉시소비・즉용즉기卽用卽棄의(보고 나면 바로 잊어버리는) '창작'이 될지도 모를 위험에 처하게 되었다."[28]

예리한 통찰력을 지닌 '80후' 비평가들은 '80후' 작품 속의 수많은 모방의 흔적을 정곡을 찌르듯 지적해내었다. 예를 들어 리사사의『홍x』는 닝컨寧肯의『가면도시蒙面之成』를, 쑨루이의『어린 시절』은 스캉石康의『비틀거림晃晃悠悠』을, 후젠의『난세악비亂世岳飛』는 왕샤오보의『홍푸 이야기紅拂夜奔』를 모방했다고 보았다. 그들은 또한 베스트셀러 작품의 인기 포인트를 간명하게 분석하였다. 예를 들어 무단결석, 어린 나이의 연애, 청춘의 미망, 인터넷, 술집에서 죽치기, 밴드 만들기, 로큰롤 등 제재로 인해 작품의 독자층이 광범위해질 수 있었다고 설명하였다. 그러나 이러한 비평은 대다수가 그저 맛보기에 그쳐, 결론적으로 현상 혹은 문제에 대한 총괄적 서술 혹은 개괄적 귀납에 불과하였다. 즉, 심층 원인에 대해서도 탐구하지 않고 현상 배후의 필연성에 대해서도 분석하지 않았다. 구체적인 논술을 살펴보면, 이 책에는 나름의 정확한 인식과 견해가 갖추어져 있다. 예를 들어 "샤오판의 2002년 이후의 소설은 …… 주제와 형식

---

28) 천린陳林,『문학공간의 분열과 전환 ― 대중 매체와 20세기 90년대 중국대륙문학文學空間的裂變與轉型 ― 大衆傳播與20世紀90年代中國大陸文學』, 안후이대학출판사, 2004년, 96쪽.

이 작가 본인의 경험과 완전히 유리되어, 소설은 또 다른 의의에서의 기교와 유희가 되었다"[29]고 인식하였다. 장평에 대해서는 "한 편의 걸출한 작품이다. 그것의 완미한 형식은 작가의 정신세계가 보통 사람과 다르고 생활방식과 관점 역시 타인과 같지 않다는 데 기인하며, 또한 자아에 대한 진실함으로부터 비롯된다. 고로 한 명의 작가에게 우선적으로 요구되는 것은 형식이 아니라 이미 형식을 포함하고 있는 정신이다. 그러나 장평의 『상처 받지 않으려고維以不永傷』에는 수많은 문학대사들과 흡사한 어디선가 본 듯한 기교의 운용이 나타날 뿐 그만의 특색 있는 정신과 이념은 찾아 볼 수 없다"[30]라고 비판하였다. 결론적으로『열 명의 소년 작가 비판서』는 시류에 발맞추어 출판되었을 뿐만 아니라 '80후' 작가·작품에 대한 해석과 비평의 공백을 어느 정도 메워주었다는 점에서 간과하기 어려운 가치와 의의를 가지고 있다고 말할 수 있다. 반면 당시 '80후' 문학현상에 대해 과도하게 접근하고 이에 따라 자세히 살펴볼 만 한 거리가 결여됨으로 인해, 문학비평은 상황이 잠잠해진 후에도 스스로의 결함과 병폐를 무시하거나 가릴 수 없는 그러한 처지에 놓이게 되었다.

에른스트 카시러는 "인간은 부단히 자신을 탐구하는 존재- 살아가는 매 시각마다 자신의 생존 상태를 반드시 심문하고 심사해야 하는 존재-이다. 인류생활의 진정한 가치는 이러한 심사 가운데 있으며, 인류생활에 대한 이러한 비판적 태도 속에 존재한다"[31]라고 말하였다. 쿤데라 역시 『소설의 기술』에서 "존재는 결코 이미 발생한 것이 아니며, 존재는 인간의 가능한 곳이며, 일체의 인간이 될 수 있고 일체의 인간이 할 수 있는

---

29) 황하오·마정 주편, 앞의 책, 146쪽.
30) 위의 책, 167쪽.
31) 에른스트 카시러, 간양甘陽 역,『인간에 대하여人論』, 상하이역문출판사, 1985년, 8쪽.

것이다." 소설의 사명은 "상상을 통해 나온 인물이 존재에 대하여 숙고"[32]하는 데 있다고 언급하였다. '80후' 작품에서 결여된 것은 바로 이러한 인류의 존재에 대한 냉정한 심사와 비판이다. 성장환경이 우월하고 인생 체험이 부족했기 때문에 '80후' 창작 주체는 창작에 요구되는 고통스러운 경험과 뚜렷한 이성 반추가 결핍되었다. 더욱이 선천적으로 역사 기억이 부족했을 뿐만 아니라 후천적으로도 문학의 신성성·책임감이 와해된 시대 분위기에 물들어, '80후' 작품에는 어떠한 공통적인 결함이 체현되고 있었다. 심도 있는 사회체험 및 인생과 인성에 대한 배려가 결여되고 그들 대다수는 단지 형이하학적인 일상생활에만 관심을 기울였다. 따라서 사르트르 식 생존의 고뇌에 대해 탐구하지 못하고, 작품은 생활을 환원하기만 할 뿐 생활에 대한 분석을 표출하지 못했다. 문학은 사회현실에 대해 거부하고 외면할 수 없으며, 물욕이 범람하는 금전지상의 사회에서는 더욱 그러하다. 그러나 문학은 현실생활에 일종의 의의, 즉 '작품에 대한 이해 그리고 이를 통한 현실적 가치의 실현入乎其內又出乎其外'이라는 초월적 의의를 부여할 책임을 지고 있다. '80후' 작품 중 중편소설은 세부 묘사의 정교함, 구조 배치의 치밀함, 서술기교의 운용과 일정한 사상정신을 내포한 표현으로 인해 어느 정도 문학성을 갖추었다고 평가한다면, 장편소설은 그야말로 어떠한 성과도 이루어내지 못했다고 말할 수 있다. 다시 말해, 장편소설 내의 부족하고 빈약한 함의는 근본적으로 하나의 장편이 구조적으로 반드시 갖추어야 하는 중량감을 지탱하지 못하였고, 소설의 짜임새는 협소하여 대범함과 질박함을 결여하였다. 또한 지나치게 화려하고 독단적인 언어는 소설의 어떠한 단락을 서사의 바깥으로

---

32) 밀란 쿤데라, 『소설의 기술小說的藝術』, 삼련서점, 1992년, 42쪽.

탈락시켜 단순한 문자의 군더더기가 되게 하고, 과도하게 고민하고 끼워 맞춘 것 같은 줄거리 배치는 지나치게 다듬은, 일종의 생경한 자취를 느끼게 한다. 장편 창작에서 문장의 난해함과 미성숙이라는 이러한 고질병을 극복하고자 한다면, 일시에 가능하지 않으며 확실히 오랜 시간의 경험이 축적되어야 한다.

바이예 선생은 일찍이 "현재 이 시대에는 어렵지 않게 몇 권의 책을 펴낼 수 있고, 비교적 쉽게 이름을 알릴 수 있다. 그러나 이것이 결코 문단의 인정 및 문학적 성취와 일치하는 것은 아니다. 문단의 인정과 문학적 성취를 얻고자 한다면, 예술과 인생이 결합한 가운데 개성과 무게감 있는 작품이 구비되어야 하고, 또한 문단 안팎으로 광범위한 영향력을 행사할 수 있으며 심지어 상업적 창작과는 거리를 두어야 한다", "'80후'는 모두 매우 심각한 공통적 난관에 봉착하였는데, 즉 그들의 생활과 창작이 날이 갈수록 상업화, 미디어화 되는 사회문화적 환경에 처해 있다는 것이다. 따라서 시장화라는 환경과 트렌드화의 영향을 경계해야 한다. 침묵과 유혹을 견디고 이겨내기 위해서는 자기의 문학적 이상을 상대적으로 순결한 천지간에 한가로이 거닐도록 해야 한다"[33]라고 일깨운 바 있다.

'80후'가 성장한 사회문화 환경은 그들에게 최고의 부귀영화와 풍부한 경제적 이익을 가져다주었다. 반면, 물질을 미끼로 한 유혹과 음모가 충만한 함정처럼 그들이 창작의 생명력과 문학적 이상을 고수하는 것에 대해 오랜 기간 엄격한 검증을 진행하였다. 문학의 시장화·소비화·트렌드화 추세는 이제 막 문학의 길에 들어선 '80후'를 위해 보잘 것 없는 힘을 보태거나, 반면 너무 일찍 재능을 소비하여 창작력은 고갈되고 재능은

---

33) 바이예白燁, 「새로운 무리 새로운 정취新的群體新的氣息」, 허루이何睿·류이한劉一寒 주편, 『우리, 우리: 80후의 파티我們, 我們:80後的盛宴』서문, 중국문련출판사, 2004년, 4쪽.

소진되는 결과를 초래하기도 하였다. 우리는 이렇듯 일심으로 시장에 접근하여 글쓰기로 돈을 벌고 이득을 취하는 창작자들의 소위 '글을 팔아 생계를 유지하는' 불변의 이치를 포용하고 이해해야 한다. 또한 문학적 이상을 고수하는 창작자들에게는 평온한 심리상태로 부단히 학습을 축적해야 할 것을 엄격히 격려·요구해야 한다. 젊을 때 성공하여 이름을 떨치게 되어도 좋지만, 동서고금의 역사상 학자와 문호 대부분은 중년에 명성을 얻었다. 예를 들어 쑤쉰蘇洵은 대기만성형이고 첸종수 역시 중년에 책을 내었다. 결론적으로 말하면, 급하게 하고자 하면 이룰 수 없으며 절대로 눈앞의 이익에 급급해서는 안 된다. 시대가 나날이 새롭게 발전함에 따라 문단의 세대교체 역시 더욱 빨라지며, 긴 시간을 견딜 수 없게 된다. '90후' 세대가 지난 세대의 발자취를 답습하며 막강한 기세로 문단을 향해 돌진하는 지금, '80후'는 상대적으로 침묵하고 이를 아직 완전히 성숙하지 못한 자신들의 원기회복을 위한 절호의 기회로 삼을 수도 있다. 큰 파도가 모래와 자갈을 쓸어가듯이 최후에 남는 것은 반드시 장차 눈부시게 빛날 금덩이인 것이다.

  그리고 문학연구자들에 대해 말하자면, "문화연구의 방법은 장차 일종의 태도와 입장이 될 것이다. 그리고 어떠한 문화담론패권 및 제도화의 경향이라도 기존과 같은 부단한 변증법과 전복에 대해서는 고도로 경계하는 자세를 취할 수 있다. 비평 텍스트는 창작 텍스트와 마찬가지로 '열린 텍스트'(하이데거)가 되며, 관찰과 분석은 영원히 '진행되는' 미완성으로서 아마도 단지 '현실생활을 점차 발전시킬 뿐' 영원히 '진상'에는 닿을 수 없을지도 모른다. 그러나 사상은 입체적 공간에서 부단히 운동하고 충돌한다. 따라서 최후에는 '원시'상태로 되돌아갈지도 모른다는 사실을 어찌 두려워만 하겠는가. 이러한 사실은 문학연구가들이 제도화를 통한

'자유선택'과 '자아정립'을 단 한 번도 공손하고 차분하게 수용한 적이 없다는 사실을 표명하고 있다."[34] 확실히 이해란 일회성의 사건이 아닌 부단히 변천, 발전하는 하나의 과정이다. 이제 '80후' 세대 작가의 무한한 발전 가능성에 대해 발굴하고 해석해야 한다. 왜냐하면 의의의 발견은 운명적으로 하나의 무한한 과정이기 때문이다.

두총 · 둥쉐 杜聰 · 董雪

---

34) 다이진화戴錦華 주편, 『창작 문화의 영웅 ― 세기말의 문화연구書寫文化英雄 ― 世紀之交的文化硏究』, 장쑤인민출판사, 2000년, 165쪽.

제5장

『백가강단百家講壇』과 '국학열'에 대한 회고

제1절 『백가강단』과 학술 대중화

근래에 중국 정치경제의 위상이 세계적으로 드높아짐에 따라 중국인들 역시 민족적 자신감을 회복하게 되었다. 그리고 이에 대한 두드러진 사례 중 하나가 바로 전통문화로의 복귀이다. 이러한 현상은 '문화보수주의의 대두'라고 지적되기도 한다. 소위 문화보수주의는 민족전통 혹은 민족문화를 보존하자는 주장이자 과거로부터 전해 내려온 전통과 제도에 대한 계승을 일컫는다. 특히 2004년은 문화보수주의가 대두되고 고조된 해이다. 이 해에 문화계에는 여러 건의 중요한 사건이 발생했다. 특히 독경논쟁, 「갑신문화선언甲申文化宣言」, 『백가강단』 등이 실로 '대단'했다. 사실 『백가강단』이 2004년에 '대단'했다는 것은 적절하지 않은 표현이다. 왜냐하면 이 프로그램은 일찍이 2001년에 이미 CCTV의 '과학·교육' 채널인 CCTV-10에서 방영되기 시작했기 때문이다. 방영 초기 『백가강단』은 매우 저조한 시청률로 인해 폐지될 위기에 내몰렸으나, 2004년에 완전히 새로운 개편을 거쳐 일약 시청률 순위에서 상위권을 차지하는 프로그램이 되었다. 이렇듯 새로운 삶을 살게 된 『백가강단』의 시청률이 점차 상승함에 따라 그 영향력 역시 부단히 확장되었다. 예를 들어 '『홍루몽紅

樓夢』의 비밀을 파헤치다', '『삼국지연의三國志演義』를 음미하여 읽다', '『논어論語』 소감' 등과 같은 고전강좌는 일억만 관중의 환영을 받았을 뿐 아니라, 이중톈易中天, 왕리췬王立群, 위단于丹 등 수많은 '학술 스타'를 배출했다. 또한 신삼국열·신홍학열을 가져왔고 심지어 총체적인 국학열을 이끌어냈다. 초기의 매우 불안했던 생존 상황에서 일약 시청률의 대표주자가 되기까지,『백가강단』은 독특한 성공의 길을 걸었고 동시에 전체 문화시장에 대해 깊은 영향을 주면서 변화시켜갔다.

표면적으로 보자면『백가강단』의 성공은 프로그램의 위치 재정립 및 모토의 변화 – 방영 초기의 '시대의 상식을 건설하고 인생의 지혜를 나눈'다는 것에서 개편 후의 '전문 학자가 대중을 위해 강의'한다는 것으로 – 로부터 시작되었다. 프로그램은 방향은 확실히 대중에게 경도되도록 재정립되었고, 이와 동시에 프로그램의 주제 선정에도 큰 변화가 있었다. 『백가강단』의 주제는 방영 초기에 자연과학·경제관리·시사화제 심지어 보건건강에 이르기까지 온갖 방면을 다 아울렀다면, 여러 차례의 개편을 거친 후에는 점차 역사비밀탐구와 문학정전 종류에 집중되었다. 통계에 따르면, "역사비밀 탐구류는 2003년 9월 15일에서 2004년 9월까지 방송된 210편 중 15편에서 다루어지며 전체의 7.1%를 차지하는 데 불과했으나, 이후 방영된 270편 가운데에서는 대폭 늘어나 106편에 달하고 전체의 39.3%를 차지했다. 문학정전류 역시 23.3%에서 33%로 상승했고, 이로써 두 종류의 합은 전체의 72.3%를 차지하게 되었다. 이와는 반대로 자연과학의 비율은 24.7%에서 2.2%로 대폭 하락하고, 기타 종류 역시 19.5%에서 2.6%로 떨어졌다."[1] 이러한 개편은 시대의 변화 추세와 관

---

1) 런중펑任中峰·펑웨이彭薇, 「『백가강단』의 '아속' 변혁『百家講壇』的"雅俗"變革」, 『傳媒』, 2006년 제3기.

중의 요구에 부합했다. 주지하다시피, 중국문화전통에는 매우 발달한 사전史傳 문화가 일관되게 존재하고 있다. 보편타당한 종교와 신앙이 없는 중국에서 대중들은 역사에 대해 일종의 특수한 정감과 애정을 가지고 있다. 역사는 크게는 천하흥망의 도를 총괄하고 작게는 개인도덕을 교화하는 책무를 지고 있으며, 또한 국민도덕의 준칙, 시비관념의 기준을 구성한다. 동시에 최근 몇 년간 시대극의 인기는 관중의 호기심을 최대로 자극했고, 그래서 『백가강단』은 문학정전과 역사비밀탐구를 관심의 초점으로 삼아 관중의 눈길을 끄는 데 성공했다.

그러나 심층적 각도에서 고려한다면, 『백가강단』의 출현과 성공은 전환기 중국 엘리트문화와 대중문화가 대립에서 대화로, 즉 소위 '아속'대립에서 '아속'대화로 옮겨가기 시작한 하나의 상징적 사건이라고 보아도 무방하다. 주지하다시피 1980, 90년대 이래 엘리트문화와 대중문화의 관계는 줄곧 긴장되어 있었고, 전자의 후자에 대한 배척과 폄하는 이미 거의 일상적인 일이었다. 1990년대 초의 자못 기세등등한 '인문정신' 대토론을 포함하여 엘리트문화는 바로 이러한 문화적 입장을 기본으로 삼았다. 『백가강단』이 류신우劉心武의 『홍루몽』의 비밀을 파헤치다', 이중텐의 '『삼국지연의』를 음미하며 읽다', 위단의 『논어』 소감' 등을 방송한 후에야, 드디어 지식인이 대중문화에 대해 '자기 말만 하던' 상황에 융통성이 나타나기 시작했다. 류신우의 '『홍루몽』의 비밀을 파헤치다'를 예로 들어 보자. 『백가강단』의 연출자인 멍칭지孟慶吉가 말한 바대로, 류신우가 모두에게 주목받았던 이유는 오히려 너무 많은 홍학자(『홍루몽』을 연구하는 학자)들이 '서재에 숨어 혼자 고결하다고 생각'했기 때문이었다.[2]

---

2) 완웨이萬衛, 「류 선풍 현상'과 『홍루몽』 '암호'劉旋風'現象與『紅樓夢』'密碼'」, 『新世紀週刊』, 2005년 제42기.

류신우는 스스로를 '평민 홍학자'라고 일컬었다. 또한 그가 이처럼 '비밀을 파헤친 것'은 이 기회를 통해 홍학자의 '독점권'을 부수기 위함이었다. 류신우의 이러한 독해에 대해 중국『홍루몽』학회 부회장 차이이장蔡義江은 비록 평가를 보류하기는 했지만, "젊은이들이 말하고 싶은 바가 있을 수 있다. 예를 들어 수구·대정통의 홍학자의 독해는 너무 무미건조하고 대중에게서 멀어져 있으며, …… 홍학자들은 누구나 할 것 없이 판에 박힌 듯 말하고, 따라서 재미가 없다고 말이다. 모두 맞다. 홍학자들은 반드시 바뀌어야 한다. 홍학자들은 많은 것들을 고증하고 정확하게 연구하지만, 사람들에게 강연을 할 때에는 반드시 간단명료하고 알아듣기 쉬워야 한다"[3]라고 탄식하듯 말했다. 이러한 현상의 출현은 최근 일이십 년 이래 엘리트문학이 점차 주변화되고 대중문화가 시장을 이끌게 된 상황과 일맥상통한다. 사실상『백가강단』의 성취는 대중문화의 흥기에 의탁하고 있다.

　대중문화의 변천 과정과 발전 형태로부터 살펴보자면, 그것은 대개 두 가지의 함의를 포함 한다. "하나는 공업사회 속의 '대중문화'Mass Culture이고, 다른 하나는 전前 공업사회 속의 '민간문화'Folk Cilture이다. 'Polular' 이 단어는 본래 '민간'·'대중'·'풀뿌리'의 함의를 가지고 있다. 그러나 공업사회가 발전함에 따라 대중문화Popular Culture는 현대화를 향해 방향을 전환했고, 이러한 과정 중에 대중 자신으로부터 온 요소는 희미해지고 점차 대공업표준화생산방식과 긴밀하게 결합하고, 이익 추구를 유일한 목적으로 삼는 소비성 상품문화로 바뀌어갔다."[4] 여기에 근거

---

3) 위의 논문.
4) 사오옌쥔邵燕君,『편향된 문학계 - 당대문학생산기제의 시장화 추세傾斜的文學場 - 當代文學生産機制的市場化轉型』, 장쑤인민출판사, 2003년, 187쪽.

하여 왕이촨王一川은 "'대중문화'는 대중매체(기계 미디어와 전자 미디어)를 수단으로 삼고, 상품시장의 규율에 따라 움직이며, 수많은 보통 시민들로 하여금 유쾌한 감성의 일상문화 형태를 획득하도록 하는 데 취지를 둔다"[5]라고 명확하게 정의 내렸다. 이것을 참조하면, 『백가강단』은 TV와 인터넷을 전파매개로 하여 대중의 좋고 싫음에 따라 자리매김하고 시청률을 평가의 기준으로 삼는, 뜨거운 열기의 대중문화현상으로 여겨질 수 있다. 『백가강단』이 대중에 의해 보편적으로 인정받게 된 이유는 정치이데올로기 논쟁을 피하는 한편, 신성하고 고상한 상아탑에서 뛰쳐나와 대중의 일상생활 속으로 파고 들어갔다는 데 있다. "대중문화에는 혁신·반역 의식이 결여되어 있기 때문에, 문화의 역사적 침전은 간단하고 명백하게 심지어 무의식적으로 존재하고 있다. 예를 들어, 인간의 생명에 대한 긍정, 행복쾌락의 추구, 권선징악의 가치관 등 관념은 충분히 감정을 끓어오르게 할 수 있는 미학형식(리듬·줄거리·비유·색채 등 요소)에 기대어 대중을 즐겁게 하여 왔다. 따라서 엘리트문화에 의해 고의로 그토록 난해하고 어렵게 다루어졌던 것들은 대중으로부터 멀어져 돌아볼 가치조차 없게 되었다. 만약 엘리트문화의 패권이 계속해서 발전했다면, 인류문화의 가장 핵심적인 부분은 이미 상실되었을 터이다."[6] 이러한 점은『백가강단』이 초기의 실패로부터 성공으로 나아가는 과정 중에 선명하게 체현되었다.

　『백가강단』은 방송 초기에 대학의 엘리트교육과정 위주로 주제를 선정

---

5) 왕이촨王一川, 「당대대중문화와 중국대중문화학當代大衆文化與中國大衆文化學」, 『藝術廣角』, 2001년 제2기.
6) 황리즈黃力之, 「대중문화 비판에 내재하는 세 가지 모순大衆文化批判的三大內在矛盾」, 『文藝理論與批評』, 2005년 제4기.

했다. 따라서 내용뿐만 아니라 형식까지도 매우 단조롭고 지루했으며, 단지 대학 강의실을 간단하게 복제하여 TV 화면으로 옮긴 데 불과한 느낌이었다. 그러나 개편 후의 『백가강단』은 심혈을 기울여 엘리트문화에서 대중문화로 전환하고자 했다. 이것은 아래의 몇 가지 방면에서 실천되었다.

첫째, 대중의 트렌드 속에서 강좌의 내용을 선택했다. 류신우, 이중톈, 위단 등의 인기는 그들 자신의 학문적 수양에 기인하는 것 외에도, 강좌의 내용과도 밀접하게 관련되어 있었다. 『홍루몽』은 물론이고 『삼국지연의』에서 『논어』에 이르기까지, 모두가 대규모 보통 사람들을 독자층으로 확보한 중국 전통문화 상 민간에 가장 많이 보급된 구상적具象的 독서물이라고 말할 수 있다. 대규모 독자군은 잠재적인 시청자층이 될 수 있으므로 이러한 내용을 선택하여 강좌를 진행한다는 것은 그 자체로 시청률에 대한 일종의 보장이나 다름없었다. 이와 더불어 이 작품들은 모두 일정한 학술성과 문화적 난이도를 지녀 보통 대중들은 잘 알지 못했고, 심지어 심도 있는 이해는 더욱 어려웠으므로, 이러한 대중지식의 맹점 또한 『백가강단』이 관중의 흥미를 유발하는 데 일종의 버팀목을 제공했다. 이를 기초로 『백가강단』은 수용자의 수준에 대해서도 정확하게 파악하고자 했다. "이 프로그램의 제작자인 완웨이萬衛는 일찍이 '처음 프로그램을 시작할 때에 비교적 수준 높은 사람들을 관중으로 설정했다. 그러나 후에 점차 중학교 문화 수준의 관중으로 바뀌게 되었다. 소위 중학교 문화 수준이라는 말은 중학교를 졸업한 지식수준의 사람들을 가리키는 것이 아니라 실제로는 이미 학습했던 분야를 초월한 기타 학문 분야에서 중학교 수준이라는 것이다. 예를 들어 물리를 공부한 사람이라면, 역사에 대해서는 중학교 문화 수준일 수밖에 없다. 이 프로그램은 이러한 학습 분야를 초월한 수많은 사람들 모두가 다 알아듣도록 하는 데 목표를 두고 있다'라고 말한 바 있다. 이러한 관객 설정은 2004년『백가강단』이 시행한 시장 조사연구에서도 증명된다. 조사결과를 통해, 이 프로그램의 관중을 교육 정도에 따라 나누면 교육을 받지 않은 관중이 3.37%, 초등학교 문화 정도의 관중이 15.03%, 중학교 문화 정도의 관중이 44.27%, 고등학교 문화 정도의 관중이 27.94%, 그리고 대학 문화 이상 정도의 관중이 9.9%를 차지한다는 사실을 알 수 있다."[7]

둘째, 시청자에 대한 정확한 수준 파악을 통해『백가강단』의 내용 구성과 서사 기교, 즉 스토리텔링 식 구성과 서스펜스 식 서사 방식이 결정되었다. TV 강단으로서『백가강단』은 여전히 강연자는 강연하고 관중은 시청하는 전혀 새롭지 않은 형식을 취하였다. 그러나 강연 방식에 있어서는 확실히 이전과는 매우 달랐다. 다시 말하여 과거 강의실 식의 생경한 설교에서 벗어나 스토리텔링과 희곡적 요소를 첨가하여 강좌내용을 구성했다. 예를 들어 가장 먼저『백가강단』의 시청률을 대폭적으로 끌어 올린 옌총넨閻崇年의『청나라 열두 황제의 의문淸十二帝疑案』을 살펴보자. 이 강좌는 '의疑'자로 강좌 내용에 미스터리한 분위기를 덧칠하고, 관중의 호기심을 최대한 자극했다. 위단은 이에 대해 "미스터리는 TV가 소비자를 사로잡는 영원한 매력이다. TV 드라마를 볼 때 가장 흡인력 있는 스토리는 바로 앞날을 알 수 없는 운명과 여기에서 생겨난 미스터리의 사슬이다. 중국 문명은 민간에서는 의문의 사건을 해결하기 위해 모든 미스터리, 민간의 떠도는 이야기를 야사로 확장시켰고, 정통문화 혹은 엘리트문화에서는 의문의 사건에 대해 말 그대로 코웃음 쳤다. '청나라 열두 황제의 의문'이 이렇게나 성공한 이유는 떠도는 이야기들을 모두 제대로 배치하

7) 류민劉敏,「TV강단'의 미디어생태학 고찰電視講壇的傳播生態學思考」,『東南傳播』, 2007년 제7기.

여 하나하나 바로 잡고, 그럴듯하지만 사실이 아닌 역사의 경험 체계를 점차 진상에 접근하게끔 한 데 있다. 만약 처음부터 교수가 강의하듯 관중을 교육하기로 했다면, 어떠한 방식으로 대중을 교육할 것인지를 선택하기도 전에 대중이 조작하는 리모컨에 의해 프로그램의 생사존망이 결정되었을 것이다. 따라서 의문의 사건에 대한 선택은 이러한 계통에서 가장 큰 성공을 거두었다고 여겨진다. 이 강좌는 수많은 야사 자료를 정사와 효과적으로 접목하고, 이를 통해 모두가 이미 가지고 있는 역사의 경험 체계에 접근했다. 그리고 생각지도 못한 정사의 경험 체계를 재이용하여 새로운 해석을 내렸다. 이것은 대중 매체가 반드시 보편적인 귀감으로 삼아야 할 경험이다"[8]라고 분석했다.

마지막으로 통속 언어의 운용이다. 이것은 미스터리한 스토리의 조성과 서로 보완 관계에 있다고 할 수 있다. 예를 들어 이중톈은 『삼국지연의』를 강의할 때에 손랑孫郎을 '잘생긴 쑨 오빠孫帥哥'로, 주랑周郎을 '잘생긴 저우 오빠周帥哥'로 불렀다. 또한 '락諾은 현재의 OK에 해당하며', '태자가 령太子家令은 무슨 계급인가 하면, 일종의 중간간부라고 할 수 있다'라고 말하는 등, …… 통속적인 언어를 사용함으로써, 이중톈 자신의 말을 이용하여 말하자면 역사에 대한 일종의 '유머'를 표현했다. "진실을 훼손하지 않는 범위 내에서 생동감 넘치게 표현하고 싶었다. 따라서 아무런 근거 없는 웃긴 말을 끼워 넣었다. 때때로 근거 없을 필요도 있었다. 왜냐하면 이것은 다 된 요리에 후추나 조미료를 치는 것과 같아서 관중의 흥미를 최대로 유발할 수 있기 때문이다."[9] 이렇듯 심오한 내용을 알기 쉽게

---

8) 류장화劉江華, 「백가강단 열풍, TV로 뚫린 학술 '장폐색증'百家講壇熱播, 打通電視傳播學術腸梗阻」, 『北京靑年報』, 2005년 4월 5일.
9) 「떠돌이 도적」 이중톈'流寇'易中天」, 人民網

표현하는 기교로 인해, 강연자는 『백가강단』에서 관중의 사랑을 받았을 뿐만 아니라 폭발적으로 인기를 끄는 학술 스타가 될 수 있었다.

　이 외에도 당시 유행하는 컴퓨터 기술을 충분히 활용하고, 관중 친화력이 있는 학술 스타를 꼼꼼히 선발하고, 프로그램의 대중화를 가져왔으나 저속하지는 않은 등 많은 요소로 인해 『백가강단』의 성공은 촉진될 수 있었다.

제2절 '국학열'에 대한 반성 및 『백가강단』의 문제점

　『백가강단』의 성공은 돌멩이 하나로 무수한 물결을 일으켰다고 말할 수 있을 정도로 일시에 사방에서 열렬하게 일어났다. 그러나 이에 대한 찬양과 더불어 의문을 제기하고 부정하는 목소리 역시 존재했다.

　헤겔은 일찍이 존재가 곧 합리라고 말한 바 있는데, 『백가강단』이 획득한 성공과 전 중국에 걸친 유행은 자연히 남다른 독특함을 보여주고 있다. 우선 『백가강단』이 학술지식의 보급, 전통문화와 정치 거대서사에서 개인의 일상생활 서사로의 전환 등 많은 공헌을 했다는 사실은 부정할 수 없다. 또한 문학정전에 대한 해석뿐만 아니라 역사적 의문의 사건을 둘러싼 비밀을 파헤치는 것에 이르기까지 모두 중국 전통문화와 역사를 관심의 초점과 전파의 내용으로 삼으며, 민족정신을 계승하고자 했다. 완웨이는 이에 대해 "역사에 대한 회고와 문화의 열람 속에서 관중은 은연중에 문명의 영향과 감화를 받게 된다. 이렇듯 민족문화를 수양하면서 얻게 된 영혼의 깨우침은 필연적으로 일종의 강렬한 민족감정과 애국심을 불러일으켰고,

---

http://culture.people.com.cn/GB/46103/46106/4259436.html 참조.

이로써 민족정신을 전승한다는 미디어의 책임을 실현할 수 있었다"[10]라고
말한 바 있다. 이러한 기초 위에 『백가강단』은 또한 학술의 대중화를
실현하고, 역사와 문화를 학술이라는 헌책더미로부터 벗어나게 했으며,
이를 위해 싱싱한 생명을 주입하고 새로운 생기를 뿜어내었다. 동시에
'역사를 거울로 삼아' 역사의 경험적 교훈을 당시 사람들의 생활을 지도하는
지혜로 삼았고, 그래서 또한 문화역사의 리얼리즘을 부각시켰다. 대표적인
예로 베이징사범대학 위단 교수가 CCTV의 『백가강단』에서 진행한 『논어』·
『장자莊子』의 독서 '체험心得'에 대한 강연을 들 수 있다.

  인기 있는 학술 스타로서 위단은 개인적 체험을 바탕으로 국학을 해석
했고, 이는 사회 각 방면의 주목을 끌기에 충분했다. 그녀는 열렬히 환영
받은 반면 매서운 비난에도 직면했다. 어떤 이는 무례할 정도로 위단의
『논어』·『장자』에 대한 독해가 '공자와 장자를 매우 화나게 했다'고 지적
했다. 사실 만약 학술적 관점에서 위단의 강좌가 가지고 있는 오류를 더
이상 추궁하지 않는다면, 그래서 문화적 관점에서 그녀의 '체험'을 대한다
면, 우리는 정전의 해석과 연구 과정에서 오랜 동안 등한시되어 왔던 것들
을 어렵지 않게 발견할 수 있다. 위단 자신은 일찍이 결코 학술적 관점에
서 『논어』를 연구하고자 하지 않으며, 그것을 일종의 '생활방식'으로 삼
고, 역사 속 이야기를 통해 현재에 알맞은 처세술을 알아내고자 한다고
말한 바 있다. "오늘날의 사회현실은 내부적으로 전쟁도 정치운동도 없지
만, 오히려 최근 백년 이래 사회변혁이 가장 심각한 전환기에 처해 있다고
할 수 있다. 이렇듯 모든 것이 변화하는 시기에 사회 구성원 한 명 한
명이 모두 적응할 수 있는 것은 아니다. 그래서 사회는 심리적인 균형을

---

10) 완웨이, 「『백가강단』의 위상을 말한다談『百家講壇』的定位」, 『中國廣播電視年鑑』, 2007
    년, 357쪽.

상실하고 일종의 결함을 노출하며, 마음의 병을 해결하는 것이 급선무가 되었다. 심리의 균형을 상실한 군중을 향해 위단은 유교정전에 대한 '체험'을 강연함으로써 소위 '마음의 닭고기 스프'를 제공했고, 확실히 대중의 정신적 요구를 만족시켰다."[11] 그리고 위단은 영리하게도 『논어』와 『장자』이 두 권의 유교정전을 완전히 이해하고, 유가의 윤리도덕·세속정신과 도가의 개성관념·독립의식을 한데 융합했다. 이것은 현재 중국사회가 절박하게 필요로 하는 정신적 요구에 부합할 뿐만 아니라, 날로 경쟁이 격화되는 시대에 평안한 심리상태를 유지하는 데에도 큰 도움이 되었다.

　『백가강단』은 확실히 '문화열'을 수반했다. 이것은 학술지식을 보급하고 전통문화로 회귀하는 등의 측면에 대해 긍정적인 작용을 했지만, 그렇다고 해서 『백가강단』이 완전하다고는 말할 수 없다. 대개 이러한 미디어 문화의 번영의 배후에는 탐색해야 할 많은 문제점이 존재하고 있다. 예를 들어 『백가강단』에 대해서는 아래와 같은 세 가지 방면에서의 질의가 제기되었다. 첫째, 지식의 품질에 대한 의혹이다. 학술성과 지식성은 시청자를 잘못 인도하지 않는다고 확신할 수 있는가? 사실 『백가강단』의 서막에 나오는 많은 명인들은 사전 약속에 의해 출연한 것이 아니다. 내부 소식에 따르면 많은 명인들이 이 강단을 하찮게 여기거나 혹은 전공에 적합하지 않다고 생각했다고 한다. 시청자의 대다수가 일반인이라는 점을 감안하면 이러한 생각은 차라리 자연스럽다. 따라서 명인들은 이 프로그램에 대해 그다지 욕심을 내지 않았다. 두 번째는 서적에 대한 의혹이다. 서적의 범람과 품질의 들쭉날쭉함은 뒤이어 따라온 또 하나의 현상이 되었다. 백가강단에서 환영받는 강연자 대다수는 유행어를 쓰고

11) 린둥하이林東海, 「전환기 문화심리 — 위단현상으로부터 말한다轉型期的文化心態 — 從于丹現象說起」, 『悅讀mook』, 2008년 제2기.

인간적인 매력과 말재주를 갖춘 사람들이었다. 따라서 이들의 강연이 일종의 보급품으로서는 그럭저럭 괜찮다고 해도, 진정한 출판물이 되었을 때에는 너무 서둘렀다는 혐의를 벗기 어려웠다. 『백가강단』 열풍은 광적인 도서 구매의 물결을 일으켰고, 민중이 자기문화에 대한 공동체의식을 필요로 한다는 점에서 이것은 확실히 좋은 일이었다. 그렇다면 이렇게 대충 쓴 책들 모두는 자세히 검토되어야 하지 않겠는가? 세 번째는 명인의 효과와 반응에 대한 의혹이다. 이처럼 많은 명인이 조성된 바에야, 명성과 이익을 다 취하는 이들의 행위는 반드시 많은 사람을 흡인할 수 있어야 한다. 그런데 많은 사람들이 우르르 달려들면, 결국 이러한 산업의 품질은 우려할 만한 것이 되기 마련이다. 이미 대중에 의해 인정된 프로그램은 많은 사람들의 눈길을 끌고, 걸핏하면 한 다발 가득히 돈을 벌수도 있다.[12] 따라서 『백가강단』이 야기한 문화광풍을 투과하여, 이렇듯 미디어가 제조한 대중의 광희가 진정한 의미에서의 문화번영인지 아니면 단지 빈곤한 문화의 또 다른 현현인지를 탐색해야 한다.

　프랑스의 문화학자 부르디외는 일찍이 "TV에 출연하려면 절묘한 심사의 통과와 자주성의 상실을 대가로 삼아야 한다. 그 이유는 매우 다양하다. 그중 하나는 주제와 교류의 환경이 강제적이고 특히 강연 시간에 제한이 있는 등, 즉 이러한 갖가지 제한적 조건으로 인해 진정한 의미의 표현이 사실상 불가능하다는 것이다"[13]라고 예리하게 지적했다. 이러한 제한은 『백가강단』에서 선명하게 체현되었다. 관중의 눈길을 최대한 끌기 위해, 『백가강단』은 특히 관중의 호기심을 끌 만한 것들로 강좌의

12) 류펑劉鵬, 「'문화열'에 대한 숙고 ─『백가강단』을 평가한다文化熱的沈思─評『百家講壇』」, 中國選擧與治理網, 2007년 3월 9일, http://www.chinaelections.org/newsinfo.asp? newsid= 104316.
13) 피에르 부르디외, 『TV에 대하여關於電視』, 랴오닝교육출판사, 2000년, 11쪽.

내용을 채워 넣었다. '명나라 열일곱 황제를 둘러싼 의문의 사건明十七帝疑案'의 강연자인 마오페이치毛佩奇는 이 강좌를 준비하면서 매 회마다 모두 만 수천 자에 달하는 원고를 썼다고 했다. 이것은 대략 한 시간 반 정도의 강연 분량이었으나, 녹화는 단지 사십 분 동안만 진행되었다. 따라서 번잡하고 복잡한 자료에서 가장 중요한 것들만 가려내고, 다시 이를 가장 간단한 언어로 표현해야 할 필요가 있었다고 회고했다.[14] 이러한 선별과 간략화로 인하여 강좌의 내용에서 중대한 역사사건에 대한 정리는 누락되고, 단지 역사의 사소한 사항과 인물 성격에 대한 묘사만이 중점적으로 강조되는 결과가 나타났다. 예를 들어 옌충녠은 광서황제에 대한 강연을 진행하면서, 그가 과연 병사했는가 아니면 살해되었는가에 대해 초점을 맞추었다. 『백가강단』이 완고하게 관중이 좋아할 만한 내용을 선택한 것은 우수한 영업 전략임이 틀림없다. 그러나 동시에 재미 외에, 진정한 지식의 전수와 사상의 깨우침이라는 측면에서는 사실상 별 소득이 없었다.

또 다른 각도에서 보자면, 최근 몇 년간의 '국학열'은 『백가강단』이 성공할 수 있었던 문화적 배경의 성장을 촉진했다. 그러나 바꾸어 『백가강단』의 성공은 한걸음 더 나아가 '국학열'을 더욱 부추겼고, 양자는 일종의 상부상조의 관계에 놓여 있다고 볼 수 있다. 그래서 『백가강단』은 실제로 우리가 '국학열'을 되돌아보는 데 매우 좋은 사례를 제공한다.

우선 국학에 대한 인식에는 편견과 오해가 존재한다. 최근의 보편적인 오독 중 하나는 전통문화와 국학을 동일시하는 것이다. 비록 국학의 범주를 정하는 데 있어 학술계의 의견이 일치하지 않는다고 해도, 후스胡適의 '국고설國故說'이든지 혹은 첸빈쓰錢賓四의 '고유학술설固有學術說'과 마이푸

---

14) 류장화, 앞의 논문.

馬一浮의 '육예의 학설六藝之學說'이든지 간에 모두 국학의 틀을 학술연구의 범위 내로 지정했다. 그런데 이것은 일반적인 의미에서의 '전통문화'와는 크게 구별된다. "전통문화의 함의는 매우 넓어야 한다. 즉, 전체 전통사회의 문화를 모두 일컬어 전통문화라고 부를 수 있다. 일반적으로 주나라, 진나라로부터 청나라 마지막 황제의 퇴위까지 이어져오는, 다시 말해 1911년 신해혁명 이전의 사회를 전통사회라고 지칭한다. 그리고 문화란 일개 민족의 총체적 생활방식과 가치 시스템을 일컫는 말이다. 따라서 보다 넓게 말하자면 중국 전통문화는 곧 중국 전통사회에서의 중화민족의 총체적 생활방식과 가치 시스템을 가리키며, 정신적·학술적 측면에서는 반드시 지식·신앙·예술·종교·철학·법률·도덕 등을 포괄해야 한다. 국학이 지칭하는 것은 중국 고유의 학술이다. 따라서 학리적으로 접근할 때에 국학과 중국 전통문화를 뒤섞는다든지 혹은 동등하게 보아서는 안 되며, …… 국학이란 결국 중국 전통문화의 일부분, 특히 그중에서도 학술부분을 지칭하는 함의로서, …… 하나의 학문 영역이므로 반드시 학자에 의해 장기적으로 힘껏 배양·연구되어야 할 대상이다."15) 후스 역시 일찍이 국학은 '일체 과거의 역사문화를 연구하는 학문'이라고 명확하게 지적한 바 있다. "'전통적 중국 학문' 혹은 '중국의 전통문화'가 단지 국학의 연구대상이라고 강조하는 것은 결코 그 자체로 국학이 상당히 중요하다는 말은 아니다. 만약 이 점이 결여되고 단지 '전통'적이기만 하면 된다고 생각하면, 무슨 문화, 무슨 학문이든 간에, 혹은 반드시 섭취해야 할 정수이든 아니면 버려야 할 찌꺼기이든 간에 모든 것이 '국학'이 되어 처음부터 다시 시작해야만 한다."16) 최근에 많은 사람들이 '전통'을 '국학' 본연

---

15) 류멍시劉夢溪, 『대사와 전통大師與傳統』, 중국청년출판사, 2007년, 5~6쪽.
16) 쑹즈젠宋志堅, 「국학열에 관한 세 가지 화두國學熱三題」, 『영도문췌領導文萃』, 2009년

으로 여기는 오류를 범하고 있다.

　두 번째, 최근의 '국학열' 현상은 여러 가지 복잡한 요소가 종합적으로 작용한 결과이다. 그중의 하나는 아마도 국학이 최근 백여 년간 수많은 고생을 겪었고, 마침내 도의적인 동정표를 사기에 이르렀다는 사실이다. 국학에 대해 대규모로 문화비판의 기치를 들게 된 것은 확실히 5·4 신문화운동으로부터 시작되었다. 이것은 당시 역사 및 시대적 요구였지만, 잘못 된 것을 바로 잡으려다 더욱 잘못되어버린, 그러한 결함이 존재함은 부인할 수 없다. 1950, 60년대 국학은 '좌경' 사상의 압제와 문화적 타격에 의해 '봉건주의·자본주의·수정주의'로 규정되고 가혹한 비판과 부정에 직면했다. '문화대혁명'은 국학에 대해 더욱 철저하게 문화적 소탕을 진행하고, 무기를 사용한 비판은 비판의 무기를 대신했고, 신체적 고통을 가해 영혼을 훼손하고, 건달문화는 전통문화를 공격했다. 1980, 90년대 서구 사조가 대규모로 유입되고 새로운 좌표가 형성됨에 따라 국학은 또 한 차례의 문화 청산에 직면했다. 이렇듯 세상만사를 두루 겪고, 있는 힘을 다해 이를 견뎌낸 국학은 신시기에 이르러 재등장하는 한편, 민족과 역사를 향해 자신들의 견해를 펼치고자 했다. 그런데 온갖 고초를 다 겪은 국학이 사람들의 연약한 연민의 마음을 포로로 삼아, 도의적인 동정을 얻고자 한다는 것 역시 반드시 염두에 두어야 한다. 국학을 진흥시키는 일은 아마도 하나의 역사 반작용에 대한 원상복귀이자, 일종의 역사적 감각 오차일 것이다. 그리고 이 '원상복귀' 식의 소위 '국학열' 속에서 TV를 주 매개체로 삼은 현대 미디어는 이 상황이 더욱 확대되도록 조장하는 중요한 작용을 했다. 그것은 대중이 선호하는 방식을 이용하여 지난 날

제7기.

고상하고 심도 있던 국학을 광대한 민중 속으로 보급하고 전파했다. 이로 인해 국학이 말하는바 내용과 가치는 비록 더욱 다듬어져야 했지만, 문화적 정리를 거친 사유·사상·지식·지혜로서 민중의 안목과 사유에 대해 일종의 영양을 공급할 수 있었다. 즉, 총체적인 관점에서 '국학열'은 반드시 긍정할 만한 가치가 있다고 할 수 있다. 다만 현재의 문제는 '국학열'이 시장이익의 추동이라는 배경 속에서 대중 매체와 사회의 경박한 심리에 의해 과도하게 달아올랐을 뿐만 아니라, 간단화·저속화되고 너무 많이 제멋대로 해석된다는 점이다. 이러한 부정적인 영향 역시 반드시 염두에 두어야 함은 물론이다.17)

세 번째, 국학은 '연구'에 관한 학문이다. 따라서 그것은 "유관 학자의 일이지 정부의 행위가 아니며 전 국민적 운동은 더욱 아니다. 그러나 지금 전통문화를 계승하자는 기치 아래 이미 적지 않은 지방정부가 공자에게 제사를 올리고, '전 국민이 모두 유교를 신봉하는'(혹은 전 국민적 운동으로서 유교를 숭배하는) 시험적 조치 역시 점차로 확대되고 있다. 이러한 추세는 일종의 형식주의에 불과할 뿐, '전통적 중국 학문'에 대한 착실한 연구를 통해 중화민족의 우량한 전통문화를 계승하고 발전시켜가는 것이 아니다. 따라서 연구라는 본연에 대해 언제나 자세히 관찰하는 한편 맹목적으로 숭배해서도 안 된다. 그러나 최근에 국학은 공자님이 최고고 심지어 성인으로까지 다루어지는 놀랄만한 경지에 이르렀다. 공자가 말한 것, 혹은 그의 제자가 기록·정리한 『논어』로부터, '모든 말이 진리' 심지어 '한 구절이 일만 개의 구절에 맞먹는' 것 같은 느낌이 생겨나게 되었다."18) 이러한 비판과 반성이 결여된 전반적인 흡수, 맹목적인

---

17) 샤오윈루背雲儒, 「걸쭉해져버린 국학열炒糊了的國學熱」,
http://www.hsw.cn/news/2007-07/17/content_6425063.htm, 華商網 참조.

존공숭유尊孔崇儒는 전통문화 정수에 대한 계승과 발전이 아닐 뿐더러 오히려 일종의 정신상의 퇴보라 할 수 있다. 5·4시기 신문화운동의 선구자들이 숱한 우여곡절을 겪으며 '공자'를 '타도'했다는 점을 돌이켜보면, 문명·문화가 새로운 도약을 완성한 지금 '복귀를 말하게' 되었으니 정말로 탄식할 만하다!

네 번째, "'국학'은 어디까지나 중국 전통문화 혹은 전통학문에 대한 연구이므로, 이것은 '국학'을 '차갑게' - 그것은 냉정한 사고를 요구한다 - 달아오르지 않도록 제한해야한다. 여기에는 형식의 열熱과 내용의열熱에 대한 제한이 포함된다. 만약 본래 차분히 마음을 가라앉히고 연구를 해야 하는 유관 학자들조차 중국 전통학문 혹은 전통문화를 명확하게 분석하지 못한다면 어찌된 일인가. 만약 정부관리들 조차 근본적으로 공자 혹은 유교가 도대체 무슨 학문인지 알지 못해, 오히려 '위안스카이袁世凱 시대'와 같이 공자에 제사하고, '새로이 괴상한 제복을 만들어 제사를 받드는 사람들에게 입히고', 혹은 소위 '전 국민이 모두 유교를 신봉하는' 시험적 조치를 하여, 촌민으로 하여금 매일 '모두 90도의 국궁으로써 이웃사람들에게 안부 인사를 하게끔 한다면', 이것은 백성을 우롱하는 것일 뿐만 아니라, 일종의 정신적 학대가 아니겠는가."19)

이러한 '국학열'에 대한 반성을 통해 우리는 '국학열' 사태가 커지도록 선동한 『백가강단』에 여러 가지 부족함이 존재하고 있음을 발견할 수 있다. 어떤 학자는 이를 귀결하여 '삼다삼소三多三少'라 불렀다.

첫 번째, 도道는 많으나 기器는 적음이다. 소위 도란 주로 도덕교화를 가리키며, 개인의 도덕수양 등 형이상학적인 것을 의미한다. 소위 기란

---

18) 쑹즈젠, 앞의 논문.
19) 쑹즈젠, 앞의 논문.

과학기술·기예·기물 등을 기초로 하는 형이하학적인 것을 일컫는다. 지금까지『백가강단』및 관련 국학강좌에서 주제 선정은 기본적으로 모두 인문영역에 집중되었고, 자연과학사·창조발명사와 상업문화사에 대해서는 거의 언급되지 않았다. 사실 이들은 본래 중국 역사에 줄곧 존재해오며 시종을 관통한 두 개의 흐름이다. 단지 중국문화 고유의 '도를 중시하고 기를 경시하는' 전통에 의해 매몰되었을 뿐이다. 예를 들어 상업문화의 경우,『사기史記』'화식열전貨殖列傳'에 나오는 범려范蠡, 백규白圭, 상홍양桑弘羊은 물론이고 근대의 진상晉商, 휘상徽商, 절상浙商 등에 이르기까지 모두가 찬탄을 금치 못할 훌륭한 인물, 상인들이다. 또한 과학기술문화의 경우 중국 문화전통에서 줄곧 등한시되었으며, 심지어 가장 권위 있는 중국과학기술사 조차 영국인 조지프 니덤Joseph Needham에 의해 쓰였다. 2003년의 '사스SARS'는 민족의 과학문화를 소홀히 망각하거나 무시해서는 안 된다는 사실을 깨우쳐주었다. 이즈음의 '역사문학열歷史文學熱' 및 '역사강의열講史熱'과 같은 풍조는 기본적으로 과학문명·상업문명, 이 두 가지 주제에는 미치지 않았고, 이것은 민중이 중국민족문화정신을 전면적으로 인식, 터득하는 데 매우 불리하게 작용했다. 과학·기술·상업은 정치·음모·애정과는 달리 강의하기 어려운 주제임이 틀림없다. 그러나 그 가운데에도 역시 애정·운명·사회충돌과 각종 인문적 사고가 있다. 이러한 요소를 발굴하여 대중에게 보급한다면, 중화민족 과학문화역사의 실마리를 부활시킬 수 있을 뿐만 아니라, 현대과학 관념의 보급을 촉진하고 더욱 많은 탐색 역시 불러올 수 있을 것이다. 역사 이래 '도를 중시하고 기를 경시하는' 사상은 중국 사회의 발전을 지연시켰고, 다시는 이러지 않아야 함을 각성해야 한다.

두 번째, 기술은 많고 학문은 적음이다.『삼국』·『사기』에 대한 강의는 필연적으로 정치인물·군사투쟁에 대한 강의라 할 수 있다. 따라서 구체적인 정치사건과 군사지혜를 나열하는 데 몰입하고, 이理와 정情을 등한시하며, 웅장한 문화이론의 심도 있는 철저한 분석과 인생의 감정·심리에 대한 표현이 부족하기 십상이다. 그래서 도의보다는 음모에, 인정보다는 권모술수에 치우친 경향이 드물지 않게 나타난다. 『삼국연의』 본래의 결함은 권모술수가 과중하다는 데 있다. '조조는 음모가 많아 협잡에 가까우며, 공명은 술수가 많아 요괴에 가깝다'는 말이 있듯이, 만약 역사를 강의할 때에 권력의 권모술수에 대해 과하게 흥미를 유발한다면 확실히 이러한 결함을 본래보다 훨씬 더 심하게 발양할 수 있다. 왕리췬王立群은 『사기』의 독해에 대한 입장 표명을 통해, 결코 권모술수에 대한 강연을 좋아해서 그런 것이 아니며, 고대정치사는 곧 제왕장상의 역사이기 때문에 그렇게 강연했다고 말했다. 물론 그의 말이 중국역사연구의 사실이라고는 해도, 이것은 오히려 중국역사 본연의 사실과는 거리가 멀었다. 역사는 인민군중과 걸출한 인물이 공동으로 창조하는 것이다. 엥겔스의 평행사변형 이론에 따르면, 역사운동은 사회 각종 힘의 평행사변형 식 합력에 의해 결정된다. 걸출한 한 사람은 어떠한 각도(정과 반 사이의 각 방면)로 혹은 서로 다른 정도로 민중의 심리가 호소하는 바를 반영할 수 있다. 민중의 호소와 행동은 거의 기록되지 않았고, 이것은 역사학계의 오랜 허물이자 반드시 수정되어야 할 부분이다. 불공평한 기록을 역사적 사실로 삼아서는 안 되고, 문서·고서의 존재를 역사의 가장 합리적인 근거로 삼아서도 안 된다. 또한 역사상의 관료정치투쟁과 최근 사회의 관 본위의식, 상업사회의 권모술수를 연계해서 부풀려서도 안 된다. 만약 그렇지 않으면 역사가 성공학·성공술로 변신하여 불타나게 판매되는, 즉 권모술수의 수단이 도덕적 목적보다 앞서게 되는 현상으로 반드시 이어질 것이다. 이러한 현상을 만약 시장 마케팅의 범주 내에서 단순히 운용하기만 한다면 성공을 거머쥘 수도 있지만, 만약 역사 문화학의 연구 영역에까지 끌어들인다면 이는 부적절하다. 최근의 문화열을 냉정하게 관찰하자면, 대체로 '학學'의 열은 적고 '술術'의 열은 많다고 할 수 있다.

세 번째, 말은 많고 생각은 적다. 즉『백가강단』이 어떠한 인물과 사건을 강연할 때에, 이에 대한 서술과 칭찬은 많고 학리반성과 문화비판은 적음을 일컫는다. 어떤 이는『백가강단』에 대해 일종의 설화 공연이라고 조롱했는데, 그 뜻은 다음과 같았다. 학자들은 이미 역사시대 및 인지수준과 인류지혜의 최고봉에 서 있으므로, 기존의 역사에 대해 단지 사실史實적인 중복설명 · 재현, 혹은 단지 구체적 사실의 발견에 한정하여 재조직해서는 안 되며, 고도의 새로운 반성을 진행해야만 한다. 예를 들어 리중톈이 제갈량에 대해, 결코 나라를 위해 근신하며 죽을 때까지 온 힘을 쏟지 않았고, 그 역시 조조와 마찬가지로 권력을 독차지했으며, 형주荊州 · 익주益州 · 동주東州라는 각 내부 집단의 힘의 균형을 맞추기 위해 마속馬謖을 참했다고 말한 것은, 매우 이치에 맞는 말이면서도 또한 매우 지엽적인 해석이다. 이것은 단지 구체적 사실에 대한 새로운 이해일 뿐, 심도 있는 인문적 비판은 아니다. 노자老子는 지혜가 왕성해지면 커다란 속임수가 나오기 마련이라고 했다. 진정한 큰 지혜는 대도大道가 역사를 추동하고 민생을 개선하는 것 위에 건립되며, 이것을 제외한 지혜는 곧 술수 혹은 속임수로 전락하기 쉽다. 따라서 고대의 품격 있는 지식인은 늘 도덕수양이 충분하지 못할까 걱정하며 고위 관직을 감히 맡지 않았고, 이것이야말로 민생과 사직에 대한 책임감 있는 태도라 할 수 있다.『삼국』·『사기』를 강연하다 보면 당연히 권모술수를 강연하기 마련이지만 이로 인해 청중에게 인생은 전쟁터 같고, 반드시 남을 이겨야 하며, 승리를 위한 일체의 폭력·음모와 계략은 모두 어쩔 수 없는 것이라는 잘못된 감상을 전달할 수도 있다. 문화학자는 인문지식인으로서 사회 사조를 이끌고 민중의 이성을 제고해야 할 책임을 지고 있으며, 단지 역사의 서술자이기만 해서는 안 된다. 서술이 사고를 은폐하고, 아첨이 간언보다 많은 것은 국학이 과학의 궤도 위에서 전파되는 것을 방해하고, 작가와 학자를 역사의 발아래에 포복시켜 역사적 인물의 놀이감이 되게끔 한다.[20] 역사에 대면하여, 우리는 우러러보며 엎드려 절해서도 안 되고 또한 그들이 초월할 수 없는 시대적 한계를 얕잡아 보아서도 안 된다. 반드시 다층적으로 정시하며, 객관적으로 그들의 역사적 공적과 한계를 드러내야 한다. 그리고 이를 통해 역사가 말하는 경고와 가르침을 심층적으로 탐색해야 한다.

　상술한 바를 바탕으로, '국학열'의 온도가 내려가야 하며 그것은 평소 상태로 되돌아가는 편이 좋겠다는 사실을 알게 되었다. 과도한 수식과 과도한 폄하는 근본적으로 말하자면 모두 국학의 발전에 이롭지 못하다. 이에 상응하여 『백가강단』은 대중을 이끌 때에, 그동안 '국학'이 충분히 보여주었던 '조작의 효익'을 과도하게 강조해서는 안 되며, 반드시 전통 가운데에 사람을 근본으로 삼고 문화정수를 가려내야 한다. 또한 국학 연구의 침착하고 담백하고 온화한 정신적 기질을 어떻게 더욱 전진시킬지를 탐색해야 한다. 이로써 현대사회가 갖고 있는 과도하게 조급한 성공과 눈앞의 이익에만 급급하는 경솔한 기운에 균형을 맞추고, 진정한 화해의 사회를 건설하게 될 것이다.

둥쉐 董雪

---

20)　이 상의 세 가지는 류후이劉慧를 참조,「샤오윈루: 국학의 기본 정신과 현대사회의 남원북철肖雲儒: 國學的基本精神與現代社會南轅北轍」,『華商報』, 2007년 7월 16일.

제6장

『사가빈沙家濱』과 '홍색경전'의 각색

제1절 호극滬劇 『노탕화종蘆蕩火種』에서 경극 『사가빈』까지

경극京劇 양판희(혁명모범극)『사가빈沙家濱』은 하나의 예술 텍스트로 부터 '홍색혁명경전紅色革命經典'으로 각색되고 더 나아가 일종의 문화자원 ‒ 문화 '사가빈' ‒ 으로 진화했는데, 이 과정은 매우 복잡한 것이었다. 혁명엘리트와 민간(때때로 대중을 위한) 서사는 서로 결합되기도 하고 분열되기도 했다. 이러한 상황은 사람들의 감탄과 여러 가지 생각을 불러 일으켰다. 비록 '홍색혁명경전' 창작이 민간언어 및 엘리트언어와 애매한 관계에 놓여 있다고는 해도 이러한 언어체계는 정치체제가 '합법성'을 보장하는 가운데 수립되었으므로, 탄생하는 날부터 민간언어에 재편되 었음을 의미했다. 특히 '홍색혁명경전' 창작이 성숙하고 자신감을 획득하 는 한편 신중국에 대한 거대한 상상을 함으로써, 민간의 전기傳奇서사방식 은 혁명 역사의 본질과 필연성을 표현해내지 못한다는 비판에 봉착했다. 『사가빈』의 전신, 호극滬劇 『노탕화종蘆蕩火種』은 이러한 상황과 배경 속 에서 태어나고 수정되었다.

호극 『노탕화종』의 주요 서사는 '찻집 주인'으로 불리지만 실제로는 '지하당원'인 이중신분을 가진 인물과 관련하여 이루어진다. 즉, 이 인물의 등장으로 인해 극은 비로소 '전기극傳奇劇'의 형태를 갖추고, 또한 '위장 (신분은폐)' 유형의 민간원형과 접목될 수 있었다. '양판희'는 특히 이러 한 민간 유형을 총애했는데, 즉 '신분을 감춘' 영웅은 승리와 함께 '등장'하 고, '신분을 감춘' 악한은 처음에는 미미한 '성과를 얻지만' 결국 영웅에 의해 간계가 간파당하고 더 이상 이를 '진척시키지' 못한다는 것이다. '위장' 유형과 '도마쟁투道魔爭鬪' 유형은 본디 강하게 결합되어 있으므로, 혁명경극은 전기의 풍모를 보여주는 동시에 '선/악'이 대립하는 민간 전통 의 울타리 속으로 떠밀려 들어가게 되었다. 호극에서 경극『노탕화종』까 지, 극은 언제나 신분을 '위장'한 전사가 '찻집 여주인' 아칭사오阿慶嫂의 지혜에 기대어 어려움을 용감히 헤쳐 나간다는 식으로 끝맺고 있다. 그러 나 1964년 전국경극현대희참관연출대회全國京劇現代戲參觀演出大會에서 '전 기'는 '정극正劇'이 되고, 마오쩌둥毛澤東의 지시에 따라 극명은 『사가빈』 으로 바뀌었으며, 극의 결말 및 줄거리 역시 '진격해야' 하고, 전사들은 '위장'이라는 극중 신분을 포기하고 영웅의 자세로 급습, 돌파하거나 포 위, 섬멸해야 하는 것으로 수정되었다. 장칭江靑은 이를 기회로 "아칭사오 를 돌출시키는가 아니면 궈젠광郭建光을 돌출시키는가는 어떤 노선을 돌 출시키는지에 대한 대명제와 관련되어 있다"라고 발언했다.[1]

'위장'이라는 민간 유형에 두터운 정치적 색채가 덧입혀졌다. 1964년, '강화講話의 시대'에 확실히 혁명담론으로서 '전기傳奇'는 더 이상 언급되 지 않았다. 사람들은 이미 전기의 색채와 스릴 넘치는 줄거리가 흥미를 끌 수는 있지만 반드시 혁명의 감정을 솟구치게 하는 것은 아니며, 또한 반드시 혁명적 사상교육을 할 수 있는 것도 아니라는 사실을 깨달았다.

---

1) 다이자팡戴嘉枋, 『양판희의 시련樣板戲的風風雨雨』, 지식출판사, 1995년, 57쪽.

사회주의 문화구상의 입장에서 결론은 필연적으로 수정되어야 했고, 이럴 때에 비로소 '시대의 사상 수준'에 접근할 수 있게 된다. 베이징의 한 인쇄공은 "이렇게 해서 원래 극에서 과도하게 돌출된 아칭사오 개인의 역할이 주는 전기적 색채를 제거했다. 그리고 이 여성 영웅형상을 무장투쟁과 집단역량의 한 가운데에 자리하게 하여 더욱 현실적이고 선명한 인물로 빚어내었다"[2]라고 말했다. '홍색경전' 창작은 민간전기의 기능이 아니라 혁명의 교육 기능을 요구하고 있었다. 따라서 아칭사오는 극의 결말에서 후촨쿠이胡傳魁의 의혹에 대면하자, '나는 중국공산당원이다!'라고 소리 높여 외치는 것이다. '지상영웅'은 혁명이라는 권력의지의 속성을 체현하고, 고백이라는 고도의 수단으로 '지하당원'을 철저히 정복했다. 그리고 '위장'이라는 민간 유형은 '무장투쟁과 집단역량'에 대한 정치적 필요에 의해 개편되었다. 이것은 주류가 위로부터 '개체성'의 체현에 관한 이야기를 조직하여 '집단성'의 이야기 속으로 들어가게 하고, 구체적 개인 한 명 한 명이 모두 집단적 의의를 구비하게 함을 의미한다. 그리고 이를 통해 "한 집단의 추상적이고 공통적 본질의 감성을 확실히 드러내고자 했다."[3]

상하이 호극단은 처음에 '찻집 주인' 역할을 남성이 맡도록 했다. 연출자인 원무文牧는 호극『노탕화종』의 창작 메모에서 "천룽란陳榮蘭은 남자 역할이 너무 많다며 찻집 주인을 여자로 바꾸자고 건의했다. …… 주인을 여자로 바꾼 이 사소한 일이 대세에 이처럼 큰 영향을 미칠 것이라고 누가 예상했겠는가"라고 말한 바 있다. 바로 이 성별의 변화로 인해 민간

---

2) 중국희극가협회中國戲劇家協會 편, 『경극 '사가빈'평론집京劇沙家濱評論集』, 중국희극출판사, 1965년, 216쪽.
3) 판즈창潘知常, 『반미학反美學』, 학림출판사, 1997년, 240쪽.

언어체계 중 두 가지 원형에 접목될 수 있는 기본적 조건이 마련되었다. 첫째는, '일녀삼남' 배역 관계 유형이다. 아칭사오의 이중적 - 정치코드와 민간코드 - 신분에 대하여, 천쓰허陳思和는 민간문예의 관점에서 상세하게 분석했다.[4] 그는 비록 『사가빈』의 결론이 바뀌었지만 민간적 의미의 '일녀삼남' 배역 관계 유형까지 바꿀 수는 없었고, 이것은 민간의식이 국가이데올로기를 견고하게 통제하고 있음을 의미한다고 지적했다. 이어서 만약 일종의 자유 · 애정에의 열망을 표현하고자 한다면 제삼의 남자 배역 즉 정면적인 민간영웅이 출현해야 한다는 의견을 제시했다. 그것은 바로 이럴 때에야 이 유형의 진정한 속성, 즉 애정 모티프 속의 '일녀삼남' 애정 갈등의 서사 유형이 완성될 수 있기 때문이었다. 이것은 민간서사의 끈질긴 강인함을 잘 드러내주었다. 두 번째는, '여자 식솔' 배역, 즉 '혼인풍습'의 이미지이다. 호극에서는 물론이고 경극 『노탕화종』 속에서도, 아칭사오는 신랑 후찬쿠이(호극에서는 후찬쿠이胡傳奎라 함) 집안의 여자 식솔로 나온다. 이 역할은 그녀로 하여금 결혼식에서 사건 진행의 주도권을 장악할 수 있게끔 한다. 동시에 신분을 '위장'한 전사들 역시 '혼인풍습' 이미지의 건설 과정에 참여하며 그녀의 행동에 보조를 맞춘다. 그러나 『사가빈』의 결말에서 아칭사오와 전사들의 신분 '위장'은 취소되고 '결혼식장'도 철거된다. 왜냐하면 '결혼식'에 참가하는 주인공과 극의 주인공 사이의 어긋짐이 '정치권력자의 눈'에 띄었기 때문이다. 즉, 『사가빈』의 결론이 수정된 것은 단지 '결혼식장에서의 포위섬멸' 장면에 농후한 민간전기의 색채를 제거하기 위해서가 아니며, 여기에는 더욱 깊은 층차의 인식이 존재한다고 할 수 있다. 리시판李希凡은 '마오毛주석 혁명전략'

---

4) 천쓰허陳思和, 『중국당대문학관건어십강中國當代文學關鍵詞十講』, 푸단대학출판사, 2002년, 151~154쪽.

으로부터 착수하여 실질적 문제를 지적해내었다. 그에 따르면 이 18명의 전사는 극중에서 충돌하는 조연이 아니며, 일체의 투쟁생활에 참여하는 주인이다. 그런데 혁명언어를 포용할 수 있는 자는 오로지 한 명이어야 했다. 이렇듯 시끌벅적한 결혼식이 만들어낸 '소란'은 혁명언어의 절대적 권위를 분산시켰고, 민간의 풍속은 혁명진리의 권한에 대한 경계를 모호하게 만들어버렸다. 따라서 혁명진리를 장악한 자는 반드시 혁명의 환경과 분위기에 대해 정리할 진행할 필요가 있으며 이로써 혁명의 문화질서는 통일성을 획득할 수 있게 되는 것이다.

제2절 계급담론환경과 소비주의가 각색에 미친 상이한 영향

1962년부터 '홍색혁명경전'은 정치권력기구와 문화생산의 정련을 거쳐 '순수성 표준' - '무산계급의 정치 관념과 의도' - 을 연마해내었고 직접적인 미학화를 통해 예술작품이 되었다. 계급담론의 배경 가운데 『사가빈』 속의 애정·가족·성장 모티프가 구비한 개인적 언어는 모두 혁명언어 시스템에 의한 고도의 검증과 정리를 통과해야 했다. 그러나 이러한 개인적 언어는 인류의 본능을 내포하고 있었으며, 추상적 혁명언어는 반드시 구체적 본능이 담긴 장면의 도움이 있어야 표현될 수 있었다. 이것은 혁명과 인성이 상호 저촉되는 영원한 역설이었다.

'홍색혁명경전' 속에서 혁명남녀는 무산계급의 동지적 감정을 품을 뿐, 남녀의 성징에서 비롯된 자연스러운 욕망은 갖고 있지 않았다. 리양李楊은 이에 대해 "자연스러운 성징을 나타내는 남녀는 반동적 '부르주아계급사상'을 가지고 있음에 틀림없다. 왜냐하면 '무산계급성'은 초자연적이기 때문이다"[5]라고 말했다. 그래서 양판희에서 부부의 정은 깨끗이 제거되었고 애정 모티프는 사라졌다. 이러한 소멸은 다음과 같은 두 가지 방면으로 표출되었다. 첫째는, 혁명가정의 파탄이다. 일찍이 호극에서 작가는 아칭사오의 남편을 잠시 상하이로 '보따리장사'를 하러 소위 '파견'했다. 따라서 아칭사오의 가정은 유명무실해지며 하나의 '공허한 기표'가 되었다. 두 번째, 혁명인물의 초인화이다. 양판희가 반영한 역사 내용은 추상화를 거쳐 일종의 '정치적 유토피아에 대한 상상'이 되었다. 따라서 '주류 정치권력'의 통제 속에서 구체적 인물과 추상적 이념 간의 관계는 객관적 관계로 변했다. 호극이든 경극이든 간에 혁명남녀는 일률적으로 애정에 대해 말하지 않으며, '높고 크고 완전한' 무산계급 영웅초인이라는 상징적 부호로 설정될 뿐이었다. 텍스트 속의 아칭사오는 전혀 남편을 그리워하지 않으며, 그녀의 머릿속은 오로지 '열여덟 그루의 푸른 소나무'에 대한 생각으로 가득 차 있다. 애정 모티프는 당시의 사회·가정·개인이 조성한 삼차원적 공간으로부터 모두 추출되어 '진공'으로 변했고, '무산계급의 심미의식'의 등불 아래 일체의 구상적 인지상정은 하나도 남김없이 추상적 계급감정으로 탈바꿈했다. 그러나 지식엘리트는 정부와 민간 사이에서 선천적인 '주저함'을 드러내었는데, 비록 애정 모티프는 없을지라도 그들은 민간 언어 시스템의 도움을 빌려 텍스트를 위한 일종의 '일녀삼남'의 애정갈등 서사 유형을 남겨두었다. 바로 이 유형은 애정이 엄중히 결여된 계급의 시대에, 민중을 위해 약간의 소중한 '문화상상'을 제공했다. 야오샤오멍姚曉濛·후커胡可는 「영화: 이데올로기를 감춘 신화電影:潛藏着意識形態的神話」의 대화에서 지적하기를, "툭 터놓고 얘기해서, '지혜의 겨룸智鬪'은 실제로 남자와 여자 사이의 시시덕거림으로 보인다. 매우 교묘하

---

5) 리양李楊, 『항쟁, 숙명의 길抗爭宿命之路』, 시대문예출판사, 1993년, 258쪽.

게 위장한 일종의 시시덕거림이다"[6]라고 했다. 비록 아칭사오는 두 명의 남자 사이에서 정치적 위장을 통해 먼저 후촨쿠이를 버리고 뒤에 궈젠광을 선택했지만, 관중은 일종의 시각적 쾌감의 충격 속에서 정치적 위장으로부터 애정의 대가를 찾아내게 된다.

가족 모티프는 '계급적 거울'이 정반으로 비추는 가운데, '나와 적' 두 종류의 분명히 다른 계급 유형을 표출했다. 호극에서 내 쪽의 가족 모티프는 '혈연가정'에서 '군민일가軍民一家'의 장면을 거쳐 '계급집단'으로 방향을 전환했다. '열여덟 명의 대원과 한 명의 아가씨', '전사와 군중의 혈육과도 같은 관계'라는 정치 은유는『사가빈』에 이르러 더욱 강화되어 '당군일체黨群一體'로 진화했다. 제2장「전이轉移」에서 공산당은 위태로운 샤나이나이沙奶奶의 파괴된 '가정'을 보존하고 더 나아가 '계급집단'이라는 이 '의미'를 강화했다. 가족 모티프는 샤나이나이 일가에서 '집단'화로 발전했다. '혈연' 관계는 사유제의 산물로서 소탕되었고, '계급집단'은 세계를 이해하는 기본 법칙이 되었다. 1950년대에서 1960년대 중기까지 정부는 이데올로기에 따라 이것을 더욱 강화했다. 그러나 이 모티프는『사가빈』에서 철저히 소실되지 않고, 오히려 반동계급 댜오더이刁德一 일가에서 절실하게 묘사되었다. 호극의 줄거리는 본래 어수선하므로, 경극『노탕화종』의 개편자는 쓸모없는 곁가지들을 많이 삭제했다. 그리고 댜오더이 주변에서 활동하는 앞잡이들을 다시 한 명의 주요 인물 - 그의 육촌동생 댜오샤오싼刁小三 - 로 구성했다. 바로 이 댜오더이와 혈연관계가 있는 인물, 댜오샤오싼은 가족 모티프의 초기형태가 경극『노탕화종』이『사가빈』으로 진화하는 과정에서 풍부하게 발전할 수 있도록 촉진했다. 그

6) 한웨이韓煒·천샤오윈陳曉雲,『신중국영화사新中國電影史話』, 저장대학출판사, 2003년, 141쪽.

예로 댜오더이의 '나감(서양과 일본으로 유학)/돌아옴'의 기본 서사 유형, 가업의 계승(댜오라오차이刁老財는 이미 죽음), 공명을 추구함, 형제관계(댜오더이와 댜오샤오싼의 의기투합), 사교영역의 강화 등 서사 줄거리, 그리고 가장 중요한 가족 공간의 이미지로서 '댜오쟈대원刁家大院' 등을 들 수 있다. 『사가빈』 판본이 발전하고 변혁해가는 중에 샤나이나이의 가족 구성원 수가 줄어들었을 뿐만 아니라, 죽음의 원인 역시 댜오라이피刁賴皮(후에 '댜오라오차이刁老財'로 바뀐다)의 잔학함에서 점차 자연재해로 바뀌어갔다. 이것은 지주계급의 포악한 성질을 희석시키기보다는 오히려 반동계급의 잔학함을 의식적으로 증가시키는 결과를 초래했다. 반동계급은 무산계급을 착취하여 몸 하나 가눌 곳조차 없게 하고, '댜오쟈대원'은 후자를 죽이는 형장이 되었다. 사실 이렇듯 풍부한 모티프는 일부 지식엘리트의 고전문화 취향에 부합한다고 말할 수 있다. 중국 전통문화는 모조리 가족 관념으로부터 건설되었고, 시대가 변함에 따라 이러한 가족의식은 일종의 '집단 무의식'으로서 사람들의 머릿속에 침전되었다. 그러나 이것은 '낡은 것을 버리고 새로운 기풍을 확립하려는' 시대에 지식엘리트가 문화전통을 보호하기 위하여 주류와 비밀리에 대립함을 의미하는 것도 아니고, 지식엘리트가 독립된 인격을 가졌다는 증거 또한 될 수가 없다. '근본임무론' 및 '삼돌출'의 '문예헌법'의 규약 하에 일체의 극 줄거리는 반드시 '정치 요구에 부합하는 영웅인물'을 위하여 길을 내주어야 했다. 극의 줄거리에서 반동계급은 더욱 오만방자해지고, 이것은 결말에 이르러 영웅의 견고한, 파괴되지 않는 성질을 오히려 역으로 부각시킨다. 이러한 점에서 지식엘리트의 고전문화 취향은 주류 정치언어의 현실적 의도와 뜻하지 않게 일치하게 되었다.

　『사가빈』에서 성장 모티프는 너무나 미미해서 언급할 가치조차 없다.

'혁명신문예'의 근본 임무는 '공·농·병의 영웅인물을 힘껏 빚어내는 것이다.' 귀젠광·아칭사오 등의 등장은 성숙형 영웅인물이 만약 '안내자'를 필요로 한다면, 그것은 개인적 색채를 지닌 제갈량 같은 '지자智者'가 아니라 '마오 주석 당 중앙' 식의 '집단대표'라는 사실을 보여주었다. 텍스트 창작의 관례에 따르면 젊은 세대로서 샤쓰롱沙四龍(호극에서는 샤치롱沙七龍이라 불렸다)은 응당 성장형 인물 중 하나이지만 성장은 오로지 집단 언어의 범위 내에서만 가능했다. 만약 혁명담론에서 샤치롱(호극)의 소년으로서의 예리한 기세가 민간서사 속에 여전히 남아 있을 수 있었다면, 계급담론에서는 이러한 개인적 언어는 단지 샤나이나이의 몇 마디 말 속에만 존재할 뿐이다. 샤쓰롱은 댜오라오차이의 모함으로 감옥에 가고, 신사군新四軍에 의해 구출된 이후 극의 줄거리 상 '성장과정이 정체'된 인물로 자리하게 된다. 이것은 정치권력과 문화생산이 공동으로 합작한 결과이다. 그래서 호극 속의 성장 모티프 중 '안내자' 원형, '교육 받음(참군)' 등은 판본이 발전, 변혁하는 과정에서 삭제되었다. 샤쓰롱의 나이 역시 자꾸 바뀌었는데, 그는 팔짝팔짝 뛰는 소년에서 20세의 청년으로 바뀌었고 다시 16세의 소년으로 바뀌었다. 그 목적은 텍스트 속 샤쓰롱의 '전기소영웅'적 형상을 약화시키기 위해서였다. 왜냐하면 혁명언어 시스템은 '삼돌출'의 영웅준칙에 따라야 했기 때문이다. 성장 모티프의 관건은 본래 '사람은 역사 속에서 성장'(미하엘 바흐친의 말)한다는 것이다. 그러나 '문혁' 문학 속에서 역사는 고정불변의 계급으로 설정되고, 성장 역시 '무산계급의 입장에서 반동 부르주아계급의 본질을 확실하게 이해'하는 것으로 규정되었다.

　1990년대 이후 중국사회는 '소비 주도의, 대중 매체가 지배하는 실용 정신을 가치 방향으로 삼는 다원적 언어 구성의 새로운 문화시대[7]로 진입했다. 이러한 소비담론 속에서 '양판희'의 역사내용과 형식 간의 관계는 분리되었는데, 즉 사람들은 '양판희'의 정치내용을 조롱하면서도 동시에 형식에 대해서는 미련을 두었다. 또한 그것의 정치교육기능은 소비쾌감기능으로 변화했다. '홍색경전' 창작은 해체에 맞닥뜨리고, 혁명서사역시 이로 인하여 와해되었다. 양판희는 있는 힘을 다하여 서사의 '문혁' 논리를 벗어나고자 했으나, 도리어 문화상품의 유통 속으로 휩쓸려가 어쩔 수 없이 또 다른 극단, '상업' 논리에 다다르게 되었다. 양판희가 정치권력과 문화생산이 공동으로 꾸며낸 결과라면, 홍색소비는 응당 상업문화생산과 대중소비심리가 손을 잡고 복제한 생산품이다. 바로 이러한 담론속에서, 『사가빈』의 소설 개작본과 TV극의 해학본이 탄생했다.

2003년 초, 쉐롱薛榮의 소설 『사가빈』은 여러 비판자들에 의해 불합리·부적법이라 선언되었다. 작가는 창작 취지에 대해 "경극 『사가빈』이 내게준 총체적 느낌은 한 명의 여자와 세 명의 남자의 관계였다. 이전의 작품에서 이러한 관계는 엄숙하게 표현되었지만 현실로 치면 비정상적일 뿐이다. 현실생활에서는 부부관계를 비롯한 또 다른 인간관계 역시 존재해야 한다. 이에 그들이 존재 가능한 이러한 인간관계의 허구를 만들어낼수 있는지 없는지에 대해 새로운 창작을 시도했다. 내게는 소설 창작의자유가 있으며, 그래서 나는 썼다"[8]라고 말했다. 그는 '인성'이라는 시각에서 혁명언어 시스템 속 '일녀삼남'의 정치적 은유를 해체했다. 작가는응어리진 어조로 열등감에 빠진 소인물이 자존감을 회복할 수 있도록이야기를 풀어나갔다. 이것은 당시 사회의 일부 사람들이 처한 인생의

---

7) 홍쯔청洪子誠, 『당대문학연구當代文學研究』, 베이징출판사, 2001년, 123쪽.
8) 간센펑甘險峰, 「신편소설 '사가빈'이 불러온 논쟁新編小說'沙家濱'引起爭議」, 2003년 2월 27일, 『深川商報』.

처지를 결합하고, 이로 인해 소설의 가치가 존재하게 되는 그러한 지점이
었다. 아칭阿慶이 진정으로 자존감을 회복한 것에 대한 묘사는 두 군데에
서 진행되었다. 하나는 아칭이 못생긴 애인 추이화翠花와 있을 때에 마치
대감나리 같은 장면에서이고, 다른 하나는 아칭이 죽기 직전 관 속에 누워
문상 온 친지·친구들이 얼마나 오랫동안 애도를 하는지에 대해 판단하는
장면에서이다. 비록 아칭의 '산 거북이' 같은 모습은 사람들의 비웃음을
샀지만, 작품 속에서는 모두가 여전히 그를 매우 존경했다. 따라서 장례식
은 성대하게 치러졌으며, 그는 기쁘고 또 안심할 수 있었다. 그러나 이
가련한 자존심도 아칭을 '일녀삼남' 구조 유형에서 살아남도록 하는 데에
는 별다른 도움이 되지 않았다. 그는 외관상은 물론이고 지력에서도 다른
두 남자와 비교가 되지 않았으므로 그저 바깥으로 밀려날 수밖에 없었다.

찻집의 한 맺힌 여인 아칭사오, 대책 없는 핸섬한 유생 귀젠광, 그리고
호탕하고 교활한 비적 우두머리 후촨쿠이, 이 세 사람의 조합은 중국 전통
문학 속의 가장 추잡한 배역 관계 유형을 형성했다. 이 외에 소설은 '일본
괴뢰의 화약창고를 폭격하는' 것과 같은 대책 없이 놀라운 줄거리를 펼치
고 있는데, 여기에다 '정욕'이라는 물감을 약간 덧칠하고, 그런 후에 '대중
문화'의 몸짓과 분장으로써 사람들 앞에 등장했다. 비록 작가가 소설 『사
가빈』을 위해 엘리트의 말투로 애써 변호했을지라도, 여전히 많은 독자들
은 비판을 쏟아 부었다. 그런데 이것은 "대중의 정감 속에서 역사적 인물
형상이 축적해 온 가치 방향을 제멋대로 손상한"[9] 데에서 비롯된 것이
아니며, 오히려 엘리트와 대중문화의 교잡이 실패한 데에서 생겨난 현상
이었다. '일녀삼남' 구조에서 소설은 우성의 측면에서는 대중의 시각을

---

9) 간센핑, 앞의 논문.

취했고, 열성의 측면에서는 그럴듯하게 명분을 내세우며 엘리트의 시각을 취했다. 또한 '정욕'관념으로써 '혁명'관념을 해체했다. 사실 이것은 대중문화에 의해 꾸며진 '가짜 엘리트'적 시각으로, 고전의 '재자가인' 유형은 형식만 변하고 내용은 그대로인 채 소생하게 되고, 해체의 의의는 유명무실해졌다. 이로써 작자의 상업적 동기가 폭로되었다. 그는 민간 모티프, 인물·자연과 풍속부호가 내포해왔던 '상업적 요소'를 빌려 "명성을 떨치고 자신을 드러내고자 했다." 시각이 바뀌었다고 해서 상응하는 문화적 갱신이 반드시 수반되는 것은 아니며, 이것은 단지 작가의 사상이 한계를 만들어낸다는 사실을 증명해 줄 뿐이다.

　　TV 드라마『사가빈』의 제작자는 대량의 신사군 관련 역사자료의 기초 위에 극의 줄거리를 개편했다고 재차 강조했다. 그러나 그렇다고 해서 이 드라마가 국가언어 시스템의 '주선율' 대열에 오를 수는 없었다. 소비 담론 속에서 TV 드라마의 본질적 특징은 '유희'의 형식으로 역사에 대한 해석을 완성하는 것이다. "광대한 시장을 목표로 삼기 위해서는 반드시 내용을 어느 정도 희석시켜 보편적 소비가 가능한 모티프로 변화시켜야 한다."10) 일련의『사가빈』판본이 만들어낸 인위적인 틈새에는 보편적으로 소비될 수 있는 대량의 모티프가 내포되어 있었다. 그중에서도 가족 모티프는 선두에 섰으며, TV드라마는 이 익숙하고 광범위하게 약속된 속성을 전달했다. 그것이 "이처럼 정상적인 인간 생존의 여러 가지 면을 환원시켰다는 사실은 대규모의 관중이 내용을 인정했음을"11) 의미한다.

---

10) 우스위吳士餘,『대중문화연구大衆文化硏究』, 상하이삼련서점, 2001년, 182쪽.
11) 마시차오馬西超,「'사가빈'에서 '사가빈'까지 — 판본의 발전과 변혁 중 혁명언어 시스템의 변주從沙家濱'到'沙家濱' — 版本沿革中革命話語體系的變奏」,『西安電子科技大學學報』, 2006년 제5기.

이러한 현실 묘사는 중국 대중의 가족 '집단무의식'과 결합했다. 댜오 할아버지의 처첩이 무리를 이루고 집사인 풍보 댜오가 살아가는 방법을 터득하고 댜오더이의 꿍꿍이 속셈 등을 보여주는 이야기는 물론이고, 비적 무리가 내분으로 싸우고 납치하고 서로 죽이며 여인을 희롱하는 등의 서사 유형은 모두가 대중문학의 수공업 공장에서 쉽게 찾아낼 수 있는 한 무더기의 저급한 복제품에 다름 아니다. 아마도 영웅 아칭사오와 궈젠 광을 풍류인물로 개편한 데 수반될 관중의 맹렬한 비난을 피하기 위해, 연출자는 수작을 부려 영웅들 주변에 젊고 아리따운 조수를 배치하고 오로지 일만 이야기할 뿐 연애는 말하지 않는 상황을 조성했을 수도 있다. 그런데 이것은 정욕이 범람한 대중문화 속에서 '탈속'을 잘 드러내기 위해서라기보다 혁명언어 시스템의 기괴한 '문혁논리'를 계승하는 것이라고 해도 과언이 아니다. 애정 모티프를 제거하고, 감정의 갈등 유형을 끝까지 전개한다! 그러나 애정 모티프는 사업 수완에 정통한 연출자들에 의해 심지어 성장 모티프와 함께 샤쓰롱에게 접목되며, 경극 『사가빈』의 기형적 가지를 교정했다. 애정·가족·성장·조직폭력배·전쟁 등 댜오가 대면한 여러 모티프는 참담한 연출에 의해 더욱 복잡한 코드를 합병·조합·제조해내게 되었다. "정전 체계가 경직된 유형에 대해 고도의 경계와 혐오감을 품고 있다면, 대중문학은 오히려 이러한 유형을 이용하고, 사람들의 관심을 끄는 소재를 엮어서 익숙한 이야기로 만들어버린다. 이러한 문학 유형이 성행하는 이유에 대해 탐색하려면, 사람들의 무의식심리를 거슬러 올라가 보아야 한다. 아마도 성과 폭력의 충동은 모종의 중요한 첨가제일 것이다. 혹은 이러한 무의식심리가 바로 줄거리의 상당 부분이 부화뇌동하듯 바뀌는, 그러한 작품이 반복적으로 발행되는 사태를 비호한다고도 말할 수 있다."12)

비록 '사가빈'이 이미 일종의 문화자원으로 변했다고 해도, 소비자는 반드시 다음과 같은 사항에 주의해야 한다. 즉, 그것을 어떻게 합리적으로 이용하고 보호할 것인가, 더욱이 예술창작자는 그것을 이용하는 동시에, 자신의 작품이 정치가 아닌, 모습만 바꾼 또 다른 이데올로기에 의해 왜곡되는 현상을 어떻게 피해갈 것인가, 그래서 '문화'로 하여금 어떻게 다시는 '문화논리'와 아주 비슷한 'xx논리'라는 꼬리표를 단 기형아가 되지 않도록 할 것인가. 이러한 질의에 대해 최근의 창작과 연구는 반드시 주의를 기울여야 한다.

마시치오 馬西超

---

12) 난판南帆, 『문화생산과 이데올로기文化生産與意識形態』, 기남대학출판사, 2003년, 248쪽.

제7장

『영혼의 산靈山』과 노벨상 콤플렉스

제1절 중국인의 노벨상 콤플렉스

1895년 11월 27일, 알프레드 노벨은 자신의 유산 전부를 기금으로 조성하고 매년 발생하는 이자 수익을 당해 연도에 물리학, 화학, 생리학과 의학, 경제학, 문학, 평화 등의 분야에서 인류를 위해 큰 공헌을 한 사람들에게 상으로 주겠다는 유언장을 작성하였다.

노벨은 자신의 유언이 인류에게 얼마나 큰 영향을 미칠지, 특히 북유럽에 살았던 자신의 유언이 몇십 년이 지난 뒤 바다 건너 먼 나라에 살고 있는 중국인들의 마음을 이토록 강하게 끌어당길 거란 사실을 예상하지 못했을 터이다. 해마다 12월 10일자 신문에는 노벨상 시상 기관이 올해의 수상자에게 노벨상을 시상하였다는 소식이 실린다. 매년 시상되는 노벨상은 점점 더 많은 사람들의 주목을 받아왔지만, 전 세계 인구의 오분의 일을 차지하는 중국인 중에는 특별한 영예로 받아들여지는 노벨상 수상자가 단 한 명도 나오지 않고 있다. 이것을 하나의 기이한 현상으로 이해할 때 더욱 이상한 일은, 오히려 중국 내 과학 분야에서는 이에 대한 불만 토로나 가벼운 비판조차 없는 데 반해 유독 문학계에서는 항상 심기 불편해하고 의견이 분분하다는 사실이다.

　　사실, 중국 국민들이 노벨상에 관심을 갖게 된 건 비교적 최근의 일이다. 노벨상은 오래전인 1901년에 설립되어 시상을 시작했지만, 당시 중국은 아직 서구 열강의 침략을 받고 있는 상황이어서 국제적으로 입지가 전혀 없는 실정이었다. 5·4 신문화운동 이후에야 미국과 유럽 등 서구의 영향으로 중국인의 정신과 문화를 굳게 잠그고 있던 문호가 개방되었고, 비로소 진정한 의미의 1세대 현대작가들이 출현하였다. 그리고 루쉰魯迅, 궈모뤄郭沫若, 마오둔茅盾 등과 같은 훌륭한 문학가들이 나타났다. 당시 노벨상 심사위원회 역시 중국문학의 큰 발전에 주목하며 루쉰, 린위탕林語堂 등을 잇달아 후보로 선정하였다. 하지만 그 후 민족적 위기가 가중되면서 쇠망의 위기에서 나라를 구하여 생존을 도모하는 일이 급선무가 되었고, 이것은 중국문학이 세계무대로 나아가는 데 걸림돌이 되었다. 신중국 수립 이후 중국문학의 새로운 발전이 시작되었지만, 건국 이래 장기간에 걸친 '좌파' 문예 사상과 노선의 영향으로 중국문학은 소멸될 위기에마저 처하였다. 신시기가 도래한 이후에야 마침내 문학의 본격적인 발전이 가능해졌다. 노벨 문학상 역시 중국인의 시야 속으로 들어와, 사람들은 이제 중국 현대작가들의 우수한 성과를 기대하는 한편 역사적 수상 소식을 고대하였으나, 결국 안타깝게 기회를 놓치게 되자 아쉬워하고 개탄하였다. 중국 작가들이 매년 노벨상과 인연을 맺지 못함에 따라 중국인의 노벨상에 대한 콤플렉스 또한 갈수록 심해지고 있다.

　　노벨상에 대한 이러한 감정은 다음의 두 가지 형태로 나타났다. 하나는 노벨 문학상에 대한 맹목적인 숭배로 노벨상 수상을 불후의 문학적 성과와 동일시하는 것이고, 또 다른 하나는 무시와 거부의 감정으로 중국인이 노벨상을 수상하지 못하는 것은 서구 국가들의 언어 패권의 결과라고 주장하는 것이다. 노벨 문학상은 최고의 영예로서 분명히 문학 분야에서 독특한 공헌을 한 작가들을 표창하는 동시에 한 작가의 문학적 성과를 어느 정도 증명해주고 있다. 노벨 문학상의 심사 기준은 "문학 분야에서 이상주의적 경향이 있는 최고의 작품을 창작한 작가에게 수여하는" 것이다. 하지만 문학은 예술의 한 분야로서 심사 기준이 절대 객관적일 수 없으며, 민족과 역사·언어·이데올로기 등 다양한 요소의 영향으로 인해 상당히 주관적일 수밖에 없다는 사실에 주목해야 한다. 따라서 노벨상을 수상하면 반드시 문학적 가치가 높고, 그렇지 않은 경우 문학적 성과가 낮다고 볼 수는 없다. 문학의 최고 영예인 노벨상 수상자 선정의 역사를 보더라도 이러한 사례가 적지 않음을 알 수 있다. 별로 특출한 성과가 없는 이류 작가가 노벨상을 수상하는가 하면, 문학의 대가로 공인된 사람이 탈락하는 경우도 있기 때문이다. 예를 들어, 중국 내에 별로 "알려지지 않은" 폴란드의 여류 시인 비스와바 심보르스카는 1996년 노벨상 수상의 영광을 누렸지만, 20세기 문학 지형에 지대한 영향을 미친 톨스토이나 졸라, 입센, 카프카 등은 노벨상과 인연이 없었다. 따라서 노벨상을 맹목적으로 숭배할 필요가 전혀 없을 뿐만 아니라 중국 작가들이 노벨상을 수상하지 못했다고 해서 지나치게 비하하고 낙담하거나 중국문학의 가치를 부정할 이유는 없다.

노벨상에 대한 무시와 거부의 입장은 다시 한 번 돌이켜볼 필요가 있다. 이러한 견해의 기저에는 단지 '신포도심리'(목적을 이루지 못했을 때, 이를 평가 절하하여 마음을 푸는 행위)뿐만 아니라 편협한 정치적·민주주의적 이념이 깔려 있다. 국내에서 명성이 자자한 작가들이 오랜 기간 국제 사회로부터 인정을 받지 못한 이유는 그저 그런 상에 대한 무관심 혹은 노벨상이라는 언어 패권을 장악한 서구 국가들의 중국에 대한 이데올로기적 편견 때문이다. 사실 이는 노벨상을 지나치게 중요시하는 것과도 관련되어 있다. 2002년 노벨 문학상 심사위원회 위원이자 스톡홀름대학 중국 언어문학학부 교수, 그리고 저명한 한학자인 고란 말름크비스트의 제자인 옌유신閻幽馨 박사는 인터뷰에서 중국인은 노벨 문학상에 대한 관점이 서양인과 다르다고 말한 바 있다. 즉, 중국인들은 보통 노벨상을 정치적 산물로 보는 경향이 있으므로, 수상하지 못한 일을 정치적인 사건으로 간주하고 정치적 이유와 연관시킨다. 예컨대, 심사위원들의 정치적 편견 등을 내세우며, 이성적으로 문학과 정치를 구별하지 못한다는 것이다. 스웨덴에는 노벨 문학상에 전혀 관심이 없는 사람들이 많다. 그들은 이 문학을 문학원이 가장 선호하는 문학일 뿐이라고 생각한다. 옌유신은 노벨상이 국가가 아니라 개인에게 수여되고, 기껏해야 개인의 문학적 성과를 보여줄 뿐 그가 속한 국가가 얼마나 훌륭한지 증명하지 못하며, 전체 인류의 정신적 재산인 문학은 국경을 초월한다고 말하였다.[1] 이 점에 대해서는 외국인만 충분히 이해하는 건 아니다. 1927년, 루쉰은 노벨상 지명을 완곡히 거절하면서, "중국에는 노벨상을 탈 만한 사람이 아직 없다고 생각한다. 스웨덴은 우리에게 관심을 갖지 말기 바란다. 사실, 누구에게도 상을 주지 않는 편이 가장 좋다. 만약 황색 얼굴을 가진 사람이라고 해서 지나치게 우대한다면, 반대로 중국인들의 허영심을 높여 중국 사람들도 외국의 작가들과 어깨를 나란히 할 수 있다고 생각하게 되는 좋지 않은 결과가 초래될 수도 있다"[2]라고 말한 바 있다. 이 말에서 루쉰이 중국인의 허영심에 대해 잘 알고 있음을 알 수 있는데, 이것은 중국인의 나쁜 근성 중 하나로 볼 수 있다. 즉 중국인은, 강대한 중화로서의 중국이

---

1) 왕훙챠오汪宏橋, 「중국인의 노벨상 콤플렉스中國人的諾貝爾獎情結」, 『社會科學論壇』, 2003년 제3기 참조.
2) 『루쉰전집魯迅全集』 제9권, 인민문학출판사, 1961년, 349쪽.

백여 년이 넘도록 노벨상을 받지 못함으로써 체면이 손상되고, 특히 이것
은 중국의 대국 이미지에 어울리지 않으며 중국의 낮은 국제적 위상을
보여준다고 생각하였다. 결과적으로, 중국인이 노벨상과 인연이 없다는
사실은 노벨상 심사위원들이 색안경을 끼고 중국을 바라보는 것이 아니
라 중국인이 색안경을 끼고 세계를 바라보기 때문이다.

　상을 받지 못할수록 더 받고 싶은 심리는 단지 몇 마디의 불평이나
몇 회 세미나를 하는 것으로 쉽게 해소되지 않고, 실제 '사건'으로 비화되
면서 종종 이목을 끄는 각종 '뉴스' 또는 '소문'으로 이어지기도 한다.
예를 들어, 왕멍王蒙은 수차례에 걸쳐 '미국 노벨문학상 중국작가지명위
원회'에 의해 노벨 문학상 후보에 노미네이트된 바 있다. 2002년에는
청두의 작가 뤄셴구이羅先貴와 뤄칭허羅清和도 '노벨상 지명 추천'을 받았
다. 이후, 왕멍과 청두의 작가들을 지명한 소위 '미국 노벨문학상 중국작
가지명위원회'는 스웨덴 문학원의 인정을 받지 않은 민간 기구에 불과하
고, 위원장인 '재미 작가' 빙링冰凌 역시 어떠한 지명 자격도 없으며, 중국
작가 지명과 추천은 전적으로 위원회의 홍보를 위한 행위였다는 사실이
밝혀졌다. 이러한 일은 대륙에서만 발생한 것이 아니었다. 2000년에는
타이완 작가 리아오李敖가 장편역사소설 『베이징법원사北京法源寺』로 노
벨 문학상 후보에 지명되었다는 소식이 들려왔으나 이내 허위임이 밝혀
졌다. 이를 통해, 노벨상이 비단 대륙인들만의 문학적 관심에 그치지 않고
전체 중화권 문학의 심리적 기대이기도 하다는 사실을 알 수 있다.

　전체적으로 국력이 강해지면서 중국은 경제와 정치 등의 분야에서 점
차 세계 선두를 점하게 되었고, 이에 상응하여 대국이 굴기한 이후의 문화
에 대한 정신적 자부심 역시 필연적으로 높아졌다. 즉, 중화민족 5000년
문명의 찬란한 성과를 세계에 보여주어 세계로 하여금 중국을 이해하도

록 하고, 중국으로 하여금 세계로 나아가도록 하자는 것이다. 노벨 문학상 수상 자체는 작가에게 더없는 영광이지만, 이를 통해 세계인이 한 나라와 민족의 문학을 이해하고 민족과 세계 간 교류의 통로를 개척하는 것이야 말로 문학에 있어 가장 중요한 의의라 볼 수 있다. 다시 말해, 시공간과 지역·민족·언어의 한계를 넘어 세계 문화와 민족문화의 상호 교류를 촉진하고 문화 예술의 발전을 도모할 수 있다. 중국어 문학은 유구한 역사와 전통을 자랑하며 휘황찬란한 성과를 이룩하였다. 그러나 한문의 특수성으로 인해 오랫동안 다른 민족들이 이해하기 어려운, 결과적으로 세계적으로 인정받지 못하는 문화로 남을 수밖에 없었다.

중국인들의 시각에서 볼 때, 당연히 이는 나날이 발전하는 강대국의 위상에 걸맞지 않고 중국문학의 화려한 역사와도 어울리지 않는다. 중국인들은 수상을 통해 중국문학의 성과를 증명하고, 세계인들이 중국문학을 인식하도록 해야 할 절박한 필요성을 느꼈다. 더욱이 20세기의 1980, 90년대 이래 제3세계 국가와 동남아 국가에서 종종 노벨상을 수상하는 일이 있었고, 일본 역시 두 명의 작가가 노벨 문학상을 수상하였으며, 인도의 시인 타고르, 명성 높은 라틴아메리카의 작가 보르헤스는 물론이고, 심지어 남아공·이집트·나이지리아와 같은 약체 국가에서도 노벨상 수상자가 나왔는데, 강대국 중국은 지금까지 노벨상과 인연이 없으니 중국인의 노벨상에 대한 갈망과 수상에서 배제된 데서 느끼는 분노와 우려는 굳이 말할 필요조차 없다.

제2절 중국이 노벨상을 받지 못한 이유

중국은 왜 지금까지 단 한 번도 노벨상을 받지 못했는가? 종합해 보면,

대체적으로 다음과 같은 원인이 있다.

우선, 노벨상은 서구에서 창설된 것으로 필연적으로 서구 국가가 발언권을 장악할 수밖에 없다. 그들의 심미적 시각과 심의 기준 · 정신 · 원칙은 동양 국가들과 다르기 때문에, 민족과 문화권역을 뛰어넘어 동양이 인정을 받기까지는 불가피하게 서구 문화의 강한 저항에 부딪힐 수밖에 없다. 이로 인해, 1980년대 이전의 노벨 문학상은 '유럽중심주의' 경향이 존재한다는 지적을 끊임없이 받기도 하였다. 사실 서구 문명은 19세기 말 자본주의의 급격한 발전으로 강한 문화적 우월감을 갖게 되자 남보다 우위에 있고 심지어는 자신들만이 유일한 고차원적 문화를 지녔다고 인식하며, 다른 민족의 문명 또는 문화를 멸시하기에 이르렀다. 사실, 서구 문명은 19세기 말의 급격한 자본주의 발전을 바탕으로 강한 문화적 우월감을 갖게 되면서, 다른 민족보다 우위에 있고 심지어는 자신들만이 유일한 고차원적 문화를 지녔다고 인식하여 다른 민족의 문명 또는 문화를 멸시하기에 이르렀다. 하지만 1차 세계대전 이후 유럽 세력의 쇠퇴와 미국의 강대국화로 '유럽중심주의'가 쇠퇴하고, 유럽인의 문화 관념 역시 중심주의에서 다원화로 전환됨에 따라 문학에 있어 계급과 종족 · 성별 · 식민 · 문화 등의 이슈는 더 많은 관심을 받게 되었다. 이에 발맞추어 노벨 문학상 또한 다원화를 심의의 기준으로 삼으면서, 비로소 서구에 의해 동양 문명이 직시되고 인정받기 시작하였다. 그러나 서구의 정치적 편견을 해소하는 일은 하루아침에 해결될 문제가 아니었다. 잠재된 동양에 대한 문화, 정신적 인식은 노벨상 심의 과정에서 여전히 정치적 공평성과 문화적 공정성에 영향을 미치고 있으며, 비록 노벨 문학상은 심의 과정에서 최대한 정치적 편견에서 벗어나려 노력하지만 여전히 공격과 쟁의의 대상이 되고 있다. 노벨 문학상의 정치적 색채 여부에 관한 질의에 대해 고란 말름크비스트는 "나는 종족 의식을 표현하는 작품이 노벨상을 받은 것을 본 적이 없다"고 말한 바 있다. 하지만 노벨상의 이데올로기적 경향은 언제나 분명했다. 냉전 시대에는 알렉산드르 솔제니친 등 구소련 망명 작가들에게 노벨상이 수여되었고, 이로 인해 소련 당국의 강한 불만을 사기도 했다. 장 폴 사르트르는 노벨상 수상에 대한 거절을 통해 "정부 당국이 수여하는 모든 영예를 거부한다"는 스스로의 약속을 지켰다. 그는 오랜 기간에 걸쳐 그 이유에 대해, 노벨상은 오직 서양 작가나 동양의 일부 "정치적 견해가 다른 사람"에게만 수여되었기 때문이라고 솔직히 말하였다. 노벨상은 동서양 양대 진영과 두 개 문화의 충돌 가운데 이미 얼마간 정치적 색채의 영향을 받았거나 혹은 그러한 경향성을 드러내었다. 예를 들어, 남미의 진보 시인인 네루다에게는 왜 줄곧 노벨상을 수여하지 않았는가? 프랑스의 좌파 작가 아라곤은 왜 그다지도 등한시되는가? 소련의 파스테르나크는 왜 숄로호프에 앞서 노벨상을 수상하였는가? 이러한 관점에서 중국을 바라본다면, 사회주의와 공산주의라는 이데올로기적 색채가 뚜렷한 중국문학은 서구 자본주의 이데올로기와는 매우 다르며, 결과적으로 서구의 발언권을 대표하는 노벨상의 주목은 당연히 받지 못했던 것이다.

다음, 정치이데올로기라는 불리한 요소는 차치하더라도 중국어 창작의 특수성 또한 중국문학이 노벨상을 수상하는 데 어려움을 더하고 있다. 전 세계에서 아직까지 사용되고 있는 상형문자로서의 한자는 영어 등 표음문자에 비해 더 풍부한 함의를 가지고 있다. 중국어 문학은 한자를 통해 매개되는 언어 자체에 포함된 정보보다 형상과 의미 바깥의 뜻을 더욱 중요시한다. 따라서 중국어 원저를 읽지 않고 번역본만 본다면, 작품 자체의 예술적 수준은 상당히 낮아지게 된다. 더욱이 중국문학이 정확하고 적절한 번역을 통해 외국에 소개되는 경우는 별로 없으며, 이러한 수준 낮은 번역 문제로 인해 세계인은 중국문학을 제대로 이해하기 어렵다. 한편, 노벨 문학상 심사위원 중에 중국어를 아는 사람이 한학자 고란 말름 크비스트 한 명뿐이라는 사실도 적지 않은 걸림돌이다.

추천 전략의 실제 운용에 있어 중국 정부가 성공적이지 못했다는 지적이 제기되기도 한다. 노벨위원회의 규정에 따르면, 문학상의 심사 후보들은 우선 지명 추천을 받아야 한다. 하지만 스웨덴 문학원과 이와 동급의 인문과학원·연구소 및 학회의 구성원, 각 대학의 문학자 혹은 언어학 교수, 노벨 문학상 수상자, 각국의 문학 활동을 대표하는 작가협회의 회장만이 추천권을 가질 수 있다. 따라서 권위 있는 기관 혹은 인사의 추천을 받지 못한 작가 개인은 신청이 불가능하다. 이러한 사실을 고려한다면, 일본은 일종의 모범 사례라 할 수 있다. 가와바타 야스나리나 오에 겐자부로는 국제 작가모임 개최나 권위자들의 추천 등 일본 정부와 작가협회가 가능한 한 모든 여건과 최선의 노력을 제공한 바탕 위에 노벨 문학상을 수상할 수 있었다. 그러나 중국은 아직까지 단 하나의 전문 기관도 없고, 소수에 의한 추천은 개연성이 떨어지고 신뢰도가 낮을 수밖에 없다. 연이어 '뉴스'를 만들어낸 '미국 노벨 문학상 중국작가지명위원회' 또한 결과적으로 날조극에 불과하다는 사실이 확인되었다. 하지만 이를 통해 역설적으로, 중국 작가가 노벨상에 도전하려면 우선 중국문학을 대대적으로 전 세계 무대에 서게 하고 국제적으로 큰 반향을 일으켜야 한다는 교훈을 얻을 수 있었다. 하지만 역시 각 부서와 기관의 적극적인 협력과 강력한 지원이 필요한 것이다.

주관적 요소가 비교적 강한 문학상의 심의는 심의위원의 개인적 심미 취향과 전문 분야, 문학 감상 능력 등과도 밀접한 관계가 있다. 그 외에 시대가 변천하면서 문학 심미의 풍조 역시 변화하고, 이에 따라 노벨 문학상의 심의 기준도 사실상 지속적으로 수정·조정되고 있다. 예를 들어, 노벨 문학상은 반드시 "문학 분야에서 이상주의적 경향이 있는 최고의 작품에 수여되어야" 한다고 하지만, 이 '이상주의적 경향'에 대한 이해와 파악에 있어 각기 다른 시대의 스웨덴 문학원 심사위원들의 견해 역시 일관되지 않다.

노벨 문학상이 제정된 이래 "최초 10년은 심사위원들의 보수적인 도덕 성향과 심미적 습관으로 인해, 그들 마음속의 '이상주의'는 바로 '고상하고 순결한 이상'이며 수상자에 대해 '표현 기법뿐만 아니라 사상과 생활에 있어서의 가치관 면에서도 진정으로 고상한 도덕성'"을 요구하였다. 이때에는 도덕적 기준이 분명 문학의 위에 자리하고 있었다. 시대의 변천에 따라 노벨 문학상의 심의 기준도 지속적으로 수정, 조정되었다. 1920, 30년대에 들어 심의 기준이 '보수'에서 '대중'으로, '간결함'에서 '통속적'으로 바뀌며 '일목요연'하게 읽힐 수 있는 작품이 선호되기 시작하였다. 2차 세계대전 이후 노벨상 심의위원회는 대담하고 창의적인 작가들에 주목하였고, 수많은 20세기 문학 대가들이 이에 따른 영예를 획득할 수 있었다. 1970년대 이후 심의 원칙은 "생계를 위해 노력하고 있으나 자신의 이상을 실현하는 데 어려움을 겪고 있는 꿈이 있는 사람"에게 상을 주어야 한다는 것으로 또다시 수정되었다. 그 결과, 오세아니아와 아프리카의 '지방 문학 거장'들이 전 세계 독자들 앞에 등장할 수 있었다. 20세기 말에 들어 스웨덴 문학원의 심미적 이상과 기준은 다양한 문화의 참여와 융합, 즉 '국제화' 방향으로 변화하였다. 그들은 '문화적 공감'이란 이슈에 상당한 관심을 기울이고, 투쟁의 철학이 아닌 평화와 중립, 상호 인내, 양보를 주장하였다. 또한 서구문화중심주의의 잣대로 다른 문화의 작품

을 평가하지 않고, 다양한 문화 간의 대립과 배척, 대결을 해소하고자
하는 동시에 상호 간의 연결·융합, 심지어 개입을 주장하였다."3) 이렇듯,
심미적 안목과 심의 기준의 끊임없는 변화는 중국문학이 노벨상에 적응
하는 데 있어 어려움을 가중시켰다.

   현재 노벨 문학상의 심의는 주로 다음과 같은 몇 가지 원칙에 따라
진행된다. 첫째, 문학 분야에서 선도적이고 예술적 측면에서 창의적인
사람에게 수여한다. 둘째, 그리 유명하지 않지만 확실히 성과가 있는 우수
작가들에게 상을 수여하고 그들로 하여금 명성을 얻도록 한다. 셋째, 명성
이 높고 성과가 많은 우수 작가들에게 수여한다. 이 몇 가지 원칙은 기본
적으로 합리적이며 공정하다고 할 수 있으나, 중국인이 계속해서 노벨상
을 받지 못했던 것은 중국 작가들 자신의 측면에서도 상당한 개연성이
있다.

   첫째, 중국 작가들은 보편적으로 민족의식이 결여되어 있다. 이러한
민족의식은 편협한 민족·정치적 정서가 아니며, 중국의 민족문화에 입
각해 민족과 국가의 운명에 관심을 갖고 민족문화의 특수성을 나타낸다
고 할 수 있다. 특히, 제3세계 국가들에 있어 이러한 민족문화의 특수성은
자기 민족의 특이한 풍속 또는 낙후되고 우매한 인식으로써 서구 문명을
비웃는 것이 아니고, 타민족 문화에 대한 배척과 대립도 아니며, 세계적
요소가 깊이 포함된, 최종적으로는 전 인류의 정신적 이슈에 대한 관심을
말하는 것이다. 이것이 바로 "민족적일수록 세계적이다"라는 말의 진정한
의미이다. 이러한 관점에서 볼 때, 중국문학이 20년에 걸쳐 비록 관념이
나 창작 형식, 예술적 노하우 등의 방면에서 상당히 큰 진전을 이루었다고

---

3) 란서우팅蘭守亭 편저, 『노벨문학상백년개관諾貝爾文學獎百年槪觀』, 학림출판사, 2006
   년, 2~3쪽.

해도, 이것은 일정 부분 표면적일 뿐 전통문화의 지양과 외국 문화의 참조를 기반으로 양자의 융합을 통해 현대 의식과 민족의 시대정신을 표현하는 참신한 스타일을 형성한 것은 아니라고 볼 수 있다.

창작 이념에서부터 창작 형식, 창작의 테크닉에 이르기까지 서구에 대한 과도한 참조와 의존으로 인해 중국문학은 민족성을 상실하였다. 그 결과 다음과 같은 상황이 나타나게 되었다. 즉, 국내적 관점에서 바라볼 때는 많은 작가들의 작품이 보기 드물게 참신하고 독특하다고 인식되지만 국제무대에만 나가면 단지 남의 것을 모방한 데 불과한, 참신함이라고는 전무한 것으로 평가받는다. 따라서 중국문학이 국제무대에 발붙이려면, 우선 서구의 창작 관념에 대한 지나친 추종을 지양하고 진정한 중국적 풍격, 중국적 분위기를 연출해야만 한다.

둘째, "현대 청장년 작가들은 자기 수양이라는 측면에서도 상당히 큰 결함을 가지고 있다."[4] 동서고금을 막론하고 진정한 문학가들은 날카로운 사유와 탁월한 미학적 소양, 심오한 문화적 역량, 빼어난 예술적 표현 기법을 가지고 있다. 하지만 현대 중국 작가 중에는 중국과 서양 문화를 충분히 이해하고 고금 문학에 정통하며 동서 문화를 융합시킬 만한 수준의 대가를 찾아볼 수 없다. 더욱이, 상업 문화의 풍조 속에서 사람들은 갈수록 경솔해져 서재에 앉아 조용히 학문을 공부, 연구하지 않고, 이익 추구를 목적으로 문학을 통해 명성을 낚고자 한다. 많은 작가들이 '이상'과 '숭고'를 버리고 세속에 영합하는 상업의 품속으로 뛰어들었다. 따라서 그들의 작품은 나날이 향상되는 민족정신이 아닌, 썩어빠진 정신으로 가득 차게 되고, 결국 작가 자신의 부족한 문화적 소양으로 인해 문학작품의

---

4) 리위화李玉華·저우리나周麗娜, 「중국작가와 노벨문학상中國作家與諾貝爾文學獎」, 『遼寧師範大學學報』, 1999년 제1기.

예술적 품위 및 가치는 크게 떨어질 수밖에 없었다. 자신의 심미적 취향을 어떻게 함양할 것인가에 관한 문제는 중국 현대작가들이 직면한 하나의 중요한 이슈이다.

셋째는 마음과 자세의 문제이다. 중국인의 노벨상에 대한 열망은 단순한 기대와 갈망에 그치지 않고 수많은 문학 외적 요소와 정서에 얽혀 있다고 할 수 있다. 노벨상에 대한 비정상적인 미련은 필연적으로 작가들의 창작 정신과 태도에 영향을 미친다. 공리주의는 창작의 큰 적이다. 노벨상 앞에 엎드린다고 해서 더 높은 영예를 얻을 수 없으며, 오히려 사람들의 비웃음만 살 뿐이다. 노벨 문학상은 '세계문학'의 기준을 제공한 것에 다름 아니다. 1940~1970년대에 모더니즘 문학과 실존주의 철학은 노벨상에 지대한 영향을 미쳤고, 이는 침체기를 거쳐 막 깨어나고 있는 중국문학이 서구 현대파로 대표되는 '국제 스타일'을 따라가도록 하는 일종의 발판으로 작용하였다. 노벨상의 '유럽중심주의' 전설은 1982년 콜롬비아의 마르케스가 노벨 문학상을 수상함으로써 타파되었다. 또한, 1980, 90년대에 제3세계 국가의 작가들이 잇따라 노벨상을 수상하며 전 세계의 주목을 끌자 중국문학 역시 이를 본보기로 삼고자하였다. 즉, 제3세계 국가의 문학이 세계로 발돋움 하려면 서구 문학과는 다른 모습이 반드시 존재하고, 본토 문화의 특수한 '개성'이 발굴되어야 한다는 사실을 깨닫게 되었다. 따라서 본토의 생활 스타일과 윤리·풍속·가치관을 표현하는 작품들이 생겨났는데, 예를 들어 '심근소설'은 마르크스식 라틴아메리카의 마술적 리얼리즘이 낳은 결실이라고 볼 수 있다. 중국문화도 '세계문학의 기준'에 맞추어 숭어가 뛰니까 망둥이도 뛰는 식으로 변해가기 시작하였다.

노벨 문학상이 중국인에게 어느 정도 "서구 문학의 대표 모델 및 서구

문화의 보편적 언어에 대한 기초 지식을 제공하고, 서구 문학의 여러 중요
한 부분을 소개하였다"는 점은 인정해야 한다.5) 그러나 서구 문화를 공부
하고 참고할 때에, 대개 기법의 모방에만 주목하지 수상자의 문학 정신의
본질과 그들 간의 공통점은 등한시해온 것이 사실이다.

　노벨상을 수상한 문학 거장들을 살펴보면, 그들의 작품이 어떤 유파에
속하든 간에 공히 한편으로 본국의 현실을 면밀히 주목하여 자신의 창작
이 민족의 토양에 깊이 뿌리 내리도록 하고, 다른 한편으로 현실을 초월하
여 이상적인 정신을 부여한다는 사실을 알 수 있다. 예술적 측면에서도
그들은 민족의 우수한 문학 전통을 계승하는 동시에 창의적으로 자신만
의 독특한 스타일을 창출해낸다.6) 노벨 문학상 심사 과정에서도 민족의
문학 전통을 전승하는 데 있어 탁월한 기여를 했는지의 여부가 중요한
심사 내용으로 정해져 있다. 그러나 노벨상이 중시하는 이러한 측면은
오히려 등한시되어 왔다. 노벨상이 오랜 세월 중국인에 대해 인색했던
사실은 어쩌면 당연하다고 볼 수 있다.

제3절 『영혼의 산』: 중국식 풍격과 세계의 반향

　전 세계에서 노벨상을 수상한 중국인이 단 한 명도 없다고 하면 그리
정확한 표현은 아니다. 왜냐하면, 비록 외국 국적이기는 하지만 스톡홀름
의 시상대에 오른 몇 명의 중국인이 있기 때문이다. 노벨상의 역사상,

---

5) 장구우張顧武, 「원대한 꿈, 머나먼 이상宏愿與幽夢 : 諾貝爾文學獎與中國」, 『外國文學』,
　1997년 제5기.
6) 라이간졘賴干堅 참조, 「노벨 문학상과 중국 − 세기말적 반성과 전망諾貝爾文學獎與中國
　− 世紀末的反思與前瞻」, 『外國文學』, 1997년 제5기.

중국계 과학자 7명 - 리정다오李政道, 양전닝楊振寧, 딩자오중丁肇中, 리위안저李遠哲, 주디원朱棣文, 추이치崔琦, 첸융젠錢永健 - 이 노벨 과학상을 수상한 바 있다. 그러나 노벨 문학상 부분에서 등한시할 수 없는 이름이 있다면 바로 가오싱젠高行健이다.

문학계에서 가오싱젠은 결코 생소하지 않은 작가이다. 그가 1982년에 창작한 실험극『절대신호絶對信號』는 소극장 실험극에 대한 바람을 불러일으켰고, 또한 프랑스 황당파 연극을 모방한『버스정류장車站』도 연극계에 상당한 영향력을 행사하였다. 다만 그의 창작은 실험적 성격이 강해 연출 횟수가 그리 많지 않고, 따라서 관객들에게 그다지 알려지지 않은 편이었다. 그의 희곡 작품『피안彼岸』이 1986년 '정신오염제거운동'의 과정에서 베이징 당국에 의해 공연 금지 조치를 받게 되자, 이듬해 가오싱젠은 바로 중국 대륙을 떠나 프랑스로 향했고, 한 해가 지난 후 다시 정치 난민의 신분으로 파리 교외인 바뇰레에 정착하여 프랑스 국적을 취득했다. 그의 이후 작품인 프랑스어 연극『도망逃亡』과 소설『영혼의 산』, 『나 혼자만의 성경一個人的聖經』은 해외에서만 출판될 수 있었다. 결과적으로 그는 중국인의 시야에서 철저히 멀어질 수밖에 없었다. 2000년 가오싱젠은 대표작『영혼의 산』으로 중국 및 화교 작가 최초로 노벨 문학상을 수상하고, 다시금 중국어 문학의 관심을 받게 되었다. 비록 2000년에 『영혼의 산』으로 노벨상을 수상하였지만, 이것은 실제로 가오싱젠이 프랑스로 향하기 이전, 즉 1980년대에 창작된 작품이었다. 따라서 이 소설은 작가의 당시 생각과 느낌, 세상에 대한 인식을 순수한 중국어로 사실대로 기록하고 있다고 볼 수 있다. 이 작품은 번역본을 통해 외국 청년 독자들의 주목을 먼저 끌었으며, 노벨상을 수상한 후에야 중국인 독자들의 시야 속으로 들어올 수 있었다.

가오싱젠의 노벨상 수상은 여러 측면의 요소들이 함께 작용한, 즉 역사적 합력에 의해 만들어진 것이다.

우선, 간과할 수 없는 요소로 이데올로기를 꼽을 수 있다. 가오싱젠의 이력 상 그의 '망명 작가' 신분 자체도 상당한 의미를 가지고 있다. 노벨문학상의 역사를 볼 때 정치 이데올로기적 경향이 확실히 존재하였는데, 일례로 보리스 파스테르나크와 알렉산드르 솔제니친 등 구소련 망명 작가에 대한 편애를 들 수 있다. 가오싱젠의 신분 자체의 특수성을 통해 노벨상의 이데올로기적 경향을 의심해 본다면, 그가 시상식에서 발표한 정치적 의미로 가득한 소감문『문학의 이유文學的理由』는 이러한 의구심에 대한 더욱 깊이 있는 주석이라 할 수 있다. 가오싱젠은 연설에서 토마스 만과 알렉산드르 솔제니친 등 망명 작가들을 언급했을 뿐만 아니라 문학, 특히 중국문학에 대한 도망의 의미를 반복해서 강조하였다. 따라서 가오싱젠의 수상 이후 혹자는 노벨 문학상이 문학적 시각이 아닌 정치적 기준을 적용하여 심의되고 있으며, 이미 다른 속셈을 가진 정치적 목적에 이용되었다고 예리하게 지적하였다.[7]

둘째,『영혼의 산』이 중국어 소설로서 노벨상을 수상할 수 있었던 것은 적절한 번역과 홍보, 논평과 불가분의 관계에 있다.『영혼의 산』은 타이완연경聯經출판공사에 의해 1990년 최초로 출판되었고, 이후 노벨문학상 심사위원회와 저명한 한학자 고란 말름크비스트의 번역을 거쳐 1992년에 스웨덴어로 스웨덴에서 출판되었다. 이어서 1995년에는 프랑스어로 나오고 2000년에는 영어로 출판되었다.『영혼의 산』은 번역과 홍보에서 특별히 좋은 조건을 가지고 있었다. 왜냐하면, 고란 말름크비스트가 노벨

---

7)『강남시보江南時報』, 2000년 10월 14일 참조.

문학상 심사위원회의 심사 위원인 동시에 그중에서 유일하게 중국어 원작을 읽을 수 있는 사람이었기 때문이다. 그는 중국어 소설에 대한 평가에 있어 중요한 역할을 하였다. 그의 가오싱젠 작품에 대한 편애 역시 『영혼의 산』의 홍보와 작품 인식에 적지 않은 영향을 미쳤다. 이 외에도 류짜이푸劉再復와 자오이헝趙毅衡 등 문화 분야 유명 인사들의 『영혼의 산』에 대한 호평도 가오싱젠의 노벨 문학상 수상에 큰 도움이 되었다. 이와는 대조적으로, 중국의 수많은 우수 작가들의 작품은 좋은 번역본이 없어 전 세계 독자들과의 교류가 단절되거나 혹은 외국어로 번역이 되어도 수준 높은 평가와 독해가 없기 때문에 문학 분야 엘리트층의 반향을 일으키지 못해 결국 노벨상으로 가는 길이 막혀버린 경우가 허다하다.

가오싱젠은 사실상 작품의 예술성, 창의성으로 인해 노벨 문학상을 수상할 수 있었다. 즉, 『영혼의 산』이 노벨상을 탄 것은 "작품이 보편적 가치와 깊은 통찰력, 풍부하고 기지가 넘치는 언어 표현력으로 중국어 소설과 예술·연극 분야에서 새로운 길을 개척했기 때문"이었다. 『영혼의 산』은 확실히 중국적 창작 풍격과 기운을 품고 있었다. 예를 들어, 작가는 전통문학을 포용함으로써 풍물과 지리지, 신화와 우화, 전기와 사화, 장회 구조, 필기 등을 융합하고, 얼핏 보기에는 별로 특별할 게 없지만 그 내부에 수많은 정신적 사고를 내포한 창작을 수행할 수 있었다. 그뿐 아니라 서구의 종교 관념과 개인주의 정신에 대한 이해도 끌어안았다. 그는 "곤경에 처한 한 작가가 떠나는 양쯔강 유역으로의 오디세이와 같은 유랑과 마음의 여행을 보여주고, 이를 현대인의 처지와 인류의 보편적 생존 실태와 연결시켜 관찰하였다."[8] 동서양의 문화와 전통과 정신이 이러한 형태

---

8) 류짜이푸劉再復, 「백 년 노벨 문학상과 중국작가의 부재百年諾貝爾文學獎和中國作家的缺席」, 『北京文學』, 1999년 제8기.

로 소설 속에서 결합되어 전 세계 독자들에게 소설 속으로 들어가는 방식과 길을 제공하고, 또한 소설에 대해 스스로 이해하고 해석할 수 있도록 하였다.

가오싱젠의 노벨상 수상은 다양한 요소가 공동으로 작용한 결과이므로, 수상 이후 국민들의 반응 역시 각기 다르고 이에 대한 호평과 비판이 공존할 수밖에 없었다. 사실, 가장 현실적인 태도는 가오싱젠이 노벨상을 수상할 자격이 있는지에 대한 여부 논쟁이 아닌데, 이미 발생한 사실에 대해 논쟁해봤자 별다른 의미가 없으므로, 가장 의미 있는 것은 이를 통해 우리가 어떻게 반성하고 교훈을 얻는가에 대한 논의라 할 수 있다.

앞에서 언급한 바와 같이 가오싱젠의 대표작인 『영혼의 산』은 2000년에 노벨상을 수상하였지만, 사실 이 작품은 오래전인 1980년대에 이미 완성된 순수 중국어 소설이다. 따라서 예전에 창작된 작품이고 또 사람들의 머릿속에서 잊힌 지 오래라고 해도, 『영혼의 산』은 노벨상 수상을 계기로 다시 한 번 이해되고 독해될 기회를 제공받을 수 있었다. 푸코의 말을 인용하자면, "중요한 것은 이야기가 말하는 시대가 아니라 이야기를 말하는 시대이다." 이 책은 총 600~700페이지, 81장, 3개 부분으로 나뉘며 각각 1인칭 '나'와 2인칭 '너', 3인칭 '그녀'의 입장에서 서술되고 있다. 이 소설에는 연속성 있는 인물이나 이야기가 없다. 굳이 '이야기'를 논하자면, 그저 '나'가 전설 속의 영산을 방문하는 과정에서 보고, 듣고, 생각하고, 느낀 것이 다이다. 베이징에서 온 지식인인 '나'는 의사가 '폐암'으로 오진하는 바람에 생과 사를 넘나드는 극적인 상황들을 경험하고, 그런 후에 혼자서 중국의 남방으로 가 양쯔강 유역에 살고 있는 민간을 돌아다니며 사물과 마음의 현실을 기록하였다. 소설은 구조가 상당히 번잡하고 구체적인 인물의 이미지가 없다. "전반적으로 2인칭 '너'와 1인칭 '나'를 각 장마다 번갈아가며 주인공으로 삼는, 즉 서술의 시각을 변환하는 기법으로 소설의 줄거리를 이어나갔다."[9] 사실 "1인칭 '나'와 2인칭 '너'는 동일인으로 후자는 전자의 투영 또는 정신적 변형이다."[10] 그 사이에 또한 '너'와 '그녀'가 해후하는 이야기가 섞여 있다. 주로 '나'와 '너'의 서술로 구성된 텍스트 가운데 '나'는 현실에 존재하며, 여행을 하고 있으며, 여행 중에 수많은 역사 이야기와 민간 전설 · 지리지 · 민요 · 고적 및 문물에 관한 정보 등을 수집한다. 그 내용은 수백 년 전의 민속에서부터 '문화대혁명' 후의 이야기에 이르기까지 매우 다양하다. 예를 들어 토비 두목 쑹궈타이宋國泰의 이야기(제4장), 이족 가수의 연가(제20장), 산간 지역의 독사에 관한 전설(제30장), 신농가神農架의 야인(제57장)……이 있다. 한편 '너'는 '나'의 정신적 존재이며, '너'의 정신적 활동의 한 부분은 '너'와 서로 다른 여성을 대표하는 '그녀'의 이야기이고, 또 다른 한 부분은 '너'가 '그녀'에게 들려준 이야기 · 풍문이다. 주화포의 이야기(제13장), 이 씨 증조부의 전기(제15장), 농촌 여인이 바람난 이야기(제31장)……와 같은 민속이나 전설 · 이야기들은 대부분 흩어져 있는 조각들로서 소설의 주체를 형성한다. 나머지는 '나' 와 '너'가 여행 중에 갖게 된 고금古今, 생사生死, 구체와 추상, 형이하학 및 형이상학적 현상 등에 대한 감정 · 느낌 · 사색 · 토론들이다.

소설은 인칭의 변환을 통해 텍스트를 이어나가고 있는데, 이렇게 복잡한 서사 기법을 통해 연결하고자 하는 것은 실상 아주 느슨한 이야기들이다. 이 소설은 수많은 장절로 구성되어 있음에도 불구하고 각 절마다

---

9) 왕징위王京鈺, 「『영산』 속 '너' · '나' · '그'에 관한 독해解讀『靈山』中的你' · '我' · '他」, 『랴오닝공학원학보遼寧工學院學報』, 2006년 제5기.
10) 류짜이푸, 앞의 논문.

완전하므로 독자는 자신의 취미에 따라 어떤 절에서부터 읽기 시작해도 내용을 이해하는 데 무리가 없다. 이러한 느슨한 형태의 구조는 중국 고대 문학의 문부文賦의 스타일과 유사하다. 사실, 『영혼의 산』속에는 중국의 작풍과 기운이 스며들어 있다고 해도 과언이 아니다.

『영혼의 산』에서는 '필기소설'이라는 단어가 여러 차례 언급되고 있는데, 예를 들어 제22장과 제48장 등이 그러하다. 이것은 마치 중국의 고대 문체 스타일에 대한 찬양을 슬쩍 노출시키는 듯하다. 『영혼의 산』을 '필기소설'이라는 칭호로 불러도 괜찮으리라 생각된다. 이것은 여행일기와 같지만 전통적인 기행문과는 다르고, 역사시歷史詩와 같은 특성이 있어 중국인의 운명과 역사·문화 등 실제 상황을 총망라하는 유람이라고 볼 수 있다. 특히, 천 년이란 긴 세월에 걸쳐 끊임없이 역대 정권의 억압을 받아온 문화 그리고 끊임없이 주류문화에 의해 무시되고 손상된 문화를 서술한 것이다. 다시 말해 유람과 탐구, 방문을 통해 문화의 정신적 소질을 필기 형태로 표현하였다. 가오싱젠 자신도 "『영혼의 산』은 인칭으로 인물을 대신하고, 마음의 느낌으로 줄거리를 대신하고, 정서의 변화로 글 전체를 조정하였다. 즉, 이것은 이야기의 자연스러운 서술이면서 동시에 이야기를 지어내고, 기행문 같지만 독백 같기도 한 그러한 소설이다"[11]라고 말하였다. 이 책을 읽다 보면 중국 고대소설 관념이 작가에게 깊은 영향을 미쳤음을 알 수 있다. 풍물과 지리지, 인물과 괴물에서 신화와 우화, 전설적 역사 이야기, 장회 소설, 필기, 잡록 등 그는 고대 소설의 전통 형식으로 돌아가 각종 문체를 한데 모으고, 옛 형식으로부터 새로운 형식을 창조해 내었다. 문화의 전통상 중국문학은 서사 기교에 별다른 재주가 없다. 고대

---

11) 가오싱젠高行健, 「문학과 현학·『영산』에 관하여文學與玄學·關於『靈山』」, 『노벨문학상충격파諾貝爾文學獎衝擊波』, 중국문화출판사, 2000년.

문학에 화본話本·장회章回란 맥락이 존재하기는 하나, 서사 방식과 기법에서 비교적 간단하다. 20세기 전체에 걸쳐 중국문학은 서구의 인과적 서사 방식을 학습해 왔다. 가오싱젠은 이야기에 대한 집착을 버리고 산문과 유사한 형태로 소설을 구성하여 전통문학의 포용성을 발휘하였다. 따라서 겉보기에는 가볍게 마음대로 기록하는 것 같지만 속으로는 많은 정신적 깊이를 담을 수 있게 되었다.

2000년 10월 19일, 프랑크푸르트의 한 강연에서 가오싱젠은 "『영혼의 산』은 한 편의 고독한 창작물이자, '나' 홀로 중국 중부 지역을 유랑하는 쓸쓸한 작품이다. 또한 한편으로는 중국에 관한 작품이다. 나는 중국문화와 중국의 전통에 대해 애정을 품고 있다"고 고백하였다. 그렇다면『영혼의 산』 속의 중국문화는 어떠한 문화인가? 가오싱젠은 중국문화를 네 가지 형태로 분류하고 있다. 첫째는, 중국 역대 봉건제국과 연계된 소위 정통문화 그리고 왕후장상 및 사대부의 생활 방식과 이에 관련된 진귀한 골동품들, 또한 이에 상응하는 유가를 위시한 윤리 교화 및 수행 철학 등이다. 둘째는, 원시적 무술에서 변화·발전된 도교와 인도에서 유입되어 가공된 불교, 때때로 왕들에 의해 제창·활용되었지만 항상 종교 문화의 독립적 형태를 유지하며 또한 서방과는 또 다른 기독교 문화 등이다. 이것들은 정권을 교체한 적도 정통의 위치에 자리한 적도 없으며, 중국문화의 발전에 대해 압박을 가하지도 않았고, 오히려 종종 문인들에게 일종의 피난소를 제공하였다. 셋째는, 민간문화로서 여러 민족의 신화와 전설, 풍속과 습관으로부터 민가·민요·노래·이야기·무도·게임 혹은 제사에서 유래, 변화한 연극과 화본소설 등이다. 넷째는 순수한 동양 정신이다. 이것은 주로 노장의 자연 철학·위진의 현학과 종교 형태를 이탈한 선학으로 나타나며, 정치적 압박을 피하려는 문인들에게 일종의 생활 방식이 되기도 하였다.[12] 가오싱젠은『영혼의 산』에서 후자의 세 개 문화에 중점을 두었다. 전자는 비록 휘황찬란해 보이지만 사람의 개성을 말살시키는 반면, 후자의 세 문화는 중국 고전 문학에서 가장 창의성이 풍부한 작가와 작품들이 배출되고 은일한 정신이 내포되어 있는 지점이기 때문이다. 그는 이를 통해 서구 문학과는 다른 중국문학을 보여주고자 했다. 가오싱젠은 중국문화의 기원으로 거슬러 올라가 머나먼 태고의 신화와 전설을 해석하고 고찰함으로써, 한漢·묘苗·이彝·강羌 등 소수민족의 현재 민간문화 유물 그리고 현재 중국의 현실 사회에 이르기까지 현대인이 처한 상황과 인류의 보편적 생존 상태를 결부시켜 살펴보았다.

『영혼의 산』에서 가오싱젠이 변방 문화에 심취하고, 이에 대한 표현을 통해 황허黃河 유역의 중원 문화와는 다른 양쯔강 유역의 고대 문화에 대한 탐구를 시도하는 동시에 유가의 윤리이성주의와 대립되는 자연적인, 자유로운 인간과 개성을 찬미하였음을 볼 수 있다. 정치와 현대 문명의 중심에서 멀리 떨어진 변방, 그곳 민간 사회의 가치관과 생존 방식, 예컨대 강호의 무술과 기술·무술巫術·풍수·도장·소수민족의 풍속·지방극 등이 순차적으로 등장하며, 일종의 원시적이고 신비로운 분위기가 소설을 감싸고 있다. 남성을 유혹하는 주화포朱花婆에서부터 아름답고 신비로운 여의사, 흉악한 토비에서부터 천라여신을 조각하는 노인에 이르기까지 민간문화와 변방 문명이 섞여 활기찬 분위기가 연출된다. 이곳에서는 민주자유의 정수와 낙후와 우매의 찌꺼기가 섞여 일종의 오염을 수장하고 받아들이는 독특한 형태를 구성한다. "인류의 원시적인 생명력에서 폭발하는 생활과 사랑, 증오, 인성의 욕망과 추구는 어떠한 도덕과

---

12) 위의 책.

설교로도 규정할 수 없고 어떠한 정치적 조례로도 규제할 수 없으며, 심지어 문명과 미美와 같은 추상적인 개념조차 수용할 수 없는 야성과 심원이다."[13] 이렇듯, 활기차고 영성이 있는 이 문화는 엄연한 '민족의 혼'이자 민족으로 하여금 늘 새로움을 유지하게 하는 원동력이다. 바로 이곳에서 자아의 생명과 의식이 민족의 영혼과 함께 깨어나게 된다.

『영혼의 산』은 한 편의 성지순례 소설이다. 주인공이 영산을 찾는 것은 일종의 상징적 행위이다. 그가 실제로 찾고자 한 것은 구체적인 산이나 지방이 아닌 자신과 민족의 영혼이다. 주인공은 끊임없이 넘나들면서 자신의 혼을 민족의 역사와 문화라는 길고 긴 강물 속에 녹여내고, 민족의 정신을 개인의 몸에 의탁하였다. 이로써 개인의 영혼은 위대한 수용력을 갖게 되고, 민족의 혼은 마침내 감성의 기착지를 찾을 수 있었다. 이제 영혼에 진정한 영성이 생겨났다. 『영혼의 산』의 역사·문화에 대한 추구는 "작가의 이 '가장 활력 넘치는 영혼'을 통해 활성화되고 신비화되어, 인물·에피소드·전설·이야기를 유동적, 환상적 문화로 빚어내기에 이르렀다. 유혹으로 충만한, 요염하면서도 선량한 주화포朱花婆는 신비스러운 무당으로서, 깊고 그윽한 영수靈水와 영수에 떠 있는 이루지 못한 사랑을 위해 자살한 미녀의 혼령 그리고 영기로 충만한 푸른 새와 함께 우리를 민족문화의 내부로 안내한다."[14] 혼이 담긴 매 문자는 모두가 문화의 맥박이고 매번 떨리는 고함 소리는 역사의 메아리이다. '너'·'나'·'그녀'는 모두가 문화·역사의 깊은 바다 속을 탐색하며 노니는 물고기로서, 밤의

13) 천쓰허陳思和, 「민간의 부침: 항전에서 '문혁'까지 문학사 해석民間的浮沉 : 從抗戰到文革文學史的一個解釋」, 『陳思和自選集』, 광시사범대학출판사, 1997년, 207쪽.
14) 「『영산』 감상 『靈山』觀感」, http://handsker.spaces.live.com/blog/cns! C537A8F6F1F4 F0F3!105.entry#comment 참조.

장막 아래에 뛰어노는 문화의 정령을 찾기 위해 곳곳을 헤맨다. 천지의 영기를 품은 숲, 거세게 흐르는 깊은 계곡, 또한 "진나라 사마부司馬府의 배를 갈라 장을 씻은 여승, 물가 오두막집의 용감한 여자 도둑, 신들린 늙은 노래 선생 등 모든 것은 민족문화의 빛나는 보물과도 같은 화신이다. 그러나 역사·문화의 환상은 또한 심령으로 통섭되고, 현실의 여행과 서로 조응하는 것은 심령 유랑의 전개이다. 심령은 현실의 손짓에 따라 동양식의 조용하고 현묘한 사상을 보여주므로, 현실은 심령 세계의 일부가 되고 결국 한그루의 초목에까지 영성이 부여되었다."15) 가오싱젠은 선종 불교를 빌어 정신의 피안을 한 단계 한 단계 탐색하였다. 이 중에는 노장老莊식 물아양망物我兩忘의 경지 또한 충만해 있다. 마지막에 '나'가 찾은 '영산'은 만물의 영성의 세계이다. 작가는 마음대로 흐르는 이야기와 현묘하게 변화하는 전기를 통해 완전한 심령의 우주를 표현하였다. 이것이 바로 가오싱젠이 주장하는 '개인의 문학'일지도 모른다. 즉, 세상 만물은 복잡·다양하지만 심령만이 이 모든 것의 시발점이자 종착점이다.

『영혼의 산』은 마치 의식류 소설과도 같아, 작품 전체가 작가의 정신적 유랑으로 가득 차 있다. 앞뒤 이야기를 이어주는 줄거리가 없는 상황에서 이러한 정신적 유랑은 인칭의 변환을 통해 연결된다. 『영혼의 산』은 2인칭 '너'와 1인칭 '나', 3인칭 '그녀'로 서술되지만(3인칭 '그他'도 다소 등장하지만, 그것은 '너'와 '나'의 변형이다), 사실 진정한 서술자는 '너'와 '나'뿐이다.

작가는 소설의 제52장에서 이 몇 개의 인칭에 대해, "이 기나긴 독백에서 너는 나가 서술하는 대상이고 나에게 귀 기울여 들어주는 나 자신이다.

---

15) 위의 사이트.

너는 단지 나의 그림자일 뿐이다. 나가 나 자신에게 귀 기울일 때 나는 너로 하여금 그녀를 만들게 했다. 너는 나와 마찬가지로 외로움을 참을 수 없기 때문에 이야기 나눌 상대를 찾아야 하기 때문이다. 그래서 너는 그녀에게 토로한다, 마치 나가 너에게 토로한 것과 같이. 그녀는 너로부터 파생되었고 다시 거꾸로 나 자신을 확인한다", 그런 후에 "그녀가 사라지면 나는 또 그로 변화하여 등장한다"고 설명하였다. 여기에서 '나'는 현실에서 존재하는, 경험이 있는 '나'이며, 수만 리에 달하는 여정을 통해 양쯔강 유역과 서남 지역의 다양한 민속·자연경관을 확인하고, 이 과정에서 자연만물에 대한 고도의 주관화된 내면적인 감상과 깨달음을 얻을 수 있었다. '너'는 정신적이고, 초경험적인, 비록 유랑 과정에서 '나'에게 붙은 그림자에 불과하지만, 소설의 구체적인 서사에서 '나'와는 독립된 또 한 명의 서술자의 입장으로 출현하며, 또 다른 "여성 세계를 향한 영혼과 육체, 여성과의 대화 속에서 공상 세계를 향한 일종의 유랑"16)을 완성한다. '그녀'에 대해 작가는 "그래서 너는 그녀에게 토로한다. 마치 나가 너에게 토로한 것과 같이"라고 스스로 해석한다. '그녀'는 '너'의 대화 상대에 불과한 것처럼 보인다. 그러나 사실 '그녀'는 독립적이고 완전한 한 명의 인물이 아니다. '그녀'는 구체적인 한 여성 인물을 가리킬 때도 있고, 복수로서 추상적인 여성의 집합을 가리킬 때도 있다. 개체의 이미지로, '너'가 우이진烏伊鎭의 한 정자에서 해후한 '그녀', 구미호 과부인 '그녀', 아름다운 여의사인 '그녀', 현 도서관의 여자 관리원인 '그녀', 무도회에서 만난 '그녀', 그리고 표본을 채집하는 '그녀' 등이 있다. 따라서 소설 속의 '그녀'는 고정된 인물이 아니다. 이들 '그녀'에게는 한 가지 공통된 표징이

---

16) 「가오싱젠 수상작 토론회高行健獲獎作品研討會」 참조,
    http://blog.sina.cn/s/blog_4b99b3d59010009xh.html~type=v5_one&label=rela_nextarticle.

있는데, 즉 "주체가 직접 소통할 수 없는 이성, 각종 서로 다른 경험과 생각"[17]이 바로 그것이다. 이러한 '그녀'와의 주체의 상이성으로 인하여 '너'와 '그녀'의 대화와 교류가 형성되고, 교류의 과정에서 공감할 수 없는 인식이 발생하고, 이로 인해 슬픔이 조성된다. 소설은 전편에 걸쳐 개별적으로 순서를 조정한다든지, 가끔씩 3인칭 '그'와 무인칭을 사용하는 경우를 제외하고는 전반적으로 2인칭 '너'와 1인칭 '나'의 장별 변환을 통해 서술의 시각을 바꾸는 기법으로 소설의 줄거리를 이어갔다.

　이러한 신분의 변환을 통해 작가는 마음대로 말할 수 있고, 언어의 에너지와 서사의 긴장도는 극대화된다. 다중적인 신분은 작품에서 다중적인 토로의 관계를 형성하였다. '너'와 '나'의 서로 방해하지 않는 토로, '너'와 '나' 또는 '그'의 직접적인 대화, 그러나 작품의 대부분은 '너'와 '나', '그'라는 삼위일체의 독백으로 구성되어 있다. 따라서 작품은 더 이상 줄거리와 환경에 구애받지 않고 인물 간에, 작가와 독자 간에 존재하는 현실과 텍스트의 장벽을 무너뜨리고, 마침내 서로의 마음의 현실에 직접적으로 대면할 수 있다. 이러한 신분 변환은 또한 창작 주체의 심리적 영역을 확장하고, 다중 신분은 다중 심리로까지 뻗어나가 피차간에 융합하고 조영함으로써 신기한 미학적 효과를 창출해내었다. 현실에 직면한 '나'의 마음, 상상 속에서 유람하는 '너'의 마음 그리고 '그녀'의 은밀한 여성의 마음이 모두 잘 표현되었다. 스웨덴 문학원은 가오싱젠을 "여성의 진실에 대해 평등한 시각으로 관찰하는, 소수의 남성 작가 중 한 사람"이라고 높이 평가하였다. 복잡한 인간의 본성 역시 신분 변환을 통해 깊이 있게 묘사되었다. '나'에서부터 '너', 그리고 '그녀'에 이르기까지 인간의 본성

---

17)　자오셴장趙憲章,「『영혼의 산』문체분석『靈山』文體分析」,
　　http://chin.nju.edu.cn.smf.index.php? topic=5287.0. 참조.

은 구체적인 이미지를 통해 서로 다른 모습으로 등장하였다.

이러한 인칭 변환의 창작 기법은 매우 독특하며, 서술 기법에 대한 대담한 실험이라고 말할 수 있다. 1980년대에 창작된 『영혼의 산』은 바로 서구 현대파 연극의 영향 하에 끊임없이 중국 현대극이 개조되던 시기 실험극에 대한 작가의 미련을 소설로 옮겨온 것처럼 보인다. 이러한 실험을 통해 고대 중국의 문화와 민족정신을 담은 소설은 선두에서 빛날 수 있었다.

가오싱젠은 소설의 문체를 실험하면서 중국 고대소설에서 전통적으로 중시하는 은유와 암시·상징 등의 특징을 활용하였다. 소설 속의 인칭 설정을 예로 들자면, 위에서 언급한 문체 실험과 그것의 미학적 효과 외에, 이 기법은 사실상 현실적인 은유로도 볼 수 있다. 작가가 개체의 몸에 낙인된 이름을 제거하면, 개체의 특성이 얼마나 별 볼일 없는지 드러난다. 이름이 제거된 우리는 자아의 신분을 상실하고, 자아를 확인할 증거가 사라져 결국 수많은 개체 속에 섞여 자신만의 독특한 면모를 상실하게 된다. 이것은 확실히 사실이다. 작가는 이름을 퇴장시킴으로써 독자들로 하여금 이름은 단지 허망한 약속으로서 존재하고, 이것으로써 개체의 의미와 가치를 증명하고자 할 따름이라는 사실을 인식하게 한다. 사실 대다수 사람들에게 있어 이름은 단지 추상적인 기호, 하나의 공허한 상징에 불과하다. 육체적 생명이 죽으면 이름이 대표하는 의미 역시 허무해져버린다. 그래서 대다수 사람들은 바다를 이루는 평범한 한 방울의 바닷물에 불과하며 이름 또한 유명무실하다. 하지만 대개 이러한 점을 의식하지 못하므로 작가는 오히려 예리한 감각으로써 우리를 일깨우는 것이다. 예를 들어, 소설 속에서 순차적으로 등장하는 역사의 시공간 속에 있는 여성 인물들은 단지 한 명의 공통된 '그녀'로 대표된다. 처음 접할 때에는 상당히 혼란스럽지만 자세히 생각해 보면 역사 속 여성들은 사실 언제나 이름이 없었다. 집에서는 아버지의 성을 따르고, 시집가면 남편의 성을 따르고, 일평생 '모모 씨'로 불리며, 아버지의 성과 남편의 성이 한 명의 살아 있는 영혼을 가두는 울타리가 되었다. 사당에 모셔지고 족보에 오른다 해도 남아 있는 것은 단지 그녀들에 대한 부정일뿐이다. 그러니 과거에서부터 오늘에 이르기까지 모든 여성들은 단지 하나의 '그녀'가 아닌가?

소설의 제62장에서 가오싱젠은 열쇠를 찾는 장면을 묘사했다. "10분 전 그는 질서정연한 생활을 하였지만", 열쇠를 잃은 후 "그의 생활은 엉망이 되어버렸다. …… 그는 흥분했지만, 결국 모든 것은 자신의 탓이었다. 자신이 열쇠를 잃어버렸기 때문에 누구도 나무랄 수는 없었다. 그는 상당히 난처한 입장에 처하게 되고, 이 혼란스러운 상황에서 빠져나올 길이 없었다." 여기에서 몽롱시인 량샤오빈梁小斌의 시 『중국, 내 열쇠를 잃어버렸다』를 어렵지 않게 떠올릴 수 있다. 세계와 행복·이해·인생·영혼 등으로 통하는 철문은 굳게 잠겨 있고, 열쇠를 잃어버린 한 사람 그는 창망한 천지간에 홀로 남겨져 걱정과 곤혹으로 어리둥절할 수밖에 없게 된다. '열쇠'는 일종의 상징이며, '그가 거리에서 쓸쓸하게 걷는 것은 량샤오빈이 "10여 년 전, 홍색거리를 따라 미친 듯이 내달릴 때"와 같은 종류의 탐색이라는 이미지를 독자들에게 전달한다. 그것은 생존의 고통으로부터 벗어나기 위한 탐색이자 심령의 길로의 회귀를 암시한다.

또한, '야인'에 대한 묘사도 있다. "끝내 몰아붙여 그것을 밖으로 나오게 했다. 몸에는 실오라기 하나 걸치지 않았는데, 손을 들고 투항하며 쿵하고 무릎을 꿇었다. 그는 안경만 쓰고 머리에는 끈을 감고 있었다. 안경 렌즈는 동그랗고 긁힘이 심해 마치 그라운드 유리와도 같았다. …… 몇 사람이 다가가 안경을 벗기고, 총신으로 놀리며 사나운 목소리로 '사람인데 왜 도망쳐'라고 물었다. 그는 온몸을 떨며 꽥꽥거리며 소리 질렀다. 그중 한 사람이 총으로 그를 위협하며, '한번만 더 사람들을 꼬드기면 죽여 버릴 테다'라고 말했다. 그제야 그는 울음을 터뜨리며 자신은 노동개조농 장에서 도망쳐 왔으며 다시는 돌아가지 않겠다고 했다. 죄목이 무엇인지 물었더니 우파분자라고 대답했다." 일단 작가가 여기에서 어떠한 정치적 정서를 기탁하였는지에 대해서는 논의하지 않기로 한다. 다만, '야인' 이 미지는 합법적인 신분을 박탈당한 한 명의 지식인이 일종의 황망한 존재 가 되어버리고, 넓디넓은 하늘과 땅 어느 곳에도 몸 둘 데 없다는 사실을 말하기 위해 선택되었다. 하지만 이러한 처참한 상황은 마음속 깊이 간직 할 역사적 교훈이 아니라, 반대로 "듣는 사람마다 재미있어 하는", '즐거운 이야기'가 되었다. 이야기의 배후에 있는 한 인간의 참혹한 상황은 분명하 게 밝혀지지 않는다.

가오싱젠의 작품에는 서구 모더니즘 문학의 영향으로 인해 실험적, 전망적 특성이 뚜렷하게 나타난다.

'너'와 '그녀'는 소설 전편을 이어준다. 이것은 중국 전통 소설의 표현 기법과는 매우 다르며, 대화는 종종 시간과 배경을 초월하여 일종의 순수 한 '언어의 흐름'을 형성한다. 작가는 이를 통해 미학적 효과를 얻고자 한다. 소설의 전체 내용은 작가의 각기 다른 정신적 차원에 존재하는 관점의 접전이자 세상에 대한 기억과 깊은 사색·상상인데, 이러한 정신 의 체현에 있어 모든 존재와 진실은 단지 생각 속의 이미지에 불과한, 의식의 흐름일 따름이다. 여기에 진실한 시간과 장소, 인물을 덧씌운다면 작품은 오히려 익살맞게 변할 것이다.

『영혼의 산』에서는 전통 소설에서 나타나는 선형 시간의 논리 역시 은폐되며, 작가는 독자들을 과거와 현재·미래로 안내하고 이를 넘나들며 전통적 시간관념을 회피한다. 시간이 현실에서 소실되므로 모든 영원한 것, 예컨대 고통과 의문·숭고함·상상 등은 시간의 평면 위에 뚜렷이 등장하고 그 본성과 의미는 가장 주목할 만한 표현을 획득하게 된다.

『영혼의 산』은 인류 역사의 실체와 자연의 본향에 대한 정신적 추구에 있어 종교적 경향을 적지 않게 체현하며, 이에는 불교의 인연뿐 아니라 기독교 정신까지도 내포된다. '영산'이라는 명칭 역시 흐르는 구름과 움직이는 달, 깊고 고요하며 먼 하늘과도 같은 경지를 표현하고 있어 전혀 세속적이지 않다. 더욱이, 수많은 불교 성지의 이름에도 '영산'의 뜻이 포함되어 있다. 즉, '영산'은 그 자체로 풍부한 종교적, 문화적 의미를 가지고 있는 셈이다.

가오싱젠은 「나와 종교의 인연我與宗教的因緣」에서, "사람들은 내가 도교의 영향을 받았다고 말하는데 실은 불교의 영향을 더 많이 받았다. 나는 선종에 대해 특히 관심을 갖고 있다. 불교가 나에게 미친 영향은 『영혼의 산』에서 찾아볼 수 있다. …… 육조혜능六祖慧能은 '모든 것을 놓을 수 있다. 놓으면 놓아진다'고 나를 일깨워주었다"[18]고 말한 바 있다. 작가의 실제 생활이 그러한지의 여부와 상관없이 적어도 작품에는 선문답이 나타나 있다.

> "어르신, 길 좀 묻겠습니다. 영산은 어떻게 갑니까?"
> "당신은 어디에서 왔나요?" 어르신은 반문한다.
> 그는 우이진에서 왔다고 말한다.
> "우이진?" 어르신은 잠시 생각하더니, "강 건너편으로 가시오"라고 말한다.

---

18) 가오싱젠高行健, 「나와 종교의 인연我與宗教的因緣」, 『亞洲週刊』, 2000년 제51기.

그는 자신이 방금 강 건너편에서 왔는데, 길을 잘못 든 것이 아닌가 물었다. 어르신은 눈썹을 조금 치켜세우더니 "잘못된 것은 길이 아니라, 길을 걷는 사람입니다"라고 대답하였다.[19]

'영산'은 이미 불분명하고 허무하고 표묘한 곳이 되었다. 원래 성인이 될 재목이 아닌 육신이 세속 생활에서 여러 가지 현실적 걸림돌에 걸려 부처를 찾지 못하는 것도 인연에 따른 결과이다. "'히브리'는 원래 '강 건너편'이라는 말이다. 이곳은 신이 허락한 땅이지만, 히브리 사람들은 수천 년 동안 소원을 이루지 못했다. 당연히 신의 잘못이 아니다. 잘못한 것은 히브리인이다. 작품의 성공 포인트는 인류 역사의 실체와 자연의 본향에 대한 탐색이다. 이는 현대인이 소비문화 시대에 재정립한 자아가 치이자 자연으로 회귀하려는 집단 무의식의 표징이며, 오늘날 인류가 물질적 욕구를 충족하는 것 이외의 일종의 정신적 자구 행위이다."[20] 선종 불교이지만, 유럽인의 종교 관점과 그들의 정신에 대한 이해에도 이것은 부합하였다.

가오싱젠의 서구 모더니즘 기법에 대한 참조는 문장의 구조 측면에서도 뚜렷하게 드러난다. 아일랜드의 문학 거장 제임스 조이스는 『율리시스』의 마지막 장에서 모리의 심리를 표현하기 위해 많은 편폭篇幅을 들여 그의 마음속 독백을 묘사하였다. 이 장은 총 8개 부분으로 나뉘며, 4번째와 8번째 부분에만 각각 마침표가 한 개씩 있을 뿐 다른 어떠한 문장 부호도 나타나지 않는다. 작가는 이렇게 인물의 의식의 흐름을 표현하였다. 가오싱젠은 『영혼의 산』에서 이 기법을 차용하였다. 『영혼의 산』의

---

19) 가오싱젠高行健, 『영혼의 산靈山』, 홍콩천지도서유한공사, 2000년.
20) 리춘샤李春霞·천사오룽陳召榮, 「『영산』 해독 『靈山』解讀」, 『河西學院學報』, 2003년 제4기.

제72장 전체는 독자의 말투, 독자의 입장에서 소설의 창작 관념과 기법에 대해 작가와 함께 탐구하며, 이는 분명 일종의 서구 구조분석주의 사상의 체현이라고 볼 수 있다.

가오싱젠은 소설에서 동서양 문화의 전통과 정신을 종합하고, 전 세계 독자들로 하여금 스스로 글에 들어가는 방식과 경로를 찾고 소설에 대해 스스로 이해하고 해석하게끔 했다. 홍콩『평과일보苹果日報』의 사장 퉁차오董桥는 가오싱젠의 수상 소식을 듣고 "중국 작가의 제재는 전통적이고, 정신 역시 중국적이어야 한다. 하지만 그들의 시야는 반드시 보다 넓고 높은 수준으로 확대될 필요가 있다. 편협한 생각을 버리고, 시공간을 초월해 외국인 독자들도 함께 염두에 두어야 한다"[21]고 말했다. 이는 고란 말름크비스트가 가오싱젠에 대해 내린 평가와 판에 박힌 듯 똑같다. "그가 쓴 것, 즉 배경과 인물 모두가 중국적이다. 그러나 소위 '중국 냄새'는 조금도 나지 않고 외국인들 역시 충분히 이해하고 느낄 수 있다."[22] 가오싱젠 소설에 대한 이러한 이해와 평가 및 가오싱젠 소설이 세계에서 받은 인정은 독선적인 중국 문단에게 어떤 것이 "민족적일수록 세계적이며", 전 세계 독자들로 하여금 중국문학을 이해하게 만드는가에 대한 교훈을 주었다.

하지만 가오싱젠의 소설이 완벽하다고는 할 수 없다. 예를 들어, 그는 소설에서 대화와 인물에 과도하게 의존한다. 이것은 분명 새로운 실험적 창작 기법이지만, 이로부터 희극 창작이 그에게 거대한 영향력을 행사하

---

21) 정한량鄭漢良,「둥차오: 가오싱젠 창작의 비범한 역량에 굴복하다董橋:高行健創作不凡功夫讓人折服」, 網易, 2000년 10월 14일.
22) 류수원劉姝雯·장훙밍姜紅明,「『영혼의 산』과 중국인의 노벨 문학상 콤플렉스를 논하다論『靈山』與中國人的諾貝爾文學獎情結」,『探索與爭鳴』, 2003년 제1기 인용.

였다는 사실 또한 확인할 수 있다. 소설은 분명 연극과는 다른 창작 장르이다. 다른 장르의 경험과 기법은 수용 가능하지만, 얼마만큼 참조해야 하는지 혹은 어떻게 완벽하게 융합시킬 것인지에 대해 가오싱젠의 소설은 돌이켜볼 필요가 있다.

가오싱젠의 수상은 중국어 소설의 영광임이 틀림없다. 하지만 이로 인해 중국인은 중국어 문학에 대해 일종의 난처함을 느끼게 되었다. 대륙의 독자들은 그의 초기 희극 작품에 관해 잘 알고 있지만 이것들은 서구 모더니즘의 실험극류이고, 이후의 작품은 중국의 '과거'에 초점을 맞추었지만 독자 가운데 대다수는 중국인이 아니었다. 그는 1980년대 중국 연극 무대에서 명성을 떨쳤지만 장기간 중국인의 시야 밖으로 밀려나 있었다. 서구인은 그를 통해 동양적인 것에 주목하였다. 그러나 중국인의 눈에 비친 그는 언제나 서구 모더니즘의 선구자 혹은 또 다른 피안이었다.

어쨌든, 20세기의 마지막 해에 가오싱젠이 중국어 작품으로 노벨 문학상을 수상한 일은 중국어 문학사상 엄청난 사건이다. 이에 따른 논쟁은 가오싱젠 자신의 말, 즉 "이는 중국어 문학의 '영광'이지만 전 세계, 특히 중국 문단에서는 '아직까지 무슨 일이 일어났는지 알지 못하고' 있다"는 말로 가장 잘 설명할 수 있을 듯하다.

둥쉐 董雪

제8장

『상하이보배上海寶貝』와 ‘비주류’ 문학

제1절 ‘70후’의 등장과 ‘비주류’ 문학탄생[1]

『상하이보배上海寶貝』와 ‘미녀문학’ 등 일련의 작품은 ‘70후’ 작가들의 작품이다. 소위 사건의 전후 관계를 파악하기 위해 ‘70후’ 작가에서부터 시작하기로 한다. 일반적으로 사람들은 『소설계小說界』가 가장 먼저 ‘70후’란 개념을 제시한 것으로 알고 있다. 『소설계』는 1996년 제3기부터 ‘70년대 이후’라는 칼럼을 연재하기 시작하였다. 이후, 천웨이陳衛는 리안李安이라는 이름으로 『부용芙蓉』 1999년 제4기에 발표한 글에서, ‘70후’의 개념은 1996년 난징에서 자신이 편집·인쇄한 『흑람黑藍』이라는 간행물에서 가장 먼저 제시되었다고 주장하였다. 이 잡지의 표지에는 “70후 – 1970년 이후 출생한 중국 작가의 소굴”이라는 글이 분명하게 찍혀 있다. 하지만 시詩 지지자들이 비교적 빈약한 독자층을 형성했던 당시의 문화적 상황을 고려한다면, ‘70후’란 표현은 처음 언급되었을 때 그리 큰 반향을 얻지 못했고, 오히려 『소설계』를 선두로 집단행동이 개시되고 난 이후에야 진정으로 문단에 큰 파장을 일으킬 수 있었다.

---

1) 본 절은 사오옌쥔의 『편향된 문학계 – 당대문학 생산기제의 시장화 추세』 중 관점 일부분을 참조했다. 여기에서 출처를 밝히며 작가에게 감사드린다.

1996년『소설계』는 '70년대 이후'란 칼럼을 개설하고, 1970년대에 출생한 작가들의 작품과 개인 프로필을 전문적으로 소개하였다. 1999년까지 여성작가 14명의 작품 23편과 남성작가 8명의 작품 11편이 게재되었다. 이러한 수치로 볼 때 이후 사람들이 남성 작가들이 거의 없다고 비판했던 문제점은 사실상 존재하지 않으며, 다만 어떤 측면에서 확실히 작가 성별 구성상 남성이 쇠하고 여성이 흥한 사실을 알 수 있다. 어쨌든, 작가의 수나 작품의 수로 볼 때 여성 작가가 절대적으로 우세하였다. 그런데 "이러한 '성별 구성의 차이'는 창작 스타일로 연결되면 불가피하게 '개인화 창작'에서 '여성 개인화 창작', 즉 여성 작가가 자서전식 소설을 쓰고 개인의 사생활을 보여주는 방향으로 흐르기 쉽다."[2] 작품을 선정하는 경향에 있어서도 "작품의 절대다수가 지극히 은밀한 개인적 체험, 특히 여성의 성적 체험에 대한 것이었고",[3] 결과적으로 '70후' 창작은 부지불식간에 '미녀문학' 혹은 '유행여성문학'으로 변하게 되었다.

　『소설계』가 작가 선정 면에서 함축적이었던 것에 비해, 『작가作家』 1998년 7월호의 '70년대 출생 여류작가 특집호'는 훨씬 더 노골적이다. 이 특집호는 웨이후이衛慧, 저우제루周潔茹, 몐몐棉棉, 주원잉朱文穎, 진런순金仁順, 다이라이戴來, 웨이웨이魏微 등 여성작가 7명의 작품을 집중적으로 소개하였다. 동시에 각 작가의 작품 전후에 평론가의 단평과 작가 자신의 소감을 싣고, 작가의 사진 몇 장과 이에 따른 설명을 게재하여 사람들은 『작가』의 소설을 읽기 전에 먼저 작가의 사진을 보게 되었다. 이러한 프로필 사진은 당대 작가 고유의 형상을 전통적인 신중함에서 적나라한

---

2) 사오옌쥔邵燕君, 『편향된 문학계 ─ 당대문학 생산기제의 시장화 추세傾斜的文學場 ─ 當代文學生産機制的市場化轉形』, 장쑤인민출판사, 2003년, 187쪽.
3) 위의 책, 260쪽.

허식으로 완전히 바꾸었다. 또한, 독자들은 이러한 그림과 글을 통해 시각적 충격을 받는 동시에 사진과 소설, 작가 본인과 이야기 간의 암시적인 '호문互文' 효과를 얻을 수 있었다. 그리고 작가는 소설 속에서 1인칭을 즐겨 사용함으로써 의심할 여지 없이 독자들에게 자서전 또는 반자서전 스타일이라는 암시를 주었다. 바로 이러한 점들이 이 특집호의 최대 매력이었다(이후 암암리에 비난받게 되는 이유이기도 하다). 이 특집호의 기획자 쫑런파宗仁發와 리징쩌李敬澤, 스잔쥔施戰軍은 기획 과정을 언급하면서, 특집호의 명명은 '70년대인'에 대해 논의할 때에 처음으로 제기되었다고 하였다. 그리고 '70년대인'을 주목한 이유는 대체로 그들이 "자신의 높고 가는 새로운 목소리가 은폐된 상황에 처하였기 때문"[4]이라고 밝혔다. 이 논의에서 그들은 이 시대에 남성작가가 쇠하고 여성작가가 흥한 상황에 주목하였으나, 또한 두 명의 남성작가 딩톈丁天과 천자차오陳家橋에 대해서도 높이 평가하였다. 그들은 천자차오의 소설에 대해 "일상 세계 속에 가려진 은밀한 것을 찾아"냈으며, 이것은 "궁극적인 명제와 관련이 있다"고 평가하였다. 또한 딩톈에 대해서는 "'70년대인'을 위한 명예를 획득하고", 이로 인해 이 세대의 작가들은 아주 많은 사람들로부터 "조롱받지 않게 되었다"[5]라고 호평하였다. 그러나 이후 출간된 특집호는 두 남성 작가를 배제하고 모두 여성작가들로 채워졌다. 이어서 『작가』는 '「『작가』·70년대 출생 여류작가 특집호」 필담'을 게재하고 몇 명의 청년 작가와 기자, 고교 재학생의 '특집호' 소설에 대한 평을 집중적으로 발표

---

4) 쫑런파宗仁發·스잔쩌施戰澤·리징쩌李敬澤, 「은폐된 '70년대인'被遮蔽的'70年代人'」, 『南方文壇』, 2000년 제4기.
5) 쫑런파宗仁發·스잔쩌施戰澤·리징쩌李敬澤, 「'70년대인'에 관한 대화關於'70年代人'的對話」, 『南方文壇』, 1998년 제6기.

하였다. 그중에는 이들 작가에 대한 질의도 있었지만, 사실상 대부분은 찬양하고 고무하는 것이었다. 샤오톄肖鐵의『사진과 소설照片和小說』만이 유일하게 부정적인 태도를 견지한 단평과 함께 필담의 제일 마지막 부분에 실렸다. 이러한 편집 디자인을 통해 잡지나 편집자의 태도를 엿볼 수 있는데, 즉 '특집호'에 따른 파장에 대해 '제3자'의 신분으로 긍정적 반응을 표하고, 객관성과 공평성을 드러내기 위해 일부 반대자의 목소리로 대미를 장식하였던 것이다. 이는 옥에 티가 옥의 색깔을 가리지 못한다는 사실을 말하고자 함이었다.

'여류작가 특집호'의 출간은 마치 미리 짜여진 '각본' 같았다. 기획자는 학문적으로 남성작가의 쇠락 현상에 대해 우려했으나, 실제로는 또한 의도적으로 그렇게 작업하였다. 더욱 심층적으로, 여기에는 정기간행물의 개편 바람이 매우 강했던 당시에 독자들의 시선을 끌어야 생존할 수 있다는 배경이 존재하고 있었다. 더욱이, 당시 각종 문학 정기간행물에서 막 두각을 드러내기 시작한 '70후' 중에 인기를 끌 만한 핫이슈를 잡아 몇몇을 띄울 수 있는지의 여부가 문학잡지의 실력을 증명하는 확실한 방법 중 하나였다. 결국 모두 대중문화 때문에 발생한 일이었다. 독자의 취향이 잡지의 생존을 결정하는 상황에서『작가』는 '속된' 방식으로 글을 읽기도 전인 독자들에게 먼저 시각적·심리적 충격을 가하였다. 이러한 작업 방식은 사실 통속문학의 그것과 유사하다. 순수문학과 통속문학 간에는 창작 동기와 생산 방식, 성공 여부의 평가 기준, 독자의 전문적 소질에 있어 근본적인 차이가 존재한다. 그러나 체제 개혁이라는 거시적 환경에서 잡지사는 경영 수지를 책임져야 하기 때문에, 문학이 처해 있는 현실을 직시하지 않을 수 없으며 시장 원리의 측면에서 잡지의 판매 부수를 고려하지 않을 수 없게 된다. 이러한 전제 조건 하에 어떤 칼럼을 개설할 경우,

대중의 시선을 끌 수 있는가의 여부가 반드시 고려되어야 할 사항이다. 무엇을 내놓을 것인가? 어떻게 내놓을 것인가? 질적으로 문학성과 순수성을 유지하면서, 다른 한편으로 어떻게 재미를 꾀하며 대중들의 취미에 영합하느냐는 잡지와 문학 시장 사이에 놓인 외줄 게임과도 같았다.

'여류작가 특집호'의 톱에 배치된 웨이후이는 자신의 사진 아래에 "나는 푸른 꽃무늬 치파오를 입으면 순식간에 주류 미녀로 바뀔 줄 알았다"라는 글을 달았다. 이후, 이 글은 '미녀작가'라는 단어가 생겨난 직접적인 계기가 되었다. 그러나 매체에서는 '미녀작가'라는 표현이 리징쩌 등으로부터 비롯되었다고 하였다.[6] 재미있는 것은 2년이라는 시간이 흐른 후 쭝런파, 스잔쩐, 리징쩌가 또 다시 『은폐된 '70후'被遮蔽的'70年代人'』라는 대화를 조직하고, 여기에서 '70후 작가들이 잊히는 문제'에 대해 호되게 비평했다는 사실이다. "남성작가가 여성작가보다 취약한 것 같고, 영세하게 잡지에 작품을 발표하는 여성작가가 작품집을 내는 여성작가보다 취약한 것 같고, 작품집을 내는 여성작가가 장편 작품을 내는 여성작가보다 취약한 것 같다. 이러한 현상은 도서판매상과 매체의 공모, 즉 '잘 팔리는 원칙'에 따른 결과이다. 문학의 예술적 기준이 이익의 추구와 엽기적인 욕망에 매몰되고, 미친 상태가 자연 상태를 은폐하였다", "대중 매체의 상업적 홍보가 극에 달하자, 문학작품의 감상에 큰 혼란이 야기되었다", 또한 "'미녀작가'는 터무니없는 미디어 이슈이고", "남권사회 시청자들의 흥밋거리 중 하나에 불과하다."[7] 이 대화에서 쭝런파는 본질적으로 서로 관계없는 '미녀'와 '작가'를 억지로 결부시키는 것에 대해 질책하였다.

---

6) 「소후 채팅방에 들어가다走進搜狐聊天室」, 『天津青年報・陽光週刊』, 2001년 11월 4일.
7) 쭝런파宗仁發・스잔쩌施戰澤・리징쩌李敬澤, 「은폐된 '70년대인'被遮蔽的'70年代人'」, 『南方文壇』, 2000년 제4기.

"이 화제가 유발한 일련의 현상들은 매체의 음모인 듯하다. 즉, 먼저 미녀와 작가의 허위적 관계를 조성하고, 연후에 이러한 관계를 비판하는 것이다. 이 과정에서 피해자는 '미녀작가'로 만들어진 사람들이다." 이러한 비평은 '70후'가 처한 문화 환경 및 그들 전체에 대해서는 성립할지라도 개체에 대해 구체화하면 적절하지 않을 수 있다. "'미녀작가'는 분명 체제 내의 문학잡지로부터 생겨나고 변화하여 만들어진 것이다. 따라서 이들이 한때나마 유행한 것은 20세기 말 문학체제 내에 생존의 합법성이 있었기 때문이다."8) 그리고 '미녀작가'로 불린 사람들이 모두 피해자라고 할 수도 없다. 만약, '미녀문학'이라는 현상이 확실히 어떤 개념의 모호성을 이용하거나 어떤 이론을 의도적으로 왜곡하였다면, 예컨대 "여성주의는 본래 여성작가들이 남권 질서에 맞서는 기치이지만 변형적으로 남권의 욕망을 채워주는 깃발이 되었다거나, '개인화 창작'이 '개인 생활'에 대해 신성성과 동시에 상업성을 부여했다고 한다면',9) 일부 작가들은 확실히 사생활에 대한 정탐과 조작 속에서 자신들의 사생활을 침해당했다고 볼 수 있다. 그런데 이러한 상황을 '피해자'라고 과장한다면, 이러한 선전을 통해 '이익의 기득권자'가 되지 않았느냐고 반문할 수도 있다. 왜냐하면, 바로 이러한 조작이 그녀들에게 직접적으로 작품 판매량의 수직 상승과 인기 급상승을 가져다주었기 때문이다. 어떤 작가들은 아주 짧은 시간 안에 작품집과 장편 작품을 창작하고, 상당한 인세수입을 거둘 수 있었다.

만약 "70년대에 출생한 일군의 작가들이 명성을 얻는 방식이 작품과의 연관성은 거의 없고 오히려 그들의 생활 방식과 지나치게 연관되어 있다고 한다면",10) 이러한 연관성은 우선 작가 자신이 매체에다 그것을 제공했거

---

8) 옌사오쥔邵燕君, 앞의 책. 261쪽.
9) 위의 책, 264쪽.

나 혹은 적어도 묵인한 데 따른 결과이다. 적어도, '여류작가 특집호'에서 연출된 사진은 모두 작가 자신이 제공한 것이다. 아마도 '미녀문학'의 혼전 가운데, 매체의 조작을 지적하고 도덕적 자율과 타율의 역할을 맡은 순수문학 간행물들은 말처럼 그렇게 '순결'하지 않을 수도 있다. 왜냐하면, 이들은 작가와 이러한 문학을 애매한 경지와 기로에 밀어 넣고, 조작을 위한 공간과 계기를 마련하기 때문이다. 예를 들어, '미녀문학'에 대해 호되게 비평한 쫑런파는 '여류작가 특집호'를 출간한 잡지『작가』의 편집장이었다.

이로써, '70년대 출생 작가들'이 1970~1979년에 출생한 작가 집단으로 명명된 것에서부터 '유행 여성잡지'로 인정되고 더 나아가 '미녀문학'의 대명사로 다시 인정되기까지, 순수문학 잡지와 정기간행물 편집자, 문학 평론가, 문화매체들의 자발적이거나 비자발적인 전방위적 협력 또는 모의가 있었던 것을 알 수 있다. 이들은 미디어 컨트롤 타워로서 "그들은 대중의 무의식과 욕망을 통찰 및 유도하고 대중들의 현재 '상태'를 파악하여 신뢰할 만한 문화 상품을 제공할 수 있다. 그래서 그들은 투자자와 광고 회사의 이상적인 투자 대상이 된다. 그들은 대중과 소통할 수 있고 각종 언어로 대화할 수 있으며, 따라서 문화 언어의 중심이다."[11] 그러나 이 모든 것을 조종하고 최종적으로 이 결과를 만들어내는 것은 다름 아닌 문학 배후에 있는 대중문화 담론환경이라는 '보이지 않는 손'이다. 이것은 '70후'의 첫 연출을 조종하고 정의하며, 이후 '70후'에 관한 각종 논쟁으로 하여금 결국 정의를 바꿔치기 한 국면을 근본적으로 변화시키지 못하도록 하였다.

---

10) 위의 책.
11) 치수위祁述裕,『시장경제 하 중국문학예술市場經濟下的中國文學藝術』, 베이징대학출판사, 1998년, 53쪽.

제2절 『상하이보배』와 '비주류' 애정소설

'70후'에서부터 '비주류문학'으로 변화하는 과정에 있어 웨이후이衛慧의 『상하이보배』를 언급하지 않을 수 없다.

웨이후이는 문단에서 '70후'에 대한 관심이 없었던 이른 시기부터 문학 창작을 시작하였다. 그녀의 처녀작은 1995년 제4기 『부용』에 실린 『사라진 꿈夢無痕』이지만 정작 관심을 끌게 된 것은 다른 '70후'와의 공개 프레젠테이션 때문이었다. 발표 시간 순으로 웨이후이의 작품을 읽는다면, 그녀의 작품에 큰 변화가 생겨난 것을 알 수 있다. 그녀의 초기 작품인 『사라진 꿈』(『부용』 1995년 제4기), 『애정환각愛情幻覺』(『소설계』 1996년 제1기), 『종이 반지紙戒指』(『소설계』 1996년 제4기) 그리고 『아이샤艾夏』(『소설계』 1997년 제1기)는 여전히 매우 전통적인 기법으로 창작되었다. 작품에서 인물이 활동하는 장소는 채소시장과 초라한 1인 기숙사, 더러운 동네, 잡화점 등 일반인이 생활하는 구석구석에까지 미치고, 줄거리의 내용도 상당히 '정상'적이어서 웨이후이 자신의 말에 따르면 '상당히 순수'하였다. 일부 내용에 여성의 은밀한 경험(예를 들어 『아이샤』의 초경)이 포함되어 있기는 하지만, 주인공의 삶은 여전히 '중산층의 전 단계'에 자리하고 있었다. "낭만주의적 이미지와 다정다감하고 정교한 부르주아적 분위기를 지닌"[12] 이러한 인물들은 심지어 부드럽고 섬세하며, 얌전하고 아름다우며, 감상과 회고의 고전적 분위기까지 연출해낸다. 하지만 1997년 제6기 『소설계』에 발표된 『부드러운 검은 밤黑夜溫柔』으로부터 소설

---

12) 루옌陸彦, 「일단락된 후의 사색 — 웨이후이 창작과 최근 중국의 대중문화를 다시 논한다塵埃落定後的思省 — 再談衛慧寫作與中國當下的大衆文化」, 『文藝爭鳴』, 2001년 제5기 참조.

의 이야기 모델과 인물의 신분, 활동 장소, 생활 스타일, 직업 및 언어 특징에 이르기까지 모든 부분에서 뚜렷한 변화가 발생하였다. 고급 바, 고층 아파트, 공항이 인물의 생활공간이 되었고 명품 패션, CK 향수, 세븐 마일드 담배가 인물의 삶에 일종의 라벨이 되었다. 웨이후이의 소설 속 인물들은 최초의 보통 남성에서 포스트 공업 시대에 중산층을 대표하는 구성원들로 변화하였다. 마약과 섹스, 파티 등 물질과 욕망의 삶을 그리는 동시에 그녀의 문학 스타일에도 변화가 생겼다. 즉, 원래의 약간 부드러운 어조로 당당히 이야기하던 것에서 짧은 문장이 밀집된 작은 단락으로 바뀌고, 영어 단어도 자주 등장하게 되었다.

이러한 스타일은 춘풍문예출판사가 1999년에 출판한 『상하이보배』에서 극에 달했다. 이 책의 제작 · 홍보 · 판매 과정에서 작가는 줄곧 과장된, 지극히 광기에 서린 모습을 보여주었는데, 예를 들어 어깨에 닿은 긴 머리로 백옥 같은 얼굴을 반쯤 가린 겉표지의 이미지는 그녀 스스로 디자인한 것이었다. "여성이 여성에게 몸과 마음의 경험을 전달하는 소설, 반 자전체 소설, 상하이 비밀의 화원에서의 소설"이라는 광고 카피 역시 작가가 직접 만들어낸 걸작이다. 작가 사인회에서 그녀는 더 나아가 "그들에게 상하이보배의 가슴을 보여 주겠다"라는 광기 어린 말까지 남겼다. 순식간에 '웨이후이'와 '상하이보배'는 문학 간행물과 인터넷 신문 매체에서 핫한 인물을 표현하는 일종의 대명사가 되었다. 『상하이보배』는 2000년 5월 판매금지 조치를 받았지만, 웨이후이 자신은 이미 '보배사건'을 통해 작품 발표와 서적 출판, 해외 발간 및 막대한 인세 등을 통해 많은 돈을 벌 수 있었다.

웨이후이가 급작스럽게 명성을 얻은 것과 달리, 몐몐은 처음부터 '비주류'로서 사람들에게 알려지기 시작했다. 그녀는 처녀작 『가식에 찬 어느 밤一個矯揉造作的晚上』에서부터 독자층을 생활의 주변부에 있는 그룹에 고정시켰다. "나의 소설은 도시의 크고 작은 디스코 클럽에서 놀고 있는 문제 청소년들을 위한 것이다"[13]라고 몐몐은 말한 바 있다. 그녀의 이단성은 점차 문단에서 상당히 인정받게 되고, 특히 왕쉬王朔와 한둥韓東, 거홍빙葛紅兵, 린바이林白, 저우제루周潔茹 등이 호평하였다. 몐몐의 작품에는 웨이후이의 텍스트와는 달리 물질생활과 마약, 음주, 성생활에 대한 묘사가 많이 등장하고 있다. 사실 웨이후이의『상하이보배』출판 이후, 두 사람 간에 '표절' 유무와 관련한 논쟁이 끊임없이 제기되었다.[14] 몐몐은 자신의 창작 배후에는 악몽과도 같은 진실한 경험이 존재한다고 고백하였다. 실제로 그녀는 18~25세 사이에 매우 불안정한 생활을 영위하였으며, 마약·음주·자살 등 "그녀의 이야기는 이미 대가를 지불한 것이었다."[15] 그래서 몐몐의 지지자들은 이러한 '이단'적인 삶과 창작에 대해 충격을 받는 동시에, 웨이후이를 상대로 "머리털 하나 상하지 않고" 몐몐의 '잔인한 인생'을 베껴, "떠들썩한 무도회"로 묘사하고 일종의 '비주류'로 분장하고 포장하였다"고 비난하였다.[16] 또 혹자는 이러한 복제는 "잔혹함을 '쿨'하게 유행시킨"[17] 전형적인 사례라고 지적하기도 한다. 웨이후이의『상하이보배』와 몐몐의『캔디糖』를 비교하면, 확실히 여러 가지 비슷한 점을

---

13) 모던스카이망摩登天空網, 「몐몐과 그녀의 청춘 신고식棉棉和她的青春祭」, http://modernsky.com/bands/mianmian/mm_review2.htm 참조.

14) 몐몐棉棉은 2000년 4월 8일『독서지도閱讀導刊』에 「웨이후이는 나를 표절하지 않았다衛慧没有抄我」라는 글을 발표하고, 웨이후이의『상하이보배上海寶貝』가 그녀(몐몐)의『라라라啦啦啦』를 베꼈다며 책임을 물었다. 이후에 왕이網易는 "웨이후이·몐몐 중 누가 누구를 건드리는 것인가"라는 전문 카페를 개설하였다. 웨이후이·몐몐 역시 카페에 들어와 서로 책임을 전가하였다.

15) 모던스카이망摩登天空網, 위의 논문 참조.

16) 위의 논문.

17) 샤오옌쥔, 앞의 책, 258쪽.

발견하게 된다. 매우 흡사한 사랑 이야기를 제외하고도, 상당히 많은 세부 이야기가 서로 유사하다. 예를 들어, 두 남자 주인공들은 공히 정기적으로 외국에서 돈을 송금해 주는 아버지 또는 어머니가 있으며, 결국 마약 때문에 파멸하였다. 또한 두 명의 '나'는 남자 친구에 대한 사랑을 가슴에 품고 다른 사람으로부터 정욕을 충족시키며, '나' 자신이 사랑하는 상대에 대해 모두 '천사 같은', '완전히 순진한', '마음 아프게 하는', '순결한 눈빛', '아기', '남자' 등의 표현을 사용하였다. "다만 웨이후이가 '한 글자 한 글자만 베낀 것'이 아니고, 심지어 독자들이 '캔디'로 포장된 '보배'를 더욱 사랑한다면 원작의 권위는 어떻게 된단 말인가?" 그리고 멘멘의 분노가 '쇼'가 아닌 원칙 때문이라면, 이것을 누가 증명할 수 있을까?[18] 특히 '캔디'의 판매량이 조작과 비난의 열기가 높아지면 높아질수록 실제로 수직 상승하는 상황에서 말이다. 비록 많은 사람들이 멘멘을 '청년 비주류문화'로 해독하고 웨이후이 역시 '베스트셀러 작가'로 분류하지만, 훨씬 더 많은 사람들이 양자를 같은 범주로 분류하고 있다. 심지어, 그녀들을 '포스트모더니즘 청년 비주류문화 창작'[19]의 대표 주자로 인식하는 학자들도 적지 않다. 그렇다면 웨이후이와 멘멘의 창작은 결과적으로 어떠한 의미를 가지고 있는가? 그들의 차이는 본질적인 차이인가 아니면 표면적인 겉모양의 변화일 뿐인가?

  웨이후이와 멘멘에 관한 독해에서 비평가들은 예외 없이 '개인화 창작' 시대와 사회에 대해 그녀들이 형성한 영향력과 해석의 의미를 강조하고, 그녀들의 '욕망화 서사'를 시장경제 하의 개성과 본능에 대한 표현과 폭로

---

18) 샤오옌쥔, 앞의 책, 282쪽.
19) 천샤오밍陳曉明, 「'역사종결' 후: 구십 년대 문학 허구의 위기'歷史終結'之後: 九十年代文學虛構的危機」, 『文學評論』, 1999년 제5기.

로 간주하였다. 당연히 그녀들의 무절제한 몸과 물질에 대한 욕망도 비판
의 대상이 되었다. 그렇다면 웨이후이와 멘멘의 '개인화 창작'은 어떠한
개인화이고, 그녀들의 '욕망화 서사'는 어떠한 욕망이며, '몸'이 그녀들의
창작에서 어떠한 역할을 맡고 있는지 살펴보도록 하자.

"1960년대 작가가 출생하자마자 관념이 끊임없이 변화하는 사회에 버
려졌다면, 1970년대 작가는 출생하자마자 관념의 변화가 완료되어 새로
운 관념의 지지가 없는 형세에 버려졌다. 70년대 작가에 남겨진 현실은
손으로 잡을 수 없는 미세한 파편에 불과하고, 사회적 사건과 예술적 스타
일 그리고 가치 관념 등 어느 것도 그들의 마음에 항구적이고 심각한
영향을 미치지 못했다. 70년대 작가들의 마음을 차지한 것은 자아 상태에
있어 자신과의 대화에서의 당혹감과 불안감, 긴장감, 탈피, 무기력, 무감
각, 분투, 인정, 흥분, 회의, 갈망, 회색, 발전, 낙심, 공허, 초조함, 주저,
억압, 발산 그리고 없음이다."[20] 이것은 '70후'가 처한 시대 환경과 생존
실태를 감성적으로 표현하며, 이로부터 생겨난 결론은 즉 '70후' 창작은
일종의 '개인화 창작'이자 개인 경험의 표현이며 "순수하게 개인에게 속해
있어, 시대와 사회의 슬픔과 기쁨, 이별과 화합, 은폐된 질병과 우환을
대표하지 못한다는 것이다."[21]

하지만 사실상 개인 경험의 표현과 사회생활의 조직 방식, 이데올로기,
문화담론환경 및 암암리에 움직이고 있는 안정적이고 평화로운 분위기
이면의 각종 권력 단위와 복잡하게 얽힌 관계가 존재하고 있다. 각각의
표현은 모두 각각의 권력투쟁의 산물이며, 특히 사회주의 초급단계에 처
해 있는 중국에 있어서는 더욱더 그러하다. 비록 이데올로기는 음성적

---

20) 양웨이란楊蔚然, 「70년대에 태어나다生于70年代」, 『芙蓉』, 1997년 제1기.
21) 린저우林舟, 「다른 모습의 창작別樣的寫作」, 『芙蓉』, 1997년 제4기.

존재가 되었지만, 주류문화는 여전히 절대적인 발언권을 확보하고 비주류문화를 컨트롤하고 영향력을 행사한다. 이러한 상황에서 비교적 약세에 있는 대중문화 및 대중문화가 지지하는 '개인화 창작'은 순수할 수만은 없다(사실 어떤 이데올로기 하에서도 '개인화 창작'은 허구일 수밖에 없다). 이러한 창작의 모델로 표방되고 있는 몐몐 또한 "나는 개인화 창작이 지나치게 사치스러운 일이라고 생각한다. 나의 창작은 상당히 개인화되어 있지만 철저하지는 않다. 왜냐하면, 나의 머릿속에 검은 가위가 들어있기 때문이다"22)라고 말하였다.

그렇다면 '70후'의 남다른 점은 무엇인가? "'70후' 작가들의 공통점은, 출생 연대에 따라 결정된 개인의 성장 이력의 공통점이나 유사함이 아닌, 공통적인 경험 배후에 존재하는 대체적으로 동일한 인식 및 생활과 세계를 상상하는 방식이라 할 수 있다. 바로 이러한 생활과 세계를 이해하는 방식으로 인해, '70후' 작가들은 선배 작가들과 구분된다."23) 『뉴욕타임즈』는 『상하이보배』가 중국에서 금지된 이유에 대해 "이 책에는 중국문학이 장기간에 걸쳐 금기시한 사회적 이슈에 대한 접촉이 내포되어 있다. 여성의 자위행위에서부터 동성연애에 이르기까지 생생하고 민감한 성적 묘사가 들어 있다"라고 설명하였다. 확실히, 웨이후이는 작품 속에서 대량의 성애 장면과 자극적인 욕망을 묘사하였지만, 결코 이 때문에 금서로 지정된 것은 아니었다. 제프리 윅스는 『20세기 성 이론과 성 관념』에서 "성은 일종의 자연적인 존재가 아니며 사회 구성 과정의 산물이다. 이는

---

22) 모던스카이망摩登天空網, 몐몐, 「창작에 관하여關於寫作」,
http://www.modernsky.com/bands/mianmian/mm_in—terview1.htm 참조.
23) 니웨이倪偉, 「거울 속의 나비 — '70년대 후'의 도시 '별종' 창작을 논하다鏡中之蝶 — 論'70年代後'的城市'另類'寫作」, 『文學評論』, 2003년 제2기.

항상 권력과 밀접하게 관련되어 있다"[24]라고 말한 바 있다. 따라서 성을 둘러싸고 성행위, 성 심리, 성도덕, 성별 신분의 구조와 인정 그리고 성 배후에 존재 가능한 지배 역량과 권력, 자본 혹은 교환가치 등을 포함한 복잡한 관계 구조가 실제로 형성된다. 장 보드리야르는『소비사회』에서 이렇게 말하였다. "성은 소비사회에서 '가장 활기 찬 중심'이다. 이것은 기이한 방식으로 다방면에서 대중 매체 전체가 암시하는 영역을 결정한다. 그곳에서 표출되는 모든 것은 강한 성적 떨림으로 메아리친다. 소비를 위해 제공되는 것 모두에는 성적 요소가 포함되어 있다. 그리고 동시에 성 자체도 소비를 위해 제공된다고 할 수 있다."[25]

그렇다면『상하이보배』속의 성적 묘사를 다시 한 번 확인해 보자. 사실, 이것은 인물 내면의 혼탁한 욕망에서 비롯된 것이 아니다. 왜냐하면, 웨이후이의 철학에서 '욕망'이란 단지 사치품에 대한 일종의 소유욕이자 중산층의 삶의 표징에 불과하기 때문이다. 각종 브랜드 상품과 고급 술집, 심지어 과음·마약 등의 생활 방식은 욕망을 자극하는 호르몬이자, 동시에 웨이후이의 욕망의 마지막 종착점이다. 그러나 이러한 욕망을 통해 주인공 내면의 '강력한 원시적 역량'을 찾아보기란 불가능하다. 웨이후이의 소설에 수많은 성적 묘사가 등장하지만, 작가는 결코 난잡한 생활을 제창하지 않는다. 비록 웨이후이가 니거거倪可可의 말을 빌려, 독자들로 하여금 그녀가 사랑하는 사람은 톈톈天天이며 독일인 마르크는 단지 정욕을 충족시키는 도구에 불과하다고 믿게 하지만, 니거거의 실제 행동은 이와 달랐다. 사실 그녀는 마르크와의 두 번째 만남에서 이미 부분적으

---

24) 제프리 웍스,『20세기 성이론과 성관념20世紀的性理論和性觀念』, 장쑤인민출판사, 2002년, 5~21쪽 참조.
25) 니웨이 인용, 앞의 논문.

로 퇴색한 "상하이 모 자본가의 젊은이에게서 고가로 구입한 작은 옷깃의 쓰리버튼 양복"에서 물씬 풍겨나는 '옛 귀족의 분위기', '프랑스식 키스, 이탈리아식 포옹'과 '반짝반짝 빛나는 멋진 포드차'에 반해버렸다. 하지만 첫 번째 섹스의 쾌감은 '나치', '파시스트 당원', '독일어'와 같은 코드로부터 비롯되었다. 이러한 코드는 이러한 '학대받고 점령당하는' 쾌감의 이면에 숨어 있는 자본과 권력에 대한 숭배를 분명하게 보여주고 있다. 코드 체계에 의해 쉽게 좌지우지 되지 않는 성性이 마침내 물질 코드와 언어 코드에 의해 함락되었다. 권력 자본과 금전 자본의 선택에 따르면, '독일 자본 다국적 투자고문회사의 책임자' 신분인 마르크가 당연히 니거거의 섹스 파트너로서 최고의 적임자인 것이다(사실 독일인 애인의 이름도 은유적이다. '마르크'는 독일의 화폐 단위이기 때문이다).

웨이후이가 묘사한 성은 소비사회의 일종의 교환 척도에 불과하며, 사회가 부여한 도덕적 의미에 반역하는 '몸'은 본질적으로 욕망 교환 코드의 운반체일 뿐 결코 남성의 정신적 이성을 분석하거나 여성의 '사적 공간'을 구성하는 코드가 아니라는 사실을 알 수 있다. 만약 반드시 무엇인가를 말해야 한다면, 그것은 바로 개체 구조의 '욕망'이 몸에서 차지하는 지배적 위치에 대한 분석이며, 그래서 교환의 기능으로써 바꿔치기 해 장 보드리야르가 말한 소위 "욕망 속에서 체현되는 것이 아니라 코드 속에서 체현"되는 '색정'으로 변한다. 여기에서 두 가지 개념을 정리할 필요가 있다. 욕망desire 이란 일종의 본질에 가까운 생리적 에너지로서 무의식적이고 단편적이며 비도덕적이다. 따라서 모든 것을 무너뜨릴 수 있는 폭발력과 파괴력을 가지게 된다. 성과 관련된 욕망도 마찬가지로, 더욱 본질적인 물리적 몸의 육체적 욕구일 뿐이다. 욕망은 문명의 교화와 무관하며, 문명화한 사회에서는 언어와 사물에 대한 표의表意 코드의 영향을 쉽게 받지 않고, 오히려

순수한 심리적 역량으로 출현한다. '색정erotic'은 현대 사회에서 일종의
일반적인 교환 척도로서, 욕망 속에서 체현되는 것이 아니라 코드 속에서
체현된다. 에로틱한 몸은 욕망 교환 코드의 운반체이며, 이러한 몸에서
지배적인 위치를 차지하고 있는 것은 교환의 사회적 기능이다.[26]

　'욕망'과 관련된 웨이후이와 몐몐의 창작에서 또 다른 키워드는 '몸'이
다. "작가는 몸이 있는 존재로서 이 세계에 살고 있다. 그가 접촉, 감지,
상상하는 각 사물은 그의 창작과 관련이 있으며, 이럴 때에 비로소 그의
창작은 현장감을 얻게 된다." "창작은 몸의 언어사이다. 몸은 창작자가
한 명의 존재자로서 현장에 있음을 말해준다. 작가는 창작 속에 나타나며
창작과 관계를 단절하는 것이 아니다."[27] 바로 이러한 의미에서 비로소
'신체 창작'이 성립된다. "몸은 여성 피억압의 원인과 장소이다. 여성은
몸으로 창작하며, 이로써, 잠재의식의 원초적 힘에 접근할 힘을 갖는다.
그리고 작품에 몸으로 돌파하는 의의를 부여한다. …… 여성은 창작을
통해 자신의 주체적 위치를 확립하고 역사로 진입한다."[28] 특히, '몸'을
멸시하고 '몸'에 대해 그토록 숨겨온 중국에서, 창작자가 의존하고 세상을
감지하는 본체의 의미로서의 '몸'은 한때 추방된 적도 있다. 공허한 도덕
과 의의, 가치는 접촉하고 감지할 수 있는 진실한 '몸'의 세부를 초월해,
독자적으로 생성되었다('문화대혁명' 시대의 문학이 바로 이러한 창작의
극단적인 예이다). 따라서 창작에 있어 '몸'의 합법적 지위를 우선적으로
원상 복귀시켜야 한다. 웨이후이와 몐몐의 '몸'에 대한 표현은, '표백'을
통해 '몸'에 수반된 모든 성별과 계급, 종족, 사회적 요소들을 제거하고

---

26) 장 보드리야르, 『소비사회消費社會』, 난징대학출판사, 2000년 참조.
27) 셰유순謝有順, 『아방가르드는 자유다先鋒就是自由』, 산동문예출판사, 2004년, 246쪽.
28) 마신궈馬新國 주편, 『서방문론사西方文論史』, 고등교육출판사, 2002년, 604쪽.

또한 '몸'의 자존과 영혼, 정신적인 존재를 던져버린 채 '몸'을 단순히 육체로만 취한 것에 불과할 따름이다. 이렇게 완전히 '깨끗한' '몸'은 비판자가 말하는 소위 '반항'의 의의를 어떻게 수용하는가?

웨이후이의 작품을 자세히 읽어보면, "의의와 관련이 없는 것으로 인식된 '깨끗한' 몸이 실제로는 전혀 추상적이지 않으며, 몸의 '추상화'는 일체의 사회적 의의를 거절하는 데에만 사용된다. 물질적 향락은 늘 사탕처럼 달콤한데, 사실 이러한 향락은 순수하게 물질적인 것만은 아니다. 몸은 사치스럽고 호화로운 형식을 추구하므로, 브랜드 패션으로 포장하고 도시의 번화한 모습을 내다볼 수 있는 창문으로 자신을 드러내며, 각종 코드의 힘을 빌려 쾌감을 획득하고자 한다. 이러한 코드는 중산층의 우월하고 체면을 중시하는 일종의 생활 방식이다"[29]라는 사실을 어렵지 않게 깨닫게 된다. 소비사회에서 욕망 교환 코드의 수용체인 '몸'의 가치는, 바로 그 몸에 투자된 상품의 총액으로 산정되며 여기에는 록 음악과 외국 시, 마르그리트 뒤라스, 밀란 쿤데라 등 정신적 상품도 포함된다.

이에 비해 '몸'은 멘멘 쪽에서 더 순수하다. "나는 잡지에서 브랜드 상품을 볼 때면……, 이런 것들을 예술품으로 생각한다.…… 사실 나는 전혀 사지 않는다. 나는 멘멘 표 옷을 즐겨 입는데, 위에서 아래로, 안에서 밖으로 모두 검정색이고, 상하 안팎의 스타일이 심플할수록 좋다. 신발은 밑바닥이 두꺼운 것을 신고, 손목시계와 어떠한 액세서리도 착용하지 않는다. 나는 충분히 매력적이기 때문에 이러한 작은 액세서리들로 꾸밀 필요가 없다."[30] 작품에서도 멘멘은 웨이후이처럼 자신의 브랜드에 대한

---

29) 니웨이, 앞의 논문.
30) 모던스카이망摩登天空網, 멘멘棉棉, 「나의 명품 생활我的名牌生活」, http://www.modernsky.com/bands/mianmian/mm_article6.htm 참조.

지식을 나열하는 데 열중하지 않고 육체 자체에 더 미련을 두는 것 같다. 『캔디』 속의 '나'는 자신의 몸을 가장 신뢰한다. 몸의 유일한 쾌락의 추구는 곧 오르가즘이지만, 오르가즘은 언제나 남성에 대한 고충을 수반한다. 그래서 '나'는 남성의 몸을 빌리지 않고 스스로 오르가즘에 도달하는 그날을 상상해 본다. 남성의 몸을 포기하는 이러한 방임은 표면적으로는 성별 정책에 대한 전복으로 보이지만 그 본질은 여전히 굴종이다. '나'는 오르가즘이 오기 직전의 쾌락과 방임·비상 그리고 쾌락 속에서의 무아지경을 추구할 뿐, '몸'으로 자아와 세계 간의 관계를 다시 쓰고자 하는 것이 아니다. 이러한 '몸과 세계의 분리는 현실 세계에 대한 거역·기존 규칙을 다시 쓰는 데 의의를 두기보다는, 오르가즘을 기준으로 몸을 재구성하고 생식기관을 몸의 중심으로 삼으며, 즉 의의를 그 속에서 추방해버리고자 한다. 따라서 표면상의 반역은 도리어 본질상의 회귀이다. 이것은 마치 멘멘이 브랜드를 거부하지만 스스로에게 '멘멘'이라는 브랜드 라벨을 부착하는 것과 같다. 겉으로 보기에 '몸'은 세상으로부터의 이탈을 조정하고 있는 것처럼 보이지만, 이면에는 이미 은밀하게 성별 굴종의 길을 걷고 있는 셈이다.

그리고 작품 속에 나타난 몸은 모두 여성의 몸인 것을 알 수 있다. 이러한 드러냄은 한편 많은 여성 작가들이 습관적으로 사용하는 1인칭 서사 기법으로 인해 암시적 특성을 지니며, 여성 작가의 '몸'과 '몸'의 이야기는 강한 '호문互文'적 효과를 가지게 된다. 따라서 웨이후이와 멘멘이 쓴 상하이 『비밀의 화원』에서 몸은 한 송이의 '공중 장미'가 되었다. 그들의 소설 중 "몸은 단지 경관일 뿐이어서, 아무런 저항도 없이 소비주의 이데올로기의 재 코딩을 수용하였다."[31] 웨이후이와 멘멘에 대한 해석 가운데, '청소년 비주류문화'는 하나의 유행 키워드이다. 그렇다면 그녀들은 진실로 일종의 반항적 비주류문화를 창조하고 중국의 '비주류문화' 집단을 대표하는가? 그녀들의 '비주류문화'는 어떠한 독립적 가치를 보여주고 있는가?

딕 헵디지는『하위문화 - 생활 방식의 의의』에서 다음과 같이 지적한 바 있다. '비주류문화'는 '주류문화'에 대한 '주변부 문화'이며, 포스트 공업 사회에서 각각의 비주류문화 집단을 상호 구분하는 가장 중요한 표지는 바로 그들 자신의 생활 스타일이라는 것이다.[32] 서구 국가에서 비롯된 '청소년 비주류문화'는 펑크 문화와 레이브 파티 등을 전형적인 특징으로 삼고 있다. 이들은 '주류문화'에 대항하는 형식의 선명한 정치적 성향을 지니고, 이로써 사회의 쇠락과 위기를 표현하였다. 또한 이러한 비주류문화 생활 방식은 반反 중산층의 소비주의 특징을 보여주고 있다. 그들의 몸은 흉측한 현실의 축소판으로, 브랜드 상품으로 장식한 정교하고 치밀한 생활과는 정반대의 방향으로 달려 나간다. 그들은 지저분한 것과 망가진 것, 저속한 것으로 지배적 지위에 있는 사상과 가치 체계에 대한 의혹과 전복을 드러낸다. 그런데 이것은 웨이후이가 만들어낸 중산층의 생활 분위기와는 거리가 멀다. 멘멘이 힘껏 묘사한 광란의 레이브 파티 역시, 마치 댄스를 통해 "우리의 몸을 열고 우리의 상상을 열어 주듯", "음악과 몸이 혼연일체가 되면 자신감이 생겨나고, 별이 빛나는 하늘, 겹겹이 이어지는 산·숲과 같은 그러한 순결한 개념들이 다시 한 번 만들어지며"[33] 어떠한 '해방', '반항', '독립'의 의미를 가지는 것 같다. 그러나 이러한 '해방',

---

31) 니웨이, 앞의 논문.
32) 딕 헵디지,『하위문화 - 생활 방식의 의의次文化 - 生活方式的意義』, 타이완낙타출판사, 1997년, 114쪽.
33) 멘멘棉棉, 「나의 명품 생활」.

'반항', '독립'을 얻으려면 반드시 '1컵에 40위안인 음료'라는 문턱을 넘어야만 한다. 따라서 그들이 이 문턱을 넘는 순간, '반항'·'전복'의 베일에 가려진 충실한 '소비자'의 모습이 드러나게 된다. 그들은 현재의 사회 체제와 현실의 삶, 도덕과 윤리에 아무런 도전을 하지 않고, 반대로 중산층의 가치관에 따라 향락주의로 성장하며 소비시대의 주류가 되어버렸다.

웨이후이와 몐몐의 소설 속 도시인들은 하나같이 멋스러움이 극치에 달한, 도시 주류 생활의 디테일을 장악하고 있는 젊은이들로서 상상 속의 생활로 자유롭게 출입한다. "한 가지 확실한 것은, 작가가 매번 도시 생활을 누리는 데 필수적인 경제와 자본이라는 전제 조건을 간과한 채 유혹적이면서도 뿌리가 없는 인생과 세상을 연출한다는 사실이다."[34] 작품 속 주인공들은 귀족도 아니고 대부분 일정한 직장도 없고 일도 하지 않지만, 고급 호텔과 레스토랑을 자유롭게 드나든다. 이에 대해, 작가는 해외에 살고 있는 부모가 정기적으로 송금을 하거나 윗대로부터 적지 않은 유산을 물려받았다고 해명한다. 이러한 거의 가설과도 같은 신분 배경이 현재 도시 문학의 공통된 경향이다. 즉, "노력도 필요 없고 성공에도 관심 없는 세상을 창조하고, 이러한 세계에서 오히려 괴상하고도 아름다운 생명의 꽃이 피어나는 것이다."[35] 따라서 비평가들이 말하는 포스트모더니즘 담론환경에서의 소위 "깊이를 통일하고 중심을 와해하고 질서를 전복하자"는 이론적 구호는 도시 창작을 완성하고 해석하는 데 있어 아무런 존재의 심연을 제공하지 못하고, 다만 기존의 모든 것을 폐허로 만들 뿐이다. 이렇듯, 이상의 빌딩을 재건하지 못했기 때문에 작가의 현실에 대한 반항과 풍자, 폭로는 진실한 역량을 상실할 수밖에 없었다.

---

34) 옌징밍閻晶明, 「도시문학서어都市文學絮語」, 『檢察日報』, 2005년 8월 19일.
35) 위의 신문.

제3절 '주변부 창작'과 도시 여성의 잿빛 생활

　웨이후이와 멘멘이 '미녀작가'의 신분으로 '70후'의 대변인이 되자, '70후'의 내부에서 "사실 우리는 퇴폐를 좋아하지 않는다. 웨이후이는 우리의 생활 방식을 대표할 수 없다"[36]라는 목소리가 생겨났다. 그렇다면 '70후'의 생활 방식과 창작 방식은 무엇인가?

　천샤오밍陳曉明은 왕쉬의 소설 속 인물에 대해 "왕쉬의 인물은 사회에서 확정된 위치가 없고 기성 사회의 본질이 없는 자들이다. 혹자는 원래의 본질을 포기한 자들이라고 말한다. 그들은 진입하지 못한 분노와 도피의 멸시를 함께 품고 있다. 따라서 그들은 '주변인'이라고 할 수 있다. 주변인은 비주류 인물과는 다르다. 후자는 피동적이고 자발적으로 삶의 비주류 또는 방어 위치로 후퇴하여 수세를 취하는 것이고, 전자는 사회 변화의 접합부에 처해 있는 것이다. 그들은 중간 지대에서 유동하고 충돌하며 아주 강력한 파괴력과 폭발력을 가지고 있다"[37]고 말한 바 있다. '70후'의 성장 환경을 살펴보면, '문화대혁명'이 끝날 무렵을 전후로 출생하고 개혁개방 시기에 자라난 이들은, 맹목적인 열광이 남기고 간 온갖 유령들을 감지하는 한편 전에 없는 개성의 자유 및 방종의 분위기 사이에 끼어 있다. 이들에게는 1960년대 세대의 확고함과 집착이 결여되어 있고, 또한 1980년대 세대와 같이 태어나자마자 잘 갖추어진 세상과 의기투합할 여건도 마련되지 못했다. 그래서 이들은 과거와 미래 사이를 오가고, 기억과 환상 사이에서 허우적거리며, 추구와 실망 사이에서 갈팡질팡하는 특별한 세대, 즉 천샤오

---

36) 허총何從, 「70년대 vs. 80년대70年代VS80年代」, 『청춘 시절을 들어보다聞上去的靑春年華』, 저장문예출판사, 2002년, 212쪽.
37) 천샤오밍陳曉明, 『표의의 초조함表意的焦慮』, 중앙편역출판사, 2002년, 131쪽.

밍이 말한 바대로 "사회 변화의 접합부에 처해 있는" 세대이다.

  여기에서 천샤오밍의 개념을 차용하여, 20세기 '70후 여성작가'의 창작을 '주변부 창작'이라고 칭하기로 하자. 그녀들은 과거 시대의 혼란과 열광·추구를 보여주었고, 현 시대의 실의와 곤혹·집착도 보여주었다. 그녀들은 때때로 과거의 기억을 좇아 깊이 사색하고 알 수 없는 그리움에 빠지곤 하지만, 이러한 깊은 사색과 그리움이 현실과 전혀 맞지 않음을 깨닫는 순간 과거의 잘못된 생각을 수정하고 방종에 빠져 치명적인 비상을 한다. 그러나 이러한 전희가 없는 짧은 환락과 사랑에서 깨어나면 그녀들은 더 큰 고통과 자책감에 빠지고, 비록 어떤 때에는 자신을 속이는 방법으로 이러한 고통과 자책감으로부터 스스로를 마비시키거나 도피한다, 혹은 다시 빠져서 가라앉게 되더라도 말이다. 그녀들의 출신은 그녀들이 방황하는 자세를 결정하고, 그리고 그녀들이 과거의 계승자가 될 수 없고 미래의 참여자도 될 수가 없음을 결정한다. 그래서 그녀들은 운명적으로 희생하고 잊히는 한 세대가 된다. 하지만 불행한 것은 그녀들이 이러한 희생과 망각을 싫어한다는 사실이며, 이로 인해 그녀들은 글로써 결연하게 고집스러운 반항의 자세를 취한다. 그녀들은 시대에 의해 버려지지 않기 위해 대중들이 보기에 극단적이고 비정상적인 방식을 택하여, 과거에 대해 추종하거나 몽둥이로 후려치고, 현대에 대해 풍자하거나 열광하며, 미래에 대해 비관하거나 못 본 체한다. 대중들의 시끄러운 관심과 분분한 의견을 일으킨 후에 그녀들은 뒤로 숨어 독하게 웃음 짓는다.

  여기에서 소위 '주변부 창작'을 하는 작가들로는 다이라이, 자오보趙波, 웨이웨이, 주원잉, 베이베이北北, 성커이盛可以, 루리陸離 등을 들 수 있다(사실 '70후 여성작가'의 수는 이 명단보다 훨씬 많다. 하지만 이 문학현상은 지금도 변화, 발전하고 있기 때문에 많은 작가들이 사실상 우담화처럼 잠깐 나타났다가 바로 사라지는 존재가 될 수도 있다. 따라서 여기에서는 창작 편수가 많고 수준이 높으며, 또한 상당히 안정적인 스타일을 형성한 작가들의 작품을 선정하여 토론하도록 한다). 그녀들은 비관적인 자세로 삶을 관찰한다. 또한 소위 페미니즘의 입장을 은폐하고 심지어 남성의 시각으로 접근하며, 이를 통해 우선 여성의 작품은 남성을 증오하기 마련이라는 심리적 설정을 해소하고자 한다. 왜냐하면 여성 창작자에 대해 말을 꺼내기만 하면, 사람들은 무의식적으로 그녀들이 남성을 대립적인 위치에 놓고 남성을 불경하고 공격적으로 표현한다며 긴장하고 경계하기 시작하기 때문이다. 이렇듯 미리 정해진 적대적 태도로 인해 여성 작가의 작품은 제대로 모습을 드러내기도 전에 독자들로부터 혐오감을 사게 된다. 이래서야 어떻게 작품이 표현하고자 하는 정신적인 부분의 이해에 전념할 수 있겠는가? '주변부 창작'자들은 이러한 함정을 교묘하게 피해 남성의 시각으로써 세상을 바라본다. 따라서 여성이 주인공이라고 해도 그녀는 독자들이 습관적으로 받아들이게 되는, 그러한 순수하게 여성다운 여성이다. 이는 프랑스 페미니즘 비평가 엘렌 식수의 '양성兩性창작'의 개념과 비슷하다. 이러한 창작은 작가의 생물적 성별을 강조하지 않는다. "여성 작가의 작품이라고 반드시 여성적인 것은 아니며, 철두철미하게 남성적인 창작일 수도 있다. 그 반대의 경우도 마찬가지다."[38] "모든 사람 속에는 양성이 존재한다. 이러한 존재는 남녀 개인에 따라 차이가 있으며, 선명하고 확고한 정도 역시 다양하다. 즉, 각자 차이도 있고 공통점도 있다."[39] 이로써 일종의 남성/여성 이원적 대립 모델을

---

38) 마신궈 주편, 앞의 책, 604쪽.
39) 장징위안張京媛, 『당대페미니즘문학비평當代女性主義文學批評』, 베이징대학출판사, 1992년, 199쪽.

타파하며, 우선 절대다수 독자들의 독서 습관과 동일한 궤도에 들어서고 난 연후에, 그 가운데 남성과 여성이 사회에서 상호 경쟁하고 서로 몸부림치며 말로 표현할 수 없는 난처한 상황을 만들어낼 수 있게 되었다. 그녀들은 몸과 욕망 그리고 성을 쓰지만, "그녀들이 묘사하는 사물을 초월해 사람들의 시선과 주의를 성적 경험에만 집중시키지 않고, 성에 대한 독특한 사고와 음미에 집중시킨다."[40] 그래서 여성의 자기 연민의 소곤거림보다는 보편적인 인간성의 한계와 슬픔을 더 많이 체현하고, 우리에게 주는 계시와 깨달음의 공간 역시 더 넓어지게 되는 것이다.

'주변부 창작'자들의 생활 방식에 있어 일반인들과의 가장 큰 차이점은 생활의 위치이다. 웨이후이와 몐몐의 1970년대에 대해 말하자면, 우리가 떠올리게 되는 키워드는 '록'·'술집'·'섹스'…… 등이다. 그러나 이러한 것들이 '70후 여성작가'들의 삶의 진상은 아니다. '주변부 창작'자들의 이야기에 방종과 욕망, 열광에 대한 묘사가 있다는 점을 부정할 수는 없다. 왜냐하면, 청춘의 끝자락에 서 있는 그녀들에게 그런 행위는 "오늘 술이 생기면 오늘 취하고"의 이치와도 같다는 사실을 누구보다 더 잘 알기 때문이다. 이에 대해 세상을 우습게 본다든지 방탕하다고 생각할 수도 있지만, 자신들의 날개를 펼칠 공간을 끝내 찾지 못한 한 세대로서 청춘의 막차에서 마음껏 한바탕 놀아본다는 것 외에 그녀들이 더 이상 무엇을 할 수 있을까? 어떠한 의미에서 이것이 꼭 부정적인 것만은 아니다. 적어도 이러한 쇼에 대한 확신과 집착으로 인해 그녀들의 독특함이 주의를 끌었기 때문이다. 그런데 더욱 주목해야 하는 것은, 과거 청춘의 반항을 대표하고 지금 삼십대가 된 이들 작가들이 더 이상 예전의 방종과 흥청거림에 빠져

---

40) 우쉬안吳炫, 『신시기문학이슈작품강의록新時期文學熱點作品講演錄』, 광시사범대학출판사, 2002년, 54쪽.

있지 않고, 청춘 시절의 안하무인으로부터 그녀들 이야기 속의 "인생을 걸고 있는" 분위기로 변하였다는 사실이다. 그것의 토대는 인간성의 탐욕과 이기심이며, 변혁의 시대를 살고 있는 사람들이 늘 겪게 되는 거짓말과 기만, 동요이다."[41]

  '주변부 창작'자의 작품 속 '70후'가 일반의 경우와 다른 점을 꼽을 때 가족을 빼놓아선 안 된다. 그녀들은 반항하지만 결과적으로 근본 도리에 따라 부모에게 복종하는 선배들과 다르고 또한 "어떻게 세상을 살아야 하는지 잘 아는",[42] 즉 밖에서 아무리 타락하고 미쳤더라도 집에서는 언제나 부모님의 착한 자식이자 가족의 문제를 확실하고 안전하게 처리하는 1980년대 세대들과도 다르다. '70후'는 어린 시절부터 가족과 부모에 반항하고 말이라고는 듣지 않는, 그래서 부모의 분노와 원망을 사는 세대이다. 그들의 격렬함은 명백히 표출된다. 그들은 가족 내의 긴장으로 인해 가족과 사회 간의 별다른 차이를 느끼지 못하고, 결국 조금도 지체하지 않고 집을 나가 사회의 품속으로 들어가고자 한다. 중년이 된 부모는 과거의 기세가 많이 꺾이고 점차 피로하고 쇠약해지면서, 어느 순간 그들이 부모를 사랑하지만 단지 서로 표현하는 방식이 잘못된 것뿐인데 왜 이다지도 응어리와 한이 깊은가에 대해 생각하기 시작한다. 부모와 그들 간에는 쌓인 것이 많아 제대로 의사를 표현하기 어렵고, 양측 모두 침묵을 선택한 채 눈빛과 몸짓 하나 어찌할 줄 모르는 처량한 분위기만 감돌고 있다. 그래서 '70후 여성 작가'들은 작품에서 항상 가족과 부모에게 미안한 마음을 토로한다. 예를 들어, 다이라이의 『생활을 연습하고 사랑을 연습한다練習生活練習愛』에서 판뎬뎬范典典은 부모에 대해, "언제부터 부모의 실망하

---

41) 주원잉朱文穎, 『미화원迷花園』, 주해출판사, 1999년, 221쪽.
42) 허총, 앞의 책, 221쪽.

고 걱정하는 모습에 불안한 마음이 들기 시작했는지 알 수 없다. 부모가 어쩔 수 없다는 눈빛으로 그녀를 바라보고 있을 때면, 스스로 그들보다 더 깊은 실망감과 절망에 빠져버린다"[43]는 심정이다. "그녀는 날이 갈수록 가족이 자신을 어떻게 생각하는지에 대해 신경 쓰게 되고, 이렇게 그녀가 그들에 대해 신경 쓰면 쓸수록 자신에게는 소홀해질 수밖에 없다. 그녀가 자신에게 소홀해지자, 정말로 그들이 생각하기에 의미 있는 일을 조금이라도 할 수 있게 되었다. 그래서 부모가 기뻐하고, 부모가 기쁘니 자신도 기뻐진다. 사실은 이렇게나 간단한 이치였던 것이다"[44] 70년 대인들의 반항과 단절의 이면에는 선량한 마음이 자리하고 있었다.

"'주변주 창작'자들은 '심근'과 '선봉'처럼 지나치게 많은 우화와 상징을 사용하지 않고, 오히려 일상생활에 주목하는 '신사실'에 더욱 가깝다고 할 수 있다. '신사실'과 다른 점은 시민들의 평범한 일상에 대한 찬미와 동의에서 벗어나 창작의 범위를 확대하고, 생존자의 보다 넓은 정신적 상태에 주목한다는 것이다. 이로써, 그녀들의 창작은 '신사실'의 소위 '0° 창작'과 큰 차이를 갖게 된다. 왜냐하면 '신사실'은 디테일과 심리적 진실에 주목하지만, 보다 깊이 들어가면 작가 개인의 시선에서 출발하는 개성적 캐릭터라는 감각적 색채를 더욱 많이 띠게 되고, 그래서 '세부적으로 진실하고 전체적으로 거짓'이라는 결과를 직접적으로 초래하기 때문이다. 이와 대조적으로, '주변부 창작'자들은 일종의 플래시백이나 서술 전환기법을 사용하기 때문에, 의도적으로 삶을 이탈할 필요성이 없으므로 도리어 적극적으로 삶 속에 뛰어든다. 작품 중에 '나'는 명시적 또는 암시

---

43) 다이라이戴來, 「생활을 연습하고 사랑을 연습한다練習生活練習愛」, 작가출판사, 2002년, 82쪽.
44) 위의 책, 84쪽.

적으로 어디에나 존재한다. 문제가 되는 것은 그녀들의 서사 방식에 따라 이러한 삶 속으로의 진입에서 일종의 허망한 의미가 나타난다는 사실이다. 다시 말해서, 작가가 사용한 서사 시각과 서사 구조에 따라 주체인 '나'는 삶 속에 들어가면 갈수록 삶의 본질에서 더 멀어지게 된다. 사실, 이것은 일종의 '사회적 소외'로서의 개입과 이탈이다. 여기에서 주체는 구경꾼의 역할이라는 위치에 처해 있으며, 그녀들은 '0° 개입'이 아닌 삶에 대한 사랑과 증오로 가득 찬, 미련이 남아 어쩔 수 없는 심정에 직면한다. 미련은 그녀들을 투쟁하게 하고 무력함은 그녀들에게 피로감을 준다. 생활에 대해 그녀들은 계속해서 도약하지만 결국 계속해서 굴복하는데, 솔직히 말해 이는 그녀들과 생활의 상호 연습이라고도 할 것이다. 여기에서 종종 '나'가 나타나는데, 일단 작가가 '나'의 시각으로 무엇을 서사하기 시작하면 이내 '나'는 현장에 부재하게 된다는 사실을 깨달을 수 있다. 작가는 '나'를 이야기하고 '나'의 느낌을 이야기하지만, 이야기의 발생 시간과 장소·상황은 언제나 현재가 아니다. 예를 들어, 자오보의 『재생화再生花』에서 '나'가 추억의 방식으로 이야기를 플래시백하면 '나'의 느낌은 이내 거짓이 되어버린다.

이는 하이든 화이트가 『문학 허구로서의 역사 텍스트』에서 언급한 화제와 관련되어 있다. 즉, 역사 텍스트는 사람들이 자신의 의식에 따라 진행한 일종의 수사 활동이며, 우리의 기억은 매번 현실을 자신에게 유리한 방향으로 수정한다. '나'가 다음날 아침에 일어나 어젯밤 술에 취해 흐느적거렸던 일을 흥미진진하게 이야기할 때에는 이미 이러한 수식이 포함되고, 따라서 작가가 이야기하는 '나'는 퇴장한 상태라고 할 수 있다. 3인칭 서술은 사실상 개성화한 구경꾼의 서술이라는 점에서 주체를 더욱 더 숨겨버린다. 결과적으로 '주변부 창작'자들의 생활은 일종의 구경꾼의 상황에 처해 있으며, 그녀들은 항상 차가운 눈초리로 '나' 또는 다른 미치거나 실의한 사람들을 마치 녹화 완료된 비디오 한 편을 보는 것처럼 구경하게 된다. 게다가, 시간과 공간이 닫혀 있기 때문에 한층 더 생생한 관찰과 자의적 구상이 가능해진다.

개혁개방이 문학에 가져다준 발전 가능성 중의 하나는 개성의 자유와 사상의 해방이다. 그러나 해외로부터 유입되는 각종 사상과 문화는 진흙과 모래처럼 떠내려 올 때가 많아, 이러한 형형색색의 문화현상을 제대로 구분하지 못한 채 비판 없이 그대로 받아들이는 경우가 많았다. 그중에서도 특히 작품에 나타난 가장 뚜렷한 현상은 성애 관념의 변화였다. 이에 대해서는 중국인(특히 여성)의 성애 관념이 개방되었다고 간단하게 말하기보다는, 기괴한 현상이 나타났다고 말하는 편이 나을 듯하다. '주변부 창작'자들의 글에는 희한하게도 중국인의 성애 분리 현상, 즉 사랑은 있으나 섹스가 없거나 또는 섹스는 있으나 사랑이 없는 현상이 등장했다. 이 두 가지 요소를 다행히 결합한다고 해도 그 결과는 항상 비극으로 끝났다. 이러한 현상은 매우 보편적이어서, '주변부 창작'자 대다수의 거의 모든 작품에서 이러한 예를 찾아볼 수가 있다. 사랑은 있으나 섹스가 없는 전형적인 예는 다이라이의 『생활을 연습하고 사랑을 연습한다』를 들 수 있다. 판뎬뎬의 마리馬力에 대한 형언할 수 없는 잠재의식 속의 사랑, 샤오윈小蕓의 인형에 대한 이상적인 사랑, 류쯔촨柳自全의 판뎬뎬을 상대로 한 가짜에서 시작하여 진짜가 된 사랑 등은 모두 아무런 결과가 없는 절망적인 결과를 낳았다. 샤오윈의 섹스 파트너身體愛人는 그녀의 이상적 사랑에 대한 육체적 대용품에 불과하므로, 단지 스스로 만들어낸 쾌락의 원칙만을 따를 뿐이다. 우리는 때때로 한순간의 감정에 사로잡히기도 하지만, 허위적이고 불확실한 순간의 감정에 따른 결과는 또 무엇이란 말인가? 자오보의 『재생화』에서 가오루루高路路는 꽃 파는 여인과 해후하고, 거의 사랑이 생겨났다고 여겨질 때쯤, 섹스를 하던 여자가 눈물을 흘리며 "사랑'한다고 말하는 걸 또 잊어버렸어"라고 말한다. 이로써, 사랑이란 탈을 쓰고 나타난 서로에 대한 연민은 본래의 모습을 드러내게 된다. 이에 대해 독자들은 실망을 금할 수 없지만 말이다. 그렇다면 사랑도 있고 섹스도 있다면 어떠할 것인가? 『재생화』에서 '나'와 금속 간의 거리는 점점 더 가까워지고 있지만, 오히려 마음은 갈수록 멀어진다. 이러한 현상은 웨이후이와 몐몐에게서도 놀랄 만큼 흡사하게 나타난다. 『상하이보배』에서 톈톈의 성기능 장애는 현대의 무기력한 사랑에 대한 일종의 형상적 주석이며, 니거거倪可可와 마르크의 사통은 남녀 모두가 즐기는 쾌락에 대한 일종의 본능이다.

이러한 성 개방(성해방이 아닌)은 양성이 평등을 향해 나아가는 일종의 정상적인 과정이 아니라, 중국 전통의 성 구속에 대한 일종의 교정과도 같다. 성해방이라는 명목으로 행해지는 것들이 실제로는 성 개방인데, 이러한 성 개방은 문학에 무엇을 가져다주었는가? 수많은 작품에서 사랑은 갈수록 허무하고 말로 표현할 수 없고 이해할 수 없는 것이 되고 있으며, 사람들은 사랑을 추구하지만 이미 얻은 것에 대해서도 끊임없이 회의하게 된다. 현대 사회에 보편적으로 존재하는 이러한 회의적 태도는 사람들로 하여금 정신적 측면에서 기대할 수 있으나 얻을 수는 없는 환상에 대해 기쁘면서도 고통스러운 열망을 가지게 하고, 동시에 현실적 측면에서는 구체적이어서 보다 쉽게 느끼고 접촉할 수 있는 성으로 눈을 돌리게 한다. 이로써 사람들은 한편으로는 사랑이 무엇인가, 우리의 삶에 사랑은 있는가에 대해 의문을 던지면서, 다른 한편으로는 미친 듯이 섹스 게임에 몸을 던진다. 다시 말해, 이것은 앞서 언급한 사랑은 있지만 섹스가 없거나,

혹은 섹스는 있으나 사랑은 없는 그러한 모순이다. 그 결과 사람들은 '몸과 사랑의 관계'에 대해 의심하면서도 동시에 "쾌락에는 죄가 없다"라고 선언해버린다. 우리가 더 이상 사랑을 믿지 않을 때 소위 사랑의 온유함은 수치스러운 거짓이 될 뿐이다. 그러나 욕망으로부터 벗어날 수 없기 때문에, 사랑과 섹스의 분리는 배신이자 두려움일지라도 또한 다정함인 것이다.

사실, '주변부 창작'자들은 무기력한 현대인의 삶을 묘사한다기보다는, 보다 적절하게 말하자면 정신적으로 기댈 곳 없는 현대인의 삶을 상징적으로 묘사한다. 이들은 우여곡절이 없고, 흥미진진하며, 일반적인 독서 습관과 큰 차이가 없는 서사 방식을 사용하기 때문에 우리의 실제 생활이 묘사되고 있다고 생각할 수 있다. 사실 또한 그러하다. '주변부 창작'자들은 우리 일상의 세세한 일, 예를 들어 먹고 마시는 것 그리고 성과 같은 문제들에 주목한다. 그러나 우리는 많은 작가들의 작품에서 종종 작품 분량이 주요 스토리의 분량보다 많고, 시간상의 거리는 일종의 정지로 표현된다. 이처럼 간단한 스토리의 시간 길이와 비례할 수 없을 정도로 긴 본문의 시간의 길이에서는 작품 속 인물은 깊은 고민과 정신적 방황 상태에 처하게 된다는 사실에 주의해야 한다. 결혼은 사랑의 무덤이라고 들 말하지만, 현실에는 결혼이 없는 사랑은 죽어도 묻힐 데가 없는 것과 같다고 믿는 사람이 훨씬 더 많다. 그래서 우리가 현실에서 마주하게 되는 사람들은, 대부분 사랑에 대한 상상의 늪에서 빠져나오지 못하는 것이 아니라 작은 정감들에 의존하면서 평범한 생활 가운데 열정적이거나 혹은 무감각하게 살아가는 것이다. 그러나 1980년대에 들어 중국이 문호를 개방하자, 원래 겉보기에 조용했던 성생활에도 일대 소동이 벌어졌다. 이러한 현상은 지식인 사이에서 최초로 나타났고, 이후 미디어를 통해 일반인에게로 옮겨갔으며, 더 나아가 1980, 90년대 전체 중국인의 연애

와 결혼에 대한 관념에 엄청난 변화를 초래하였다. 사람들은 평범한 백년
해로를 불안하게 여기며, 실제 행동으로 옮기지는 않아도 생각으로는 한
번 이상 탈선하게 되었다. 이렇듯, 정신이 불안정해지자 몸 역시 안절부절
못하는 사람들은 더 이상 사랑에 대해 믿지 않았다. 이와 함께, 문학작품
도 사랑의 번뇌와 성의 몸부림에 주목하기 시작했다. 따라서 '주변부 창
작'자들은 우리의 실생활을 사실대로 묘사한 것이 아니라, 우리의 정신
상태를 진실하게 반영한 것이라고 말할 수 있다. 다시 말하여, 이들의
이야기는 현실의 삶이 아닌 정신에서 비롯되었다. 그런데 이 와중에 정신
으로부터 도출된 이러한 이야기가 진정 합리적인가의 여부가 중요한 문
제점으로 제기되었다.

　이것은 다음의 예를 통해 증명될 수 있다. 앞서, 다이라이의『생활을
연습하고 사랑을 연습한다』를 언급했다. 이 소설은 마리와 친 여동생
간의 비정상적인 사랑, 류쯔촨의 판뎬뎬에 대한 집착, 샤오원의 인형에
대한 정신적 사랑 등 조금 복잡한 줄거리를 보여주고 있다. 이러한 이야기
는 황당하고, 심지어 허위적인 요소들을 적지 않게 가지고 있어 비현실적
일 수도 있지만, 우리는 이에 대해 정신적으로 공감할 수 있다. 왜냐하면,
현재 우리의 보편적인 생활 방식(연습), 일종의 보편적인 사랑 방식(짝사
랑)을 그렸기 때문이다. 이미 생활의 정상적인 질서를 상실한 이 시대에
우리의 삶은 갈수록 낯설어지고 있거나, 혹은 우리 자신의 변화로 인해
생활은 우리에 대해 갈수록 낯설어하고 있다. 그래서 우리는 더 이상 과거
와 같이 생활과 친밀한 관계를 유지하고 편안하게 생활할 수 없게 되었다.
우리는 연습이 필요하고 생활 또한 우리를 연습한다. 마찬가지로, 생활의
변화로 인해 우리는 사랑의 능력을 상실하고 사랑이 무엇인지 알 수 없게
되었으며, 그러나 여전히 사랑을 갈망하기 때문에 사랑을 찾기 위해 온갖

노력을 다하고, 사랑을 찾는 과정에서 끊임없이 벽에 부딪히는데, 이것이 바로 사랑의 망연함인 것이다. 사랑과 생활, 그리고 우리 자신의 각종 요소들은 이미 사랑 속에서 컨트롤하기 힘들어지고, 우리는 더 이상 집중하지 못하는 흐리멍덩한 존재가 되었다. 우리는 자신이 소유한 것이 사랑이 아니라고 생각할 때가 많다. 이상적인 사랑은 항상 도달할 수 없는 저편에 서서 우리에게 손을 흔들기도 하지만, 우리가 접근하면 또다시 멀어져버린다. 이렇듯, 가까운 것 같기도 하고 그렇지 않은 것 같기도 한 거리는 치명적인 유혹을 야기한다. 그래서 우리는 우리가 소유한 것에 대해 더 이상 충성하지 않고, 이로 인해 이것은 이루어지지 않는 짝사랑이 되어버린다. 이러한 의미에서, 우리의 사랑의 대상은 구체적인 어떤 사람이 아니고 상상 속에서 가공된(또는 가공된 것으로 상상된) 존재이거나 차라리 '사랑'이라고 하는 것 그 자체이다. "누구도 사랑하지 않았을 수 있다. 내가 사랑한 것은 연애라고 하는 그런 상태, 말하자면 지나치게 응석을 받아주고 방임하는 것 같은, 그러한 느낌이다."[45] 작가는 사랑의 곤경에 대해 잘 알고 있었으므로, 황당한 것 같지만 실은 진리인 명제를 제시했다. 사랑을 연습하라.

'주변부 창작'자들의 '사랑'에 대한 창작은 현재의 정신적 생활 및 현실 생활에 상응하고 있다. 우리는 현재 단조롭고 평범한 생활을 하거나 퇴폐적이고 불안한 생활을 하고 있지만, 만약 우리의 생활 방식을 바꾸어 방임하거나 조용한 생활을 하게 된다면 어떻게 될까 생각해보곤 한다. '주변부 창작'이 이에 대한 가능성과 해답을 제공할 수 있는데, 사실 방임하든지 조용히 하든지 간에 우리가 소유한 것은 절대 '사랑'의 전부가 아니라

---

45) 다이라이戴來, 『갑을병정甲乙丙丁』, 작가출판사, 2004년, 209쪽.

여전히 그 일부에 불과하다. 이러한 상황은 정말로 실망스럽다. 더욱 실망스러운 것은 '주변부 창작'이 사정없이 이러한 결과를 제시하였고, 기대하고 희망했던 아름답고 부드러운 것을 배신하며, 우리의 환상을 진실 앞에서 수포로 돌아가게 했다는 사실이다. 그러나 '주변부 창작'은 이러한 실망을 그대로 방치하지 않고, 우리의 비현실적인 열망에 찬물을 끼얹는 격려나 위안을 한 것은 아니지만, 그래도 조용히 우리의 어깨를 두드리며 "그래도 괜찮아, 괜찮아"46)라고 하였다.

만약, '주변부 창작'이 과거의 문학 관념과 창작 방식을 전복하였다면, 이것은 대중들의 그리 높지 않은 환상과 열망에 대한 일종의 배신, 즉 다정한 배신이라고 할 수 있다. 왜냐하면, 이를 통해 대중들은 삶의 또 다른 진실한 면을 보게 되었기 때문이다. 혹시, '주변부 창작'이 현재에 격동하는 일종의 보편적 정신에 대해 구체적으로 주석을 한다고 말한다면, 이것은 이 세상에 몸담고 있지만 이유를 모르는 우리들에 대한 일종의 온유함, 즉 수치스러운 온유함이라고 할 수 있다. 왜냐하면, 이렇듯 끝없이 무기력한 정신에 대해 해결책과 길을 제공하지 않았기 때문이다. '주변부 창작'은 바로 이러한 것이다. 이것은 항상 유동적인 자세로 배신과 온유함 사이를 오간다.

주변부 및 비주류문화의 기원을 거슬러가 보면, 대중문화가 확실히 그 발생의 근원이라는 사실을 알 수 있다. 1990년대 이래 엘리트 문화가 쇠락하고, 이에 따라 인문 지식인의 사회적 위치 역시 중심에서 비주류로 완전히 이동하였다. '70후'는 문단에 처음 입성할 때에 문학의 위치가 완전히 추락하는 상황에 맞닥뜨렸다. 정치·경제의 변혁으로 인해 그녀들은

---

46) 다이라이戴來, 『우리는 모두 병자다我們都是有病的人』, 쿤룬출판사, 2000년, 23쪽.

사회적 역할을 조정해야만 했고, 문학의 틈새에서 살아남아야 하는 곤란한 상황에서 결국 작가들 사이에 '주변부화'가 나타나게 되었다. 이와 동시에 대중문화가 보편화됨에 따라 문학의 상업성과 오락성은 전에 없이 강조되고, 개인적이고 사적인 입장에서 일상의 삶과 정감을 표현하는, 특히 도시 청년들의 비정상적인 생활 방식을 묘사하는 것이 문화와 문학의 '잠재적인 주조'가 되었다. 이상과 신앙·민주·평등·자유·신성·숭고 등 위대한 단어를 창작하는 것에서부터 자아와 욕망·성·폭력·허무 등 감성을 표현하는 것에까지 이르고, 일상성과 개인성으로 문학 표현의 기본적인 외형을 구성하였다. 따라서 '주변부 창작'의 출현은 사실 사회와 문화의 필연적인 산물이라고 볼 수 있다. "'주변부 창작'자들은 인간 존재와 관련된 기본적인 문제를 감성적으로 전달함으로써 원초적인 진실에 접근하였으나, 이것은 이들이 자신들의 소설을 통해 이미 진실에 도달하였다고 선언하는 것이 아니라, 반대로 진실을 추구하는 데 있어 형성된 각종 장벽과 장애를 뚜렷이 나타내는 것이다. 그녀들의 개체 경험에 의존한 서사 전략은, 서사로 하여금 개체 생명의 민감한 촉이 되어 진실의 존재에 대한 추구·접근 및 접촉을 시도하게 하고, 개체 존재의 가능성에 대한 조망이 가능하도록 한다.[47]

둥세 董雪

---

47) 린저우林舟,「생명 개체의 존재: 시작점과 귀로生命個體的存在：起點與歸途」,『鍾山』, 1999년 제1기 참조.

하 편

제9장

진융金庸, 왕쉬王朔의 통속문학창작과 '김·왕지쟁金·王之爭'

제1절 왕쉬는 왜 진융에게 '도전'하였는가

1999년 11월 1일 왕쉬는 『중국청년보中國青年報』에 「내가 보는 진융我看金庸」이라는 제목으로 3000여 자의 글을 발표하였다. 진융의 소설에 대한 왕쉬 식의 혹독한 '트집'은 그의 무협소설을 전면적으로 부정하는 것이었다. 왕쉬는 진융의 소설은 구舊소설과 별반 차이가 없다고 하였다. 즉, 소설의 주제는 "도덕이란 명분으로 살인하고 홍법弘法이란 명목으로 나쁜 짓을 하도록 가르치며", 소설 속 인물은 대부분 편협하고 거칠며 수준이 떨어지는 허구적인 중국 사람이며, 소설의 이야기 역시 중복되고 중언부언하며 인과응보를 강조한다고 지적하였다. 또한 진융의 소설을 사대천왕四大天王(루더화劉德華, 장쉐유張學友, 리밍黎明, 궈푸청郭富城)과 청룽成龍의 영화, 충야오瓊瑤의 드라마와 함께 '4대 통속 작품四大俗'으로 규정하였다.

진융 소설에 대한 왕쉬의 비판은 주로 다음의 네 가지 문제에 기초한다. 첫째, 왕쉬는 진융의 소설을 다 읽고 나면 이야기와 인물들은 떠오르지 않고 단지 한 가지 인상만 남는다고 하였다. 즉, 반복적인 줄거리와 중언

부언한 내용이다. 소설 속 인물들은 항상 그랬듯이 만나기만 하면 싸운다. 한 마디로, 분명하게 말해도 되는데 유독 그렇지 않으며, 또한 싸워도 어느 한 편도 이기지 못한다. 사람의 목숨이 위태로울 때면 어김없이 하늘에서 가로막는 자가 나타나고, 사람들은 모두 깊은 원한 관계에 혼란스럽게 놓임으로써 전체 이야기는 이러한 불분명한 원한의 파장으로 치닫게 된다. 왕쉬가 보기에 진융 작품 속의 협俠은 무술가라기보다는 일종의 범죄인이며 각 파벌은 한 떼의 강도들이다. 그들이 개인적인 원한 때문에 서로 복수하고 살인하는 것은 그렇다 치더라도, 가장 참을 수 없는 것은 그들의 폭행을 인정하고 치켜세운다는 점이다. 마치 살인과 린치에 정의와 비정의의 구분이 있어서 정의를 위해서는 피가 강물을 이루어도 아무런 문제가 되지 않는 것과 같다. 또한 수준 떨어지는 중국인에 대한 이미지를 허구적으로 꾸며대고, 나아가 이런 인물들이 소설을 통해 드라마로 각색되어 널리 전파되면서 어느 정도 중국인의 이미지를 대표하게 되었으며, 이로 인해 해외 독자들에게 착각을 일으키고 심지어 이미지가 고정되어 이들을 중국인의 대표적인 형상으로 인식하게 만들었다는 것이다. 둘째, 왕쉬는 진융의 무협소설이 구상에서 언어에 이르기까지 구소설의 낡은 방식으로부터 벗어나지 못한 나쁜 소설이라고 말하였다. 그는 나름대로 진융의 소설이 인기를 끈 이유를 해석하면서, "진융 소설이 잘 팔리는 것은 모두의 삶이 너무도 힘들기 때문이다. 많은 사람들은 살면서 억울한 일을 당하고, 그래서 잠시나마 생각을 내려놓고 글로써 머리를 식히면, 왠지 모를 호기가 생겨나 선악과 시비는 결국 보응을 받기 마련이라는 중국식 옛말을 떠올리게 된다. 그리고 다음날 또 다시 고생한다고 해도 조금이나마 희망을 품을 수 있다"고 하였다. 셋째, 왕쉬는 지적하기를, 중국 통속소설은 확실히 별로 발전하지 못했기 때문에 진융의 무협소설

이 외에 미스터리소설 · 공상과학소설 · 공포소설 · 연애소설 등 모두가 언급
할 가치도 없는 것들이라고 하였다. "통속소설은 또한 소설 가족의 주식으
로서, 만터우와 쌀밥처럼 매 끼니마다 먹어줘야 한다." 그는 글의 말미에
서 "근래에 사대천왕과 청룽의 영화, 충야오의 드라마 그리고 진융의 소설
을 소위 사대속四大俗이라고 부를 수 있다. 내가 속되지 않다고 하는 것은
결코 아니며, 단지 이러한 속된 방법이 아니라고 하는 것이다"[1]라는 말을
남겼다.

이 글은 발표되자마자 엄청난 파장을 일으켰고, 그 충격은 즉시 광범위
하게 퍼져 각 유명 미디어의 주목을 끌었다. 이틀도 안 되어 『중국청년보
中國靑年報』 등의 미디어와 왕쉬의 개인 인터넷 사이트에는 접속자가 폭주
했고, 진융 선생의 홍콩 자택 전화도 소위 불이 났다. 이어, 11월 4일 진융
은 상하이 『문회보文匯報』에 서한을 보내 「뜻밖의 명예와 뜻밖의 비방不虞
之譽和求全之毁」이라는 글을 발표하고, 앞의 글로 인해 발생한 파장에 대한
공식적인 입장을 표명하였다. 그는 이 글에서 다음과 같이 자신의 네
가지 견해를 제시하고, 비판을 견딜 수 있으며 따지지 않겠다고 말하였다.
첫째, "왕쉬 선생이 『중국청년보』상에 발표한 「내가 본 진융」이라는
글이 나의 소설에 대한 첫 번째 맹공이다. 나의 첫 반응은 반드시 '팔풍부
동八風不動'해야 한다는 불가의 가르침이었다. …… 나는 소설을 쓴 이후
에 뜻밖의 명예를 얻었다. 예를 들어, 베이징사범대학 왕이촨王一川 교수
는 『이십 세기 소설선二十世紀小說選』을 편집하면서 내 이름을 제4위에
올렸다. 이러한 명예는 당시 나로서는 감당할 수 없는 것이었다. 또한

---

1) 왕쉬王朔, 「내가 보는 진융我看金庸」, 원래는 1999년 11월 1일 『中國靑年報』에 게재되었
   다가, 후에 『무지한 자는 두려워하지 않는다無知者無畏』(춘풍문예출판, 2000년)에 수록
   되었다.

옌자옌嚴家炎 교수는 베이징대학 중문과에 「진융 소설 연구」라는 과정을 개설하고, 미국 콜로라도대학에서는 「진융 소설과 이십세기 중국문학」이란 제목의 국제회의를 개최하였다. 그런데 이 모든 것은 정말로 손에 땀을 쥐게 하는 일이었다. 왕쉬 선생은 나에게 너무 많은 요구를 하고 있다. 그의 비판은 내 능력으로는 감당할 수 없는, 재능의 한계로 어쩔 수 없는 것들이다." 둘째, "'사대속'이라는 칭호를 듣고 부끄러움을 금치 못하겠다. 홍콩의 유명 가수 사대천왕과 청룽 선생, 충야오 여사를 저도 알고 있지만, 그들과 함께 이름을 올릴 줄은 생각도 하지 못했다. 그들을 '사대도적四大寇' 또는 '사대독四大毒'이라 칭하지 않은 것만으로도 왕쉬 선생이 잘 봐준 것이라 생각된다."[2] 다음으로 그는 "나는 왕쉬 선생과 만난 적이 없다", 그리고 왕쉬를 긍정적으로 평가한다고 말하며, 왕쉬가 어디에서 출판된 7권의 책을 구매하였는지에 대해 의문을 제기하였다.

같은 날, 『베이징청년보北京靑年報』에 천신陳新이 왕쉬를 인터뷰한 「왕쉬: 나는 진융을 인신공격할 뜻이 없다王朔:我無意對金庸人身攻擊」라는 글이 게재되었다. 여기에서 왕쉬의 해학적인 말투는 톤과 내용에 있어 보다 엄숙하게 바뀌었다. 그는 그 글은 단지 개인적인 독후감일 뿐이며, "나의 글은 풍격 면에서 항상 문제가 있다. 그래서 항상 악명을 떨치고 다 쓴 후에는 잡문이 되어버린다"고 말하였다. 또한 진융에 대해 "모종의 세력이 형성되어 '노No'라고 말하면 즉시 얼굴을 붉히는 사람들이 있는 것 같다"고 하였다. 이에 진융은 즉각적으로 반응하지 않았고, 다만 대학생 토론대회의 결선 진출자들을 만나는 자리에서 기자들의 질문에, "작가마다 자신의 개성이 있는 법이다. 왕쉬가 나의 작품을 좋아하지 않아도 상관

---

2) 『揚子晚報』, 1999년 11월 5일.

없다. 그는 그의 길을 가고 나는 나의 길을 가면 되니까 말이다"라고 입장을 밝혔다. 그리고 그는 홍콩『명보월간明報月刊』12월호에「저장, 홍콩, 타이완의 작가 - 진융이 왕숴에 대답한다浙工港臺的作家 - 金庸回應王朔」라는 글을 발표하고, 저장浙工과 홍콩·타이완에서 수많은 작가들이 나타난 사실을 들어 왕숴가 이들에 대해 과소평가한 것을 비난하였다. 또한 왕숴의 자신에 대한 모진 공격은 "우리 두 사람의 중국 전통문화에 대한 문학적 관점 등의 시각에 근본적인 차이가 있기 때문"이라고 해석했다. 그 후 12월 8일『청년보青年報』에 또 다시 기자 장잉張英이 왕숴를 인터뷰한 기사,「왕숴: 진융과 통속소설王朔:金庸和通俗小說」이 실렸다. 이 인터뷰에서 왕숴는, "진융의 소설은 통속소설의 특징에 상당히 부합한다. 그의 소설은 인물의 유형화와 이야기의 유형화가 분명하다. 나의 비판은 일반적인 의미에서의 소설에 입각한 것이지 통소소설에 입각한 것이 아니다. 이 점에서 우리는 서로 맞지 않는다"고 언급하였다. 몇 개월이 지나 진융은『남방주말南方周末』과의 인터뷰에서, "왕숴의 소설 중 내가 본 적이 있는 한 권의 책이『도주盜主』(기자 주석: 아마도『건달頑主』인 것 같다)이다. 베이징 거리 청년들의 심리 상태를 묘사한 내용인데, 나는 이들을 만나본 적이 없어서 잘 알지 못하고 이러한 경험도 없으므로 그냥 읽고 지나쳤다. 다시 말해, 깊이 있게 연구해 보지 않았다"고 하였다. 이로써, 두 사람의 정면 대립은 수그러들게 되었다. 그러나 통계에 따르면,「내가 보는 진융」이 발표된 지 일주일 만에 시나닷컴 베이징판北京新浪網에는 이미 네티즌들의 일억 자에 달하는 논평이 올라오고, 전국의 각 유명 신문사마다 수백 편의 글이 게재되었으며, 약 20명의 유명 작가들이 잇따라 이에 대해 발언하였다. 이렇듯, 문단의 각 부문은 이번 '송사'에 관한 자신들의 입장을 밝혔다.

본명이 자량융查良鏞인 진융은 1924년 저장성 하이닝海寧에서 출생하였다. 중학 시절에 항일 전쟁의 발발로 학교가 해산되고, 이후 여기저기를 전전하며 공부하다 중앙정치학교 외교부에 입학하였다. 1946년 이후 항저우『동남일보東南日報』, 상하이『대공보大公報』에 재직하며 상하이둥오법학원上海東吳法學院 법학과를 졸업하였다. 1940년대 말 홍콩으로 이주하여, 홍콩『대공보』와『신만보新晚報』, 장성長城영화공사에서 일하였다. 이후 홍콩『명보明報』와 싱가포르의『신명일보新明日報』, 말레이시아의『신명일보』를 창설하고, 나중에 홍콩밍허집단香港明河集團과 밍허출판공사明河出版公司 등의 이사장을 역임하였다. 진융은 1955년에서 1972년의 17년 간『사조영웅전射雕英雄傳』과『천룽팔부天龍八部』등 15부 26권, 총 천백만 자에 달하는 중·단편소설을 잇달아 발표하여 '문단협성文壇俠聖', '무협종사武俠宗師'라는 명예를 얻었다. 진융의 무협소설은 1970년대 후반부터 1980년대 전반까지 대륙에서 점차 인기를 얻기 시작하고, 1990년대에 이르러 큰 명성을 얻어 그는 '진대협金大俠'이라는 문화 영웅의 자리에 오르게 되었다. 그의 작품은 전 세계 중화권에서 유행하였다. 중화권 인구가 막대하므로, 진융은 전 세계에서 가장 독자 수가 많은 작가 중 한 명일 수도 있다. 그의 독자들은 직업과 연령, 계층의 한계가 없고 정치와 이데올로기를 초월한다. 덩샤오핑鄧小平과 장징궈蔣經國도 그의 팬이었다.3)

1990년대 지식계는 자아상상과 사회적 위상의 재정립에 따라 천인거陳寅格와 구준顧準을 재발견하였다. 또한 '세기말 자아 구원'의 지식계를 통해 고난의 창작 역사를 겪었던 '반우파' 작품은 엘리트 담론에서 대중적 트렌드로 이행하고 있었다. 이와는 반대로, 진융의 소설은 익명으로

---

3) 옌휘彦火, 「진융에 관하여關於金庸」, 『中華文摘』, 2000년 제4기.

유행하다가 정전의 단계에까지 이르렀다. 진융의 소설이 널리 사랑 받
는 이유에 대해 사람들은 각기 견해를 달리한다. 우선, 진융 자신이 정리
한 관점이 학자들로부터 적지 않은 공감을 불러 일으켰다. 무협소설은
전통적인 중국의 것으로, 그리 세밀하지 않은 언어 표현과 장회소설 형
태로 전통적인 중국의 이야기를 서술하며 전통적인 중국의 도의적 가치
를 표현하였다. 그의 개인적(그리고 량위성梁羽生 등을 포함하여) 기여는
무협소설을 문학작품처럼 저술했다는 것이다.[4] 첸리췬錢理群은 진융을
문학적으로 높이 평가하였다. 그는 이러한 평가가 단순히 진융 개인에
대한 것이 아니고 중국 현대문학사에서 통속소설의 위치를 재평가한 것
이라고 하였다. 첸리췬은 현대문학사의 '속문화'의 노정에서 진융과 같
은 대가가 나타나지 않았다면, '역사史'를 확립하기 어려웠을 것이라고
지적했다. 진융이 있음으로 인해 '아문화'와 어깨를 나란히 하는 독립적
인 길이 제시되고, 이것이 실현됨으로써 현대문학사 연구에 중대한 혁
신이 이루어진 것이다.[5] 의협심을 발휘하고 의로운 일을 하는 다양한
성격의 영웅 캐릭터를 만들어낸 이후, 품위 있고 겸손한 진융 선생 본인
역시 '진대협'이라는 존칭을 얻을 수 있었다. 여기에는 신파新派 무협소
설가 중 진융의 최고 위치에 대한 인정, 고아한 문학 및 엘리트 문학의
고유 가치에 대한 반박, 진융 개인의 품성에 대한 평가, 무협 언어에 포
함된 속을 아로 만드는 자유로움과 대범함 그리고 통쾌함 등 ……, 여러

---

4) 린이량林以亮 等, 「진융방문기金庸訪問記」, 『제자백가가 본 진융諸子百家看金庸』, 타이
베이운류출판공사臺北運流出版公司, 1987년: 우상민吳祥珉, 「소오강호 ─ 홍콩 밍허그
룹 회장 차량용 인터뷰笑傲江湖 ─ 訪香港明河集團公司董事長查良鏞」, 『廣角鏡』, 1998년
제10기.
5) 원쉬文碩·리커李克 편, 『인터넷충, 누구를 두려워하랴 ─ 네티즌 대격돌, 진왕의 논전
我是網蟲我怕誰 ─ 網民對壘, 金王論戰』, 중국광파전시출판사, 1999년, 21쪽.

가지 뜻이 내포되어 있다.

왕쉬의 소설은 1980년대 중·후반에 가장 유행했다. 그는 사회 하층에서 유랑하는 거리의 건달頑主을 주인공으로 삼고, 심한 베이징 사투리를 통해 당시 사회의 권위적인 언어와 상투적인 혁명 언어의 부자연스러운 사용을 풍자하고, 독특한 '왕쉬식' 언어 스타일을 형성하며 문학비평 분야에서 일대 논쟁을 야기하였다. 왕쉬의 문학은 도대체 순수문학인가 통속문학인가. 수많은 사람들이 왕쉬의 소설에 빠지는 이유는 그의 몸속에 항상 반전통적이고, 특히 중화 정수精髓란 간판을 내걸고 밥벌이를 하는 비속한 문학창작의 전통에 반대하는 야성적인 피가 흐르고 있기 때문이다. 왕쉬의 비범한 표현의 이면에는 문학평론계가 분발하지 않는 것에 대한 슬픔이 숨겨져 있다. 따라서 왕쉬는 어떤 의미에서는 성공한 소설가에 그치지 않는다. 그가 소설 창작의 고유 모델을 어느 정도 무너뜨렸기 때문에, 소설은 보다 친밀하고 온정에 넘치며 증오까지 포괄하는 한편 전통적 궤도에서 완전히 벗어남으로써 온정으로 가득 찬 문학의 심층에 직접 다다르고, '점잖은 아부'가 결합된 이미지 효과를 성공적으로 타파할 수 있었다.[6]

두 사람은 중요한 작가였으므로, '김·왕지쟁金·王之爭'은 인터넷이 생긴 이래 중국 문단에서 가장 큰 논쟁으로 급속히 확산되었다. 여기에서 주목해야 할 사실은 '김·왕지쟁' 혹은 '1999화산논검華山論劍' 등 논쟁의 전쟁터가 바로 인터넷이라는 점이다. 마치 인터넷이 하룻밤 사이에 전통 미디어를 대체한 것만 같았다. 대중 매체를 익숙하고 제멋대로 다루었던 왕쉬는, 비록 뒤처지지 않기 위해 부지런히 인터넷에 접속하기는 했어도, 신문

---

6) 리쭤옌李作言, 「왕쉬의 가시王朔之刺」, 『觀察與思考』, 2000년 제8기.

지상에서 공공연히 진융에게 선전포고를 했다가 네티즌들 전면적인 반격
에 직면하게 되는 일은 상상도 하지 못했을 것이다. 사실 각 신문들이
분주하게 발표한 글들은 대부분 인터넷의 각 유명 포럼이나 블로그에서
소위 '퍼온' 것들이다. 더욱 발 빠른 사람들은 네티즌의 평가 내용을 수집
하여『인터넷 중독자, 누구를 두려워하랴 - 네티즌 대격돌, 김・왕논쟁
我是網蟲我怕誰 - 網民對壘, 金王論戰』이라는 책을 내 놓기도 하였다. 인터넷의
신속함과 강력함은 오늘날 더 이상 무시할 수 없을 정도로 커졌다. '김・왕
지쟁'을 통해, 인터넷이 현대 사회와 대중의 생활 속에 몸을 숨기고 익명
으로 존재하는 위치를 넘어, 현대 문화에 직접적이고 분명히 확인할 수
있는 방식으로 개입하고 상호 작용하기 시작했음을 알 수 있다. "당신의
견해에 동의하지 않을 수 있지만, 당신의 발언권은 결단코 보호될 것이다"
라는 말은 민주사회의 이상적인 목표이며 인터넷 문화의 기본적인 원칙
중 하나이다. (당연히) 진융 지지자와 왕쉬 지지자들 간에 치열한 논전이
벌어졌다. 모 인터넷 사이트가 약 3,000명을 대상으로 조사한 결과에
따르면, '왕쉬의 진융 작품에 대한 평가'라는 이 사건에서 왕쉬가 "좋지
않다", "너무 거만하다"라고 대답한 사람이 56%를 차지했고, 그의 말에
대해 "잘했다"고 대답한 사람은 7%에 불과하였다. 나머지는 이 일에 대한
평가를 원치 않았다.[7] 인터넷이라는 전쟁터에서 '김・왕지쟁'의 승부는
분명할 수밖에 없었다. 왜냐하면, 인터넷에서 활약하고 있는 사람은 대부
분 젊은이들이고, 이들은 1980, 90년대 성장의 과정에서 진융의 소설을
먹고 자라났기 때문이다. 진융 소설에서 드러나는 자유를 숭상하는 이데
올로기는 인터넷 정신에 부합할 뿐만 아니라, 이들 젊은이들에게 자연스

---

7) 원쉬・리커 편, 앞의 책, 21쪽.

러운 친밀감을 가져다주었다. 이와 대조적으로 왕숴는 '반역사'적 건달에 불과하며, 그가 고수하고 있는 그러한 역사들, 그러한 '베이징'들은 인터넷이 성행하고 있는 사회에서는 이미 한물간 것이었다. 다시 말해서, 이번 도전에서 왕숴가 완패한 것은 진융에 대한 패배가 아니라 현재 활약하고 있는 인터넷 신세대에 대한 패배였다.

　인터넷 등 미디어에 나타난 독자들의 견해를 정리해보면 다음의 몇 가지와 같다. 첫째, 왕숴가 또 다시 '건달' 병에 도졌다는 것이다. 한 편의 작품도 채 읽지 않고 '욕설'을 퍼붓는 일은 자신의 재능에 한계가 오자 미디어를 통해 반향의 효과를 얻으려 하는 의도이다. 둘째, 진융 소설을 분석하면서 왕숴가 진융 소설의 예술적 가치를 인식하지 못하였다는 것이다. 그래서 자신의 현실주의로 낭만주의를 대체하고 진융을 바꾸고자 하였다. 셋째, 베이징과 홍콩, 두 가지 서로 다른 문화의 충돌로 인하여 왕숴가 진융을 배척하였다는 것이다. 그들은 왕숴가 항상 자신이 표방하는 경성 문화의 '사대지주四大支柱', 즉 "신시기 문화와 록, 베이징 전영학원北京電影學院의 몇 대에 걸친 스승과 생도들 그리고 베이징 TV예술센터北京電視藝術中心의 10년"[8]에 열중하고 있었다고 생각했다. 그러나 당연히 왕숴를 위해 변명하고 갈채를 보낸 사람들도 있다. 그들은 진융의 소설이 저속함에도 불구하고 지금까지 용감하게 들고 일어나 비판한 사람이 없었을 뿐이라고 하였다. 한편 어떤 사람들은 문화의 품위라는 측면에서, '김·왕지쟁'은 일종의 정상적인 문화 논쟁으로 왕숴의 진융 본인에 대한 불만이라기보다 독자들의 문화 추세를 바로잡아 유행하는 문화를 정상으로 돌려놓기 위한 것이라고 말하였다. 그래서 이것은 일종의 소중

---

8) 왕숴, 「내가 보는 진융我看金庸」, 앞의 책.

한 투쟁이자 일종의 문화 갱신의 자세로서 '구원성'을 지녔다고 보았다.

왕쉬에 대한 열띤 공격이 이루어지고 있을 때, 평론계는 비교적 조용한 태도로 사건 자체를 구체화시켜 논하기보다는 학술과 이론적 측면에서 진융을 객관적이고 이성적으로 평가하는 데 치중하였다. 진융 연구 전문가인 천모전陳默針은 왕쉬의 비판에 대해 이의를 제기했다. 그는 진융의 소설은 부단히 무협의 환상으로부터 인생과 현실로 나아가고자 하고, 고전적 가치관에서 현대인의 인생으로 나아가고자 하며, 그래서 왕쉬가 말한 것과 같이 생활에서 유리된 "일단의 중국인의 이미지를 허구적으로 만들어낸" 것은 아니라고 보았다. 또한 왕쉬의 진융에 대한 "죽은 문자로 글을 짓는다"는 비판은 편파적이라고 주장하였다. 천모전은 진융의 작품에는 방언과 표준어, 통속 언어와 예술 언어, 전통 방언과 현대 백화문이 융합되어 있다고 분석하였다.[9] 그는 왕쉬의 공격에 반격하며, 왕쉬의 비판은 진융에 대해 공정하지 못하고 또한 왕쉬는 '민족 허무주의자'로서 "그와 그의 작품이 더 이상 존재하지 않을지라도 진융의 작품은 여전히 존재할 것이다"라고 단정하였다. 이에 대해, 바이예白樺는 문단에 진융에 대한 비판의 목소리 역시 존재해야 한다고 주장하고, 왕쉬의 솔직함에 대해 긍정적으로 평가하였다. 그러나 한편으로는, 여전히 왕쉬의 비평은 문학비평의 측면에서 편파적인 요소가 있다고 말하였다. 그는 진융을 현실적으로 보아야 할 뿐만 아니라 역사적으로도 생각해 보아야 한다고 주장하였다. 진융의 소설은 과거 무협소설의 노예사상과 복수주의·미신의 부정적인 영향에서 벗어나 인정과 의리가 있고, 국가와 국민을 위해 싸우는 영웅협사들을 지면에 표현하며, 하층 노동자를 지혜와 품성의 화

---

9) 『廣州日報』, 1999년 11월 9일.

신으로 자주 등장시켰으며, 주제와 내용·표현 형식 등 모든 방면에서 무협소설의 품위를 격상시켰다. 따라서 진융 작품의 의미는 무협소설 창작을 쇄신한 데 있으며, 왕쉬가 현대 사회를 근거로 하여 과거 혼란스러운 시사문학에 대해 비판한 것은, 단지 일종의 착오이자 요령에 맞지 않는 일이다.10) 옌자옌은 베이징사범대학에서 진융에 대해 강의할 때에 이 사건을 더 이상 논평하지 않았다. 그러나 이후『당대작가평론』에 실린 글에서 진융을 높이 평가하였다. 그는 진융은 전통 무협소설들이 이야기를 엮어내는 창작 방식으로부터 근본적으로 벗어나 인물의 창조와 성격 묘사를 최우선으로 하고, 대표적인 인물들을 만들어냈다고 분석하였다. 소설의 구조 측면에서도『자야子夜』나『사세동당四世同堂』또는 서구 근대 소설에서 자주 등장하는 도치와 서스펜스, 플래시백, 반어적 풍자 수법이 사용되고 언어의 측면에서도 통속적이고, 간결하며, 아름다우면서도 생생한 표현을 구사하는 등 전통 소설과 신문학의 장점들을 겸비했다고 하였다. 한마디로 진융은 신문학과 서구 문학의 경험을 토대로 무협소설에 대해 문학적 관점과 소설의 구조, 서술의 표현, 장면의 생성에서부터 창작 태도에 이르기까지 일련의 변화와 혁신을 불러일으키고, 무협소설을 우수한 문학의 전당에 진입할 수 있도록 하였다.11)

　　대표적인 진융 비판자로는 위안량쥔袁良駿과 허만쯔何満子 등을 들 수 있다. 이들은『중화독서보中華讀書報』에 글을 발표하여 자신들의 견해를 밝혔다. 위안량쥔은 진융이 무협소설의 품위를 한 단계 격상시킨 사실에 대해서는 긍정적이지만, 여전히 과거 무협소설의 병폐로부터 벗어나지

---

10)『羊城晩報』, 1999년 11월 18일.
11) 옌자옌嚴家炎,「진융의 '내공': 신문학의 근본金庸的內功: 新文學的根柢」,『當代作家評論』, 1999년 제6기.

못하고, 전체적인 구상이 개념화·공식화되어 있으며, 또한 살기등등하고 피비린내 나며, 호방하고 자유롭지만 무슨 말인지 알 수 없는, 즉 낭만주의에도 철저하게 이르지 못했고 마술적 리얼리즘에 도달하기에는 불충분한, 전통 무협소설 고유의 결투와 살인·패싸움 같은 서술의 악영향에서 자유롭지 못하다고 하였다. 결과적으로, 위안량쥔은 진용의 소설을 저질 베스트셀러로 결론짓고 무협소설 같은 진부하고 낙후한 문학 형태는 진즉에 신문학의 역사 무대에서 퇴출되었어야 했다고[12] 보았다. 허만쯔 역시 무협소설의 낙후한 사상과 속된 형식에 대해 맹공을 퍼부었다. 그는 무협소설의 착안점과 기본 정신은 훌륭한 황제와 청렴한 관리를 선양하는 것과 같고, 구시대에 고통 받던 무고한 서민들의 환상에 대해 일종의 위안을 조성하며, "원래부터 구세주는 없으며 ……, 모든 일은 자기 자신으로부터 구해야" 한다는 이상적인 정신과 정반대 방향으로 갈 뿐만 아니라 인간의 독립성을 호소하고 인격의 존엄성을 선양하는 인문정신과도 반대로 가고 있다고 주장하였다. 또한 그는 진용을 위시로 하는 '신무협소설'을 전면적으로 부정했다. 한편 왕빈빈王彬彬도 사회적 영향과 효과의 측면에서 진용의 소설을 비판하였다. 진용의 소설은 파벌 간 싸움으로 가득 차 있으며, 이것은 "무공에서 정권이 나온다"는 이념을 표현한 데 불과하다고 언급하였다. 또한 종법 조직과 강호 사회가 진용을 포함한 무협소설의 현실적인 토대이며, 최근 십여 년간 종법 조직과 흑사회가 다시 흥성하게 된 것은 진용을 포함한 무협소설의 성행과 관련이 있다고 보았다.[13]

---

12) 위안량쥔袁良駿, 「아속을 다시 말하다再說雅俗」, 『中華讀書報』, 1999년 11월 10일.
13) 왕빈빈王彬彬, 「진용은 우리에게 무엇을 가져다주었나金庸給我們帶來了什麽」, 『羊城晚報』, 1999년 11월 18일.

제2절 '김·왕지쟁'의 문화적 함의

'김·왕지쟁'이 있은 지 이미 십여 년이 흘렀기 때문에 일반 대중들은 그냥 한 차례의 코미디 정도로 생각하고 웃어넘기겠지만, 학자들은 이 사건의 배후에 숨겨진 깊은 의미에 대해 탐색하기 시작했다.

'김·왕지쟁'을 두고는 다양한 의견이 존재하는데, 예를 들어 왕쉬와 진융 사이에 악감정이 있어 사건이 전적으로 사적인 원한에 의해 발생했다는 견해가 있는가 하면, 이미 재능이 고갈된 왕쉬가 좋은 작품을 내놓지 못하자 다른 사람을 비난함으로써 사람들의 주목을 끌고자 했을 뿐이며 진융은 그의 계획의 희생양에 불과하다는 의견도 있고, 왕쉬의 질투심의 발로라는 측면에서 즉, 그가 진융 소설과 TV 드라마 시청률을 질투했다거나 혹은 대륙 문화와 해외 문화의 충돌을 반영한 것이란 등의 시각이 있었다.

이들 입장들은 모두 수박 겉핥기식 판단에 불과하여 어느 하나도 문제의 본질을 파악하지 못했다. 진융은 왕쉬와 개인적으로 원한이 없음을 밝혔고 왕쉬도 진융을 인신공격할 의도가 없다고 말했다. 또한 진융은 왕쉬의 글 중 일부 관점은 옳다고 보았고, 왕쉬도 자신의 문풍에 "확실히 문제가 있다"고 했다. 이러한 점에서 사람들의 추측이 성립될 수 없음을 알 수 있다. 따라서 이번 논쟁의 초점은 소설 자체에 있는 것이 아니며, 작가의 인품이나 작가 사이의 원한에 있는 것은 더욱 아니다.

왕쉬는 이어서 「내가 보는 대중문화, 홍콩·타이완 문화 및 기타我看大眾文化港臺文化及其他」라는 글을 발표하고, 비판의 과정에서 문화적 충돌이라는 관점을 분명히 제시하였다. 왕쉬가 진융을 비판한 배경에는 홍콩과 타이완의 속문화가 대중문화시장을 점령한데에 대한 불만이 크게 작용하고 있다. 그는 글에서, "20년 전에 우리는 홍콩에 대해 항상 '문화의 사막'이라고 언급하였다. 이렇게 말함으로써, 아주 오랜 기간에 걸쳐 자본주의도시 홍콩의 발전된 경제 상황과 높은 생활수준을 흠모해온 데 대해 어느정도 평정심을 유지할 수 있었다. 당시 우리의 눈에 비친 홍콩 사람들의이미지는 소란스럽고 아름다우면서도 저속했다"고 논술하였다. 또한"1980년대 전반에 걸쳐 우리는 성대한 문화의 잔치를 벌이며, 끊이지 않는놀라움과 기쁨을 경험하였다. 이때에 홍콩과 타이완 문화는 단지 감미롭고 아름다운 배경으로서, 우리가 조용히 할 때에나 그들이 한구석에서내는 가느다란 소리를 듣게 되는 정도에 불과하였다."[14]

진융이든 왕숴든지 간에 이들이 대중문화(통속문화)를 대표하는 것은사실이다. 왕숴는 현대소설을 대표하고 진융은 전통소설의 모범이다. 따라서 왕숴와 진융 간의 논쟁은 사실상 전통과 현대(반전통) 간의 싸움이라고 볼 수 있다.

중국무협학회 회장 닝쫑이寧宗一가 말한 대로 왕숴는 아이큐가 상당히높은 매우 총명하고 비범한 사람임이 틀림없다. 따라서 그가 진융을 비판한 것은 의미 없는 행동이 아니며, 진실한 취지는 다른 데 있을 수 있다.'똑똑한 사람'으로서 왕숴가 진융 소설의 예술적 가치를 고려하지 않았을리 없으며, 혹여나 그 가치를 몰라보았다고 해서 그렇게까지 무자비한고자세로 성토할 이유는 없었다. 즉, 그가 그다지도 격한 언어로 진융의소설을 완전히 부정하고, 진융 팬들의 노여움을 살 필요는 전혀 없었던것이다. 그렇다면 왕숴의 진정한 취지는 무엇인가? 그것은 문화에 대한불안이라고 잠정적으로 말할 수 있겠다.

---

14) 왕숴王朔, 「내가 보는 대중문화, 홍콩 · 타이완 문화 및 기타我看大衆文化港臺文化及其他」, 앞의 책, 46쪽.

중국의 통속소설은 육조지괴六朝志怪로부터 발전하여, 대개 연애言情소설과 공안公案소설 두 가지 부류로 구분된다. 이것은 수천 년 이래 지금까지도 진융과 충야오의 소설을 통해 확인되고 있다. 진융의 소설은 중국 전통문화의 총집합으로서, 인물·언어·정경에서부터 바둑·다도 및 지역의 풍토와 인정에 이르기까지 글 곳곳에 전통문화의 정취를 가득 담고 있다. 그런데 그의 무협소설이 비록 '최고의 경지'에 다다르기는 했지만, 여전히 전통적 시스템을 따라 패턴화된 창작을 하고, 역사를 허구화하며 현대감이 결여되어 있다는 단점 역시 지적되곤 한다. 이렇듯 진융의 소설이 일반 대중들로부터 환영받으며, 어느 정도 중국문화의 한 상징이 되어가고 있을 때 왕쉬는 위기를 감지해냈다. 그가 볼 때, 진융의 소설은 이미 전통문화로의 회귀라는 추세에 따라 최고의 위치에까지 추앙되고, 심지어 전통적인 어떤 것의 모델로 간주되었지만, 창작의 활력을 가로막으면서 현대문학의 생명력을 감퇴시키는 지경에 이르렀다. 왕쉬가 비판하는 목적은 모든 문화의 미신을 타파하고, 진융의 소설 역시 완벽하고 결함이 없는 것이 아님을 알리고자 함이었다. 필자는 왕쉬 본인이 전통에 반대하지도 않고 전통문화를 송두리째 뒤엎으려는 생각도 없으며, 오직 그의 목적은 현재 유행하는 문화 가운데 현대 정신을 담고 있는 일부 소설을 위한 발전의 공간을 쟁취하는 일이었다고 생각한다. 왕쉬는 문학창작이 일종의 전통적인 방식에 의해서만 가능하다면, 어떠한 두려운 상황에 맞닥뜨리게 될지 상상하기조차 싫다고 생각했다. 이러한 상황은 문학, 특히 현대문화의 색채를 띠고 있는 소설의 발전에 지극히 불리하게 작용하므로, 그는 진융에게 도전장을 내밀어 비현대적이고 비현실적인 문화를 추구하는 독자들에게 경종을 울리고자 하였다.

'김·왕지쟁'이 폭로한 것은 일종의 문화 위기였으며, 이것은 문학창작의 자기 뿌리에 대한 모호함에서 비롯되었다. 문학창작은 무엇이든 고정적인 전통 모델에 기원해서는 안 되며 따라서 문학창작의 토대인 전통도 유일한 기준이 될 수 없다. 작가들은 문학창작의 과정에서 전통적인 문학창작의 모델에 구속되지 말고, 반드시 스스로 독립적인 사고를 갖추고 인격·정신·생명력의 현대화를 이루어야 한다.

왕숴의 작품이 왕숴식 언어 실험을 통해 사고하고, 역사적 사건과 생명에 대한 의미 혹은 기타 문제에 대해 탐색하며, 허황한 정치사에서 벗어나 귀청이 터질 것만 같은 소리를 낸 것에는 확실히 큰 가치가 있다. 그 세대는 그다지도 집요하게 추구하던 신앙이 한순간에 무너져버림으로 인해 방황·실망하고 무기력의 고통에 빠졌으며, 심지어 쉽게 초조해지고 분노하며 인생은 단지 게임일 뿐이라고 생각하게 되었다. 그러나 현실의 속박으로 인해 기회도 없고 반항할 용기도 없는 소위 '건달頑主' 같은 사람들이 생겨나고, 왕숴의 작품은 바로 이러한 현상을 보여주었다.

다시 진융으로 돌아와, 그의 무협소설은 1970, 80년대에 대륙에서 유행하기 시작했다. 진융과 왕숴의 소설은 예술적으로 유사한 점이 있는가 하면 다른 점도 있다. '공통점'이라면 양자 모두 선명한 개성이 있고 반항적이라는 사실이며, 다른 점은 각자가 추구하는 정신적 측면이 있다는 것이다. 왕숴 작품 속의 주인공들은 대부분 "낭자회두浪子回頭: 탕자가 잘못을 깨닫고 되돌아온다"이지만, 진융 소설의 주인공들은 모두가 "소오강호笑傲江湖: 강호의 속박을 웃어버린다"이다. 많은 사람들이 진융 소설의 가장 큰 특징은 의협심과 잔잔한 정, 민족정신, 윤리적 관념과 진융 자신의 개성·정감·재능을 잘 결합시킨 것이라고 말한다.

진융은 스스로 왕숴의 비판에 대해 일부 공감하며 자신의 소설에 '이야기의 우연성'이 너무 많다고 인정했다. 또한 "어떤 내용은 지나치게 엽기적이고 이치에 맞지 않으며, 일부 묘사나 이야기 전개가 지나치게 속되다. 인물의 대화는 생활과 멀리 떨어져 있고 지나치게 문언문 투이며, 인물의 성격 역시 앞뒤가 너무 일률적이고 변화와 발전이 결여되어 있다. 이 외에, 고유문화와 과거 전통에 대해 너무 많이 미화하고 미련을 두며, 현대적 인문정신이 매우 부족하고, 어떤 이야기 줄거리와 인물은 독자들을 끌어들이기 위한 것에 불과하여, 즉 예술성이 부족하다고 할 수 있다"라고 언급하였다.[15] 그러나 진융의 작품에 여러 가지 결점이 있다고 해도, 그의 무협소설을 단지 과거의 무협소설로 읽어서는 안 된다. 그는 민간 전설과 역사적 연의소설, 무협의 형세를 결합하여 일반적인 수준을 뛰어넘는 무협소설의 정상에 오를 수 있었고, 보다 중요한 사실은 진융이 왕왕 무협 사건을 통해 현실의 삶과 인정, 세태를 반영하였다는 것이다. 진융의 소설을 읽다 보면 비록 무협소설이기는 하지만 인정과 세상사·세태의 차고 더움이 드러나며, 항상 사람들의 곁에 머무르고 있다는 점을 깨닫게 된다. 이로 인해 마음속 응어리를 직설적으로 표현하는 의협심은 독자들의 공감과 갈채를 불러일으키고, 진융의 무협소설은 오랜 시간에 걸쳐 쇠퇴하지 않을 수 있는 것이다.

중국의 무협문학은 유구한 역사적 전통을 가지고 있다. 선진先秦 시기의 사전史傳 산문과 제자諸子 산문에는 의협과 관련된 사람과 사건들이 많이 등장한다. 「당저불욕사명唐雎不辱使命」 중의 요리要離와 섭정聶政 「형가자진왕荊軻刺秦王」 중의 형가荊軻 등이 그 예이다. 그리고 서한西漢 사마천司馬遷의 『사기史記』에 수록되어 있는 『자객열전刺客列傳』과 『유협열전

---

15) 진융金庸, 「저장·홍콩·타이완의 작가浙江港臺的作家」, 홍콩 『明報月刊』, 1999년 12기, 랴오커빈廖可斌 編, 『진융소설논쟁집金庸小說論爭集』, 저장대학출판사, 2000년, 12쪽.

游俠列傳』및 위진남북조魏晋南北朝 시기의 지괴志怪소설『수신기搜神記』등
을 들 수 있다. 특히,『수신기』에 나오는 귀신을 잡는 쑹딩보宋定伯와 뱀
잡는 리지李寄는 모두가 의협심에 찬 사람들이다. 이 외에 당唐 전기傳奇의
『곤륜노崑崙奴』,『곽소옥霍小玉』등은 모두 의협의 영웅 이야기를 그린
것들이다. 송대宋代에 들어 강사문학講史文學이 발전함에 따라 평화平話와
무협소설은 초보적인 형태를 갖추게 되고,『수호전水滸傳』은 이를 체계화
하여 무협소설의 특징을 본격적으로 드러내었다. 명·청明·淸 시대에는 수
많은 연의演義소설과 공안公案소설이 나타났다. 예를 들어, 공안소설『포
공안包公案』을 토대로 무협소설『칠협오의七俠五義』등이 출현하였다. 20
세기 전반에 이르러, 마침내 무협소설 창작의 절정기가 도래하며 자오환
팅趙煥亭, 구밍다오顧明道, 환주러우주還珠樓主, 왕두루王度廬, 궁바이위宮白
羽, 주전무朱貞木 등의 무협 작가들이 등장하였다. 20세기 후반은 홍콩
및 타이완 무협소설의 황금 시기로서 이때에 진융과 구룽古龍, 량위성梁羽
生 등 소위 신무협(전통 무협소설과 비교하여) 작가들이 탄생하였다. 진
융을 대표로 하는 무협소설은 중국 무협소설의 요소들을 흡수하고 과거
무협소설의 진부한 구식 소설 언어를 버리는 한편, 5·4 신문학과 외국문
학으로부터 새로운 표현 기법을 학습하여 무협과 역사·연애를 아우르는
종합적인 신무협을 만들어냈다.

무협소설의 핵심인 "의협문화, 무술문화, 강호문화는 중국문화의 독특
한 형식과 내용의 유기적인 구성 부분이다. 이것은 중국문학의 독특한
장르인 무협문학에 침전되어 있을 뿐만 아니라 민족문화의 혼에도 도도
히 흐르고 있다."[16)]

---

16) 웨이자촨魏家川,「진융과 '무협열'金庸與'武俠熱'」, 타오둥펑陶東風이 펴낸『當代文藝思潮
與文化熱點』(베이징대학출판사, 2008년)의 440쪽 참조.

　　옌자옌이 말한 바와 같이, "진융은 사실 중국 신문학과 서양 근대문학의 경험을 이용해 무협소설을 창작하고 개조하였다. 그는 동서고금의 풍부한 자양분을 흡수함으로써, 스스로의 작품이 일반 통속문화의 수준을 뛰어넘는 고아한 문학의 어떠한 특징을 갖추도록 하고, 혹은 '아'·'속'을 초월하게끔 하였다."[17]

샤오디 邵頓

---

17) 옌자옌, 앞의 논문.

제10장

'이여지쟁二余之爭'과 문화산문에 대한 평가

제1절 '이여지쟁'과 당대 문단의 의의

1990년대부터 현재에 이르기까지의 문단 상황을 돌이켜본다면, 매우 시끌벅적하였다는 사실을 알 수 있다. 이 가운데에서도 유명한 산문가 위추위余秋雨에 의해 일어난 '추풍추우秋風秋雨'가 특히 주목을 끈 사건이었다. 어떤 역사학자는 "신뢰할 수 있는 자료에 대한 평가와 고증, 한쪽으로 치우치지 않은 공정한 이해, 객관적인 서술 등 이 모든 것들을 결합한 목적은 결국 역사의 진상을 완전히 재현하기 위함이다"[1]라고 말한 바 있다. 2000년에 발생한, 무어라 명확하게 말하기 어려운 '이여지쟁二余之爭' 역시 역사 자료를 참조하여 그 의미를 정확하게 식별해보아야 한다.

'이여二余'는 누구인가? 이들은 다름 아닌 위추위와 위제余杰이다.

1946년에 출생한 위추위는 상하이희극학원 원장 및 교수를 역임하였다. 그는 예술이론가로서 『예술창조공정藝術創造工程』과 『희극이론사고戲劇理論史考』 등 몇 편의 학술서적을 출판한 바 있다. 또한 일찍이 상하이시 창작학회 회장을 맡고, 1980년대 말에서 1990년대에 산문 창작 분야에

---

1) 독일 역사학자 랑케의 말, 류창劉昶, 『마음속의 역사人心中的歷史』, 쓰촨인민출판사, 1987년, 47쪽 재인용.

진출하였다. 산문작가로서 위추위는 『문화고려文化苦旅』(1992), 『산거필기山居筆記』(1998), 『서리처럼 차가운 강霜冷長河』(1999), 『천 년의 탄식千年一嘆』(2000), 『일생을 빌려다오借我一生』(2004) 등 산문집을 펴내었다. 새로운 천 년이 시작되는 해를 전후로 그는 국내외 대학과 문화 기관에서 강의를 했고, 심지어 미디어와 TV 문화 프로그램에 출연하고 영향력을 키우며 시대의 풍운아로 등장하였다.

위제는 1973년 청두成都에서 태어났으며 베이징대학교 학부와 대학원을 졸업하였다. 그는 13세부터 작품을 발표하기 시작했고, 대학 재학 중에 '서랍문학抽屉文學'과 포스트 신시기 잡문 작가의 대표 주자가 되었다. 주요 작품으로는 『불과 얼음火與冰』, 『철감옥 속의 고함鐵屋中的訥喊』, 『당혹스런 시대尷尬時代』, 『말할까 말까說, 還是不說』, 『날고 싶은 날개想飛的翅膀』 등이 있다.

비범한 학력의 소유자이자 산문작가이며, 재능이 출중한 이 문학청년은 무엇 때문에 싸우게 되었을까?

논쟁은 2000년 3월 2일 『문론보文論報』에 발표된 눈길을 끄는 제목 「위추위, 당신은 어째서 참회하지 않는가余秋雨, 你爲何不懺悔?」라는 글에서 비롯되었다. 이 글은 예리한 언어로 위추위에게 왜 건국 이후의 역사에 대해 반성하지 않느냐고 힐난조로 추궁하며, 위추위의 인격을 심한 말로 공격하였다. 위제는 이 글에서 다음과 같이 언급하였다.

'고려苦旅'라고 한 만큼, 위추위의 작품에는 수많은 비극적 사건과 인물들이 반복해서 출현하고 있다.

그는 비극적 인물 중에서도 특히 지식인에게 초점을 맞추었다. 위추위는 역사와 역사적 인물을 고문하면서, 확실히 소위 "필치의 힘이 종이의 뒷면까지 통과하는下筆力透紙背" 공력을 보여주었다. 그러나 이러한 측면을 지나치게 강조함으로써 다른 측면의 균형을 상실하고 말았다. 1949년 이후의 역사는 어디에 있는가? 작가 자신은 어디에 있는가?

나는 위추위의 산문에서 1949년 이후 역사에 대한 반성은 거의 읽어보지 못했고, 그가 자신의 정신적 세계를 직면한 적이 있다고도 느껴보지 못했다. 이 두 개의 거대한 '공동空洞'으로 인해 나는 그에 대해 의심을 품게 되었다.

위추위는 글에서 전능한 '신'의 역할을 맡아 다른 사람들에게 일일이 손가락질 하면서도, 정작 자신은 절대로 독자들과 "함께 호흡하고 운명을 같이 하지" 않으려 한다.

한쪽은 무겁고 한쪽은 가벼우니 당연히 저울의 균형을 유지할 수 없다. 진정한 고문자는 자신도 고문을 받는 사람이어야 한다. '피고문자'의 신분 결여로 인해 위추위의 산문에는 정신적인 힘이 심각하게 약화되었다. 역사에 단층이 생겼고 인격에도 단층이 생긴 것이다.

문화대혁명 시기에 위추위가 저지른 짓, 특히 이 기간에 그가 쓴『후스전胡適傳』에 비추어, 위제는 그를 일컬어 '문화대혁명의 잔당文革餘孽'이라고 비난했다. 그는 글에서 다음과 같이 썼다.

그 당시, 위추위가 봉사했던 잡지『학습과 비판學習與批判』은 장춘차오張春橋, 야오원위안姚文元이 통제하는 '상하이 창작조'로부터 직접 감독을 받고 있었다. 이 창작조는 상당한 위력을 발휘하였고, 베이징의 '베이징대학 비판조' 및 '칭화대학 비판조'와 함께 삼각 구도를 형성하며 일시에 비바람을 부르고 흑백을 전도하며 온갖 나쁜 짓을 다 저질렀다. 상하이의 어용 창작조는 '스이거石—歌'라는 필명으로 많은 글을 발표하였는데, 소위 '스이거'는 곧 11명의 사람을 의미하는 것이다(여러 차례의 인사이동으로 인하여 '스이거'의 인원수가 정확하게 열한 명이지는 않다). 이것은 베이징의 '량샤오梁效'와 방법은 다르지만 효과는 똑같다('량샤오'란 말은 '두 개의 학교兩校'와 동음으로 베이징대학과 칭화대학을 가리킨다). 위추위도 소년 시절 글로써 이름을 날리며, 당연히 유관 단체의 주목을 끌었다. 손뼉도 마주쳐야 소리가 난다고, 그는 '스이거' 중 가장 젊고 "입장이 확고"하며 '상당한 이론적 수준이 있는, 투쟁 경험과 분석 능력·창작 기교를 겸비한 전도유망한 혁명 청년이 되었다. 당시 위추위 동료들의 말에 따르면, 그는 창작조에서 소극적이기는커녕 적극적이었으며, 피동적이지 않고 주동적이었다고 한다. 위추위는 출중한 활동과 성적으로 캉성康生, 장춘챠오, 야오원위안 등의 깊은 총애를 받을 수 있었다.

…… 그래서 나는 역경에 처해 있는 사람에게 도덕적으로 매몰찬 요구를 하는 것 자체가 부도덕한 것이라고 본다. 하지만 일이 지나간 이후 자신의 과거에 대해 어떻게 생각해야 하는가? 참회·반성, 또는 은폐·가장? 나는 과거에 대해 어떠한 태도를 취해야 하는 것인가가 사건 자체보다 더 중요하다고 생각한다.

유감스럽게도 위추위 선생은 단호하게 은폐와 가장을 선택했다. ……

신세대의 '우상', 이 시대에 가장 '문화적 품위'를 갖춘 학자이자 젊은이들의 '인생 멘토'가 된 위추위(「위추위, 당신은 어째서 참회하지 않는가」 인용)에 대해 위제는 대담하게도 '재능 더하기 건달才子加流氓'이라는 이름을 붙였다. 그는 위추위의 문화적 품위에 의구심을 표하며, 그의 행위가 중국문화의 생태에 이롭지 못하다고 지적하였다. 위제는 또한 다음과 같이 말하였다.

위추위 개인으로 본다면, 그는 문화대혁명 시기에 기회를 엿보아 전제주의자들에게 아부하고 '관'의 졸개·하수인이 되었다. 그리고 1990년대 복고와 국학의 열풍 속에서 돌연 나타나, 즉 어두운 골목에서 갑자기 튀어나와 또다시 시대의 총아, 미디어의 포커스, 청년들의 지도자, 중국문화의 대변인이 되었다. 지금 이 시대에 그는 '상商'의 졸개로서 그 역할을 매우 잘 수행해내고 있다. ……

그는 각지를 도는 순회강연에서 상당히 관용적인 태도를 보이며 넓은 가슴으로 주변의 모든 것을 논하면서도 자신에 대해서는 일절 언급하지 않았다. 그는 문화대혁명과 황권 시대의 폭력에 대해 아주 관용적이지만 자신에 대한 비판에는 관용적이지 못하다. 그는 황제들과 자신과 비슷한 재자들을 찬양하면서도 주변의 고생하고 있는 백성들에 대해서는 냉혹한 태도를 보였다. ……

위제는 "나는 위추위 본인을 표적으로 삼지 않으며, 다만 그를 하나의 예로 삼아 중국 지식인들의 한계를 탐구·분석하기 위한, …… 나는 의도적으로 그의 과거를 집요하게 물고 늘어지는 것이 아니라, …… 중요한 사실은 (그 시대로부터) 20여년이 지난 지금에도 그를 포함한 수많은 문화계 인사들이 반성하지 않고 있다는 것이다. 내가 원하는 바는 그들의 반성하는 태도이다"[2]라고 말하였다.

위추위는 「위추위의 공개 서신 − 위제 선생에게 답한다余秋雨的一封公開信 − 答余杰先生」[3]에서, 자신은 '스이거'의 구성원이 아니며 『루쉰전魯迅傳』 교재편집 팀에 들어가기는 했지만 당시 상황에서는 어쩔 수 없는 일이었고, 창작조에서도 늘 적극적이지는 않았다고 밝혔다. 또한 "전국적인 '덩鄧' 비판의 광풍 속에서조차 나는 단 한 글자로라도 참여한 적이 없다", "다른 사람을 해치는 것이 유행하던 그 시대, 10년 전체를 통틀어 나는 현실 속의 그 누구도 해하지 않았다", 심지어 "과거를 구체적으로 말한다면, 나와 가족이 문화대혁명 시기에 겪은 지독한 비참함은 젊은 평론가들은 상상조차 하지 못할 그러한 것이다"라고까지 언급하였다. 위추위는 자신의 문화대혁명 시기의 과거는 결백하므로 참회할 필요가 없다고 주

---

2) 『文學報』, 2000년 3월 2일.
3) 위의 신문.

장하였다. 이어서, "나는 문화대혁명의 잔당이 아니다!"라고 정중하게 천명하며, "또다시 소란을 피우면 분노하겠다. 그러나 개인이 아니라, 사실 관계를 확인하지도 않은 채 어떻게 일이 이 지경에까지 이르게 되었는가에 대해 분노하겠다. 중국의 인간관계에는 어떠한 특징이 있다. 즉, 누군가가 약간의 명성이라도 얻게 되면 사람들은 무슨 결함이든 찾아내 그를 파멸시키려고 한다. 우리의 문화 구조는 왜 이 모양인가? …… 프랑크푸르트학파의 한 학자는 책임지는 비평가라면 기본적인 사실을 파악해야 하며, 이러한 파악은 전체적이며 해석되지 않은 '소문의 진실'이나 '문자의 진실'이 아니어야 한다고 말한 바 있다"4)라고 견해를 밝혔다.

　트로이 전쟁에서 신들이 두 편으로 갈려 싸움에 참여한 것처럼, '이여지쟁'에서도 많은 평론가들이 (심지어 위추위와 위제를 잘 아는 사람들까지 포함한) 두 편으로 나뉘어 날카로운 논쟁에 참여하였다. 위추위의 동료인 쑨광쉬안孫光萲 교수와 후시타오胡錫濤 선생은 각각 「역사를 직시하고, 전쟁터로 나선다 - '위추위의 공개 서신'을 읽고正視歷史, 輕裝上陣 - 讀余秋雨的一封公開信」5)와 「위추위는 참회하고자 하는가 - '문혁' 중 위추위와 상하이 창작조의 진상을 파헤치다余秋雨要不要懺悔 - "文革"中余秋雨及上海寫作組眞相揭秘」6)란 글을 통해 문화대혁명 시기 위추위의 상황을 소개하였다. 위귀화余國華의 「위추위는 거짓말을 하고 있다余秋雨說假話」7)와 슝위안이熊元義의 「위추위는 변신하였는가余秋雨的變不變」8)는 모두 위추위의 문제를 언급하였다. 주융祝勇은 「대단한 도량如此胸襟」9)에서 위제의 위추위에 대

---

4)　위의 신문, 2000년 3월 2일.
5)　위의 신문, 2000년 4월 20일.
6)　『今日名流』, 2000년 제6기.
7)　『文化日報』, 2000년 5월 9일.
8)　『中華文學選刊』, 2000년 제3기.

한 비판은 노스님의 가사처럼 누더기 같다고 비꼬았다. 쉬정린徐正林은 「위제, 당신은 왜 참회하지 않는가余杰, 你爲什麼不懺悔」10)에서 위제의 「위추위, 당신은 어째서 참회하지 않는가」가 충칭의 작가 장위런張育仁이 발표한 「영혼을 고문하는 사슬의 중요한 결점 한 가지靈魂拷問鍊條中的一個重要缺環」11)를 베꼈다고 지적했다. 요컨대, 2000년 3월 2일『문학보文學報』가 광고한 바대로 "『중화문학선간中華文學選刊』은 위추위 논쟁과 관련하여 전집專輯을 출판하였고, 최근 출판된『중화문학선간』12)의 '시비를 가린다是非之地' 칼럼은 위추위 관련 논쟁의 전집을 발행하는 동시에 자료집『위추위는 누구를 도발하였는가余秋雨惹着誰了』를 수록하고, 장위런의 글「영혼을 고문하는 사슬의 중요한 결점 한 가지」를 전재하였다. 또한 위추위가 1975년 8월『학습과 비판學習與批判』에 발표한 글「새로이 발견된 루쉰의 글 한편을 읽다讀一篇新發現的魯迅佚文」의 첫 부분도 발표하고, 일부 평론가들의 위추위 본인과 그의 글에 대한 평가도 함께 발췌하였다." 그 외에 하오위郝雨의 「위추위, 엎드리지 마시오 - '위추위 비판'의 겉과 속余秋雨, 別趴下 - "余秋雨評判"的裏面與後面」13) 등 일부 중요한 글들도 있는데, 이들은 각자 '이여지쟁'에 대한 자신들의 입장을 드러내었다.

1992년 동방출판사東方出版社는 위추위의 첫 번째 산문집『문화고려』를 출간하였다. 이 책은 한때 수많은 평론가들로부터 호평을 받았고, 위추위 본인도 이를 계기로 유명세를 탔다. 그런데 1990년대 중반 그의『산거필기』가 발표되자 비평가들은 마치 약속이나 한 듯 일제히 방향을 바꾸어

---

9) 『北京日報』, 2000년 3월 1일.
10) 『中華文學選刊』, 2000년 제4기.
11) 『四川文學』 1999년 제10기.
12) 『中華文學選刊』, 2000년 제2기.
13) 『中華文學選刊』, 2000년 제5기.

그를 성토하기 시작했다. 이것은 글에 대한 비판, 즉 산문의 학술적 '착오'에 대한 지적에서부터 인격에 대한 의문 그리고 그의 언행에 대한 비난으로까지 이어졌다. 하지만 '이여지쟁'의 초점은 여전히 위추위가 '문화대혁명' 중에 '어용' 창작조의 구성원이었으며, 『학습과 비판』에 당시 정권에 영합하는 글을 올린 일을 참회해야 하는지의 여부에 맞추어져 있다.

위의 서술과 분석을 바탕으로 '이여지쟁'에 대한 소결을 짓고, 이어서 '이여지쟁'이 현대 문단 혹은 사상계에 대해 어떠한 의미를 갖는지를 탐색해보도록 하자.

우선, '이여지쟁'은 결론적으로 위추위의 문화산문을 평가하는 연극의 한 토막에 불과하다. 1990년대 초 위추위의 『문화고려』는 '문화산문', '학자산문', '대산문'이라는 영예와 함께 '돌파', '최고봉', '이정표', '표지'와 같은 칭송을 끊임없이 획득할 수 있었다. 그러나 1990년대 중반 위추위 선생에 대한 평가는 조용히 바닥까지 추락하였다. 비평가들은 그의 산문에 '현저한 착오'가 있다고 지적하는 한편, 그의 산문은 '쇠락의 표본'이자 '또 다른 영합'이며 심지어 그의 학문과 글을 통틀어 '문화의 비애'라 평가하기까지 했다. 1999년 1월 7일, 위추위는 『문론보文論報』에 「위추위 교수가 전국 독자에게 삼가 말씀 드린다余秋雨敎授敬告全國讀者」를 발표하고 '사람들의 비평'을 수용한다고 표명하였다. 1999년 8월에는 『위추위 현상 비판余秋雨現象批判』이란 책이 등장했고, 이어 2000년 1월에는 『가을 비바람에 걱정이 된다秋風秋雨愁煞人』란 제목의 '위'를 비판하는 전집專集이 중국문련출판사에서 발행되었다. 2000년 1월 21일, 위추위가 『문학보』에 「위추위의 공개 서신 - 위제 선생에게 답한다」라는 글을 발표함으로써 위제에 대응하기 위한 본격적인 논쟁의 서막이 열리게 되었다. 2000년 2월 13일, 『심천주간深圳週刊』의 인터뷰에 응한 위추위는 분개한 어조로 "나는 아주 철저히 문단을 떠날 것이다"라고 말했다. 이후, 매체와 각계에서 빈번하게 조명되면서 위추위 본인과 그의 글에 대한 비방과 칭찬은 각각의 세를 형성하고, 이에 대한 또 다른 해석 역시 분분하였다.

둘째, 참회 의식은 일종의 맑고 깨끗한 역사적 이성이자 역사적 책임을 용감하게 부담하는 인격의 자각이라 할 수 있다. 역사를 걸어온 사람으로서 역사에 대한 반성과 자기 성찰은 스스로의 영혼과 정신을 재건하는 데 당연히 유익하다. 예를 들어, 바진巴金 선생이 쓴『수상록隨想錄』은 자신의 영혼에 대한 고문이다. 사오옌샹邵燕祥은 자신의 영혼을 반성하며『인생패필人生敗筆』을 썼고, 펑쥔이豐君宜 선생은 임종을 앞두고 펴낸『사통록思痛錄』에서 국가와 개인의 아픔을 표현하였다. 암흑시대에는 "아니요"라고 말하지 않으면 공모자가 되어버린다. 1990년대 초의 '인문정신 대토론' 과정에서 우리는 지속적으로 문화에 대한 반성과 문화인격의 재건을 추구하였으며, 신세기에 이르러 중국인, 특히 중국 지식인에 거는 기대는 영혼을 고문함으로써 건강한 인격과 이미지를 형성하자는 것이었다. 이것은 위추위 선생 개인의 문제가 아니고 민족 구성원 모두가 전체적이고 이성적으로 반성해야 할 일이다.

'이여지쟁'을 돌이켜보면 문학비평이 갈수록 거칠어져 '두들겨 패기', '욕하기', '깎아내리기'는 물론 심지어 작가의 정치적 신분, 도덕적 자질에 대한 인신공격으로까지 이어지고 있음을 알 수 있다. 예를 들면, 위추위에 대해서 '문화대혁명 잔당'에 '재자 기질'을 겸비한 '건달'이라고 일컫는가 하면, 위제에 대해서는 남성미가 부족한 교활한 '연극쟁이'라고 하였다. 문학비평은 격정의 발동에 따른 비이성적인 소란이 아니며 시장과 매체의 홍보와 상품 경제의 부속물은 더더욱 아니다. 이것은 공명과 이익을 초월한, 인생의 진리와 예술의 참뜻을 추구하고 속된 견해에 구애되지 않는 독립적인 사고와 예리한 견해가 되어야만 한다.

　마지막으로, 문학비평 자체는 자아와 작품·작가를 초월하는 독특한 문예 형태이며, 문학과 상호 의존하며 또한 공존한다. '이여지쟁'은 당대의 핫이슈였던 문학 현상으로서, 비록 논쟁이 치열하기는 했지만 모두가 문화 사상과 도덕적 인격·문품·인품의 영역에서 진행되었고, 전적으로 평론가들의 자유로운 언론 활동에 의존했을 뿐 정치 세력은 참여하지 않았으므로, 이 또한 시대의 발전상을 반영한 것이라 할 수 있다. 자유로운 논쟁이 없다면 문학비평의 즐거움과 격정 역시 느낄 수 없다. 한 나라, 한 민족의 문학이 흥성할 때에 문학비평도 활발해진다. 중국 당대문학은 수십 년의 축적을 거쳐 신시기에 이르러 상당히 양호한 방향으로 발전하는 추세를 보이고, 정신적 측면과 예술성·감상성이 상호 통일된 우수한 작품들을 내놓고 있다. 그러나 문학비평은 여전히 여러 측면에서 '보강'되어야 할 필요가 있다. 예를 들어, 비평가들은 글로벌 담론환경에서 풍부한 이론적 자원을 흡수하고 문학비평의 학술성과 학리성을 강화해야 한다. 작가들 역시 자아의 한계를 뛰어넘어 자신의 수준을 높이고, 자기중심적 틀을 내려놓고 비평가들과 동등한 수준에서 대화해야 하며, 여유롭고 자유로운 담론환경에서 문학사의 시야와 문학 창조 정신의 공존을 완성해야 한다. 그리고 매체들은 논쟁의 장을 제공하고 객관적이고 공정하게 사실을 다루어야 하며, 대중들의 시선을 끌기 위한 '재밋거리'를 찾아내 사람들의 생각을 혼란스럽게 해서는 안 된다. 루쉰은 다음과 같이 말했다. "글을 논하고자 한다면 가장 좋은 것은 글 전체를 생각하고, 작가를 완전히 파악하며, 그가 처한 사회적 환경을 고려하는 일이다. 이때에 비로소 정확한 이해가 가능해진다. 그렇지 않으면 거의가 허황된 말을 하게 된다."[14]

제2절 문화산문의 역사적 유래와 현실적 동인

'문화산문'은 '대산문', '학자산문' 심지어 '대문화산문'이라고도 불린다. 문화산문의 개념은 대략 1990년 위수썬余樹森이 발표한 『90산문이야기九0散文瑣談』에서 처음 제기되었다. 그 후 리샤오홍李曉紅은 자신의 전문서 『중국당대산문심미건설中國當代散文審美建設』에서 '문화산문'과 '학자산문'의 두 개념을 병합시켰다. 신세기 초에는 우한대학 중문과의 위커쉰於可訓 교수가 드디어 '문화산문'에 대해 명확하게 정의 내렸다. 그에 따르면 "'문화산문'이란 창작에 있어 문화적 내용을 중시하고, 왕왕 역사 · 문화적 함의를 지닌 어떠한 자연사물과 인문 경관으로부터 제재를 채택하며, 혹은 어떤 경치나 사람을 통해 일종의 역사 문화 정신을 탐구하는 것이다. …… 그리고 이 산문의 작가들은 대부분 학자나 문화적 수양이 상당히 깊은 학자형 작가들이다."[15] 어떤 학자들은 문화산문을 두고 "문화적 상상이 충만한 산문"이라고 하였다.[16] 천젠후이陳劍暉 교수 역시 "이는 전통을 연결하고 역사에 직면하는 사고의 창작이다. 가치관과 창작관 그리고 창작의 입장에서, 문화산문은 기본적으로 문화 엘리트를 창작 주체로 한 산물이다"라고 생각했다. 그러나 그는 비록 '문화산문' · '대산문' · '학

---

14) 루쉰魯迅, 「차개정잡문2집 · '제미정'초且介亭雜文二集 · '題未定'草」, 『魯迅全集』 제6권, 인민문학출판사, 1981년, 344쪽.

15) 위커쉰於可訓, 「근래십년 '문화산문'창작평술近十年"文化散文"創作評述」, 『文學評論』, 2003년 제2기.

16) 양푸성楊福生, 「문화상상과 1990년대 산문文化想象與1990年代散文」, 『安徽農業大學學報』, 2006년 제5기.

자산문'의 삼자는 서로 연관되어 있지만, '문화산문'과 '대산문', '학자산문'은 서로 같지 않다며 이를 엄격하게 구분하였다.17) 왕야오王堯 교수는 더욱 예리하게 표현하기를 "'문화대산문'이라는 말로 1980년대 말에 등장한 일종의 산문 문체와 이에 따라 만들어진 산문 창작 현상을 명명하는 것은 학리적 근거가 결여된 행위라고 볼 수 있다. 이러한 명명으로는 '문화'와 '산문', '산문'과 '대산문' 간의 관계를 설명할 수 없기 때문이다. 하지만 이는 산문 문체의 주요 특징을 다소간 보여주고 있기는 하다"라고 하였다. 왕야오는 '문화산문'은 단지 한 차례의 '단순한' 명명에 불과하다고 생각하였다.18)

중국의 산문은 유구한 역사적 전통을 가지고 있다. 고대에는 산문의 종류가 다양하여 정교한 산수 기행문이 있는가 하면 가벼운 성령 소품문과 소박한 필기가 있고,『장자莊子』와 같이 지혜가 가득한 철리산문,『맹자孟子』와 같은 웅변조의 논변 산문,『사기史記』와 같이 광대한 역사전기 산문 그리고 명·청과 근대의 일부 문인 산문이 있다. 이러한 우수한 전통이 문화산문의 예술정신을 창조하였다고 하겠다.

현대 산문은 20세기 초에 나타났다. 1918년『신청년新青年』이『수감록隨感錄』을 처음으로 개척한 이래 현대 산문은 점차 성숙해져 갔다. 한편, 1920년대에 유행한 '어사체語絲體' 산문은 현·당대 문학에서 일찍이 나타난 문화산문의 초기 형태라 할 수 있으며, 1930, 40년대에도 문화산문이 일부 나타났다. 첸종수錢鍾書의『인생의 가장자리에 쓰다寫在人生邊上』와

---

17) 천젠후이陳劍暉,「당대 산문사조의 발전 변화를 논하다論當代散文思潮的發展演變」,『廣東社會科學』, 2005년 제1기.

18) 왕야오王堯,「대문화산문'의 종결로 나아가다走向終結的'大文化散文'」,『出版參考』, 2004년 제29기.

량스추梁實秋의 『아사소품雅舍小品』 등이 그 예이다. 하지만 전쟁의 와중에 이들은 사람들의 주목을 끌기는 했으나 결국 푸대접 받으며 잊혀갔다. 건국 이후에는 양쉬楊朔, 류바이위劉白羽, 친무秦牧, 이 세 명의 소위 '산문 삼대가'가 산문계의 주류 작가로 등장하였다. 양쉬는 자신의 산문에 대해 "시처럼 썼다"고 말한 바 있는데, 1960년대 시화산문을 탐색해보자면 이러한 '양쉬체' 산문이 상당히 큰 영향력을 행사했음을 알 수 있다.

　1950, 60년대 산문은 예술적 특징을 강조하는 동시에 아낌없이 삶을 분식하고 싸구려 찬가를 불러대었다. 1970년대는 마치 진공의 시대와도 같으며, 최근에는 '문학사 창작'과 '잠재 창작'의 분쟁이 있었다. 1980년대에 들어 산문은 주체성을 찾는 동시에, 산문체에 본원적으로 요구되는 사항 중 하나인 사실을 이야기하는 쪽으로 방향을 수정했다. 이 시기의 대표작으로는 바진巴金의 『수상록』을 들 수 있다. 문화적 반성은 정치적 반성이 심화된 결과이며, 산문 창작 역시 이에 따라 풍부하게 개척될 수 있었다.

　위의 개괄에서 볼 수 있듯이, 문화산문의 형성에는 역사와 문화의 연원이 존재한다. 당연히 이것은 문제의 한 측면에 불과하다. 문화산문의 생성과 출현을 논할 때에 절대 "글은 시대에 따라 변한다"는 사실을 등한시해서는 안 되며, 이것은 바로 당대 인문의 객관적 현실이자 사회의 요구이기 때문이다. 1980년대 말에서 1990년대 초까지 시장경제의 대조류는 사람들의 적극성과 창의성을 자극했고, 이는 사회와 경제가 신속히 발전하는 원동력이 되었다. 또한 이로 인해 오직 금전과 물질적 향수만을 추구하는 어긋난 인생관과 망연함이 야기되기도 하였다. 1980년대 중반의 '문화열'을 통해 지식인들이 독립적인 사고 능력을 회복할 수 있었다면, 1990년대에 들어서는 지식인층이 강화되며 엘리트 의식의 전체적인 요구가 "문화적 느낌을 토로" 위추위의 말하는 방향으로 회귀하였다. 이러한 문화 수요의 시장에서 산문가들은 문화학적 각도에서 거시적으로 고찰하고, 산문 본체론의 문제를 사색하고, 산문과 인류문명의 진보 간의 관계를 탐구하기 시작했다. 문학사조의 발전은 사회사조의 발전을 기반으로 진행된다. 사회 변혁기 문화의 다원적 발전은 반드시 사람들의 심미적 취향의 다원화를 촉진시킨다. 사회 이데올로기가 상대적으로 느슨해지자 다양한 문학사상으로부터의 충격이 가능해졌고, 또한 산문계도 한 차례 새로운 '언어의 전환'[19]을 개시하며 결과적으로 시대의 수요에 순응하였다.

　문화산문은 어떤 의미에서 다음의 두 가지 문학 사건에서 기원한 바가 크다. 하나는, 창작의 수행에 있어 위추위의 산문집『문화고려』가 출판된 일이다. 그는 이 책의 서문에서 "나는 늘 고대 문화의 문인들이 깊은 발자취를 남긴 곳에 가고 싶어 했고, 이를 통해 내 마음속에 자연의 산수뿐만 아니라 '인문의 산수'도 있다는 사실을 알게 되었다. 이것은 중국의 역사와 문화가 지니는 유구한 매력과 그것이 나에게 미친 장기간의 영향에 의해 조성되었다." 이후, 그는『문명의 조각文明碎片』의 서문에서 자신이 글을 쓰는 이유에 대해 "주로, 일종의 문화적 느낌을 표현하기 위해서"라고 부연 설명했다. 다시 말해 그의 산문은 사람과 역사, 자연을 농후한 문화적 사고와 융합하고, 이를 통해 중국문화의 거대한 함의를 보여주는 것이다. 이러한 창작의 초지는 자연적으로 문화산문의 특징을 결정하였다. 둘째, 이론 비평에 있어 문화산문과 자핑야오賈平凹가 제창하였던 '대산문'은 서로 관계가 없다고 말하기 어렵다.[20] 1992년 9월, 저명한 작가

---

19)　첸중원錢中文,「신세기를 향한 문학이론文學理論面向新世紀」, 산둥인민출판사, 1997년, 8~21쪽.
20)　천젠휘의「당대 산문사조의 발전 변화를 논하다論當代散文思潮的發展演變」를 자세히

인 자핑야오는 그가 편집을 담당하고 있던 산문 월간지『미문美文』의 "원
고를 읽고 말하다讀稿人語" 란에서 '대산문'의 이론적 주장을 선명하게 제
시하였다. 그것은 다음과 같다. 1. 진부한 격식을 버릴 것을 제창하고,
산문의 현실감과 사시史詩감·진실감을 제창하고, 진정한 산문 대가를 제
창하고, 우리가 살고 있는 이 시대에 맞는 산문을 제창한다[21] 즉, '대산
문'으로 가려면 반드시 "산문의 맑고 바른 분위기를 고양하고, 큰 범위를
쓰며, 웅장함과 넓은 정을 추구해야 한다." 2. 창작의 범위를 확대하여
사회생활을 포괄하고 역사를 진입 가능하게끔 해야 한다. 고전산문의 크
고도 화합하는 전통을 계승하고 역외산문의 철리와 사변을 흡수해야 한
다. 3. 창작자를 발동하고 확대하여, 산문이 글의 전부라는 전제 하에
산문을 전문적으로 쓰지 않는 사람과 창작을 하지 않는 사람들로 하여금
산문을 쓰게끔 한다. 이러한 거칠고 큰 힘으로써 산문의 틀을 부수어버리
고, 갈수록 연약해지는 산문에 영향을 준다.[22] '대산문'의 이론적 주장이
대단한 이론적 창의성과 학리적 지지를 갖춘 것은 아니지만, 전통 산문
이론에 대해 타격을 가한 것은 의심할 여지 없는 사실이다. '대산문'이
제창하는 것의 진정한 의미는 일찍이 1980년대 후반에 두각을 드러낸
문화산문을 발전시켜 상대적으로 자각적인 예술의 추구가 되도록 하자는
데 있다.

　이후 문화산문은 중국 문단에서 점차 확대되고, 전체 대중 매체의 영역
에 그림자를 드리울 수 있게 되었다.『문학보』와『중화문학선간中華文學選

　　볼 것.
21)『미문美文』잡지 창간호에서 자핑야오賈平凹가 쓴『發刊词』(1992년)를 자세히 볼 것.
22)　자핑야오賈平凹,「대산문을 향해 나아가다走向大散文」,『賈平凹文集』제14권, 산시인민
　　출판사, 1998년.

刊』, 『독서讀書』, 『수필隨筆』, 『문학자유담文學自由談』, 『남풍창南風窓』, 『서옥書屋』 등과 같은 적지 않은 신문·잡지사들이 창작과 논평의 공간을 아낌없이 제공하였으며, 이에 관한 각종 세미나와 공모 이벤트 역시 끊이지 않고 개최되었다. 1999년 한 해에만도 중국작가협회와 산문학회 등의 단체가 저우장周莊·청더承德·옌타이煙臺·웨이하이威海 등지에서 산문대회를 개최하였다. CCTV와 『인민일보』, 『산문월간』 역시 TV산문 공모 이벤트를 진행하였다. 『문예보文藝報』·『문학보』·『산문散文』·『미문』·『문론보』·『남방주말南方週末』·『특구문학特區文學』 등 간행물에서도 잇따라 '신세기 산문 전망', '대산문의 개념', '산문과 현대 이데올로기', '수필열에 대한 상상', '행동산문 사고', "산문은 허구일 수 있는가?" 등의 주제로 폭넓고 깊이 있는 토론을 진행했다.23) 작가와 기자·편집인·교수·과학자 등 각계 지식인, 예컨대 장중싱張中行·지셴린季羨林·진커무金克木·왕멍王蒙·린페이林非·레이다雷達·왕청치汪曾祺·장청즈張承志·자핑야오와賈平凹·스톄성史鐵生·한샤오궁韓少功·저우타오周濤·마리화馬麗華 등이 잇따라 참여하여 수많은 작품들을 발표·출판하였다.

제3절 문화산문의 '언어 전향'과 문제점

톨스토이는 한 작가나 작품의 출현에 대해 우선 그것이 어떤 새로운 것들을 가져다주었나를 고려해보아야 한다고 말했다. 이를 척도로 위추위의 문화산문에 있어 성공적인 부분과 독창적인 부분을 다음과 같은 두 가지로 요약할 수 있다.

---

23) 왕젠수이王建水, 「편집자의 말編者的話」, 『'99년도 중국 산문 가작'99中國年度最佳散文』, 이강출판사, 2000년.

첫째, 문체의 혁신이다. 산문은 주체성이 아주 강한 문학 장르로서 소재 선정과 구상 면에서 늘 "작은 것으로 큰 것을 보아야" 한다고 강조해왔다. 그러나 위추위의 경우 큰 장면과 큰 주제를 더욱 선호한 '대담한' 산문으로써 과거의 '소심'하고 '스케일이 작은' 산문에 반항하고, 이를 초월하였다. 그는 중화민족 전체의 큰 문화라는 배경 하에, 현실의 삶을 토대로 마주치는 모든 사물을 그려내고 고금의 이야기를 하는 등, 늘 샘물이 솟아나듯 글에 대한 구상으로 가득한 모습을 보여주었다. 그가 선택한 주제는 엄격하면서도 색다른 문화적 내용을 담고 있는 것들이었다. 다시 말해 작은 다리와 흐르는 시냇물, 봄꽃과 설경 또는 가족과 이웃과 같은 사소한 이야기가 아니라 '인문 산수'와 역사의 과정, 지식인의 운명, 인류가 처한 곤경 등과 같은 큰 주제들이었다. 그는 인생의 체험을 기반으로 주제를 미리 정하지 않았다. 그의 산문은 현실을 비추는 거울처럼 글 곳곳에서 역사의 여운을 반영하고 문화를 비평하는 데 지혜의 빛을 발휘하였다. 한마디로 이러한 스타일은 자유로우면서도 풍성하다고 할 수 있다. 예를 들어, 『한 왕조의 뒷모습一個王朝的背影』에서 그는 수백 년간 중국을 통치했던 역사 속의 한 왕조에 '뒷모습'이라는 말을 대입시키고, 이를 통해 한 왕조의 뒷모습과 한 민족의 정서를 함께 놓고 관조하고자 했다. 또한 『서호의 꿈西湖夢』에서는 웅장한 서호를 찬송하는 동시에 "수려한 경치 사이로 재자와 은둔자가 흩어져 있고, 앞으로는 오만함이 뒤로는 허명이 파묻혀 있다. 천재의 재능과 울분은 결국 후대인이 즐기는 경치가 되어버렸다"고 깊게 탄식하였다. 그는 이 외에도, "세상에서 뜻을 이루지 않고 자연의 작은 공간에 자신을 가두고 혼자 즐기며 세월을 보내는 사람"들에 대해, 이처럼 "폐쇄적인 도덕 완벽주의는 총체적으로 보면 도리어 부도덕하다고 말할 수 있다"고 비판하며, '지극히 복잡한 중국 문화인격의 집합

체'를 그려 사람들이 여러 가지 측면에서 느끼고 깨닫도록 하였다. 한편
『강남의 작은 마을江南小鎭』과 같은 작품에서, 작가는 그것을 풍부한 의미
를 내포한 '중국문화의 고즈넉한 후원'으로 자리매김하고, 옛일을 회상하
고 현재를 아쉬워하는 정서를 통해 중국문화의 "관료 사회의 명리를 멀리
하고 세상의 대의를 드러내는" 또 다른 풍경을 보여주었다. 이렇듯, 시공
간의 한계를 초월하고 이성과 사변으로 가득 찬 감상은 그의 문화산문
속 도처에서 찾아볼 수 있다.

　둘째, 문화의 특징이다. 이것에는 통상적으로 다음과 같은 세 가지 내용
이 포함되어 있다. 1. 전통적 문화 정신으로, 이것은 문화 고적 혹은 인문
풍토로부터 중국문화의 함의와 문화인격의 구성을 찾는다. 2. 당대의 문
화의식으로, 이것은 시대의 정신적 수준에서 당대인의 심미적 취향과 문
화적 심리 그리고 생명과 우주, 인류 문화에 대한 느낌을 표현한다. 3.
작가의 문화 품격으로, 이것은 작가 자신의 인생 체험을 문화적 사고에
포함시켜 선명한 정신적 개성과 문화 품격을 드러낸다.[24] 위추위는 완전
히 개방적인 자세로 전통문화를 대했다. 따라서 그의 일련의 문화산문에
는 항상 선명한 주제, 즉 중국의 역사와 문화에 대한 소급과 사고 · 의문
등이 관통하고 있다. 한편으로 그는 마음의 문을 활짝 열고 우수한 문화에
대한 미련과 동경을 표현하였다. 예를 들어, 『필묵제筆墨祭』에서 작가는
붓에 제사하는 방식으로 전통문화의 표현 형식에 대해 읊조렸다. 붓과
서예는 마음을 정화하는 일종의 외적 형식으로서, 천지간에 붓 혹은 서예
와 같이 직접적이고 순수하게 인간의 생명과 소통 · 대화하는 예술 형식
은 아마도 다시 찾지 못할 터이며, 이러한 붓 문화의 쇠퇴는 전통문화에서

---

24)　장전진張振金, 「민족문화 정신의 탐구 - 신시기 문화 산문 소묘民族文化精神的探求 -
　　新時期文化散文素描」, 『學術研究』, 1998년 제2기.

향기로운 초원 하나가 상실된 것에 다름없다. 그는 또한 냉정하고 엄숙하게 전통문화 속에 존재하는 부정적인 측면 혹은 가치를 보여주었다. 예를 들어, 『도사탑道士塔』에서는 막고굴 대문 밖에 있는 박 모양의 탑을 언급하며 이 무덤의 주인인 왕 도사를 소개하고, 우매한 도사와 중국 고대의 찬란한 문화가 파괴된 것에 대한 비애와 분노의 심정을 표현하였다. 작가는 고통스럽게 반성하는 가운데, 폐쇄적이고 무지한 한 명의 도사로부터 "오랜 역사를 가진 한 민족의 상처에 피가 흐르고 있는" 모습을 목도할 수 있었다. 그리고 『정절문貞節牌坊』은 전통문화의 '열녀' 이미지, 그 이면에 존재하는 진실한 역사 이야기를 통해 전통문화에서 여성이 감내해야 했던 불공평한 대우를 말하고, 전통문화 속에 진정한 인성을 해치는 찌꺼기가 존재하고 있음을 보여주었다.

위추위의 문화산문은 현대 사회의 변혁 과정에서 나타난 문화적 기대에 부응하는 것이었다.[25] 1990년대에서 현재에 이르기까지 현대적인 관점으로 바라본다면, 철학의 환상화된 추상은 사람들을 두렵고 당혹스러운 미망에 빠지도록 하였다. 역사를 지켜내는 냉정함과 엄숙함이 사람들에게 거리감과 낯설음을 주었다면, 산문이 추구하는 구체적인 사물과 정서의 표현은 사람들이 더 깊고 멀리 나아가는 것을 저지하였다. 위추위는 "독자와 함께 지난한 인생의 긴 여정에서 짧은 휴식의 시간을 갖고 조용하게 대화하고 함께 생각한다", "중국 역사의 무겁고 지루한 종이 더미에서 현대인이 받아들일 수 있고 국내외에서 널리 보급될 수 있는 역사적 시각을 찾고자 한다"고 말한 바 있다.[26] 따라서 문화산문이 시도한 것은 이성

---

25) 천쉐차오는 1990년대 이래 중국 산문사조의 주요한 특징은 통속과 한적함이라고 인식하였다. 천쉐차오陳學超, 「통속과 한적: 90년대 중국 산문 조류通俗與閒話: 90年代中國散文潮流」, 『西北大學學報』, 2001년 제3기.

화한 감성과 구체화한 추상이며, 이럴 때에 비로소 현대 사회의 보통 사람들은 보다 쉽게 받아들이고 흡수하게 된다. 그것은 사람들의 정신적 경지를 향상시키는 한편 철학의 미망과 역사의 지루함, 산문의 감동에 빠지지 않도록 하고 반대로 철학적 조명과 역사적 참조, 문학적 구상에 영향을 받도록 한다. 이로써, 진정으로 독자들은 내면의 정신적 세계를 구축하고 문화로 정신의 미래를 소환한다는 목적을 실현할 수 있다. 페이샤오퉁費孝通 선생이 말한 바와 같이 "문화의 전환은 현재 인류의 공통적인 이슈이다. 현대 산업 문명은 스스로 파멸의 길에 들어섰고, 지구 자원은 지속적으로 소비되어 고갈되므로, 포스트 공업 시대에는 필연적으로 문화적 전환이 일어나야 한다. 인류가 계속해서 생존할 수 있는가의 문제는 이미 현실적인 문제가 되었다."[27] 현대인들은 평범하고 바쁜 삶을 살아가기 때문에, 인류 문화의 미래에 대해 내다보기 어렵고 '패스트푸드 문화'를 즐기기 일쑤이다. 그러나 '문화산문'은 일종의 생각의 기록으로서, 독자들로 하여금 시대의 초조함을 이해하게 하고 '즐겁게' 읽는 과정에서 사고의 범위를 넓혀준다. 예를 들어, 「산시를 부끄럽게 안다愧抱山西」의 제1절에서 위추위가 쓴 산시에 대한 무지함은 대다수 독자들이 경제사를 잘 모르는 것과 같은 맥락이다. 이어서 그는 경제사 학자들이 익히 알고 있는 사실을 묘사·서술하면서 세상에 엄청난 파장을 일으켰고, 사람들은 뜻하든 뜻하지 안 든 간에 산시 상인에 대한 관심을 갖게 되었다.

주체성의 측면에서 논한다면, 위추위의 문화산문은 문화인격과 문화이

---

26) 장전진張振金 재인용, 『중국당대산문사(삽화본)中國當代散文史(揷畵本)』, 인민문학출판사, 2003년, 221쪽.

27) 페이샤오퉁費孝通, 「반성의 대화, 문화의 자각反思對話文化自覺」, 『北京大學學報』, 1997년 제3기.

상의 구체적 표현이라고 할 수 있다. 바로『천년 정원千年庭院』에서 "나는 한 명의 문화인이다. 내 생명의 기본은 문화에 속해 있으며, 내가 이 세상을 사는 중요한 사명 중의 하나는 문화를 수용하고 전달하는 것이다"라고 말한 바와 같다. 신세기에 들어 그의 이러한 추구는 보다 분명하고 자발적인 것으로 변화하였다. 그는 홍콩 봉황위성TV가 제작한 '밀레니엄기행千禧之旅' 및 '유럽기행歐洲之旅'을 통해 자신의 정신 여행과 문화 탐구의 발자취를 중국으로부터 중앙아시아와 남아시아, 그리고 유럽 각지에까지 확대하였다. 이어서『천년의 탄식千年一歎』과『끝없는 길行者無疆』등 작품을 출판하고, 중화 문명에서 이슬람 문명과 기독교 문명에까지 깊이 있는 문화적 탐구를 진행하였다. 그 외에 산문의 경지를 높이고 의미를 심화시키기 위해 그는 대상 인물에 더 많은 문화적 인격과 이상을 부여하였다. 예를 들어,『유후사柳侯祠』에서 위추위는 문인의 문화적 인격으로부터 중국문화의 영혼을 연상하고, "오로지 여기에서 재능 넘치는 아름다운 글이 황제에게 올리던 상소문으로부터 벗어나, 인간의 심령을 다시금 응집하고 빼어난 글로서 완성되었다. 그들은 돌연히 정신이 맑아지고, 힘이 생기며 생기에 넘쳐, 조정과 대치하고 관가와 논쟁하며 세상 사람들에게 한 가닥 다른 소리를 남길 수 있었다. 그래서 문인들은 대대로 내려오며 약간이나마 오기와 자신감을 가질 수 있었다. 또한 이로 인해 중화 문명의 불은 완전히 꺼지지 않았다. 조정은 난황南荒으로 유배시키라는 황제의 명령이 그렇게 민족의 혼에 불을 지피리라고는 상상하지 못했다"라고 지적했다. 그래서 류저우柳州와 같은 황량한 지방이 "유종원柳宗元을 독특한 인물로 만들었다." 또한『소동파돌파蘇東坡突圍』에서 소동파가 겪은 갖은 고통과 고난·고독함을 최대한 묘사한 목적도, 그의 문화적 성격을 돋보이게 하는 동시에 봉건 시대 전반에 걸쳐 중국 문인들의 운명과 추구를 요약하기 위해서이다.

사람들은 종종 1990년대 이후를 '산문의 시대'라고 생각한다. 수많은 위추위 산문의 '복제본'들이 문단과 매체·신문·잡지, 심지어 대중화된 인터넷에 등장하고 있다.[28] 그런데 어떠한 문체의 유행이 절정으로 치달으면 이내 곤경이 찾아오게 된다는 것은 자명한 사실이다. 위추위의 문화산문이 '양쉬 모델'을 종결지은 후, 그 역시 '종결짓는' 검증에 부득불 대면해야만 했다. 어떤 연구자는 문화산문에 대해 첫째는 글이 지나치게 질서정연하고, 둘째는 작품의 겉치레가 지나치며, 셋째는 '교육가'의 직업병이 있다고[29] 말했다. 또 어떤 이는 문화산문의 텍스트 구조는 지나치게 단일화된 '스토리+시적인 정취의 언어+문화적 감탄'의 생산라인이라고 지적하였다.[30] 이 외에, '문화산문'은 감상感傷의 철학이며 작품이 잘 나가는 이유는 시대의 특수한 문화적 분위기와 문화계의 띄우기, 작가의 자기 홍보의 결과라는 비난 그리고 문화산문(위추위의 작품을 예로)에서 표현된 역사적 사실의 오류에 대한 지적 및 정신적 보수성과 학술적 수양의 결함에 대한 비판도 있었다. 이러한 논평들은 이치에 합당하기는 하나 한편으로는 단편적이라는 느낌도 든다. 이 가운데에 가장 큰 문제점으로는 문체의 형식이 지나치게 딱딱하고 진부하다는 것이다. 문화산문 역시 양쉬 산문의 '시화' 모델에서 벗어나 산문과 세상 간의 새로운 관계를 확립했지만, 그 후 다시금 양쉬와 비슷한 운명 즉 좌충우돌하지만 이상적인 돌파구를 찾지 못하는 상황에 직면할 수밖에 없었다. 앞에서 언급한

---

28) 앞의 두 절에서 이미 '문화산문'의 융성한 발전 상황을 자세히 설명하였다. 문화산문에 관한 학술적·비학술적 논쟁, 심지어 위추위余秋雨의 인품·문빙에 대한 탐구를 통해 이러한 문체는 순식간에 인기를 끌게 되었다. 이것은 의심의 여지가 없다.

29) 류쉬위안劉緖源, 「승리를 보다以見識取勝」, 『文學報』, 1994년 11월 7일.

30) 주궈화朱國華, 「또 다른 영합另一種媚俗」, 『當代作家評論』, 1996년 제1기.

제10장 '이여지쟁二余之爭'과 문화산문에 대한 평가   313

바와 같이 산문은 원래부터 개체(주체)의 방식으로 공공 영역의 정신과
문화에 대한 관심을 표현하는 장르이다. 문화산문은 비록 1990년대에 '언
어 전환'을 시도했지만, 여전히 최초의 언어 전략에 머물고 있었다. 그러
나 이와 동시에 진작부터 지식인들의 사고의 중심과 표현 방식에 상당히
큰 변화가 일어나기 시작했다. 인터넷 시대의 도래로 인하여 사람들은
강한 참여 의식을 갖게 되었고, 창작은 더 이상 작가만의 전매특허가 될
수 없었으며, 사람 간의 사회적 관계에도 역시 미묘한 변화가 발생하고
있었다. 대중들은 인터넷에 의해 "함께 미친 듯이 즐기는" 영역으로 인도
되고, 새로운 시청각 형태에 더욱 쉽게 이끌린다. 예를 들어 '백가강단'과
'인문대강당', '세기대강당' 등 '새로운 국학'의 유행이 이를 증명한다.

  문화산문은 서술과 논술이 섞여 있고, 서정과 논술이 섞여 있으며, 문화
적 연상을 중시하고, 서술과 표현의 필요에 따라 어떤 경우에는 전기 혹은
극적인 특성이 없는 소재조차 상상의 방식으로 처리하기 때문에, 허세
또는 억지라고 여겨지기 십상이다. 이러한 결함은 위추위의 여러 산문(예
를 들어『문화고려』의『비바람 속 누각 한 채風雨天一閣』,『끝없는 길』,
『고본강선생古本江先生』, 소위 '절필'하겠다던 산문집『일생을 빌려다오』
의『옛집과 치파오舊屋與旗袍』등을 들 수 있다)에 분명하게 드러나 있다.
문화산문의 패턴화는 피할 수 없는 현상이다. 그것은 일장연설 스타일,
"뒤로 되돌아가는" 역사 시각, 전통 문인의 내면적 충돌, 자연 경관의
인문적 의미, 문화 분석의 기법, 지성과 감성이 하나 된 서술 언어 등이
혼합된 창작이므로, 우리는 유감스럽게도 문화산문이 최초의 취지에서
정반대로 향하고 있음을 개탄하지 않을 수 없다. 문화 전환의 시기에 문화
산문은 독특한 방식으로 작가의 중국문화에 대한 관심을 표현하였다. 따
라서 당연히 그 한계와 함께 상대적으로 중국어 창작에 대한 기여를 긍정

적으로 평가해야 한다. 문화산문의 재탄생을 기대한다면 새로운 시대 발전의 요구와 작가들의 문화에 대한 관심, 그리고 생명의 창조성이 요구되는 바이다.

양제충 · 우슈밍 楊杰瓊 · 吳秀明

제11장

'한·백지쟁韓·白之爭'과 문단의 '관행'

제1절 '한·백지쟁韓·白之爭'

2006년에 발생한 '한·백지쟁'은 21세기 초의 문단에 있어 작지 않은 문학 사건이었다. 이 사건의 당사자들, 즉 쟁론의 쌍방은 '80후' 문학의 리더로 간주된 한한韓寒과 중국사회과학원 문학연구소 연구원 및 중국당 대문학연구회 상무 부회장을 역임한 바 있는 바이예白燁였다. 후자는 오랜 기간 문학 평론을 해 왔고, '한·백지쟁'을 전후로 주류 문단에서 '80후' 작가 그룹에 대해 관심을 둔 비평가 중 한 명이었다. 2000년 이래 그는 『문단연도보고年度文情報告』, 『문단연도기사年度文壇紀事』 등 책을 펴내고, '80후' 작가의 작품들을 많이 소개하였다.

'한·백지쟁'은 한 편의 블로그 글로부터 시작되었다. 2006년 2월 24일 바이예는 시나 블로그에 「'80후'의 현황과 미래'80後'的現狀旅未來」라는 글을 올렸다. 그는 이 글에서 한한에 대해 "날이 갈수록 문학과 멀어지고" 있다고 평가하는 한편, '80후'에 대해서도 "'80후' 작가들이 계속해서 이러한 자세로 나아간다면 주류문학의 예비 작가가 되는 것도 완전히 가능하다, …… 문학적 시각에서 '80후'의 창작은 전체적으로 볼 때 아직은 문학창작이라고 볼 수 없다. 기껏해야 문학의 '아마추어' 창작에 불과하다. '아마추어'란 표현은 '80후'들이 실제로 진정한 작가이기보다는 문학 창작의 애호자라는 것을 의미한다. …… 이전에 말한 바와 같이, '80후' 작가와 그들의 작품은 시장에는 진입했으나 문단에는 아직 진입하지 못했다. 그들 중 '스타 작가'들은 문학잡지에 거의 실리지 않기 때문에, 문단에서는 그들의 이름만 알지 인물과 작품에 대해서는 잘 모르는 실정이다. 하지만 그들은 이미 획득한 성공에 안주하며, 시장을 넘어 문단으로 향하고자 하지 않는다"[1]라고 말했다. 이 글은 2005년 제6기 『장성長城』에 최초로 발표되었으나, 당시에는 학계와 문단의 별다른 반응을 불러일으키지 못했다. 바이예는 현재 그 글을 자신의 블로그에만 올려놓고 있다.

3월 2일, 한한은 예리한 말로써 강하게 반응했다. 그는 자신의 블로그에 「별 것도 아닌 문단, 누구도 재촉하지 마라文壇是個屁, 誰都別裝逼」라는 글을 올렸다. 그는 이 글에서 "시대를 기준으로 사람을 구분하는 것은 분명히 과학적이지 않다", "누구나 문학과 영화를 만들 수 있으며 어떠한 문턱도 있을 수 없다", "블로그를 쓰는 사람은 모두 문단에 입문한 것이다. 문단이 무엇이며, 마오둔茅盾문학상이 무엇이며, 순문학 잡지란 무엇인가? 모두 별 것도 아니다"라고 자신의 입장을 밝히며, 현재 문단과 문학 정기간행물의 폐단에 대해 맹공을 퍼부었다. 이 글이 여러 웹사이트에 전재된 후, 수많은 네티즌들은 이에 주목하고 한한과 바이예의 블로그로 몰려가 각자의 견해를 올렸다. 이로써, '한·백지쟁'의 서막이 오르고 쟁론은 확대되기 시작했다.

3월 4일, 바이예는 자신의 블로그에 「나의 성명 – 한한에 답한다我的聲明 – 回應韓寒」라는 글을 올리고, "나의 글을 좋아하지 않을 수는 있지만

---

1) 바이예白燁, 「'80후'의 현황과 미래 '80後'的現況與未來」, 『長成』, 2005년 제6기.

거칠고 저속한 표현으로 사람을 욕되게 해서는 안 된다. …… 나는 이번 일을 통해 인터넷 입법과 인터넷 예절의 구축을 위한 반면교사와도 같은 사례가 제공되기 바란다"고 의견을 밝혔다. 바이예는 자신의 논평에 대해 한한이 이렇게도 신속하고 강력하게 대응할 것이라고는 전혀 상상하지 못했다. 그러나 그는 놀랍지만 개의치 않는 태도를 취하며, 한한과는 문학적 이슈를 토론할 가치조차 없으니 예의에 관한 비판을 하겠다며 입장을 전환하였다.

2시간 후 한한은 또다시 신속한 반응을 보였다. 그는 「어떤 사람들은 말은 거칠어도 이치는 분명한데, 어떤 사람들은 말은 분명한데 사람은 거칠다有些人, 話糙理不糙; 有些人, 話不糙人糙」라는 글을 올려 "중국문학 평론가의 특징과 장점은 1. 다른 사람이 무엇을 말하고 있는지 모른다. 2. 자신이 무엇을 말하고 있는지 모른다. 3. 무엇을 말하고 있는지 모르지만 말은 많다는 것이다. 이 일은 인터넷 입법에 까지 이르게 되었다"고 자신의 생각을 밝혔다. 한한은 자신과 문학에 대해 논하지 않고 예의를 논한다고 해도 두려울 것이 없다고 생각했다. 양측은 공히 문학에서의 예절로 포커스를 돌려 상대방에게 큰 고깔을 씌우고 서로 도덕적 고지를 선점하고자 경쟁하였다.

주지하시다시피 한한은 상업 작가로서, 줄곧 주류 문단에 자리하고 있던 비평가와는 대중 매체의 호소력 면에서 다를 수밖에 없다. 스타 효과의 영향 하에 한한 역시 수많은 팬을 거느린 스타 가수 혹은 배우처럼 수많은 '독자 팬' – 영어로는 팬FANS이라 부르고 중국어로는 '펀쓰粉絲'라 부른다 – 을 갖고 있었다. 이 방대한 '펀쓰' 군단이 전쟁의 양쪽 블로그로 쳐들어가 한한의 블로그에서는 그를 지지하고 심지어 치켜세운 반면 바이예의 블로그에서는 그를 반대하고 심지어 욕설을 퍼붓기까지 하였다.

바이예는 한한의 '펀쓰'들이 자신의 블로그에서 자신을 인신공격하는 것
에 대해 더 이상 참지 못하고, 3월 5일 블로그를 폐쇄한다는 성명을 발표
하였다. 그는 블로그를 잘 모르고 인터넷에서 "욕을 먹고 욕을 해야 하는"
상황에도 적응할 수 없으며, "이러한 방식으로 문학과 학술을 교류하는
것은 종종 일방적인 소망에 불과할 뿐"이라고 입장을 표명하였다.

  3월 8일, 기자 인터뷰에서 바이예는 현재 '80후'의 가장 큰 문제는 문학
적 조예에 있는 것이 아니라 인간적 겸양의 수준에 있다고 말하였다.
그의 인터뷰 역시 예의를 중심으로 전개되었다. 3월 9일, 한한은 상중하
세 편으로 구성된 「옛것과 이별하고 새로운 것을 맞이하자辭舊迎新」라는
글을 연달아 블로그에 게재하며 바이예를 끝까지 물고 늘어졌다. 그는
"예절을 들먹이니 예절을 논의하자"라고 말하며 바이예 개인의 예절을
추궁하였다. 유감스럽게도, 화제를 예의로 전환한 바이예는 우위를 점하
지 못했다. 그는 3월 10일 블로그에 「고별사, 바이예 블로그를 폐쇄하며白
曄關閉博客告別辭」라는 글을 올리고 자신이 블로그와는 맞지 않는다고 고백
하였다. 또한 "한한의 저에 대한 욕설 같은 비판과 추종자들의 끈질긴
비방은 사건의 한 가지 동기에 불과하다. …… 한쪽은 공개된 공간에
있고 한쪽은 익명의 공간에 있으며 한쪽은 실제 공간이고 한쪽은 가상의
공간인, 이러한 교류 공간에서 그들이 제멋대로 비방을 일삼더라도 나는
정면으로 대응할 수밖에 없다. 이러한 선천적인 불평등으로 인하여 악독
한 쪽은 어느새 우위를 차지하게 된다. 욕먹을 짓을 하지 않았는데도
이러한 방식으로 문학이나 학술 교류를 하는 일은 한쪽으로 치우치기
마련이다"라고 말했다. 바이예는 사건이 벌어진 그 며칠 동안 큰 상처를
입었으며, 앞으로도 이 그룹에 지속적인 관심을 갖겠지만 이전과 같이
열정적이지는 않을 것이라며 자신의 심정을 토로했다.

3월 11일, 바이예는 '마지막 응답最後回應'이라는 글을 통해 "이런 언어를 사용한다는 사실 자체로 그가 교양과 수양이 부족하다는 것을 알 수 있으며", "진정한 '순문학'의 증명은 될 수 없다"고 지적했다. 그리고 마지막으로 '인터넷 예절의 기준을 세워야 한다'고 호소하였다.

바이예가 블로그상의 논쟁을 일방적으로 중단함으로써 사건은 끝날 듯했지만, 논쟁은 결코 끝나지 않은 채 오히려 혼전 속으로 빠져들게 되었다. 한둥韓東과 제시장解璽璋, 루톈밍陸天明, 루촨陸川, 가오샤오쑹高曉松 등의 유명 인사들이 논쟁에 뛰어들었기 때문이다. 그렇다면 '한·백지쟁'은 무엇에 대한 논쟁인가? 그것은 주로 다음과 같은 두 가지 문제에 관한 것이다.

첫째, 문학에 대한 논쟁이다. '한·백지쟁'(이후 가오샤오쑹, 루톈밍 등과 한한 간의 논쟁을 포함하여)은 인터넷 공간에서 특히 블로그와 포럼을 위주로 진행되었다. 이것은 과거의 문학 관련 논쟁과 큰 차이를 보여주는 특징이다. 이러한 형식의 차이를 통해 논쟁의 양측이 각기 다른 문학 영역에 자리하고 있음을 확인할 수 있다. 서로 영역이 다르기 때문에 양측은 같은 문제를 놓고 달리 이해하고 결과적으로 논쟁의 내용에 편차가 생기게 된다.

중국의 문학 논쟁은 5·4 신문화운동으로부터 시작해, 신문과 잡지 등 종이 매체에 글을 발표하고 상호 변론하는 식으로 전개되어 왔다. 각종 주류문학 정기간행물은 새로운 작품을 발표하는 공간이기도 하고, 비평가와 작가들 간의 교류의 공간이기도 했다. 문학의 순결성은 이로 인해 어느 정도 유지될 수 있었고, 현실적으로도 이러한 방식을 통해 비문학류 창작과 비평을 저지해온 것이 사실이다. 그래서 바이예가 「'80후'의 현황과 미래」라는 글을 2005년 제6기 『장성』에 처음으로 발표했을 때, 사회적으로 별다른 반응이 없었던 것은 당연한 일이었다. 이치는 간단하다. 대중 가운데 순문학 정기간행물을 구독하는 독자들은 소수에 불과하다. 문학 잡지의 독자들은 주로 문학 전문가나 학자, 학생 및 순문학 애호가들이다. 그러나 블로그는 다르다. 블로그는 인터넷에서의 가상적 개인 공간이다. 블로그 주인이 방벽을 설정하지만 않는 한, 인터넷 사용자는 누구나 링크 를 따라 들어가 글을 읽을 수도 있고 남길 수도 있다. 바이예가 블로그를 사용했다는 사실은, 그가 종이 매체로 이루어진 높은 위치의 엘리트 영역 에서 대중문화의 영역으로 진입했다는 것을 의미한다. 하지만 그의 전통 적인 관념과 사고방식, 규칙으로는 대중들의 수용 정도를 이해하기 어려 웠다. 『장성』에 발표한 글을 한 자도 고치지 않고 그대로 인터넷에 올린 것만 봐도, 바이예가 인터넷의 현실과 상황을 파악하지 못했고, 또한 대중 들의 문화 수준과 수용 정도를 과하게 평가했음을 알 수 있다. 이것은 사실 두 개의 각기 다른 영역에 자리하고 있는 사람들의 문학에 대한 이해이다. 논쟁의 발단은 문학 탐구의 성질을 띠고 있었는데, 활용 매체가 서로 달랐기 때문에 탐구가 잘못된 길로 들어서게 되었던 것이다.

주지하시다시피, 현재 인터넷은 실명제로 운용되지 않기 때문에(1215 년 3월 1일부터 실명제 실시) 언론 발표가 상당히 자유롭고 언어 형식도 임의적이며 피드백 속도는 빠를 수밖에 없다. 예를 들어, 블로그에 글을 올리고 포럼에 댓글을 다는 일은 일반적인 문학잡지 혹은 정기간행물이 보름이나 한 달 또는 두 달 간격으로 출판되는 것과 비교할 때 속도가 매우 빠를 수밖에 없다. 이렇게 자유롭고 신속한 파급으로 인해, 한편에서 는 일시적인 감정에 치우쳐 심사숙고하지 않는 혼잡이 야기되기도 한다. 블로그는 과거 '일 대 다수' 식에서 '다수 대 다수' 식으로 발전했고, 모든 사람들이 참여하고 자유롭게 교류하며, 신속하게 제때 글을 읽고 답하고 창작할 수 있는 소통 방식을 운용한다. 그래서 일단의 사람들 사이에서 번개처럼 신속한 교류가 이루어진다.[2] 주류문학 정기간행물에서 장기간 생존해온 바이예와 같은 학자들에게 있어 이러한 방식은 낯설고 적응하기 어려운 것이었다. 그들은 인터넷에서 햇병아리나 다름없는 존재였다. 따라서 인터넷을 선택하여 한한 등 '80후'와 대화할 때, 그들은 사실상 이미 주도권을 상대에게 그냥 넘겨준 거나 다름없었다.

그러나 한한 등 '80후'는 다르다. 한한은 성장 과정에서 인터넷에 익숙해졌고, 본인 또한 사회 평론에 열정적인 태도를 취하였다. 한한과 그의 팬들은 인터넷과 함께 성장하고 발전해 왔으며, 인터넷에서의 생존 법칙 즉 인터넷 언어 환경에서 무엇을 말해야 하고 어느 정도까지 해야 하는지, 그리고 어떤 사람을 상대로 말을 해야 하며 사람들이 어떤 반응을 보일지에 대해 잘 알고 있다. 그들의 발언은 대개 자유롭고 임의적이다. 특히 누리꾼들은 더욱 그러하다. 그래서 인터넷에서의 논쟁은 한한의 독자 팬들과 바이예의 친지, 문단의 적수, 인터넷상의 누리꾼들에 있어 규칙이 없는 정서적인 논쟁으로 번지기 십상이다. 사람들이 너 나할 것 없이 한마디씩 하면서 서로를 더욱더 충동질하고, 심지어 욕설이 오가게 되면, 본래 학술적으로 시작된 엄숙한 문학 변론은 전혀 다른 길로 들어서게 된다.

둘째, 명예에 관한 논쟁이다. 이번 논전의 한 편인 바이예와 한둥, 루텐밍, 왕샤오위王曉玉, 제시장解璽璋, 리징쩌李敬澤 등은 모두 주류 문단에 속해 있으면서 상당한 영향력을 행사하는 사람들이다. 그러나 일단 대중인터넷 속으로 들어가면 이러한 영향력은 상당히 제한된다. 반대로 논전의 다른 측, 즉 한한은 인터넷상에서 강력한 영향력을 행사하고 있다.

---

2) 장빙江冰, 「'80후' 문학의 문화 배경을 논하다論'80後'文學的文化背景」, 『文藝評論』, 2005년 제1기.

그는 일찍이 '신개념작문대회'에 참가하여 중국의 교육제도를 단호히 비판하고, 이로써 같은 연령대의 광범위한 지지와 이해를 얻은 바 있다. 즉, 그는 이들의 생각을 대변했다. 명성을 얻은 후에도, 사람들의 기대를 저버리지 않고 10년 동안 중국의 교육제도에 대한 비판을 자신의 사명으로 삼았다. 그는 점차 '80후' 작가 집단에서 눈에 띄는 존재로 부상하였다. 한한이 작품에서 보여준 나이에 걸맞지 않은 사고의 깊이와 냉철함, 슬픔 심지어 울분은 사람들에게 놀라움을 안겨주었다. 다른 '80후' 작가들의 지나친 서정, 심지어 이유 없는 신음과 비교했을 때 한한의 산문과 잡문은 창작 측면에서 훨씬 강인하고 차원이 다양하였다. 특히 그의 유머는 부드럽고 섬세해 사람들의 주목을 끌고, 동년배 작가들에 비해 분명히 깊이를 더하고, 심지어 성인 작가들에 비해서도 정신적인 측면에서 독특함이 부족하지 않다는 평가를 받았다. 아직까지 자유자재의 경지에는 이르지는 못했지만, 이미 만만치 않은 역량과 여유로운 반어적 풍자 스타일의 초기 형태를 띠고 있었다. "스무 살이 채 안 된 살아오면서 아무런 풍파도 겪지 않은 한 청년으로서, 깊이 있는 척하지 않고 공자 왈 맹자 왈 하지도 않으며, 삶 속의 천박한 웃음거리 심지어 젊음의 치기를 이야기하지 않고도, 이렇게 예리한 풍자의 분위기를 풍기는 유머 스타일을 형성한다는 것은 그의 문학적 재능에 대한 분명한 증거이다. '80후' 창작 집단 전체를 놓고 볼 때 한한의 작품은 특히 출중하였으므로, 그는 많은 청년 지식인들이 모방하는 문학 우상이 되었다."3) 그의 작중 인물은 진실되고, 진지하고 유머러스한 연출로 인해 현실의 삶 속에서 풍부함과 다양성을 유지하고, 소년 시절의 감상感傷을 드러낼 수 있었다. 이러한 작가가 상업적으로나

---

3) 양젠룽楊劍龍·리웨이장李衛長 등, 「청춘과 나르시시즘 ― 80후 작가에 대한 토론青春與自戀 ― 關於80後作家的討論」, 『하이난사범대학학보海南師範大學學報』, 2005년 제4기.

문학적으로, 특히 인터넷상에서 인기를 끄는 것은 쉽게 이해되는 바이다.

바이예가 「'80후'의 현황과 미래」라는 글을 블로그에 올리자, 한한의 팬들은 바이예의 블로그로 몰려가 항의의 글들을 남겼다. 이렇듯 한한의 반응은 냉철했으나 그의 팬들은 그렇지 못했다. 한한의 지지자들은 대부분 중 · 고등학생이거나 대학교 저학년생들로 아직 인생관이 완전히 수립되지 않았을뿐더러, 혈기왕성한 나머지 참지 못하고 인터넷을 통해 직접 언어폭력을 가하였던 것이다. 인터넷에 자주 접속하는 사람이라면 이 정도 언어폭력에는 개의치 않을 터인데, 왜냐하면 익명의 포럼에는 출처가 없거나 논리에 맞지 않고 정도를 벗어난 언어들이 난무하기 때문이다. 그러나 인터넷을 잘 못하고 항상 고차원적인 순수이론과 순수학문을 다루는 학자들에게 있어 이 모든 것은 견디기 어려운 경험이었다. 바이예는 '팬'들이 '악랄'하고, 블로그에 들어오자마자 욕설을 퍼붓는 등 더러운 언어를 사용한다고 생각했다. 따라서 마치 수재秀才가 병사를 만나 말하고자 하는 도리가 있어도 어떻게 말해야 할지 모르는 그러한 감정을 느꼈다. 더욱이 한한의 팬들은 그 수가 어마어마하고, 바이예가 블로그라는 공개적인 곳에 노출되어 있는 반면 그들은 어두운 곳에 자리하고 있었다. 한 사람이 포문을 열면 뒤에서 계속 욕설을 퍼붓고, 그들은 수가 많기 때문에 바이예 혼자서는 그렇게 많은 사람들에 맞설 수 없었다. 인터넷에서는 인기가 논쟁 자체를 뒤덮어버린다. '80후' 작가와 그 추종자들은 인터넷을 통해 아직 인터넷 걸음마 단계에 있는 문단의 한 사람을 철저하게 격파하였다.

셋째, 예의에 관한 논쟁이다. 어떤 의미에서 '한 · 백지쟁'은 문학이 아니라 문학에서 이탈해 도덕에 관해 논쟁한다고 볼 수 있다. 앞서 언급한 바와 같이, 처음 토론이 시작될 때 바이예는 「나의 성명 – 한한에 답한다」

를 통해 이번 논쟁을 예의에 관한 평가 기준으로 끌어가고자 했다. 그는 한한의 응답이 평론계에서 약속된 문명적인 응답이 아니라고 주장하며, 도덕적 측면에서의 우세를 내세웠다. 이에 대해 한한은 예절의 문제로부터 끈질기게 따지고 들었다. 그 후 몇 차례에 걸친 바이예와 한한 간의 블로그상에서의 격돌과 최후에 바이예의 논전에서의 퇴장, 루텐밍 · 제시장 등의 한한과의 논쟁은 시종 도덕적 문제를 둘러싼 멈추지 않는 추궁이었다. 바이예는 한한이 무례하다고 주장하고, 한한은 바이예야말로 위선적인 문학평론가라고 주장했다. 양측은 '80후' 문학 가치의 문제를 등한시했고, 이에 따라 이번 논쟁은 문학적으로 아무런 결론이 없는, 결국 인신공격으로까지 비화되며 웃음거리로 전락하였다. 이러한 결과는 주류 문단이나 '80후' 문학이 바라던 바가 아니며, 따라서 이에 대한 깊은 반성이 요구된다.

제2절 문단, 문학 서클 그리고 관행

표면적으로 '한 · 백지쟁'은 한한과 바이예 두 사람 간의 패기에 찬, 심지어 악의적인 논쟁처럼 보이지만, 깊이 들여다보면 다음과 같은 세 가지 문제와 관련되어 있음을 알 수 있다.

첫째, '문단'이란 무엇인가 하는 문제이다. 문학 논쟁은 문단에서 종종 일어나는 일이다. 문학 논쟁과 문예의 경쟁은 역대 문화가 성행한 시대에서는 성대한 행사나 다름없었고, 예를 들어 춘추 시대의 제자백가의 논쟁이나 백화문 시대의 문학연구회와 창조사 간의 논쟁은 다양한 관점의 진전에 큰 기여를 했다. 그러나 이번 논쟁은 그 성격이나 결과 모두에서 의외의 방향으로 나아갔다.

평소 자주 언급되는 문단이란 무엇인가? 사실, 문단은 여타 직장과 마찬가지로 일종의 직장이다. 따라서 문단은 추상적인 존재가 아니고 구체적인 것이며, 구체적인 것이라면 유일한 존재가 아니라고 볼 수 있다. '한·백지쟁'에서 한한과 바이예의 문단에 대한 견해는 서로 달랐다. 바이예는 '80후' 작품이 시장에는 진출하였으나 문단에는 진출하지 못했다고 말했지만, 한한은 글을 써서 발표했다면 문단에 진출한 것이라고 주장했다. 한한이 말하는 문단은 '80후' 작가 그룹이 의존하는 문단이다. 즉, 바이예와 한한이 가리키는 문단은 서로 달랐다.

바이예가 일컫는 문단이란 현실적으로 이미 문학 질서가 정해진, 전통적 의미에서 엘리트나 소집단의 문단으로서, 즉 『수확收穫』, 『인민문학人民文學』, 『당대작가평론當代作家評論』 등 정기간행물과 인민문학人民文學, 상하이문예上海文藝, 장강출판사長江出版社 등의 출판사, 왕멍王蒙, 왕안이王安憶, 한사오궁韓少功 등 문학사 교재에 기록될 수 있는 작가, 레이다, 리징쩌, 천샤오밍陳曉明 등 문학사 편집에 영향을 미치는 평론가 그리고 중국작가협회 및 각 성과 시에서 동시에 운영되고 있는 작가협회들로 구성된 문단을 가리킨다.[4] 이러한 문단은 교육과 연구의 측면에서 보편적으로 인정되며, 체제 내 창작을 전형적으로 대표한다.

둘째, '문학 서클'이란 무엇인가에 대한 문제이다. 한한이 말하는 문단은 '80후'가 자체적으로 형성한 문학 서클이다. 그들의 문단은 마치 문학의 강물과 호수같이 체제로부터 격리되어 있는, 체제 밖 창작에 속한다. 세기말 문단의 '단절' 사건과 비교하여, '80후'는 만생대晩生代 작가 및 '70후' 작가 등 이전의 반항적 세대보다 더욱 전통에 대해 솔직하고 단호

---

4) 창체昌切, 「바이예의 문단과 한한의 문학白燁的文壇與韓寒的文學」, 『상하이국자上海國資』, 2006년 제7기.

한 입장을 취한다. 자유롭고 여유로운 창작 태도와 N세대식 가치관으로 인하여, 그들은 전통 문단에서 오랜 기간 형성되어온 규칙과 관행을 과감하게 이탈하고 포기하며, 새로운 문학 서클을 조직했다. '신개념'과 『맹아萌芽』, 미디어, 인터넷, 시장은 서로 밀접하게 관련되어 있고, 이곳은 상품 경제라는 게임의 법칙을 준수하며 정부 기관의 문단과 나란히 나아가는 또 하나의 문학 세상이 되었다.5) 이 문학 세상은 현재의 시장경제 환경에서 잘 운영되고 있다. 한한은 문학이 대중의 것이며, 소수 엘리트들만 플레이하는 것은 권력과 그들만의 서클에 불과하다고 생각했다. 즉, 진정한 문학은 대중에게 있으므로 그는 문단의 범위를 무한정으로 확장시켰다. 비록 '한백지쟁'에서의 한한이 '80후' 작가 그룹 전체를 대표할 수는 없지만, 적어도 그는 '80후' 작가들의 상태를 보여주었다. 그들은 결코 주동적으로 주류 문단에 진입하고자 하지 않으며, 체제 밖 창작에 더욱 열중한다. 이렇게 된 이유는 주류 문단이 그들에 대해 너무 오랫동안 무관심했거나 본래부터 찬성하지 않았고, 자신들의 생각만을 말하고자 했기 때문이었다. 한한은 자신을 작가라고 칭한 적이 없고, 궈징밍郭敬明 역시 자신은 단지 글쓰기를 좋아할 뿐이라고 밝혔다. 그들 대부분은 숭고한 뜻을 품고 작가가 되는 꿈을 꾸는 자들이 아니라, 창작을 꿈의 실현이라고 생각하는, 자신들을 인간 영혼의 엔지니어로 생각하는 자들이다.

셋째, 문단의 관행이란 무엇인가에 대한 문제이다. '관행'이란 말은 신문이나 잡지에 자주 등장하고 있다. 이것은 분명하게 표현할 수는 없지만 사람들이 마음속으로 인지하고 있는 글로써 규정되거나 공개되지 않는 규율이다. 또한 대다수 사람들이 각 분야에서 묵인하고 준수하는, 관련

---

5) 런난난任南南, 「문자 성연의 배후 ― 80후의 창작에 대한 고찰文字盛宴的背後 ― 關於80後的寫作思考」, 『文藝評論』, 2006년 제4기.

법률과 법규가 아닌 또 다른 행위 준칙 혹은 기준이다. 즉, 이것은 사람들이 사적으로 인정하는 행위 약속이며, 당사자들은 이러한 은폐된 형식 자체에 대해서도 분명하게 인정한다.

'80후'가 시장에는 진입했지만 문단에는 진입하지 못했다는 바이예의 말은 사실상 '80후' 작가들이 비평가와 주류문학 서클로부터 아직 인정받지 못한다는 점을 지적한다. 왜냐하면 그들은 경시되거나 무시되었기 때문이다. 침묵도 일종의 평가이다. 이것은 실질적으로 한한을 위시한 '80후' 작가들이 앞에서 언급된 바 있는 기존 문학 질서에 아직 편입되지 못했고, 한한 등의 작품이 전통적 의미의 엘리트 소집단인 문단으로부터 확실히 인정받지 못함을 의미한다.

바이예의 정서 혹은 정통 문학의 관점에서는 '80후' 작가들이 여전히 그들이 직면하고 있는 문단, 즉 바이예가 몸담고 있는 문단과 그 이면의 문화 건설 및 문화 상황을 이해해야 한다고 여긴다. 시장에로의 진입이 문단에로의 진입을 의미하는 것은 아니다. 시장에서 독자들을 확보할 수 있을지라도 문학계의 인정을 받을 수 있는 것은 아니기 때문이다. 인정을 받으려면 일정한 과정을 거쳐야 하는데, 예를 들어 문학 서클에 들어가 문학 정기간행물에 작품을 발표함으로써 보다 많은 작가와 평론가들에게 어필해야 한다. 그러나 현재 '80후' 작가는 문학계로부터 완전히 격리된 상태이며, 글쓴이가 독자들과 상호 교류를 하고 많은 글을 출판한다고 해도 문단은 여전히 그들에 대해 알지 못한다. 한편 그들 역시 문단과 왕래하지 않으니 양측은 전혀 무관한 영역이라 할 수 있다. 그래서 바이예의 시각에서, 두 문단이 평행선을 그리는 것은 주로 '80후'가 정통 문단에 적극적으로 접근하지 않았기 때문에 생겨난 일이다. 바이예의 위와 같은 말은 어느 정도 거만하고 독선적이라고 느껴질 수 있다. 그래서 그는 한한으로부터 저지당하게 되었다.

물론 바이예가 말하는 문단에서 '80후'를 환영한 적도 있었다. 2004년 각 주요 문학 정기간행물은 잇따라 칼럼을 개설하고 '80후'들을 대대적으로 소개했다. 『상하이문학』의 '희망' 칼럼, 『부용芙蓉』의 '80후를 클릭하다點擊80後', 『장성』의 '캠퍼스 뉴 스타校園新星', 『화성花城』의 '화성 출발花城出發', 『인민문학』의 '신조류新浪潮', 『소설계小說界』의 '80후' 특집 등이 그것이다. 그러나 이들은 열기를 불러일으키지 못했고, 결과적으로 '80후'의 주류 문단 진입은 그다지 성공을 거둘 수 없었다.

제3절 체제 안 창작, 체제 밖 창작

'한 · 백지쟁'은 사실 신구 두 세대를 대표하는 두 개의 문단의 충돌이자 체제 안 창작과 체제 밖 창작의 전면전이라 할 수 있다.

1. '80후'와 주류 문단의 충돌

'80후' 문학이 도서 시장에서의 호소력에 의존하여 체제 안 창작에 도전장을 내밀거나 반대할 수 있는 것은 새로운 문학 생산 방식이 체제 안 창작에 영향을 미치고 있기 때문이다. 새로운 문학 생산 방식은 시장을 가장 우선시하므로 주류 문단의 인정 여부는 더 이상 과거와 같이 중요한 문제가 아니다. 한한의 바이예에 대한 맹공은 실은 엘리트 문단에 대한 맹공이나 다름없다. 대중문학이 유행하는 오늘날, 주류 문단이 계속해서 일반 대중을 이탈해 자신들의 서클 내에서만 활동한다면, 이들은 더 이상 발전하지 못하고 결국 지지자를 잃고 쇠락할 수밖에 없을 것이다.

미래의 문단은 서로 경향이 다른 문학의 공존을 필요로 한다. '80후'는 일종의 집단 역량으로서 적어도 침체된 도서 시장에 한 편의 신화를 썼다고 할 수 있다. 그들은 문단에 참신한 인물과 개성의 바람을 불어넣고 '80후'를 인지하고 이해하기 위한 창문을 열어젖혔다. 하지만 한 그루의 나무로는 숲을 이룰 수 없듯이, 문학의 생산에는 평론과 연구 또한 포함되어야 한다. 그들이 원하든 원하지 않든 간에, '80후' 문학의 발전에는 주류 문단의 인정과 양성 · 중시가 요구되며, 이럴 때 비로소 그들은 더 훌륭히 더 빨리 발전한다.

2. 전통 인쇄 문학과 '80후'의 인터넷 문학

이번 논쟁은 또한 인쇄 문학과 인터넷 문학 간의 힘겨루기이기도 하다. 전통 인쇄 문학을 대표하는 바이예는 엄격함과 문학의 심미적 가치를 중시한 반면, 인터넷 문학을 대표하는 한한은 자유로움과 문학의 오락적 기능을 중시했다.

바이예는 이번 논쟁에서, 처음에 블로그라는 새로운 미디어를 통해 문학평론을 시도하였고 뒤이어 논쟁에 참가한 한둥, 루텐밍, 루촨 등도 마찬가지였다. 이것은 급속히 인터넷이 발전하고 있는 오늘날, 전통적 비평가들에게 새로운 미디어와 접촉하려는 의도가 있음을 보여준다. 하지만 논쟁의 결과, 그들은 한한과 팬들의 맹공에 할 말을 잃고 더 이상 방어할 수 없게 되었다. 그들은 이러한 미디어에 전혀 적응하지 못하고 있음을 스스로 드러내었다.

문학적 측면에서 인쇄 매체는 문학의 역사가 온축되어있는 문학의 주요한 진지로서, 당대 문학창작의 총체적인 수준을 반영하고 또한 작가의 산실이기도 한, 문학창작자가 성공을 거두기 위해 반드시 지나가야 하는 길이라 할 수 있다. 현대에 절대다수의 작가들은 이러한 문학 정기간행물을 통해 작품을 발표하고 세상에 이름을 알린다.[6] 하지만 과학 기술의 급속한 발전과 현대 사회의 빨라진 생활 패턴 속에서 갈수록 불안한 부분들이 드러나고 있다. 작품을 발표하기 위해 반드시 편집자의 심사와 출판사의 선정을 거쳐야 하는 자유의 부재, 인쇄 미디어의 구매와 구독 대상이 사회와 정치·경제적 요소의 영향을 받을 수밖에 없는 파급력의 한계, 출간 여부와 출간 후의 평가에 대한 부담감 등을 예로 들 수 있다. 주류문학잡지는 사회정신을 인도하는 역할을 수행하기 때문에, 이데올로기와 관련된 문제에 상당히 엄격하고 신중한 태도를 취할 수밖에 없다. 하지만 인터넷은 이에 대해 그다지 염려하지 않고 포용하며, 오히려 더 많은 문학평론가들의 참여를 요구한다. 전통 문단은 문학 지상론을 떠받들어왔지만, 이러한 지상론은 여러 가지 요인으로 인하여 대중문화 시대에 산산이 흩어지고 전에 없는 도전에 직면하게 되었다. '80후' 작가들이 한편으로는 문단, 특히 비평가들에게 강한 분노와 불만을 느끼지만, 다른 한편으로는 전혀 개의치 않는 이유가 바로 여기에 있다. 따라서 관념이 다원화되고 개방적인 오늘날의 문학은 자체적인 의미에서나 사회의 요구와 정의에서나, 더 이상 어떤 사상과 이념을 선양하는 형이상학적 정신의 산물이 아니라 일종의 오락과 심심풀이를 위해 시장에서 판매되는 소모품적인 측면 또한 지니게 되었다. 후자에 대해 '80후' 작가들은 충분한 발언권과 주류문단에 대항할 힘을 갖추었다고 생각된다.

한편 인터넷에는 학습(인터넷 교육 과정, 동영상 학습 기능), 오락(온라인 영화관, 인터넷 게임, 채팅), 자금관리(인터넷 뱅킹, 전자상거래) 등 갈수록 많은 기능이 부가되고 있다. 인터넷의 기능이 강화되면서 많은

---

6) 랴오샹둥廖向東, 「'한·백지쟁'으로부터 문학이 어찌해야 하는지의 현황과 방향을 본다 從韓白之爭'看文學豈肯的現況與走向」, 『출판발행연구出版發行研究』, 2006년 제12기.

문학 애호가들은 인터넷을 통해 작품을 발표하고, 독자들과 교류하고자 한다. 인터넷에서는 대개 익명으로 작품을 발표할 수 있기 때문에, 네티즌들은 인터넷에 글을 발표하고 다른 네티즌들이 단 댓글을 통해 자신에 대한 평가를 즉각적으로 확인하고자 한다. 점점 많은 젊은이들이 자신의 창작 수준을 제고하는 공간으로 인터넷을 활용하고 있으며, 이에 따라 많은 문학 사이트와 포럼들이 생겨나게 되었다.

한한은 문학의 문턱은 낮으며 문학은 영원히 민중과 함께 살고 존재한다고 말했다. 이러한 가치관은 현대 인터넷 창작자들의 공감대를 형성하였다. 또한 이로 인해 수많은 한한의 지지자들이 바이예를 집단적으로 공격하고 비판했다. 이들은 80년대 문학청년의 위치를 대체하며, 인터넷에서 압도적인 우세를 차지하고 있다. 이들이 보기에 인터넷은 가장 공평한 매체인데, 왜냐하면 모든 사람에게 발언권이 있고, 자격이나 나이에 관계없이 개인의 실력과 네티즌의 클릭 수로 평가되기 때문이다.

'한·백지쟁'의 원인이 세대 차에 있다고 주장하는 학자도 있다. 이러한 판단은 어느 정도 합당하다. 이러한 세대 차는 인터넷과 도서출판업자, 도서시장이 함께 형성한 새로운 문화 생산 방식에 의해 만들어졌다. 이것은 '80후'의 문학 관념에 영향을 미쳐 그들의 작품이 시장경제 환경에서 충분한 심지어 과분한 가치를 실현할 수 있도록 하였다. 도서 소비시장에서 그들은 허리를 꼿꼿이 세우고 강대한 주류 문단에 대항할 용기와 실력을 갖추고 있다. '80후'는 체제 내 문학 환경과 문단의 오랜 전통과 각종 규칙에 전혀 아랑곳하지 않고, 자신들만의 방식으로 창작하고 자신들만의 문학 서클을 형성하였다. 한한을 위시한 '80후'는 현대문학의 질서 속으로 그다지 들어가고 싶지 않은 것처럼 보인다.

3. 주류와 비주류 간의 대화의 실패

이번 변론에서 논쟁의 도화선이 된 「'80후'의 현황과 미래」라는 글에는 그다지 큰 문제가 없다. '80후'에 대한 바이예의 판단은 주류 평론계의 대표적 입장이다. 비평가 황파黃發는 "'80후'는 문학의 시야 안에 들어오지 않았다. 따라서 이들을 예술적으로 평가하기에는 아직 이르다. 이들은 자신의 실력으로 스스로를 증명해야 한다"[7]고 평가한 바 있다. 따라서 바이예가 유독 '80후' 문학을 수용할 수 없는 것이 아니라, 전통 문단의 관행 또는 가치관이 그러한 것이다.

주지하다시피, 주류문학은 언제나 대중문학을 문학의 한 지류로 볼 뿐 별다른 관심을 두지 않았다. 기존의 언어 교육과 대학의 중국어 학부들이 기본적으로 이러한 태도를 취하며 대중문학을 회피하거나 여기에 접근하고자 하지 않는다. '80후' 문학평론이 문단에서 사라진 것도 이러한 측면을 증명한다. 이러한 점에서 바이예는 확실히 초탈했다고 말할 수 있다. 그는 '80후'에 대해 주류 문단의 비평가들보다 훨씬 일찍 훨씬 많이 주목했다. 2006년 이전 바이예가 펴낸 매년도 『문단상황보고』에 '80후'에 대한 논평과 소개가 적잖이 실렸다. 전체적으로 볼 때, '80후' 창작에 대한 바이예의 태도는 관용적이었다. 그의 말은 신중하고 정성스러운, 어떠한 배척이나 폄하도 섞여 있지 않은 엄숙하면서도 온건한 포용을 보여주었다. 바이예와 주류 문단은 글에 대한 자체적인 평가 기준을 가지고 있었는데, 이것은 대학에서 이루어지는 학습·편집의 실제 경험과 문학 활동 과정에서 장기간에 걸쳐 형성되고, 선배가 후배를 양성한다는 의식

---

7) 리잉李瑛·장서우강張守剛, 「'80후' 작가: 우리는 한물가지 않았다'80後'作家: 我們不是明日黃花」, [OL]http://news:xihuaet.com/book/2004—07/14content.1595887.htm.

을 바탕으로 하고 있다. 문학비평가의 한 사람으로서 그는 문단의 핫이슈를 잘 찾아내고 후배들을 잘 양성하여, 문학창작과 평가의 번영을 이룩하고자 했다. 바이예는 자신의 문학평론가로서의 역할을 비교적 잘 수행해내었다. '한 · 백지쟁'에서 만약 한한의 도량이 조금만 더 넓었더라면 말이 조금만 더 신중했더라면, 그리고 바이예의 비평에 대해 문학적 측면에서 첨예한 견해를 표현했더라면, 논쟁은 적어도 문학이라는 테두리 안에서 진행되고 이로써 '80후' 문학사에 유익한 논의와 선례로 남았을 것이다!

'80후' 문학은 분명히 대중문학적 특징을 지니지만 일반적인 대중문학과는 또 다른 점, 즉 주제와 내용 · 정감 · 사고 · 문체 · 언어 등의 측면에서 완연히 청춘 실험문학의 특징이 나타난다. 이러한 이중성으로 인하여 평가는 더욱 어려워질 수밖에 없다. '80후' 작품은 문학적 가치라는 측면에서, 한한이 인정하든 말든 간에 혹은 '80후' 작가들이 한한의 관점에 동의하든 말든 간에, 주류 작품에 비해 아직은 크게 뒤떨어진다고 생각된다. 하지만 이번 논쟁에서 한한은 어떤 의미에서 일부 '80후' 작가 집단의 입장을 대변하였다. 지식 엘리트 계층이 만든 문화 패권에 대한 '80후' 작가들의 불만과 도전이 바로 그것이다. 주류 문단이 '80후'에게 올리브 나뭇가지를 내밀자, 일부 '80후' 작가들은 서로의 지위가 평등하지 않다며 대화를 즉각 거절하였다. 따라서 이번에도 대화는 실패하였다.

한편 바이예 등을 위시한 주류 문단의 두려움은, 다른 한편 지금까지 '80후' 문학비평이 구체적인 성과를 전혀 내지 못했다는 사실을 설명해준다. 문학비평의 기준과 구체적인 대상은 진실한 소통 없이 평행선을 달렸다. 이 논쟁이 끝나고 바이예는 보다 관용적으로 변했지만, 한한은 여전히 사납고 제멋대로였다. 그들 사이에는 아직까지 진정한 대화가 이루어지지 않고, 거리감이 존재한다. 이러한 거리는 문단과 '80후'의 발전에 불리하지만, 어느 정도 시간이 흐르면 개선되리라 믿어 의심치 않는다. 그때에 다시 이 사건을 되돌아보고, 보다 객관적이고 공정한 평가를 할 수 있을 것이다.

야오디 · 우슈밍 姚迪 · 吳秀明

제12장

『국화國畵』와 관료소설

제1절 관료소설과 관료 문화

관료소설의 출현은 21세기 초 이래 중요한 문학 현상으로서 문단과 대중들의 상당한 주목을 끌었고, 이에 대한 연구와 비평문 역시 심심찮게 신문 잡지나 인터넷 사이트에 등장하고 있다. 그러나 많은 연구와 비평문을 통해 관료소설이라는 명제가 가리키는 대상이 그리 분명하지 않다는 사실을 알 수 있다. 따라서 구체적인 탐구에 들어가기 전, 우선 개념에 대한 정리부터 해야 할 필요가 있다.

반부패 소설로 일부 관료소설을 분류, 평가한 연구자들이 많다. 예를 들어, 어떤 평론가는 반부패 소설을 기조파와 관료사실파로 분류하고 있다.[1] 또 어떤 평론가는 반부패 소설을 '반부패 이야기'와 '반부패 생태류'의 두 가지로 분류하기도 한다.[2] 그런데 이러한 분류는 이들 평론가가 장핑張平의 『선택抉擇』, 루톈밍陸天明의 『푸른 하늘 위에서蒼天在上』, 저우

---

1) 펑청彭程, 「2002년 반부패 소설: 지속적으로 인기가 치솟다2002年反腐小說: 流行熱潮的持續涌動」, 『檢察日報』, 2002년 12월 27일.
2) 사오궈이邵國義, 「신시기 반부패 문학의 발전과 변화에 대한 시론試論新時期反腐敗文學的發展與流變」, 『理論學刊』, 2002년 제5기.

메이썬周梅森의『인간정도人間正道』와 왕웨원王躍文의『국화國畵』, 옌전閻眞
의『창랑의 물결滄浪之水』 등의 텍스트 사이에 어떠한 차이가 존재하고
있음을 감지한 데에서 비롯되었다. 즉, 전자가 반부패 슬로건 하에 반부패
를 주류 이데올로기로 삼아 호소하고 반부패 기조를 표현하였다면, 후자
는 관료사회 생태환경의 각 측면을 세밀하고 생생하게 묘사했지만 부패
관료의 타파를 이야기하지는 않았다. 따라서 소설의 구체적인 내용으로
볼 때, 기조파와 반부패 이야기가 일치하고 관료사실파와 반부패 생태류
가 일치한다고 말할 수 있다.

또한 일부 연구자들은 관료소설과 '반부패 소설'이란 두 명제 사이에서
우유부단하게 왔다 갔다 하고 있다. 예를 들어, 어떤 사람은 "1990년대
이래 반부패와 청렴에 대한 제창을 심미적 대상으로 하는 소설, 이른바
'반패창렴소설反腐倡廉小說(관료소설 혹은 신관료소설이라고도 한다)이
문단에서 점점 '성행하기 시작했다'[3]라고 말하였다. 또 어떤 사람은
"1990년대 중반 이래 나타난 '관료소설' 또는 '반부패 소설'은 최근 2
년 사이에 더욱 발전하여 괄목할 만한 성과를 거두었다"[4]라고 언급하였
다. 한편 관료소설에 대한 분명한 정의는 제시하지 못한 채, 사실상 이를
반부패 소설에서 제외한 평론가들도 있었다. 예를 들어, 어떤 사람은 반부
패 소설을 "부패를 폭로하고 이에 반대하는 것을 위주로 하는 창작이다.
즉, 정의가 악을 이기는 것을 기조로 삼고 있다"라고 정의한다. 또 다른
사람은 "부패 반대 또는 부패 반영 중 어떤 것을 창작의 기조로 삼느냐에

---

3) 구펑웨이顧鳳威,「반부패 청렴소설의 사회학·문화학 투시 – '법치국가'·'덕치국가'
   방안을 겸해 논하다反腐倡廉小說的社會學·文化學透視 – 兼論'依法治國'·'以德治國'方略」,
   『桂海論叢』, 2001년 제5기.
4) 아전방何鎭邦,「'장편 열풍'이 가져온 풍성한 수확 – 1998·1999년 장편소설 창작 만담
   '長篇熱'帶來的豊收 – 1998·1999長篇小說創作漫談」,『小說評論』, 2001년 제2기.

따라, 다시 말해, 한 글자 차이로 '반부패 소설'이 될 수 있는지의 여부가 결정된다"5)라고 정의한다.

'관료사회'를 기준으로 논하는 평론가들도 당연히 존재한다. 장즈중張志忠의 『관료문학의 성과官場文學成氣候』,6) 선자다沈嘉達의 『관료문학을 논하다論官場文學』,7) 천황옌陳煌言의 『독자들이 관료소설을 평하다讀者評點官場小說』,8) 왕샹둥王向東의 『올해의 관료소설 만평今年官場小說漫評』,9) 자오멘창趙佃强의 『세기 초 '관료소설' 열풍의 역사화 원인世紀之交'官場小說'熱潮的歷史化緣由』,10) 탕신唐欣의 『권력의 거울 - 최근 20년 관료소설 연구權力鏡像 - 近二十年官場小說研究』 등이 그 예이다. 이들은 관료소설이 반부패 소설에 비해 범위가 더 넓으며 심지어 후자를 포함할 수도 있다고 말한다. "'부패'란 대개 개인의 이익을 위해 공권력을 남용하는 것으로, 기본 형태는 뇌물 수수와 권리 침해, 직무 태만 등으로 표출된다. 부패 행위의 본질은 '공권력'이므로 부패 행위는 반드시 공권력을 단독으로 행사할 수 있는 관가에서 발생하게 된다."11)

상술한 대로 관료소설과 반부패 소설은 마치 뒤엉킨 개념처럼 보인다. 사실 이러한 명명에 대해 많은 작가들은 공감하지 않았다. 예를 들어, 『국화』의 작가 왕웨원은 말하기를 "나는 나 자신이 쓴 소설이 관료소설이 아니라고 여러 번 말했다. 관가는 소설의 인물들이 활동하는 장소에 불과

---

5) 왕다루王大路, 「권력에 영합하는 시대의 과제 - '반부패 소설' 출판 현상 분석應勢而生的時代課題 - "反腐小說"出版現象分析」, 『中國圖書評論』, 2001년 제5기.

6) 『深圳特區報』(2002년 5월 27일) 참조.

7) 『芳草』(2002년 제7기) 참조.

8) 『出版參考』(2002년 제1기) 참조.

9) 『揚州大學學報』(2002년 제5기) 참조.

10) 『臨沂師範學院學報』(2004년 제4기) 참조.

11) 탕신唐欣, 『권력의 거울 - 최근 20년 관료소설 연구權力鏡像 - 近二十年官場小說研究』, 사회과학문헌출판사, 2006년, 18쪽.

하다. 내가 소설을 쓰는 진정한 취지는 사람을 쓰는 것이다"[12)라고 하였
다. 『절대권력絶對權力』의 작가 저우메이썬 역시 자신의 소설은 '정치소설'
이라고 지속적으로 강조했다. 그는 "나는 소설 속의 정치에 대해 특히
관심을 가진다. '관료소설'이나 '반부패 소설'이란 용어로 이를 완전하게
설명할 수는 없다. '정치소설'이라고 하는 편이 더욱 적절하다"[13)라고
언급하였다. 또한 『성 위원회 서기省委書記』의 작가 루톈밍은, "진정한 소
설은 여러 가지 측면을 포함한다. 요약해서 말한다면 나의 소설은 사회를
소재로 한 리얼리즘 소설이다"[14)라고 말하였다. 이들 작가의 말이 틀린
것은 아니지만, 이들이 관료소설이 가져올 민감한 정치적 의미를 회피하
는 것은 아닌 지라는 생각이 들기도 한다.

  이 장은 관료소설이라는 개념에 공감하고 이를 채택하고자 한다. 물론
완벽히 만족스러운 것은 아니나, 이 개념은 상당히 많은 편폭에 걸쳐 현대
사회 관료(체제 내 공무원)의 삶을 그리고, 이들(체제 내)의 횡령과 부패,
권력 투쟁, 생존 실태, 정신 상태를 폭로한다. 그리고 관가의 시각을 통해
사회생활과 인성을 표현한다.

  관가는 민간과 마찬가지로 중국문학사상 엄청나게 주목받아온 중요한
언어 공간이다. 관 본위 사상이 뿌리 깊은 나라로서 중국의 '관가'는 거대
한 언어적 가치와 풍부한 언어 능력을 포괄하고 있다고 볼 수 있다. 예를
들어 위진남북조의 지괴소설, 당대 전기傳奇, 송대 설본說本, 명청 소설은

---

12) 왕웨원王躍文, 『이야기・서문 없는 관료사회官場無故事・自序』, 중국전영출판사,
    1999년.
13) 루메이陸梅, 「『절대권력』은 전력을 다해 반부패 해야 한다『絶對權力』全力反腐敗」, 『文
    學報』, 2002년 1월 3일.
14) 루메이陸梅, 「『성 위원회 서기』는 주목받을 준비가 되어 있다『省委書記』備受矚目」, 『文
    學報』, 2002년 4월 25일.

물론 청나라 말기와 근대 4대 '견책소설譴責小說'(이보가李寶嘉의 『관장현형기官場現形記』, 오옥요吳沃堯의 『이십 년간 목도한 괴현상二十年目睹之怪現狀』, 유악劉鶚의 『노잔유기老殘游記』, 증박曾朴의 『얼해화孽海花』) 등이 관가를 주요한 소재로 삼았다. 또한 『홍루몽紅樓夢』에서 대관원大觀園에 있는 여성의 시와 재능에 공감하고 임대옥, 설보차의 비극적 사랑에 대해 손목을 불끈 쥔 채 탄식할 때에도, 우리는 관가 일상의 축소판을 엿볼 수 있다. 가賈·사史·왕王·설薛 4대 관가의 "한 사람이 부귀해지면 모두 따라 부귀해지고, 한 사람이 망하면 모두 따라 망한다"는 말은 봉건 사회의 몰락상을 드러내고 있다. 이중에서도 특히 '호관부護官符'가 가장 대표적이며, 가우촌賈雨村이 사사로운 정 때문에 법을 어기고, 왕희봉王熙鳳이 세력을 믿고 행패를 부리며, 설반薛蟠이 민간 여성을 겁탈하고 사람을 죽이고도 아무렇지 않게 생각하는 것 등 모든 일이 관가의 횡포와 부패, 암흑을 보여준다고 할 수 있다.

중국의 관료소설은 신세기 초부터 성행하기 시작했다. 그 원인은 우선 중국이 옛날부터 관 본위 체제(문화 또는 의식)의 나라였다는 데에서 찾을 수 있다. 1990년대 이래 관료소설은 류전윈劉震雲의 『회사單位』, 『관가官場』, 『궁인官人』 등 작품에서 비롯되었다. 그는 일찍부터 개인의 삶과 중국의 관 본위 문화 간의 밀접한 관계를 통찰하고, 체제 전환기 중국의 문화 및 정치 생활 특히 개인의 삶과 정신에 대한 권력의 영향에 초점을 맞추어, 현재의 관료와 권력에 대한 반성과 비판을 전개하였다. 루톈밍은 1995년 『푸른 하늘 위에서』의 발표를 시작으로 반부패를 주제로 한 관료소설을 창작하였다. 그리고 이를 통해 주류 이데올로기와 대중들로부터 인정받을 수 있었다. 이후에 반부패 작품들이 잇따라 등장했다. 특히, 1999년 왕웨원의 『국화』는 발행과 동시에 일대 파장을 불러일으켰고,

2001년에 나온 옌전의 『창랑의 물결』은 문학과 미디어·대중·관가로부터 극찬을 받았다. 이 소설들은 공히 관료사회의 인물을 중심으로, 출세가도와 관료 세계에서의 부침 등에 관한 이야기를 전개하고, 관가의 권력투쟁과 게임의 규칙을 폭로하며, 관가의 문화·권력·인성에 대한 반성과 비판을 완성하였다. 소설 속 공간은 모두 회사·사무실 또는 정치권에 집중되어 있으며, 여기에서 모든 질서는 관 본위 체제 하의 약속에 따른 것이다. 예를 들어, 류전윈이 『회사』에서 묘사한 보통 사무실의 책상 배치에서조차 사람들은 무한한 연상을 하게 된다. 왜냐하면 이는 조직에서의 영욕과 지위 고하를 암시하고, 리더(관료)는 공간 배치의 분위기를 통해 자신의 신분과 위치를 확인하기 때문이다.

전환기의 사회적 현실은 작가들에게 창작의 기반과 계기를 제공하였다. 1990년대 중국이 점진적으로 시장경제 체제로 전환한 이래, 전환기의 특징은 갈수록 뚜렷해지며 국가의 정치 생활과 사회적 가치관, 사람들의 사고방식 등 모두에 큰 변화를 초래하였다. 이러한 변화는 적극적으로 보자면, 사람들의 공리·효율·자율·경쟁의식을 대폭 강화하고, 전체 사회에 일종의 생기와 활력을 불어 넣었다. 그러나 이와 동시에 각종 정신문화적 역량이 서로 마찰하고 충돌함으로써, 일부 사람들의 심령은 공감·질서와 의미를 쉽게 상실하고, 사회적으로도 물질에 대한 욕망과 성급함·거짓·무질서 등 부작용이 나타나게 되었다. 물질주의의 열기로 인해 공권력은 손쉽게 자원을 배치할 수 있는 개입의 수단이 되고, 이에 따라 사람들은 오히려 공권력을 더욱 강하게 추구하고, 중국의 관 본위 사상은 한층 강화되기에 이르렀다. 이러한 현실은 사람들의 생존과 정신 상태에 큰 영향을 미쳤다. 또한 관료소설의 성행은 이러한 사회 현실에 대한 효과적인 반응이다. 이것은 중국문학의 현실비판주의 전통을 계승하며, 전환기 중국 사회를 기록하는 일에 참여했다. 프랑스 누보로망 소설가 알랭 로브그리예가 지적한 바대로 "각 사회, 각 시대마다 어떠한 소설형식이 성행한다. 그리고 이러한 소설 형태는 사실상 어떠한 질서, 즉일종의 정서와 현실적인 삶의 특별한 방식을 설명한다."[15] 자유로운 발언이 가능해진 가운데 주류 이데올로기, 독자들의 독서 욕구(기이한 것에대한)와 대중 매체의 상호 작용은 분명 관료소설의 창작과 출판·독서·소비를 촉진한다. 문학은 사회적 정서의 일기예보나 다름없다. 따라서 사회현실은 어렵고도 영광스러운 사명을 문학에 제시한다. 당과 국가가 관료의 부패 문제를 중시하고 경계할 때에 작가들은 용감하게 일어나 현실속의 첨예한 모순에 맞서고, 이를 글로써 표현해야 한다. "공권력에 대해말하자면, 권력의 '집산지'인 관가에서 효과적인 공권력 감시 체계가 결핍되면 부패 행위는 더욱 쉽게 발생한다. 한편 반부패는 일종의 정치 행위이자, 또한 민심의 방향을 대변한다."[16] 관료소설은 시대의 민감한 부분을다루고 작가는 또한 세속적인 창작을 추구하기 때문에, 이것은 독자들의심리와 결합하여 엄청난 판매량을 달성할 수 있었다. 그들의 수요로 인해관료소설의 발행은 상당한 상업적 이익으로 연결되었다. 한편 여러 출판사들의 대량 출판은 관료소설의 영향력을 한층 확대시켰다. 대중평론 또한 독서와 작가의 창작 경향을 인도하였다. 이 외에 영화와 TV도 미디어로서 중요한 역할을 수행했다. 적지 않은 관료소설 작가들이 TV 방송을체험하였다. 예를 들어 『성 위원회 서기省委書記』와 『선택』, 『큰 눈은 흔적이 없다大雪無痕』 등이 잇따라 TV 드라마로 각색·방영되고 명성을 떨치며전파의 범위를 확장하였다. 심지어 어떤 관료소설은 영화나 TV 드라마로

---

15) 알랭 로브그리예, 『신소설파연구新小說派研究』, 중국사회과학출판사, 1986년, 55쪽.
16) 탕신, 앞의 책, 20쪽.

의 각색을 염두에 두고 창작되었다. 예를 들어, 저우메이썬의『절대권력』
은 책의 뒷면에 다음과 같은 홍보 내용을 실었다. 즉 "이 소설이 출판될
때에, 동명의 TV 드라마 25회차가 촬영 중에 있을 것이다. 천만 위안이라
는 거액을 투자하여 탕궈창唐國强, 쓰친가오와斯琴高娃, 가오밍高明 등 스타
들을 주연으로 캐스팅하였다. 이 소설은 반드시 일대 센세이션을 불러일
으키고, 중국 문단을 뒤흔들 것이다"(저우메이썬,『절대권력』, 작가출판
사, 2002년, 후기)라고 말이다. "이것은 많은 관료소설과 문화 산업이
상호 작용하고 있음을 보여준다."[17] 이와 동시에, 여기에는 주류 언어의
긍정과 강력한 힘이 개입되어 있음을 어렵지 않게 알 수 있다. 결론적으로
관료소설은 현실적인 문화 정책의 제약을 받는 동시에 예술 시장과 서적
시장에 순응해야만 하고, 따라서 이는 이중적인 속성 – 대중문화의 배후
조종 – 을 드러내게 된다. 즉, 관료 문화와 소비문화가 합류하는 것이다.

제2절 화려함 뒤의 은유, 그리고 지식인의 직업의식

대개 관료소설의 번영은 다음과 같은 두 가지 원인에서 비롯되었다.
첫째, 권력의 이화異化는 관료의 부패로 이어지고 그것은 진실하게 우리의
삶 속에 존재하므로, 문학은 이를 반영해야 할 의무를 가진다. 둘째, 상업
문화의 영향이다. 상업 문화는 모든 것을 소비하므로, 관가의 부패 역시
문학의 형태로 문화시장에 나타날 때, 사실상 이것은 일종의 소비품이
되어버린다. 이러한 두 가지 원인은 서로 다른 두 종류의 관료소설을 만들
어냈다. 첫째, 문화 비판을 목적으로 하는 관료소설이다. 이것은 권력의

---

17) 위의 책, 232쪽.

부패를 폭로하는 동시에 이러한 현상을 생산하는 문화적 토양에 대해서
도 파헤친다. 둘째, '정극' 또는 '익살극'의 형태로 상업패권주의라는 급행
열차에 탑승한 관료소설이다. 이것은 관가의 부패상을 보여주고 감상하
며 훈시하는 방식으로 나타나며, 동시에 시장 가치라는 목적을 달성한
다.18) 발생학적 측면에서 관료소설이 이와 같이 분류되었다면, 개념과
의미라는 측면에서도 두 가지 주요 유형으로 나뉠 수 있다. 바로 1990년
대 중반에 유행한 관가의 부패를 직접적으로 묘사한 '이원 대립형' 관료소
설과 1990년대 말에 유행한 세속화된 관가의 생태를 그린 '다면 입체형'
관료소설이 그것이다.

첫 번째 유형의 관료소설에 있어, 초기의 대표작으로는 당연히 루톈밍
의 『푸른 하늘 위에서蒼天在上』를 꼽을 수 있다. 1995년에 출판된 이 소설
은 성부급省部級 고위직 간부의 놀라운 부패상을 대담하게 폭로하면서
사람들로부터 주목받았다. 최근에 잇따라 출판된 작품으로는 루톈밍의
『큰 눈은 흔적이 없다大雪無痕』과 『성 위원회 서기省委書記』, 장핑의 『법
이 펀시현을 뒤흔들다法撼汾西』와 『하늘 그물天網』, 『선택抉擇』, 저우메이
썬의 『인간정도人間正道』와 『중국제조中國製造』, 『최고 이익至高利益』, 『절
대권력』, 그리고 비쓰하이畢四海의 『돈과 인성財富與人性』 등을 들 수 있
다. 이들 관료소설은 현재 중국의 주류 이데올로기가 제창하는 '반패창
렴(反腐倡廉: 반부패, 청렴제창)'에 호응한다. 이것은 반부패 영웅과 부정
부패 공직자, 즉 도道와 마魔, 정의와 사악 간의 투쟁을 통해 사회에 보편
적으로 존재하는 부패 현상을 폭로하고, 이로써 반부패의 지난함을 보여
준다. 이들 소설은 심각한 사회 현실에 대한 깊이 있는 조명과 시대적

---

18) 멍판화孟繁華, 「정치문화와 '관료소설'政治文化與'官場小說'」, 『粵海風』, 2002년 제6기.

요구를 포괄하므로, 주류 이데올로기의 관심을 끌면서 동시에 문화 소비 시장에도 영합할 수 있었다. 따라서 이 작품들은 잘 팔릴 뿐만 아니라, 대부분 TV드라마 등 영상물로 각색되어 정부와 시장 양쪽 모두로부터 호평 받았다.

두 번째 유형의 관료소설은 단연 1999년에 출판된 왕웨원의『국화』로부터 시작되었다고 해도 과언이 아니다. 루텐밍의『푸른 하늘 위에서』와 달리, 이 작품은 관가의 권력 운용에 대한 깊이 있고 디테일한 묘사에 집중하고, 권력을 서술함으로써 관료들의 생존 실태와 심령의 초조함 내지 변화를 보여주었다. 이와 유사한 작품으로는 왕웨원의『메이츠 이야기梅次故事』,『조석지간朝夕之間』과 중편소설집『관가춘추官場春秋』, 리페이푸李佩甫의『양의 문羊的門』과『재절초財節草』, 옌전閻眞의『창랑의 물결』, 리웨이李唯의『부패분자 판장수이腐敗分子潘長水』와『나쁜 놈 장서우신과 리퍄오壞分子張守信和李朴』, 톈둥자오田東照의『뇌물跑官』,『매관賣官』,『D성에는 눈이 내리지 않는다D城無雪』, 샤오런푸肖仁福의『한 표 차이로 부결되다一票否決』등이 있다. 이러한 관료소설의 창작은 현재에까지 끊임없이 확장되며, 반부패를 배후로 미루어둔 채 부패의 과정 및 권력의 중심과 그 주변에서 생존하는 관료들 특히 부정부패 관료에 대한 폭로에 초점을 맞추고, 권력에 의한 그들의 변화와 몸부림을 그려내고 있다.

그렇다면 관료소설이란 도대체 무엇이란 말인가? 관료사회라는 특정 공간을 묘사하면서, 이들 작가는 독자들에게 수없이 화려한 세계를 보여주었다. 그 화려함의 이면에는 어떠한 비유가 숨어 있는가? 이것은 매우 재미있는 화제로 여기에서는 왕웨원의『국화』를 통해 이에 대해 전체적으로 가늠해보고자 한다.

최근 관가 소설의 창작에 있어 왕웨원의 실적이 상당하다. 그는 정교하고 세밀한 스타일을 구사한다. 그의 소설은 대개 경향성을 드러내지 않은 채 관가를 묘사하며 전통적인 '이원대립형' 사고 모델을 초월했다. 그는 관가의 삶에 익숙했다. 즉 각기 다른 관료 계급의 심리를 잘 파악하고, 비도덕적 가치의 입장에서 관가의 세태와 인정을 표현하기 위해 노력했다. 또한 인물과 주제의 특성을 세밀하게 드러냄으로써 소설가로서의 우수한 재능과 상상력을 보여주었다.

『국화』는 지식인 주화이징朱懷鏡의 관료사회에서의 부침과 인생 역정, 마음속 깊은 곳에서의 일그러짐과 몸부림, 개인감정의 변화를 주된 줄거리로 하여, 권력의 중심과 그 주변에서 생존하는 인생들의 모습을 생생하게 묘사했다. 여기에는 속마음을 드러내지 않는 징두荊都시 시장 피더추皮德求, 웃음 속에 칼을 품고 있는 쓰마司馬 부시장, 교활하고 세속적인 우鳥현 현위원회 서기 장톈치張天奇, 벼락부자가 된 '기인' 위안샤오치袁小奇, 재기한 깡패 황다훙黃達洪, 비뚤어진 작가 루푸魯夫, 공손하면서도 교활한 호텔 보스 레이푸천雷拂塵, "낮은 지위에 있지만 나라를 걱정하는" 편집 직원 쩡리曾俚, 세속에 아첨하지 않는 화가 리밍시李明溪, 불의에 분노하는 허賀 교수, 물질에 초연한 예술가 부웨이즈卜未知, 세상사에 능통하면서도 진실한 인정은 없는 호텔 여 매니저 메이위친梅玉琴 등이 등장한다. 어떤 평론가가 말한 바와 같이, "『국화』는 현대 사회의 복잡다단한 모습과 그 이면에서 작동하는 권력의 법칙을 묘사하고, 이로써 현대 사회의 관 본위의 특성과 그것의 독특한 표현 방식을 전면적이고 심각하게 표출했다. 뿐만 아니라 이 소설은 '내막을 파헤치는' 식의 기법으로, 권세의 온화하고 존귀한 외형이 어떻게 비열함과 옹졸함을 은폐하며, 그래서 그들은 결국 위선자에 불과하고, 그들의 우아한 취향이 어떻게 타락과 추악함을 동반하며, 그래서 실은 용속하기 그지없음을 폭로한다. 이를 통해, 『국화

』는 관 본위 생태의 신성하고 엄숙한 베일을 벗기고, 그 속의 거짓과 교활하고 비열한 본모습을 드러내었다."[19] 이로 인해 왕웨원의 소설에는 루톈밍 소설에 나타나는 영웅이 세상을 구한다는 식의 호탕한 기상과 영웅 인물에 대한 과장된 묘사가 없고, 현실 세계와 세속의 어쩔 수 없음이 추가되었다.

『국화』는 소리 없이 디테일하게 관가와 인성이 각축하는 상황 그리고 관료 생태계에서 인성의 다중적 특성을 묘사하였다. 주인공 주화이징은 지식인으로서 하위직에서 십여 년간 노력해 부현장의 지위에까지 올랐고, 이후 징두시 시정부에서 부처장을 역임하였다. 그러나 이때의 삼 년간 그는 푸대접을 받게 되고 현실적으로 이 상황에 대해 "지난 삼 년간 더 이상 과거와 같은 처세술에 의존해서는 안 된다는 점을 더욱 확실히 알게 되었다. 왜냐하면 그것은 내 자신의 일생을 파멸시킬 수밖에 없기 때문이다. 아무리 생각해도 내가 무능해서가 아니라 내 능력에 대해 아무도 관심을 갖지 않는 것 같다. 내가 상사와 가까이 하지 않는 것은 상사를 존중하지 않기 때문이 아니라 상사가 보는 눈이 없기 때문이다"라고 분석하였다. 그는 결연히 과거의 오랜 부하가 그를 통해 선물을 보내려는 기회를 틈타 징두시 관료 세계의 핵심 인물로 오르고자 결심한다. 그러나 비록 주화이징이 관가에서 목적을 달성했다고는 해도 소설은 계속해서 그의 '슬픈' 마음을 언급한다.

> 또다시 슬픔이 그의 마음을 엄습하자 코끝이 시큰해졌다. 그는 어린
> 시절 혼자 밤길을 걷던 기억을 떠올렸다. 등이 시리고 저리지만 뒤를

---

19) 류치린劉起林,「관 본위 생태의 세속화된 화폭官本位生態的世俗化長卷」,『理論與創作』, 1999년 제5기.

돌아볼 수는 없다. 왜 이런 느낌이 들까? 관가에서 의기양양하며 매일
같이 잘난 체하는 사람들도 때로는 자신처럼 이러한 마음이 드는지
알고 싶어졌다.

이는 주화이징이 한 명의 지식인으로서 '존엄'과 '인격'을 '권력'과 바꾼
후 남은 일말의 양심에 다름없다. 소설의 마지막 부분에서 피더추 시장
은 몰락하고 주화이징 역시 스캔들로 인해 관료 인생의 곤경에 빠지게
된다. 하지만 과거 부하였던 장톈치의 도움으로 메이츠^{梅次}시 지역위원
회 부서기의 자리에 올라 '운명적 전기'를 마련하였다. 소설은 이렇게
말하고 있다.

> 그러나 그의 마음은 여전히 이 세상처럼 복잡다단하다. 어떤 때에는
> 혼자 긴 밤을 지새우며 문득 자신의 영혼이 가라앉았음을 느끼곤 한다.
> 하지만 세상 사람들의 눈에 그는 여전히 체면이 서는 여유로운 모습으
> 로 비친다. 그는 자신의 영혼을 잘 관리된 가죽 포대에 넣고, 교양과
> 문화적 소양이 넘치는 자세로 각종 장소에 드나들 수밖에 없었다.

험난한 벼슬길에서 주화이징의 영혼의 변화 과정은 실로 놀라운 일이
라 하지 않을 수 없다. 그러나 그의 인성은 복잡하고 다중적이었다. 예를
들어, 『국화』의 시작 부분에서 그의 운명의 순정을 최초로 깨부순 것은
창기라는 사회의 암적인 존재였다. 이것은 현실적 욕망의 상징으로서
주화이징은 거절하느냐 혹은 받아들이느냐에 대한 한바탕 내적 몸부림
끝에 허둥거리며 굴복하였다. 이 은유적인 장면은 도덕의 울타리가 우연
히 무너지고 인격의 의지가 순식간에 무너질 수 있음을 시사한다. 다음으
로 작가는 긴 편폭에 걸쳐 주인공의 성격의 다양한 측면을 보여주었다.
그는 자신이 고결하다고 생각해 스스로를 아주 엄격하게 질책하지만, 반

면 스스로를 다스릴 만한 역량이 부족했다. 그 자신도 "스스로 쓰레기란 것을 알고 있다." 하지만 또한 자신을 불쌍하게 여기면서 "나도 피해자이고 강탈당한 느낌"이 든다고 변명한다. 그는 한편으로 현실적인 욕망의 충동을 억제할 수 없으며, 다른 한편으로 자신의 정치 인생이 무너질까 안절부절못하는 즉, 의식적 측면에서는 거절하고 회피하지만 잠재의식은 동경하고 추구하는 태도를 취한다. 그와 호텔 여 매니저 메이위친의 혼외정사를 예로 들 수 있다. 이 두 사람은 만나자마자 반했다. 비록 이들이 공무 외로 애정 행각의 판을 벌였다는 혐의는 있지만, 두 사람이 같이 있을 때에는 정말 다정하고 심지어 청춘남녀의 로맨틱한 분위기까지 풍기는 것이 사실이다. 또한 주화이징과 그의 친구들인 청리, 리밍시와의 우정 그리고 푸웨이즈 선생님과의 나이를 잊은 교제는 그의 마음을 진실로 평안하게 한다. 이것은 전통 문인의 정신적 품격이 권력 욕망의 균형점이 되고 있음을 암시한다. 한마디로 주화이징의 정치 인생에서의 투쟁적 삶은 관료 세계에서 많은 지식인 관료들이 겪게 되는 윤리도덕과 지식인으로서의 가치관, 인문적 정서 사이에서의 몸부림치는 인생을 대표하고 있다.

『국화』에서 지식인 관료의 다중적 인성은 관가를 관찰할 수 있는 신뢰할 만한 시각을 제공하는 한편, 내적으로는 작가의 인문 지식인으로서의 사회 · 정치적 이상과 호응한다. 그것은 작가로 대표되는 현대 지식인의 역사적 이성과 인문적 관심을 드러내며, 현대 지식인의 직업의식을 명확하게 보여주는 것이기도 하다.

지식인들은 관료 세계의 주인공으로서 유구한 역사적 전통과 현실적 당위를 지니고 있다. 예전 지식인들은 "지식과 재주를 익혔으면 응당 벼슬에 나아가야" 한다는 인생관을 추구하고, "문무를 다 배웠으면 군주를 위해 공헌한다"는 정치적 이상과 "수신제가치국평천하"라는 인생의 최종적 가치를 실현하기 위해 노력했다. 그들이 보기에 힘껏 벼슬길에 오르는 것이야말로 인생의 가치를 실현하는 유일한 길이며, 이러한 가치관이 오랜 역사 속에 침전되어 민중의 집단 무의식으로 자리 잡고 있을 때, 지식인과 정치(관가)는 교착하고 미묘한 관계를 형성하게 된다. 이것은 곧 지식인의 정치(관가)에 대한 애착이기도 하다. 그들은 사회 정치의 진행 과정에 대해 일반을 훨씬 뛰어넘는 예리한 감성과 강한 참여 의식, 그리고 사명감을 가지고 있다. 현재의 지식인 관료들은 내적인 열정과 활력이 부족한, 평면적 세계에 직면해 있다는 점에서, 지식인으로서의 예리한 감각과 가치, 현실 사회와는 선명한 대조를 형성한다. 따라서 이들의 마음 속에 생겨나는 의문과 모순, 그리고 발버둥치는 모습은 수많은 관료소설 작가들에게 풍부한 창작의 공간을 제공하였다. 주화이징의 관료 세계에서의 변신 과정으로부터 중국의 지식인들이 문화의 뿌리를 수호하는 데 있어, 도처에 위기와 유혹이 도사리고 있음을 어렵지 않게 찾아볼 수 있다. 결론적으로, 시장화에 따른 자아실현의 '개인주의'는 이미 지식인들의 주체적 정신세계를 완전히 잠식하였다. 현재의 지식인 관료들은 스스로를 구속할 수 있는, '도' 또는 '덕'을 적극적으로 구축해야 한다. 하지만 유감스럽게도 소설 속의 인물에게서 이러한 '도덕'은 찾아볼 수 없다.

　창작의 주체 측면에서, 한 작가가 소설 텍스트를 구성하는 것은 사실상 자아와 '분노'를 표출하는 경로이며 작가는 이를 통해 '계몽과 구국'이라는 지식인의 직업의식을 표현할 수 있게 된다. 현대적인 시각에서 볼 때, 중국의 개혁 과정은 위대한 성과를 획득한 동시에 사회의 다원화라는 발전을 이루었으나, 반면 오염되고 더러운 것들 또한 받아들일 수밖에 없었다. 전환기에 있는 사회는 지식인들에게 문화와 철학, 현실 등 여러 가지 측면에서 사회의 현 상태를 탐색해보라 요구한다. 이에 따라 지식인들은 현 상황을 돌이켜보고, 현대에 대한 우려와 미래에 대한 기대를 표현하는 방법을 깨닫기 시작하며, 새로운 정신적 모델을 찾아 국민들을 일깨우고자 하였다. 관료소설가 옌전은 "지식인들의 역사적 처지에 근본적인 변화가 생겼다. 우리는 정신적으로 심각한 도전에 직면했다. 이것은 우리의 생존의 뿌리를 흔들고, 부지불식간에 우리의 신분을 상실하게끔 하였다"[20]라고 말하였다. 지식인들은 자신의 역할이 얼마나 중요한지 인식하였고, 이에 따라 발언할 능력을 갖춘 이들의 발언이 한시가 급하게 요구되었다. 그래서 관료소설 작가들은 관가를 묘사하고, 이를 통해 관가의 권력이 현재 사회의 각 사람의 삶과 정신에 어떠한 영향을 미쳤는지 이야기했다. 이것은 대중에 대한 각성과 채찍질에 다름 아니었다.

　작가 왕웨원은 무심한 구경꾼도 아니고 시장과 소비자에 영합한 '르포―흑막' 작가도 아니다. 그의 『국화』에는 관가의 권력투쟁에 대한 냉엄한 폭로와 비판이 있고 또한 인성의 변화에 대한 깊은 연민과 동정도 있다. 소설의 스토리는 깊은 우려와 슬픔의 분위기마저 띠고 있다. 왕웨원은 "나는 내 영혼이 청렴결백하므로 소설을 쓴다. 어느 날, 내 핏줄에 썩은 피가 고이고 내 영혼이 오염된다면 더 이상 소설을 쓰지 않을 것이다", "이상은 영원히 강 건너에 있다. 강의 이쪽은 위선과 불공정·사기·폭력·고통 등으로 가득 차 있다. 결코 의기소침해질 필요는 없지만, 이것은 이상이 말라비틀어진 후에 남겨진 가죽 부대일 뿐이다. 오늘날 많은 사람들은 의기소침이 아닌 무감각을 선택했다. 나는 의기소침하지도 않고 무감각하지도 않고자 하므로 비판할 수밖에 없다"[21]라고 말하였다. 그러나 작

---

20) 옌전閻眞, 「당대 지식인을 위해 알맹이를 쓰다 ―『창랑의 물결』 창작 소감爲當代知識分子寫心 ―『滄浪之水』寫作隨感」, 『文藝報』, 2001년 12월 11일.

가의 비판은 비판일 뿐, 이는 단지 지식인의 일종의 직업의식을 대표하고 '호소'하여 "치료받도록 하는 일종의 주의"에 불과하다. 이 외에 '사회 구원'과 같은 말의 경우에도, "조설근曹雪芹이 『홍루몽』을 쓰면서 이를 통해 청나라를 구하겠다고는 생각하지 않았을 것이다. 작가가 정치가와 사상가들의 밥그릇을 빼앗을 필요는 없다. 작가로서 사회를 치료하는 의사가 되고자 했지만 언제나 힘에 부쳐 진단의 책임을 민중과 역사에 미루어버렸다!"22)라는 왕웨원의 말을 인용해 대답할 수밖에 없을 듯하다.

제3절 관료소설의 현황과 문제점

앞에서 언급한 일부 관료소설의 작가 서문을 통해 이러한 유형의 소설이 현실비판주의적 색채를 띠고 있음을 알 수 있다. 관료소설은 허베이河北 '삼두마차' 리얼리즘의 충격파에 이은 리얼리즘을 선양하는 또 하나의 문학창작상 클라이맥스로서, 현실 속 관료 세계의 부패상을 진실하게 폭로하고, 도덕적 가치의 궤도 이탈과 인성의 이화異化 등 사회적 현실을 깊이 반성·비판함으로써 지식인들의 현대 사회에 대한 우려를 표현하였다.

왕웨원의 관료소설이 수많은 독자와 평론가들로부터 호평 받을 수 있었던 것은 작품의 진실성에 기인한 바가 크다. 관료 세계를 직접 경험한 바 있는 왕웨원은 1984년에 대학을 졸업했다. 그는 "지식과 재주를 익혔으면 응당 벼슬에 나아가야" 한다는 이상을 품고, 일개 농촌 교사에서 관직으로 진출한 뒤 차츰 관료사회에 적응해 실무급 과장 및 근면한 '기관

---

21) 왕웨원王躍文, 『국화·후기國畵·後記』, 인민문학출판사, 1999년.
22) 옌전, 앞의 논문.

수재'가 되고, 후난胡南의 작은 현에 있다 화이화懷化시 행정기관으로 승진한 후, 다시 성 정부에까지 입성할 수 있었다. 그의 벼슬길은 1999년 출판된 장편소설『국화』로 인해 변화를 맞이했다. 이 소설은 작가가 익히 알고 있는 관료 세계의 인간관계를 폐부를 찌르는 듯 깊이 있게 분석·조명함으로써 사람들을 놀라게 했고, 관료 사회에 몸담고 있는 자들 역시 앞다투어 이를 구매하였다. 관가 출신인 작가는 리얼리즘으로써 '전형적인 환경에서의 전형적인 인물'을 형상화하고, 관료사회의 인정과 세태에 대한 디테일한 묘사를 통해 그곳의 다양한 모습을 남김없이 표현해냈다.

비록 관료소설이 현재의 정치계를 진실하게 반영하고 정치권력을 예리하게 비판한다는 점에서 특별한 연구 가치가 있고, 또한 체제 전환기 정치 가치관과 정치권력의 합법성에 대한 연구에 유익한 사고를 제시했다고 해도, 관료소설의 끊임없는 열기에 직면해 이를 진지하게 생각하고 분석하지 않을 수 없다. 대중의 인정을 통해 베스트셀러로서의 관료소설 혹은 어떤 측면에서의 성공이 보장될지는 몰라도, 예술적 표현 등 각 방면에서의 성공까지 증명되는 것은 아니다.

루쉰魯迅은「청말의 견책소설」이라는 글에서 "이 소설은 병폐를 폭로하고 악행을 나타내며, 시정에 대해서 엄격하게 규명하거나 또는 확장하여 풍속을 논한다. 비록 뜻은 세상을 바로잡고 풍자소설과 같이 하고자 하지만, 표현이 경솔하고 예리하지 못하며 심지어 지나친 수식을 사용하여 사람들의 취향에 따른다는 점에서 그 도량과 기법이 상당히 부족하다", "따라서 모든 이야기는 영합하는 것과 온갖 수단을 사용하는 것, 속임수를 사용하는 것, 각종 수단을 동원하여 재물을 조달하는 것, 알력이 생기는 것 등을 말하고, 사인이 벼슬에 열중하는 것과 관료들의 규중閨中의 속사정 역시 포함하고 있다. 두서가 번잡하고 역할이 중복되며, 이야기는 한 사람에 의해 일어나 그 사람에 의해 종료된다", "아무리 살펴보아도 이야 깃거리에 불과한데, 이러한 것들을 이어서 책으로 펴낸다. 관료사회의 계략은 원래 대동소이하므로 이것을 길게 이야기하면 천편일률이 되어버 린다"[23]라고 말하였다. 이렇듯 관료소설 역시 '천편일률'의 운명을 피할 수 없었다.

우선, 단조로운 예술 기법을 구사한다. 대개 관료소설의 스토리는 전개 방식이 단조롭고 표현 수단의 창의성 또한 부족하다. 마치 앞에서 말한 관료소설의 첫 번째 유형에서 볼 수 있듯이, 좋은 사람과 나쁜 사람이 분명하고 어느 쪽이 옳고 그른지가 일목요연하다. 이런 이야기들은 모두 한 가지 고정된 모델을 갖고 있는 듯하다. 소설은 항상 시작되자마자 아주 강한 악한 세력에 의해 물들고, 정의의 힘은 비교적 약하여, 주인공 은 이러한 상황에서 여러 번 좌절한다. 이어서 위험에 처하면서도 두려워 하지 않는 주인공은 갖은 난관을 극복하고 더 높은 지도자의 지지 하에 사악한 세력과의 투쟁을 전개하고, 마침내 국면을 전환시키기 시작한다. 최후에 정의는 악의 세력을 이기고, 국민의 이익이 보호되고 선과 악이 보응을 받으며 대단원의 막을 내린다. 예를 들어, 『선택』속의 리가오청李 高成은 부패와 과감하게 맞서 싸우는 철인과도 같은 인물이지만, 지나치게 도식화된 느낌 역시 풍기고 있다. 또 어떤 작품은 주인공의 형상을 드러내 기 위해 임의로 인물을 격상시키고 풍부하고 복잡한 삶을 이상화시킨다. 예를 들어, 『양심의 증거良心作證』에서 주인공 궁강톄龔鋼鐵는 반부패 영웅 으로서 자신의 입장이 확고하고 지극히 충성스러우며 청렴한 소위 '완벽 한' 인물이다. 관료소설의 두 번째 유형은 대개 다음과 같은 몇 가지 핵심

---

23) 루쉰魯迅, 『중국소설사략中國小說史略』, 장쑤문예출판사, 2007년, 168쪽.

적인 요소로 서술을 구성한다. 즉 관료 인물, 승진의 좌절, 특별한 기회, 성공적인 승진, 각종 권력 관계 개입, 정신적 반성 등이 그것이다. 관료소설의 이러한 주인공은 일종의 '성장형 인물'이라 할 수 있다. 이들은 관료사회라는 생태환경 속에서 '적자생존'의 생존법칙을 추구하지만 정신적으로는 극도의 몸부림과 고통을 겪는다. 그리고 결국 출로를 찾지 못하고 어쩔 수 없이 다시 관료사회로 되돌아간다. 예를 들어,『국화』에서 주화 이징의 두 번에 걸친 차좌정且坐亭에서의 감상, 그리고『창랑의 물결』에서 츠다웨이池大爲가 부친의 무덤 앞에서 한 영혼의 고백 등, 이 모든 것은 소설 속 주인공의 정신적 발악을 보여주고 있다. 하지만 유감스럽게도 사람을 설득할 수 있는 진정한 감정의 임팩트는 결여되어 있다.

둘째, 창작 관념이 뒤처져 있다. 관료소설은 대부분 진부한 인치人治 사상과 청렴한 관료의식을 구현한다. 또한 권력을 분석하고 관료사회를 해부하는 동시에 부지불식간에 권력지상주의와 권력 숭배 의식을 노출하며, 따라서 이해하기 어려운 상반된 서술이 출현한다. 수많은 관료소설에서 한 명의 청렴한 관리가 탐관 집단과 투쟁하거나, 청렴한 관리의 능력이 한계에 부딪히면 더 높은 관리나 중앙 기율위원회에서 파견된 사람이 개입하여 진상을 밝히는 장면을 찾아볼 수 있다. 예를 들어,『양의 문羊的門』에서 작가는 사십 년에 걸친 후자바오呼家堡의 형성 과정과 촌장 후톈청呼天成이 각종 전통 관가의 문화를 흡수해 자신을 신격화하고, 마침내 촌 주민들의 '수령'이 된 이야기를 그려냈다. 『창랑의 물결』에서 츠다웨이는 선배 문화 명인으로부터 이어받은 인격의 존엄을 지키고, "천하의 흥망은 필부에게도 책임이 있다"라는 책임감으로 사회생활을 시작한다. 그는 또한 자신이 가지고 있는 지식과 능력으로 상사로부터 좋은 평가를 받고 "구세제민"이라는 좋은 취지의 의견을 위생국에 제시한다. 그러나 이러한 불타는 충성심은 아무런 성과도 없이 도리어 냉대를 받고 만다. 그는 본래 "궁하면 자신을 올바르게 하려窮則獨善其身"고 했으나, 여러 가지 현실적 문제로 인해 한가로이 자유를 추구할 처지가 못 되었다. 무능한 동료 딩샤오화이丁小槐가 아첨으로 승진하는 것을 보고 자신도 적극적으로 현실에 임하지 않으면, 결국 옌즈허宴之鶴 - 한평생 과원으로 일했지만 권력의 중심 밖으로 밀려난 - 처럼 될 수 있다는 사실을 깨닫는다. 그는 자신의 성격을 개조해 점차 권력의 중심으로 이동하기로 결심한다.

셋째, 대중화 서술에서 용속화 서술로의 변화이다. 관료소설은 대개 일반 민중들을 상대로 창작된다. 바로 루톈밍이 『성 위원회 서기』의 후기에서 "창작은 대중들의 인정과 사랑을 받기 위한 것이며, 현재의 시대 변화에 참여해야 한다"라고 토로한 바와 같다. 대부분 관료소설의 '청렴 모델'과 철인 인물의 '인치 의식'은 "대중에 조금 더 가까운 소설 형태"가 되었다. 이는 사실상 대중들의 일종의 '이상주의 정서'에 영합하고, 하층 민들의 진정한 역경을 은폐하며, 작가가 만들어낸 문화적 환상으로써 민중들의 소박한 기대, 즉 권선징악을 허위로 충족시키는 것이다. 그러나 더 많은 관료소설들은 대중에 다가가는 동시에 그들에게 영합하는 경향을 보이고 있다. 이로 인해, 작품은 정신적 측면에서 크게 평가절하 될 수밖에 없다. 예를 들어, 많은 관료소설에 노골적으로 삽입된 삼각관계와 혼외정사에 대한 묘사가 마치 나쁜 짓을 교사하는 것 같다는 느낌을 지울 수 없다. 『국화』에서 작가가 행한 주인공과 그의 부인 샹메이香妹 그리고 정부情婦 위친 간의 각기 다른 성적 묘사는 겉으로 보기에는 로맨틱하지만 실은 용속한 우스개에 불과하다. 작가가 여성을 물화物化하는 것은 사실 극단적인 남권 관념에 대한 미화이다. 주화이징은 여성과 성관계를 할 때, 항상 그 자신의 시각으로 보고 행하고 알고 느낀 것을 말하고, 성관계

가 끝나면 서술의 시각을 여성의 마음으로 이동해 '그녀'의 내적 감상을
대신 표현한다. 주화이징과 메이위친의 서로의 관계에 대한 반성 가운데
그들의 진정한 사랑은 감지되지 않으며, 주화이징에게 있어 메이위친은
사실상 전통 관료의 애정관을 암시하는 것이나 다름없다. 메이위친을
위시한 관료소설 속 여성 인물은 단지 작가가 남성 욕망의 시각에서 형상
화한, "공부하는데 미녀가 짝이 되어 주다" 식 애정의 대상에 불과하며,
사실상 이러한 여성은 이미 "한 남성이 공개적으로 드러낸 성적 이미지,
즉 한 남성의 성적 대상으로서의 화신"[24]이 되었다고 해도 과언이 아니다.

  결론적으로, 관료소설의 결점에 대해 다시 돌이켜보아야 한다. 관료소
설이 현대문학사상 견책소설의 전철, 즉 처음에는 사회 비판에서 시작하
여 잘못을 꾸짖는 것에서 점차 오락성에 치우쳐 조잡한 상업 창작으로
몰락하고, 결국에는 '폭로 비방서'로 끝나는 길을 밟지 않기를 바라는
마음에서이다.

양제충 楊傑瓊

---

24) 장춘카이張存凱, 「1990년대 관료소설의 세 가지 문제20世紀90年代官場小說三題」, 『晋中
學院學報』, 2005년 제4기.

제13장

『늑대토템』과 생태문학

제1절 문학의 반성과 생태문학의 발전

1990년대 이후, 중국 현대문학은 새로운 돌파구를 찾기 위해 과거의 문학을 전면적으로 되돌아보았다. 이는 아래와 같은 두 가지 방식으로 진행되었다.

첫째, 문학 자체의 이론과 실천을 정리하고 문학의 내부를 들여다봄으로써 문학 판도를 이전과 달리 이해하고 재구성하려 했다. 그 예는 문학사 다시 쓰기, 문학대사 재배치, '단절' 사건, 인문정신 대토론, 리얼리즘 충격파, '홍색경전'의 창작과 각색, '80후' 창작 등이다. 이렇게 반복적으로 다양하게 출현하는 열기는 신시기 문학 자체의 발전과 축적이 일정한 단계에 이르면서 나타나게 된 반향과 재조정이다. 둘째, 문학의 바깥에서 새로운 자원과의 결합 가능성을 적극적으로 탐색하고, 새로운 이론과 방법으로 새로운 표현 형태를 찾아 새로운 해석 공간을 구성한다. 예를 들어, 역사문학과 전기문학·보고문학 및 1980년대 중반의 '삼론三論'(즉 계통론·정보론·통제론)을 대표로 하는 신방법론 같은 것이 있다. 이러한 본보기를 참조하여, 문학의 내용과 범위는 효과적으로 확대되고 창작과 연구에 있어서도 적지 않은 새로운 영역과 핫이슈들이 추가되었다. 최근 십여 년 이래, 신속한 경제 발전과 사회문화의 변화로 인해 수많은 새로운 현상과 문제점들이 문학에 충격을 던져주고 있다. 특히 과학기술의 발전은 사람들의 삶에 큰 변화를 초래하였고, 이에 따라 문학창작 역시 정신적 관념에서부터 사고방식, 서술 언어, 문체 스타일에 이르기까지 혁신적인 변화에 직면하였다. 판타지 문학과 인터넷 문학, 휴대폰 문학 등 문학의 새로운 형태는 학문의 범주를 초월하였고, 완전히 새로운 창작 자원과 이론적 기준, 전송 매체를 통해 인류와 세계와의 관계를 처음부터 재검토하고, 각종 존재의 구조와 질서 그리고 상호 간의 관계를 재설정하였다. 이러한 내외적으로 경로가 다른 반성과 탐색은 문학의 발전에 있어 잠재적이고 심도 있는 영향을 미치지 않을 수 없다.

생태문학은 후자에 속하며, 과학주의를 계승하는 동시에 전통적 인문정신 속으로 강하게 침투하고 있다. 인류 윤리도덕의 기준이 새로운 도전에 직면하고, IT 기술과 인터넷 기술이 인간의 공간적 거리를 변화시키며, 생물학과 유전학의 새로운 발전이 전통적 인륜 질서에 강한 충격을 주고 있는 현 상황에서, 인간은 지구상의 생존 환경의 악화와 생물 종의 감소 또는 멸종 위기, 인류의 지속 가능한 발전의 심각한 한계 봉착 등 수많은 생태적 위기에 직면해 있다. 이러한 상황의 작용과 영향으로 문학도 삶의 주변에 있는 생명들에 관심을 갖고 인성의 영역을 넓히며, 인간의 윤리적 관계를 생태 윤리로 확장하여 보다 넓은 세상을 가슴에 품게 되었다. 따라서 생태문학이란, 당대문학이 자연과학의 새로운 영역과 인류 발전으로 인해 발생한 문제에 직면함으로써 출현하게 된 새로운 형태의 문학이라 할 수 있다.

"천인합일天人合一"이란 문화적 이념을 가지고 있는 중화민족은 예로부터 자연에 관심을 두고 자연과 사람의 관계를 탐구하는 전통이 있다. 그

옛날 중국인들은 자연 속에서 조용히 명상하고 생명의 아름다움을 체험하며, 중국 전통 예술의 풍성한 성과 – 산수시화山水詩畵 – 를 만들어냈다. 신시기에 접어들면서 산업 문명의 보급과 상품 경제의 발전으로 환경은 점차 파괴되었고, 이는 사람들의 감수성을 강하게 자극하는 한편 세계적 환경 문제와 생존에의 위협을 초래하였다. 따라서 세기 초 중국의 현대 생태문학은 시대의 요구에 따라 생겨났다고 말할 수 있다.

  중국의 현대 생태문학 창작은 전통적인 자연 창작과는 다르다. 생태문학은 자연계의 생존 공간을 더 이상 인간만의 것으로 보지 않으며, 또한 '인류중심주의'의 이성적 기준을 포기하고 인류와 다른 생명의 종, 환경 사이의 평등과 교류의 관계를 확립하고자 한다. 신시기에 들어 중국 현대 생태문학은 두 가지 경로를 거쳐 발전하였다. 1980, 90년대는 생태문학의 준비 단계로서, 주로 환경 이슈와 생태 위기가 현대문학 창작의 새로운 제재로 편입되기 시작하고, 사람들 역시 생태 관념에 대해 점점 익숙해져 갔다. 구체적으로 이러한 창작은 전통 농업 문명의 파괴와 이에 따른 자연 생존 공간의 오염 같은 이슈에 집중하고, 이를 통해 지구의 생태 위기를 경고하는 한편 생태 안전에 대한 사람들의 주의를 환기시키고자 했다. 대표작으로는 쉬강徐剛의 『벌목자, 깨어나다!伐木者, 醒來』, 『대지에 귀 기울이다傾聽大地』, 『지구전地球傳』, 『장강전長江傳』, 천구이디陳桂棣의 『화이허의 경고淮河的警告』, 저푸哲夫의 『창장 생태 보고長江生態報告』, 『화이허 생태 보고淮河生態報告』, 『황허 생태 보고黃河生態報告』 그리고 팡민方敏의 『판다 서사시熊猫史詩』 등을 꼽을 수 있다. 이 작품들은 대부분 격한 감정으로 인류의 무절제한 욕망과 각종 악행에 대해 비난을 퍼붓고 환경 악화에 따른 심각한 결과와 재난을 폭로하며, 엄중한 어조로 생태에 대한 우려를 표현한다. 이 단계에서 생태문학은 자신의 삶과 밀접한 관계가 있고,

생존을 위해 의존해야 하는 자연 자원이 파괴되는 것에 대해 가슴 아파한다. 그러나 이들 자연은 인간에게 있어 인류의 생존을 위해 얻어야 하는 자원으로서 외적인 존재에 불과할 뿐, '인류중심주의' 사고 및 인식과 인륜 관념에 충격이나 도전을 제시하지는 않는다. 표현의 대상이라는 측면에서, 이는 주로 무생명의 자연 자원이 인간에 의해 마구잡이로 획득·파괴되고, 인류로 인해 발생한 환경의 변화를 묘사하며, 인간을 작품에서 악한 세력의 대명사로 설정하고 질책한다. 표현의 형식 측면에서는, 인류의 활동에 대해 강한 정서적 질문을 던지고 각종 생태 위기를 폭로한다. 문학체제의 관점에서, 이는 자연 환경의 악화에 대한 진술을 위주로 하는 사실 기록 산문과 보고문학 형태 등으로 볼 수 있다.

생태문학 창작의 발전과 함께 생명의 평등 의식 및 생물 종의 공존 등과 같은 생태 의식, 그리고 전통적 '인류중심주의'에 대한 의혹이 광범위하게 확산되고 있다. 생태 윤리에 있어 보다 넓은 의미에서의 생명 평등이라는 관념이 인류 사회의 윤리에 도전장을 던지고, 인간과 자연의 관계를 탐구하는 생태문학의 열기가 고조되면서, 문학 속에 동물의 이미지가 많이 등장하게 되었다. 특히 이 단계의 생태문학은 과거에 추악하고 잔인·교활한 이미지의 맹수들에 대한 재조명이라는 빛나는 신풍경을 연출하였다. 왕펑린王鳳麟의『늘대계곡野狼出没的山谷』, 선스시沈石溪의『잿빛 늘대 떼殘狼灰满』, 쉐모雪漠의『사냥감獵原』, 자핑야오賈平凹의『늘대를 회고하며懷念狼』, 장룽姜戎의『늘대토템狼圖騰』, 양즈쥔楊志軍의『장오藏獒』등의 작품이 집중적으로 나타나 사람들의 가치관에 강력한 충격을 가하고, 문학창작의 측면에서도 생태 관념의 영향에 따른 구조적인 변화를 야기하였다. 표현 대상은 자연 환경에 대한 묘사에서 동물 이미지의 형상화로 바뀌고, 문학작품에 늘대와 양·개 등 주체적인 캐릭터가 나타났다. 표현 방식에 있어서도, 인간에 대한 단순한 의문·부정으로부터 이에 대한 이성적인 해석이 시작되었고, 생태 환경이 악화된 구체적인 원인을 객관적으로 분석하고 생태 위기를 해결할 수 있는 방법을 찾고자 노력하였다. 문학체제의 측면에서는 생태 문제를 깊이 있게 탐구하는 장편소설들이 많이 출현했다. 이는 생태문학이 곧 '인류중심주의'에서 '비인류중심주의'로 전환하는 새로운 발전 단계로 접어들었음을 의미한다.

『늑대토템』이 바로 이 단계의 대표작이다. 이 작품은 사람들의 늑대에 대한 인식을 완전히 바꾸어 놓았을 뿐만 아니라, 늑대에게 강인함과 용맹함·협동심 등 독특한 성격을 부여함으로써 문단에 강한 '늑대바람'을 불러일으켰다. 현재 '늑대 바람'의 열기는 지나갔고, 또한 한 편의 작품으로서 『늑대토템』이 처음처럼 그렇게 핫한 것은 아니지만, 이것은 윤리도덕과 가치관, 미래 발전에 있어서의 일련의 중대한 이슈와 연관되어 있기 때문에 여전히 학계의 주목을 끌고 있으며, 이와 관련된 논쟁과 의문 역시 끊이지 않고 있다. 「인성과 생태의 패러독스 -『늑대토템』을 통해 본 향토소설 전환 중의 문화윤리 변화人性與生態的抬論 - 從『狼圖騰』看鄉土小說轉型中的文化倫理蛻變」[1]란 글이 바로 이러한 사실을 증명하고 있다.

제2절 『늑대토템』의 주체 형상과 이성에 대한 탐문

현재 냉대 받고 있는 대부분의 문학작품들과 비교할 때, 『늑대토템』은 소위 '기적'이라 할 수 있다. 장장 50만 자에 달하는 이 장편소설은 2004년

---

1) 딩판丁帆·스룽施龍, 「인성과 생태의 패러독스 -『늑대토템』을 통해 본 향토소설 전환 중의 문화윤리 변화人性與生態的抬論 - 從『狼圖騰』看鄉土小說轉型中的文化倫理蛻變」, 『文藝研究』, 2008년 제8기.

에 출판된 이후 수많은 평론가들 - 레이다雷達, 멍판화孟繁華, 천샤오밍陳曉明, 리젠쥔李建軍 그리고 독일의 쿠빈을 포함하여 - 의 비방 혹은 칭송이라는 다양한 입장에 직면하였다. 긍정적인 견해로는 "늑대에 의해 유목민족의 생존 철학을 다시금 인식하게 된 기이한 책"(저우타오)이라는 평가와 글 속에 숨겨진 자연 생태, 사회 생태, 인류 생태, 생명 생태의 네 가지 체계를 추출하고 작가가 문학적 캐릭터를 통해 전체 생명 체계에서의 야성적 특징과 진취적 정신을 추앙했다는 평가가 있다. 즉, "이것은 한편으로 모든 야생 동물들이 가지고 있는 강인한 생명력을 특별히 보여주고, 다른 한편으로 한 생명의 생명력이 어떻게 상실되고 박탈되는지 보여주고 있다."[2] 부정적인 견해로는, "침략적 성격과 파시즘 경향이 있는 문화적 정서 혹은 가치관이다", "'썩고 말라비틀어진 완두콩' 같다"[3]는 평가와 더불어 "『늑대토템』의 결함은 그것이 선양하는 생존 철학이 동물의 적나라한 생존법칙에 불과하며, 인류 문명의 발전 과정에서 형성된 도덕적 구속과 가치 기준을 배척하고, '자기 생존'의 본능을 극단적으로 강조한 나머지 생존을 위해서는 무엇이든 할 수 있다는 느낌을 준다. 이는 공공연한 반문명적 언어이다"[4]라는 평가가 있다. 영향력이 얼마나 큰지, 논쟁이 얼마나 치열한지를 평가 기준으로 삼았을 때, 칭송의 목소리는 대개 소재 선정과 독특한 사고방식이라는 측면에 집중되었다. 즉, 초원의 늑대라는 동물 캐릭터를 통해 그들이 초원 생태 환경에서 가지는 특별한 기능을

---

2) 리샤오홍李小紅, 「생태학으로 본 『늑대토템』의 포스트모더니즘 서사 구조 - 인류의 공간 선택에 대한 토론을 겸하여從生態學看『狼圖騰』的候現代敍事結構 - 兼談人類還有多少選擇空間」, 『渤海大學學報』, 2008년 제1기.
3) 리젠쥔李建軍, 「진주인가, 완두인가 - 『늑대토템』의 세 가지 문제 평론是眞珠, 還是豌豆 - 評『狼圖騰』小說三題」, 『晉中學院學報』, 2006년 제6기.
4) 딩판丁帆 · 스룽施龍, 앞의 논문.

해석하고, 생태학적 관점에서 인간과 늑대의 관계 및 늑대의 자연 환경에 있어서의 가치와 의미를 탐구하고, 늑대가 생태 환경에서 수행하는 생태 기능을 강조하였다는 주장이다. 반대로 비판의 목소리는 전통적인 인학人 學과 인론人論의 입장에서 『늑대토템』은 늑대의 정신적 가치 혹은 문화적 의미를 '야수성', '정글의 법칙', 피비린내 나는 폭력과 약육강식의 '침략 자 논리'를 선양하는 데 둔, 인도주의 정신을 완전히 이탈한 반인성·반문 명적 작품이라는 것이다.

　위의 논쟁을 어떻게 봐야 하는가? 논자의 관념과 입장·시각 등의 요소를 차치하더라도, 『늑대토템』 자체의 복잡함과 관념의 혼잡함도 무시할 수 없는 중요한 요인이라 생각된다. 우선 주제의 표현에 있어, 『늑대토템』 은 초원 생태에서 늑대와 인간의 관계를 묘사할 뿐만 아니라, 늑대란 캐릭 터를 통해 인류 세계와 민족·종족의 관계를 표현하고자 했다. 또한 지식 청년 천전陳陣의 경험 및 늑대의 몽골 초원에서의 생활과 멸망 과정을 기술하는 한편, '후기'를 통해 초원 늑대의 적극적이고도 진취적인 '늑대 정신'의 가치를 민족 전체에 보급하고자 시도했다. 다음으로, 창작의 입장 에 있어 『늑대토템』은 늑대의 생태적 가치로 '인류중심주의'를 해소하지 만, 다른 한편으로 초원에서 늑대의 핵심 역할을 확립하고, 심지어 늑대의 작용을 드러내기 위해 다른 생명의 종을 희생하였다. 『늑대토템』은 가치 관 측면에서도 '인류중심주의'에 반대하는 한편 전통적 이원대립의 사고 방식을 답습했기 때문에, 인류 지존의 인식을 해소하는 동시에 늑대성은 지순하다는 논조를 확립하였다. 따라서 이것은 마치 인류 중심의 도덕적 윤리와 보다 넓은 생태적 윤리로부터 유리되어 있는 듯하다. 여하튼 간에 이 작품이, 보다 심층적으로 생태의 본체이론에 접근하여 신기하고 참혹 하며 웅장한 서술을 통해 이 모든 것을 짜릿하고 놀라운 장면으로 빚어내고, 독자들에게 엄청난 스릴감을 주기 위해 노력한 것 역시 사실이다. 이 점은 칭송할 만하며 또한 독자들을 유혹하는 매력 포인트이기도 하다.

한편, 『늑대토템』의 '후기'에 대해 특별히 언급할 필요가 있다. 이만 자에 달하는 거침없는 이 글에서, 작가는 초원 늑대의 자연적인 생태 기능을 민족정신의 특질로 승화시키고, 이를 통해 농경민족의 나약한 '양의 성격'을 비판하고 유목 민족의 적극적이고 진취적인 '늑대의 성격'을 추앙하며, 이를 '중국병'을 치료하는 좋은 처방으로 제시하였다. 하지만 '이성적 발굴'이란 이 글은, 주체 이미지를 이탈했을 뿐만 아니라 논리적으로도 혼란스럽기 때문에, 작품에 군더더기와 부작용이 되었다. 이로 인해, 논자들은 마땅히 비평에 나설 수밖에 없었다. '후기'에 드러난 작가의 사고는 작가의 문명사에 대한 편파적인 인식과 자신의 영혼 자원이 부족하다는 사실을 스스로 폭로하고 있다. 주지하다시피, 근대에 진입한 이래 한족漢族의 민족성에 대한 우려가 끊이지 않는다. 인류 문명의 발전은 자연적인 본성의 은폐와 소멸을 초래하고, 이로 인해 우리는 타민족과 타문화를 마주할 때에 깊은 자아반성을 하게 되었다. 사회제도의 질서정연한 규정과 사회 활동의 고정된 절차, 정교하고 우아한 일상생활 방식은 인류의 생명 활력과 정신적 창의성을 갈수록 약화시키고, 마침내 이 모든 것은 현대문학창작의 큰 동기 중 하나가 되었다. 모옌莫言과 장웨이張煒, 장청즈張承志, 츠쯔젠遲子建, 한샤오궁韓少功 등의 작가는 모두 자신의 중화민족에 대한 우려를 각기 다른 방식으로 표현하였다. 1980년대에 광범위한 영향을 미쳤던 『홍가오량 가족紅高粱家族』은 황야의 정감과 황야에서의 생존, 야생적 성격을 통해 점차 은폐되고 사라졌던 야성의 힘을 되찾고, 중화민족의 생명의 근원과 문화적 본질을 발굴해냈다. 이후 모옌은 『단향형檀香刑』과 『사십일포四十一炮』 등 여러 작품에서 예술적 형상화를 통해 각종

과도한 억압과 규제로 인해 생겨난 금기와 격리를 폭로하고, 원초적인
생명력이 점차 사라짐으로써 나타나게 된 인성의 질식 상태를 해부하며
중화민족의 숨겨진 원초적 역량을 적극적으로 찾는 등, 민족의 우수한
특질을 탐구하는 적극적이고 낙관적이며 진취적인 태도를 보여주었다.

　이와 대조적으로 『늑대토템』의 경우, 몽골 늑대의 잔인한 성격의 선양
은 오히려 예의바르고 문명적인 한족에 대한 절망적인 심리 상태를 표현
한 것이다. 작가는 자연법칙을 인간 사회에 단순하게 적용하고, 늑대와
양의 자연적 역할을 민족의 관계에 직접적으로 대입해 자연 생태의 관념
으로 인류 사회의 민족문화 관념을 대체하였다. 자연계 동물의 종족 관계
를 인류 사회의 민족 관계에 직접 비유하는 것은 말도 안 된다. 그런데
이것은 동시기에 등장한, 마찬가지로 늑대 문화를 통해 인류의 생태 책임
을 반성하는 『늑대를 회고하며』와는 전혀 다르다. 『늑대를 회고하며』
역시 늑대를 쓰고 찬양하지만, 자핑야오는 인간과 늑대 관계의 복잡함과
인간이 늑대의 생존을 선택할 수 없는 고통을 인지하였다. 인간은 늑대를
최대한 관리하고 보호했지만 오히려 늑대들은 인간의 마음을 이해할 수
없었고, 반대로 얼마 남지 않은 늑대들마저 더욱 빨리 멸종되기 시작했다.
여기에서 작가는 인간의 자연에 대한 힘겨운 선택을 보여주고, 동시에
생태이론 및 생태원칙의 작동 가능성과 실행 가능성에 대한 의문을 예술
적 수단을 통해 제기하였다. 생태이론은 인간이 인간을 통제하기 위해
제기한 이론으로서 그 자체가 이미 역설적이다. 자핑야오는 인류가 자연
을 극복하는 과정에서 표출한 오만함과 인간성의 방자함 및 잔인함 등
비인도적인 행위에 대해 우려를 나타냈다. 또한 인류가 자연의 생태원칙
을 위반하고 제멋대로 영합한다면 자연 보전과 생태 이상을 실현할 수
없을 뿐만 아니라, 재앙적인 결과를 초래하여 어찌할 수 없는 상황에 처하

게 될 것이라고 폭로했다.

　그렇다면『늑대토템』은 왜 상기와 같은 과오를 범한 것인가? 국내 산업
문명과 상품 경제의 발달, 치열한 경쟁, 극심한 생존 압력, 식민주의 알력
에 대한 반동, 민족의식의 강화 등이 중요한 원인임에는 틀림없다. 이러한
내외적 요인의 공동 작용 및 영향으로, 강자와 강권에 영합하는 '늑대
정신狼道哲學'이 힘을 얻고 있다. 많은 맹수들이 문단에서 '야성'을 드러낼
때, 그 배후에서 칭송되는 것은 강자에 대한 약자의 무조건적인 복종이다.
아이러니하게도『늑대토템』속 '늑대 정신'이 광범위하게 의심받고 있을
때, 또 다른 소설『장오』는 또 다른 맹수인 장오(사자개)를 통해 인간에
대한 무한한 충성심을 발굴해냈다. 만일, 사나운 동물의 잔인한 본성이
인간에게 해롭지만 않다면 높이 떠받들어도 좋다는 말인가? 이러한 창작
경향 역시 '인류중심주의'의 가치관에서 벗어나지 못했으며, 진정한 생태
문학과 겉모습만 비슷할 뿐 실제는 다르다고 생각된다.

　위에서 많은 글을 통해『늑대토템』, 특히 그 '후기'에 존재하는 문제점
들을 분석하였다. 그러나 이러한 것들이『늑대토템』의 전부는 아니며
일부에 불과한, 심지어 주요한 부분도 아니라는 사실을 알아야 한다. 이러
한 점에서 레이다의 판단에 찬성하는 바이다. 그는 "늑대가 바로『늑대토
템』의 정신적 몸통이다. 늑대의 교활함, 지능, 강한 생명력, 협동 정신
그리고 늑대성狼性, 눈빛狼眼, 울부짖음狼嗥, 늑대불狼煙, 늑대기狼旗 등이
이 책의 재밋거리이다. 도덕과 의분으로 가득 찬 실용적인 관점에서보다
는 심미적이고도 기이한 상상력이라는 관점에서 이 작품을 바라보아야
한다. 비록 늑대가 잔인한 존재일지라도, 문학의 세계에서는 복잡한 미적
이미지를 구성할 수 있기 때문이다. 늑대는 사람을 잡아먹지만, 늑대성狼
性은 더욱 깊이 있게 인간성을 보여주었다. 예술은 예술이고 삶은 삶이며,

이는 때로 서로 분리될 필요가 있다. 늑대는 인간 세상에서 저주받은 동물이지만, 예술 세계에서 완전한 감상의 대상이 될 수 있다. 어떤 담론환경에 놓이느냐가 관건일 뿐이다."[5] 바로 이러한 사실과 이치에 근거해 『늑대토템』을 지나치게 격렬하게 그리고 전면적으로 부정하는 비판에 대해서는 찬성할 수 없다. 특히, 도덕과 의분의 각도에서 이 작품을 바라보는 것에 대해 동의하지 않는다. 문제가 존재한다고 해서 그 성과를 무시하거나, 성과를 얻었다고 해서 문제의 존재를 무시하는 것은 상대적으로 객관적이지 못한 불공평한 태도이다. 작가의 과격한 생각으로 인해 이 작품의 이미지 체계의 형성이 상당히 제한된 것은 사실이지만, 이미지 체계 자체역시 일정한 자정 능력이 있다는 사실을 고려해야 한다. '후기'에 대해서도 이렇게 보는 것이 마땅하다. 바로 이 때문에 이 책을 전체적인 이미지 체계에 입각해 평가하고, 단편적으로 보지 않아야 하는 것이다.

제3절 생태문학의 영역 정립과 시의詩意적 표현

『늑대토템』과 생태문학 간의 모순은 겉으로 보기에는 우연적인 것 같지만, 실은 매우 필연적인 것이라 할 수 있다. 중국의 경우 경제와 문화가 불균형하게 발전하고 있기 때문에, 통일된 배경을 요구하는 모든 이론은 각종 구체적인 문제에 봉착했을 때 불가피하게 난처한 상황에 처할 수밖에 없다. 현재 중국은 전통에서 현대로 전환하는 과정에 있으며, 사회문화의 진화로 인하여 사람들은 상당한 자유를 누리고 인간의 존엄과 독립적 의식이 전에 없는 중요한 위치에 자리하게 되었다. 이렇듯 사람들이 개체

---

5) 레이다雷達, 「『늑대토템』의 재평가와 문화 분석『狼圖騰』的再評價與文化分析」, 『光明日報』, 2005년 8월 12일.

존재의 가치와 의미를 보편적으로 인식했으나, 5·4 신문화운동에서 제기된 계몽의 사명이 아직 완성된 것은 아니다. 끊임없이 현실에 나타나는 각종 비인도적인 현상에 직면하여 사람을 존중하고 사람을 사람답게 대하는 것이 현재의 정신문화에서 회피해서는 안 될 시급히 해결해야 할 문제이다. 이와 동시에 중국은 국제적인 공통의 문제와 개혁개방과 발전의 과정에서 현대성에 대한 반성의 문제에 또한 직면해 있다. 지난 세기 후반에 들어 서구에서 선양하는 개성 중시와 사람을 중심으로 하는 이성 원칙은 갈수록 그 폐단을 드러내고 있다. 그중에서도 인간이 자연을 제압한 이래 야기된 환경오염과 생물 종의 감소 등 각종 생태 위기가 두드러지게 나타나고 있다. 따라서 보다 넓은 생명의 세계에서 인간성을 반성하고 생명을 우대하며, 자연 만물을 돌보는 생태이념은 계몽과 반성의 유력한 무기로 작용하였다.

'입인立人'을 하고 미완성의 5·4 신문화운동을 완성하며, 또한 '사람'이란 명제에 대해 반성하고 시대적 의미를 새로이 부여하며, 동시에 서구 선진국들의 전철을 밟지 않아야 하는 것이 현대 중국의 생태문학이 처해 있는 난처한 현실이다. 이것은 종적인 시간(고금 관계)과 횡적인 공간 그래프(동서 관계) 상에 있어 심각한 '어긋남'이 초래된 데 따른 난처함이다. 그리고 현대 중국 생태문학의 진실한 생태 상태이기도 하다. 왜『늑대토템』을 논평하는 과정에서 '인류중심주의'의 관점이 시장에 빈번히 나타나게 되었는가는, 공개적으로 생태이념에 찬성하지 않으며 '인류중심주의'를 견지한다고 선언한 자가 상당 수 있다는 데 그 이유가 있다. 이것은 다음과 같은 사실을 말해준다. 즉,『늑대토템』이 일으킨 늑대 바람과 논쟁은 새로운 문학 형태로서 생태문학의 의미와 가치를 보여주고 있지만, 다른 한편으로 중국에서는 어렵고 복잡하며 폐단을 일으킬 가능성 또한 상당히 크다는 것이다. 그것은 의도하든 아니든 간에 '사람'이란 문제로 생태 문제를 가리거나 대체한다.

　생태문학은 생태학에 기반을 둔 일종의 창작이다. 이는 인간 중심의 전통적 사고방식을 타파하고 인간과 자연 간의 조화와 균형을 강조한다. 이것의 이론적 기반은 '생태의식'과 '생태장生態場', '생태위生態位', '주체간성主體間性', 특히 '비인류중심주의'란 몇 개의 키워드로 요약된다. 그런데 '비인류중심주의'가 비록 "한계가 있고 적지 않은 관점에 있어 심지어 의심의 여지가 있다고 해도, 만약 인간에 대한 자연 만물의 독립적인 내재 가치, 내재 정신만을 인정하고, 인류와 자연 간에 진행되는 물질과 에너지의 교환 그리고 능동적으로 개조와 실천을 진행하는 합리성과 합법성을 보지 못한다면, 또 단지 현대화와 현대 과학기술이 생태 환경에 초래한 심각한 파괴만을 보고 동시에 사회의 전진과 발전에 엄청난 추진 작용을 했다는 것을 보지 못한다면, 심지어 어떤 사람들처럼 과학 기술을 버리고 원시 시대로 되돌아가자고 주장한다면, 생태의 정감은 소실될 것이다. 그러나 그것이 제기한 인간과 자연 만물 간의 조화를 이루자는 주장은 확실히 주목할 가치가 있다. 이 주장을 실행한다면, 인류와 지구 생태에 엄청난 행운이 될 것이다. 한편, 문학 생태에 있어 전체적인 조화와 협동을 이루려면 인간의 적극적인 노력이 있어야 한다. 당연히 정신 활동의 일종인 문학은 자연 생태와 다르기 때문에 인간을 제한하거나 배척하는 방법으로는 생태 균형의 문제를 해결할 수 없다. 그러나 만약 인간학에 대한 규제 없이 인간을 돋보이도록 하려고, 화이트의 말처럼 전제 '통치자의 태도로 자연을 대한다면' 편협한 인도주의가 야기되고, 전체 문학 생태의 균형은 파괴되며 기형이 될 것이다. 따라서 창작과 연구에 있어 생태학의 합리적인 요소를 참작해 인류중심주의를 비판하고 지양해야 할 필요가 있다."[6)]

유감스럽게도 상술한 생태 정신은 현실에서 잘 지켜지거나 실행되지 않았다. 적지 않은 작품이 단지 수박 겉핥는 수준에서 환경 파괴와 이를 초래한 사람들을 비난하고, 결과적으로 그 책임을 인성의 추함과 추한 인성으로 돌려버렸다. 이렇듯 생태문학은 겉으로는 첨예하고 치열해 보이지만, 실은 중국의 생태 문제의 심층적 본질을 제대로 나타내지 못했다. 『늑대토템』 역시 동일한 문제를 가지고 있다. 이 작품에서 작가는 인간과 늑대의 관계를 극히 대립적으로 설정한다. 인간이 생존하고 늑대가 사라지든가 아니면 늑대가 생존하고 인간이 사라지든가, 그중에서 하나만 선택하는 것이다. 사실, 인간 또는 늑대의 진정한 가치를 깨닫기 위해서는 이들을 전체 생태 사슬에 놓고 관찰해야 하지만 이는 상당히 복잡하고도 체계적인 작업이다. 한편, '후기'에서 원래 자연 생태에 관한 문제를 억지로 인류 사회의 문제로 바꾸어 표현한 것은 작가의 희미한 생태 관념과 혼란스러운 사고를 설명해주고 있다. 그는 생태이론이 만능이 아니라는 것을 인식하지 못했고, 이는 자기 자신의 한계이면서 또한 일정한 적응 영역이었다. 따라서 만약 제약 없이 남용한다면 황당한 결론이 도출될 수도 있다.

상술한 간략한 평가와 유사하지만 또한 차별되는 점은, 어떠한 작가들이 창작과 비평에 있어 고의든 고의가 아니든 생태문학의 심미적 평가를 무시하거나 취소한다는 것이다. 그들이 한 작품을 칭찬하거나 폄하하는 이유는 단지 생태이념이 적절한지의 여부에 달렸으며, 글 자체의 이미지

---

6) 우슈밍吳秀明, 「문학은 어떻게 생태를 대면하는가 - 생태문학 이론의 시작과 생존 상황에 대한 사고文學如何面對生態 - 關於生態文學理論基點和生存境遇的思考」, 『社會科學戰線』, 2008년 제5기.

체계에 대해서는 전혀 관심이 없거나 별로 언급하지 않는다. 따라서 내재적인 생태이론과 예술적 묘사 간에 존재하는 모순과 복잡한 은현隱顯 관계는 논의할 필요조차 없는 것이다. 『늑대토템』에 대한 비평에서도 이러한 문제가 발견된다. 체계적인 논평이 아닌 일반적인 사회학과 문화학의 방법으로 진행한 비평들도 있다. 사실상, 그 자체의 모순이 상당히 복잡하고 난해하기 때문에 한 가지 관념으로 이를 해결하기란 쉽지 않다. 레이다는 『늑대토템』에 대한 논평에서, "우리는 문학 텍스트에 대한 평가와 박학다식한 문화 논평을 구분해야 한다. 나는 『늑대토템』이 문학 텍스트로서 많은 독창적인 요소들을 포함하고, 간혹 보이는 역사시와 같은 품격의 웅장한 서사라고 생각한다. 즉 일종의 문화관의 선양으로서, '늑대의 성격'을 통해 마치 세계 문명사를 개척할 열쇠 한 자루를 찾은 것처럼, 낭만적이고 정서적이며 격앙된 어조로 전체 인류사, 문명사, 중국사를 해독하고자 했다. 비록 작가의 의도가 날카롭고 훌륭하며, 또한 심사숙고 끝에 나온 고집스런 견해였다고 해도 확실히 이것은 실수투성이였다"[7]라고 평가했다. 이러한 레이다의 견해에 찬성하므로 더 이상 이에 대한 상세한 분석을 진행하지 않고, 여기에서 반복하지도 않겠다.[8]

　『늑대토템』의 비평에서 더 나아간다면, 생태문학의 학술적 정의라는 문제에 부딪히게 된다. 생태문학은 당연히 생태학의 기본 원칙을 지켜야 한다. 하지만 이는 분명 문학이며 문학의 일종이다. 현재 중국의 생태문학은 초급 단계에 머무르고 있기 때문에, 작가들은 대부분 '문학'이 아닌 '생태학'에 중점을 두고 사고한다. 생태학에 대한 비판이나 반성, 초월은

---

7) 레이다雷達, 앞의 논문.

8) 우슈밍吳秀明·천리쥔陳麗君, 「생태문학에서의 늑대 문화 현상을 논하다論生態文學視野中的狼文化現象」, 『中山大學學報』, 2008년 제1기 참조.

드물다. 사실, 바로 위에서 인용한 글과 같이 '비인류중심주의'를 이론적 기점으로 한 생태학은 한계가 있다. 생태학은 자연과학에 속하고 문학은 인문과학에 속하며 이들의 인류 사회에서의 역할은 각기 다르다. 문학의 목적은 인간의 정신적 상태를 탐구하는 것이고 생태학은 자연 과학의 문제를 해결하는 것이다. 따라서 생태문학의 창작과 비평에 있어 생태 균형의 입장만으로는 무언가 부족하며, 생태학 이론을 억지로 적용해 복잡한 정신의 문제를 단순화해서도 안 된다.

　문학은 온정과 관심·사랑을 필요로 하며 인류의 기본적인 생존 이익과 생존권을 충족하는 것은 당연히 창작의 기본 전제가 된다. 이는 동물 보호를 위해서도 고려되어야 하며 인문정신의 마지노선을 뛰어넘는 것이기도 하다. 인류는 먹이 사슬의 최상단에 위치해 있으므로, 생태계의 균형을 유지하는 데 있어 떠넘길 수 없는 책임을 가지며, 한편으로 이에 상응한 권리도 누린다. 한편 문학은 미적인 요소를 갖추어야 하므로, 생태이념을 문학에 접목할 때에는 직접적인 방식이 아닌 전체 예술 작품의 유기적인 일부로서 자연스럽고 시적으로 표현되어야 한다. 과학적인 논증 방법으로 대량의 데이터를 서술하는 것은 분명 생태문학의 올바른 길이 아니다. 초기 생태문학의 가장 큰 단점이 바로 여기에 있다. 이렇게 창작된 글은 생태학의 통속적인 글이나 심지어 백서가 된다. 그런데 오늘날에도 여전히 이러한 경향이 남아 있으므로 더 이상 이런 식으로 창작해서는 안 된다. 지금이 바로 생태문학의 예술성을 재검토할 시기라고 여겨진다. 미적인 표현 능력과 이미지 구성 능력의 부족함을 어떻게 개선하느냐가 현재 및 향후 생태문학의 발전을 좌우하는 관건이다.

　비록 생태문학의 창작이 만족스럽지 못하고 여러 가지 문제점과 한계를 지니고 있지만, 생태 관념의 도입은 문학에 있어 고유의 사고방식과 시야, 창작 모델을 초월해 새로운 사고를 개척하는 데 있어 유익한 선례와 단서를 제공하였다.

첫째, 생태문학은 윤리적 서술의 공간을 확장하고, 문학창작으로 하여금 기존의 단일한 문화 이론에서 생명 윤리를 함께 고려한 다원 윤리의 창작으로 나아가도록 했다. 문화 윤리는 인류 문명을 구축하는 질서의 법칙으로 전 세계 인류에게 적용된다. '인류중심주의'의 법칙에 따르면 기타 비인류 생명의 종은 인성 질서에서 제외된다. 인류가 아직 충분한 생존 조건을 확보하지 못한 상황에서 이러한 윤리는 합리성이 있다고 볼 수 있다. 하지만 인류가 이미 자연에서 주도적인 위치를 점하고, 자연을 통해 상대적으로 충분한 생존 자원과 생존권을 얻은 현재 상황에서, 자연 자원을 과도하게 심지어 무절제하게 획득하고자 한다면, 이는 다른 생명의 종을 해칠뿐더러 인류 자신의 생존과 발전에도 이롭지 못하다. 이제 인류는 인간과 인간의 관계를 인간과 땅 또는 인간과 이 땅에 살고 있는 동식물 간의 관계로 확대하고, 윤리도덕의 범위도 이에 따라 확장해야 할 필요가 있다. 또한 원래 인류 사회의 내부로 한정된 문화 윤리를 생명 존중과 각종 생명 간의 평등 및 조화라는 생명 윤리를 중시하는 방향으로 전환해야 한다. 어쨌든 만물의 영장인 인류가 자연을 대하는 자신의 오만한 자세를 내려놓고, 자연과 생명을 존중하며 인류와 자연 만물의 대립 관계를 평등 교류의 관계로 전환하려는 것은 인류 사회 문명이 진보한다는 표시와 상징이라고 말할 수 있다. 이는 윤리를 기반으로 한 문학에 전에 없는 새로운 정신적 자원을 제공하고, 문학은 이로써 수많은 이득을 얻게 되므로 이를 마다할 이유가 전혀 없다.

둘째, 생태문학은 풍부한 이미지의 세계를 구축했다. 즉, 문학은 이를 통해 기존의 단일한 인간학 이미지에서 생명들의 이미지를 고려한 입체적인 창작으로 나아갔다. 생태문학은 '주체간성主體間性' 이론에 입각해 사람을 기록하고 사람이 아닌 생명체도 기술하기 때문에, 각종 생명의 종에 대한 묘사는 이미지 주체를 풍부하게 확장해 자연 만물, 특히 동물은 따옴표가 붙은 사람으로서 글의 중심이 될 수 있었다. 이때부터 인간과 동물의 관계는 한 차원 더 발전해 인간과 다른 생물 종 간의 경계는 사라지고, 동물은 문학의 수식과 부각을 위한 존재에서 인간의 정감이 부여된, 인도적인 관심의 주체적 대상이 되었다. 그래서 동물의 이미지 또한 비교적 독립된 심미적 가치를 획득하였다. 동물은 점차 '인성'의 특징을 나타내며 인간에 상당하는 능력과 존엄, 의지를 표현하고 인간의 영성과 기질, 정감적 특징을 부단히 보여주고 있다. 『늑대를 회고하며』에서 늙은 늑대가 은혜에 감사하는 행위나 『장오』에서 장오의 충성스러운 기질 등이 그 예이다. 다른 한편으로 과거에 은폐되었던 동물에게만 존재하는 본성이 회복되어 "바로잡히자", 작품 속 동물의 특성은 인성과 동등한 수준의 존중과 이해를 획득하고, 이에 동물의 '비동물성'은 동물의 '이화異化'로, 동물의 순화는 동물 특징의 역류로 간주되었다. 여러 생태문학에서 인간이 동물을 길들이는 동안 동물의 야성이 갈수록 박탈당하는, 반생태적 행위에 대한 비탄을 엿볼 수 있다. 『늑대를 회고하며』에서 곰은 동물의 야성을 상실했기 때문에 퇴화했다. 『고향을 지킨다守望家園』의 '해양편'은 해양의 맹수들이 사라지자 먹이 사슬의 하위 어류들에게 더 이상 생존의 위기가 존재하지 않고, 이로써 퇴화가 시작되어 해양 생태계에 큰 영향을 미쳤다고 주장한다. 『늑대토템』에서 지식청년 천천 역시 어린 늑대의 예리한 이빨을 뽑아 그의 야성을 사라지게 한 데 대한 자책으로 가슴 아파했다. 이러한 작품들은 사람들의 인식에 의해 가려진 동물의 본성을 표현하기 위해 노력했다. 이들은 인간의 관념 속에서 동물의 본성을 원래

대로 회복시키고, 생태계에서의 동물의 '성격'과 '기질'을 재정립했다. 인류의 독립·평등·자유사상을 동물 세계에도 적용할 수 있다는 것은 인류가 '박애'를 생태계로 확장하였음을 말해주고 있다. 동물은 인간과 평등할 수 있는 가능성을 획득하고, 인간의 자기반성의 참조물이 되었다. 이는 현실과 미래 문학에 대해 큰 영향을 미칠 수 있다.

　생태 관념이 문학에 도입되자 문학의 고정관념과 사고방식은 충격을 받고, 폐쇄적이고 협소한 영역에서 벗어나고자 쉽지 않은 시도를 했다. 생태 관념은 자연과 문화, 자아 및 상호 관계에 대한 깊이 있는 반성이자, 미래의 생존 상황에 대한 일종의 이성적 사전 설정이다. 생태문학은 인간의 영원에 대한 탐구이며 인간의 이상 추구의 또 다른 시도이다. 현재 중국의 생태문학의 문제점과 폐단은 단순히 생태 관념이 문학창작 영역에 진입하였기 때문에 생겨난 것이 아니고 문학과 생태학의 심층 접목의 결과에 따른 것이다. 생태이론의 열기가 문제점을 드러내는 동시에 미래 생태문학의 발전을 위해 유익한 경험도 제공할 것이라 믿는 바이다.

우슈밍·천리쥔 吳秀明·陳力君

제14장

'마오쩌둥毛澤東 문화열'

제1절 기록문학의 통시적 발전과 '마오쩌둥 문화열'의 특징

문학 속의 '마오쩌둥 문화열'에 대해 다양한 해독이 가능하지만, 문체 변화의 측면에서 보면 이는 대체로 현대 기록문학의 세 번째 발전 단계로 간주할 수 있다. 또한 1960년대 세계적인 기록문학 사조의 영향 하에 심화, 확대되어 처음으로 풍부한 의미를 띠게 되었다. 즉, 문학은 허구 · 초월 · 허황 · 변형일 뿐만 아니라, 동시에 삶에 다가가고 삶을 환원시켜 소위 후설의 현상학에서 말하는 가능한 한 '사물 자체'로 돌아가 이로써 더욱 많은 생활의 정보를 얻고 현실적인 이슈를 사고하는 것이다. 이것은 어떤 측면에서 인간의 사회생활과 사회 심리에 대한 관심을 반영하고 있다. 많은 사실을 통해 현실의 삶 자체가 가지고 있는 표현력이 때로는 작가의 상상력보다 더 풍부하고, 실제의 삶 앞에서 허구는 종종 창백하고 무기력할 뿐이라는 것을 알 수 있다.

상술한 것들은 중국의 현대 특히 최근 20년 이래 기록문학 창작의 기본적인 배경과 주요한 이론적 자원을 구성한다. 하지만 이는 당연히 전체적인 언급이다. 구체적으로 보면, 기록문학은 대체로 다음과 같은 몇 단계를 거쳐 발전했다. 최초는 1984~1985년 사이의 보고소설과 구술 기록문학을 들 수 있다. 전자에는 류야저우劉亞洲와 정이鄭義의 작품 등이 있으며, 후자에는 장신신張辛欣과 쌍예桑曄의『베이징 사람北京人』, 특히 류신우劉心武의『'5·19' 이야기長鏡頭』와『버스 아리아公共汽車咏嘆調』,『왕푸징 만화경王府井萬筒花』 등이 있다. 다음 단계로는 1986~1987년의 사회 특집과 파노라마 기록문학 혹은 문제보고문학을 들 수 있다. 예를 들어『당산대지진唐山大地震』,『지원군 전쟁포로 기사志願軍戰俘紀事』,『중국: 1967년의 78일中國：一九六七年七十八天』(즉,『2월역류기록二月逆流紀實』),『홍위병 연결망紅衛兵大串連』,『강대국의 꿈强國夢』,『음양의 핵분열陰陽大裂變』,『중국의 '소황제'中國的"小皇帝"』,『신성의 기록神聖憂思錄』,『중국농민추이中國農民趨勢』 등이 있다. 마지막으로 1980년대 말~1990년대 초의 '마오쩌둥 문화열'을 들 수 있다. 이 시기의 대표 작품으로는 취안옌츠權延赤의『신전에서 내려 온 마오쩌둥走下神壇的毛澤東』,『지도자의 눈물領袖淚』,『붉은 담 안팎紅墻內外』, 자오웨이趙蔚의『장정풍운長征風雲』, 리루칭黎汝清의『샹장의 전투湘江之戰』, 웨이웨이魏巍의『지구상의 붉은 리본地球上的紅飄帶』, 스용옌石永言의『쭌이회의 기록遵義會議紀實』, 헤이옌난黑雁男의『십년동란十年動亂』, 천둔더陳敦德의『1972년, 마오쩌둥과 닉슨毛澤東·尼克松在1972』,『저우언라이周恩來』,『높고 큰 쿤룬산巍巍崑崙』,『개국대전開國大典』,『대결전大決戰』 등이 있다.

당연히 이것은 대략적인 정리에 불과하다. 사실 기록문학은 이렇게 단순하지 않으며 1990년대에 더욱 다양한 발전 양상을 보여주었다. 보고소설과 기록문학, 사회 특집, 정치인 전기도 이에 포함된다. 이 글은 제목의 취지에 따라 주로 1980, 90년대에 마오쩌둥을 기록한 작품들을 선택하고 살펴보고자한다. 여기에서 '마오쩌둥'은 마오쩌둥뿐만 아니라 그와 동시대의 다른 혁명 지도자들도 가리킨다. 다시 말해, 넓은 의미에서의

'마오쩌둥' 개념이다.

이 작품들은 수량이 상당이 많으며(100여 종에 달함), 1950, 60년대 마오쩌둥과 기타 정치인들을 기록한 작품에 비해 선명한 특색을 띠고 있다. 이들은 예술적 경지에 있어서는 기대에 크게 미치지 못하지만, 역사적 심미 정신을 대하고 파악하는 데 있어 모종의 놀라운 일치를 보여준다. 즉, 일상을 통해 마오쩌둥을 조명하고 그를 인간화, 생활화하고자 노력하였다. 취안옌츠의『붉은 담 안팎』을 읽어본 독자들은 글의 시작 부분에 등장하는 어떤 사람과의 인터뷰를 기억할 것이다. "당신은 스크린에 나타난 '마오 주석' 연기가 실제와 비슷하다고 생각합니까?", "외모는 비슷하지만 피와 살, 성격이 드러나지 않습니다." 인터뷰에 응한 이 사람은 당시 마오쩌둥의 수행경호 대장 리인챠오李銀橋였다. 마오쩌둥의 주변에서 장기간 일하고, 그에 대해 특히 잘 알고 있던 사람으로서 그의 비평에는 의심의 여지가 없다. 이는 문학 속의 마오쩌둥 이미지를 어떻게 신의 자리로부터 해방시켜 '사람'의 자리로 '환원'시키느냐의 문제를 제기하고 있었다.

'사람'으로의 환원의 핵심은 '인간학'의 회복이다. 어떻게 환원시킬 것인가? 어디로 환원시킬 것인가? 이렇듯 방향과 가치 등 문제에 있어 원만한 타협점을 찾지 못했다. '마오쩌둥 문화열'도 이러한 주요 배경에서 예외가 아니며 다만 다른 점이 있다면 주제 대상의 강한 정치성, 문화 심리적 숭배와 흠모, 베일에 가린 주인공의 생활상으로 인해 상기 문제의 해결이 더욱 어렵다는 것이다. 신의 자리에서 '인간학'으로 회귀하는 여정에서, 출발이 늦지 않았음에도 불구하고 여타 현실적인 주제에 의해 재빨리 추월당해 교착 상태에 빠지고, 마오쩌둥은 공통점만 있고 개성이 없는 이미지로 형상화되며, 즉 개념화·모델화의 경향을 심각하게 드러냈다.

이러한 상황 하에 다음 단계를 어떻게 진행시켜야 할지가 보편적으로 관심을 두고 고민하는 난제가 되었다.

정치인을 '사람'의 차원으로 '환원'시키는 문제에 있어, 취안옌츠는 상당히 독특한 성과를 이루어냈다. 그는 『신전에서 내려 온 마오쩌둥』 등 일련의 작품에서 과거의 정치화 또는 범정치화, 단순하게 사회의 변혁 또는 계급적인 측면에서 사람을 서술하는 방식으로부터 벗어나 마오쩌둥을 구체적인 '사람'으로 환원시켜 생생한 생명체로 형상화했다. 그는 일상생활의 정신과 감정 세계를 표현하는 데 중점을 두고, '사람'을 토대로 투시하여 내재적인 심미 가치를 찾고자 했다. 그의 작품에는 이러한 특징이 아주 뚜렷하게 나타나며, 또한 이를 중심으로 서술해 집요하게 강화하고 과장하였다. 이것은 교과서에서 일반적으로 말하는 예술 디테일보다 훨씬 뛰어나게 기능하며, 소설로 하여금 정치 대사건에 대한 기록에서 인간화·생활화로 방향을 바꾸어 전체적인 심미적 취향과 가치를 응축시킬 수 있도록 하였다.

예를 들어, 『지도자의 눈물』에는 마오쩌둥이 『백사전白蛇傳』을 보고 농민들이 아직까지 옥수수 찐빵을 먹는다는 말에 "세 번 울고", 톈진정양춘호텔天津正陽春飯店과 우한황허루武漢黃鶴樓에서 군중들에게 에워싸인 가운데 감격하면서도 괴로워하고, 창장長江을 헤엄쳐 건너지 못하는 것에 화내고, 7급 폭풍에도 집요하게 바다에 도전하려는 모습들이 묘사되어 있다. 그리고 심지어 그의 먹고 마시는 등 일상생활에서의 취향, 예컨대 홍샤오러우紅燒肉를 즐겨 먹고, 알몸으로 잠을 자며, 습관적인 변비, 심지어 주변 요원들과 방귀를 뀌는 것에 관한 유머러스한 이야기까지 모두 숨김없이 기록되어 생생한 스토리로 만들어졌다. 취안의 이러한 기법은 객관적으로 볼 때 예술적으로 조잡하고 단조로운 측면이 없지 않으나,

내용은 지도자의 신변에서 일하던 사람들로부터 직접 소재를 제공받았으므로 "원시 자료와 전기 작가가 직접 체험한 사실을 보존하고, 또한 종종 전기 기록 대상의 사적인 문서까지도 보존한다." 이는 1차 자료를 기반으로 한 '출처성 전기來源性傳記'[1]라 할 수 있으며, 심지어 인터뷰 대상자의 '1인칭' 시점으로 서술되기도 했다. 따라서 이전에 우리가 보아온 2차 자료에 대한 연구를 토대로 쓴 마오쩌둥 이미지에 비해 진실되고 사람의 관심을 끄는 매력이 있었다. 그리고 형이상학적 이성과 이상에 대한 의존이 아닌 일반 대중들이 좋아하는 형이하학적 이야기들로 구성되었기 때문에, 보다 소박하고 진실되며 삶에 있어 보다 생생하고 직감적이며 정감이 풍부한, 보다 농후한 국민 사상이 포함되고 예술의 전파와 수용에 있어 보다 쉽게 대중들의 공감을 얻을 수 있었다.

같은 인간화·생활화의 글이지만 리루칭의 『완난사변皖南事變』은 취안옌츠의 글과 다르다. 그는 주로 생명 개체의 풍부함과 복잡함에 중점을 두고 넓고 입체적이며 전인격적인 시각으로 이야기를 전개하였다. 만약 취안옌츠가 '응축식' 기법으로 인물의 어떤 특성을 부각시키기 위해 온 힘을 쏟아 부었다면, 리루칭은 '산발적 투시'에 더 많이 의존해 인물 성격의 여러 가지 요소로 구성된 모순되고 복잡한 생명체를 묘사하는 데 치중하고, 이를 인생의 여러 가지 측면으로 확장하였다. 마치 포스터가 일찍이 "그녀는 달처럼 쉽게 차고 기울고, 진인眞人처럼 복잡다단하기 때문에"라고 언급한 것처럼, 확실히 후자의 '환원'이 작가가 예술적 측면에서 보다 더 입체적이고 풍부한 이미지를 형상화하는 데 유리하다. 그리고 이를 통해 작가는 인생의 진실한 모습을 보다 잘 표현하고, 의심할 여지 없이

---

1) 『신대영백과전서新大英百科全書』, 전기문학傳記文學 부문, 『傳記文學』, 1984년 제1기.

효능의 측면에서도 '원형 인물圓形人物'의 우위와 장점을 가지게 된다.[2] 또한 이로부터 작가의 사료 수집, 원대한 정신, 예술적 능력에 있어 더욱 높은 수준이 제시되고, 이러한 요구는 불가피하게 작가가 정치인의 공과 시비功過是非를 평가하고, 미학상 일대 다수의 관계를 처리하며, 역사를 장악하고 재건해야 하는 데까지 이르렀다.

『완난사변』의 작가는 이를 위해 지난한 예술 작업과 뛰어난 인식을 제공하였다. 고증적이고 이성적인 이만 자에 달하는 그의 "후기를 대신하며"를 읽는다면 어렵지 않게 이에 대해 이해할 수 있다. 그는 신사군新四軍의 창시자이자 당시 당의 리더 그룹 중 중요한 인물이었던 딩잉頂英과 예팅葉挺의 정신 및 성격을 다양한 각도에서 조명하였다. 즉, 이에 대해 정교하고 깊이 있게 묘사하고, 그들의 용감하고 과감한 기질과 어떤 변화에 대해서도 당황하지 않는 초인적인 기개를 표현하는 한편, 딩잉의 강한 권력욕과 가부장적인 리더십 그리고 자기보다 유능하고 똑똑한 사람을 시기하는 것 등 봉건정신에 대해서도 그려냈다. 그는 충성스럽고 용감하게 국가를 위해 몸 바치겠다는 큰 뜻을 품었을 뿐만 아니라 뛰어난 재능을 가진 한 시대의 명장이었다. 그러나 국가가 위기에 처했을 때 명령을 받들어 자신의 능력을 떨쳐야 했음에도 불구하고, 명장이란 타이틀만 의식할 뿐 군사를 출동시키는 것을 거부함으로써 전대미문의 역사적 참극을 초래하였다. 딩잉과 예팅처럼 옳고 그름, 위대함과 부질없음, 드넓은 기개와 편협함이 뒤섞인 모순된 성격과 성격의 모순에는 가늠할 수 없는 거대한 깊이가 포괄되어 있다. 이는 역사와 문화의 침전물일 뿐만 아니라 현실 생활의 반영이며, 인간이란 생명 개체의 전면적 표현이자 동시에 작가의

---

2) 포스터, 『소설 고찰小說面面觀』, 화성출판사, 1984년, 61~63쪽.

철학적 사고 및 심미적 추구의 결정체이다. 마르크스의 말처럼 사람으로의 환원은 바로 "사람의 세계와 사람의 관계를 사람 자신에게로 되돌려주는 것"이며, "사람은 자연 존재물일 뿐만 아니라 사람의 자연 존재물이며 …… 자신을 위해 존재하는 존재물이다."[3] 따라서 한 작가의 글이 정치적 반성에서 문화적 반성으로 진입하면, 인류 특징의 모든 다양성·거대성·가능성이 자연적으로 지도자의 이미지 창작이라는 예술적 시야 속으로 들어오게 된다.

비록 "인간으로의 '환원'이 문학 속 마오쩌둥으로 하여금 신화적 인물에서 사람으로, 보편성에서 개성으로 역사적 전환을 이루도록 했지만, 이러한 '환원'은 단지 문제의 한 측면에 불과할 뿐 우리의 이론과 실천에 있어 이상적인 모델은 아니다. 이치는 매우 간단하다. 생활 속 마오쩌둥 및 기타 지도자들은 '사회인' 심지어 '자연인'의 측면에서 보통을 뛰어넘는 부분이 있고, 따라서 그들을 간단히 사람이나 일반적인 종의 특성으로 요약할 수는 없기 때문이다. 독특하고 숭고한 예술의 일종으로 마오쩌둥의 이미지는 칸트의 말과 같이, 높은 산과 같은 풍채와 폭풍우와 같은 기세가 있어야 한다. 그들의 원형 대상 자체에 이러한 내용들이 포함되어 있다. 그래서 우리 작가들의 '환원'은 지도자에게 있는 사람의 종 본성, 또는 종의 생명 개체가 갖는 보편적 공통성 이외에 일반적인 종 특성보다 높은 일반을 초월하는 그들의 특징을 파악해야 한다. 소위 정치인 이미지가 '인간'으로 환원되는 데 대한 정확하고 완전한 이해는 이렇게 진행되어야 하고 또한 이렇게 진행할 수밖에 없다. 이에 대해, 정확히 초점을 맞추어 생생하게 표현할 때에 비로소 '마오쩌둥 문화 열풍' 속의

---

3) 『마르크스·엥겔스전집馬克思恩格斯全集』 제42권, 인민출판사, 1982년, 169쪽.

인간화·생활화가 세속화 또는 용속화되는 것을 막고, 자신의 개성과 가치를 진정으로 드러낼 수 있게 된다.

영화『저우언라이周恩來』와 전기『서리 빛은 겹겹이 짙어지고霜重色愈濃』가 사람들의 관심을 끈 이유 역시 지도자의 평범한 특징을 표현한 동시에 "사람들에게 있는 것은 내게도 반드시 있고", "사람들에게 없는 것도 내게는 있다"는 식으로 그들의 장대하고 넓은 마음과 인격의 힘에 대해 묘사했기 때문이다. 예를 들어, 저우언라이가 비판대회에서 선뜻 나서는 모습과 시화팅西花廳에서 천이陳毅에게 반성하고 나라를 위해 인내하라고 충고하는 모습, 재난 지역에서 백성들과 함께 저녁 식사를 하는 모습, '9·13' 사건을 과감하게 처리하는 모습, 아픈 몸을 이끌고 창사長沙로 달려가 제4기 인민대회를 준비하는 모습, '사인방四人幇'과 투쟁하는 모습, 임종 직전에 뤄칭장羅青長에게 친구를 잊지 말라고 당부하는 모습 등이 있다. 이 외에도 천이가 외국어대학 회의에서 공작 팀을 지지한다고 공개적으로 입장을 표명하는 모습, 소위 '2월역류二月逆流'라는 회의에서 린뱌오林彪·장칭江青 일당과 첨예하게 대립하며 싸우는 모습, 교사좌담회에서 밝힌 중미 수교와 진보도사건珍寶島事件에 대한 훌륭한 견해, 소위 '이진합류二陳合流'라는 모함을 받고 보여준 거리낌 없고 공명정대한 모습, 자신이 암에 걸려 갖은 고생을 하면서도 비판하지 않고 억울한 우원장吳院長을 진심으로 위로하는 모습 …… 등도 있다.『저우언라이』의 감독 딩인난丁蔭楠과『서리 빛은 겹겹이 짙어지고』의 작가 톄주웨이鐵竹偉가 이에 대해 잘 설명했다. 즉, 그들은 두 역사적 위인의 "눈부시도록 빛나는 인격적 매력"[4]과 '넓은 가슴과 정신·정감'을 느끼고, "자기감정으로써 대체하는

---

4) 딩인난丁蔭楠,「『저우언라이』영화 제작에 대한 몇 가지 생각制作電影『周恩來』的幾點想法」,『文藝研究』, 1992년, 제1기.

것을 애써 극복하며", '소인배의 마음으로 군자의 마음을 판단'하지 않도록 최대한 노력했기 때문에,5) 인물에 대해서 역사적인 진실과 숭고한 아름다움을 겸비한 글을 쓸 수 있었다. "자기감정으로써 대체하는 것을 애써 극복하고", "소인배의 마음으로 군자의 마음을 판단"하는 것은 일반인의 생각과 일반인의 감정으로 지도자를 바라봐서는 안 된다는 의미이다. '인간으로 환원'할 때에 그들에게 존재하는 일반인과는 다른 실제적인 차이, 그리고 그들의 일반인을 초월하는 부분을 지워버려서도 안 된다. 이와 유사한 예는 류바이위劉白羽의 『대해大海』와 판숴范碩의 『1976년의 예젠잉葉劍英在1976』, 천둔더陳敦德의 『1972년, 마오쩌둥과 닉슨』에서도 어렵지 않게 찾아볼 수 있다. 이들 작품 속의 주더朱德, 셰젠잉葉劍英, 마오쩌둥의 이미지와 작가의 창작에 대한 견해에서 정치인의 지도자로서의 특징과 매력이 무엇인지를 분명히 알 수 있다. 이러한 특징들에 대한 이해는 곧 삶의 변증법과 예술의 변증법의 진리에 대한 이해이다. 레닌은 결정론과 도덕, 역사의 필연성, 개인과의 작용 간의 관계를 언급할 때 다음과 같이 말했다. "결정론은 인간 행위의 필연성을 확정하고, 의지의 자유라는 황당한 신화를 무너뜨렸다. 하지만 그렇다고 해서 인간의 이성과 양심, 그리고 행위에 대한 평가가 소멸되는 것은 아니다. …… 마찬가지로 역사의 필연성 사상도 역사에 있어 개인의 역할을 조금도 훼손하지 않는다. 왜냐하면 모든 역사는 당연히 활동가 개인의 행동으로 구성되기 때문이다. 개인의 사회 활동을 평가할 때 진정으로 발생할 수 있는 문제는 어떠한 조건에서 이러한 활동의 성공이 보장되는가, 그리고 이러한 활동이 고립되고 상반된 행동의 망망대해에 침몰되지 않기 위해서는 무엇이

---

5) 톄주웨이鐵竹偉, 「서리 빛은 겹겹이 짙어지고 · 후기霜重色愈濃 · 代後記」, 해방군문예출판사, 1986년.

요구되는가이다."[6] 역사를 거시적인 관점에서 본다면, 상술한 묘사와 이러한 정신사상이 서로 일치하고 있음을 알 수 있다. 그것은 역사 발전의 과정에서 개인의 역할과 우연적 요소가 함께 작용함으로써 도출되는 당대 작가의 자각적 예술 철학의 인식을 드높였다. 또한 지도자의 특징에 대한 중시와 이해는 예술적인 진보이자 동시에 깊은 철학적 변신이기도 하다. 이는 1980, 90년대에 작가들이 점차 이성적이고 풍부한 사고력으로써 더 이상 역사적 필연성을 일종의 형이상학적이고 숙명적인 것으로 강조하지 않고, 개인 의지의 작용과 역사적 우연의 요소를 쌍방향의 능동적 연역의 존재 방식으로 간주하기 시작하였음을 반영한다.

지도자의 특징을 파악한다는 것의 의미는 비단 기록문학에만 한정되지 않는다. 사실 이것은 철학 인식론에 있어 장기간에 걸쳐 단순화되고 용속화한 마오쩌둥 등 지도자들을 포함한 개체의 능동적 작용과 관련되어 있다. 따라서 반드시 고도의 주의를 기울여야 하는 것이다.

제2절 역사적 한계와 세 갈래로의 확장

'마오쩌둥 문화 열풍'은 매우 필연적이지만 지금의 시각에서 본다면 역사적 한계성과 부족함 역시 쉽게 발견할 수 있다. 기존의 경험을 전체적으로 정리하고, 미래 발전의 방향과 가능성을 탐구하기 위해 다음과 같이 향후 발전에 대한 세 가지 견해를 논의하고자 한다.

우선, 가장 중요한 것은 영속성을 지닌 역사 철학적 내용에 대한 추가적인 계발이다. 다른 모든 역사 인물과 마찬가지로 마오쩌둥 등 혁명 지도자

---

6) 『레닌선집列宁選集』 제1권, 인민출판사, 1972년, 26쪽.

들의 생명 본체는 각종 역사·문화적 인자들로 충만해 있다. 서구 신사학 New History의 창시자인 로빈슨의 말처럼, 역사적 존재는 "우리의 환상을 만족시키고, 긴박하거나 임의적인 호기심을 충족시킨다. …… 그러나 역사가 반드시 해야 하지만 아직 하지 않은 일이 있다. 바로 우리가 자신과 동포, 그리고 인류의 문제와 희망을 이해하는 데 도움을 주는 것이다. 이것이 역사의 가장 큰 효용이면서도 일반적으로 가장 관심을 두지 않는 일이기도 하다."[7] 여기에서 말하는 영원한 요소란 두 가지 차원의 의미를 포괄한다. 하나는 작품의 정신적 깊이와 심층적 가치이며, 다른 하나는 "인류의 심령에 공통적으로 내포된 진정으로 오래 존재하고 역량을 갖춘 것"[8]이다. 미학적으로 말하자면 미의 심각성과 연속성이다. 예술의 일종으로서 지도자들의 전기가 가지는 영향과 작용은 그들이 만들어낸 빛나는 역사가 아니라, 그들이 빛나는 역사를 창조할 때 보여준 훌륭한 정신적 미美 그리고 인격적 아름다움이다. 이러한 정신과 인격은 역사를 움직이는 내적인 모티브일 뿐만 아니라 고금을 연결시키고 현대 독자들의 열정적인 참여를 유도하는 심미적 중개자이기도 하다. 영화『개국대전』이 강렬한 충격과 함께 호평 받는 이유 중 하나는 예술적 묘사에 있어 신중국을 창시한 지도자들의 위대한 공적을 찬양하는 데 그치지 않고, 영상과 서술에서 '신중국 건설의 지난함', '국공 양당의 성쇠와 승패의 원인에 대한 사고' 그리고 '공산당 집권 이후 직면하게 될 문제점들에 대한 예견' 등과 같은 다양한 측면의 의미들을 정교하게 구성했기 때문이다. 이것은 역사의 흥망성쇠에 대한 강한 정감과 철학적 사고의 분위기를 연출하고, 또한 시학詩學적으로 보아도 새로운 의미와 깊이를 포괄하고 있기 때문에,

---

7) [미]로빈슨,『신사학新史學』, 광시사범대학출판사, 2005년, 9쪽.
8) 헤겔,『미학美學』제1권, 상무인서관, 1979년.

우리를 깊이 감동시키고 이에 따른 끊임없는 연상을 가능하게 한다.『완난사변』등 작품이 정신적·예술적 측면에서 각기 다른 방향과 정도로 창작되었다는 점에서도 마찬가지로 유사한 해답을 찾을 수 있다. 그러나 유감스럽게도 이러한 경향은 지도자들의 전기에서는 거의 나타나지 않는다. 많은 작가들이 지도자의 비밀이라는 표면적인 유혹을 떨쳐낼 수 없는 것 같다. 이들은 전기 주인공의 일반화·개인화한 삶의 이야기에 치중하고, 이로써 작품은 생동감, 진정한 정 그리고 참신함으로 넘치게 된다. 그러나 확실한 내용적 기반이 없다면, 작품의 생동감은 경직되고 결과적으로 시간이 흐르면서 독자들은 싫증을 느낄 수밖에 없다. 이러한 경향은 회상문학류 작품에서 보다 뚜렷하게 나타난다. 예를 들어『마오쩌둥 생활록毛澤東生活錄』『마오쩌둥 인간관계록毛澤東人際交往錄』,『자운헌주인紫雲軒主人』심지어 취안옌츠의 작품 일부를 포괄한 또한 마오쩌둥이 "대변을 보면서 생각하는 모습"을 묘사한『신전에서 내려 온 마오쩌둥』등에는 모두 이러한 문제가 어느 정도 존재하고 있다.

　헤겔은『역사철학歷史哲學』의 서문에서 '세계의 역사가 개인의 도덕보다 높게 위치'하기 때문에 개인의 삶이라는 시각으로 위인의 도덕을 평가하고 이로써 역사적 시각에 의한 문화 평가를 대신하는 것은 부적절하다고 말했다. 개인 사생활의 도덕에 대한 묘사 역시 어떻게 역사적 내용을 심화시키고 '영원한 인자'를 발굴할 것인가 하는 문제에 봉착해 있다. 사생활과 개인의 도덕에 대한 묘사 모두가 칭찬할 만하지는 않다. 여기에서 정확한 방법은 '작은 것으로써 큰 것을 보여'주는 것이다. 작가의 창작 주체라는 측면에서 보자면, '출出-'입入' 관계에 대한 정확한 처리가 매우 중요하다. 전기의 주인공에 대해 특별한 애착이 있다거나 일차 자료를 확보했다고 해서 감상이나 자료 어느 한 편에 치우쳐서는 안 되며, 거꾸로 그것에서 벗어나 풍부한 이성으로 바라보아야 한다. 오늘날 직접 지도자의 신변에서 일한 사람이 쓰거나, 이들에 대한 인터뷰 자료를 바탕으로 창작된 회고록 형식의 전기(『신대영백과전서新大英百科全書』는 이를 '출처성 전기來源性傳記'라 이름 지었다)는 날로 그 수량이 급증하고 있다. 이러한 현상은 앞으로도 일정 기간 동안 지속될 것이며, 따라서 더욱 중요하고 급박하게 현실적인 의미에서 이 같은 문제를 제기해야 한다. 그렇지 않고서는 소중한 자료는 좋은 창작으로서 발휘되지 못하고, 오히려 평범하고 용속한 작품의 창작에 촉매제가 될 뿐이다.

둘째, 역사와 예술의 이중 공간을 개척하는 데 치중해야 한다. 기록문학이 역사와 예술을 한데 융합하는 일종의 특별한 문학 장르라면, 작가에게는 자연적으로 역사와 예술 공간의 개척이라는 과제가 부여된다. 이는 기록문학의 기록문학으로서의 개성일 뿐만 아니라, 기록문학이 독특한 기능과 가치를 획득하는 기본적인 전제 조건이기도 하다. 이에 대해 중국과 해외의 많은 작가들 예컨대 괴테와 로맹 롤랑, 모루아, 츠바이크, 궈모뤄郭沫若, 우한吳晗 등이 이미 일찍부터 높은 수준의 견해를 표명하고 그들의 작품 ─ 『시와 진실詩與眞』, 『위인열전偉人列傳』, 『쉐라이전雪萊傳』, 『발자크전巴爾扎克傳』, 『창조십년創造十年』, 『주원장전朱元璋傳』 등 ─ 으로써 설득력있게 증명을 해낸 바 있다. 그러나 이에 대해 인식이 부족하고 변증법적으로 이해하지 못한 작가들 역시 적지 않다. 그들의 표현은 종종 경직되고 표면적이며 일반적으로 낮은 수준에 머물러 역사 고유의 풍부한 내용과 예술의 개성미를 보여주지 못했다. 이러한 상황은 상당히 보편적이어서, 『쭌이회의 기록遵義會議紀實』과 『저우언라이』 같은 비교적 우수한 작품들도 이를 비껴갈 수 없었다. 전자와 솔즈베리의 『장성長城 ─ 전대미문의 이야기前所未聞的故事』 및 윌슨의 『저우언라이 전기周恩來傳』를 대조해가며 읽어본다면, 역사적 그리고 예술적 가치 성향 모두에 있어 상당한 거리가 있음을 쉽게 알 수 있다. 즉, 쭌이회의를 전후해 마오쩌둥의 '들것 위에서의 음모'와 그의 호랑이 기질, 여우 기질과 같은 이중적 성격의 묘사, 그리고 결정적 순간에 '스스로를 마오쩌둥의 아래에 두는' 저우언라이의 자세 및 그의 충성과 지략에 대한 묘사가 여기에 드러나 있다. 또한 후자가 나라를 위해 온 힘을 다하고 목숨을 아끼지 않는 저우언라이의 탁월한 품성을 표현하면서도 내적 모순과 고통은 회피하고 생략했다는 점에 이러한 사실이 잘 나타나 있다. 이 사실은 작품의 진실성 정도와 예술적 · 심미적 가치에 영향을 미치지 않을 수 없으며, 작가의 역사 인식과 관념적 · 예술적 공력 등과 무관하지 않다. 『완난사변』과 같이 대담하고 의미 있는 묘사는 따라서 매우 독특한 예라고 할 수 있다.

이를 통해 '마오쩌둥 문화 열풍'의 두 개의 창작 공간을 개척하는 데 있어, 가치관과 예술관 등의 여러 측면에서 사상과 관념의 속박에 매여 방해받고 있음을 알 수 있다. 창작이 심화됨에 따라 낡은 사고의 습성과 기준의 속박이 날로 뚜렷하게 나타난다. 따라서 이는 마오쩌둥 등 정치인을 주제로 하는 창작에서 과거처럼 단지 정치적 옳고 그름을 평가하는 것과 달리, 현재와 미래에는 보다 까다롭고 엄격한 수법이 사용될 것임을 예시한다. 그것은 심층적 사고 관념에 있어 일대 혁명을 요구한다. 주지하시다시피, 역사와 예술을 막론하고 작가의 이중 공간 개척의 성공적인 수행은 옛 전통적 사고 관념에 대한 돌파와 초월을 의미하기 때문이다. 작가에게 있어 이것은 사회의 유행과 습속에 대한 저항, 그리고 습관적이고 폐쇄적이며 편협한 과거의 자신과의 이별을 의미하므로 상당히 어려운 일임이 틀림없다.

또한 미를 강화하고 미의 규칙으로 조형해야 한다. 마오쩌둥 등 정치인

을 주제로 한 창작은 숭고미를 창조하는 작업으로서, 실질적으로는 무질
서한 역사를 미의 규칙에 따라 유기적이고 유질서한 예술적 일체로 만든
다. 따라서 연대기의 적절한 안배가 매우 중요하다. 문학의 한 장르로서
『신대영백과전서』를 예로 들자면, 전기문학에서 말하는 바와 같이 "한편
으로 작가는 다양한 취미, 감정의 변화와 사건에 대한 묘사를 통해 전기
주인공의 삶을 보여준다. 하지만 실제 일상생활 속의 혼란을 피하기 위해
작가는 반드시 매일의 일과를 분해하고 자료를 분류하여, 생활 속의 중요
한 주제와 인물의 개성을 나타내고 중대한 결정을 내리게 하는 행동과
태도를 보여주어야 한다. 전기 예술가로서 작가의 성과는 다음의 두 가지
능력에 의해 결정되는 바가 크다. 즉, 그가 표현해 낼 수 있는 연대의
범위와 세월의 길이, 그리고 그가 뚜렷하게 표현할 수 있는 한 개인의
외모와 마음, 주요 행동 방식이다."9) 이러한 창작 원칙을 적용한다면,
'마오쩌둥 문화열'도 성공적이거나 비교적 성공적인 작품을 내놓을 수
있을 것이다. 예를 들어, 류바이위의『대해』에서 바다를 기조와 상징물로
삼아 주더의 빛나는 일생을 표현했다든지,『장정풍운』과『1972년, 마오
쩌둥과 닉슨』에서 거대한 시공간과 다성 분석의 서술방식으로 장정 전야
와 1972년의 중미수교라는 엄청난 사건을 보여준 것은, 연대기의 배치에
있어 미의 규칙에 대한 작가의 중시와 추구를 뚜렷하게 보여주고 있다.

그러나 전체적으로 이러한 작품은 극히 드물다. 이에 반해 두 가지
능력이 부족한 작가들 역시 적지 않게 볼 수 있다. 이들은 웅장한 사건의
기록이나 연표로 쓰는 것이 아니라, 사건의 나열과 인물의 생애 약력 소
개에 만족하고, 즉 재미있는 일화로 편집하거나 생활 실록으로 만들고,

---

9) 『신대영백과전서新大英百科全書』, 傳記文學 부문.

자질구레한 일들에 지나치게 집착해 작품의 구조 형태에서 적어도 다음
의 두 가지 문제점을 초래하는 데까지 이르게 된다. 첫째, 외부의 객관적
세계를 서술하는 순서에만 치중해, 이에 상응하는 작가의 의도 혹은 구
성 방식 같지만 질적인 차이점을 등한시한다. 둘째, 글의 외적 형태에
있어 균형과 가독성에만 치중하고 독자들의 다양한 마음 상태와 필연적
인 역사의 변천(예술의 이해는 지속적인 보완과 향상의 동적 과정이다)
은 등한시한다. 에드가 스노우의『중국의 붉은 별西行漫記』와 스몰렛의
『위대한 길偉人的道路』의 매력이 감소되지 않는 중요한 이유 중 하나는,
이들이 직선적인 시간의 나열에서 탈피해 외부의 사소한 일에 대해 지나
치게 주목하지 않고, 유연하고 자유로우면서 친절하고 자연스러운 현장
인터뷰의 형태로 삶의 구조를 심미적 대상화했다는 데 있다. 또한 이로
인해 클라이맥스 장면이 잇따라 나타나고, 변화무쌍한 다양한 예술적 구
조가 생겨나게 되었다. 그들의 경험과 방법은 지금까지도 배우고 참조할
만하다.

우 슈밍 吳秀明

제15장

'과장' 문학의 유행

제1절 '과장' 문학의 발전과 문체의 연원

　1990년대 중반부터 중국 문단에 정전(經典)의 소비, 해소를 방향으로 한 '과장' 문학 바람이 불기 시작했다. 이 '과장' 바람은 동서고금을 막론한 각종 문화와 문화 정전에 불어 닥쳤다. 여기에는 중국 고전문학 고전인 『홍루몽紅樓夢』, 『삼국연의三國演義』, 『서유기西遊記』, 『수호전水滸傳』 등이 포함되며, 소위 '홍색혁명경전紅色革命經典'으로 불리는 『임해설원林海雪原』, 『홍색낭자군紅色娘子軍』, 『백모녀白毛女』, 『사가빈沙家濱』과 전통적으로 교과서에 수록된 모범글인 『공을기孔乙己』, 『하당월색荷塘月色』, 『우공이산愚公移山』, 『성냥팔이 소녀』(린장즈林長治의 『Q판어문Q版語文』 참조) 등도 속한다. 형식적으로 이러한 '과장' 문학은 없는 사실을 만들어낸 완전히 허구적인 창작일 때도 있다. 예로 왕샤오보王小波의 『만수사萬壽寺』, 『홍불야분紅拂夜奔』, 『둘도 없는 것을 구하다尋找無雙』 그리고 류전원의 『고향의 옛이야기故鄕相處流傳』 등을 들 수 있다. 하지만 원곡元曲에 대한 일종의 역사, 문화적 패러디나 개작이 가장 많은 부분을 차지했다. 홍콩 영화 『패러디 서유기大話西遊』, 『손오공전悟空傳』, 『사오정일기沙僧日記』와 리펑李馮의 『공자孔子』, 『견우牛郎』, 『영웅 우쑹으로서의 나의 생활 한 토막我作爲英雄武松的生活片段』, 판쥔潘軍의『겹눈동자重瞳 - 항우 자서전霸王自述』, 주원잉朱文穎의『겹눈동자重瞳』, 장샹張想의『맹강녀는 포위망을 뚫고 孟姜女突圍』 등을 예로 들 수 있다. 작가는 주로 1970, 80년대에 출생한, 대략 30~40세를 전후로 한 자들이었다. 이중에는 아방가르드파나 만생대晚生代 작가도 적지 않았다.

'과장' 문학은 지나치게 색다르고 괴이했기 때문에, 이 바람이 불기 시작한 날로부터 사람들의 주목을 끌었다. 긍정적인 견해를 가진 자들은 이 문학이 대중들에게 쾌감을 주고 전통적 의식을 무너뜨리며 사상을 해방시켰다고 말하며, 심지어 인문 가치의 새로운 형성이라는 중대한 의미를 가진다고 평가했다. 또 어떤 이들은 중학교 국어 교육의 시각에서, 이 문학의 신선하고 활발한 전달 방식을 제기했다. 즉, 이로 인해 아이들은 '사상 교육'과 같은 고통으로부터 해방되고 전통적 국어 교육 과정에서 언어와 문자를 학습하는 즐거움을 느낄 수 있었다. 이 외에도 심리학적 측면에서 이러한 문학의 유행에 대해, 우스개와 고의적인 '유치'한 행동은 현대인의 삶속에서 스트레스를 완화시키고, 아무 걱정 없던 자유로운 어린 시절을 추억하며 즐겁고 경쾌한 마음을 되찾는 효과가 있다고 평가하기도 했다.[1] 반대하는 자들은 주로 1970, 80년대에 태어난 작가들의 일정한 학력과 경제적으로 수준 높은 생활을 추구하는 자세를 들며, 그들이 정전주의에서 시민주의로 전환하고 비전문화와 비지식인화, 대중화 및 저속화의 각종 특징을 보이고 있다고 비난했다. 그러나 이러한 특징의 배후에 존재하는 사회 현실은 권위주의와 진리 탐구 체계가 파괴된 이후 초래된 동요와 혼란, 문학 전당의 붕괴 그리고 창의적인 시대가 도래할지

---

1) 타오둥펑陶東風 참조, 「과장문학·견유주의大話文學·犬儒主義」, 『花城』, 2005년 제5기.

에 대한 불확실함 등이다. 또 어떤 사람은 이것은 견유犬儒주의와 관련되어 있다고 보았다. 즉, '과장'은 권위를 해소하는 동시에 이상도 함께 해소하고, 보편적인 가치를 상실하여 비판과 전복의 반대편으로 가기 쉽기 때문에, 냉소적으로 세상을 대한 후 참고 양보하거나 심지어 영합하게 되며, 이로써 개인의 이익을 보호고자 하므로, 삶에 대한 견유주의를 초래할 수밖에 없다는 것이다.[2]

　지금까지 평론계에서는 이러한 '과장' 문학 풍조가 고전『서유기』의 해체를 중심으로 한 홍콩 '무리두Wulitou' 영화『패러디 서유기』(홍콩채성공사香港彩星公司, 1995년 작)에서 비롯되었다고 인식해왔다. 이것은 어느 정도 이해가 되며 또 어느 정도 이치에 맞기도 하다. 사실 또한 그러하다. 현재 정신적 측면이나 예술적 측면에서 대륙의 '과장' 문학은 모두 이『패러디 서유기』의 영향을 받았으며 심지어 모방의 흔적도 찾아볼 수 있다. 이 영화는 처음 개봉된 이래 2년 동안 냉대 받고 박스 오피스 수입 역시 만족스럽지 못했지만, 문학사의 시각 특히 정신적 흐름에서 본다면 청말 민국 초 오견인吳趼人의『신석두기新石頭記』와 육사악陸士諤의『신삼국新三國』에까지 거슬러 올라가게 되므로 그 유래는 짧지 않음을 알 수 있다.

　오·육 두 사람의 작품은 다른 작가의 작품을 뒤집는 것으로 비록 커다란 성과를 올리지는 못했지만, 문학에 있어 기존의 작품을 어떻게 초월할지에 대한 탐색으로서 '과장' 문학의 기원으로 보아도 좋다. 전자의 경우 전통소설 속의 날조된 인물인 보옥寶玉이 현실 상황에서 온갖 여행을 떠나

---

2) 쉬옌루이徐艶蕊·왕쥔웨이王軍衛,「과장문예의 다중성 및 정신적 차원 -『패러디 서유기』에서『Q판어문』까지大話文藝的多重性格與大話一代的精神維度 - 從『大話西游』到『Q版語文』」,『江西社會科學』, 2007년 제10기 참고.

는 모습 - 잠수함을 타고 해저 터널을 유람하며 해양의 신기한 보물을 수집하는 등 - 을 묘사하고, 고금을 융합한 독특한 표현 스타일로 옛이야기와 고전을 개조했다. 후자는 '무근거踞空'라는 가상적인 기법으로 동오東吳 최초의 변법을 주제로 해, 일만 벌릴 뿐 국력을 강화하지 않음으로써 날이 갈수록 나라가 쇠락해지는 모습을 그려냈다. 위나라의 개혁에 대해서는 내부 인물들의 알력 다툼과 분열로 결국 망하게 되는 상황을 묘사했다. 촉나라만이 정치체제를 개혁하고, 이어서 실업을 발전시킴으로써 마침내 오나라와 위나라 모두를 멸망시키고 천하를 통일하는데, 이 과정 역시 기록하였다. 이와 같이 옛 사람과 현대인, 옛일과 오늘의 사건들이 섞여 있는 것은 독자들로 하여금 이를 통해 유머와 경쾌함, 신기한 느낌을 느끼도록 한다. 작품 속의 양산梁山 영웅들은 조정의 개혁 명령에 순응하여 양산회梁山會를 설립했을 뿐더러 회중의 사람들을 보내 각종 사업을 경영하게 한다.

그런데 『신석두기』와 『신삼국』은 전통적인 의미에서 다른 사람의 작품을 뒤집는 『반삼국反三國』, 『반수호反水滸』와는 다르다는 점을 지적하고자 한다. 후자는 구 작품의 줄거리에 대한 연속, 구 작품 속의 유감스러운 결말에 대한 보상, 혹은 줄거리 이외에 역사적 인물의 일화를 지어내는 등 한마디로 구 작품의 틀 속에서 이야기를 연출한다고 할 수 있다. 그러나 『신석두기』와 『신삼국』의 경우, 구 작품에 대한 근본적인 개작이거나 재창작이므로 20세기의 새로운 시대정신이 내포되어 있다. 이에 대해 탕저성湯哲生이 상당히 잘 정리한 바 있다. 그는 이러한 '신新xx'란 명칭의 스타일은 서양의 정치소설과 공상과학소설 그리고 중국 전통소설의 모델이 뒤섞여 나온 것으로 사회 비판적 색채가 강하기 때문에, '고금융합체古수融合體'로 분류될 수 있다고 말한다. 한편, 서술적 측면에서는 옛 시대와 오늘의 시대, 옛일과 오늘의 일을 혼합하여 '미래 완성'의 구조를 형성했다고 보았다.[3] 그러나 이 작품들은 완벽하지 않으며 뚜렷한 결함을 드러내고 있는 것이 사실이다. 예를 들어, 과도한 정치 이념화와 수많은 정치 논쟁, 국가와 백성을 다스리는 방안 등 아름다운 '강대국' 이미지를 구도하였으나, 결국 주관적인 색채가 너무 짙다는 것이다. 작가의 풍부한 영감에 따른 묘사를 통해 소설은 자유롭게 서술하고 예술적 표현의 여지가 넓어졌지만, 사회의 고질적인 병폐에 대한 비판과 인식, 민족정신에 관한 반성과 추구가 비교적 부족하다. 그래서 작품을 읽어보면 열정은 넘쳐나지만 이성이 부족하며 어떤 경우에는 일반 공상과학소설에 가까울 정도이다. '과장'의 요소는 있지만 강한 이념과 이성의 압력으로 인해 언어 표현에 있어 지나치게 직설적인 면도 없잖아 있다.

1920, 30년대에 들어 상황은 조금 나아졌다. 궈모뤄郭沫若의 『문묘에 간 마르크스馬克思進文廟』와 『칠원이유량漆園吏游梁』, 『주하사입관柱下史入關』 등 작품은 매우 황당한 이야기로써 작가의 사회관과 문학관을 논술하였다. 쉬줘다이徐卓呆의 장편소설 『만능술萬能術』은 세속적인 이야기와 공상과학소설, 정치소설을 결합하여 무능한 군벌 정치를 비판했다. 라오서老舍의 장편소설 『고양이 도시 이야기貓城記』는 신화와 유사한 기법으로 화성에 있는 고양이 나라의 생활상을 그려 작가의 정치적 가치관을 나타냈다. 이 시기에 가장 중요한 작품은 역시 루쉰魯迅의 『고사신편故事新編』을 꼽을 수 있다. 그는 자신의 잡문의 장점을 십분 발휘했을 뿐만 아니라,

---

3) 탕저성湯哲聲, 「고사신편: 중국 현대소설의 문제적 존재 ─ 육사악의 『신수호』·『신삼국』·『신야수폭언』을 함께 논하다故事新編: 中國現代小說的一種問題存在 ─ 兼論陸士諤『新水滸』·『新三國』·『新野叟曝言』」, 『明淸小說硏究』, 2001년 제1기 참조. 본문은 청말·민초의 '신新xx' 텍스트에 관한 논술이며, 탕의 글을 많이 참조하였으므로 이 자리를 빌려 저자에게 감사드린다.

잡문의 독특한 개성과 장점을 이러한 새로운 스타일의 창작에 모두 용해시켰다. 또한 이것을 20세기 모더니즘의 황당무계, 조소, 반어적 풍자 기법과 예리하게 연결시켜 상징과 함축의 방법으로써 깊이 있는 문화비판을 진행하였다.

루쉰의 영향 하에 당시 일부 작가들은 의도적으로 이러한 시도를 하고, 또 어느 정도 성과를 거두었다. 예를 들어, 녜간누聶紺弩가 루쉰을 기념하기 위해 창작한『최초의 불第一把火』은 불을 훔치다가 수난을 당한 프로메테우스의 이야기를 현대적으로 윤색한 것이다. 이 글에서 주인공의 주변에는 항상 루쉰의 글 속에 등장하는 '별 볼일 없는 사람小東西'과 같은 진부하고 저속하며 뻔뻔스러운 사람들이 있다. 이는 루쉰의 이야기를 새로 각색한 것에 다름 아니다. 이 외에『귀곡자鬼谷子』와『한 명의 불구자와 그의 꿈一個殘廢人和他的夢』은 각각 주인공이 환각과 꿈속에서 다른 세계를 유랑하는 이야기를 그리고 있다. 여기에서 진실한 역사는 스쳐 지나가는 줄거리일 뿐이며, 환각과 꿈이 오히려 현실 속의 디테일한 삶으로 묘사되었다. 작가가 그린 이미지는 순수한 과거 시제가 아닌 현재완료 시제로 표현되었다. 그것은 언제나 현대, 특히 현대인의 강렬한 정서 및 가치 판단과 밀접하게 연관되어 있으며, 그중에서도 풍유는 루쉰의 그것과 판에 박은 듯 흡사하다. 이에 녜간누는 스스로 "루쉰 선생의『고사신편』에서 배운 것이다"[4]라고 말하였다. 친무秦牧의『수진기囚秦記』와『사해死海』,『불씨火種』,『시성의 만찬詩聖的晚餐』등도 사실과 환상이 얽히고설키며 세상의 인심을 표현한다는 점에서『고사신편』과 비슷하다. 이 같은 작가로는 류성단劉聖旦 · 정전둬鄭振鐸 · 바진巴金 · 장톈이張天翼 · 멍차오孟超 ·

---

4)『녜간누소설집 · 서聶紺弩小說集 · 序』, 후난인민출판사, 1980년.

차오쥐런曹聚仁 · 차이이蔡儀 · 스저춘施蟄存 · 천쯔잔陳子展 · 우뎌오궁吳調公 · 바오원디包文棣 · 양강楊剛 · 탕타오唐弢 · 펑즈馮至 · 쉬친원許欽文 그리고 홍콩의 류이창劉以鬯 · 타오란陶然 · 리비화李碧華 등을 들 수 있다.

　일부 작가들은 루쉰에게 배우는 데 있어 심지어 지나치게 모방하는 경향까지 보였다. 예를 들어, 탄정비譚正璧의 경우 자신의 역사소설에『고사신편을 따라서擬故事新編』라는 이름을 붙이고 랴오모사廖沫沙는 그의『동쪽 창문 아래에서東窓之下』에 '고사신편 습작'이라는 부제를 달았다. 또한 돤무홍량端木蕻良의『걸음은 연기처럼 휘날리고步飛煙』에는 '고사신편의 하나'라는 부제가 붙었다. 이것은 이들 작가가 루쉰의『고사신편』을 모델로 창작하였음을 보여준다. 한편 만청晩淸 시기에 나타난 정치와 풍자, 공상과학소설을 융합한 '신新xx'(즉, 탕저성湯哲聲이 말하는 '고금융합체')도 이로부터 발전하였다. 예를 들어, 경샤오耿小의『신운산무소新雲山霧沼』는『서유기』를 재창작한 즉, 손오공은 나라와 백성을 구한 영웅이며, 인류는 지옥을 해방시키고 화성을 점령하여 우주는 태평에 이르게 된다는 이야기이다. 장헌수이張恨水의『팔십일몽八十一夢』은 전후 수천 년과 천당 · 인간 · 지옥 등의 각종 인물을 한데 모아 그들의 품행을 묘사하고, 이를 통해 현실을 신랄하게 풍자하였다.

　그러나 전체적으로 볼 때 이러한 '신新xx'는 5 · 4 신문화운동 시기에 비해 약화되는 추세를 보였다. 그들은 루쉰을 많이 모방했지만, 루쉰과 같은 문화적 판단력과 창조의 재능은 가지고 있지 않았다. 어떤 경우 하늘과 땅 사이를 오가거나 과거와 현재를 거꾸로 가는 등 상당히 황당해 보이지만, 전체적인 내용과 구성 면에서는 오히려 매우 평면적이고 깊이가 없어 만청 시기의 작품에 비해 큰 진전을 이루지 못했다. 이러한 상황은 1980년대에까지 계속되었다. 또한 리얼리즘에 대한 편협한 이해 그리고 '종속론' 사상의 영향으로 인해 이러한 '신新xx' 창작은 거의 종적을 감추었다.

상술한 정리를 통해 '과장' 문학이 오늘날 성행하고 있기는 하지만 그 뿌리를 추적해보면 만청 민초 시대에서 그 근원을 찾을 수 있으며, 약 백 년간의 탐색을 통해 독특한 스타일로 진화하였음을 알 수 있다. 단, 오늘에 이르러 여러 가지 이유로 내용과 범위 면에서 변화가 생긴 것뿐이다. 즉 건설에 기반을 둔 원래의 해체에서 점점 현재의 건설보다 많은 해체로, 심지어 해체를 위해 해체하는 해체가 되었다. '과장' 문학은 일상적인 경험에서 벗어나 상상과 창조를 추구한다는 측면에서 더욱 멀리 가고 대담해졌으며 살 길을 모색하였다. 결과적으로 타오둥펑이 비판한 바와 같이, 이것은 불가피하게 '사상 해방의 기형적인 과실'로 변화하였다. "그것은 인위적으로 수립된 우상 및 권위와 같은 현대 미신, 현대 우민의 가능성을 해소하는 한편, 이러한 반역 정신 또는 회의 정신은 포스트모더니즘 식 자아 해체 기법을 채택하므로, 정면적 가치와 이상의 지지가 없을 때 매우 쉽게 비판과 전복의 반대로 방향을 전환하고, 일종의 허무주의와 견유주의의 인생 태도를 갖게 된다."5) 이와 동시에 현재 문단에 기이한 바람이 불어와 무의식적인 또 한 번의 서술 혁명이 초래되었다. 이는 대체로 포스트모더니즘 소비담론환경과 관련되어 있다.

하지만 이는 '과장' 문학의 한 측면에 불과하다. 이 외에 적지 않은 작품에 있어 유희나 해학적 태도는 나타나지 않는다. 그들이 채택한 것은 "정면적 가치와 이상의 지지가 있는" 포스트모더니즘 식 자아 해체 기법이다. 예를 들어, 앞에서 열거한 왕샤오보의 『만수사』, 『홍불야분』, 『둘도

---

5) 타오둥펑陶東風, 「과장 문학과 소비문화 담론환경 중 정전의 운명大話文學與消費文化語境中經典的命運」, 『天津社會科學』, 2005년 제3기.

없는 것을 구하다尋找無雙』와 특히 리펑과 판췬, 주원잉, 쉬쿤徐坤 등 아방가르드 작가들이 창작한『공자』,『견우』,『겹눈동자』,『또 다른 소리另一種聲音』등 소설이 있다. 이들은 전통문학과 비교해 특이하기는 하지만 뚜렷한 정신적 지향점이 있고 창작에 있어서도 상당히 엄격한 태도를 취한다.

위의 사실과 이치를 토대로 완전히 부정적인 태도로 '과장' 문학을 바라보는 것에 찬성하지 않으며 중성 심지어 관용의 태도로 이를 평가할 것을 주장한다. 왜냐하면 그것이 '과장' 문학의 실제에 비교적 잘 부합하고, 문학이 보다 다양한 방향으로 발전하는 데 유익하기 때문이다.

제2절 '과장' 문학의 서사 전략

'과장' 문학의 뚜렷한 특징 중 하나는 패러디와 콜라주·믹스 등의 방식으로 전통 또는 기존의 고전을 전복시키고, 이를 다른 문화 혹은 현재 삶의 경험과 조합하는 것이다. "이렇게 조립된 텍스트는 부품으로 보자면 전부 새것이 아닌 패러디·콜라주·믹스된 것이다. 하지만 글의 조합 방식과 의미의 생산 방식에 있어서는 확실히 생산자 자신에 속해 있다."[6] 따라서 이는 정신적인 맥락에 있어 전통적 문화 계보와의 단절을 반영할 뿐만 아니라 상당히 뚜렷한 유희 역사의 예술적 취지를 표현해낸다.

이러한 서술 전략을 최초로 사용한 홍콩 영화『패러디 서유기』는 고전문학 정전인『서유기』를 마음껏 해학적으로 모방하고, 엄숙한 불교와 팝송을 전혀 다른 모습의 웃긴 사랑 이야기로 만들어버렸다. 삼장법사는

---

6) 타오둥펑陶東風,「과장 문학·견유주의大話文學·犬儒主義」참조.

수다스러운 바보로 변신하고 손오공은 위대한 '사랑의 수호자'로 심지어 백골유령마저도 애정지상주의의 화신이 되었다.[7] 이 영화에서 감독은 삼장법사의 제자 무리에게 현대적 사고방식과 현대인의 생활 방식을 부여하고, 포스트모더니즘에서 자주 등장하는 상호 텍스트성 콜라주 기법을 사용했다. 다음이 그 예이다.

> 온리 유Only you, 나와 함께 서경西經을 가져와, 온리 유Only you, 요괴와 악마를 죽이고, 온리 유Only you, 나를 보호해주는, 게와 조개 요정이 나를 먹지 못하게 하는, 당신이 최고, 온리 유!Only you! 사부가 주문을 외는 것을 탓하지 마라. 금띠를 두르고 죽음을 두려워 말며 떨지 마라. 내가 죄를 받을 테니 너희는 죽음으로 나아가라. 중생을 위해 온 힘을 쏟아라. 가치 있는 희생이 될 것이다. 나무아미타불!
> 지존보至尊寶는 토가 나오려는 것을 간신히 참고 삼장법사를 한주먹에 때려 눕혔다: "온On, 이 자식! 언제까지 할 거야! 내가 안 된다고 몇 번이나 말했는데, 계속해서 온온온온OnOnOnOn, 다른 사람이 어떻게 되든 말든 상관도 없구나. 한번만 더 온On하면 칼로 찔러 죽일 테다!"
> "오공아, 나를 찔러 죽이려거든 죽여라. 사는 것도 고통이고 죽는 것도 고통이다. 죽어서 의를 좇는 도리를 깨닫게 되면 너도 당연히 나를 따라 이런 노래를 부를 것이다. 나무아미타불, 나무아미타불, 나무아미타불……" 삼장법사가 집요하게 훈계한다.
> 지존보는 귀를 막고 도망치려 하지만 삼장법사의 불호령이 그를 막는다.

작가는 이렇듯 불교 교리, TV광고, 유행가, 행위 예술, 기도문, 속어와

---

7) 구체적 텍스트 분석은 주다커朱大可, 「제로 연대: 과장 혁명과 소자본의 부흥零年代: 大話革命與小資復興」, 『二十一世紀』, 2001년 제12기 참조.

비속어 등 서로 아무런 관련도 없는 말들을 함께 뒤섞었다. 심지어 1950
년대에 플래터스가 부른 팝송 '온리 유Only You'를 삼장법사의 대사에
추가했다. 이를 통해 익살스럽고 반어적인 풍자의 효과를 얻을 뿐만 아니
라 삼장법사의 노파심에서 우러난, 거듭해서 타이르는 불굴의 설교 장면
을 잘 표현하였다. 콜라주는 "관념과 의식이 자유롭게 흐르고 작은 조각들
로 구성된, 전혀 관련이 없는 것들의 조합물이다. 이는 신新과 구舊가 대응
하는 단락을 포용하며 일관성·합리성·대칭성을 부정한다. 그리고 이러한
모순과 혼란에 즐거워한다."8) 콜라주는 상호 텍스트 기법의 일종으로
포스트모더니즘에서 작품을 개작할 때에 사용되는 중요한 서술 전략 중
하나이다. 이 기법의 장점은 황당한 가운데에도 예술과의 접목을 시도한
다는 것이다.

　『패러디 서유기』와 유사하지만 완전히 같다고는 할 수 없는 상뤠商略의
『자공출마子貢出馬』의 경우, 작가는 역사적 성현에 대해 서술할 때 역시
패러디와 콜라주 기법을 사용하고, 이를 통해 옛날과 현재의 이중 신분의
표지를 부여하였다. 공자는 사립학교의 교장으로서『예禮』·『악樂』·『시
詩』·『서書』·『역易』·『춘추春秋』를 필수 과목으로 개설하고, 그의 72명
의 제자로 하여금 필수 학점을 이수하지 못하면 재시험을 보도록 했다.
자공은 외교 사절로 각 나라를 방문하며 5성급 호텔에 투숙하고 특별석에
서 해산물 요리를 먹는다. 구천句踐은 와신상담하며 운사피雲絲被를 덮고
잠을 자며 녹두떡을 맛본다. 한편, 리펑의『또 다른 소리』에서『서유기』
는 정말로 '희유기戱遊記'나 '희유기嬉遊記'가 되어, 길을 가던 사제들은 사우
나와 발레 혹은 밤새 열리는 마스크 파티를 즐기고 이혼과 재결합, 도서

---

8) [미]폴린 마리 로제나우,『포스트모더니즘과 사회과학後現代主義與社會科學』, 상하이역
　　문출판사, 1998년, 4쪽.

판매 등을 처리한다.

상기 작품들은 루쉰의 『고사신편』과는 큰 차이가 있다. 루쉰은 '재서술 再敍述'할 때에 전통문화를 호되게 비판하였다. 그는 구조의 해체뿐 아니라 구조의 구성에도 능했다. 루쉰의 시각에서 문학창작은 역사서에 부속되거나 역사적 사실을 재서술하는 것이 아니라, 옛 사람과 현대인들이 공통적으로 직면하는 인생의 지혜와 투쟁에 대해 예술이라는 통로를 통해 소통하는 것이었다. 따라서 루쉰은 상징의 모델을 설계하고 구 역사를 초월하여 문화의 틀을 재구성하는 방식으로, 조심스럽게 중국 역사상 각종 정치적 집단의 투쟁과 많은 재미있는 이야기를 우회하였다(즉, 구조를 해체하였다). 예를 들어 인간을 창조하고 하늘을 메운 여와女娲, 아홉 개의 해를 쏘아 떨어뜨린 후예后羿, 홍수를 다스린 대우大禹, 평화를 수호한 묵자墨子 등을 긍정하고 묘사했다. 이와 같이 지극히 환상적으로 처리된 역사적 인물은 마치 프리즘처럼 인류의 아름다운 인도주의라는 목표를 반영하였다. 작가는 각종 형태의 복수의 이야기도 보여주었지만, 인류의 죄악에 대한 징벌을 표현하고 이를 상당히 높은 문화 정신적 수준으로 끌어 올렸다(즉, 구조를 구성하였다).[9] 따라서 루쉰의 작품에서 묘사된 역사는 실제로 전혀 존재하지 않을 수 있지만 정신적 측면에서는 상당히 실제적이고 충실하다. 문장 역시 내적인 긴장감을 갖추고 상호 긴장된 대립으로써 자체의 독특한 미학적 역량을 구성하였다.

이와 대조적으로 현재 '과장' 문학 작가들은 일종의 유희적 심리를 더 많이 사용하고 있다. 그들은 역사와 문화를 격렬하게 분해하지만 재구성하지 않고 이를 통해 자신의 세상과 인생에 대한 의혹과 당혹감을 은폐한

---

9) 왕푸런王富仁·류펑주柳鳳九, 「중국현대역사소설론中國現代歷史小說論」(三), 『魯迅硏究日報』, 1998년 제5기.

다. 그래서 그들의 텍스트는 자연스레 '상징체'를 선택하여 수준을 높이거
나 변화를 주지 못하게 된다. 그들은 형이하적인 생존 측면의 내용을 더욱
많이 제시한다. 따라서 우리 앞에 펼쳐진 '과장' 문학은 일반 하층민은
물론이고, 공자와 맹자 같은 성인 그리고 손오공마저도 돈과 물질에 미치
고 밤마다 먹고 마시고 즐기고 노는 일에 능한 광경을 연출한다. 역사적
미와 추, 선과 악의 경계가 희미해지고, 루쉰의 인도주의·계몽주의적 창
작 태도 역시 상당히 모호해졌다.

　바로 이러한 의미에서 '과장' 문학은 포스트모더니즘의 범주로 분류될
수 있다. 또한 이러한 의미에서 왕샤오보의 『만수사』, 『홍불야분』, 『둘도
없는 것을 구하다』 그리고 리펑, 판쥔, 주원잉, 쉬쿤 등 아방가르드 작가의
작품을 '과장'이라고 부르는 것은 적절치 않다고 여겨진다. 왕샤오보는
작품에서 성性을 접속점으로 하여 역사 인물과 현대 인물을 특이하게 조
합하고, 현대적 생활의 장면을 매우 부조화하게 옛 사람과 옛 사건 속으로
삽입하여 기괴한 분위기를 연출하였다. 그는 이를 방패로 삼아 전통문학
에서는 전혀 찾아볼 수 없는 솔직함과 자신감으로써 자유자재로 인간의
욕망을 표현하였다. 작가는 고금중외의 넓은 세상을 자유롭게 넘나들며
옛날의 재자가인과 기문일사들을 현대인의 성 관념 그리고 개인주의와
조합하고, 이로써 중국문화에 있어서의 성적 금기와 개인주의를 압제하
는 전통 인습의 정신에 강한 충격을 던져주었다. 더 의미 있는 것은 그가
1930년대 스저춘(『장군의 머리將軍底頭』 등)과 같이 성 학설로써 모든
내용을 이끄는 것이 아니라, 옛 사람과 현대인을 뛰어넘는 수준에서 중국
인의 성과 인본 관념을 재조명했다는 사실이다. 『홍불야분』을 예로 들어
보자. 고등학교에서 페르마의 최후의 정리를 가르치며 살고 있는, 뜻을
이루지 못한 한 명의 교사, 즉 서술자 왕얼王二은 아득한 당나라의 이야기

를 서술한다. 이야기 속의 리징李靖은 수학 천재로서 진작부터 페르마의 최후의 정리를 증명하였지만, 조정의 경고를 받고 홍푸紅拂와 함께 성 밖으로 도망친다. 그는 귀신놀이를 배운 후에야 관운이 트여 예의와 도덕 규범을 편찬하는 '리웨이공李偉公'이 되었다. 리징이 속박과 금기 속에 살면서도 나름대로 멋있는 '가짜 자유 생활'을 누린 반면, 홍불녀는 이러한 생활에 싫증을 느끼고 절대적인 자유를 찾아 스스로 죽음을 택한다. 그러나 결과적으로 자살은 블랙유머로 가득 찬 현대적 의식이 되어버렸다. 두 사람과 대립적 위치에 있는 추란커虬髯客는 금기와 구속을 중요시하는 부상국扶桑國(일본)의 왕을 따라 무조건 규율을 지켜야 한다는 인식이 머릿속에 뿌리 깊게 박혀 있다. 그래서 작품 속에서 그는 '변형인'과 잠재적인 괴물이 되고 만약 어떤 사람이 부주의로 그의 발이라도 밟으면 큰 불경의 죄명을 쓰는 것이다. 이러한 우스꽝스러운 존재는 사람들이 공포 상황에 처해 있음을 예시하고 있다. 사람들은 각종 규정과 금기로 인해, 항상 위장하고 억압받으며 살아가야 하므로 생명의 자유란 전혀 불가능하다. 그래서 글의 마지막 부분에 왕샤오보는 약간은 어쩔 수 없고 고통스러운 마음으로 기록하기를, "나는 참고 절망으로 이 세상을 살아갈 수밖에 없다"고 하였다. 이 결론은 이야기 서술자 왕런이 "살아서 한 마리의 돼지가 되거나 죽어버리는 것 중에 어떤 것이 더 두려운 일인지 알 수 없다"고 말한 바와 정신적으로 유사한 특징을 가지고 있다.

물론 왕샤오보의 창작은 어느 정도 독자적이다. 우리가 보편적으로 보는 것은 정전에 대한 패러디·콜라주·풍자이다. 이 패러디·콜라주·풍자는 마치 양날의 검처럼 서술의 해방을 가져다주는 동시에 배후에 가려진 정전 간의 권력 관계에 근본적인 변화를 초래했다. 정전은 더 이상 대중들이 우러러보는 신성한 작품이 아닌, 임의로 바뀌고 추가되는 소비의 대상이 되었다. 그래서 사마광司馬光이 독을 깨뜨리자 일곱 명의 난장이와 산타크로스, 벅스 버니, 도라에몽, 류라오건劉老根, 수박동자西瓜太郎, 마시마로 그리고 리야펑李亞鵬이 튀어나오는 것을 볼 수 있다. 범진范進이 과거에 급제하지 못한 것도 봉건 과거제도의 문제가 아니라, 자신이 잘생기지 못하고 세 갈래 염소수염이 없기 때문이다. 심지어 가보옥賈寶玉은 혼자 자유롭게 있으려고 가정賈政의 하녀에게 "인터넷 서핑 해야 하니까 따라오지 마라"라고 말한다. 『공을기孔乙己』의 콩이지는 맞아서 다리가 부러진 것이 아니라, 구걸하려고 다리가 부러진 척한 데 불과하다. 『아버지의 뒷모습背影』 속의 라오예老爺는 "빨리 쌍절봉을 써라. 음하하! 지붕과 담벼락을 날아 넘어 다녀도 놀라지 마라. 금방 다녀오겠다"는 노래도 부른다. 『손오공전悟空傳』의 삼장법사 사제 네 사람은 조금도 주저하지 않고 요정에게 집적거린다. 『사오정일기』 속 삼장법사 일행은 더 심하다. 그들은 하나같이 호색한에 술과 고기를 좋아하며 세속적인 퇴폐와 쾌락에 빠져 있다. ……

패러디와 콜라주, 풍자의 두 가지 종류에 대해 설명할 필요가 있다. 하나는 의미를 함축한 패러디·콜라주·풍자로 대상을 강하게 풍자하고 익살을 부리지만, 여전히 강한 주체 정신을 유지하고 있다. 다른 하나는 의미를 함축하지 않는 패러디와 콜라주·풍자로 대개 짙은 허무주의의 분위기를 풍기며, 심지어 생존 위기 및 정신 분열의 극단적인 상태를 초래하기도 한다. 많은 '과장' 문학이 후자에 속한다. 따라서 패러디와 콜라주, 풍자를 사용해 오락과 소일, 심지어 희극에서의 좋은 효과는 얻었다고 해도, 사람들에게 정신적인 감동을 주지는 못했다.

제3절 '과장' 문학의 초경험적 창작

'과장' 문학의 탐구에 있어 시공 구조에 대한 처리도 등한시할 수 없다. 글의 내부 구조로 볼 때 '과장' 문학은 대부분 "옛 것과 현대의 것이 섞여 있는" 초월적인 창작을 통해 서로 다른 역사적 시기의 인물과 사건을 동일 공간에 놓거나, 혹은 서술자로 하여금 각기 다른 역사적 시기를 넘나들게 한다. 이것이 가장 기본적이고 보편적인 일종의 기법이다. 이들 작품이 정전의 옛 텍스트나 원전에 의해 역사적·사실적으로 뒷받침된다 해도 작가에 의해 시공간의 경계가 무너져버려, 옛것과 현재의 것을 서로 교차하고 섞고 환상과 실제를 혼합하여 독특한 제2의 자연을 창출하므로, 일반적인 리얼리즘 등 전통적인 창작에서는 찾아볼 수 없는 특이하고 황당한 느낌을 풍기게 된다. '과장' 문학이 그토록 많은 사람들 특히 수많은 청소년들로부터 주목받을 수 있었던 중요한 이유가 바로 여기에 있다.

'과장' 문학의 명작인 『패러디 서유기』 역시 당연히 이러한 특징을 띠고 있다. 영화에서 감독은 각각 '500년 전'과 '500년 후', 두 시점을 설정하고 두 개의 각기 다른 시공간에서 이야기를 전개하며 '사랑'과 '구속'이라는 두 제목의 취지를 표현한다. 이로써 전체 이야기는 "결과에 이르러 원인을 아는" 식의 원형 구조가 아니라 두 개의 시공간 차원에서 상호 작용하고 침투하며 병렬을 이루는 결합체로 만들어졌다. 예를 들어, 500년 전 손오공은 바이징징白晶晶과의 혼인을 파기한 반면, 500년 후 손오공은 지존보로 환생하여 바이징징을 사랑한다. 시공간의 끊임없는 윤회, 그리고 손오공을 포함한 각 인물들의 끊임없는 환생을 통해 "500년이란 시간은 모호해졌을 뿐만 아니라 전체 스토리의 공간도 모호해졌다. 현대인의 사고방식과 언행이 고대 신화 속 인물에 해학적으로 콜라주되고,

또한 오행산五行山과 수렴동水簾洞, 우마왕牛魔王의 소굴, 사람들이 밀집해 있는 도시 등 특별한 시공간에서도 구체적인 역사 표지가 나타났다." 이처럼, 그것은 기존의 인과 관계에 대한 초월과 돌파를 실현하고, 또한 의식적이건 무의식적이건 간에 다음과 같은 이치를 말하고 있다. 즉, 세상사는 복잡하므로 간단한 인과 관계로 해석될 수 없다. 이러한 복잡한 관계와 과정에서 불교의 시공간적 환멸감이 구속의 시작점이 되었다는 것이다.10) 이러한 의미에서 『패러디 서유기』의 초월적 창작은 고금에 대한 간단한 콜라주만이 아닌 일정한 인생 혹은 철학적 의미를 내포하고 있다고 보아야 한다. 유사한 시공간 처리 방식은 판쥔의 『겹눈동자 ─ 항우 자서전』, 류전원의 『고향의 옛이야기』에도 어느 정도 존재한다. 이 두 편의 소설은 고금을 한데 어우르며 시야를 천 년으로 확장하였다. 전자의 경우, 작가와 숨겨진 작가 자신인 '나'와 '판쥔'이 직접 글 속에 개입할 뿐만 아니라 심지어 항우項羽와도 대화하며, 그가 가지고 있는 겹눈동자란 신기한 초능력을 통해 앞으로 일어날 일과 지금까지 일어났던 중요한 일에 대해 예측한다. 한편, 항우는 과거와 현재 사이를 오가는 동안 전통적인 역사 정론에 대해 의문을 제기하기도 한다. 후자의 경우, 화자인 '나'는 물리적 시공간의 구속에서 벗어나 조조曹操의 발을 주무르다가, 시간이 좀 흐른 후 돌연 20세기의 '류전원'으로 바뀐다. 조조는 "기분 좋게 눈을 뜨고, '내'가 현대 중국의 작가라는 사실을 알게 되자 함께 옛날과 현재의 일을 이야기한다." 이러한 전환은 사전에 아무런 서술상의 준비와 뒷받침, 연결 과정도 제공받지 못했다. 독자들 역시 글을 읽으면서

---

10) 팡웨이房衛, 「문화 패러독스의 시공간과 포스트모더니즘 ─ 영화 『패러디 서유기』의 시공간 문화 연구文化抟論時空與後現代主義 ─ 電影『大話西游』的時空文化研究」, 『山東師範大學學報』, 2007년 제1기.

이러한 비합리적 상황에 대해 설명을 듣거나 불안감을 느끼지 못했다. '나'와 '판췬', '류전윈'은 공공연하게 과거와 현재 사이를 오가며 천 년이나 떨어진 서로 다른 세상을 넘나든다. 이는 통상의 아방가르드 문학과는 다르다. 일반적으로 아방가르드 문학은 일종의 복합적인 구조로 시공간 사이에서의 도약과 변환을 서술한다. 다시 말해, 역사적 사건이 발생하고 진행되는 큰 배경에 또 다른 시각이 존재하는 것이다. 또는 이것은 현재 상태를 대표하는 서술자(보통은 '나'를 주체로 한다)에 기대어, '나'를 통해 과거와 현재를 넘나들며 현실과 역사의 연계를 소통한다. 하지만 '과장' 문학은 대개 시공간의 중개 역할을 하는 이러한 3인칭 시점을 없애고 각기 다른 역사적 특징을 직접 콜라주하여, 이야기의 행위 주체가 과거와 현재의 차이가 없는 시공간을 초월하는 상태에 직접 존재하도록 한다.

　　과거와 현재를 직접적으로 콜라주하는 초월적 창작과 관련하여, 인리 찬尹麗川의 단편소설 『십삼불고十三不靠』를 언급하지 않을 수 없다. '십삼불고'는 원래 마작 용어로서 열세 장의 패가 전혀 관련이 없어, 일정한 요구 조건에 따라 종료되는 상황을 가리킨다. 이 단편은 바로 이러한 '십삼불고'의 요구 조건을 적용하여 창작되었다. 글 전체는 열세 개의 절로 구성되어 있으며, 앞의 열두 절은 글의 몸통으로 현대의 생활을 묘사하고 있다. 그러나 글의 마지막 부분인 십삼 절에 가서 갑자기 전혀 관계 없는 옛이야기가 삽입되었다. 즉, 원숭환袁崇煥이 능지처참당하는 모습을 묘사한 것이다. 이것은 앞의 열두 개의 절과 아무런 줄거리상의 연관성이 없기 때문에, 삭제된다고 해도 전문은 성립한다. 즉, 소설의 과거와 현재 사이에 대화가 형성되지 않고 각자 독립적으로 존재하는, 작가가 의도적으로 계획한 콜라주임을 알 수 있다. 소설의 기존 이야기 논리를 완전히 초월하고 현실과 격리된 독립적인 역사 장면을 콜라주함으로써, 작품은 독자들의 상상력과 정서를 불러일으켰을 뿐만 아니라 더러는 앞의 열두 절의 현실적인 글에서 분명하게 표현할 수 없었던 사상과 이념을 보충하고 설명할 수 있었다.

물론 어떤 작품들은 이렇지 않거나 전혀 그렇지 않을 수 있다. 작품 속 과거와 현실의 교차는 콜라주의 요소가 있으나, 그들은 이러한 요소들의 연결에 대해서도 상당한 주의를 기울였다. 더욱 중요한 것은 단순히 기술적인 작업이 아니라, 작가 자신의 생존 경험과 느낌을 집어넣어 상당히 뚜렷한 개인화 창작의 경향을 보였다는 사실이다. 예를 들어, 주원잉은 남당후주南唐後主 이욱李煜의 옥중 생활을 그린 『겹눈동자』를 창작했다. 이 역사 단편소설은 정교하게 짜인 그물처럼 고전적 이미지들이 밀집되어 있는 가운데 비천함과 장렬함, 굴욕과 환락, 현실과 꿈, 하늘과 인간 세상 등 다수의 정신적 이슈들에 대한 탐구가 상응하게 존재하고 있다. 이 작품에서 '겹눈동자'는 역사의 세부 이야기일 뿐만 아니라 일종의 경로이기도 하다. 이를 통해, 이욱은 항우가 되어 비천한 생명 밖에 존재하는 영웅의 정신세계를 유람할 수 있었다. 또한 앞서 언급한 판쥔의 『겹눈동자 - 항우 자서전』, 상톄의 『자서출분』 역시 해학을 주요한 서사 풍격으로 삼는 것은 아니지만, 마찬가지로 사람들의 공통된 느낌을 표현했다. 그것은 선택의 여지가 없는 사명과 자유로운 이상의 충돌에 다름 아니었다. 『겹눈동자 - 항우 자서전』에서 항우는 귀족의 피가 흐르고 시인의 기질을 지닌 군인이자, 세상에 대해 천진난만한 마음을 가진 남자 그리고 계속되는 전쟁을 혐오하는 사람이다. 작가는 이 특징들 중에 모순된 부분을 중점적으로 묘사했다. 항우는 전쟁을 혐오하지만 진나라가 이미 멸망한 상황에서 그는 반드시 가족을 책임져야 했다. 그는 살인을 원치 않았지만, 권력과 인격 사이에서 반드시 자신의 본성에 반하는 선택을 해야만

했다. 또한 사랑하는 여인과 초원에서의 행복한 유목 생활을 꿈꾸지만, 역사와 가족이 그에게 부여한 사명은 끝없는 전쟁과 살육이었다. 항우의 일생에서 완전하게 자신의 뜻을 이룬 일은 단지 오강烏江변에서 진정한 군인답게 아름다운 죽음으로 생을 마감한 것뿐이다. 밀란 쿤테라는 인간의 현대적 비극에 대해 "사람들은 저마다 자아에 대한 개념(이미지)이 있다. 하지만 슬프게도 (또는 우습게도) 이러한 개념은 현실 속의 자신과 일치하지 않는다"라고 요약하였다. 이러한 의미로 본다면, 판쥔의 글 속에서 항우는 죽은 지 이천 년이 넘은 고인도 아니고, 역사서에 기록된 역발산기개세力拔山兮氣蓋世의 패왕도 아닌 우리들 사이에 살고 있는 한 명의 사람, 어제 막 세상을 떠난 사람일 따름이다. 겹눈동자는 중개 역할을 한다. 겹눈동자가 있어 항우의 영혼은 시야를 무한정 확장할 수 있다. 이는 그로 하여금 당신과 나 사이에 서서 자신의 일생의 이야기로 우리의 공통된 운명을 말하게끔 하는 것이다.

리펑의『공자』도 언급할 만한 가치가 있다. 이 글은 제후들이 나라를 나누어 갖고 생명을 말살하는 전란의 시대에 공자 사제가 열국을 방문하고 평화의 사자로서 임무를 수행하려 했다고 기록한다. 그러나 수년에 걸친 이동과 굶주림·추방으로 인해 결국 자신들의 용기 있는 행위가 실은 돈키호테처럼 미치고 가소로운, 아무런 의미가 없는, 사람을 깊이 반성하게 하는 일회성 여행에 불과하며, 실제로는 온갖 악행을 저지르는 도주범들의 그것과 별반 차이가 없다는 사실을 깨닫게 된다. 그래서 진채陳蔡 부근에서 누구의 도움도 받지 못하고 남루하고 맥 빠진 이들 사제는『시경·소아·하초불황詩經·小雅·何草不黃』중의 유명한 말을 들어 질문한다. "코뿔소도 호랑이도 아닌 것이 저 들판에서 헤매고 있구나匪兕, 匪虎, 率彼曠野." 여기에서 작가가 질문한 것은 사람은 도대체 왜 사는가 하는 문제이다.

일종의 표현인가? 일종의 상징인가? 아니면 일회성의 정신적 표류인가?
그는 시공간을 초월하는 기법으로써, 사람이 이미 길에 서 있다면 느리게
걷든 빠르게 달리든 또는 만신창이가 되 든 포기하지 않고 끊임없이 추구
할 때, 심령의 계시 혹은 깨달음을 얻을 수 있다고 말했다. 어떤 사람은
루쉰의 『고사신편』과 판쥔의 『겹눈동자 - 항우 자서전』을 비교하면서,
"전자는 의미 재생의 구도에 있어 수준이 조금 더 높으며, 특히 루쉰은
독특한 삼중 세계를 깊이 있고 절묘하게 만들어냈지만", 다른 측면에서
후자는 "현재에 재창작을 하면서 일종의 색다르고 성숙한 본래의 고아한
정취를 방향으로 삼았다. 각종 실험과 시도를 거쳐(중국 현대소설이든
판쥔이든), 독자들은 『겹눈동자 - 항우 자서전』에서 확실히 포스트모더
니즘 요소와 아방가르드 기법을 느끼게 되었다. 그러나 실은 본래의 모습
과 융합한 후 생겨난, 분식을 완전히 걷어내버린 자연스러운 모습을 보다
더 많이 느낄 수 있었다"[11]라고 분석하였다. 이러한 평가가 비교적 객관
적이라 할 수 있다. 솔직히 말해, 슬프고 처량하며 의기소침한 감정이
지나치고 또한 '과장' 문체의 중요한 예술적 특징인 반어적 풍자를 포기하
였기 때문에, 이 작품은 상호 교차하고 융합하며 재미를 이루는 예술적
특징을 효과적으로 개발할 수 없었다. 그리도 유치하면서도 진지한 시와
같은 아름다움 역시 충분하게 보여주지 못해, 다소 우울하고 답답한 마음
이 들게 하는 것도 사실이다.

　여하튼 '과장'은 일종의 독특한 문체로서 현재 문단에서 주류를 차지하
지 못하고, '별종' 또는 '비주류'의 신분으로 존재하고 있다. 그러나 이것의

11) 주충커朱崇科, 「자아 서사 언어와 의미 재생산 - 판쥔의 『겹눈동자 - 항우 자서전』을
중심으로自我敍事話語與意義再生産 - 以潘軍的『重瞳 - 霸王自述』爲中心」, 『海南師範大學
學報』, 2007년 제6기.

출현은 현대문학의 창작을 보다 풍부하고 충실하게 하는 동시에, 정상적인 틀을 벗어나는 사고방식과 예술적 상상력이 문학을 어떻게 혁신할 것인가 하는 문제에 있어 참조할 만한 가치를 제공하였다.

문학사의 시각에서 볼 때, 근 백 년의 변화 과정을 거쳐 이러한 문제와 중국 현·당대문학의 여러 사조는 한데 뒤엉키고, 사실상 날이 갈수록 다양하고 복잡한 상황에 직면하게 되었다. 여기에는 엘리트적 '과장', 대중적 '과장' 그리고 이 둘을 아우르는 '과장'이 있고, 피차간의 사상과 예술적 지향성은 명확한 차이를 드러낸다. 오늘날 전통 작품과 정전을 해체하는 것에 대해 신중해야 함은 의심의 여지가 없다. 지속적으로 해학화·공동화할 수는 없지만 그렇다고 해서 맹목적이고 병적으로 숭배할 필요도 없다. 문제의 핵심은 정전을 해체한 것이 아니라 어떠한 입장에서 해체했으며, 무엇을 해체했으며, 어떻게 해체할 것인가이다.

우슈밍 吳秀明

제16장

'이화시梨花詩'와 현대 한시

제1절 현대 한시가 처한 곤경

지난 90년간 한시의 발전에는 빛나는 과거도 있었지만, 신시기에 들어 특히 1990년대 이래 곤경에 처하게 되었다고 개괄할 수 있다. 시가詩歌의 위치는 점차 비주류화되고 시가의 무대 역시 갈수록 축소되고 사라지면서 시인들의 심리 상태에도 뚜렷한 변화가 생겨났다. 상업화와 사회의 급격한 세속화, 시단 자체의 문제로 인해 시가와 독자 사이의 벽은 더욱 견고해졌다. 여전히 시가사단이 생겨나고 새로운 민간 간행물이 창간되며 인터넷 시가연맹도 등장하고 있지만, 현대 한시는 오히려 날이 갈수록 궁핍해지고 있다.

신세기 이래 현대 한시 창작은 진흙과 모래가 같이 떠내려 오는 모양새를 연출하였다. 한편으로 시단에는 '대약진'과 같은 가상적 번영이 나타나고 있다. 우선 시인의 규모가 방대해졌다. '돌아온 시인'으로서의 정민鄭敏, 몽롱시인 베이다오北島와 수팅舒婷 등, 포스트 몽롱시인 위젠於堅과 한둥韓東 그리고 더 젊은 '80후'와 '90후' 및 인터넷 시인 등, 시인의 수와 다양한 집단의 규모는 과거에는 볼 수 없던 수준에 이르렀다. 이와 함께 시가의 연간 생산량도 급증하였다. 들리는 바에 의하면, 2006년 인터넷 시가 생산

량은 200만 편에 달한다고 한다. 이것은『전당시全唐詩』의 사십 배에 상당
하는 숫자이다.[1] 전통 인쇄 매체에서의 권위적인 시가 간행물인『시간詩
刊』,『별星星』,『시선간詩選刊』등을 제외하고도 민간에서의 시가 간행물
이 우후죽순처럼 생겨나고 있다. 예를 들어『시강호詩江湖』,『하반신下半身
』,『내일明天』,『신시대新時代』등이 성행하였다. 이 외에도 각종 명분의
시가 세미나와 시가 감상회가 꾸준히 열리고 있다. 유서 깊은 루쉰 문학상
과 인민 문학상 역시 시가 부문을 설치하였다. 또한 '야초野草시가상', '신
시가상', '발렌타인데이시가상', '연말시가상', '문자메세지문학短信文學ㆍ시
가상' 그리고 '전 세계'와 '전국'이라는 이름을 내세운 각종 시가경연대회
가 인터넷 매체 붐을 타고 굉장한 기세로 생겨나고 있다. 이러한 '번영'은
인터넷 매체와 인쇄 매체, 상업 간의 연합과 홍보에서 비롯되었다.

한편, 시가 창작에 있어 양극화 현상이 나타나고 있다. 정민과 베이다
오, 장허江河, 왕자신王家新, 위젠, 시촨西川 등의 시인은 자발적으로 시인으
로서의 사회적 책임을 수행하며 세속적인 물욕에 저항하고 인도주의를
통해 현실을 비판하였다. 그러나 "시인 중에는 냉소적인 사람들이 있으며
또한 거의 장난치는 수준의 작품도 적지 않은"[2] 것이 사실이다. 인터넷이
발전함에 따라 누구나 '시인'이 될 수 있는 시대가 도래하였다. 문화시장
이 이미 형성되어 영향력을 행사하는 상황에서 시가 창작은 경제적 압박
에 처할 수밖에 없다. 시장경제가 발전하고 정신이 날이 갈수록 해방되면
서, 소위 '하반신' 시인과 '하반신' 시가의 '욕망'에 대한 묘사는 정점으로

---

1) 숫자 근거는 중이仲儀,「신세기 오 년간의 인터넷 시가 논평新世紀五年來網絡詩歌述評」,
『文藝爭鳴』, 2006년 제4기 참조.
2) 셰유순謝有順,「향수, 현실과 정신적 어른 - 신세기 시가를 논하다鄕愁, 現實和精神成人
- 論新世紀詩歌」,『文藝爭鳴』, 2008년 제6기.

치닫고 있다. '하반신' 시가는 사실 1990년대 시가 '민간 창작'의 연장선 상에 위치한다. 인리촨尹麗川과 선하오보沈浩波, 둬위朵漁, 리스장李師江, 성싱盛興 등은 모두 '하반신' 시가를 실천한 자들이다.『하반신 창작과 상반신에 대한 반대下半身寫作及反對上半身』에서 선하오보는 "하반신 창작은 시가 창작에서 일종의 육체적 상태를 추구한다. 즉, 육체의 현장감을 추구하는 것이다"라고 말하였다. 이러한 시인들은 일반적으로 냉담한 태도로 생활을 관찰하고, 형이하학적인 자아 표현에 중점을 둔다. 개인 언어를 표현하는 동시에, 또한 불가피하게 시적인 의미를 밑바닥까지 끌어내린다. 인리촨의『또 다른 생활另一種生活』을 예로 들어보자.

남방의 이름 모를 작은 도시에 갔다.
날씨만 따뜻하면 좋다.
유치원 교사를 하거나,
아이스크림 가게를 열면 된다.
이목구비가 뚜렷하고,
깔끔한 남성에게 시집가면,
성생활이 조화롭다.

또, 선하오보沈浩波의『퍽큐你媽逼』를 보자.

당신이 부끄러워하다니, 매우 어색할 뿐
암고양이 한 마리가 속삭이는 것 같다
Fuck You,
내가 수줍음 많은 여자를 못 만나봤을 것 같은가
내 앞에서 가식 떨지 마라

'하반신' 시가 작품은 대부분 인터넷에서 성행하며, 저속한 언어와 기본

적으로 스스로 즐기는 스트레스 해소용에 불과한 수준으로 인해, 그 영향
력은 제한적일 수밖에 없었다.

결론적으로 현대 신시는 신세기, 특히 1990년대 이래로 점차 대중들의
관심 밖으로 사라졌다. 비록 왕자신과 베이다오, 시촨 등 시인이 자신들의
시가 이론에 따라 여전히 작품 활동을 하고 있지만, 시가의 '대중화' 및
'귀족화'라는 전통적인 문제는 아직 해결되지 않은 채 오히려 양극단으로
치닫고 있다. 현대 한시는 정말 너무 고상해서 이해나 감상이 어렵거나
또는 너무 저속해서 시적인 의미가 없는 곤경에 처해 있다.

현대 한시가 1990년대 이후 곤경에 처하게 된 이유는 여러 가지가 있다.
우선, 시장경제와 서구 포스트모더니즘의 부정적 영향 때문이다. 1990년
대 초 시장경제의 빠른 발전은 사회·문화의 신속한 전환을 초래하였고,
이로 인해 본래의 사회 가치 체계는 심각한 도전에 직면하게 되었다.
소비문화가 성행하고 있는 가운데, 영화와 TV·전자게임·인터넷 등 현
대적 오락 방식은 문학 특히 시가의 생존 공간을 사정없이 잠식해나가고
있다. 사실 이는 시인들이 자신의 정신적 준칙을 꿋꿋이 지키지 않고,
세속과 시장에 영합한 것과 관련이 있다. '하반신' 시인이라고 자부하는
일부 시인들은 자신의 시가 소위 '새로운 심미 원칙'을 확립했다고 말하지
만, 그들의 물질과 육체에 대한 욕망은 매우 광적이어서, 사실상 스스로
정신적 빈혈 상태를 보여주는 것이나 다름없었다. 이 외에 시가 자체의
치명적인 한계성 또한 현재 시가가 곤경에 처한 중요한 원인 중 하나이다.
시는 '최고의 언어 예술'로서 미의 창조이고 지혜의 결정이다. 하이데거는
예술의 본질은 시이며 시의 본질은 진리의 확립이라고 인식하였다.[3] 시

---

3) 하이데거, 『숲길林中路』, 상하이역문출판사, 2005년, 63쪽.

가의 언어는 생활 언어에 대한 예술적 정련으로서 깊은 의미를 내포한다. 또한 시가의 이미지는 변화가 많아서 사람들이 이해하기에 어려운 점이 있다.

제2절 '이화시'와 그에 대한 평가

"시장도 없고 보수도 없으며 문학 권력자의 관심도 끌지 못하지만, 이 것은 강인하고 순수하게 존재한다."[4] 평론가 셰유순謝有順은 「향수, 현실 과 정신적 어른 - 신세기 시가를 논하다鄕愁, 現實和精神成人 - 論新世紀詩歌」 라는 글에서 신세기 현대 한시의 생존 실태를 이와 같이 묘사했다. 그런데 2006년 자오리화趙麗華의 '이화시 사건'이 발생한 이후 이러한 상황에 모 종의 변화가 생겨났다.

문제를 탐구하는 데 도움을 주기 위해, 먼저 이번 사건의 주인공인 자오리화에 대해 소개하고자 한다. 시인 자오리화는 잡지 『시선간詩選刊』 의 편집자와 루쉰 문학상의 심사위원을 역임했다. 그녀는 신세기 초에 시가 창작을 시작하여, '이화시 사건'이 발생하기 전에 이미 일부 평론가로 부터 주목을 받았다. 그녀의 시가에 대한 평론으로는 「얕은 것은 얕음을 모르고, 깊은 것은 깊음을 모른다淺者不覺淺, 深者不覺深 - 趙麗華詩歌批判」,[5] 「비밀이 없는 것의 어두움沒有秘密的事物是暗淡的 - 趙麗華詩歌印象」[6] 등이 있 다. 자오리화의 초기 시는 비교적 참신하고 자연스러우며, 시에 구어가

---

4) 셰유순謝有順, 앞의 논문.
5) 무예牧野, 「얕은 것은 얕음을 모르고, 깊은 것은 깊음을 모른다淺者不覺淺, 深者不覺深-趙麗華詩歌批判」, 『詩探索』, 2002년 제22기.
6) 거스格式, 「비밀이 없는 것의 어두움沒有秘密的事物是暗淡的-趙麗華詩歌印象」, 『詩歌月刊』, 2002년 제3기.

포함되어 있기는 해도 운율과 예술적 경지를 갖추고 있었다. 『애정愛情』을
예로 들어보자.

> 내가 더 이상 사랑의 시를 쓰지 않을 때
> 나의 사랑은 이미 농익었기 때문이다
> 내가 더 이상 투정부리거나, 원망하거나 혹은 고결한 체하며 눈부시
> 게 거절할 때
> 내가 더 이상 '사랑'이란 두 글자를 말하지 않고, 원래 없던 것처럼
> 굴 때
> 사실 이것은 이미 긴 우기를 지난 포도처럼
> 사람들이 모르는 그늘 속에서 신맛을 벗어던졌다

이 시는 사랑에 빠진 한 여인의 심리적 변화를 보여주고 있다. 무예牧野
는 「얕은 것은 얕음을 모르고, 깊은 것은 깊음을 모른다」에서 자오리화를
'서정시인'이라고 칭했다. 그리고 그녀의 시는 자연 관조적인 일종의 창작
방식을 따른다는 점에서 고전적인 심미성이 있을 뿐만 아니라, 창작이
다원화된 현대에 우아하고 서정적인 주체의 심미성과도 잘 어울린다고
평가했다. 그러나 자오리화의 시는 수준이 들쭉날쭉한 것도 사실이다.
더욱이 그녀의 시 중 일부는 표현이 지나치게 명료하고 언어가 너무 직설
적이라는 문제가 있다. 비록 그녀가 '국가 1급 시인'이라는 타이틀을 갖고
있기는 하지만 말이다. 2006년 '이화시 사건' 발생 이전에 자오리화의
시와 그녀의 영향력은 사실상 제한적이었다.

자오리화의 '이화시 사건'은 2006년 9월에 시작되었다. 국내 대규모 인
터넷 포럼에 그녀의 즉흥시, 예컨대 "장우지와 자오민이 키스했다張無忌和
趙敏接吻/입술을 깨물었다給咬破了/이 키스에 관하여有關這一吻/TV는 좀 대
충 보여준 것 같다電視上處理的比較草率"(『장무기張無忌』), "나는 결연히 용납

할 수 없다我堅決不能容忍/그러한那些/공공장소在公共場所/인 화장실에서的衛
生間/똥을 눈 후大便後/물을 내리지 않는不沖刷/변기통便池/의 사람的人"(『바
보 등 - 나는 결연히 용납할 수 없다傻瓜燈 - 我堅決不能容忍』) 등을 본 후,
네티즌들은 이를 새로운 형태의 시가로 개작하고 풍자했다. 이들은 스타
일과 형태가 비슷한 시를 발표하고 심지어 '이화시 만능 창작 기법'이라는
용어도 지어냈다. 즉, "1. 임의로 글 한 편을 찾아서 임의로 그중 말 한마디
를 추출하고 분해하여 몇 줄로 나누면 이것이 곧 이화시이다. 2. 네 살
어린이가 하는 말을 기록하여 끊어진 부분들을 이어서 나열하기만 하면,
이것이 곧 한 편의 이화시이다. 3. 말더듬이가 있다면, 그의 말은 당연히
한 편의 절묘한 이화시가 될 수 있다. 4. 중국어에 유창하지 않은 외국인도
천부적인 이화시의 대시인이 된다"[7]는 것이다. 삽시간에 소위 "만 명의
사람들이 이화시를 쓰는" 장관이 인터넷상에 연출되었다.

학자 왕커王珂가 왕이논단網易論壇의 '현대 시가' 칼럼과 인터넷 사이트
'시 생활'에 「저명한 시인이 왜 패러디 되었는지에 대한 신시 교수의 이
야기新詩教授談著名詩人爲何被惡搞」라는 글을 게재한 후, 점차 많은 학자와
시인·네티즌들이 자오리화를 성토하거나 지지하는 진영으로 나뉘었다.
찬반양론의 논쟁 중에 '욕 시인廢話詩人' 양리楊黎도 지나치게 즉흥적인 통
속 구어시를 창작한 적이 있다는 이유로 이 사건에 연루되었다. '80후'
작가 한한韓寒을 위시한 반대파와 선하오보沈浩波와 인리촨尹麗川, 양리를
위시한 지지파 사이의 논쟁이 사건 전체의 초점이 되었다. 자오리화의
즉흥시에 대해, 한한은 자신의 개인 블로그에 「현대시와 현대 시인은
존재할 필요가 없다現代詩和詩人沒存在的必要」, 「시인이 무뢰한을 일종의 유

---

7) 황용메이黃咏梅 정리, 허룽何龍 평술, 「2006년 문단의 아홉 가지 기괴한 일2006文壇9大
怪」, 『北方音樂』, 2007년 제1기.

파로 농락하는 것을 결연히 지지한다堅決支持詩人把流氓變成一種流派」등 여섯 편의 글을 올리고, "현대시와 현대 시인은 존재할 필요가 없다"8)는 등의 주장을 발표하며, 수많은 시인들로부터 반박과 반격을 받았다. 시인 선하오보는 「한한이 문학에 대해 말한 것은 양궁루가 음악에 대해 말한 것과 같다韓寒談起文學, 就如同楊恭如談起音樂」, 「우리 시대에 아직도 시인이 있다니, 정말로 다행이다多麼榮幸, 我們時代還有詩人」, 「스무 가지 진리가 한한, 둥루, 리청펑을 바로 잡는다20條眞理正搞韓寒, 董路, 李承鵬」등 격한 표현의 글을 썼다. 인리촨은 블로그에 한한의 이러한 행동은 "군중을 끌어들이기 위한 노력"에 불과하며 "팬 확보를 위한 궈징밍郭敬明과의 한판 싸움"9)이라고 언급했다. 시인 양리도 블로그에 「자오리화에게 보내는 한 부의 공개 서신給趙麗華的一封公開信」, 「욕 시에 대해 네티즌들에게 다시 네 마디 말을 한다關於廢話詩歌再對網友說四句」라는 글을 올려 자오리화의 이화시 창작을 지지했다. 이번 인터넷 논전은 자오리화 본인이 시나닷컴에 블로그를 개설함에 따라 『인민일보人民日報』, 『해방일보解放日報』, 시나닷컴, 왕이논단 등 수많은 매체가 개입하고, 마침내 사방에서 전쟁을 알리는 횃불이 활활 타오르게 되었다. 자오리화는 한한에 대해 "경솔하고 건방지다"10)라고 하며, 자신의 블로그에 「내가 하고 싶은 말我要說的話」등의 글을 올리고 조소와 모방의 글에 대응하는 한편, 자신의 시가에 대한 관념을 밝혔다. 그녀가 인터넷에 올린 시가의 클릭 수는 설전이 격렬해질수록 계속 증가하였다. 시단에서도 세미나 등을 개최하

---

8) http://book.qq.com/a/20060930/000027.htm.
9) 인리촨尹麗川, http://blog.sina.com.cn/yinlichuan(2006년 10월 6일).
10) 쉬신스徐新事 편집, 「인터넷 입씨름: 한한이 현대 시단을 포위하고 포격하다網絡口水戰: 韓寒炮轟現代詩增圍攻」, 『新快報』, 2006년 10월 10일.

여 '이화시'와 '이화시 사건', 당대 신시의 가치 구축 등 이슈에 관한 토론과 성찰을 진행하였다. 자오리화와 '이화시'를 지지하는 시인들은 시 낭송회를 주최하여 자오리화를 위해 변호했다. 몽롱시인 량샤오빈梁小斌, '하반신' 시인 선하오보, 욕 시인 양리, 논란 속의 감독 양이차오楊義巢 등이 참여한 시 대회는 결국 옷을 훌렁 벗은 시인 쑤페이수蘇非舒가 현장 요원에 의해 제지되는 것으로 막을 내렸다.

자오리화를 위시한 시인들이 창작한 '침 시口水詩'와 '욕 시廢話詩', 그리고 네티즌들이 해학적으로 쓴 시들 모두가 '이화시'의 범주에 속한다. '시단 부용詩壇芙蓉'이라는 비꼬는 듯 한 말로 불린 후, 자오리화는 「내가 말하고 싶은 말我要說的話」에서 좋은 시의 기준은 "인간적·객관적·본질적이고 기묘한 맛과 중국어의 원초적 아름다움이 있고, 유연한 표현력으로써 독자에게 무한한 상상 공간과 날개를 제공하는 시"[11]라고 지적하였다. 그녀는 네티즌들에 의해 패러디된 몇 편의 시는 단지 자신의 즉흥적인 창작이지, 결코 자신의 시 창작을 대표할 수 없다고 말했다.

결론적으로 '이화시'의 특징은 언어의 구어화, 이미지의 단순화, 시적 정신의 결여라는 세 가지로 요약될 수 있다. 우선 '이화시'의 언어는 직설적이고 저속하며 수다스럽다. 양리楊黎는 "시가 말하는 내용이 시와 관계가 없고", "수사학에 기초한 사이비 시학 관점에 반대한다"[12]고 말했다. 시인은 언어의 최초의 상태에 단순히 집착하므로 시적 언어의 연마와 수식을 포기한다. 그래서 '이화시'의 언어는 간단하고 씁쓸하며 예술적 생명력을 상실하였다. 자오리화의『이 시를 존경하는 우리집 켈론KELON

---

11) http://blog.sina.com.cn/s/blog_4aca2fbd010005r5.html.
12) 「도대체 욕 시란 무엇인가: 욕 시인의 시 관념究竟什麼是廢話诗: 廢話詩人的詩觀」, http://book.sina.cn/books/2006—09—28/1403205182.shtml.

표 냉장고에 바칩니다此詩獻給我們家敬愛的KELON牌冰箱』에서, "당신의 냉장실은 항상 물이 샌다/당신의 냉동실은 항상 서리를 제거해야 한다/물건을 조금만 많이 넣어도/당신은 냉장고는 보온 상자로 변한다"는 부분을 본다면, 이러한 언어와 리듬상의 '창작력이 고갈된' 반복적인 표현은 시에 아무런 아름다운 느낌을 주지 못한다. 둘째, 이미지의 단순화 및 이에 따라 모호해지고 심지어 사라진 시의 경지는 '이화시'의 피할 수 없는 병폐이다. 다이수룬戴叔倫은 이렇게 말한다. "시의 경지는 '란톈藍田의 따뜻한 햇볕 아래 좋은 옥이 많이 나듯이' 볼 수는 있지만 눈앞에 둘 수는 없는 것이다."[13] 이를 통해 시의 경지는 객체와 주체 사이의 이러한 보일 듯 말 듯한 적당한 거리감을 추구한다는 사실을 알 수 있다. 하지만 '이화시'에는 이러한 거리감이 거의 존재하지 않는다. '이화시'의 생활에 대한 조명과 사물의 경치에 대한 묘사는 모두 근거리 심지어 제로 거리에서 행해진다. 마지막으로, 언어상의 결함과 지나칠 정도의 현실 생활화로 인해 '이화시'는 시적 정신의 측면에서도 지극히 빈약하고 창백하다. "시는 언어 예술의 극치로서 예술성에 대해 엄격히 자율성을 요구한다. 이는 창작 주체에 대해 독립적인 인격과 자유로운 정신, 높은 예술적 공력과 언어에 대한 감각 그리고 필수적인 상상력과 창조력을 토대로 할 때에 가능해진다."[14] '이화시인'은 대부분 생활의 원 상태에 대한 묘사에만 치중하거나 냉담한 태도로 시와 독자 간의 거리감을 조성함으로써 독자들로 하여금 시 자체가 가지고 있는 예술적 정신을 의심하게 만든다. 더욱 심각한 것은 '이화시인'들이 단지 구두점이 없는 단구斷句의 방법으로 문장을 '시구詩句'로

13) 쭝바이화宗白華, 『천광운영天光雲影』, 베이징대학출판사, 2005년, 84쪽 재인용.
14) 두광샤杜光霞, 「길 잃은 시 ― 목표를 상실한 당대 신시의 정신과 예술에 관한 논의迷途的詩潮 ― 試論當代新詩的精神及藝術迷失」, 『當代文壇』, 2009년 제1기.

구분하고, 일반적인 은유와 상징·통감법通感法·의인법擬人法 등은 포기하며, 시의 기법에 대한 탐구가 부족하다는 사실이다. 몽롱시가 "시의 현실참여 정신과 도의적 책임, 그리고 시는 개인적 고난과 쾌락·기쁨일 뿐만 아니라 더 나아가 시대적 정서·병폐에 대한 표현과 상징이라는 입장을 견지했고",[15] 포스트 몽롱시가 자의적으로 모든 것을 해체하고 시민의 자유의 목소리를 표현했다면, '이화시'는 우리에게 무엇을 남겨주었는가? '이화시인'은 단지 시를 쓰기 위해 시를 쓴다. 전 국민이 '이화시' 창작에 열중하는 현상과 '이화시'에 관한 논쟁은 중국인들이 지금까지 보여준 '집단 무의식'과 '방관자 심리'에 대한 또 다른 반영일지도 모른다.

고리키는 "시는 현실에 속하는 사실이 아니라 현실보다 높은 곳에 속하는 사실이다"[16]라고 말한 바 있다. '이화시'는 시와 현실을 같은 고도 위에 두었고, 이로 인해 시의 인문정신과 예술정신을 거의 상실하게 되었다. 이에 따라 대중들은 현대 한시와 시인이 진실에서 이탈했다고 오해했다. 시와 시인의 생존 공간이 날로 축소되는 지금, 이것은 시와 시인을 숭고한 신전으로부터 완전히 끌어내렸다. '과유불급'이라는 말처럼 '이화시'는 구어화의 길에서 너무 멀리 가버려 외적 리듬도 내적 운율도 없고, 간결한 언어와 아름다운 경지도 존재하지 않는 지경에 이르렀다. 문학의 선순환적 생태 환경을 조성하기 위해 작가와 평론가는 "인문 의식을 강화하고", "개인의 독립성과 자유 및 문학의 다양성을 존중한다는 원칙 아래", "최소한의 기본 원칙과 이성적 규범을 견지해야 한다."[17] 현대 한시의 창작은

---

15) 리전성李振聲, 『계절의 순환: '제삼세대' 시 논술季節輪換: '第三代'詩敍論』(수정판), 푸단대학출판사, 2008년, 39쪽 참조.
16) 쭝바이화宗白華, 앞의 책, 19쪽 재인용.
17) 우슈밍吳秀明, 『전환기중국당대문학사조轉形時期的中國當代文學思潮』(수정판), 저장대학출판사, 2004년, 345쪽 참조.

시인과 평론가 자신에 대한 엄격한 요구와 사회적 책임을 회피해서는 안 되며, 현대 중국사회에서 문화생활의 현실적 언어 환경을 벗어나서도 안 된다. 더욱 중요한 것은 시와 독자 사이에 심령 상의 소통과 교류가 이루어져야 한다는 사실이다. 이럴 때에 비로소 현대 한시는 지금의 곤경에서 벗어나 중국의 민족적 특색이 있는 정신과 미학을 보여줄 수 있을 것이다.

거쉬잉 顧棚潁

후 기

1990년대에 이 책을 처음 쓰기 시작했다. 당시 중국 현대문학사 및 작가, 작품을 강의하면서 문학 이슈에 대한 논의를 제대로 전개할 수 없어서 수차례 고민했었다. 강의를 듣는 학생들이 고정된 문학 정전에만 집중할 뿐 당시의 생생한 문학 현상에 대해서는 별다른 관심을 갖지 않는 것도 불만이었다. 교육자와 학생의 이러한 공통된 필요에 의해 나는 이 책을 집필하기 시작했다. 강의록을 작성함과 동시에 빠른 시일 내에 새로운 과목을 개설했다. 지금은 벌써 십여 년이 지나 이 과목은 수강 시스템상 여러 번의 조정 – 선택 과목에서부터 연구생 학위 과목, 일반 선택 과목 등 – 을 거쳐, 내용과 형식 측면에서 적지 않은 변화를 겪게 되었다. 그러나 항상 변하지 않고 또한 변화를 주장하지도 않는 것은 바로 현실에 대한 관심을 강조하고, 원래 과정 체계의 내용과 범위를 적극적으로 확장하여 현대문학의 독특한 장점과 개성적 매력을 충분히 나타내야 한다는 점이다.

이 책은 일반 문학사 또는 문학사조사와 같이 넓은 '면'을 개척하는 것이 아니라, 여러 개의 구체적인 '점'을 선택한 것이다. '점'으로써 '면'을 이끄는 형태로 독자들은 현재 문학의 발전 과정에서 나타난 새로운 특질과 발생하고 있는 새로운 변화를 이해하게 될 것이다. 이를 기초로 그들은 독립적인 사고 능력과 문제 분석·파악 능력을 훈련하고, 적극적인 자세로 현재의 문학과 문화 건설에 참여할 수 있을 것이다. 여기에서 말하는 '점'은 당연히 그 상황이 각기 다르며 정신적·예술적 경향 또한 큰 차이를 보인다. 하지만 이들은 모두 최근 일이십 년 사이 중국의 정신·문화의 맥과 뒤엉켜 있으며, 또한 이러한 정신과 문화를 반영하고 있다. 학과와 전공의 시각에서 이것은 현·당대 문학의 유기적인 일부분이기 때문에, 중국어문 교육자와 연구자가 늘 주시해야 함은 의심의 여지가 없다. 현·당대 문학은 시작점도 없고 종착점도 없는 학문 분야이자, 또한 끊임없이 "뒤로 물러나야 하는" 분야이다. 이러한 학문적 속성으로 인해 우리의 교육과 연구가 수십 년에 걸쳐 항상 영원불변의 시공간 범주에만 머무를 수는 없다. '점'과 '면'을 결합하고 정전 해독과 현상 투시에 정통하며, 지식 전수와 능력 배양을 아우르는 것이 내가 최근에 추구하는 목표이다. 나는 이에 입각하여 이 책을 썼다. 상기 내용이 이치에 합당하다면 독자들은 이것을 통상적인 문학사 및 정전 작가·작품 연구와 결합하여, 체계적인 공정의 한 단계로 간주하기 바란다.

　이 책을 쓸 때 나는 우선 세부 줄거리를 정하고, 보다 구체적으로 들어가 과거의 수많은 연구 성과들을 참작·수용하였다. 논지에 맞고 현·당대 문학의 '당대성' 특징을 보다 더 잘 표현하기 위해, 시대적 특성이 풍부한 '핫이슈'를 채워 넣었다. 예를 들면 신개념작문대회, 국학열과 위단 현상, '한·백지쟁', 『늑대토템』과 생태문학, '과장' 문학 열풍, '이화시' 및 현대 한시 등이 있다. 이러한 '핫이슈'의 문학과 문학의 '핫이슈' 가운데 일부는 필자가 실제로 경험하거나 참여한 것이다. '겪어온 사람'으로서 오늘날 이 화제를 다시 서술할 때 마음에 또 다른 느낌이 솟아난다. 이 글에는 나의 직접적인 경험이 들어 있다. 연구 주체와 연구 객체 간의 '근거리'

내지 '동일 구조성'은 현·당대문학 교육과 연구의 독특한 특성이다. 자신의 주관성을 지나치게 내세우지 않고 이성적으로 연구 대상을 바라본다면, 나는 이러한 '근거리' 또는 '동일 구조성'이 단점만 있는 것은 아니라고 생각한다. 적당히 처리하면 우리의 교육과 연구는 다른 학과에서는 찾아볼 수 없는 신선하고 진실한 학풍을 획득할 수 있을 것이다. 따라서 우리는 회피할 필요가 없다. 하지만 자신의 학식과 능력에 따라 주제와 정도를 컨트롤하지 못한다면, 또 잘 못한다면 분명히 착오가 있을 수 있다. 이에 대해 대가들의 비평과 지도를 부탁하는 바이다.

마지막으로, 이 책의 편찬에 참여한 둥쉐董雪, 마시차오馬西超, 왕팡王芳, 야오디姚迪, 양제충楊潔瓊, 구쉬잉顧栩穎, 사오디邵頔 등 대학원생들에게 감사의 뜻을 표한다. 그들이 온 마음을 다해 번거로움을 마다하지 않고 수정 작업에 임하지 않았다면, 나로서는 2년을 끌어온 원고에 대체적으로 만족할 수 있는 구두점을 찍을 수 없었을 터이다.

교육과 연구는 나의 직업이자 포기하기 어려운 취미이기도 하다. 따라서 문학연구라는 일은 내게 있어 끊임없이 계속되리라 믿는다.

2009년 8월 10일 저장대학 중문과에서

우슈밍吳秀明

국민대학교 중국인문사회연구소 지식계보 시리즈 3

현대 중국의 문화현상과 문학이슈

초판 인쇄 2015년 5월 18일
초판 발행 2015년 5월 29일

지 은 이 | 우슈밍(吳秀明)
옮 긴 이 | 박영순·황정혜
펴 낸 이 | 하운근
펴 낸 곳 | 學古房

주　　　소 | 서울시 은평구 대조동 213-5 우편번호 122-843
전　　　화 | (02)353-9907 편집부(02)353-9908
팩　　　스 | (02)386-8308
홈페이지 | http://hakgobang.co.kr/
전자우편 | hakgobang@naver.com, hakgobang@chol.com
등록번호 | 제311-1994-000001호

ISBN　　978-89-6071-522-6　94820
　　　　978-89-6071-257-7　（세트）

값 : 30,000원